두만강 경제공동체와
한반도 관계역사

남창룡 지음

도서출판 신 세 림

머리글

'두만강경제공동체와 한반도 관계역사'는 고대로부터 근현대에 이르기까지 두만강을 중심으로 몽골 중국 러시아 우리나라 일본 다섯 나라간의 정치외교 관계를 주요한 내용으로 하고 이와 관련되는 경제 문화 인적 교류도 개괄적으로 서술했다.

한반도를 둘러싼 주변국은 오래 전부터 무력충돌을 하면서도 물적, 인적 교류가 왕성했다. 이 과정에서 각 국의 문화가 자국에 전파되고 새로운 풍습이 싹텄으며 특히 종교의 교류가 활발했다.

주변국들은 서로의 이해관계에 의해 무력충돌을 하면서 죄 없는 많은 백성들을 포로로 끌고 가거나 기술진을 대거 유입시켜 자기나라의 문화발전에 기여케도 했다.

때로는 여러 가지의 이유로 다른 나라로 이민을 가는 사람들도 많았으며 많은 부녀자들이 병사들에 끌려가 그 나라에 정착, 후손을 보기도 했다.

더군다나 왕실간의 사돈을 맺는 경우도 있어 양반 등 상류층 사회에서도 이러한 전례를 따라 한 때 혼혈민족을 형성하는 계기가 되기도 했다.

고대의 몽골- 중- 러- 한- 일 등 5개국은 정치 경제 문화면에서 유기적으로 밀접히 연계돼 하나의 독특한 세계 즉 '동북아시아 공동체'를 형성하고 있었다. 이 공동체권내에서 5개국은 찬란한 고대문명을 창조함으로써 동북아시아 나아가서는 전세계 인류문화 발전에 큰 기여를 하기도 했다.

근현대에 진입해 5개국 관계는 동북아시아 뿐만 아니라 국제관계와 밀접히 연결돼 상호 영향을 주었다.

이 시기에 5개국 관계의 주요한 측면은 조선에 대한 일본 제국주의의 식민지 정책과 중국에 대한 침략으로 동북지방에 일제 만주제국이라는 괴뢰정부를 세운 것이다.

그러나 조선과 중국 및 러시아 지식층들은 일본의 근대화를 따라 학습했으며 4개국 국민들은 갖은 역경속에서도 계속적인 친선관계를 발전시켰다.

'두만강경제공동체와 한반도 관계역사'는 역사학 분야에서 국내에선 처음이며 동북아시아 경제공동체를 역사에 근거해 제시한 창조물이며 한- 일- 중- 러- 몽골 등 5개국의 관계를 하나의 유기적 정체로 관통시켜 서술했다는 점이다.

오늘 동북아시아 역사시대에 진입해 두만강 지구는 국제무대에서 날로 중대한 역할을 발휘, 세계사람들의 주목을 끌어야 할 곳임에 틀림없다.

이러한 두만강 경제공동체는 동북아시아 5개국 뿐만 아니라 미국과 유럽연합을 끌어들이는 그야말로 세계경제의 흐름을 바꿔놓는 푯대라 자부한다.

동북아시아의 심장부인 두만강의 고동소리를 조선족과 고려인 등을 포함한 우리민족이 힘차게 이끌기 위해서는 지리적으로 중요한 위치해 있는 북한 정권의 대담한 결단을 이 책에서 시급히 요구하는 바이다.

우리민족끼리 잘살자는 근시안적인 생각으로 신의주 경제특구를 무리하게 밀어붙이지 말고 동북아시아 나아가 세계 경제에 도움이 되는 두만강 경제공동체를 주도할 수 있는 통큰 정책을 펴주기를 김정일 국방위원장에게 다시 한번 강조한다.

(내용 편의상 5개국 관계역사 서술시 지금의 남북한을 일컬어 한반도라 칭했다)

지은이소개

남창룡(南昌龍, 후안- 後安)

1965년 전북 김제시에서 태어나 익산 남성고를 거쳐 서울 동국대 경영학과를 졸업했다. 대학시절 1년 휴학한 후, 일본에서 어학연수 중 재일동포 역사와 삶을 연구하고 몸소 체험했다.

1992년 세계일보사에 입사, 전국부 통일북한부 특집부 편집부 여론독자부 등을 거치면서 중국 흑룡강신문 한국특집 등 해외동포 관련 제작에 기여했다.

그리고 1994년 3월부터 1년반동안 중국 지린성 옌볜 조선족 자치주의 수도 옌지시 옌볜대학에서 '동북아시아 관계역사'에 대한 연구를 했다.

또한 2003년 옌볜과학기술대학에서 1년간의 연수과정 중 중국의 세계무역기구(WTO) 가입에 따른 최고경영자과정을 거치면서 '두만강과 한반도 관계역사'에 대한 자료정리에 몰두했다. 아울러 북-중-러-일 4국이 바라다 보이는 중국 방천의 두만강 지역을 수십차례 답사하면서 러시아 자르비노항과 속초를 오가는 여객선을 이용하는 등 동북아경제공동체 구상을 다각도로 펼쳤다.

현재 세계일보 편집국 차장대우로 저서로는 '일제 동북침략사와 만주제국 조선인' '두만강 경제공동체와 한반도 관계역사' 등이다.

E-mail : ncr@segye.com
http://my.netian.com/~mg5004/
    ://manju.nara.cc

차 례

차   례

참 고 자 료

산해경(중국 전국시대에 편찬되고 진한시기에 보충한 오랜 서적),
삼국지, 사기, 후한서, 한서, 위략, 중국과학기술사고, 잡지 '문물',
고사기, 삼국사기, 자치통감, 진서, 일중문화교류사, 5000년래의 중조
친선관계, 중국음악사략, 송서, 조선전사, 수서, 구당서, 신당서, 중조
관계간사, 고대의 무역형태와 나말의 해상발전에 대해, 진단학보,
책부원구, 입당구법순례행기, 동사강목, 고려사, 고려영토사, 한국사
강좌, 원측의 사상, 구화산지, 지장보살 김교각 법사, 일본서기, 관가
문초, 속일본후기, 통일신라사연구, 요사, 속자치통감장편, 서하서사,
장편 영락대전, 중한관계사 국제연토회 논문집, 일본문화사, 국사대
계(일본국), 백련초, 한국사, 거란국지, 대금국지, 금사, 고려사절요,
고려외교사, 원사, 려몽외교사, 원고려기사, 중국사고, 속문헌통고,
중국 '고고학보', 박통상언해, 중조친선 3000년, 동국통감, 원구(일
본어), 일본과 조선의 2000년(일본어), 일본과 중국의 2000년(일본
어), 광해군 일기, 정태조 실록, 인조(대왕) 실록, 만몽노당, 효종실
록, 혈연의 강들, 레닌선집(한문판), 맑스엥겔스전집(한문판), 스탈
린전집(한문판), 제정러시아의 만주침략사(로만노브), 만주에서의
러시아(로만노브), 제정러시아의 대외침략과 팽창 등.

1. 고조선 국가

 우리나라 고대사회의 역사를 정확히 분석하는 것은 역사학에서 중요한 분야이다.

 두만강 압록강과 인접한 러시아 연해주 중국 훈춘과 요하-송화강유역 등 우리나라와 중국 동북지방을 포괄한 고대 우리나라의 국가들은 원시사회가 분해된 다음 생긴 주권있는 나라였다. 많은 학자들은 고대 역사를 연구하면서 당시 자료가 없던 것을 위안 삼아 특히 영토와 영역 문제에 있어 자기 민족이나 국가이익에 부합 되도록 서술한 우려를 벋하고 있다.

 이 책은 당시 역사속 기록자의 입장에 서서 사실 그대로를 객관적으로 쓰려고 노력했다. 고대사 문제는 어느 특정국가에 예속되는 것이 아니라 당시 그 국가 자체와 지역 역사이기 때문이다.

 어느 한쪽이 당시의 역사를 자기쪽으로 끌어들일 경우 인접국들간에 엄청난 갈등이 초래될 수 있기 때문이다.

1) 성립

 두만강 압록강과 더불어 중국의 요하-송화강 유역에 이르는 곳은 동북아시아에서 가장 먼저 고대문화가 발생한 선진지역이었다.

 이 지역은 기원전 3000년기에 이르러 점차 모계씨족제도가 부계씨족제도로 넘어가기 시작했으며 기원전 2000년기초에 이르러 부계씨족제도는 이미 확립됐다. 이 시기는 청동기문화를 가지고 있었으며 원시공동체가 붕괴되고 고조선이 성립되었던 시기였다. 주민들은 2000년기 말에 점차 계급사회를 이루면서 여러나라들을 형성하고 살았다.

 따라서 고조선 사람들은 우리나라 옛 유형사람들의 후손들 중 한 부류였다. 우리 선조들은 주로 해(태양)신을 숭배했으며 고조선이나 부여, 고구려, 신라, 가야 등의 나라들 또한 건국시조들을 하늘신의 아들이나 후손들이라고 건국설화들은 전하고 있다.

 고대 중국인들은 처음에 우리 선조들이 불러온 명칭을 그대로 음을 따서 한자로 각이하게 썼으나 그 후에는 점차 우리 조상들을 멸시하여 짐승을 가리키는 한자 부수를 첨가하여 쓰기 시작했다. 당시 우리조상들은 동북아시아의 광활한 지역에 퍼져 살았기 때문에 언어생활에서 다소 차이가 있었다.

 고조선의 건국시화에서 전하는 건국자의 명칭 〈단군〉은 '박달임금'이란 뜻이다. '박달'에서 박은 종족의 명칭이고 달은 이 종족이 살았던 고장(산)을 가리킨 것이다.

 그러므로 순수 종족의 명칭만을 들어 단군의 의미를 표기하면 〈박족임금〉

이 되고 그들이 산 고장까지 명시하면 종족의 명칭을 표기하는 경우에는 〈박달족 임금〉이 된다. 그러나 종족 명칭의 발상지인 〈조선(고조선)〉이란 이름은 '밝음' '광명'의 의미를 뚜렷이 나타내는 명칭이다.

또 역사적으로 오랫동안 사용한 이름이라는 뜻을 고려할 때 고대 우리 조상들을 통틀어 〈고대 조선족〉이라 부를 수 있을 것이다. 이런 의미에서 두만강 압록강, 러시아 연해주 중국 훈춘, 요하-송화강 유역에 이르는 광범한 지역에서 살고있던 초기 고조선 주민은 고대조선족이라고 말 할 수 있다.

고조선 국가가 성립된 두만강 압록강과 요동지방은 비옥한 지역으로 일찍부터 농업이 발전했다.

이 지역 주민들은 기원전 2000년기에 청동도구로 목제농기구를 비롯한 여러 가지 생산도구를 개발해 경지면적을 늘리고 노동생산 능률을 높여 농업생산을 더욱 늘렸다.

이 시기 청동기가 생산되면서 청동야금업이 점차 독자적인 수공업 분야로 전환-발전돼 농업에서 수공업으로의 변화과정을 촉진시켰다.

2) 단군신화

단군신화는 고조선의 건국사실을 오랜 옛날부터 전해주고 있으며 우리민족 유구한 역사에 대해 말해왔다. 단군신화의 형성시기는 고조선 건국과 함께 한 것으로 보인다. 우리 선조들은 원시사회 때 공동체 추장의 권위를 신성화할 목적으로 추장을 하늘신으로 묘사하고 이 하늘신이 땅으로 내려와 인간 세상을 다스렸다는 웅신화가 창조됐다.

〈단군신화〉는 우리 선조들이 원시설화 유산들을 바탕으로 단군이 고조선을 건국했다는 사실을 전한 것이다. 고조선 사람들은 건국자 단군을 하나님의 아들처럼 신비한 존재로 내세워 모셨다.

3) 영토

고조선의 영역은 시기에 따라 약간의 변동이 있었으나 두만강 압록강과 인접한 대륙지역에는 변함이 없었다. 가장 큰 변화가 있었던 곳은 다른 곳 보다 비교적 따뜻한 지역인 압록강과 인접한 요동지방인 서변으로 역사가들 또한 두만강 쪽보다는 이 곳에서 발견된 유물-유적에 근거한 연구에 몰두했다.

상대적으로 한반도와 거리가 멀었던 두만강 인접 지역은 연구대상에서 멀어진데다 중국과 러시아 국경과 마주한 곳인 만큼 사람들의 관심에서 멀어져 소외됐다. 만리장성을 경계로 고조선과 대치하고 있었던 중국 종족은 연나라, 조나라, 진나라, 한나라 등이었다는 사실은 사기 '조선전' 등에 언급된다. 중국 종족을 첫 통일한 진나라는 연나라와 조나라 등이 고조선을 경계하여 쌓은 장성들을 연결하고 보수하여 만리장성을 쌓았다는 것은 많은 역사 사료들이 가르쳐 주고 있다.

4) 사회경제

고조선은 넓은 지역에서 농업과 축산업, 청동주조업과 목공업 등의 수공업과 그 밖의 여러 생산부문에서 발전을 거듭했다. 두만강과 압록강 및 러시아 연해주와 중국 훈춘 그리고 요하-송화강 유역에 이르는 비옥한 지대와 강과 하천 주변에는 이전부터 벼 조 기장 수수 콩 등 5곡을 비롯한 작물들이 다양하게 재배됐다.

특히 당시 사회에서 기본 생산부문을 이루고 있는 농업의 비약적인 발전을 이룩했다. 청동제 도끼류와 같은 금속제 공구류의 보급은 급속히 늘어난 경작지 개간 작업 등에 필요한 농기구들을 개발해 비옥한 땅의 농업을 더한층 발전시켰다.

나무로 만든 농기구는 가지가 둔각으로 뻗은 참나무로 만들었다. 그 생김새는 굵은 대의 한쪽면을 평탄하게 깍고 그 끝을 깍아서 끝이 뾰족한 날을 만들고 날과 날이 달린 대와의 사이 경사진 턱에는 갈이한 흙을 한쪽으로 뒤집도록 하는 장치를 고정시킬 수 있도록 2개의 구멍이 뚫려 있으며 대의 등부분에는 농기구를 앞으로 끌어 당기는 장치를 그정시키기 위해 세우는 부속을 박을 수 있게 3개의 구멍이 뚫려있는 것이 많이 알려져 지혜로운 민족임을 보여줬다.

돼지와 개 닭 등은 일찍부터 길들인 짐승이었는데 그 가운데서도 돼지는 영양가 높은 식료품을 제공해 주는 집짐승이었으므로 많이 길렀다. 소는 식용고기 생산을 위해서뿐만 아니라 논갈이 등을 하는 짐승으로 널리 길들여진 중요한 집짐승이었다. 말은 수레를 끌거나 전쟁에서 중무장한 기마수들에게 높은 기동성을 제공해 준 위력한 공격수단이었다.

철기 제품은 대부분 전쟁용 도끼류이지만 얇은 철판으로 주조한 쇠 괭이류를 비롯하여 쇠 낫, 쇠 반달칼, 쇠 비수, 쇠 호미, 쇠 갑옷쪽, 고리달린 쇠 단지, 활촉, 단검과 장검, 창 등과 같은 철기도 대부분 주강 제품일 것으로 보인다.

재능있고 근면하며 지혜로운 고조선 사람들은 각종 기와와 질그릇 등 요업도 발전시켰으며 더욱 능률적이며 복잡한 직조기도 만들었다.

또한 고조선 사람들은 일찍부터 뽕나무를 심고 누에를 쳐서 명주실을 뽑아 여러 가지 고운 비단천을 짰으며 삼을 심어 베천을 짰다.

가축가공업도 발전시킨 고조선 사람들의 주요 수출품 중 하나는 바로 호랑이 가죽과 표범가죽 등으로 다른나라에 널리 알려져 있었다.

그리고 나무로 여러 가지 농기구들과 베틀, 수레, 선박 등을 만들었을 뿐만 아니라 여러 가지 가구와 일용품을 만드는 수공업도 발전시켰다. 특히 나무로 만든 접시로 음식그릇을 만들어 보급했다는 것은 나무로 생활용품들을 만드는 수공업이 발전했다는 것을 보여준 것이다.

고조선 사람들은 철기가 보급되고 농업과 수공업이 발전함에 따라 상업과 무역의 발전을 가져왔다. 당시 상업과 무역이 발전한 것은 상품 유통 수단인 화폐가 널리 쓰였다는 것을 알 수 있다.

5) 통치기구

고조선은 국가의 최고주권이 국왕에게 속해 있었고 군주의 지위는 세습적이었다. 안으로는 중앙과 지방의 통치기구를 거머쥐고 전국에 대한 통치권을 행사했으며 밖으로는 다른 나라들과의 전쟁과 외교 등을 직접 처리한 것으로 보인다. 그리고 왕 밑에는 여러 부류의 중앙관직이 있어 백성들을 엄한 법으로 다스렸으며 침략세력으로부터 나라를 지키기 위해 상비적인 군대 또한 운영한 것으로 보인다.

6) 고조선과 중국 서주와의 관계

일찍 고조선은 중국 서주 왕조와 정치 경제면에서 직접적인 연계를 맺기 시작했다. 기원전 11세기부터 기원전 4세기에 이르는 기간에 예맥족을 중심으로 하는 고조선 주민들은 오늘의 중국 요녕성 서부 대릉하(大陵河) 유역으로부터 한반도 서북지구에 이르는 광활한 지역에서 살고 있었다. 기원전 6세기 이전 고조선 사회는 문헌자료 그대로 원시공동체 말기 단계에 처해있었다. 기원전 21세기의 하조로부터 노예사회에 들어간 중국은 은상의 발전시기를 거쳐 서주시기에 와서는 전성기에 이르렀다. 기원전 1066년에 주무왕은 주(紂:은나라의 마지막 군주로 폭군)를 토벌하는 전쟁을 일으켜 상조를 멸망시키고 서주를 건립했다.

하지만 건국 초기에 국내의 정치국면은 혼란했고 토착민들의 반항이 심했다. 이런 정황에서 통치계급은 진압과 회유를 겸용하는 정책을 취했다.

그들은 은나라 사람으로 은나라 사람을 다스리는 분화정책을 취했는데 주(紂)의 아들 무경(武庚)을 동방의 은족의 옛곳에 보내 통치하게 하고 자기의 형제들인 관숙(管叔), 채숙(蔡叔), 곽숙(霍叔) 등을 파견해 감독하게 했다.

주무왕이 죽은 후 그의 아들 성왕이 나이 어렸기에 무왕의 동생 주공단(周公旦)이 섭정했다.

이에 불만을 느낀 관숙은 무경과 결탁하고 또 동방에 있는 서(徐), 엄(奄), 포고(蒲姑) 등과 연합하여 나라를 되찾기 위한 전쟁을 일으켰다. 군사를 거느리고 함께 이동한 3년간의 전쟁을 통하여 주공은 반란을 평정하고 무경과 관숙을 살해하고 채숙과 곽숙을 유배보냈다.

그리하여 주조의 세력은 황하하류에까지 미치게 되었다. 그 후 주공은 동방을 통제하고 은의 '완민(頑民)'의 반란을 방지하기 위하여 그들을 낙읍(洛邑)에 강제로 이주시켜 집중시키고 그곳에 동도(東都)를 세웠는데 이를 '성주(成周)'라고 불렀다.

주공은 8개 사의 병력을 〈성주〉에 집결시켰으며 아울러 성주를 주조가 동방을 통제하는 정치군사 거점으로 삼았다.

이와 동시에 왕족, 공신들과 전대의 귀족들을 각지에 보내 제후로 분봉하고 제후국을 세웠다. 제후는 주황의 명령에 복종하여야 했고 주왕에게 재물을 바쳐야 했으며 병사를 거느리고 주왕을 따라 싸움에 나서야 했다.

주조가 분봉제도를 실시한 목적은 친척으로 나라를 세우고 제후들로 왕실을 보호하려는 것이었는데 매개 제후국들은 모두 낙읍을 본받아 종족노예를 통치하는 제도를 건립하고 이 제도로써 주왕을 보호하는 작용을 해야했다.

중국의 노예제도 시대에 있어서 분봉조공제도는 노예제 국가가 그에 소속된 후백(侯伯)과 부족에 대하여 정치 경제 면에서 지배와 종속관계를 유지하는 한가지 중요한 방식이었다. 서주왕국의 건립과 더불어 주천자(周天子)는 자기를 이른바 천하의 지배자로 간주했다. 때문에 서주왕국영역에서 실시된 분봉제도는 주위의 다른 민족과 부족에까지 확대되었다.

서주시기 국왕은 인근지구의 민족과 부족의 수령들을 책봉해주고 그들로 하여금 서주왕실에 조공하게 하고 서주왕조의 신하가 되게 했다.

그리고 문화면에서 그 시기 주위의 각 민족은 중원의 서주에 비해 훨씬 뒤떨어져 있었다. 하지만 그들은 비록 정치적으로는 서주에 종속돼 있었지만 계속 자기들의 생산방식과 사회제도를 보존하고 있었다.

한편 고조선은 서한시기에 숙신(肅愼), 융적(戎狄) 등 민족과 함께 역시 중국왕조 책봉체제 가운데 일원이 돼 그 수령은 '즈선후(朝鮮侯)'로 봉 받고 서주 왕조에 조공했다. 〈상서대전-홍범(尙書大殿-共範)〉, 〈삼국지-위서(三國志-魏書) 등 사서에는 기자(箕子)와 그의 후예를 〈조선후〉로 봉하고 기자가 서주왕조에 조공한 일을 기재했다.

그러나 고조선은 당시 변경에 살고있던 다른 민족으로서 서주왕실에 대하여 기타 제후국들처럼 주천자에게 해야 할 의무를 이행하지 않았다.

그리고 주왕실의 정령, 형법 및 경제제도도 고조선의 사회내부에 미치지 않았다. 〈순자-정론편(荀子-正論篇)에는 "그러므로 중원의 각 국은 공봉(供奉)하는 것이 같고 제도가 같으며 먼 속국은 공봉하는 것이 같고 제도가 다르다"고 했다.

기자조선설은 여러면에서 볼 때 그 진실성을 확인하기 어려운 점이 많고 아직까지 명확한 정론이 없다. 하지만 서주시기 중국왕조와 고조선은 국제정치 관계면에서 대등 관계를 이룬 것으로 보인다.

은조 말기와 서주초기에 중국과 고조선 두나라 백성들 사이에 접촉과 연계가 있었다는 것은 또 두나라의 많은 고고학 자료를 통하여 증명할 수 있다. 1941년 요녕성 객좌현(喀左縣) 소성자(小城子) 유적에서 은, 주 시기의 구리솥을 발견했다.

1955년에 북동촌 유적에서 또 서주초기의 움에 보존되어 있던 동기무지를 발견했다. 1958년에 노합하 유적에서 또 중원문화와 밀접히 관계되는 청동기를 발견했는데 그 연대는 동주시기에 상당하다.

요녕에서 또 춘추말년부터 진한시기까지의 많은 무덤을 발견했는데 그곳에서 중원지구의 것과 같은 질그릇과 동기가 많이 출토됐다. 조선경내에서 많은 청동기가 출토되었는데 중국의 요녕성에서 출토된 동기와 아주 비슷하다. 기원전 11세기 은, 주의 교체기에 중국인은 조선인과 이미 광범한 접촉과 연계가 있었고 아울러 많은 중국인들이 조선에 이주해 정착했다.

이리하여 양국 주민들은 동일한 문화권에서 생활하게 되었다.

끼 고조선과 중국 춘추시기 제나라와의 무역왕래

기원전 770년에 주평왕이 낙읍에 동천한 때부터 기원전 476년까지의 시기는 중국의 춘추시기이다. 춘추시기는 중국사회가 노예사회로부터 봉건사회에로 이행하는 시기였다. 춘추시기 중국과 고조선 두나라의 접촉과 연계는 무역왕래에서 돌출하게 표현된다.

제나라는 지금의 산동성 동북구의 부유한 동방대국이었다. 서구초기에 주왕은 친척에게 분봉을 주었는데 강태공 여상에게 포고지구(지금의 산동성 임치일대)를 분봉주어 제나라를 세웠다. 춘추시기에 들어서서 주왕실은 날로 쇠약해지고 제후들 사이에 겸병전쟁이 빈번했다.

그리하여 주천자는 실제상 제후들에게 통제되었다. 일부 제후들은 패권을 쟁탈하기 위하여 주천자를 끼고 그의 이름으로 기타 소국의 제후들을 좌지우지했다. 제나라는 기원전 685년에 제환공이 즉위하자 관중을 재상으로 임명하여 내정을 개혁하고 주위의 소국들을 겸병하여 영토를 확장했다.

제환공은 '주왕을 존중하고 이족의 진공을 물리치자'는 기치를 내걸고 제나라의 세력을 발전시켰다.

그는 연나라를 원조하여 산융의 진공을 물리쳤으며 위나라를 도와 위나라를 침범하는 적인들을 격파하였으며 허다한 작은 제후국들과 연합하여 주왕에게 조공하지 않는 초나라를 토벌했다.

기원전 655년에는 중원지방과 산동북부에서 세력을 통일한 후 송, 진, 채, 정 등 제후국과 함께 〈맹약〉을 체결하고 제일먼저 제후들의 패자로 되었다. 이 시기 고조선은 제나라와 무역을 했다. 당시 제나라는 바다길을 통하여 고조선으로부터 범가죽과 털가죽으로 만든 의복 등 각종 특산물을 수입했다. 이러한 물품가운데서 특히는 고조선의 각종 특산물을 수입했다.

이러한 물품들가운데서 특히는 고조선의 범가죽이 중국의 중원지대에서 아주 큰 인기를 끌었다. 중국의 〈관자〉 등 책에서 '조선의 범가죽'을 자주 언급했는데 이것은 아름다운 얼룩무늬를 띤 호랑이와 표범의 가죽으로서 조선의 극히 진귀한 특산물이었다.

그런데 중국에서 제일 오랜 사전이 〈이아〉에는 '동북이 좋은 것은 척산에 범가죽이 있는 것이다'고 했다. 여기서 말하는 척산은 바로 지금의 산동성 영성현 해안에 있는데 〈수서-지리지〉와 〈태평환우기〉 등 책에 모두 기재되어 있다.

척산은 바다가에 있는 작은 산으로서 호랑이와 표범이 없었다. 당시 제나라의 척산은 유명한 항구였는데 고조선 범가죽의 집산지로 이름났다.

〈관자-규도〉에는 다음과 같이 기재되어있다.

"환공이 '내가 듣건대 해내의 진귀한 화폐를 이용하는 방법에는 일곱가지가 있다는데 나한테 말해 줄 수 있겠는가?'고 물으니 관중이 대답하기를 '음산에서 나는 연민을 사용하는 것이 한가지 방법이고 연땅의 자산에서 나는 백금을 사용하는 것이 한가지 방법이고 발화조선에서 나는 얼룩무늬를 띤 가죽을 사용하는 것이 한가지 방법이고 여수와 한수에서 나는 황금을 사용하는 것이 한가지 방법이고 진땅의 명산에서 나는 청동을 사용하는 것이 한가지 방법이고 우씨의 변산에서 나는 옥돌을 사용하는 것이 한가지 방법입니다' 라고 하였다"

전국초기에 이르러 제나라는 중원의 강대한 패권자가 됐다. 그러나 고조선은 제나라의 신하로 되지 않았으며 그들에게 조공하지도 않았다.

〈관자-경중갑〉에는 또 다음과 같이 기재되어 있다.

'발화조선이 조현하러 오지 않으면 그들의 비싼 범가죽과 털가죽으로 만든 의복을 화폐로 하십시오. ~한장의 표범가죽은 가치가 천금에 달하는 것입니다. 그것을 화폐로 한다면 8000리 밖의 발화조선은 조현하러 올 수 있습니다'

이것은 춘추시기에 제나라의 고존선간에 밀접한 해상교통과 무역왕래가 있었음을 말해준다.당시 제나라의 척산은 고조선과 바다를 사이두고 있었다. 이런 정황에서 중국과 고조선 두나라가 친선을 강화한다는 것은 자연스러운 일이었다.

8) 고조선의 쇠퇴와 진개(秦開)의 고조선공략

기원전 475년부터 기원전 221년까지의 기간은 중국의 전국 시기로서 봉건사회가 시작된 시기이다. 춘추시기의 장기간의 치열한 패권쟁탈전쟁을 거쳐 전국시기에 이르러서는 주요한 제후국인 제, 츠, 연. 한, 조, 위, 진 등 7개 나라가 남았다. 이 나라들은 역사에서 〈전국 7웅〉이라고 한다. 패권을 쟁탈하기 위하여 이 7웅은 춘추시기에 비하여 더욱 치열한 싸움을 벌였다. 전국초기부터 고조선사회는 중국 중원지구의 금속문화(청동기, 철기문화)의 영향을 받아 사회경제문화가 신속한 발전을 가져왔다.

그리하여 약 기원전 5세기 전후에 이르러 고조선은 노예제 사회에 들어섰으며 국가체제를 형성했다. 때문에 중원 및 변경지역의 제후국들이 서로 다투어 왕으로 칭할 때 고조선의 제후들로 중국식 왕호를 본받아 〈스스로 왕이라 칭하였다〉.

이에 대하여 〈삼국지〉 위서 한조에는 아래와 같이 기재되어있다.

〈옛 기자의 후예인 조선 후는 주나라가 쇠약해지자 연나라가 스스로 높여 왕이라 칭하고 동쪽으로 침략하려는 것을 보고 조선후도 역시 스스로 왕으로 칭하고 군사를 일으켜 연나라를 역격하여 주왕실을 받들려 하였는데 그의 대부 려가 간하므로 그만두었다.

그리하여 려를 서쪽에 파견하여 연나라를 설득하게 하니 연나라도 전쟁을 그만두고 조선을 침공하지 않았다〉.

전국초기에 고조선은 주왕실이 쇠퇴해지고 여러 제후국들이 제패하기 위하여 해마다 계속 싸우는 기회를 타서 서쪽으로 부단히 세력을 확장했다. 이리하여 고조선은 요동지구를 쟁탈하기 위하여 부근의 제후국인 연나라와 치열한 싸움을 벌이게 되었다.

연나라는 서주초기에 분봉한 나라로써 도읍을 계(오늘의 북경)에 정하고 하북북부와 동북서남부를 차지하고 있었다. 전국시기의 연나라는 대국으로서 수천리의 땅을 차지하였고 수십만의 군대를 가지고 있었으나 기타 열강에 비하여 국력이 강하지 못했다.

기원전 4세기 말에 국내에 내부분쟁이 생기고 게다가 또 제나라의 공격을 당하고 진나라와 싸우는 과정에 국력이 더욱 쇠약해졌다.

그러므로 전국초기에 그 동북지구는 고조선과 동호의 끊임없는 침입과 교란을 당했다. 연나라는 고조선의 침입을 방지하고 격퇴하기 위하여 이따금 부근의 강국인 제나라와 연합하여 고조선에 대처하거나 고조선을 들이쳤다. 이를테면 〈사기- 제태공세가〉에는 다음과 같이 기재되어 있다.

〈23년에 산융이 연을 침략하자 연나라는 제나라에 구원을 청하였다. 제환공은 연을 구원하기 위하여 산융을 토벌하였는데 고죽국까지 갔다가 되돌아왔다〉.

〈관자-대광-소광〉에는 다음과 같이 기재되어 있다.

〈환공은 북으로 영지국을 토벌하고 하도지산을 쳤으며 고죽국을 빼앗고 산융을 가로막았다〉. 〈북으로 산융을 토벌하고 영지국을 통제하고 고죽국을 빼앗으니 여러 동방종족들은 비로소 복종했다〉. 〈환공은 북으로는 고죽국, 산융, 예맥에 이르렀다고 말했다〉.

위에서 말한 고죽국이 바로 고조선의 서부지구 즉, 오늘의 요서와 요동 지구이다. 전국중기 연조왕때 인재를 등용하고 정치 경제 군사 등 제방면의 개혁을 진행한데서 연의 국력은 강성해졌다.

연나라는 또 대외에 강대한 공세를 발동하여 제나라와 조나라를 패배시키고 북방의 강국이 되었다.

기원전 300년에 연조왕은 요하상류에 근거지를 두고있던 동호를 원정하는 한편 명장 진개를 파견하여 고조선을 향해 대규모적인 진공을 발동하여 요동지구로부터 한반도 서북부인 압록강유역에 이르는 2000여리의 땅을 강점했다. 진개가 벌린 고조선 전역은 고조선 역사에서의 전환점이라고 할 수 있다.

이때부터 강했던 고조선은 약해지기 시작했고 쇠퇴멸망의 길을 걷게 되었다. 연나라는 동호와 고조선을 전승한 후 당지에 장성을 쌓고 군현을 설치했다. 〈연나라도 조양으로부터 양평에 이르는 장성을 쌓고 상곡 어양 우북평 요서 요동 등 군을 설치했다〉.

연나라가 쌓은 장성은 조양 오늘날의 하북성 회래로부터 양평 오늘의 요녕성 요양까지인데 연나라의 북쪽 장성이었다. 지금의 만리장성 기초공사는 고조선 등의 더 이상의 남쪽 진출을 막기위해 쌓은 것으로 알려지고 있다.

그리고 상곡 어양 우북평 요서 요동 등 5개 군을 설치했다. 이러한 조치를 통하여 연나라의 세력은 한반도의 서부지구에까지 뻗게 되어 동호족도 경계하고 고조선도 제어할 수 있게 됐다. 그러나 고조선의 통치자들은 연나라에 굴복하지 않았다.

전국시기에 중국의 화북과 요녕지구에 자리잡은 연나라와 고조선과의 무역 왕래는 더욱 빈번했다. 두나라의 무역노선은 주요하게 육로를 통했다.

이 때 중국은 철기를 보편적으로 사용하였기에 사회대분공을 촉진하였고 공상업이 이미 상당히 발달했다. 두나라 국경이 인접되었기에 백성들의 왕래가 빈번하였고 무역이 번영했다.

연나라의 금속화폐인 명도전과 각종 금속도구가 일찍이 대량적으로 조선에 수송되었다. 지금 한반도 내에서 발견된 명도전 가운데의 일부분은 이시기에 두나라의 무역왕래를 통하여 조선에 수송된 것임이 틀림없다. 자강도 평안남도 평안북도 등에서 발견한 중국 전국시기의 화폐와 각종 금속도구는 이시기 두나라간 무역의 번영을 말해주고 있다.

이를테면 자강도 위원군 용연동에서 일찍이 약 400잎 되는 명도전과 함께 동으로 만든 화살촉 띠고리와 철로 만든 화살촉 칼 창 도끼 삽 낫 반월도 등 금속도구가 출토됐다. 자강도 강계군 진천면 중암동에서 약 250잎의 명도전이 출토됐다. 강계군 화경면 길다동에서 약 4000잎의 명도전이 출토되었다. 평안남도 영원군 온화면 온양리에서 명도전과 포전이 출토됐다.

이외에 한반도 서북부의 일부 지방, 심지어는 남쪽에서도 명도전이 발견되었다.

이 가운데서 일부분은 두나라의 무역왕래를 통하여 한반도에 들어온 것이고 다른 일부분은 전국말기에 진나라가 6국을 통일하는 봉건겸병전쟁과 진조말기, 한조초기의 대동란 과정에 피난하여 고조선에 이주한 연나라 등 사람들이 가지고 간 것이다.

철기를 비롯한 중국대륙 금속문화의 대량적인 도입으로 한반도의 사회발전은 속도를 멈추지 않았다.

2. 중국대륙주민들의 동북 이주와 진제국의 동북경영

전국말기에 진왕 영정은 집정한 후 10년간의 겸병전쟁을 거쳐 전후하여 한, 조, 위, 초, 연, 제 등 6국을 멸망시키고 기원전 221년에 중국역사에서 제일 처음으로 통일된 중앙집권제의 다민족의 봉건국가를 건립하였다.

진나라는 전국을 통일한 후 흉노족의 소란과 약탈 및 고조선의 진출을 막기 위해 기원전 214년부터 수많은 민부들을 강제로 동원해 다시 동, 서 방향으로 연결시켜 이름난 만리장성의 뼈대를 갖추기 시작했다.

이 장성을 서쪽의 감숙 임도로부터 시작하여 동쪽의 고조선의 옛 땅 요동에 이르렀는데 진나라는 이로써 동북변경을 통제할 수 있었다.

이 때 한반도의 북부는 고조선이 버티고 있었다.

남부에는 마한, 변한, 진한 등 3나라가 있었는데 그 가운데서 마한의 세력이 제일 컸다.

국력이 이미 크게 쇠약해진 고조선의 부왕은 진이 침략할까 두려워 부득불 형식상 진에 종속되었으나 조공은 하지 않았다.

그 후 얼마 안돼 뒤를 이어 준왕이 즉위하였다.

진시황이 일련의 봉건적 전체주의 중앙집권제도를 확립한 것은 당시 사회발전의 수요에 부합되었고 중국역사에 심원한 영향을 주었다.

하지만 진조가 세워진 후 그 잔악한 통치는 백성들에게 막심한 고통과 재난을 가져다 주었다. 진2세가 왕위를 계승한 후 그 통치는 더욱 가혹했다.

이리하여 기원전 209년에 마침내 진승과 오광이 이끈 중국역사에서의 대규모적인 첫 농민봉기가 폭발했다.

봉기의 폭풍은 재빨리 전국을 휩쓸었으며 봉기군은 하남, 산서, 산동 등 광활한 지역을 점령했다.

한편 진승은 또 명장 한광더러 군사를 거느리고 동으로 진군하여 연나라 옛땅을 점령하게 하였는데 한광은 자립하여 왕으로 되었다.

진승과 오광이 죽은 후 항우와 유방이 농민전쟁을 일으켰다. 강대하다고 자랑하던 진조는 끝내 전복되고 말았다.

진이 6국을 통일한 후 전쟁시기와 진말 농민전쟁 시기에 많은 중국인들이 전쟁난리와 진나라의 과중한 노동 강요를 피하기 위해 조선으로 도망을 쳤다.

이러한 사람들 가운데 어떤 사람들은 산동반도로부터 바닷길로 한반도 중부와 남부에 들어왔고 어떤 사람들은 요동으로부터 육로를 통해 한반도 북부로 들어왔다.

한반도 중부와 남부에 들어간 중국인들은 당지의 백성들과 친밀하게 지냈으며 나중에는 한반도의 원주민과 융합되었다.

진조가 멸망된 후 온 중국이 몇해동안 전쟁난리에 휩싸이게 되자 원래 조, 제, 연 등 3나라의 수만명에 달하는 백성들도 육로로 요동반도를 거쳐 고조선 경내에 들어갔는데 준왕은 이들을 열정적으로 영접하고 한반도 서부지역에 안치하여 거주하게 했다.

이에 대해 중국 고서에서는 아래와 같이 서술되었다.

"진승 등이 군사를 일으켜 온 천하가 진나라에 반기를 드니 연, 제, 소 등 3나라의 백성 수만명이 고조선으로 피난했다"

"진승과 항우가 군사를 일으켜 천하가 어지러워지자 연, 제, 조의 백성들이 괴로움을 견디다 못해 차츰 준에게 망명하므로 준은 이들을 서부지역에 거주하게 했다"

"한조 초기의 대혼란 시기에 연, 제, 조나라의 사람으로서 그 지역으로 피난간 사람이 수만명이나 되었다"

3. 위씨조선과 서한간의 격전

기원전 202년에 유방은 항우를 전승한 후 한조를 세우고 장안을 서울로 정하였다. 역사에서 이 조대를 '서한'이라고 한다. 이리하여 중국대륙에는 또다시 통일된 중앙집권적 봉건국가가 형성되었다.

일찍 초한 전쟁 때 유방은 역량을 집중하여 항우를 격파하기 위하여 한신, 영포, 팽월 등 장령들을 지방의 왕으로 봉하고 그들의 지지를 얻으려 하였다. 서한초기에 이들은 모두 크고 작은 봉국과 식읍을 갖고 있었는데 동방 6국의 토지를 전부 차지하였다. 한고조는 이런 강대한 제후열후들의 존재가 한제국 정권의 통일에 불리하다고 인정하였다.

때문에 그는 황제가 된 다음에 제후열후들이 반란을 도모한다는 구실로 위자제의 동성제후왕들을 계속 분봉하여 과거의 이성제후왕들을 대체했다.

그러나 동성제후왕이나 이성제후왕이나 할 것 없이 모두 한제국의 통일정권을 위협했다. 그리하여 한고조는 그들에 대하여 부득불 〈삭감하고〉 〈빼앗는〉 정책을 취했다. 이 때 연왕으로 책봉되었던 한고조의 고향친구 노관이 한나라 조정의 오해를 사게 돼 기원전 195년에 흉노와 결탁하여 무장반란을 일으켰다. 한고조는 이듬해 2월에 번쾌와 주발을 파견하여 노관을 토벌하게 했다. 번쾌 등은 재빨리 도읍 계를 점령했고 노관은 흉노의 땅으로 망명해버렸다. 이리하여 연나라 땅은 관군에게 점령되고 말았다.

이렇게 정국이 크게 뒤바뀌게 되자 연나라는 매우 소란해졌고 그곳에 살던 사람들 가운데서 고조선으로 망명하여 가는자가 많았다.

대략 이 때 연나라 사람인 위만이 망명자 1000여명을 이끌고 '북상투에 오랑캐의 복장을 하고서 동쪽으로 도망하여 요동의 요새를 나와 패수를 건너' 고조선의 서북부에 들어갔다. 위만은 처음에 고조선의 준왕에게 국경지대인 서쪽변계에 거주할 것을 요청하면서 중국의 망명자들을 모아 고조선의 병풍이 되겠다고 했다. '준은 그를 믿고 사랑하여 박사에 임명하고 옥을 하사했으며 백리의 땅을 정해 줘 서쪽변경을 지키게 했다' 이렇게 된 위만은 실제상 한반도 서북대륙의 이민들을 감독하고 통솔하는 중책을 맡아보게 되었다.

그는 또 망명자들의 세력을 기반으로 점점 그 힘이 커지자 준왕의 왕위를 찬탈할 야심마저 품게 되었다. 마침내 그는 준왕에게 한나라 군사가 10갈랠 나눠 침입하여 온다는 거짓보고를 올리고는 수도인 왕검성(오늘의 평양)에 입성하여 준왕을 패배시킨 다음 왕이 되고 국호를 여전히 조선이라 했는데 역사에서 이를 '위씨조선'이라고 한다.

한편 이 때 왕위에서 쫓겨난 준왕은 측근의 신하를 거느리고 뱃길로 남하하여 마한을 무찌르고 스스로 〈한왕〉이라 칭하였다. 〈사기-태사공자서〉의 기재에 "연나라 태자 단의 옛부는 요동에 달아나 흩어졌는데 조선왕 만은 이 도망한 사람들을 받아들여 요동에 모이게 했다. 그는 진번을 안무하고 국경 요새를 굳게 지키면서 한조의 외신으로 되었다"고 한 것을 보면 위만은 가능하게 요동으로부터 한반도에 들어간 연나라 사람이 아니면 고조선의 옛땅인 요동지구의 세력이 있는 토착조선인일 것이다.

본래 연이라는 땅은 한족이외에도 예맥(濊貊) 계통의 사람들이 많이 섞여서 살던 곳인데 위만이 조선으로 갈 때에 상투를 틀고 조선옷을 입었다는 점, 나아가 준왕이 처음부터 국경수비의 중책을 그에게 말길만큼 신임이 두터웠던 점, 또한 그가 왕이 된 뒤에도 국호를 여전히 조선이라고 한 점, 그리고 그의 후대 이를테면 손자 우거 시기의 조선상 노인, 니계상삼과 같이 의연히 특유한 조선관직을 그대로 쓴 점 등은 모두가 이러한 추정의 근거가 된다. 비록 진개가 벌린 고조선 전역 이후에 고조선의 영역은 압록강 이남에로 밀려들어갔지만 옛땅 요동지구에는 의연히 많은 고조선인이 있었으며 위만이 거느리고 간 망명자들의 주요성분은 고조선계통의 연나라 사람들이었다고 짐작된다.

위에서 서술한 바와 같이 연이 요동지구를 점령하여 고조선을 경계하여 3군을 설치한 후 진이 또 장성을 수축하여 그 세력을 동북지구에까지 확장하고 한조 초기에 또다시 연나라 땅에 무력을 사용한 이래 동북방면은 기본상 평정되었는데 유독 위씨조선에게만 크나큰 좌절을 당했다. 하지만 그들은 중국의 전제왕조에 굴복하지 않았고 아울러 연, 제, 조의 도망친 유민들을 끊임없이 받아들였다.

그리고 한조 초기에 위만은 또 대륙의 수만에 달하는 이주민을 모집하여 한반도에서 왕으로 자처하고 독립정권을 건립했다. 때문에 한조에 대해 말하면 위씨조선은 당시 동북방면의 유일한 위협이라 할 수 있었다.

위씨조선을 단속하여 한조에 신하로 복종하게 하기 위하여 요동태수는 위만을 강박하여 3가지 요구를 접수하게 했다.

첫째, 위씨조선은 한조에 종속된 외신으로 되어야 한다. 둘째, 요동의 장새를 보호하고 새외의 제족(동이)이 한조의 변경을 침범하지 못하게 해야한다. 셋째, 새외 제족의 수령들이 한제국 황제를 조현할 것을 요구할 때 저지하지 말아야 한다.

이 3가지 요구는 모두 한나라 조정의 비준을 얻었다. 이 세가지 조목은 한제국이 조선에 덮어씌운 강제적인 조약이라 할 수 있는데 이것은 중국역사에서 처음있는 외교적 협의다. 이 3가지 항목은 또 한방면으로는 조선을 한제국외의 독립국으로 승인했다는 것을 표명하고 다른 한방면으로는 위씨조선이 이미 미개한 〈만이(蠻夷)〉가 아니라 국가체제가 비교적 완비된 왕국이었다는 것을 나타내준다.

위만은 또 상술한 조목을 접수하는 것을 교환조건으로 하여 한조로부터 대량의 군사적 지원과 물질적 원조를 받아 부근의 많은 부족과 한강이북의 진번, 임둔 등을 정복하여 그 영역이 〈사방 수천리〉에 달하게 했다. 위만은 이에 만족하지 않고 또 군사를 이끌고 요동지구에 쳐들어가 고조선 옛땅을 회복하고 동방의 패권을 수립할 큰 야심을 품었다. 위만조선은 이미 서북의 흉노 다음에 가는 큰 위협세력이 되었다.

이리하여 한문제가 즉위한 초기에 대장군 진무 등이 청원하여 이르기를 남월과 조선이 바야흐로 한조를 노리고 있기에 응당 먼저 징벌해야 한다고 했다. 그러나 진나라 말기의 전쟁난리와 서한초기의 초한전쟁 등의 원인으로 말미암아 문제때에 사회정세는 혼란했고 경제가 곤궁해졌다.

이러한 정세하에서 한 정부는 봉건통치를 공고히 하고 사회경제를 복구하기 위하여 〈청정무위〉 정치를 실시했다. 때문에 문제는 진무 등의 청원을 받아들이지 않았다.

한무제가 즉위한 초기에 위씨조선과 한조의 관계는 더욱 악화되었다. 당시 위만의 손자인 우거왕이 집정했는데 그 세력이 더욱 강대해졌다. 그는 한조에 가 서한황제를 배알하지 않았을 뿐만 아니라 이전의 연나라와 요동방면의 이주민을 끌어모아 세력을 강화했으며 다른 한면으로는 예속된 부근 부족의 백성들을 압박하고 한강 이남에 있는 진국 등 여러나라가 한조에 가서 조공하는 것을 저지했다.

기원전 128년에 위씨조선의 압박에 시달리던 동이족 예군(동예)과 남려 등이 28만의 주민을 거느리고 요동에 도망가서 한조에 귀속되었다. 동예는 고구려의 전신으로서 서한초기에 압록강 유역과 요동의 혼강유역에 거주하고 있었는데 한무제는 동예의 망명자들을 받아들인 후 그들의 옛터에 창해군을 설치하고, 이로써 위씨조선에 압력을 가하는 전초기지로 삼으려고 했다.

그러나 나중에는 요동군의 소재지 요양과 너무 멀리 떨어져 있고 인력, 물력의 소모가 매우 크기에 기원전 126년에 폐지했다. 기원전 109년에 한무제는 진국 등의 입조를 중간에서 가로막는 우거왕의 적대적인 태도를 완화시키고 고조선을 끌어들여 흉노의 좌측을 감시하고 견제하기 위하여 섭하를 조선에 파견하여 한조에 대한 강경한 태도를 개변할 것을 권고했다. 그러나 우거왕은 한조의 제의를 거부했다. 그리하여 귀국길에 오른 섭하는 패수에 이르렀을 때 자신을 호송하던 위씨조선의 장수를 살해하고는 본국으로 달아나 버렸다.

그러나 한무제는 섭하의 의롭지 못한 행동을 책망하는 대신 오히려 그를 조선과 인접한 요동군의 동북도위로 임명했다. 이 일에 화가 난 우거왕은 즉시 군대를 파견하여 섭하를 살해했다. 이로써 서한과 위씨조선의간의 알력은 마침내 양국간의 대규모적인 전쟁으로 넘어가게 되었다.

섭하의 피살사건은 한무제가 위씨조선을 침략하는 도화선이 됐다. 섭하가 피살 된 후 한무제는 죄수들을 모집하여 부대를 편성하는 등 위씨조선에 대한 원정준비를 다그쳤다.

기원전 109년 가을 서한의 대군은 수륙 두갈래로 나눠 위씨조선을 향해 대규모적인 진공을 가했다. 수로로는 누선장군 양복이 군사 5만을 거느리고 산동반도에서 바다를 건너 대동강 입구에 들어가서 위씨조선의 수도 왕검성을 치려고 했다. 좌장군 순체가 거느린 육군은 요동반도로부터 압록강을 건너 왕검성을 직접 들이쳤다.

한조의 양면 진공 작전에 직면한 위씨조선은 굴복하지 않고 전력을 다하여 저항했다. 우선 좌장군의 졸정 다가 요동의 군사를 선발부대로 하여 쳐들어 갔으나 패배하여 되돌아 간 후 군법에 의해 처단됐다. 이 때 양복이 7000명의 수군을 거느리고 열수(오늘의 대동강)를 거슬러 올라가 왕검성을 들이쳤다. 성을 지키던 조선장병들은 한조군대가 역량이 약한 것을 보고 성을 나와서 반격을 가했다.

한조군대는 크게 패하고 많은 병력을 잃었다. 양복은 병사들과 함께 산속에 들어가 10여일간 숨어있다가 후에 흩어졌던 병사들을 모아 다시 싸울 준비를 했다. 좌장군 순체는 육군을 거느리고 패수하류에서 조선측을 향하여 대규모의 작전을 펼쳤으나 조선군대의 굳센 저항으로 방어선을 돌파할 수 없었다.

한조의 육군은 또다시 실패했다. 두차례의 전쟁을 통하여 서한은 위씨조선이 강대한 군사물질적 역량을 갖고 있음을 알 수 있게 되었다. 수륙 양군이 실패하자 한무제는 무력침공을 그만두고 위산을 사신으로 보내 우거왕을 권유했다. 우거왕은 항복할 것을 표시함과 아울러 태자더러 위산을 따라 한조에 가서 답례방문하게 하고 또 양마 5000필과 군량을 바치겠다고 대답했다. 우거왕은 뜻밖의 일을 방지하기 위하여 1만여명의 병졸들에게 태자를 호송하게 했다. 태자가 패수를 건넌 다음 사신 위산과 대장군 순체는 무슨 일이 생길까 우려돼 태자를 보고 위씨조선은 이미 한조에 항복했으니 호송하는 병졸들의 무기를 응당 해제해야 한다고 했다. 태자는 그들이 자기를 해칠까 의심돼 그들의 제의를 거부하고 수행인원을 거느리고 다시 패수를 건너 본국으로 되돌아왔다. 이리하여 한무제의 권유도 결국 실패하고 말았다.

위산은 한조에 돌아와서 한무제에게 전후경과를 보고했다. 한무제는 크게 노해 위산을 처단해 버렸다. 담판이 실패로 돌아간 후 좌장군 순체는 군대를 정돈하고 또다시 위씨조선을 침략했다. 순체는 끝내 패수상류방면을 지키고 있던 조선군을 격파하고 왕검성을 겹겹이 포위했다. 순체의 육군은 서부와 북부를 포위했고 양복의 수군은 남부(그 성의 동쪽은 열수 즉 대동강에 임했다)를 포위했다.

위씨조선은 전력을 다해 수도를 지켰다. 한군은 몇 달동안 거듭 맹렬히 공격했으나 그때마다 왕검성 군민의 완강한 저항에 부딪혀 왕검성을 점령하지 못했다. 이 때 한군의 두 장수 사이에 작전을 놓고 의견 대립이 있었다. 좌장군 순체는 본래 한무제의 총애를 받고 있는데다가 수하의 병사들이 북방으로부터 조선에 쳐들어간 승리자여서 사기가 왕성하였기에 왕검성을 드세게 공격할 것을 주장했다. 누선장군 양복은 진영이 참패를 당한 산동방면의 병사들로 구성된데다가 병사들이 사기가 저하되고 공포심이 많았기에 담판하자는 의견을 내놓았다.

이 때 왕검성내의 위씨조선 통치집단 내부에도 주화파와 주전파가 생겼다. 주화파인 조선상 노인 등은 사람을 파견하여 양복과 비밀리에 담판을 하고 있었다. 때문에 순체가 비록 여러번 연합하여 성을 치자고 주장했지만 양복은 응하지 않고 조선측과 평화협정을 맺을 것만 바랐다.

이러한 정황하에서 순체도 하는 수 없이 사람을 파견하여 성에 들어가 투항할 것을 권유했지만 상대방에서는 그 가운데 속임수가 있을까 의심돼 동의하지 않았다. 그리하여 전쟁국면은 교착상태에 빠졌다. 전쟁국면을 신속히 해결하기 위해 한무제는 제남태수 공손수를 전선에 파견하여 작전을 통일적으로 지휘하고 감독하게 했다. 공손수는 도착한 후 일방적으로 순체의 말만 듣고 양복을 좌장군 군영으로 불러내 살해한 후 수군을 순체에게 통솔하게 했다. 이 보고를 들은 한무제는 대노하여 공손수를 사형에 처했다. 사태가 이렇게 되자 책임을 느낀 순체는 적극적인 진격에 나섰다. 순체는 수륙 2개 군을 거느리고 왕검성을 더욱 맹렬하게 공격했다.

이 때 위씨조선내부의 주화파와 주전파간의 분열은 더욱 심해졌다. 주화파인 조선상 노인, 상한음, 니계상 삼, 장군 왕겹 등은 기원전 108년 4월에 왕검성을 몰래 탈출하여 한군에 투항했다.

이해 6월에 니계상 삼은 자객을 시켜 항쟁을 주장하는 우거왕을 암살했다. 이에 앞서 우거왕의 아들 장과 조선상 노인의 아들 최도 한군에 투항했다. 비록 중신들이 이탈하고 더욱이 우거왕이 살해되었지만 싸울 것을 주장하는 대신 성기는 군민들을 조직하여 마지막까지 왕검성을 지켜 싸웠다.

이리하여 순체는 투항한 우거왕의 아들 장과 노인의 아들 최에게 왕검성에 들어가 성안의 군민들을 권유하여 성기를 살해하게 했다. 그리하여 왕검성은 끝내 함락되고 위씨조선은 80여년만에 멸망하고 말았다.

1) 한4군의 설치와 조선토착주민들의 반항투쟁

위씨조선을 멸망시킨 바로 그해 즉, 기원전 108년에 한무제는 위씨조선의 판도에다 낙랑, 진번, 임둔 3군을 설치하고 그 이듬해에는 현도군을 더 설치했는데 이를 역사에서 '한4군'이라한다.

이 4군은 요동군과 함께 한이 동북을 지배하는 중심지인 유주의 관할하에 들어갔는데 이는 고조선에 대한 중국봉건왕조의 직접적인 식민통치였다. 한4군의 최초의 지리적 위치를 보면 낙랑군은 대동강유역 즉 청천강 이남 자비령 이북, 진번군은 자비령 이남 한강이북의 옛 진번지방, 임둔군은 동북해안 함경남도의 옛 임둔지방, 현도군은 압록강 중류 동가강 유역의 원 예맥 즉, 옛 창해군 지방이었다. 그후 한4군의 위치는 여러번 변천되었다.

한4군의 통치중심은 낙랑군이었다. 낙랑군의 소재지는 지금의 대동강남안 낙랑 유적 즉, 토성리 일대였는데 토성리유적에서 이미 〈낙랑태수장〉〈조선

우위〉〈조명승인〉 등 글을 새긴 봉탑이 많이 출토되었다.

한4군을 설치한 후 그 산하에 또 많은 현을 설치했다.

한4군은 유주자사가 직접 관할하였으며 군현의 관리도 한조정에서 직접 임명했다. 한무제는 한인을 4군과 각 현의 우두머리로 임명하고 동시에 원 위씨조선의 대신과 귀족에게도 작위를 주어 그들르 하여금 서한의 군현통치를 돕게했다. 이를테면 니계상삼을 홰청후로, 왕겹을 평주후로, 우거왕의 아들 장을 기후로 봉한 등이다.

이외에 서한조정은 서주이래의 전통적인 대외정책을 본받아 한4군을 통하여 조선반도내의 원 토착민의 부족수령들과 책봉, 조공 관계를 맺고 그들을 한의 군현통치에 종속시켰다. 그러나 한4군의 독재통치는 정복된 지구의 조선토착민들, 더욱이 고구려 주민들의 끊임없는 반항투쟁을 야기시켰다.

그리하여 기원전 82년 즉 4군 설치 후 불과 20여년만에 서한정부는 반항에 못이겨 진번과 임둔 2군을 페하고 그 관할하의 여러 현을 각기 낙랑과 현도 2군에 맡겼다. 그 후 또 10년이 못가서 즉, 기원전 75년에 압록강 방면에서 일어난 고구려 신흥세력의 반항에 부딪혀 현도군도 중국 동북서남쪽 혼하상류지방인 홍경 일대로 이동하였고 그에 소속되었던 현도 낙랑군에 맡겨 관할하게 했다. 영역이 크게 확대되자 낙랑군은 그 아래에 하급관서로서 동부도위와 남부도위를 설치하여 각기 7개 현을 관할하게 했다.

고구려 세력이 부단히 남하하였기 때문에 등한초기 즉, 기원 30년에 낙랑의 동부도위도 철수되었고 원래 있던 예맥계통의 조선토착부족의 우두머리는 한조의 현후로 봉받았다. 고구려 주민은 부여인과 마찬가지로 기본상 예맥족으로 구성되었다. 기원전 2,3세기에 그들은 압록강 중류와 혼강유역에 거주하고 있었다.

당시 고구려 사회는 원시부족공동단계에 처해 있었으며 기원전 1세기 중기에 이르러서는 강대한 부족연맹으로 장성했다. 기원전 1세기 말기에 이르러 고구려는 노예제국가정권을 수립하고 혼강 졸본에(요녕성 환인현 부근)에 수도를 정했다. 기원 3년에 압록강 중류의 통구 즉, 오늘의 집안에 수도를 옮겼다. 건국전에 기타 동이족과 마찬가지로 역시 현도군으로부터 분봉받아 사한왕조의 외신이 되었다.

그러나 서한말기에 이르러 국력이 강대해짐에 따라 고구려는 혼강유역을 통제하고 다시는 현도군에 가서 조공하고 조복과 의책을 받아가지 않았다.

기원 8년에 황제의 외척 왕망이 정치국세가 혼란한 기회를 타서 서한의 정권을 탈취하여 황제로 되고 국호를 '신(新)'이라 고쳤다. 그는 신망 정권의 권위를 과시하기 위하여 변강의 소수민족을 마음대로 억누르고 흉노 선우를 '항노복우'라 고치고 고구려 왕을 '후'로 떨구고 전대에 서한왕실로부터 받은 왕의 작위를 거두어 들였다.

기원 12년에 왕망은 고구려 군사를 징발하여 흉노를 정벌하게 했다. 하지만 고구려 병사들이 흉노정벌에 나서지 않으려 하기에 강압적으로 보냈더니 모두 국경너머로 도망한 뒤 중국의 군현을 노략질했다. 요서대윤 전담이 그들을 추격하다가 도리어 그들에게 살해됐다. 이에 중국의 군신들은 그 책임을 고구려후 추에게 들씌웠다. 이 때 왕망의 대신 엄우는 맥인이 법을 어긴 것은 그 죄가 추에게 있는 것이 아니므로 안위함이 마땅하며 만약 죄를 고구려후 추에게 넘겨 씌운다면 그가 반란을 일으킬 수 있다고 아뢰었다.

그러나 왕망은 그의 말을 듣지않고 엄우를 시켜 고구려를 치게 했다. 엄우는 고구려후 추를 꾀어 국경안으로 들어오게 한 뒤 목을 베어 그 머리를 장안에 보냈다. 이에 왕망은 크게 기뻐하면서 고구려의 국호를 〈하구려(下句麗)〉로 고쳐 천하에 공포했다.

그러나 신망정권의 수명은 길지 않았다. 기원 17년, 18년에 녹림, 적미 대봉기가 폭발했다. 기원 23년에 녹림군은 장안에 쳐들어가 왕망의 통치를 뒤엎었다. 기원 25년에 한조 왕실인 유수는 농민혁명의 승리과실을 탈취하고 스스로 황제가 되어 동한제국을 수립하고 낙양을 서울로 정했다. 기원 32년에 고구려 왕은 주동적으로 사신을 낙양에 보내 조공했는데 이로하여 유수는 아주 기뻐하면서 왕망에 의해 철수된 고구려왕의 칭호를 회복시켜 줌으로써 고구려를 안무하고 두나라 사이의 긴장한 관계를 완화시키고 동부지역에 대한 근심걱정을 제거하려 했다.

동한초기에 고구려는 이미 옥저, 동예 등 오늘의 한반도 동북부와 중부 동해안의 넓은 지역을 정복했다. 옥저, 동예 등에 대한 정복은 고구려로 하여금 끊임없는 대외확장 전쟁을 위해 튼튼한 후방기지를 마련하게 하였다. 고구려의 발상지인 압록강 중류 혼강지역은 산악지대로서 땅이 척박하여 먹고 생활해 나가기 매우 어려운 곳이었다. 때문에 토지가 비옥하고 물산이 풍부한 옥저, 동예 지역을 정복함으로써 고구려는 수많은 양식과 해산물들을 수탈할 수 있게 되었다.

동한 중기 고구려왕 '궁(宮)'의 집정기에 또 동예북부 즉, 임둔군 동부 옛 지역을 정복함으로써 동, 북 두 방면으로 직접 낙랑군과 대치하게 됐다.

서부지구는 동한초기에 이미 혼강으로부터 압록강 유역의 넓은 지역을 통일했는데 궁이 재위할 때 서쪽으로 한걸음 더 나아가 세력을 확장하여 현도군과 요동군을 부단히 공략했다. 때문에 현도군은 그 소재지를 오늘의 요녕성 무순방면에 또다시 이동시키지 않으면 안됐다.

기원 118년에 궁은 옥저, 동예와 연합하여 현도군과 요동군을 쳤다. 이에 대항하여 121년 봄에 현도태수 요광과 요동태수 채풍 등도 군사를 거느리고 국경을 넘어 고구려를 공격하여 예맥의 우두머리를 붙잡아 목을 베고 병마와 재물을 노획했다. 궁은 이에 적자 수성에게 군사 2000여명을 거느리고 가서 요광 등을 만나 싸우게 했다. 수성이 사신을 보내 거짓으로 항복하니 요광 등의 대군을 막고는 몰래 3000명의 군사를 보내 현도와 요동을 공격하여 성곽을 불태우고 2000여명을 살상했다.

이에 동한은 광양, 어양, 우북평, 탁군, 요동 등 속국에서 3000여명의 기마병을 출동시켜 함께 요광 등을 구원하게 하였으나 맥인이 벌써 돌아가 버렸다.
그해 여름에 고구려는 다시 요동의 선비족 8000명과 함께 관리와 백성을 죽
이고 재물을 약탈했다. 채풍 등이 신창에서 추격하다가 전사했다. 공조인 경
모, 병조연인 용단, 병마연인 공손포가 협동작전하다가 모두 진중에서 전사
했다. 이 싸움에서 동한측의 사망자는 100여명이나 되었다.
  그 해 가을에 궁은 그의 아들 백고와 함께 남부의 마한, 옥저, 동예의 수천
명에 달하는 기병을 거느리고 현도군을 포위했다. 현도군의 위기를 타개하기
위하여 동한조정은 고구려 북부 부여의 힘을 빌었다. 그리하여 부여왕의 아
들 위구대는 2만여명의 장병을 거느리고 유주, 현도군과 함께 고구려를 쳐부
수고 500여명을 죽였다.
  기원 146년에 고구려는 동한이 선비족의 침입을 당하고 흉노가 반란을 일
으킨 기회를 타서 요동의 신안, 거향, 서안평 등의 성을 진공하였으며 도중에
서 대방현령을 죽이고 낙랑태수의 처자를 납치했다. 기원 2세기 말기에 이르
러 고구려 판도는 서쪽으로는 요하유역까지, 동쪽으로는 한반도의 동북까지,
남쪽으로는 한강유역까지 확대되었다.
  이리하여 고구려는 고조선의 판도를 회복하고 원동지구에서 가장 강대한
봉건왕국이 됐다. 춘추, 전국 시기로부터 한조 초기에 고구려를 제외하고 조
선반도 중동부, 동북부에는 옥저와 동예, 한강이남 남반도 지역에는 마한, 진
한, 변한 등의 부족사회가 있었다. 이들은 모두 고구려와 마찬가지로 예맥족
조선 토착민들이었다. 옥저와 동예는 대체로 오늘의 함경남북도 지역에 자리
잡고 있었는데 〈삼국지- 위서〉와 〈후한서〉에 의하면 그들의 언어, 음식, 의
복, 예절 등은 모두 고구려와 흡사했다. 한4군을 설치한 후 옥저와 동예는 임
둔군 산하의 여러 현에 편입되어 서한정부의 직접적인 통치를 받게 되었다.
  그러나 얼마가지 않아 옥저와 동예의 반항으로 임둔군은 폐지되고 옥저와
동예는 낙랑동북도위의 7개현에 편입됐다. 그 후 압록강 중류지역에서 새로
흥기한 고구려의 끊임없는 반항과 타격에 못견뎌 낙랑동부도위도 철수되고
말았다.
  이리하여 옥저와 동예는 한나라 군현 통치에서 벗어나게 되었다. 옥저와 동
예의 부족수령들인 거수는 한조정으로부터 현후의 작위를 받아 후국으로 되
었으나 정치적 면에서는 한에 예속되지 않았던 것이다. 동한초기에 이르러
옥저와 동예는 고구려에 정복되었다. 고구려 조정은 옥저에 따로 대인을 배
치하여 그를 사신으로 삼아 그곳의 일들을 맡아보게 하고 원 후국의 대가로
하여금 조세를 징수하게 했다. 옥저인들은 매년 수많은 조세와 소금, 해산물,
범가죽 등의 공물을 멀리서부터 고구려에 운반하여 바쳤다.
  이외에 그들은 끊임없는 고구려의 대외전쟁에 이바지하지 않으면 안되었다.
역사기록에 의하면 진한시기에 한강 이남지역에는 예맥족 계통인 마한, 진
한, 변한 등의 3 토착인 집단이 '진국(辰國)'이라 불리우는 부족연맹을 형성
하고 있었다.

이 부족연맹 가운데서 마한은 대체로 서부 경기도, 충청도, 전라도 지역에, 진한은 남부 낙동강 동쪽에, 변한은 낙동강 서쪽에 자리잡고 있었다. 진국의 부족연맹장인 진왕은 마한집단에 의해 대대로 계승되었다. 서한때의 삼한은 낙랑군에 소속되었다. 이 시기에 3한 가운데 진한이 한조와 관계가 비교적 밀접했다.

왕망신조 지황년간에 진한의 염사착이 우거사로 된 후 낙랑의 토지가 비옥하여 사람들의 생활이 풍요하고 안락하다는 소식을 듣고 그곳으로 도망가서 항복하기로 작정했다. 살던 마을을 나오다가 밭에서 참새를 쫓는 남자 한명을 만났는데 그 사람의 말이 한인의 말이 아니기에 그 영문을 물으니 남자가 말하기를 "우리들은 한(漢)나라 사람으로 이름은 호래이다. 우리들 1500명은 나무를 채벌하다가 한의 습격을 받아 포로가 되어 모두 머리를 깍이우고 노예가 된지 3년이나 되었다"고 말했다.

염사착이 "나는 한나라의 낙랑군에 항복하려고 하는데 너도 가지 않겠는가?"고 하니 호래는 따르겠다고 했다.

그리하여 착은 호래를 데리고 떠나 함자현으로 갔다. 함자현에서 낙랑군에 연락을 하자 낙랑군에서는 착을 통역으로 삼아 큰 배를 타고 금중으로부터 진한에 들어가서 호래 등을 맞이하여 데려갔다. 함께 항복한 무리 1000여명을 얻었는데 다른 500명은 벌써 죽은 뒤였다.

착이 이때 진한에게 따지기를 "너희는 500명을 돌려 보내라. 만약 그렇지 않으면 1만명의 군사를 파견하여 배를 타고 와서 너희를 공격할 것이다"라고 하니 진한은 "500명은 이미 죽었으니 우리가 마땅히 그에 대한 보상을 치르겠다"며 진한사람 1만5000명과 변한의 천 1만5000필을 내놓았다. 착은 그것을 거두어 가지고 곧바로 돌아갔다. 낙랑군에서는 착의 공과 의를 표창하고 관책과 밭, 집을 주었다. 그의 자손들은 그로 하여금 대대로 부역을 면제받았다.

위에서 서술한 바와 같이 고도로 발달한 문명대국인 양한제국은 종주국의 입장에 서서 문화면에서 훨씬 뒤떨어진 진국과 책봉, 조공 관계를 맺었다. 즉, 양한제국은 한반도내의 군현을 통해 3한의 군장인 거수들에게 관작, 인수, 의책 등을 수여하고 그들로 하여금 한의 군현에 가서 조공하게 했다. 3한의 거수들을 제외하고 진국의 많은 평민들도 중국의 우수한 선진문화를 동경하여 낙랑, 대방 등의 군현에 드나들며 인수와 의책을 수여받았다.

이를테면 마한의 백성들이 대방군에서 준 자사의 인수를 타고 의책을 착용하는 사람이 1000여명이나 되었다.

〈후한서〉 동이전 한조에는 "건무 20년(기원 44년)에 한의 염사 사람인 소마시 등이 낙랑에 와서 공물을 바쳤다. 후한의 광무제는 소마시를 봉하여 한의 염사읍군으로 삼아 낙랑군에 소속시키고 철마다 조현하도록 했다"고 기재되었는데 이것은 이와 같은 조공관계를 말하는 것이다.

한제국 및 그의 군현과의 조공관계는 변경의 낙후한 민족들과의 예속관계이다. 때문에 한반도 내의 한의 군현은 일견 3한의 경제문화를 촉진시켰으나 사회전반에 강력한 정치적 통일과 독립적인 국가체제의 형성을 저해하였던 것이다. 동한시기에 중국과 조선은 밀접한 관계를 가지고 있었다. 한조의 동기주조기술과 철기제련 기술이 조선에 전달됐으며 적지않은 조선사람들이 한자를 쓰기 시작했다. 조선의 병마 등 특산물도 중국에 운반되었다.

기원 2세기에 들어서면서부터 동한제국의 중앙집권적전제독재통치는 점차 약화되기 시작하였으나 말기의 영제 집정기에 들어서는 통치계급의 부패한 정치로 말미암아 농민과 지주계급간의 모순으로 극도로 첨예화해져 기원 184년에는 마침내 대규모의 농민전쟁인 '황건봉기'가 폭발했다. 황건봉기는 동한제국 통치질서를 여지없이 뒤흔들어 놓음으로써 그로 하여금 통치기능을 완전히 상실하게 하였다.

이리하여 황건봉기후 동한정권은 유명무실한 존재로 전락되었다.

이와 반대로 낙랑군 통제하의 한반도 남반부의 3한 제 부족사회는 장기간의 대륙선진 문화의 섭취로 동한 말기에 와서는 정치, 경제상 급속히 강성해졌으며, 부족간의 연합을 형성하여 낙랑통치에 대항해 나섰다.

이와 같은 정세에 관하여 〈삼국지〉 동이전 한조에는 "후한의 환제, 영제 말기에는 한과 예가 강성하여 한의 군, 현이 제대로 통제되지 못하게 되니 군현의 많은 백성들이 한국으로 흩어져 들어갔다"고 기재되어 있는데 여기에 언급된 〈환제, 영제 말기〉는 바로 동한말기 황건봉건시기에 해당된다.

이 기록은 동한말기의 독재통치가 여지없이 쇠약됨과 더불어 낙랑군도 역시 더는 3한과 예맥부족들을 통제할 수 없게 됨으로써 본래 낙랑군 산하의 많은 토착주민(한족을 포괄함), 주로는 조선인들이 3한지대로 이주해 갔으며 낙랑군 환주 이남의 남부지역은 황폐해지고 말았음을 말해준다.

이 시기 낙랑군 산하의 현들은 25개로부터 18개소로 감소되었다. 황건농민봉기 후 동한제국의 독재통치 질서는 붕괴되었다.

이리하여 동한 초평 원면(기원 190년)에 동탁이 헌제를 옹호하여 낙양으로부터 장안에 수도를 옮긴 후 동한제국의 중원지구와 남방지구는 여러 호족할거 세력들에 의해 분열돼 패권쟁탈의 동란기에 들어서게 되었다.

이와 때를 같이하여 요동태수 공손도도 요동을 기반으로 이른바 해동 독립왕으로 되었다. 그는 바로 요동군을 요서와 중료 2 군으로 나누고 군마다 각각 태수를 둔 후 바다를 건너 산동반도 동해군의 여러 현들을 강정하고 거기에 영주칙사를 두었으며 자체로 요동후, 평주목이라고 선포했다. 그리고 한제국의 두 조상절 즉, 고조절과 광무제절을 세우그 자기는 한왕조 군력의 계승자임을 과시했다. 때문에 그시기 중원지구의 패자로 된 조조가 헌제에게 상서하여 공손도에게 무위장군과 영령향후의 직을 봉했을 때 공손도는 "나는 요동의 왕이다. 영령왕후란 다 무었이냐?"라고 비웃고 받은 도장을 창고에 던져두고 쓰지 않았다.

영제 건안중기 즉, 기원 196~220년쯤에 부친의 직위를 계승한 공손도의 아들 공손강은 한반도의 한, 예 제족들에 대한 통치를 강화하기 위하여 낙랑군 둔유현 이남의 환지를 분할하여 대방군을 설치하고 공손모, 장창 등을 파견하여 진한과 예를 토벌함과 아울러 이전에 이 지방에 도주하여 간 낙랑군 이주민들을 이끌어와 대방군의 주민으로 삼았다.

그후부터 한반도의 3한과 일본열도의 왜인부족들은 대방군에 예속됐다. 뿐만 아니라 공손도는 더 나아가 전 동북지구에서의 패권을 수립하기 위하여 바야흐로 서쪽으로 그 세력을 확장하고 있던 고구려를 격파하였으며 서쪽에 있는 오한에 대해서도 무력침공을 감행하여 그를 자기 수중에 예속시켰다. 그리고 강대한 고구려와 선비왕국의 바로 중간에 자리잡고 있는 부여왕국과 혼인관계를 맺음으로써 그로 하여금 고구려와 선비족을 견제하게끔 했다.

하지만 이미 요동 동부지구와 한반도 북부지역의 강국으로 성장된 고구려는 결코 공손도 정권에 순종하지 않고 계속 여러번 요동지구를 진격했다. 때문에 기원 204년에 요동태수의 직위를 계승한 공손도의 아들 공손강은 재차 고구려를 공격하여 격파하고 읍락을 불태웠다.

바로 이때에 고구려 왕국내에서는 왕위 쟁탈전이 벌어졌다. 백고가 죽고 두 아들이 있었는데 큰 아들은 발기이고 작은 아들은 이이모였다. 발기는 어질지 못하여 국인들이 이이모를 옹립하여 왕으로 삼았다.

발기는 형이면서도 왕이 되지 못한 것을 원망하여 연노부의 대가와 함께 각기 3만여명의 백성을 이끌고 공송강한테 가서 투항항 후 돌아와서 혼강유역에 옮겨 살았다. 이에 이이모는 또다시 현도군을 향해 대규모의 진공을 했는데 현도군과 요동군은 힘을 합쳐 반격함으로써 가까스로 고구려의 진격을 물리쳤다.

2) 한4군 설치의 의의

한4군은 한반도에 대한 중국초기 봉건제국의 침략의 산물이며 또한 한반도 토착주민에 대한 군현통치 체제이다. 하지만 이것은 한4군에 대한 일방의 평강에 불과하다.

기원전 108년에 한4군이 설치돼 기원 313년에 낙랑군과 대방군이 고구려에 의해 소멸될 때까지 조선에 대한 중국 봉건왕조의 군현통치는 400여년간 지속되었는데 이 기나긴 역사시기에 한4군은 동북아세아의 정치, 경제, 문화 발전에 거대한 기여를 했다. 한4군은 고대 동북아세아문화권의 중심에 위치해 있어 중국을 동북아세아 각국과 각 지구와 연결시키는 교량작용을 했다. 때문에 한4군은 동북아세아의 〈비단의 길〉이라고 볼 수 있다.

한4군을 설치한 후 대량적인 중국 봉건왕조의 관리, 상인, 부호, 지식인과 수공업자들이 끊임없이 한반도에 몰려들어갔다.

중국봉건제국 관료기구로서의 한4군 각급 관리들은 한반도의 넓은 지역에서 전제정치를 직접 추행하여 조선의 토착민들을 압박하고 예속화한데서 정치면에서 사회발전, 더욱이 한반도사회 내부의 통일과 국가체제의 형성을 저애했다. 그러나 다른 한방면으로 한4군의 설치는 고도로 발달한 중국대륙의 경제문화로 하여금 당시 아직 원시공동체 말기 혹은 초기 국가단계에 처한 낙후한 조선사회와 일본사회에 이식되게 하여 이 두 지역과 두 민족의 변화발전을 크게 추진시켰다. 고고발굴은 이 사실을 증명해주고 있다. 〈낙랑문화〉유적지로 이름난 오늘의 평양서남, 대동강 이남의 토성리에 있는 낙랑 옛무덤의 부장품에는 정밀한 동기, 옥기, 토기, 목기, 철기, 장신구, 문방구와 동경이 아주 많았다.

칠기종류도 아주 많았다. 이를테면 칼판, 쟁반, 잔, 작은 상자 등은 매우 정교하고 아름다웠다. 그중에서 금동칠접시, 채색칠그릇, 채색칠상자, 금동귀찰잔 등도 정밀하고 아름다웠다. 그리고 금반지, 은반지, 금검과 수많은 장신구가 있었는데 그 공예기술은 이미 상당히 높은 수중에 이르렀다. 더욱이 순금으로 만든, 띠고리는 그야말로 화려하다.

낙랑을 중심으로 하는 한4군의 문질물명의 번영과 한인관리들의 호화로운 도시생활, 그리고 한인상인들의 상업경영활동은 한4군 관할내의 조선인 토착사회에 매우 큰 영향을 가져다 주었다. 고도로 발달한 한4군의 물질문화와 정신문화는 군내 토착조선인의 빈부의 분화와 계급분화를 크게 촉진시켰다.

한4군이 설치된 후 본래의 한반도 원시공동체의 풍속은 크게 소실되고 고조선시대에 8조목밖에 없었던 법적인 금지령도 한4군 문화의 영향으로 말미암아 60여개 조목으로 늘어났다. 낙랑문화가 한4군 주변의 토착조선인사회에 끼친 영향은 더욱 컸다. 한4군을 설치하기 전에 한강남부지역의 조선사회는 아직도 금, 돌, 철 등을 함께 사용하는 동석기병용의 원시공동체 말기에 처해 있었다.

위에서 말한바와 같이 춘추, 전국시기에 중국대륙의 금속문화가 이미 조선반도의 북부와 남부에 전해지기 시작했다. 이를테면 선진, 전국 시대의 화페인 명도전과 각종 동기가 한반도의 여러곳에서 출토되었다.

서한이후부터 한4군을 통하여 중국대륙의 선진적인 철기문화가 더욱 많이, 더욱 직접적으로 한반도와 일본열도에 전해졌다. 그 전형적인 고고학 유적은 한반도의 제잉 남단에 있는 금해패종인데 거기에서 대량적인 조개껍질, 골기, 질그릇과 약간의 석기가 출토됐다.

그런데 또 쇠도끼, 쇠쪼각, 유리구슬, 쌀알덩이와 화천(貨泉)도 동시에 출토되었는데 그 연대는 기원 1세기 좌우이다. 화천은 기원 14년 즉, 서한 왕망천봉 원년에 주조한 것인데 이것은 이 시기에 한반도 남부지역은 동석기병용 시대에 처했다는 것을 설명한다. 그러나 철기의 출토는 또 이 시기에 한반도 남부지역에서 이미 철기를 사용했다는 것을 증명하는데 이 철기들은 모두 한4군을 경과하여 그 지역에 전해 간 것이다.

한반도 동남부 경주 부근의 북천군에서도 세형동검, 동모, 한경 등과 방제경, 쇠칼, 쇠도끼, 쇠낫 등 철기가 발견됐다. 세형동검과 동모는 한반도와 일본열도의 동석기병용 시대의 대표적인 유물이다.

한반도 제일 남단의 제주도에서도 왕망때 주조한 화천, 대천 등 화폐가 발견됐다. 낙랑의 선진문화, 특히 철기문화의 영향을 받아 토착조선인 사회는 동석기병용시대에서 벗어나 문명사회로 변화했다.

중국위 선진문화는 한반도에 전해간 후 또 한반도로부터 일본열도에 전파돼 일본으로 하여금 야만적인 원시공동체 사회로부터 문명단계로의 변화를 이끌었다.

한4군설치 시기부터 고도로 발달한 중국왕조의 물질물명과 정신문명을 토대로 하고 중국왕조를 국제정치의 중심으로 하여 중국과 조선, 중국과 일본 사이에는 고대 동방에서 특유한 책봉, 조공체계가 신속히 형성됐다.

이것은 고대 중국 중심의 동북아시아 문화권이 고유한 정치외교관계였다. 책봉, 조공 관계의 형성과정에서 낙랑군과 대방군은 중대한 교량작용을 했다.

위에서 말했지만 한4군이 설치된 후 군현의 관리들은 군현의 선진문화에 대한 한반도 주민들의 경모의 심정을 이용하여 한반도 토착 부족 수령인 군장과 거수들에게 작위와 인수를 수여하고 그들로 하여금 군현을 향하여 조공하게 했다.

한4군의 관리들은 이와 같은 정치적 관계로 한반도 토착민들을 저들의 통치에 종속시키려 했다.

한4군이 설치된 후 일본열도의 부족과 부족연맹도 대방군에 종속되고 나아가서는 대방군을 통하여 중국대륙의 봉건왕조와 연계를 맺고 조공관계를 건립했다. 한4군이 설치된 후부터 중국, 조선, 일본 등 3국의 무역은 비로소 본격적인 궤도에 들어서기 시작했다. 그 시기 무역 노선은 한조의 배가 낙랑군으로부터 출발하여 한반도 서남해안을 따라 항행하여 한반도 동남단의 구야한국(오늘의 경남 김해)에 이른 다음 또 바다를 건너 일본에 들어선 후 산음, 북륙 등에 이른다.

돌아올 때에도 역시 이 노선이었다.

한4군이 설치된 후 수많은 중국인들은 생계를 도모하기 위해 육속4군에 가서 당시 조선인들과 무역을 했는데 그 중 어떤 사람들은 그곳에 정착했다. 〈한서- 지리지〉의 기재에 의하면 당시 조선인들은 한인의 관리와 상인들을 본받아 왕왕 귀칠잔으로 식사를 했다고 하는데 여기에서 당시 허다한 중국인들이 한반도에서 무역활동에 종사했다는 것을 알 수 있다.

한반도 남부의 진한 등 부족의 적지 않은 주민들도 낙랑 등 지방에 빈번히 나들면서 중국상인들과 무역활동을 진행했다. 이 때 중국에서 한반도에 수출하는 주요 물품들로는 비단, 철기(철로 만든 농기구와 병기), 칠기, 동기 등이었다. 이와 동시에 조선의 인삼도 무역품으로 중국에 들어왔다.

3) 한4군 설치 후 중국과 일본간의 통교의 시작

중국대륙 봉건왕조는 일찍 전국시대에 조선과의 왕래를 통해 바다건너 멀리 떨어져 있는 일본(왜)의 존재를 알고 있었다. 이 점은 〈산해경〉의 기재가 증명해 주고 있다. 산해경은 중국의 오랜 서적으로 대략 전국시대에 편찬되고 진한시기에 또 증가, 보충되었다.

이 책은 중국 고대의 지리, 역사, 민족, 동식물, 광산, 의약 및 종교 등 방면의 내용을 기재했는데 아주 풍부한 사료적 가치를 갖고 있다. 산해경 제13 〈해내북경〉에는 '개국은 거연의 남쪽, 왜의 북쪽에 있었고 왜는 연에 속했다'고 기재되어 있는데 여기에서 지적한 왜는 곧 일본열도를 가리키며 연은 중국 옛나라의 명칭으로서 지금의 하북성 북부와 요녕성 서부를 가리키며 개는 역대의 논증에 근거하면 한반도에 있는 개마를 가리킨다.

왜는 중국 고대 문인들이 흔히 부른 8세기 이전의 일본열도내의 민족과 국가의 대명사이다.

산해경의 기재는 전국시기에 중국대륙인들은 왜 즉, 일본이 중국대륙 동북방향의 한반도 동쪽에 위치해 있음을 정확히 알고 있었다는 것을 말해준다.

하지만 그 시기 왜가 이미 연에 종속돼 있었다고 단언한 것은 그릇된 견해다. 기원전 4, 5세기의 전국시대에 일본열도 주민들은 아직 채집경제를 위주로 하는 야만시대 말기단계에 처해 있었기에 외국와 그 어떤 외교적 관계를 건립하기 어려웠다. 때문에 산해경 가운데의 이와 같은 견해는 고대 중국왕조 지배층의 중화중심 관념의 반영에 불과한 것이다.

중일 두나라 인민사이의 유구한 왕래 관계를 반영한 것은 바로 서복이 일본으로 건너간 전설이다.

기원전 221년에 진시황은 중국은 통일하고 봉건주의 중앙집권제도를 건립했다. 진사황은 건설공사를 대대적으로 진행하여 호화로운 궁실과 능묘를 건축했을 뿐만아니라 여러차례 사람을 파견하여 장생불로하는 선약을 얻게 함으로써 영원히 통치하려고 생각했다.

해빈 낭야군(오늘의 산동, 강소의 경계)의 도사 서복이 진시황에게 상서하여 동방의 바다에 신선이 사는 섬이 있는데 거기에서 장생불로하는 선약을 얻을 수 있다고 아뢰었다. 진시황은 아주 기뻐하며 서복을 파견하여 처녀총각들을 거느리고 배를 타고 바다에 나가 선약을 구하게 했다.

이것은 민간전설일 뿐만아니라 중국 고대의 사서에도 기재되어 있다.

제일 일찍 한 것은 사마천이 〈사기〉 제6권 〈진시황본기〉에 '제나라 사람 서복 등은 상서하여 바다에 봉래, 방장, 영주라고 하는 세신산에 선인이 거주하고 있는데 재계하고 목욕시킨 후 처녀총각들을 거느리고 동해바다에 가서 신선을 찾게 했다'고 적은 것이다.

〈사기〉중의 〈회남형산왕열전〉과 〈후한서〉〈삼국지-오서〉 등에도 모두 서복이 바다에 나가 선약을 구한데 대한 기재가 있다.

1982년 봄에 강소성 연운항에서 지명을 전면적으로 조사할 때 공유현 금산향에서 서부촌을 발견했는데 본래 서복촌이라 했다. 이것이 바로 일본으로 건너간 전설중의 서복의 고향이다.

중국에서는 1985년 12월에 서복의 고향인 강소성 공유현 금산향 서복촌에 조박초가 제사를 쓴 〈서복촌〉 비석을 세워 장기적인 왕래속에서 맺어진 중일 두나라 인민 사이의 친선적 우정을 표달했다.

기원 11세기 후부터 일본에도 서복에 관한 전설과 기술이 있었다. 전하는데 의하면 서복은 처녀총각 500명을 거느리고 곡식 종자와 농기구를 가지고 바다를 건너 일본에 도착한 후 기주(지금의 화가산) 웅야의 신궁에 상륙하여 그곳에서 황무지를 개간하고 농사를 지었으며 처녀총각들은 가정을 이루고 자손을 키우면서 편안하고 즐거운 생활을 했다고 한다. 일본학계의 어떤 사람들은 서복이 장생불로약을 찾으로 간 봉래산이 바로 북궁 남쪽의 3km 되는 곳에 있는 산 언덕이라고 한다.

이외에 일본에는 또 서복에 관한 적지않은 기재와 유족이 있다. 이를테면 서복이 일본으로 건너갈 때 처녀총각들을 데리고 갔을 뿐만아니라 또 중국대륙의 선진적인 생산기술, 생산도구 및 의술, 약품 등을 일본열도에 가지고 갔기에 일본인들은 서복을 존칭하여 〈사농경신〉 〈사약신〉이라고 불렀다 한다.

또 이를테면 일본 화가산현 신궁시에서는 전하는데 의하면 서복의 묘라고 하는 것을 보존하고 있으며 또 〈서복사〉도 세웠다. 이것은 아마 전설중의 인물을 장기적으로 기념하기 위하여 세운 것일 것이다. 서복에 관한 장기간의 연구를 거쳐 일본사학계의 일부 학자들은 서복이 일본으로 건너간 것이 확실하다고 인정하고 있다.

하지만 서복이 일본에 간데 대하여 아직까지 풍부하고 치밀한 연구성과가 없다. 때문에 서복설화는 일본열도에 도입된 중국대륙의 선진적인 철기문화와 농업문화에 대한 고대 일본열도 토착민들의 찬양과 동경의 전설적 표달로 볼 수 밖에 없다.

사회경제가 신속히 발전함에 따라 야요이시대(기원전 2, 3세기~기원 3세기)로부터 시작하여 일본열도는 원시공동체로부터 노예제사회로 넘어가기 시작했으며 빈부의 차이와 계급분화가 생기고 국가가 바야흐로 번영했다. 뿐만아니라 사회경제문화의 발전은 국제상의 통교를 위하여 물질적 기초를 마련해 놓았다.

이리하여 야요이시대 후기부터 왜는 한반도의 낙랑군을 통하여 중국봉건왕조와 외교적 관계를 맺기 시작했다. 문헌자료에 의하면 중일간의 통교는 1세기 전후 서한 초기로부터 시작됐다. 반고가 쓴 〈한서-지리지〉에는 '낙랑의 바다가운데 왜인이 있고 100여개국으로 나뉘었는데 해마다 와서 조현했다'고 기재되어 있다.

이것은 일본열도의 사회상태와 중일 두나라간의 통교에 관한 믿음직하고 제일 일찍한 기재이다. 이 기재가운데의 '100여개국'이란 결코 오늘 우리가 말하는 노예제국가가 아니라 기원 1세기전후에 북규슈와 한반도 남부지역에 흩어져 살던 100여개 부족 혹은 부족연맹이다. 일본열도의 제일 서쪽인 북규슈지역은 대륙문화를 섭취하는 문호이기에 제일먼저 중국봉건왕조와 왕래한 것은 이 지역의 부족들이었다. 당시 일본은 아직 계급통치를 실시하는 노예제국가 계단에 들어서지 않았다.

〈한서〉에서 '낙랑의 바다가운데 왜인이 있었다'고 특별히 지적하고 이어서 또 '해마다 와서 조현했다'고 지적했는데 이것은 당시 일본열도의 많은 부족들 중의 일부 부족수령들이 한반도에 있는 낙랑군과 경상적으로 왕래했거나 조공관계에 있었다는 것을 명백하게 말해준다.

위에서 서술한 바와 같이 한무제가 한반도에 설치한 4개 군 가운데서 진번, 임둔은 기원전 82년에 폐지되었고 기원전 75년에 이르러 현도군도 핍박에 못이겨 요동지구로 옮겨갔다. 때문에 기원전후에 낙랑군은 한제국이 한반도에서의 유일한 통치거점으로 되었으며 또한 한제극이 조선 일본과 연계하고 그들을 공제하는 유일한 교량이 되었다.

때문에 중일간의 최초의 왕래와 두나라 사이의 조공관계는 낙랑군을 통하여 실현했다고 말할 수 있다.

이에 관하여 〈후한서-동이전〉에서도 '한무제가 그(위만조선을 가리킴)를 멸망시키자 동이는 상경과 통하기 시작했다'라고 명확히 지적했다.

이밖에 대량적인 문물과 유적의 발굴도 이 점을 증명해주고 있다. 중국대륙과 제일 가까운 일본 북규슈지역의 옛무덤에서 발굴한 서한시기의 동검, 동모, 동경 등껴묻거리, 축전국 계도군에서 출토된 왕망시기의 화폐인 화천, 또 근년에 후쿠오카현 지마정에서 발견한 한무제괘에 주조한 동전 한잎은 모두 중국의 사서에 기재된 정황을 증명할 수 있다. 이로부터 추산하면 중일관계는 지금에 이르기까지 이미 2000여년의 역사를 가지고 있다.

동한시기에 들어선 후 중일간의 정치, 경제 교류는 더한층 다양하게 확대되었다. 범엽이 쓴 〈후한서- 왜전〉에는 광무제 건무 중원 2년(기원 57년)에 '왜노국왕은 사신을 파견하여 공물을 바치고 임금을 조현했는데 사신은 대부로 자칭하였다. 왜노국은 왜국의 제일 남쪽변계에 있었다. 광무제는 사신에게 인수(왜노국왕에게 하달하는 금도장과 도장끈)을 주었다'라고 기재되었다. 이것은 반고의 〈한서〉를 이어 중일 쌍방이 정식으로 외교관계를 건립한 것을 증명한 역사상의 두 번째 기록이다.

중국역사문헌 〈후한서-왜전〉과 〈삼국지-위서-왜인전〉의 기술 및 일본고고학계의 고증에 의하면 이 왜인의 노국은 고대에 북규슈 박다만의 후쿠오카시 평원일대에 있었다. 후쿠오카시 수구유적에서 많은 동경, 동검, 동모 등의 청동기와 벼경작 유적을 발견했다.

더욱이 1784년에 심병위라고 부르는 한 일본농민이 박다만의 지하도에서 〈한왜노국왕〉이라고 새긴 금인 하나를 발견했다. 여러방면의 감정을 거쳐 일본사학계에서는 그 금인이 확실히 동한초기에 광무제가 왜노국왕에게 준 금인이라는 것을 확정하게 되었다.

역사기재에 의하면 한 대의 도장 및 한나라 임금이 조공하는 나라와 수하

의 장령, 대신들에 대한 장려는 등급이 엄격하고 계선이 명백했다. 한조황제
는 천자로써 붉은색 명주띠를 맨 옥인을 사용했고 제왕과 재상은 자색 명주
띠를 맨 금인, 9경은 푸른색 명주띠를 맨 은인을 사용했으며 그 아래에 또
검은색 명주띠를 맨 동인과 명주띠를 맨 목인이 있었다.

한광무제가 이 일본열도에 있는 한 부족연맹의 우두머리에게 자색 명주띠
를 맨 금인을 준 것은 제왕에 못지않게 상대한 것으로 한조가 일본열도에
대해 매우 중시하고 있었음을 충분히 설명한다.

역사문헌과 고고발견은 왜노국이 북규슈 후쿠오카시 일대에 있었다는 것을
이미 증명했다. 북규규에 있는 왜노국의 위치를 〈후한서-왜전〉에는 '왜국의
제일 남쪽 변계'라고 했는데 이것은 틀린 것이다.

왜노국은 실제상 왜의 노국을 가리킨다. 〈후한서〉는 5세기 초기에 범엽이
쓴 것인데 그 주요한 사료 근거는 약 285년(진무제 태강 6년)쯤에 진수가 쓴
〈삼국지〉이다. 그러나 원자료인 〈삼국지-위서-왜인전〉에는 왜노국이 '왜국의
제일 남쪽 변계'에 있다는 기재가 없다. 삼국지 위서 왜인전에는 두곳에서
노국을 언급했는데 한곳에는 노국이 북규슈 '이도국'의 '동남'에 있다고 했
고 다른 한곳에는 '여왕국(야마다이국연맹) 경계의 맨끝'에 있다고 했다.

그런데 범엽이 〈후한서-왜전〉을 쓸 때 북규슈의 노국을 '여왕국 경계'의
제일 남쪽에 위치해 있는 노국과 같은 나라로 오해하여 왜노국이 '왜국의
제일 남쪽변계'에 있다고 했다.

그시기 아직 원시공동체 말기 단계에 처해있는 일본열도의 부족인들은 수
천리 떨어져 있는 동한의 수도 낙양에 저절로 갈 수 없었다. 때문에 동한시
기 왜노국 사신은 한반도 낙랑군의 알선과 안내하에 낙양에 도착하여 황제
를 배알하고 공물을 바쳤으며 한제국으로부터 '한왜노국왕' 즉 한의 노국왕
으로 책봉받았다.

한왜노국왕 중의 왜자는 왜자의 약자로서 일본에 유관된 고대문헌에서는
흔히 왜자를 왜자로 간략해 썼다. 이를테면 7세기초에 대화왕권의 섭정인 성
덕태자가 집필한 〈법화의소〉에도 대왜국을 대왜국으로 썼다.〈倭＝人+委〉

이로써 동한때부터 시작하여 일본열도에 있는 노국 등 부족연맹의 우두머
리들은 고구려, 진국, 삼한 등과 마찬가지로 중국봉건왕조와 군신관계를 건
립했고 외신으로서 중국봉건제국의 통치질서에 예속되었다는 것을 설명한다.

그러므로 동한시기로부터 시작하여 책봉, 조공 관계를 특징으로 하는 동북
아세아문화권의 정치체계가 형성되었다고 말할 수 있다. 중국 고대 봉건왕조
를 중심으로 하여 형성된 이른바 화이간의 책봉, 조공 관계는 비록 역사행정
에서 어떤 때에는 파열되었다 하더라도 총적인 추세를 놓고 말하면 근대이
전까지 줄곧 연속되어왔다.

〈후한서-동이전〉에서 언급한 왜의 노국은 결코 독립된 한 〈나라〉가 아니라
기원 1세기 전후 북규슈를 중심으로 한 지역, 심지어는 한반도 남부지역에
있는 많은 왜인의 부족이었다. 이러한 부족들 가운데는 노국을 제외하고 또

한반도의 낙랑군과 왕래하는 부족도 들어있었다.

그런데 〈후한서〉에서 노국와 동한왕조의 왕래간 언급하고 또 특별히 금인을 준 것은 노국이 기원 1세기 중기 즉, 야요이시대 중기에 북규슈 왜인부족연맹의 패자였기 때문이다. 고고학적 각도에서 말하면 전반 야요이 시대의 일본열도를 두 개의 문화권으로 나누는데 하나는 북규슈를 중심으로 하는 동모문화권이고 다른 하나는 대화를 중심으로 하는 동락문화권이다. 그 외에 옹관, 상자식석관, 지석묘 등도 북규슈 후쿠오카현을 중심으로 하는 한 개 문화권에 집중되었다. 야요이 시대에 북규슈는 경제상에서 한덩어리로 되어 동일한 문화자질을 구비하게 되었으며 또 이 기초상에서 부족연맹으로 결합되었는데 가맹한 각 〈국〉은 여전히 독립성을 보존했다. 중국 안휘성 박현 조조종족묘 원본갱 1호묘에서 왜인의 일을 기재한 전명(벽돌에 새긴 글자)을 발견했는데 시간은 동한말기에 해당된다.

이것은 왜노국이 동한에 사신을 파견한 시간과 부합된다.

반세기가 지난 후 북규슈 각 부족간의 역량대비에 변화가 일어났다. 이리하여 이전의 노국을 중심으로 하는 부족연맹이 '이도국'을 핵심으로 하는 새로운 부족연맹에 의해 대체되었다.

〈후한서-왜전〉에는 '안제 영초 원년(기원 107년)에 왜국왕 사승 등은 생구(노예) 160명을 바치고 한광무제를 배알할 것을 요구했다'고 기재되어 있다.

여기에서 언급한 왜국은 결코 일본열도에 있는 통일왕국이 아니라 노국의 서부 즉, 오늘의 후쿠오카현 계도군에 있는 이도국을 말한다. 후한서의 왜조에는 이도국을 언급하지 않았는데 송나라 판본으로 된 〈통전〉에서 인용한 후한서에는 '왜면토국'으로 기재되었고 일본에 전하여간 고본 후한서에도 왜면토국으로 기재되었다. 그러므로 왜국은 사실상 이도국이다.

이 일대의 야요이 시대의 일부 고대유적 이를테면 평원유적, 정전지석묘, 삼운유적, 지등지석묘군 등은 모두 옛 이도국의 유적이다. 이러한 유적에서 또 많은 중국의 칠기를 발견했는데 이것은 이 유적의 주인들이 가능하게 중국에 왔거나 혹은 중국과 무역관계가 있었다는 것을 말해준다.

그 외에 일본 고고학자들은 평원유적의 옛 무덤떼의 한 무덤에서 중국의 한경 42개를 발견했는데 그 중 4개는 일본에서 출토된 전부의 한경 가운데서 가장 큰 것이다.

한경은 일본 고대에 있어서 권력과 통치의 상징으로 인정되었다. 이 4개의 큰 한경은 무덤주인이 틀어쥔 권력의 상징이다. 이 발견은 대략 기원 2세기 초에 이도국은 북규슈 부족연맹의 강대한 맹주였던 것을 말해준다.

후한서에는 '왜면토국왕 사승 등은 생구(노여) 160명을 바쳤다'라고 기재되었는데 이 내용 가운데의 '등'자는 노국으로부터 이도국에 이르는 50년간에 한조 정권과 외교관계를 건립한 부족이 많았다는 것을 설명하며 이도국왕이 맹주로서 가맹 부족을 대표하여 일부 부족장들과 함께 공물을 바쳤다는 것을 의미한다. 노예를 바친 숫자가 이렇게 많은 것은 또 이 노예들을 각

부족에서 공동으로 바쳤다는 것을 말해준다.

동한말기에 이르러 즉, 기원 184년 전후 왜인사회에는 대동란이 일어났는데 부족과 부족사이의 다년간의 혼전을 겪은 후 제부족은 히메꼬를 여왕으로 추대하고 여왕의 소재지인 야마다이국을 패자로 하는 새로운 부족연맹을 결성했다. 이 동란은 중국 고대의 역사문헌인 〈후한서-왜전〉에 비교적 명확히 기재되었다.

후한서와 왜전에는 '환, 령 연간에 왜국에 큰 난이 일어나 서로 무역으로 공격했다. ---' 라고 했다.

〈량서-왜전〉과 송나라 판본 〈태평어람〉에도 동란연대를 한령제 광화 연간이라고 했는데 영제 광화연대는 기원 180년 좌우인 동한 말기에 해당된다. 일본의 나라현 천리시 동대사산 옛 무덤에서 일찍 2세기말 동한 '중평'에 만든 큰 칼 한자루를 발견했다.

중평은 동한의 영제 중평기년(기원 184~189년)이다. 동한조정은 가능하게 이로써 일본을 향하여 그 위력을 과시하여 왜국의 난을 평정하고 이전의 중일간의 책봉관계를 유지하려고 시도한 것 같다. 기원 2세기 말기에 일본열도의 사회생산혁은 비교적 뚜렷한 발전을 가져와 철기가 이미 보급되었고 경지면적도 크게 증가되었다. 생산력이 발전함에 따라 왜인사회 제 부족간의 역량 대비에도 중대한 변화가 일어났다.

이도국을 패자로 하는 낡은 연맹체계는 새로운 맹주를 중심으로 하는 연맹에 의해 대체되었다.

다른 한방면으로 이 사회의 동란은 당시 동북아시아 국제형세의 변화와 밀접한 연계가 있었다.

우선 위에서 서술한바와 같이 동한말년에 기세충천하는 농민대 봉기가 폭발하고 각지의 호족세력들이 할거하여 패권쟁탈전을 벌려 동한제국의 통일된 중앙집권통치는 붕괴되었다. 종주국인 한제국의 와해는 예속국인 일본사회에 영향을 주지 않을 수 없었다.

이전에 일본열도의 노국 국왕과 이도국 국왕은 자기의 역량에 의거할 뿐만 아니라 한제국의 책봉, 비호와 지지에 의뢰하여 패자의 지위를 수립했고 연맹에 대한 통제를 유지했다. 때문에 종주국으로서의 한제국의 와해는 필연적으로 종속국인 이도국과 패자지위와 그를 중심으로하는 연맹으로 하여금 동요하게 했다.

이밖에 동한제국의 붕괴는 또 한반도의 군현통치로 하여금 위기에 처하게 하여 군내의 대량적인 주민들을 한반도의 남부지역에 이주하게 했다. 낙랑군의 쇠약은 다시 한제국과 일본열도간의 통교와 이미 결성한 책봉관계를 한층 더 약화시켰다. 동북아시아지역 정치국세의 이와같은 거대한 변화는 객관상에서 필연적으로 동한말기 일본사회의 동란을 초래하게 했다.

4. 한반도 주민들의 일본열도 사회발전에 대한 최초 공헌

앞에서 이미 언급한바와 같이 중국대륙의 황화유역과 장강유역은 동북아시아 대륙문명의 발원지로서 고대 일본도 역시 중국대륙의 금속문화와 농업문화의 혜택으로 문명단계로 이행하게 되었다.

하지만 아득히 먼 고대에 있어서 고도로 발전한 중국대륙 문명은 자체의 그 어떤 추상적이고도 자연적인 도경에 의해 일본열도에 전파된 것이 아니다. 만약 자연적인 전파에 의거했다면 일본열도내에서의 문명의 형성은 아마 수백년은 더 지체되었을 것이다.

고대에 일본열도가 문명사회로 이행함에 있어서의 직접적인 요인은 한반도 주민들이 이바지한 거대한 공헌이었다. 고대 일본열도는 야요이시대(기원전 2세기~기원 2, 3세기) 초기에 벼를 재배하면서부터 채집경제를 위주로 하는 야만시대 즉, 죠몬시대로부터 문명시대에 들어서기 시작했다.

이와 같은 획기적인 변혁은 벼 재배기술의 단순한 자연적 전파에 의해 발생한 것이 아니라 그 시기 일본열도로 건너간 한반도 남부지역의 농업주민 즉, 도래인들에 의해 이루어진 것이다. 야요이시대 초기부터 고도로 발달한 벼 재배기술을 장악한 수천수만의 한반도 남부지역의 주민들이 집단적으로 일본열도에 건너가 땅을 개간하고 벼를 심기 시작했다. 일본열도에서의 벼농사는 그 기술이 처음부터 높은 단계에 도달하고 있었다.

이를테면 1978년에 발굴된 당진시 채전유적에서는 모두 수전시설이 발견되었는데 이 수전시설을 통하여 야요이시대 초기부터 일본열도에서는 작은 하천을 막고 수로를 이용하여 물을 두렁으로 획분된 논밭에 끌어들여 벼를 재배했다는 것을 알 수 있다.

이 두 유적에는 말뚝과 판자로써 물을 막아 수위를 높이는 제방시설이 있었다.

이와 같은 경영방법은 어느 한 개인이나 가족에 의거해 실시될 수 없었기 때문에 집단적으로 경영되었다. 일본열도내에서의 벼재배가 첫시작부터 이렇듯 고도로 발전된 관개수전인 것은 바로 일본의 벼농사 기술은 장기적이고도 자연적인 도입에 의해 점차 이루어진 것이 아니라 이미 고도로 발전한 관개수전기술을 장악한 한반도 남부지구의 집단농민들의 선진적인 작업에 의해 이룩되었음을 말해준다. 그리고 관개벼농사는 야요이 시대에 일본열도의 서부 규슈지방에 전해진 후 신속히 중부 대화지구에 이르는 광활한 지역에 확대되었는데 이 역시 조선 집단농민의 동부지대에로의 이동으로 이루어진 것이다.

고고학면에서 볼 때 청동기시대의 한반도 자체의 독특한 문화유물인 지석묘, 다뉴세문경, 세형동검, 세형동과, 마제석검, 세형동모 등 유물들이 일본열도의 야요이 시대 무덤과 유적들에서 많이 발굴되었는데 이러한 유물들은 모두 한반도 남부지구의 도래인들이 일본열도로 가지고 간 것이다.

북규슈에 집중되어 있는 지석묘는 사실 일본열도에 이주해 간 한반도 농업부족 집단의 수령인들의 무덤이었다. 한반도 도래인들의 대량적인 이주로 야요이 시대에 조선 도래인과 원 일본열도 토착주민간에 혼혈이 발생하여 오늘의 일본인이 형성되기 시작했다. 조선 도래인들의 일본열도에로의 진출은 일본과 조선 두 나라의 신화와 전설 가운데서도 반영되고 있다.

이를테면 일본의 가장 오랜 사서인 〈고사기〉가운데의 일본개국 전설에는 일본국 국신인 아메데라스오오미가미(天照大神)는 자기의 자손을 하늘로부터 북규슈 ?구시 구지후루봉에 내려보냈는데 이곳은 한반도 남부에 향해 있으며 아침햇빛이 밝게 비치고 저녁노을이 붉게 물드는 매우 좋은 곳이라고 기재돼 있다.

이와 거의 같은 신화가 조선 고서에도 실려있다. 이를테면 〈삼국유사-가락국기〉에는 가야(가락구)의 선조인 수로왕은 하늘로부터 구지봉에 내려왔다고 적혀있다. 고사기 가운데의 구지후루봉은 바로 한반도 남부의 구지봉으로부터 유래한 명사이다. 고사기의 아메노히보고 부분에서는 또 신라 왕자인 아메노히보고가 도망간 아내를 쫓아 바다를 건너 일본의 난파(오늘의 오사카)까지 갔으나 나루터 신이 길을 막고 받아들이지 않아 다시 다지마국에 돌아와 살면서 그곳의 처녀에게 장가들어 여러 자손들을 번식했다는 설화가 적혀있다.

이 두 신화와 전설은 한반도 도래인들의 일본열도로의 진출과 그곳에서의 정착생활을 반영해 주고 있다.

이외에도 일본의 고서 〈고사기〉와 〈일본서기〉에는 한반도 도래인들에 관계되는 설화가 또 몇군데 실려있다.

1) 성립

 부여는 고대조선족의 한 갈래가 송화강 유역을 중심으로 세운 우리나라 고대국가의 하나이다. 부여가 세워진 이 지역에서는 이미 신석기시대 이래로 우리나라 옛 유형의 사람들이 자리잡고 살건서 독자적인 문화를 창조해 왔다. 옛 기록들은 이들의 후손들을 '예', '맥', 혹은 '예맥' 등으로 부른 고대조선족들이었다. 이들은 고조선이나 구려, 진국의 주민들과 같은 겨레로서 언어와 풍습이 기본적으로 같았다.

 기원전 2000년기 말에 이르러 송화강 유역과 눈강하류 일대의 주민들은 청동주조술을 발전시켜 각종 도구들을 전반적으로 새롭게 만들어 생산의 여러 부문을 한층 더 높였다. 이 지역에서도 원시공동체사회 말기, 즉 부여가 서기전에 이미 세워져 있던 눈강 유역의 〈탁리국〉이나 송화강 유역의 〈예국〉 등의 소국들이 출현했으나 서로 정복 통합하는 과정을 거쳐 큰 규모의 국가로 발전했다. 부여는 그에 앞서 있었던 탁리국에서 갈라져 나온 한 세력이 송화강 유역에 이동하여 세운 나라였다. 부여의 건국전설 가운데 가장 이른 시기의 것인 '논형' 길험편에 실려있는 내용은 다음과 같다.

 "옛날 북쪽의 이족인 탁리국왕의 몸종이 임신했으므로 왕이 죽이려고 했다. 여자 몸종이 변명하며 말하기를 크기가 닭알만한 기운이 하늘에서 나에게 내려왔기 때문에 임신하게 된 것이라고 했다. 여자 몸종이 후에 아들을 낳았으므로 그 아이를 돼지우리, 마구간에 버렸더니 돼지와 말이 입김을 불어줘 죽지 않았다. 왕은 그때야 하늘의 아들인 줄 알고 그 어머니에게 기르게 했다. 그의 이름을 〈동명〉이라 하고 소, 말을 기르는 일을 맡겼다. 동명이 활을 잘 쏘았으므로 왕은 그가 왕자리를 빼앗을 까 두려워 그를 죽이려 했다. 동명이 남쪽으로 달아나 엄호수에 이르러 활로 물을 치니 물고기와 자라들이 떠서 다리를 놓아 동명이 건너갈 수 있었다. 그러나 추격해 오던 군사들은 물고기와 자라들이 흩어져 물을 건너가지 못했다. 동명이 부여에 수도를 건설하고 왕이 돼 북이족이 부여국을 가지게 됐다."

 전설에서 부여의 건국자 동명은 탁리국에서 나서 자랐으며 후에 본국을 탈출하여 남쪽으로 내려와 나라를 세웠다는 것은 부여보다 앞서 그 북쪽에 탁리국이 있었다는 것을 의미한다. 탁리국의 위치는 엄호수를 송화강(북쪽으로 흐르는 송화강)으로 인정한다면 그 북쪽에 해당하는 눈강일대였다고 볼 수 있다. 부여의 중심은 지금의 지린(吉林), 창춘(長春) 등지로 눈강 유역의 탁리국 주민들과 왕래가 빈번했을 것이다.

 한편 부여가 성립되기 전에 그 지역에는 이미 국가가 세워져 있었다. 〈삼국지〉위서 부여전에는 부여에 〈예성〉이라고 불리운 성이 있었다는 글이 전해지고 있는데 이것은 부여보다 먼저 그 지역에 옛날 중국사람들이 〈예〉라고 부르는 작은 나라가 있었다는 것을 짐작할 수 있게 된다. 결국 부여는 탁리국에서 남쪽으로 이동해온 세력이 〈예〉국을 통합하여 세운 나라였다고 볼 수 있다. 이처럼 부여가 먼저 생긴 탁리국의 영향을 받고 〈예〉국의 주민들을 흡수하여 나라를 세운 것은 이 나라들이 모두 근본이 같은 한겨레의 나라였기 때문이다. 부여는 여러 가지 문헌 및 고고학적 자료들을 종합해보면 대체로 기원전 7세기 이전에 세워진 것으로 보인다.

2) 영토

부여는 송화강 유역을 중심으로 넓은 판도를 차지한 나라였다. 유물과 유적의 발견지로 보아 주민들은 서쪽으로 지금의 내몽골과 동쪽으로는 흑룡강성 목단강, 연해주 우수리스크 강을 경계로 생활한 것으로 보인다.

부여는 서남쪽으로 구려, 동남쪽으로는 북옥저와 이웃하고 있었다. 구려는 고구려의 전신국으로 구려의 영역은 고구려 초기의 영역과 크게 다를바 없다. 고구려 초기의 중심지는 졸본이었는데 졸본은 혼강 유역에 있는 길림성 환인으로 알려져 있다. 남쪽으로는 함경북도 해안과 두만강 황금삼각(북: 나진, 중: 훈춘, 러시아: 자르비노) 일대를 무대로 생활했을 것으로 짐작된다.

3) 통치기구

부여에서 왕의 지위는 기본적으로 세습제에 의해 계승됐다. 부여의 왕 해부루가 아들이 없어 산천에 제사를 지내어 얻은 것이 금와였다고 하는데 해부루는 금와를 〈하늘〉이 준 아들로 여기고 그를 태자로 삼았으며 해부루가 죽자 금와가 왕위를 이었다고 한다. 금와는 비록 해부루가 낳은 아들은 아니었지만 아들로 인정돼 태자의 봉을 받은 것과 같은 정상적인 노정을 거쳐 왕위에 올랐다.

그러므로 금와에 대한 이야기는 왕위세습제의 일단을 반영한 것이다. 금와에 뒤이어 그의 맏아들 대소가 태자로 됐고 그에 의해 왕위가 계승됐다.

4) 군대와 법

부여사람들은 일상적으로 무술을 연마하고 체력을 단련하기에 힘썼다. 일찍부터 목축업을 발전시키고 사냥을 자주 했던 부여사람들은 어렸을 때부터 말타기와 활쏘기를 즐겼다. 부여의 민간에서 활을 잘 쏘는 사람을 '주몽'이라고 부르면서 사회적으로 내세웠던 것은 부여에서 활쏘기가 널리 장려됐으며 무술을 연마하는 것을 중요시했다는 것을 말해준다.

부여사람들은 무술을 연마하면서 일상적으로 체력을 단련해 몸집이 크고 성격이 굳세고 용감한 체질과 기질을 가졌다. 이처럼 어렸을 때부터 늘 무술을 배우고 체력을 단련한 사람들로 꾸며진 부여의 군대는 전투력이 매우 강했다. 부여에서는 또한 농업 목축업 수공업 등 생산의 여러 분야가 발전했는데 이것은 군사력 강화를 위한 물자 조달의 기초가 됐다. 이런 연유로 부여에서는 비교적 정연한 군사지휘체계와 병역제도가 세워져 있었다.

부여의 법은 매우 단편적인 것이 전해지고 있다. 그에 의하면 사람을 죽인 자는 죽이고 그 가족을 노비(노예)로 만들며 남의 물건을 훔친자는 훔친 물건의 12배에 달하는 양을 배상해야 한다고 했다.

5) 생산의 발전

청동기문화의 오랜 역사를 가지고 있었던 근면한 부여사람들은 기원전 5세기경에 이르러 철을 생산, 여러 가지 철기를 만들어 썼다.

부여사람들의 생업은 비교적 다양했다. 부여가 차지했던 넓은 영역 안에서는 산림, 전야, 강하천, 초원 등 지형조건들이 다양하고 기후풍토는 각이했다.

부여에서는 농업, 목축업, 수공업, 광업 등 여러 가지 생산부문들이 발전했으며 그에 따라 대외무역도 활발했다. 쇠로 만든 도끼, 괭이, 낫 등으로 황무지의 개관과 부침땅의 기경, 농작물의 경작과 수확, 낟알의 가공에 이르기까지 농사일에 쓰인 갖가지 도구들을 사용 농업생산 기술을 발전시켰다. 또한 농업생산량이 늘어나 저장용 그릇인 큰 항아리들을 이용했다. 눈강과 동류송화강 유역일대에는 넓은 초원과 밋밋한 언덕, 크고 작은 늪들이 많아 그 자연지리적 조건이 목축에 유리했으므로 이곳 주민들은 농업과 함께 짐승들을 초원에 방목하는 방법으로 목축업을 성행시켰다.

부여애서 기른 집짐승 가운데 대표적인 것들은 말, 소, 돼지, 개, 닭, 양 등이었다. 청동기 주조 제품으로는 단검, 창끝, 활촉 등의 무기류와 도끼, 끌, 칼, 송곳, 낚시 등의 노동도구, 거울, 바늘, 방울 등 생활용품, 단추, 패물, 팔찌, 가락지, 연달린 구슬모양의 장식 등의 치레거리가 있었다. 부여에서는 또한 모피가공기술과 금, 은 세공과 구슬가공 등이 발전했으며 야금업, 직조업 등도 발달했다.

6) 종말

처음에 부여는 새로 건국된 같은 겨레의 나라인 고구려와 화친관계를 맺고 있었다. 그후 부여보다 늦게 세워진 고구려가 주변의 소국들을 통합시키면서 국력을 키워나가자 부여와의 마찰이 자주 발생했다. 고구려와의 전쟁에서 부여의 대소왕이 죽자 그의 아우(금와왕의 막내아들)는 기원전 219년 4월에 추종자 100여명을 이끌고 갈사수가에 이르러 〈갈사국〉이라는 나라를 세웠다. 그에 뒤이어 같은 해 7월에 대소왕의 사촌 아우가 1만여명의 주민을 거느리고 고구려에 투항했다. 부여의 귀족관료들의 연속적인 배반과 분열은 이미 부여국가의 통치집단이 사분오열돼 수습할 수 없게 됐다는 것을 보여주는 것이다. 마침내 고대 부여국은 기원전 219년 고구려와의 전쟁 후 얼마 안돼 종말됐다.

6. 구려국

1) 성립

구려국은 고구려보다 앞서 생긴 고대국가였다. 주몽이 졸본부여에 이르렀을 때 그곳에 있던 왕에게 아들이 없었는데 주몽을 보고 보통사람이 아니라는 것을 알고 그의 딸과 결혼시켰다. 왕이 죽은 후 주몽이 그 뒤를 이어 왕으로 됐다는 한 전설은 고주몽 집단이 고구려를 건국하기 전에 이미 졸본부여땅에 나라가 있었다는 것을 보여준다.

'광개토왕릉비문'에는 광개토왕을 추모(주몽)왕의 17세손이라고 했고 '삼국사기'고구려본기에서는 시조 주몽왕 이래 그 후손들에 의해 왕위가 계승됐다는 것을 밝히고 있다.

고구려본기 시조 동명성왕조의 고구려건국전설에 의하면 주몽이 '국호를 고구려라고 하고 따라서 〈고〉로써 성을 삼았다'라고 했다. 이는 국호 '고구려'의 '고'에서 주몽의 성 '고'가 고구려 국호의 유래로 보인다.

2) 영역

구려는 고구려의 전신이며 고구려는 구려를 뒤이은 국가인만큼 구려의 영역은 초기 고구려의 영역범위안에 있었을 것이다.

그러므로 구려의 영역은 대체로 오늘의 혼강을 중심으로 압록강 중상류, 태자하 상류, 혼하 상류, 이통하 유역을 포괄하는 지금의 중국 요녕성 환인현, 신빈현, 청원현과 길림성 유화현, 통하현, 집안현, 임강현, 우리나라 자강도 지역에 해당된다.

구려국의 중심지였던 흘성골성(졸본)은 훗날 고구려의 발생지로 됐던 오늘의 환인일대에 있었다.

집안에 있는 고구려의 두 번째 수도 국내성은 지금까지 석성으로만 알려져 있었다. 그러나 1970년대에 발굴한 결과 그 석성밑에 토성벽이 있다는 것이 새로 밝혀졌다. 국내성의 성벽은 이 토성벽위에 쌓은 것이며 따라서 토성의 규모는 현재 국내성 규모와 거의 같다.

따라서 구려국의 건국시기는 기원전 5세기 이전으로 추정해 볼 수 있다.

3) 통치권

구려국에는 중앙통치기구의 하나로서 제가평의회가 있었다.

'삼국지'위서 고구려전에서는 고구려의 제가평의회에 대하여 전하면서 감옥이 없으며 죄를 진 사람은 여러 '가'들이 모여 평의하고 그 자리에서 이를 죽였으며 그의 처자들을 노비로 삼았다. 제가평의회는 10월에 열리는 '국중대회'를 계기로 진행됐는데 이 국중대회의 기본의식이 하늘신을 제사하는데 있었기 때문에 '제천대회'라고도 했으며 고구려 사람들은 그것을 간단히 '동맹'이라 불렀다.

제천행사(하늘신에 제사를 지내는 행사)는 원시사회에서 발생한 것이며 제가평의회 이전 형식은 씨족 또는 종족의 원시적 평의회였다. 그러므로 고구려의 '동맹'이나 이를 계기로 열린 제가평의회는 그 뿌리가 원시사회에 있었다고 볼 수 있다.

국가성립 후 이러한 원시적인 평의기구는 지배계급의 요구에 맞게 개편돼 계급적 지배를 위한 도구로 전환됐다.

고구려에 앞서 구려국이 존재했던 만큼 제가평의회는 이미 구려국시대부터 있었다고 볼 수 있으며 매년 여러차례 열린 것으로 보인다.

그리고 제가평의회가 일종의 정치기구였던 만큼 범죄자에 대한 형벌 뿐만 아니라 왕위계승문제, 전쟁과 관련된 문제, 대외관계 등 국가의 중요정사들이 논의된 것으로 보인다.

구려국은 왕밑에 전국을 통치하기 위한 중앙관리들이 있을 것으로 추정되며 군대가 있었을 것으로 보인다. 구려 군대의 볕종구성은 보명과 기병으로 이루어졌으며 그 가운데 기병이 군대의 주력을 이루었을 것으로 보인다.

4) 경제

철기의 보급은 농업의 발전을 촉진시켰다. 쇠도끼는 산비탈과 야산 경사지의 산림채벌을 대규모로 벌여 여러 가지 곡식을 심는데 중요한 도구였다.

구려에서는 상업도 발전했다. 기원전 4~3세기에 우리나라 서북부로부터 중국의 하북성, 하남성에 이르는 지역에서 널리 유통된 '명도전'이 압록강 중류의 구려국 지역에서 많이 드러나 알 수 있다.

7. 고구려와 3국, 양진, 남북조의 관계

기원 220년부터 370년까지 중국대륙에서는 매우 복잡한 정세가 나타났다. 즉, 동한이 멸망되고 위, 촉, 오 등 3개의 나라가 서로 맞서 패권을 다투었다. 이 가운데서 위나라가 제일 강대했다. 촉과 오의 국력은 도리어 날로 약해졌다. 263년에 위나라가 촉나라를 멸망시켰다. 265년에 권세를 잡은 신하 사마염이 위나라의 정권을 탈취하여 황제로 되고 진조를 건립하고 서울을 낙양에 정했는데 이것을 역사에서 서진이라고 한다. 280년에 서진이 오나라를 멸망시켰다.

이리하여 3국 정립의 국면이 끝났다.

317년에 서진이 멸망된 후 동징이 건립되었다. 동진은 104년간 존속한 후 420년에 멸망되었다. 동진이후 중국에는 남북조시기가 나타났다. 남조는 송, 제, 양, 진 등 조대를 거치고 북조는 북위, 동위, 서위, 북한, 북주 등 조대를 거쳤다. 같은 시기 한반도에서는 고구려, 백제, 신라 3개 나라가 병립하고 있었는데 그 가운데서 북쪽에 위치한 고구려가 제일 강대했다.

이시기 일본은 장기간 여러 부족 혹은 부족연맹이 서로 분립되어 패권쟁탈전을 벌이고 있다가 4세기 초기 야마또 정권이 건립되면서부터 통일의 국면이 이루어지기 시작했다.

1) 고구려와 공손씨의 관계

공손도는 원래 동한말 요동한대에 웅거한 지방할거 세력들이었다. 그는 동한말년의 전쟁이 빈번하고 정세가 복잡한 시기를 이용하여 점차 세력범위를 확대하여 요동지역내에서 제일 강대한 역량으로 등장했다. 공손도는 스스로 '요동후평주목'이 되어 실제상 후한의 통제에서 벗어난 독립왕국과 같은 존재가 되었다.

〈진서-지리지〉에 '동이의 9종은 모두 복속하였다'라고 했다. 이로 보아 요동, 요서지역에 있는 동이 가운데서 적지않은 부분이 공손도 세력하에 들어갔다는 것을 알 수 있다. 이를테면 부여는 공손도의 농락정책에 의해 공손도 세력에 귀속되었고 오한은 한조말년 요수서쪽에 분포돼 있었으나 공손도의 징벌을 받아 공손도 세력하에 귀속됐다. 때문에 〈삼국지-위지-공손도전〉에 '서쪽으로 오한을 치니 그 위력이 해외로 미치었다'라고 했다. 고구려왕 백고는 공손도에게 사신을 파견하여 친선적 관계를 맺을 것을 요구했고 또 대가우거와 주박연인 등을 파견하여 공손도를 도와 부산적을 치기까지 했다.

그러나 고구려의 요동진출과 공손도 세력지간의 모순은 걷잡을 수 없는 엄중한 상태로 발전했다. 백고가 죽은 후 고구려 왕족 내부에서는 내홍이 일어났다. 건안 9년(기원 204년) 공손강은 고구려의 요동진출을 막고 자기의 세력을 확대하고 공고히 하기 위해 고구려 왕족 내부에 내홍이 생긴 틈을 타서 군사를 일으켜 고구려에 대한 대규모적인 정벌을 시작했다.

고구려에서는 아들이 없었던 고국천황이 죽은 후 그의 동생들인 발기와 연우사이에 왕위쟁탈전이 벌어졌다. 발기는 왕위쟁탈전에서 패배하자 공손도에게 투항해 고구려를 징벌해 줄 것을 요구했다. 공손도는 발기의 요구를 받아들이고 3만명의 군사를 보내 고구려를 징벌하려고 했다.

고구려에서는 계수를 파견, 공손강의 침략군을 물리치기로 했다. 계수가 거느리는 군사는 공손강의 침략군과 싸워 침략군에게 막대한 손실을 입혔으나 침략군은 계속 진격해 고구려의 수도를 점령하고 촌과 읍을 불사르고 후퇴했다. 고구려가 패배당한 후 발기와 연노가는 각각 하호 3만여명을 거느리고 공손강에게 투항했는데 공손강은 그들을 불류수 일대에서 살게했다.

불류수는 오늘의 부이강과 혼강 중하류이다.

그러므로 이 때 공손강의 세력이 불류수 일대에까지 뻗치기 시작했다는 것을 알 수 있다. 이 때 공손씨의 세력은 중료, 요서, 현도, 낙랑, 대방 등 지대뿐만 아니라 멀리 산둥반도의 일부 지역에까지 뻗쳤다.

2) 고구려와 위, 오와의 관계

기원 200년 조조는 관도에서 원소를 격파한 후 몇 년간의 시간을 이용하여 여러개의 군사집단을 소멸하고 북방을 기본상 통일했다. 그러나 요서와 요동 일대에는 공손도 세력이 의연히 웅거하고 있었다.

위나라는 요동지방에 웅거한 지방할거 정권인 공손도 세력을 소멸하기 위해 고구려와 연합하려고 했다. 고구려도 공손도 서력을 격파하고 자기의 세력범위를 요동과 요하 유역에까지 확대하기 위해 조위정권과 연합하려고 시도했다. 쌍방이 달성하려는 목적은 같지 않지만 공손도 세력을 소멸하려는 것만은 같았다.

이 때 요동지방의 공손세력은 때로는 위나라, 때로는 오나라와 연합함으로써 자기의 지위와 통치를 공고히 하려고 했다. 207년 조조가 3군 오한을 공격하여 유성(오늘의 조양일대)을 점령할 때 원희, 원상 등은 누반, 오연 등과 함께 요동으로 도주했다. 공손강은 자기에게 의거해온 원상의 목을 베어 조조에게 보냄으로써 그의 진격을 잠시나마 중지시켰다. 조조는 공손강을 양평후로 봉했다.

그 후 공손강이 죽고 아들 공손연이 그 직위를 계승하자 228년에 위나라 명제는 공손연을 요동태수로 봉했다. 공손연은 밖으로 위나라의 〈요동태수〉 관직을 받는 동시에 안으로는 오나라에도 사신을 보내 〈연왕〉이라는 칭호를 받았다. 당시 오나라는 고구려와 공손세력에게 연락하여 북으로부터 조조를 공격하려고 시도했다. 232년 공손연이 오나라에 파견한 사신이 돌아갈 때 오나라는 대신 장미, 허안 등에게 1만여명의 병사 호송하에 인수, 책서, 금호부 등을 가지고 공손연의 사신과 함께 요동으로 가게했다.

하지만 이 일을 알게 된 위나라 조정은 즉시 사문을 내려 공손씨 세력을 위협했다. 겁에 질린 공손연은 바다건너 멀리에 있는 오나라를 믿고 있을 수 없다고 생각하고 이듬해인 오나라 사신의 목을 베어 오나라 사신이 가지고 온 책봉서, 하사품 등과 함께 위나라에 보냈다.

그리고 오나라 사신이 이끌고 온 1만여명의 병사들을 군데군데 분할시켜 소멸하기 시작했는데 이 사변에 인근지역의 고구려도 휩쓸려 들어갔다. 공손연이 요동에서 의지할 곳이 없는 오나라 병사들을 잔혹히 살해할 때에 오나라 사절단 가운데 진단, 장군, 두덕, 황강 등 4명의 사신은 가까스로 고구려로 도망가 고구려 동천왕에게 손권의 조서를 전달했다.

그리고 손권이 고구려왕에게 선사하는 물건도 가지고 왔으나 도중에 공손영에게 빼앗겼다고 말했다. 물론 오의 이 조서는 부득이한 경우에 진단 등 오나라 사신들이 고구려의 신임과 환심을 사기위해 꾸며낸 것이다.

하지만 고구려 왕은 곧이 듣고 조서를 받아들였다. 그리고 오나라 4명의 사신을 잘 보살펴 주었다. 이어 고구려왕의 명에 의해 그 해 대관조이를 수반으로 하는 고구려 사절단 일행 26명은 오나라 사신들과 함께 오나라에 가 손권에게 표문을 올리고 밤가죽 1000장, 할계피 10장을 공물로 바쳤다. 고구려의 성의에 보답하기 위해 오왕 손권은 이듬해 사굉을 선우로 봉하고 의복, 보석 등 진귀한 물건을 하사하게 했다.

하지만 오나라 사신일행이 고구려 서부 입구인 서안평에 이르자 위나라 유주칙사가 이를 미리 알고 고구려를 위협했으므로 고구려는 감히 오나라 사신을 수도에까지 맞아들이지 못했다. 다만 주부 착자와 대고 등을 수반으로 하는 30여명의 사절단을 서안평에 보내 오나라 사신을 회견하게 했다.

이에 격노한 오나라 정사 사굉은 고구려 사신들을 잡아 가두어 인질로 삼았다. 고구려 조정은 즉시 오나라 사신에게 사죄하고 말 100필을 바쳤다. 사굉은 고구려 사신을 통하여 손권의 조서와 예물을 고구려왕에게 전하고 되돌아갔다. 고구려가 이처럼 오나라의 책봉을 받고 그의 외신이 된 것은 오나라를 등에업고 자체의 역량을 강화하고 위나라와 공손씨 세력을 견제하려는 데서 이루어진 것이다.

하지만 234년에 촉나라 제상 제갈량이 죽은 후 3국 혼전의 국세가 위나라에 유리하게 기울어져 강대한 위나라가 역량을 집중하여 오나라를 진격하게 되자 고구려도 공손연 정권과 마찬가지로 오나라의 책봉을 받은지 얼마 지나지 않아 도로 위나라 쪽으로 넘어가게 됐다.

이리하여 236년 7월 고구려는 오나라로부터 파견돼 온 사신 호위의 머리를 베어 위나라 유주에 보내 위에 대한 저들의 충성을 표달했다. 이리하여 위나라와 고구려간에는 친선적 관계가 다시 회복됐다. 237년 위나라는 새로 유주 자사로 임명된 관구점을 총지회관으로 하고 유주 등지의 위나라 병력과 선비, 오환족의 무력까지도 동원하여 공손연에 대한 공격을 개시했다. 관구검이 거느리는 위나라 군사들은 요수현에 와서 싸웠으나 이기지 못했다. 공손연 세력의 강한 반격이 있는데다가 때마침 장차철이어서 10여일간의 큰 비가 내려 요수가 크게 범람했다.

이리하여 더는 공격할 수 없게 된 관구검은 우북평으로 되돌아가고 말았다. 이렇게 되자 공손연은 〈연왕〉이라고 자칭하고 연호를 〈소한〉이라고 했다. 공손연 세력의 강화는 고구려에도 불리했다. 고구려는 그 동향을 주시하는 한편 위나라와의 연계를 강화했다.

위나라는 공손세력에 대한 새로운 공격을 더욱 다그치면서 전해의 경험에 비추어 지원병을 보내 줄 것을 고구려에 요구했다. 이 때 공손연도 오나라에 구원을 요구했으나 오나라는 공손연을 도와주지 않았다.

고구려는 위나라의 요구에 따라 배후로부터 공손연 세력을 치기 위해 주박, 대가 등이 거느리는 1000명의 군사를 파견했다. 238년 위나라는 사마의에게 대군을 거느리고 요동에 가 공손씨 세력을 치게했다. 239년 봄 사마의는 군대를 통솔하여 요동에 이르렀는데 이에 공손연은 장군 비연과 양조 등에게 수만명의 보병과 기병을 거느리고 요대에 진을 치고 위나라 병사들을 맞아 싸우게 했다.

사마의가 거느리는 위군은 요대의 진을 돌파하고 공손씨의 정치중심인 양평을 향해 곧바로 진격했다. 사마의 대군은 수산성을 격파하고 양평성 밖에 이르렀는데 때마친 비가 30여일 동안 퍼부어 요수가 불었기에 요하 어귀로부터 직접 양평에까지 배가 통할 수 있어 진공에 매우 편리했다. 사마의 군사는 비가 멎자 흙을 산처럼 높이쌓고 성안을 향하 활을 쏘았다.

이 때 공손연이 있는 양평성내에는 식량이 다 떨어져 사람이 사람을 잡아 먹는 형편에 이르렀고 죽는자가 많았다. 이리하여 공손얀 수하의 장군 양조가 사마의군에 투항했고 8월에 이르러 곤손연의 부중이 무너졌다. 공손연은 아들 수장과 함께 기병 몇 명을 거느리고 포위를 돌파하여 동남쪽으로 도망했다. 이에 사마의 대군은 바짝 추격하여 공손연 부자를 사로잡아 목을 자르고 그 목을 낙양으로 가져갔다.

이 밖에 양평을 함락한 후 상국 이하의 수천경의 목을 잘랐다. 그리하여 공손씨 세력은 마침내 멸망되고 말았다. 〈삼국지-위지-동이전〉에 '경초 중기에 군사를 크게 일으켜 공손연을 베고 또 바다를 건너 낙랑, 대방 등 군을 수복했다. ---'고 기재되어 있는데 이로 보아 위나라는 공손씨 세력을 칠 때 사마의가 거느리는 군사들은 육로로 공손씨의 정치중심인 양평을 향해 진군했고 수군은 바다를 건너 한반도에 쳐들어가 낙랑과 대방군을 점령했다는 것을 알 수 있다. 이리하여 위나라는 공손씨 세력을 소멸한 후 공손씨 세력이 점유했던 중료, 요서, 현도, 낙랑, 대방 군을 차지했다.

그러나 위나라가 고구려와 연합하여 공손씨 세력을 소멸한 후 자기의 강대한 무력에 의거하여 전쟁승리의 모든 성과를 독점했기에 위나라와 요동으로 진출하려는 고구려와 새로운 모순과 충돌은 야기될 수 밖에 없었다. 당시 위나라는 촉 및 오나라와 한창 싸우고 있었으므로 요동지방에 큰 힘을 들일 수 없었다.

이러한 사정은 고구려의 요동진출에 매우 유리한 조건을 마련해 주었다. 242년 고구려는 요동군의 전략 거점인 서안평을 공격하여 점령했다. 서안평은 오늘의 구련성 부근이다. 서안평은 요동지역과 한반도를 연결짓는 요충지로 만약 고구려가 이 지역을 차지한다면 위나라 요동군의 세력을 서안평 일대에서 막고 압록강 이남의 위나라 세력을 격파하고 대방, 낙랑 두 군을 점유할 수 있으며 또 요동의 정치중심지인 영평을 공격하고 요동반도와 요하유역으로 진출하는데 매우 유리한 조건이 이루어지게 될 것이었다.

이와 반대로 가령 이 지역이 고구려에게 빼앗기게 된다면 위나라는 한반도 내의 낙랑과 대방군을 잃을 위험성이 있을 뿐만 아니라 요동군의 정치중심인 양평이 직접 위협을 받게 될 것이었다. 때문에 서안평은 위나라나 고구려나 할 것 없이 다 생명처럼 여기는 전략적 요충지였다. 서안평에 대한 고구려의 공격은 위나라가 고구려를 향해 두차례의 대규모적인 전쟁을 발동한 계기가 됐다.

위나라 제왕(조방)은 먼저 촉과 오를 소멸하고 전국을 통일한 후 요동지역에 대한 저들의 통치를 공고히 하고 고구려의 서진을 제지시키기 위해 244년부터 고구려 침략을 위한 무력을 강화하는 한편 대외적으로 선비족의 일부 세력을 회유기만하여 자기편으로 끌어당기고 또한 부여를 고구려 침략의 동맹자로 만듦으로써 고립시키려고 시도했다. 전쟁준비를 마친 위나라는 유주 자사 관구검에게 영을 내려 고구려에 대한 대규모적인 정복전쟁을 벌리게 했다. 이번 정복전쟁에는 유주의 위나라 군사가 기본부대로 되고 그 외 부여, 선비 등의 군대로 편성된 예비군도 참가했다.

정시 5년(244년) 관구검은 1만여명의 보병과 기벼을 거느리고 몇갈래로 나누어 현도군으로부터 고구려로 향해 쳐들어갔다. 이에 고구려 동천왕은 2만여명의 보병과 기병을 거느리고 비류수(지금의 혼강)에서 맞받아 싸웠다. 이 싸움에서 쌍방의 살상자는 매우 많았다.

이 때 양구(오늘의 태자하 상류)에서도 큰 싸움이 벌어졌는데 이 싸움에서 고구려군은 크게 패했다. 이어 관구검은 고구려군을 격파하고 유수를 지나 고구려의 수도 환도성을 향해 진격했다. 이 때 동천왕은 1000여명의 기병을 거느리고 처자와 함께 남옥저로 도망했다. 관구검은 환도성을 점령한 후 많은 재물을 약탈하고 성안에서 갖은 만행을 저질렀다. 관구검은 또 현도군태수 왕기를 선봉으로 하여 고구려 동천왕을 추격하게 했다. 동천왕이 남옥저로 도망가 죽령에 이르렀을 때 동부여 사람 밀우가 결사대를 조직하여 왕기군을 막았기에 동천왕은 위험에서 벗어나게 됐다.

245년 동천왕은 매골(매구류 혹은 구류라고도 하는데 오늘의 훈춘시 팔련성 부근이다)로 도망했는데 관구검은 왕기에게 계속 추격하게 했다. 하지만 왕기는 옥저에서 1000여리 떨어져 있는 숙신의 남쪽변경에까지 추격하다가 동천왕을 붙잡지 못하고 후퇴했다. 이 때 고구려군은 후퇴하는 왕기를 추격했으며 환도성내의 위군도 물러갔다. 관구검의 고구려 정벌의 공로를 기념하기 위해 전후 위나라에서는 환도산과 동예 붕애산성에 2개의 기념비를 세웠는데 완두산 기념비는 1905년 7월에 집안현 판석령 서쪽에서 발견됐다. 이 비석에 지금 남아있는 50여자의 글자는 고대 위나라와 고구려간의 관계를 연구하는 매우 중요한 자료다.

이번 싸움에서 고구려는 군사적 면에서 크나큰 타격을 받았다. 그러나 위나라 군사들이 후퇴한 후 고구려 동천왕은 재빨이 정권을 회복했다. 위나라는 고구려에 대한 정복전쟁의 잠시적인 승리를 통하여 요동지구에 대한 관할과 통치지위를 잠시나마 확보할 수 있게 됐고 고구려의 서진을 일시적으로 제어할 수 있게 됐다. 259년 위나라 울지가 거느리는 군사들이 또다시 고구려 국내에 깊이 쳐들어 갔는데 고구려는 기병 5000명을 동원하여 양구에서 이들을 물리쳤다. 〈삼국사기〉 권17, 중천왕 12년조에 의하면 이번 전투에서 고구려군은 무려 8000여명이나 되는 울지군의 목을 베었다. 그 후 위나라는 멸망될 때까지 고구려를 더는 침략하지 못했다.

3) 고구려와 전연, 전진, 후연 등의 관계

위나라는 265년에 서진에 의해 교체됐다. 서진왕조 창건자 사마염은 274년에 동북지구에 평주를 설치하고 소재지를 양평에 정했으며 그 산하에는 창려(요동, 현도, 대방, 낙랑 등 5개 군을 두었다.

또 양평에는 호동이교위를 두어 동북지역과 한반도의 여러 민족을 관할케 했다.

하지만 얼마 지나지 않아 〈8왕의 난〉이 일어나 북방에는 여러민족과 지방호족들이 맞서 겨루는 혼란한 국면이 나타났고 평주자사와 호동이교위도 그 기능을 상실했다. 이 틈을 타 고구려는 요동지역으로 세력을 급속히 확대하기에 힘썼다. 하지만 이 때 중국의 북방에서는 모용선비 세력이 궐기했다.

선비족의 수령 모용외는 284년에 선우로 된 후 대외로 부단히 세력을 확장했다. 태강 6년에는 군사를 거느리고 부여를 쳤고 태강 10년(289년)에는 남으로 도하(지금의 금주)의 청산을 점령했고 294년에는 대극성(지금의 의현 서쪽)으로 이동하여 요하이서의 넓은 지역을 점령했다. 그 후 모용씨는 또 세력을 요하이서로부터 요하이동으로 뻗쳤다. 이에 앞서 고구려도 요동에 그 세력을 적극적으로 확대하면서 신성(요하와 살이허산성 사이에 있는 무순의 고이산성이다)을 점령한 후 계속하여 대량수(지금의 태자하) 상류를 점령했다. 이와 같이 고구려와 모용씨 정권은 각기 상대편의 방향으로 세력을 뻗쳤는데 이로 인하여 양국 간에는 무력충돌이 초래됐다.

고구려와 모용선비 세력간의 싸움은 293년부터 시작됐다. 이에 모용외는 먼저 군사를 거느리고 고구려의 신성을 포위 공격했다. 그러나 신성의 장관이었던 고노자가 인솔하는 고구려의 기병의 강력한 반격에 의해 퇴각하고 말았다. 하지만 그 후 모용외는 계속 요동반도쪽으로 세력을 확대했다.

함화 8년(기원 333년) 모용외가 죽자 그의 아들 모용황이 부친의 직위를 계승하여 평북장군행평주자사로 된 후 337년에 왕으로 자칭하고 나라이름을 〈연〉이라 선포, 수도를 극성에 정했다. 그 후 341년에 수도를 용성으로 다시 옮겼다. 이를 역사에서는 전연이라고 부른다.

모용황은 왕으로 된 후 계속하여 요동에서 고구려 세력을 몰아내려고 시도했다. 339년 모용황은 고구려에 침입하여 신성에 이르렀다가 고구려 국왕이 동맹을 결성할 것을 바라기에 물러났다. 이리하여 이듬해 고구려왕은 세자를 파견하여 연나라왕 모용황에게 조공까지 했다.

이러한 정세하에서 고구려왕은 모용씨 세력을 견제하기 위해 후조에 사신을 보내 연합할 것을 모색했다. 이 때 모용씨에 의한 패배를 만회해 보려고 모용황에 대한 재공격을 준비하고 있던 후조도 고구려와 연합하여 전연을 칠 것을 제기했으며 또 이를 실현하기 위해 배 3척을 동원, 고구려에 양곡 300만석을 보냈다.

이에 전연은 340년 후조에 치명적인 타격을 가한 다음 동쪽에 자리잡고 있는 고구려에 침략의 예봉을 돌리기 시작했다. 이에 앞서 모용황은 부하들과 함께 고구려에 대한 침공방책을 토의했는데 이 때 고구려의 위력과 내부형편을 잘 알고 있던 모용한은 고구려로 통하는 길은 남쪽과 북쪽에 있는데 그 가운데 북쪽길은 평탄하고 넓어서 군사가 기동하기 유리한 곳이므로 고구려는 반드시 그곳에 무력을 증강하고 방비를 강화할 것이다. 그러니 그곳으로 적은 수의 군사를 보내 고구려로 하여금 그곳에 역량을 집중하도록 유인하는 한편 고구려군의 방비가 약한 좁고 험한 남쪽길에 강한 군사를 소문없이 접근시켜 불의에 들이치자고 주장했다.

모용한은 그의 건의를 받아들였다. 이리하여 342년 모용황은 친히 군사 4만명을 거느리고 남쪽길로 하여 환도성을 향해 쳐들어갔다.

그는 또 대장 왕우에게 1500명을 거느리고 북쪽길로 쳐들어 가도록 했다. 고구려왕은 모용황이 북쪽길로 쳐들어 오지 험하고 좁은 남쪽길로는 쳐들어 오지 않을 것이라고 여기고 여겨 동생 무를 시켜 정예부대 5만으로 북쪽길을 방어하게 하고 자기는 준비가 비교적 부족한 많지않은 군사로 남쪽길을 지켰다. 모용황의 주력부대는 마침내 방비가 매우 약한 남쪽길을 돌파하고 고구려의 서울 환도성을 함락했다.

이 때 북쪽길을 지키고 있던 고구려군은 왕우가 거느린 전연의 군사 1500명을 섬멸하고 수도를 되찾기 위해 남으로 진격했으며 각지의 고구려 백성들도 일어나 전연의 군대와 맞서 싸웠다. 형세가 불리하게 되자 모용황은 고구려 국왕의 아버지 마천왕의 무덤을 파헤치고 시체와 함께 많은 금은보화와 진귀한 재물을 훔쳐내고 미처 피신하지 못한 고구려 왕의 어머니 주씨와 남녀 5만명을 납치한 후 환도성을 볼꼴없이 짓부셔 놓고 후퇴했다.

342년 모용황의 침입사건이 있은 뒤에도 고구려와 전연 사이에는 의연히 적대적 관계가 계속됐다. 345년 10월에 모용황은 모용각에게 영을 내려 고구려의 서부변경을 침입하게 했는데 모용각은 군사요새지인 남소성을 점령한 후 수비병을 남겨두고 돌아갔다. 이번 모용각의 침입으로 고구려는 많은 땅을 빼앗겼고 심한 타격을 받았다. 이리하여 355년 고구려왕은 사신을 연나라에 파견하여 인질과 공물을 바치고 황태후를 돌려 보내줄 것을 요청했는데 연왕은 이를 허락하고 사신을 파견하여 고구려의 활태후를 돌려보내고 고구려왕 검을 정동대장군, 영주자사, 낙랑공으로 봉했다. 고구려를 전승한 후 전연은 여전히 평주를 설치하고 그 소제지를 양평으로 정했다.

그리고 평주의 관할 밑에 10개 군을 두었는데 그중에서 요동, 현도, 창려, 낙랑, 대방, 요서 등 군은 이전대로 설치했다.

4세기 중엽에 이르러 고구려와 전연의 관계는 대치상태에 처해 있었다. 이 시기 중국 북방의 정세는 매우 복잡했다. 즉, 이른바 〈5호 16국〉의 혼란한 국면이 나타났다. 350년초 전연은 모든 역량을 동원하여 중원지방을 향해 진출했고 3월에는 유주의 소재지 계성을 점령했다. 353년 전연은 수도를 용성으로부터 계성으로 옮겼다.

중원지방으로 진출하면서 전연은 고구려의 배후 공격을 미리 막기 위하여 고구려와의 관계를 개선하기에 노력했다.

그러나 370년에 전연은 전진 세력의 공격에 의해 멸망됐다. 전진(351~394년)은 전연을 멸망시킨 후 남방의 전통적인 강국 동진과 맞서게 됐다. 때문에 후방의 안전을 확보하고 전력을 다해 동진과 겨루기 위해 고구려와 친선적 관계를 유지하기에 애썼다. 백제와 싸우고 있던 고구려도 배후의 안전을 도모하기 위하여 전진과 친선적 관계를 맺는 것이 절실히 필요했다. 하여 고구려는 전연이 망할 때 고구려에 투항해온 전연의 장수 대부 모용평을 사로잡아 전진측에 보냈는데 이에 전진은 372년 사신을 고구려에 보내 양국간의 관계를 회복하기에 힘썼다.

그 후 양국 사이에는 경제, 문화면에서 왕래가 빈번했다. 그러나 394년 전진이 멸망된 후 고구려는 남쪽에서 백제와 싸우는 한편 요동과 현도군을 둘러싸고 새로 궐기한 후연과 또 치열한 쟁탈전을 벌이지 않으면 안됐다. 북중국에서의 패권을 건립하는 과정에서 후연은 고구려를 배후의 가장 위험한 존재로 간주했다. 하여 후연은 고구려를 자주 침략했다. 이를테면 400년에는 신성과 남소성에 침입했고 405년에는 요동성을, 406년에는 목저성을 공격하여 700여리에 달하는 땅을 차지했다. 그 후 얼마 지나지 않아 후연내부에 내란이 일어났다. 고구려는 이 기회를 타서 잃어버린 땅을 찾았다.

후연은 407년에 멸망했다. 이 때 고구려는 요동지역을 완전히 점령함으로써 한무제 이래 중원 왕조가 수백년간 통치해 오던 요동을 고구려의 기반으로 만들었다. 요동의 상실은 동북지역에 대한 중원 왕족의 통치권이 상실되고 고구려 세력이 크게 확대되었음을 의미한다.

이에 앞서 고구려는 남으로 낙랑과 대방을 점령했다. 245년 낙랑태수 유무와 대방태수 궁준은 영동(지금의 강원도 서부 분수령)에 들어온 고구려 세력을 몰아내고 한시기 낙랑과 대방의 통치를 유지했다.

그러나 얼마 안 돼 고구려는 다시 낙랑과 대방 두 군을 향해 남진했다. 247년 고구려는 패수유역(지금의 대동강 유역)으로 쳐들어가 평양을 점령하고 평양성을 수축했다. 고구려 세력이 패수유역까지 미쳤다는 것은 낙랑군으로 볼 때 그의 기반과 통치에 대한 엄중한 위협으로 되는 것이었다.

그러나 낙랑군은 고구려의 남하세력을 격퇴시킬 만한 힘이 없었다. 낙랑군과 대방군은 서로 이웃한 군이었다. 낙랑군은 패수유역을 중심으로 자리잡고 있었고 대방군은 그 남쪽에 인접해 있었다. 대방군의 남쪽에는 백제가 인전해 있었다. 백제는 늘 대방군의 남쪽변경을 침범했다. 그리하여 대방군은 남북 두 방면으로부터 고구려와 백제의 협공을 받는 형편이었다.

백제는 전국 초기에 벌써 낙랑을 점령하기 시작했고 정시 6년에는 낙랑, 대방태수가 동으로 영동을 정벌할 때 내부가 빈 틈을 타서 낙랑의 서쪽 현을 탈취했다. 고구려는 더욱 대규모적으로 낙랑, 대방 두 군의 대부분 지역을 강점했다. 313년 고구려는 마침내 대방군을 수복하고 그곳을 자기의 통치하에 귀속시켰다. 대방, 낙랑군이 고구려에 의해 멸망된 후 전연은 낙랑과 대방 두 군의 소제지를 요하 서쪽으로 옮겼다.

이리하여 전연 세력은 한반도에서 사라졌다. 낙랑군과 대방군이 고구려에 점령됨에 따라 한반도의 주민들은 400여년간 지속된 한조이래 중국 봉건왕조의 통치에서 벗어나게 되었다. 고구려는 물산이 풍부한 한반도 서해안 지대를 차지하게 됨으로써 남진의 새로운 전력기지를 마련했다. 뿐만 아니라 고구려는 서해안을 거쳐 중국대륙과 직접 통교할 수 있게 되어 동북아시아 국제무대에서 보다 큰 역할을 발휘할 수 있게 됐다.

4) 부여와 고구려의 관계

부여는 대략 1세기 초 중국 동북 송화강 유역의 농안일대를 중심으로 일어난 나라이다. 고대에 있어서 부여는 서북쪽으로 선비족과 동쪽 고구려의 중간에 끼어 있었으므로 위, 진 등 중국대륙의 전통적인 봉건왕조는 줄곧 부여와 연맹을 맺음으로써 서북변의 유목민족과 고구려의 침입을 방지하기 위하여 전통적인 중국 봉건왕조와의 친선관계를 매우 소중히 여겼다.

부여족과 고구려족은 모두 예맥족에서 뻗어나온 종족이다. 〈삼국지〉에 의하면 고구려는 부여의 별종으로서 언어와 풍속이 부여와 같다고 기재했는데 이는 부여와 고구려는 밀접한 연계가 있었다는 것을 설명한다. 전하는 바에 의하면 고구려의 시조 주몽은 부여의 귀족이었다.

주몽는 부여왕실의 배척을 받아 여러 신하들과 함께 졸본(지금의 요녕성 환인현)에 가서 그곳 토착세력과 연합하여 1세기 초 좌우에 나라를 세우고 점차 국력을 강화해 동방에서 강대한 강국으로 발전했다.

고구려 건국 초기에 부여는 고구려와 화친관계를 맺으려 했다. 일찍 부여는 고구려에 보낸 편지에서 우리 전왕이 그대의 전 임금 동명왕과 서로 사이가 좋았다고 했다. 그러나 그 후 고구려가 주변의 소국들을 통합하면서 국력을 강화하자 부여는 고구려의 세력이 더 커지기 전에 그를 저들에게 예속시킴으로써 고구려로부터 오는 위험을 제거하려고 했다.

이리하여 외교적 수단으로 고구려를 위협하는 한편 또 강한 군사적 압력을 가해 굴복시켜 보려고 기도했다. 처음에 부여는 고구려에 사신을 보내 인질교환을 요구했다. 그러나 그것이 실패하자 이에 분개한 부영왕은 군사 5만을 동원하여 고구려를 쳤다. 그러나 목적을 달성하지 못하고 후퇴했다.

그 후 부여는 자기들의 국력이 고구려보다 강하다고 자처하면서 고구려를 계속 예속시키려고 했다. 당시 고구려는 아지 부여와 맞서 크게 싸울만한 힘이 없었으므로 부여와의 정면 충돌은 될 수록 피하면서 장차 부여를 병탄하기 위하여 국력을 키워나가려 했다.

그 후 고구려 세력이 급속히 강해짐에 따라 부여와 고구려의 역량대비는 점차 균형을 잡게 됐다. 이어 부여와 고구려 사이에 싸움이 있었는데 부여가 실패했다. 그 때로부터 부여는 고구려를 예속시키려던 야욕을 실현할 수 없었으며 오히려 고구려와의 관계에서 점차 피동에 빠지게 됐다.

국력이 강성해짐에 따라 고구려는 부여로부터 오는 위협과 압력을 제거하고 부여를 통합할 준비를 적극 다그쳤다.

그리하여 마침내 부여에 대한 고구려의 대규모적인 공격이 개시됐다. 22년 2월에 고구려는 군사를 동원하여 부여의 남쪽지역으로 쳐들어갔다. 부여는 이에 대항하여 군사를 동원하여 부여의 남쪽 진펼지대에서 싸움을 벌였다. 전쟁초기에 부여는 싸움에서 패전하고 국왕이 붙잡혀 죽었다. 그러나 부여군은 황급히 사태를 수습하고 거센 공격을 가하며 고구려군을 격퇴시켰다.

부여 통치집단 내부에는 부여왕의 죽음과 군사상의 큰실패로 불안과 동요가 생겼으며 고구려에 넘어가는 자들이 날로 늘어났다. 부여는 후기에 국력이 급속히 약화되고 고구려는 동방의 강국으로 됐다. 4세기 후반기에 이르러 부여는 고구려의 드센 공격을 막아낼 수 없었다. 고구려는 광개토왕 때 부여의 많은 주민과 넓은 지역을 강점했다.

광개토왕비문에 의하면 410년 고구려 광개토왕은 몇만영의 대군을 이끌고 부여에 대한 대규모의 전쟁을 벌여 부여의 대다수 지역을 함락했다.

이때로부터 부여는 그 기세가 여지없이 좌절되고 멸망의 길을 걷기 시작했으며 좁은 지대에서 겨우 연명해 나갔다. 하지만 얼마 후 인근의 읍루족이 또다시 부여에 쳐들어 갔는데 극도로 쇠락된 부여는 그들과 대항할 만한 기력이 없었다. 이리하여 494년 부여왕은 처자를 거느리고 고구려에 투항했다.

이로서 600여담의 유구한 역사를 가진 부여는 마침내 멸망되고 말았다.

5] 고구려와 남북조의 친선왕래

5세기 초부터 6세기 말까지 중국대륙에는 여러개 나라들이 혼전을 벌이면서 서로 교체되는 국면이 나타났다. 이 시기를 역사에서 남북조 시기라고 한다. 고구려는 북조의 북위, 서위, 북제, 남조의 동진, 송 등 나라들, 더욱이 북조와 국교를 맺고 친선관계를 발전시켰다.

425년 고구려가 처음으로 북위와 대외관계를 맺은 후 북위는 여러번 고구려에 사신을 보내 호의를 표시했고 친선적인 관계를 가질 것을 희망했다. 그것은 고구려의 역량이 강대했기 때문에 북위로서는 고구려와 친선적인 관계를 맺는 것이 유리했기 때문이었다.

당시 북위와 고구려 사이에는 〈북연〉이 있었는데 북위는 우선 북연을 정복하기 위해서도 고구려와의 관계를 좋게하고 그와 동서로 연합하여 북연을 소멸하는 원교근공의 정책을 쓰는 것이 필요했다.

고구려도 당시 서부 국경지대를 안정시키는 것이 저들의 남진정책을 추진시키는데 유리했으므로 역시 북위와의 관계를 좋게하여 북연을 견제하는 것이 필요했다.

때문에 양국은 서로 사신을 파견해 친선적 관곌ㄹ 건립하기 위해 노력했다. 북위와 고구려의 관계에서 처음으로 문제가 제기된 것은 북연왕 풍발이 북위의 공격을 피하여 고구려에 망명해온 사건이다. 436년 북위는 고구려에 사신을 보내 저들이 북연을 칠 때 북연을 돕지 말아 달라고 요구했다.

이해 4월에 북위의 군사는 북연의 수도 화룡성(지금의 요녕성 조양)을 공격했다. 북연왕 풍발이 패전하고 고구려에 망명을 요구하자 고구려는 그의 요구대로 받아들였다. 이에 북위는 고구려에 압력을 가하면서 풍발을 북위에 보내줄 것을 요구했지만 고구려는 거절했다.

그런데 풍발은 망명한 후 오래가지 않아 고구려의 구원에 대하여 감사히 여기기는커녕 거만하게 굴었을 뿐만 아니라 송(남조의 송)나라로 몰래 도망가 고구려를 반대하는 행동을 하려고 음모를 꾸몄다. 고구려는 풍발의 배신적인 행위에 격분하여 438년에 그를 죽여버렸다. 이리하여 고구려의 단호한 태도로 풍발을 둘러싸고 일어난 북위와의 알력은 해소됐으며 양국간에는 친선관계가 이룩됐다.

북위는 고구려를 항상 정중하게 대했다. 491년 고구려 장수왕이 죽었다는 통지를 받은 북위왕은 수도 동쪽 교외에 나와 애도식을 가졌는데 그 때 그는 상복을 입고 〈위모〉라는 특별한 관을 썼으며 특사를 고구려에 파견하는 등 최선의 예절을 다아형 조의를 표시했다. 북위왕이 이렇게 다른 나라 왕이 죽은데 대해 심심한 조의를 표시한 것은 일찍이 없었던 일이었다.

북위와 고구려 사이에는 534년에 북위가 망할 때까지 근 한세기 반동안 변함없이 친선적인 관계가 유지됐으며 그 사이에 약 70여차례 걸친 사신왕래가 있었다.

남조의 나라들도 고구려아 친선관계를 유지하기에 힘썼다. 남조의 나라로서는 처음 선 것은 420년에 건국한 송나라였다. 북위는 화북을 통일한 후 강대한 무력을 동원하여 남조정권을 소멸하려고 시도했다. 450년 북위 태무제는 대군을 동원하여 남쪽을 향해 진격하여 장강북안의 과보에까지 쳐들어가 송나라의 서울 건강의 안전을 엄중히 위협했다. 송나라는 북위의 남진 압력을 제거하기 위해서는 자신의 역량을 강화하여 대항하는 한편 외교적 도경을 통해 외부의 군사역량과 연합하여 배후로부터 북위의 남진을 견제하는 것이 필요했다.

이 때 한반도와 동북지역에는 신라, 백제, 고구려가 있었다. 그 가운데서 고구려의 역량이 제일 강하고 지역도 넓었다. 때문에 송나라는 고구려와 친선적인 관계를 맺고 연합하여 북위의 남진을 견제하려고 했다.

그러나 이 때 고구려는 북위와 친선관계를 맺고 있었으므로 송나라로서는 고구려가 북위쪽으로만 기울어지지 않도록 힘썼다. 고구려도 송나라와의 관계를 좋게 맺는 것은 앞으로 북위로부터 올 수 있는 압력을 견제하거나 또 무역을 진행하는데도 필요했다.

이리하여 두 나라 사이에는 친선관계가 유지됐다. 439년 송나라 문제는 북위와 사우기 위해 고구려에 사신을 파견하여 전가를 요구했는데 이는 고구려에 대한 송의 외교방침의 실례 가운데 하나다. 고구려도 공납의 형식으로 송나라에 예물도 보내고 무역도 진행했다.

송나라는 또 420년에 고구려의 장수왕을 정동대장군으로 봉했다가 후에 또 여러차례 관직을 가해 주었다. 즉, 463년 송나라 호무제는 고구려 장수왕에게 차기대장군 개부의동삼사 등 관직을 주었다. 이는 그당시 외국의 왕을 책봉하는 관직으로서는 최고급이었다.

이러한 사실은 송나라와 고구려 사이에 친선관계가 맺어지고 서로 왕래했음을 말해준다. 송나라 이후에 남조나라들인 제, 양, 진 등도 고구려와 대체로 이러한 친선관계를 유지했다.

이외에 고구려는 서북쪽에 자리잡은 거란, 돌궐 등 부족들과도 우호적 관계를 맺고 서로 특산물을 교환했다. 하지만 군사력이 강화됨과 더불어 유목민족인 돌궐은 옛정을 저버리고 551년 고구려 서북방의 중요한 요새지인 신성을 불의에 습격했으나 고구려 군민들의 완강한 저항을 받고 물러갔다.

이 후 돌궐은 더는 고구려를 침범하지 못했다.

8. 발해와 중국 일본 러시아 관계

1) 발해국가 창건

발해는 고구려를 계승한 나라로서 그 문화를 이어받아 더욱 발전시켰으며 주변 여러나라들의 거듭되는 침략을 막고 나라와 겨레의 안전을 지켰다.

발해국은 건국 후 230여년 동안 존재하면서 나라의 발전을 이룩했으며 주변나라들로부터 '해동성국'(동방의 융성한 나라라는 뜻)이라는 이름으로 불리웠다.

고구려군의 총지휘자였던 대조영은 당나라와의 싸움에서 패한 뒤 뿔뿔이 흩어졌던 말갈군을 수습하고 집결시켜 역량을 정비보강했다. 말갈군을 격파하고 기세등등한 당나라 군대는 천문령(중국의 요녕성 창무현의 한 령)을 넘어 고구려군을 추격했다. 그러나 적들은 유리한 지점에서 매복하고 있던 고구려군의 기습을 받아 거의 섬멸당하고 적장 이해고는 겨우 목숨만 건져 도망치고 말았다.

이것이 역사에 이름난 698년 초에 있은 천문령 전투이다. 이 전투는 고구려 사람들의 국가재건, 발해국 창건과 직접 관련된 역사적인 전투였다. 각지에서 당나라 군대와 싸움을 계속하던 고구려 유민들이 대조영의 주위헤 집결됐다.

고구려 군부대의 총지휘자 대조영은 698년 '진국'(振國)의 창건을 선포하고 자기가 그 국왕이 됐다. 진국이란 나라의 위력을 사방에 떨치는 큰 나라라는 뜻이었다. 진국은 진(震)국 또는 진단(震旦)국이라고도 불렸는데 이것은 '동방에 있는 나라' 라는 뜻이다.

대조영은 8세기 초에 대동강 이남 지역을 제외한 옛 고구려 강토의 대부분을 하나로 통합, 나라 이름을 '발해'로 고쳤다. 발해국이란 우리민족이 오랜 옛날부터 스스로 '밝은', '밝' (사람, 나라)로 불리워오던 관례를 살린 명칭이었으며 또 이전 고구려때와 같이 실지로 발해연안 지역을 차지했던 조건에서 붙인 이름이었다. 고구려가 멸망한 후 30여년만에 그 유민들의 강력한 저항으로 옛 영토안에 고구려 국가를 계승한 발해국이 창건된 것은 우리나라 역사에서 하나의 중요한 사변이었다.

2) 주민구성

발해국의 주민구성은 주로 고구려 사람과 말갈사람들로 이루어졌다. 그 가운데 고구려 사람들은 발해국을 이끌어 나가는 기본역량으로 되고 있었으며 말갈사람들은 정치 경제 군사 문화의 모든 분야에서 부차적인 위치에 있었다. 일본인들은 발해국을 고구려인의 나라라고 알고 있었기 때문에 고구려인 즉 토인이 주민의 구성에서도 많은 수를 차지하고 있으리라고 생각해왔는데 정작 가보니 고구려인 즉 토인은 적고 말갈인들이 오히려 더 많았으며 수적으로 적은 고구려인이 모든 권력을 잡고있는 사실에 놀라움을 표시했다.

758년 발해 제3대 문왕 대흥 21년에 왕은 일본왕에게 보내는 국서에서 자기를 직접 '고려국왕 대흠무'(흠무는 왕의 이름)라고 했고 이에 대한 일본왕의 답서도 '고구려 국왕'에게 보내는 답서로 됐다. 당시 발해사람들에게 있어서는 발해나 고구려가 완전히 뜻이 같은 갈로 됐다는 것을 알 수 있다.

특히 주목할 것은 771년 대흥 34년에 문왕이 일본왕에게 보낸 국서에서 발해왕실이 곧 '천손' 즉 '하나님의 자손'이라고 선언한 사실이다.

이 천손이란 말은 이전 고구려의 광개토왕릉비나 모두루묘지, 구 '삼국사' 동명왕본기, '삼국사기' 고구려 본기 등에 보이는 바와 같이 고구려 시조 동명왕이 자신을 '천손'으로 자칭했다는 데서 나온 것인데 발해국왕이 역시 자신을 천손이라고 선포한 것은 그가 자기 가계를 고구려 왕실과 같은 혈통으로 생각하고 있었다는 것을 말하는 것이다.

다시 말하면 고구려 왕실의 '고씨'(높을 고(高)자의 고씨)나 발해왕실의 '대씨'(큰 대(大)자의 대씨)나 다같은 혈통으로 그들은 생각하고 있었던 것이다.

과거 사회에서 같은 혈통에서 나온 자손들이 어떤 일을 계기로 하여 다른 씨(성씨)를 가지게 되는 경우가 적지 않았다.

고씨로부터 대씨가 나온 것도 바로 그러한 실례의 하나일 것이다.

말하자면 고씨와 대씨는 동방사회에서 흔히 볼 수 있는 '동성 이씨'(성 즉 혈통은 같고 씨 즉 집안갈래는 다르다는 뜻)의 관계를 나타낸 것이다.

3) 제나라와의 관계

중국과의 관계에서 발해가 특별히 관심을 두고 친선관계를 유지하기에 노력한 것은 산동지방에 할거하고 있던 제나라와의 관계였다.

제나라는 '안사의 난'의 후과로 당나라 경내에서 생겨난 지방정권으로서 그 통치자는 고구려 사람 군벌 출신인 이정기와 그의 자손이었다.

따라서 발해와 독립국가 제나라는 육로가 아니라 압록강 어구에서 서해를 건너 산동 등주로 올라간 후 청주 또는 문주를 거쳐 다시 서쪽 당나라 장안과의 무역을 했던 것으로 보인다.

4) 발해를 계승한 소국들

거란족의 침략으로 발해국가가 멸망한 후에 그 유민들은 빼앗긴 나라를 되찾기 위해 장기간에 걸쳐 싸움을 계속했다.

옛 발해 땅에는 발해를 계승한 '정안국' '오사성발해국' '홍료국' '대발해국' 등 여러나라들이 세워졌다.

< 정안국 >

그 건국연대를 정확히 알 수 없으나 발해국가가 멸망한 후 오래지 않아 성립된 것 같고 그 왕조 창시자의 성은 오씨(烏氏)였다.

오씨는 원 발해국가의 큰 귀족들 6개 성의 하나였다.

정안국의 위치는 발해때 부여부의 동쪽 혼동강(송화강), 압록강의 중상류 일대에 있었던 것으로 추정된다. 970년 정안국의 제2대왕으로 추정되는 오렬만화는 마침 자기나라를 거쳐 송나라로 가는 여진족들의 사신에게 부탁해 송나라에 국서를 보내고 앞으로 두나라가 서로 왕래하며 물자교역도 하자고 제안했다. 이 제의는 장차 송나라와의 동맹관계를 맺어 거란에 대한 자기의 지위를 유리하게 전변시키려는 목적이 있었다.

송나라는 979년 '북한'(당시 중국의 이른바 '5대10국' 중의 하나로 그 수도는 오늘의 산서성 태원에 있음)의 항복을 받고 북방으로 널리 영토를 개척하게 되면서 북중국의 땅들을 탈환하고 거란족을 멀리 북으로 쫓아버리려 했으나 약해 실패했다. 정안국은 거란족의 침입을 막기위해 이웃한 동족의 나라 '고려'와의 연합을 실현하기 위해 노력했다.

정안국은 1018년에 관료 '골수'라는 사람을 고려로 들여보내 함께 반거란 연합을 제의했다.

< 오사성발해국 >

정안국과 함께 발해유민들이 자기의 옛땅에 세운 나라가 오사성발해국이다.

왕실의 성은 정안국과 같이 오씨였으며 그 위치는 부여부를 중심한 곳이었다.

오사성발해국 또한 거란족에 공동대항하기 위해 송나라와 사신 및 국서를 자주 교환했다.

한편 힘을 키워 '금나라'를 세운 여진족은 1114년 거란을 공격하려 할 때 오사성발해국은 금나라에 귀속해 거란과 싸웠다.

< 흥료국 >

1029년 8월 초에 요나라(거란) 동경도 관하 전체 발해군민들은 주장 '대연림'의 지휘밑에 거란 침략자들의 통치를 반대하는 전국적인 무장항쟁을 일으켰다. 대연림은 옛 발해왕실의 후예로 그 때의 지위는 전체 동경관하 발해군의 사령관격인 발해군 상온이었다.

항쟁 후 대연림은 동경일대 모든 권력을 틀어잡은 다음 발해사람들의 왕국인 '흥료국'을 세운 후 연호를 '천경'으로 정했다. 흥료국이란 나라 이름은 발해의 선왕(818~830년)때 요동지방에 흥료현을 둔 것과 관련해 붙인 이름으로 보인다.

대연림 또한 자기 부하 '고길덕'을 고려정부에 파견해 건국을 통고하고 거란족을 맞아 함께 싸우자고 제의했으나 고려의 소극적인 자세로 실패했다.

< 대발해국 >

발해사람들은 요동지방에서 흥료국 창건이 실패하자 80여년 후인 1116년 이곳에 또다시 '대발해국'의 기치를 높인다. 대발해국은 장군 '고영창'이 창립을 선포하고 황제가 된 후 연호를 '융기'라 하고 번창했으나 요나라인 거란군대와 금나라 군대까지 맞서 싸우다 보니 힘이 미약해졌다.

이처럼 옛 발해국을 되찾기 위한 발해 유민들은 200여년동안 무장항쟁을 벌인 것이다.

5) 발해왕국 아닌 발해황국

발해는 698년 대조영에 의해 건립된 때로부터 마지막 왕인 대인선(926년)에 이르기까지 229년 동안 15세대를 거쳐 다긴족 대가정을 이룩한 나라였다. 다민족 대가정 발해는 건국후 300여 년동안 독특하고 찬란한 문화를 창건한 평화스럽고 문화적인 동방나라였다.

하나님이 창조한(창조주) 같은 겨레붙이(씨족)였던 여러 민족들에 대한 통치를 강화할 목적으로 천손민족임을 내세우고 대조영이 건립한 발해는 러시아 연해주와 중국 동북일대의 광대한 토지위에 5경 15부 62개州를 두고 출현했다.

동북아시아의 정치 경제 문화 등 모든 방면의 바탕이 돼 다민족사회의 발전을 가속화 시켰던 발해. 일본열도 원주민들은 이러한 발해황국을 일컬어 발해(渤海) 동쪽에서 가장 왕성한 나라라하여 해동성국(海東盛國)으로 부르면서 자기 조상들처럼 마음과 몸을 다바쳐 모셨다.

그러나 이러한 일본열도 원주민들은 62개州(滿州)를 형성한 천손(天孫) 민족인 발해황국(渤海皇國) 역사를 기초로 야마도족(일본)의 기원을 황기(皇基, 기원전 660년)로 표기한 뒤 천황(天皇) 제도를 내세워 대륙 침략정책을 준비했다.

일본 군국주의자들은 일본열도(水) 크기의 주(州)로 가득찬(滿) 발해황국 그 유적지에 만주국(滿 水+州 國)을 세우고 후에 국호를 만주제국(滿 水+州 帝國)이라 바꾼 후에 철저하게 발해사를 왜곡했다.

한 나라의 이름에는 반드시 역사가 있는 것이다. 발해황국과 일본열도와의 관계자료들을 많이 가지고 있었던 일본 군국주의자들은 문명화된 발해 지도층이 야만 상태였던 만주족을 개화시킨 논리를 끌어 내었던 것이다. 이러한 웃지못할 사실은 일본군국주의자들로 하여금 발해황국과 일본열도와의 관계를 천황제적 질서속에서 바라보게 만들었다.

천황제적 질서란 일본열도를 천황이 존재하는 황제의 국가로 발해황국을 한단계 아래의 '왕'이 지배하는 '발해왕국'으로 탈바꿈 시킨 것을 말한다.

일제가 발해황국의 많은 자료들을 일본열도의 입장에서 보았고 만주를 침략하여 도굴 조사, 지리 고증을 통해 발해황국과의 관계를 일본역사에 끌어들인 것이다. 이처럼 발해황국사가 철저히 왜곡된 것은 발해황국의 직접적인 후예가 아닌 이웃 민족들에게 연구가 맡겨져 있기 때문이다.

현재 발해황국 지역은 우리나라와 이웃한 나라들의 변방에 해당한다. 동북아시아에서 가장 빛나는 동방역사를 서로 내 것이라며 달려들고 있지만 잃어버린 물건은 반드시 주인이 있는 법이다.

발해황국 역사는 일본사도 중국사도 러시아사도 아닌 바로 우리민족의 대륙역사인 것이다. 모두가 발해황국 밖에 서서 자국과의 관련성에 집착하면서 자기쪽으로 발해역사를 끌어당기는데 열중하고 있다. 발해황국이라는 나라안으로 들어가 발해인의 입장에 서서 그 실체에 접근하지 못하고 있는 것이다.

광복 후 우리입장에서 발해황국 역사 연구 내용을 재음미하지 못하고 일본인들의 시각과 일제시대 왜곡된 것 그대로가 우리의 발해사상으로 남겨져 아직도 사용되고 답습되고 있다.

우리는 일본과의 '학문적 전쟁'이라고 할 수 있는 일본인의 식민사관을 극복하려는 노력을 계속해 왔다. 그러나 우리는 너무 일본인들의 시각 교정에만 집착한 나머지 다른 나라와의 학문적 전쟁을 준비하지 못하고 있다.

앞으로 고대사의 소속 문제를 둘러싸고 더 강도높은 논쟁이 벌어질 것이다. 지금까지 우리역사는 남부를 일본이 연고권을 주장해 왔고 북부를 중국과 러시아가 자기들의 역사라고 주장하고 있다. 결국 우리나라가 쭈그러들어 또다시 남과 북으로 분열되었던 것이다. 그것은 바로 속성속패(速成速敗)의 품성으로 전락해 버린 우리민족 자신이다.

일제가 발해황국의 역사를 일본쪽으로 끌어당겨 '일본열도를 버리는 한이 있어도 만주를 포기할 수 없다'고 주장하면서 제국주의화 시켜버린 것은 엄연한 역사전쟁 도발이었다.

이스라엘 민족은 2,000년이 지난 후에도 자기나라를 찾아갔다. 그러나 발해황국을 일본열도 조상으로 만들어버린 일본 군국주의자들은 누구도 인정하지 않은 만주제국 괴뢰정부를 발해황국 그 유적지에 세우는 '악극'을 벌였다.

그리고 발해황국 민족의 기상을 잃지않고 끝까지 항일운동을 했던 독립군들을 토벌하기 위해 '또다른 조선인'을 양성했다. 그 대표적 만주제국의 집단이 바로 광복후에도 우리민족의 운명을 좌우한 육군군관학교 출신들로 5.16쿠데타를 주도한 인물들이었다. 고로 발해황국 역사는 만주제국 괴뢰정부가 창출한 만주(滿洲)가 아닌 '만주사(滿州史)'이며, 발해왕국이 아닌 '발해황국'이라고 대륙사관을 가진 필자는 일본에 '역사 선전포고'를 하는 것이다.

세상에 얼굴을 내민 사생아 만주제국은 역사의 심판을 받고 용서를 받아 발해황국의 신생아로 거듭나야 한다.

1] 성립

우리민족은 예로부터 한 핏줄을 이은 단일민족으로 선조들인 종족집단들의 문화와 풍습의 공통성은 오랜 옛날부터 이뤄졌다.

이미 신석기 시대부터 청동기 시대에 이르는 수천년 동안 일정한 지역에 정착하여 농업을 위주로 한 생산 부문에 종사하던 조선 옛 유형 사람들의 종족집단들은 문화와 풍습에서 각기 지방적인 특색을 가지게 됐다.

우리의 선조를 이룬 종족집단들 가운데 우리나라 중부 이남지역에 살면서 지방적 특색을 나타내는 한 갈래의 집단을 옛날 사람들은 '한족'이라고 불렀는데 이들이 세운 나라가 '진국'(辰國)이었다. 그런데 '한' 이라는 말은 고대 우리말 '하나'의 준말로서 '환하다'의 '환'과 같이 '밝음' '광명'의 뜻을 가진다.

당나라 주석가 안사고가 삼한의 종족들을 다 '맥'계통이라고 하여 '삼한'과 '맥'을 같은 민족으로 본 것은 근거있는 주장이다.

이는 '한'이 고대조선족의 한 갈래를 가리키는 것을 말해준다.

종래 기원전 3세기 이전의 우리나라 중부이남 지역의 역사에 대해 전혀 알지도 못하고 있던 옛 중국 사가들이 마치도 중국 서주의 후국이었던 한(韓)나라의 후손들이 이주해 와서 한족을 이룬 것처럼 꾸며대는 것은 전혀 근거없는 허왕된 소리다. 한족의 역사를 전하고 있는 옛 기록들에는 한족이 마치 마한, 진한, 변한 등으로 불리우는 3개의 족속으로 갈라져 있었던 것처럼 씌여 있다.

그러나 마한 진한 변한 등은 '맥'족이 세운 나라였던 고구려에 소수 '맥' 양 '맥' 등이 있었던 경우처럼 다같은 하나의 민족이었으며 한족의 세 구성부분이었다. 말하자면 한족이 세운 나라인 진국에 마한, 진한, 변한이라고 불리운 3개의 지역이 있었으며 거기에 살던 사람들은 각기 마한사람, 변한사람, 진한사람 등이라고 부리웠던 것이다.

우리나라 중부이남지역의 기본 주민은 하나의 민족이었지만 이 지역에는 오래전부터 같은 말을 하고 문화와 풍습이 공통한 고대 조선족 계통의 주민들도 북쪽에서 옮겨와 살았다.

고조선 사람들은 일찍이 우리나라 동남쪽끝으로 이동하여 이곳에 살고 있었던 하나의 민족들과 함께 6개의 마을을 이루고 살았으며 기원전 2세기 초에는 고조선 왕 준이 거느린 수천명의 망명집단이 마한에 와서 살았다.

기원전 2세기 말에는 고조선 왕 역계경이 거느린 2000여호의 주민들이 진국에 이주했다. 그 이후시기에는 고구려 계통 주민들이 마한의 백제지역에 이동해 왔다. 이밖에도 크고 작은 주민집단들의 이동이 있었으며 특히 고조선의 멸망을 계기로 그와 이웃한 삼한지역에 고조선 유민들이 많이 이주했다.

이들 이주민 집단들은 원주민인 하나의 민족과 같은 족속이었으므로 곧바로 융합됐다. 결국 비파형 단검을 사용한 이들 지역에서 강한 지도자가 나와 진국을 세웠던 것이다.

2) 영역

진국을 이루고 있던 삼한의 지역은 동, 서, 남 등 세면이 바다로 둘러싸여 있어 오늘의 우리나라 남쪽지방이었다.

진국은 북쪽으로 고조선과 이웃한 나라로 서로 왕래가 활발했다.

3) 경제

진국 사람들의 기본 생산부분을 이룬 것은 강을 낀 자연지리적 조건으로 농업이 발달했으나 어업과 수공업 또한 다양했다.

진국사람들은 일찍부터 당시 매우 질좋은 비단천들을 생산해 직조업의 발전도 가져왔으며 금, 은 등의 세공술도 촉진시켜 상업 활동이 활발했다.

4) 일본열도로의 진출

고대 우리나라는 일본 보다 훨씬 먼저 발전했다.

기원전 4~3세기부터 진국사람들은 신석기시대에 머물고 있던 일본열도로 대대적 진출, 농경문화와 금속문화를 전파했다. 이시기 북규수에 벼농사를 보급한 것은 진국사람들이었다.

벼농사를 전혀 모르고 채집경제 단계에 있던 사람들이 살던 일본열도에서 오랜 전통을 가진 진국사람들이 건너가 처음으로 벼농사가 시작됐으며 점차 동쪽으로 퍼져가 신석기시대의 '죠몽문화'가 끝나고 새로운 농경과 금속문화인 '야요이 시대'가 시작됐다.

5) 멸망

진국 말기 동쪽 끝에는 백제국이 있었다.

힘을 키운 백제가 웅천(금강)이북의 마한지역을 차지했을 때 마한왕조는 멸망됐다. 백제에 의한 마한왕조의 멸망으로 우리나라 남부지역에 수백년간 존재했던 고대국가 진국은 멸망했다.

진국이 망한 후 남부지역의 여러 곳이 한동안 소국들로 분립됐으나 새로운 국가인 백제, 신라, 가야 등으로 통합됐다.

10. 백제와 동진, 남조의 관계

한반도 남부에 존재했던 진나라는 기원 1세기 중엽 마한에 의해 멸망됐다. 진국이 망한 후 원 진군 지역내에는 한동안 분립상태가 계속됐다.

그 후 2세기에 이르러 3한지역에는 백제, 신라, 가야 등 세나라가 대치상태에 처해 있었다. 신라가 서쪽으로는 백제에 이웃하고 남쪽으로는 가야에 접했던 것도 대체로 이 시기의 일이었다.

소국들의 분립상태는 그 후 시기에도 일정기간 계속됐다.

그러나 소국들은 3세기에 이르러 결국 백제, 신라, 가야에 흡수되고 말았다. 그 후 가야 역시 신라에 합병됐다. 이리하여 한반도의 북부와 동북의 광대한 지역은 고구려가 차지하고 한반도의 서남부와 동남부는 백제와 신라가 각각 점하게 됐다. 당시 중국의 정세는 대동란에 처해 있었다.

317년 진나라 원제는 강남에서 즉위했는데 이를 역사에서 동진이라고 한다. 동진 정권은 북방의 〈5호 16국〉에 비하면 중국의 정통소재라 할 수 있었고 비교적 강대한 실력을 갖고 있었다. 그의 수도 건강은 아주 번영하여 당시 중국의 정치, 경제, 문화의 중심이 됐다. 이렇기 때문에 백제는 일찍 336년에 사신을 진나라 서울 건강에 파견하여 외교관계를 맺고 무역도 했다.

백제사신이 진에 공물을 바치고 진의 황제로부터 진동장군 낙랑태수로 책봉을 받았다는 것은 바로 이를 실증한다. 이 시기 왜국도 동진과 국교를 맺으려고 했다. 왜국이 동진과 왕래하면서 반드시 백제의 안내와 협조가 필요했다. 그러나 고구려가 시종 방해했기 때문에 이루지 못하다가 기원 413년에 이르러서야 강남의 건강으로 갈 수 있게됐다.

고구려, 신라, 백제가 병립하던 시기에 백제의 군사역량은 고구려에 비길바 없이 약했다. 그 시기 고구려가 남진하면서 백제에 압력을 가했기 때문에 그의 처지는 매우 곤란했다.

427년 고구려가 수도를 압록강반의 환도성으로부터 대동강반의 평양으로 옮겨 예봉을 남쪽에 돌린 후부터 7세기 중기에 이르기까지 한반도에는 고구려, 신라, 백제 등 3국이 병립하여 혼전하는 국면이 나타났다. 이러한 정세하에 한반도 3국은 자체의 역량을 강화하고 상대방으로 약화, 고립시키기 위해 각기 적극적인 외교전을 벌려 외세의 지원을 얻기에 갖은 애를 썼다.

고구려와 달리 백제는 주로 중국의 남조와 일본열도의 다이카 왕권과 연맹을 맺었다. 고구려가 이미 북위와 관계를 맺고 연합하여 북연을 치려고 하는 때 백제로서는 자기들의 주요한 적수인 고구려와 연맹을 맺은 북위와 친선 관계를 맺으려고 하지 않았으며 북위도 고구려와 연합하여 북연을 치는 것은 필요하지만 백제와 연합하는 것은 큰 가치가 없었기 때문에 백제와 연맹을 맺으려 하지 않았다.

하여 백제는 남조의 송과 관계를 맺으려 했고 사신을 남조에 파견하고 무역도 진행했다. 남조의 송무제는 '백제는 가장 신임할 만한 나라'라고 여기면서 백제왕에게 진동대장군이란 관직을 주었다.

진동대장군 관위는 420년에 송나라 무제가 고구려왕에게 정동대장군이란 관직을 준 것과 대등한 것이었다.

백제는 450년, 457년, 471년에 걸쳐 여러차례 송나라에 사신을 파견했다. 이리하여 송과 황제에게 우호관계는 갈수록 깊어졌다. 438년부터 왜왕은 송나라 황제에게 백제, 신라 등 나라의 군사통수권을 수여해 줄 것을 요구했다.

그러나 남조의 송나라 황제는 이를 거절했다. 이 한 사실은 송과 백제와의 친밀한 관계를 충분히 설명한다. 송나라 문제는 또 450년에 〈역림〉, 〈식점〉, 〈요노〉 등을 증정했다. 그 후 남조에는 송, 제 두 조대를 지나 양이 건립되었는데 양나라와 백제와의 관계는 더욱 친밀했다.

양나라 무제는 502년과 521년에 백제왕에게 정동대장군과 영동대장군이란 관직을 각각 주었는데 이는 양국간의 관계가 친밀했음을 설명한다. 백제도 사신을 여러차례 양나라의 서울 건강에 파견하여 토산물을 바치고 무역을 진행했다. 548년에 양나라에서는 〈후경의 난〉이 일어나 수도 건강이 볼꼴없이 되었는데 바로 이 때에 성명왕은 양나라에서 난이 일어난 정황을 알지 못하고 종전과 같이 사신을 양나라에 파견했다. 백제 사신은 양나라 수도 건강에 이르러 수도 건강이 심하게 파괴된 것을 보고 통곡했다.

반란자들은 백제사신을 옥에 가둔 후 수년이 지나서야 석방해 돌여보냈다.

백제는 중국의 북조나라들과는 별로 왕래가 없었다. 다만 472년에 북위에 사신을 보내 고구려를 비방하면서 고구려를 처 줄 것을 요청한 것 뿐인데 북위는 강대한 고구려와의 관계가 악화될까봐 우려돼 거절했다.

1) 백제에 대한 중국의 시각

백제 통치기구에서 기본을 이룬것은 중앙통치기구였는데 그것은 백성들에 대한 최고통치자인 임금을 중심으로 하여 꾸려졌다.

그 당시에는 최고통치자를 우리나라의 고유한 말로 '어라하' 또는 '건길지'라고 불렀다.〈통전 권 185 변방문 백제〉.

백제의 서남 바다에 있는 3개의 섬에서 나는 옻나무는 유명하였으며 그 가운데서도 지금의 완도에서는 옻칠원료가 많이 생산되었다. 이 지방에서 나는 옻칠원료들은 공물로 수탈되었는데 그것은 황홀한 황금빛을 내었다.

그밖에도 여러가지 남새와 과일들도 많이 생산되었는데 이것들은 모두 주요한 공물 품종들이었다.〈통전 권 185 변방문 백제〉.

백제가 요서에 둔 군의 위치는 '지금의 유성과 북평사이에 있었다'고 하였다. 백제의 요서와 진평2군의 설치연대와 그 역할 및 폐지연대에 대해서는 전하는 기록이 없다. 그러나 '진평군, 진평현' 등과 같이 '진나라가 평정'한

뜻을 가진 이름을 붙인 것은 백제와 진나라 사이의 연합관계를 말해주고 있다.

그후 백제는 488년과 490년에 북위와도 싸웠다.〈통전 권 185 변방문 백제〉.

지방에는 5개의 방성이 있었다. 부여에 수도를 옮긴 후 제정된 5개의 방성은 백제국가의 지방군사 행정요지들에 설치되었다. 방에는 장관으로 방령이 있었고 그 밑에 방좌 2명이 배치되어 있었다. 방의 지휘관인 방령은 달솔의 벼슬 등급을 가진자들이었다.

백제에는 30명의 달솔이 있었는데 그 가운데서 25명은 중앙군의 군사 지휘관였으며 5명은 지방군의 군사 지휘관이었다. 백제의 군사 지휘관은 달솔,덕솔,한솔의 벼슬등급을 가진자들이었다. 〈북사 권 94 백제전〉.

백제에서 봉건국가의 직접적 억압, 착취의 대상으로 된 피지배 계급의 주요한 부분을 이룬것은 양인이었는데 양인들은 '서' '인' '민' '백성' 등으로 불리우기도 하였다. 이같은 사실은 수도의 5부 25항의 주민의 신분을 당시 '사, 서'로 구분하였다. 사(士)는 관료지주 등 지태계층이며 '서'는 일반백성들 즉 평민, 양인들을 의미한 것이었다.〈북사 권 94 백제전〉.

높은 벼슬을 차지할 수 있는 문벌이 반드시 고정되어 있는 것은 아니었지만 정권을 잡은 것은 대체로 해, 진, 사, 연, 협, 국, 목, 백 등 8개 성의 문벌 출신들이었으며 그 가운데서도 해가, 진가 등이 가장 특권적인 문벌이었다.〈북사 권 94 백제전〉.

백제에는 수도성과 5방에 있는 5개성이 있었다.〈북사 권 94 백제전〉.

백제의 임금은 그 밑에 제후격인 '작은왕'을 거느린 '큰왕' 이었다.

귀족들 가운데는 '좌현왕' '우현왕' '불사후' '면중왕' '도한왕' '매로왕' 등과 같이 '왕' 또는 '후'의 칭호를 가진 자들이 있었는데 이들은 다 임금의 밑에서 지배권을 행사한 제후와 같은 존재들이었다. 〈송서 권 97 백제전, 남제서 권 58 백제전〉.

고려가 요동을 빼앗아 가지게 되자 백제는 요서를 빼앗아 가지게 되었다. 그리고 백제가 다스린 곳은 진평군 진평현이라고 기로되어 있다. 〈송서 권 97 백제전〉.

'송서'는 6세기 양나라의 사람 심약이 편찬한 책인데 그때에 백제와 중국 대륙 나라들과의 관계가 밀접하였던 것으로 미루어 보아 백제에 대한 심약의 지식은 정확하였다고 볼 수 있다. 그러므로 심약의 송서에 기록된 사실은 믿을 수 있는 것이다. 백제 각 지방의 방에는 10개의 군이 소속되기로 되어 있었으나 당시 형편은 그렇지 못하였으며 6, 7개 정도의 군을 가진 방이 있었다. 백제가 존재한 기간에 50개의 군이 있었던 때는 한번도 없었다.

공주에 수도를 정하고 있던 때인 6세기초경에는 22개의 담로(군현)가 있었다. 〈양서 권 54 백제전〉.

백제사람들의 옷에는 다 일정한 이름이 붙어있었으며 옷 색갈도 다양하였다. 기록에 의하면 백제에서는 저고리를 '복삼'이라고 하고 바지는 '곤'이라고 하였다.

곤이라고 한 것은 우리나라에서 홑바지를 의미하는 '고의'를 이두표기로 적은 것으로 보이며 '복삼'이라는 것은 이두표기는 아니고 글자체를 해설하면 겹저고리라는 뜻이라고 할 수 있다. 이것은 당시 우리말로 표현하거나 이두표기로 적기 어려운데서 뜻을 해석해 놓은 것으로 보인다.

백제사람들에게 홑바지도 있고 겹저고리도 있는 것으로 보아 그들이 계절에 맞추어 겹옷을 입어 추위와 더위를 조절하였다는 것을 알 수 있다. 〈양서 권 54 백제전〉.

진나라때 고구려가 이미 요동을 빼앗아 가지니 백제는 요서와 진평땅을 차지하고 스스로 백제군을 두었다.〈양서 권 54 백제전〉.

백제에서는 여러가지 농작물을 재배하였다. 당시의 기록에 의하면 백제에서는 벼, 보리, 콩 등 '오곡을 재배하였다'고 한다. 〈위서 권 100 백제전〉.

백제의 생활풍습에 대해 '그 의복과 음식이 고구려와 같다'고 하였다. 〈위서 권 100 백제전〉.

백제에는 2백개의 성이 있었는데 성은 모두 돌성이 아니고 나무울타리(목책)도 많았으나 어느 경우를 막론하고 그 건설은 결코 쉬운 것은 아니었다. 〈구당서 권 199 백제전〉.

백제의 생활풍습에 대해 '무릇 백성들에게 징수하는 조세와 공물 등의 여러부세와 기후풍토, 생산물은 고구려와 같다'고 하였다. 〈구당서 권 199 백제전〉.

태종의 뒤를 이어 임금자리에 올라 앉은 고종이 백제왕에게 651년에 보낸 편지의 내용은 고구려,백제,신라 등 세나라의 분쟁에 대하여 '중재자'의 입장에 서는척하면서 속심은 신라편을 들어 고구려와 백제를 손쉽게 먹어보려고 하였다. 〈구당서 권 199 백제전〉.

백제에서 맞이한 명절로서는 설과 복, 납이 전해지고 있다. 설은 새해 첫날 맞이하였고 복은 여름철의 명절, 납은 한해가 끝나는 섣달 그믐날의 명절이다.〈구당서 권 199 백제전〉.

노비들은 하나의 '말하는 재산'으로서 상전에게 인식적으로 예속되어 있었다.

'사람을 죽이고도 노비 3명을 내면 속죄 할 수 있다'고 한 기록은 당시 노비들이 하나의 물건과 같이 인간 이하의 사회적 멸시와 천대속에서 신음하고 있었던 존재라는 것을 여실히 보여주고 있다.〈당서 권 220 백제전〉.

백제의 형벌은 '나라를 반역한 자는 죽이고 그의 집 재산을 몰수하며 사람을 죽인자는 노비 3명을 바치면 속죄할 수 있으며'라고 씌여 있다. 〈당서 권 220 백제전〉.

백제의 생활풍습에 대해 '풍속이 고구려와 같다'고 하였다. 〈신당서 권220 백제전〉.

당 태종은 신라 사신에게 '백제를 삼키고 신라에 특사 한명을 파견하여 신라왕과 함께 왕자리에 앉아 통치하도록 하겠다'고 통고 하였다. 〈신당서 권 220 고구려전〉.

백제의 형벌은 '나라를 반역하고 군대에서 달아나거나 사람을 죽인자는 목을 베며 도적질한자는 귀양보낸다'라고 씌여 있다. 〈주서 권 49 이역 백제〉.

백제에서는 부모와 남편이 죽었을때 상복을 3년동안 입었다. 〈주서 권 49 백제전〉.

백제는 주민의 신분을 '사, 인'으로 표시하였다. 여기에서 '서'나 '인'은 다 같이 양인을 표시하는 개념으로 쓰이고 있다. 〈수서 권 81 백제전〉.

백제여자들의 머리단장은 외줄로 머리태를 땋아 뒤에 늘이었고 결혼하면 그것을 둘로 갈라 땋아서 머리위에 틀고 신분에 맞추어 여러가지 장식을 하였다.〈수서〉.

백제사람들이 책읽기와 함께 말타기와 활쏘기를 숭상하였다고 씌여 있다. 이것은 실전의 준비를 위한 연습인 동시에 무술을 연마하기 위한 놀이었다. 〈수서〉.

백제사람들이 즐긴 놀이로서는 투호, 바둑, 윷, 악삭, 농주희 등이 전해지고 있다.

투호는 일정한 거리에 단지를 놓고 화살을 던져 그 안에 들어가게 하는 놀이다. 악삭은 후세의 쌍륙으로 그 놀이 방법은 윷과 비슷한데 '말'이 많고 그에따라 말의 움직임도 복잡한 것이었다. 농주희는 구슬을 다루는 놀이였으나 자세한 것은 전하지 않는다. 〈수서 권 81 백제전〉.

392년부터 백제는 고구려의 대규모 공격을 받게 되었으며 석현성 등 서북 국경지대의 10여개성을 내주지 않을 수 없었다. 396년에 백제는 고구려 광개토왕의 공격으로 수도가 함락될 위기에 처했으므토 많은 인질과 노비 1천명, 가는베 1천필을 내고 58개성을 떼주는 것으로 화의를 맺을 수 밖에 없었다.

그후 399~400년에 백제는 가야 등의 군대와 함께 옛 대방지역으로 진출하였으나 끝내 성공하지 못하였다.〈광개토왕릉비〉.

마한 54개국 가운데 하나로서 백제국을 들고 있는 것으로 보아서 백제가 늦어도 후한때(기원25년~220년)에 중국에 알려지고 있었다. 〈후한서 권 115 한전〉.

488년과 490년에 백제는 북위와의 전쟁을 벌려 크게 승리하였다. 488년의 전쟁에 대해서는 '남제서' 백제전의 앞부분이 떨어져 나가서 잘알 수 없으나 490년의 전쟁에 대해서는 다음과 같이 전한다.

'이해(490년)에 위나라 오랑캐들이 다시 수십만의 기병들을 발동시켜 백제를 쳐서 그 지경에 들어갔다. 백제왕 모대(동성왕)가 장수 사법명, 찬수류, 해례곤, 목간나 등 4명을 시켜 군사들을 이끌고 나가 위나라 군을 습격하여 크게 격파하였다'

495년 백제의 동성왕은 남제에 보낸 국서에서 '사법명 등이 군사들을 거느리고 적을 요격하여 크게 이김으로써 적군의 시체는 들을 덮었고 적의 예봉은 꺾어졌다'고 하였다. 이것은 백제 군사들이 적군과의 싸움에서 매우 용맹스러웠으며 무기무장도 우수한 것을 썼다는 것을 말해준다.

따라서 이 전쟁은 백제 본토에서가 아니라 중국의 산동지방에서 벌어졌다고 볼 수 있다. 백제왕은 이 전쟁들에서 공로를 세운 자기 신하들에게 광양태수, 청하태수, 광릉태수, 성양태수 등 중국땅의 여러 군 태수로 임명하였다.

광양은 한나라 이후로 오늘의 북경부근 대흥현 또는 밀운현에 있었던 군, 국의 이름이다. 청하는 본래 오늘의 하북성 청하현 부근에 있었고 북위때에는 오늘의 하남성 상현 부근에 두었던 군이다.

광릉은 오늘의 강소성 회음현 동남 50리의 군 소재지이다. 성양은 한나라 이후 오늘의 산동성 복현 부근에 있었고 남제, 북위때에는 강소성 또는 하남성 신양현 부근에 두었던 군이다.

이러한 사실들은 백제군이 활동한 지역이 오늘의 산동, 강소, 하남, 하북성과 관련이 있는 곳이었다는 것을 말해준다.〈남제서 권 58 백제전, 자치통감 권 136 영명 6년조〉.

당나라 군대와 신라군은 협동하여 662년 7월 큰 규모로 백제 항전군이 차지한 지라성과 윤성 그리고 대산과 사정 등의 목책(나무울타리)을 불의에 기습하여 강점하였다. 불의에 적들의 타격을 받은 항전군은 진현성으로 철수하여 새로운 방어를 시도하였으나 내부가 이미 혼란되고 지휘에서 통일성이 없어 신라군에게 진현성마저 빼앗기고 말았다.〈자치통감 권 200 당기 16 고종 용삭 2년〉.

백제사람들의 옷은 깨끗하다고 하였다.〈남사 권 79 백제전〉.

백제사람들은 중국대륙에 있던 나라들과도 국교를 맺고 해상으로 사신왕래와 무역거래를 하였는데 372년에 양자강(장강) 이남에 있던 동진에 사신을 파견한 것이다.〈진서 간문제기 함안 2년 정월 신축〉.

3세기 말엽에 마한이 요동에 있던 진나라 동이교위 주재지에 여러번 왔다고 기록하였다. 여기에서 마한이라고 한것은 마한 잔여세력으로서의 소국들인 경우도 있으나 백제 또는 백제의 통치밑에 있던 나라들인 경우가 더 많았다고 생각된다.

백제는 마지막시기까지도 중국대륙의 여러나라들과 비교적 긴밀한 외교 무역관계를 유지하였다. 백제사람들의 배무이 기술과 해상활동이 높은 수준에 이르고 풍부한 경험을 쌓은 것은 해상무력으로서의 백제수군 건설의 한 토대로 되었다.〈진서 마한전〉.

중국 남조나라들의 역사책들인 '송서' '남제서' '양서' '남사' '통전' 등은 백제의 요서 진출과 관련하여 '고구려가 요동을 차지했을때 백제는 요서를 차지하여 백제군(또는 요서군, 진평군)을 두었다'고 하였다.

이러한 내용은 백제도 전연이 멸망할 무렵에 요서땅의 한 귀퉁이를 차지하고 고구려의 유주진출을 견제하는 동시에 진(동진)나라와 함께 북조나라들인 전진(부진, 351~394년)을 견제했다는 것을 말해준다.

백제가 요서를 치게 된 시기는 고구려가 요동지역을 차지한 시기에 해당된다. 즉 고구려는 370년대에 요동지방을 완전히 차지하여 고조선의 옛땅을 거의다 되찾게 되었다. 그러므로 백제가 요서에 진출한 시기도 대체로 이시기에 해당되며 백제는 거기에 백제군을 설치하였고 그후 5세기 후반기까지 100여년간 그 부근에서 백제군을 유지한 것이다. 백제가 설치한 군의 위치는 아직 밝혀지지 못하고 있다.

그러나 그후 5세기에 여러차례에 걸쳐 백제가 남조의 송나라, 제나라에 보낸 국서들을 보면 백제에는 광양태수, 광릉태수, 청하태수, 성양태수 등 중국 지명들과 관련된 관직명들이 있었다. 그리고 488년과 490년에는 북위의 수십만 군대와 싸워 그를 격퇴하였다. 이러한 자료들로 미루어 보면 백제는 난하 하류유역 또는 산동반도 발해만의 일각에 자기의 거점을 설정하고 대체로 남조와 연합하여 북위의 세력을 견제하였다고 볼 수 있다. 백제의 요서진출은 수군함대에 의거하여 바다길로 수행된 것이었다. 당시 백제에서 요서로 가려면 육로로는 갈 수 없었던 만큼 백제의 요서 진출은 바다길로 간것이 아닐 수 없었다.

따라서 반드시 수군함대에 의거한 것으로 보지 않을 수 없는 것이다.

백제는 원정함대를 편성함에 있어서 수군역량을 최대한으로 동원하여 서해를 가로질렀다. 백제는 요서땅에 설치한 백제군을 유지함에 있어서도 수군함대에 의거하지 않을 수 없었다. 백제의 수군이 요서땅에 계통적으로 왕래하였다는 사실은 이시기에 백제의 수군이 상당한 정도로 강화되고 발전하였다는 것을 보여준다. 백제의 원정함대가 금강하구나 한강하구 지역에서 출발하였다고 가상하여도 거기에서 요서까지는 500여마일이나 된다.

풍랑사납고 변덕스러운 서해바다의 한복판을 가로질러 발해만으로 장거리 항해를 하려면 크고 견고한 함선들이 만들어져야 하며 높은 항해술과 함께 바다싸움과 상륙전 등 군사기술적 숙련을 갖춘 수군이 있어야 하였다. 백제의 요서 진출이 100여년간 계속되었다는 사정으로 미루어 볼때 못해도 원양 함선 수십척내지 100여척이 있어야 했다.

그러므로 백제는 강력한 수군함대에 의거하여 요서나 산동지방의 일부지역을 차지하고 유지하였다고 말할 수 있다.

백제의 요서 진출은 일본열도 진출과 함께 벼길로 해외에 진출하여 거점을 유지한 것으로서 백제의 위력을 크게 과시한 것으로 되며 동시에 우리 수군 사에서 중요한 자리를 차지하는 사변으로 되었다. 이시기 백제선박들은 주로 당시 백강 또는 기벌포로 불리웠던 금강하구, 당진만, 변산반도, 영산강하구 일대의 항구들을 떠나 북쪽으로 항행하거나 흑산군도를 거쳐 중국의 장강하 구로 항행하였다. 백제선박들은 또한 오늘의 전라남도 해남, 강진, 고흥군의 항구들을 이용하여 탐라 및 일본과의 해상교통을 하였다.

따라서 백제수군의 기지들도 이러한 항구와 그 부근의 섬들에 설정되어 있었던 것으로 보인다.

Ⅱ. 신라와 전진, 남북조의 관계

신라가 중국과 외교활동을 벌인 것은 고구려나 백제보다 훨씬 뒤늦었다.
〈자치통감-진기〉에는 신라사신이 377년에 고구려 사신과 함께 부견이 통치하는 전진에 갔다 돌아온 사실이 기록돼 있고 〈진서-부견재기〉에는 고구려, 백제, 설라(薛羅)가 전진에 사신을 보냈다는 사실이 기재되어 있는데 설라는 〈자치통감〉에서 말한 신라이다.
이것이 바로 신라가 처음으로 중국에 사신을 보낸 사신이다.
그러나 이 때 신라 사신은 고구려 사신과 같은 〈국사〉의 자격으로 간 것이 아니라 고구려 사신의 수행원으로 따라갔다. 그러므로 신라사신은 독자적 외교활동을 벌이지 못했다.
신라에서 중국과 독자적으로 외교활동을 개시한 것은 381년 나물왕의 특사가 전진에 파견된 때부터이다.
이 때 신라는 국력이 약하고 또 지리적 위치로 보아 한반도의 동남쪽 끝에 위치해 있었으므로 오랫동안 중국의 여러나라들과 관계를 맺지 못했다.
그러다가 5~6세기세에 들어서면서부터 국력이 강화되고 지역이 확대되면서 정황이 달라지자 중국의 남북조 나라들과 외교, 무역 관계를 맺게 됐다.
521년에 신라는 백제사신이 가는 편에 위탁하여 정식 사신을 남조의 양나라에 보냈다. 553년 백제가 한강하류 유역을 점령한 다음부터 신라는 당항포(경기도 화성군 남양)를 통하여 직접 중국의 남북조 나라들과 통할 수 있게 됐다.
그리하여 564~565년에는 북제와 서로 사신을 파견하였고 572년에도 북제에 사신을 보냈다. 이것은 신라가 553년 이래 고구려와 맞선 형편에서 고구려를 적대시하는 북제세력과 손을 잡아보려는 목적을 추구한 것이었다.
그러나 고구려가 수군이 강했기 때문에 565년부터 신라는 장강이 남의 진나라에 자주 사신을 파견하여 친선외교와 경제, 문화, 교류 등을 촉진시키기에 노력했다.

12. 우리나라와 중국간의 경제, 문화 교류(3국, 양진, 남북조시기)

위에서 서술한 것처럼 고구려와 위, 진 사이에는 일찍 전쟁이 적지 않게 발생했는데 이는 고구려-중국 양국의 광범한 백성들에게 실로 막대한 재난을 주었다.

그러나 이 시기의 전반 역사를 총화해 볼 때 고구려와 위, 진간에는 비교적 밀접한 경제문화적 왕래가 지속됐다. 이 시기 특히 위, 진의 선진적인 생산기술과 문화가 끊임없이 고구려에 전파돼 고구려의 사회경제와 문화의 발전을 크게 추진시켰다.

한편 고구려 문화의 성과도 위, 진에 전파돼 중국 백성들의 물질, 정신생활 등의 내용을 보다 풍부히 했다. 경제, 문화면에서 고구려와 위, 진과의 교류는 다음의 몇가지 면에서 찾아볼 수 있다.

첫째, 고구려민족과 한족 주민들 사이에 왕래가 빈번했다. 중원지구에서 서한 말년과 동한 말년 및 위, 진 시기는 대동란의 시기였다. 때문에 한족 주민들 가운데서 많은 사람들이 전란과 가혹한 부세부담을 피면하기 위해 고구려 지역으로 들어갔다.

〈삼국사기〉에 의하면 고구려 산상왕 21년에 평주사람 하요가 백성 1000여 세대를 거느리고 고구려에 왔는데 고구려는 그들을 책성에 안치했다. 유주와 기주의 유민들도 대량으로 고구려에 들어갔다.

당시 중국 중원지구는 아시에에서 경제와 문화가 가장 발달한 곳으로서 선진적인 생산기술과 문화를 소유한 한인들이 대량으로 고구려 지역내에 들어가게 되어 대륙문화가 고구려에 널리 전파됐다.

둘째, 경제와 문화면에서 밀접한 연계가 있었다.

〈삼국사기〉의 기재에 따르면 고구려는 건국초기부터 한자를 널리 사용했다. 일찍 고구려 수도였던 환도성 유적에서 한문자가 새겨진 기와조각과 벽돌이 발견됐는데 그곳에는 '바라건대 태왕릉이여 산악과 같이 견고하시라' '천년만년 길이 견고하라' '공고함을 보존함에 천지와 같이 하라' 등의 내용이 씌어져 있었다.

이 밖에 특별히 사람들의 주목을 끄는 것은 집안현 소재지의 동북쪽과 5km 떨어진 지점에 우뚝 솟아있는 높이 6.12m나 되는 광개토왕 비석이다.

이 비석의 비문에 쓰인 한자는 1800여자에 달한다. 이 비문은 고구려 사람들의 한문수준이 상당히 높은 정도에 도달했다는 것을 보여주는 귀중한 증거다. 한자와 한문학이 고구려에 전파됨에 따라 유학사상도 보다 널리 전파됐다.

372년 고구려는 중앙에 태학을 세우고 전문적으로 왕족과 귀족 관료들의 자제들을 교육했다. 지방에도 지방귀족, 지주와 평민들의 자제를 교육하는 경당이 있었다.

태학과 경당에서 배우는 교재로는 4서5경 등 유가의 경전저작을 비롯하여 〈사기〉〈자통〉 등 여러 가지 자전들도 있었다.

이와 같이 고구려는 중앙과 지방에 학교를 설치하고 교육을 진행하여 중국의 선진문화를 적극적으로 받아들여 고구려의 문화를 부단히 발전시켰다. 고구려는 또 많은 유학생을 중국에 파견했다.

372년에 전진의 부견은 사신을 고구려에 파견할 때 면승 순도와 함께 불상, 불경을 고구려에 보내주었다. 이에 대하여 고구려 국왕은 사신을 전진에 보내 감사의 뜻을 표시하고 또 방물(지방 특산물)까지 보냈다. 2년이 지난 후 즉 374년에는 또 유명한 승려인 아도가 동진으로부터 고구려에 가서 불경을 선전했다.

이 때로부터 불교가 고구려 국가의 보호하에 본격적으로 전파되기 시작했다.

그 후 불교가 고구려 국가의 보호하에 본격적으로 전파되기 시작했다. 또 불교가 교구려 경내에서 널리 발전되는 과정에서 적지 않은 사람들이 불법을 구하려고 중국으로 떠났다. 그 가운데는 의연, 혜관 등 이름난 중들이 있었다.

고구려의 승려들은 중국에 가 불경을 학습했을 뿐만 아니라 또 중국의 선진적인 생산기술과 문화도 배웠는데 그 중 혜관과 도등 같은 승려들은 일본에까지 건너가 불교의 한 개 학설인 삼론종을 선전함으로써 중국, 조선, 일본 사이의 불교문화 교류에 큰 공헌을 했다.

고구려 무덤에서 발굴된 유물가운데는 중국의 중원지구 문화유물과 비슷한 것이 많다. 이를테면 고구려 무덤벽화 가운데 그려진 여인상은 그 옷차림새가 중국의 6조(오동진, 남조시기의 네 왕조를 총칭하여 6조라고 한다) 시기의 옷차림새와 맹 흡사하다.

이외에 집안의 제4호 무덤벽화 인물의 몸차림은 남조시기의 문벌 사족계층들이 숭상하던 몸차림과 똑같다. 그리고 많은 벽화 가운데의 겨우살이무늬, 연꽃무늬, 비천도, 신선도 등은 모두 북위 시기의 문화와 밀접한 연계가 있다.

고구려의 문화와 풍속도 중국의 중원지구에 전파됐다.

그 가운데서 고구려의 음악과 무용이 가장 돌출한 실례로 된다.

현존하는 조선사서 가운데서 가장 오랜 것으로 손꼽는 〈삼국사기〉는 중국 고전이 〈통전〉의 기사를 인용하면서 고구려 음악에 대하여 다음과 같이 썼다.

'악공들은 자색비단 모자에 새깃을 장식하고 큰 소매달린 누른색 웃옷에 자색비단 띠를 띠고 통이 넓은 바지에 붉은 가죽신을 신고 오색물을 들인 줄로 장식했다. 춤추는 자는 4사람인데 메(방망이)같은 상투를 뒤에 틀고 이마에 붉은색을 바르고 금구슬로 장식했으며 두 사람은 누른 치마 저고리에 붉고 누른 바지를, 두 사람은 붉고 누른 치마저고리에 바지를 입었는데 소매를 매우 길게 했으며 검은 가죽신을 신고 둘씩 나란히 서서 춤을 춘다. 악기는 탄생, 국쟁, 가로놓는 공후, 세우는 공후, 비악, 오현금, 부리를 붙인 저, 생, 가로부는 저, 퉁소, 작은 피리, 큰 피리, 복숭아나무 껍질로 만든 피리, 장고, 재고, 첨고, 패 등을 각각 하나씩 사용했다'

여기에 서술된 악기, 무용 등은 일찍 삼국시대에 중국에 알려지고 전파되기 시작했다.

고구려의 민간에는 대중적인 〈농악무〉 같은 것이 있었고 왕실에는 〈궁정악〉이 있었다. 그리고 그 당시에 이미 군악, 행진곡 등의 각종 취주악이 있었는바 이러한 것들은 국가적으로 진행되는 각종 예식에서 연주됐다.

황해도 안악군 고구려 제3호 고분벽화 가운데 그려져 있는 수백명의 대형 취주 악대가 행진하는 장면은 이를 훌륭히 실증해 준다. 고구려의 이와 같이 발전한 음악과 무용은 당시 중국과 일본에까지 널리 전파돼 그 나라의 음악과 무용의 발전에 일정한 공헌을 했다.

중국의 남북조 시기에 고구려의 노래와 춤은 계속 중국에 전파됐으며 수조와 당조의 궁정악 가운데서도 고구려 음악은 상당히 중요한 위치를 점하고 있었다.

이를테면 수문제의 7부악 가운데는 고구려 음악이 한편을 차지했고 신라와 백제의 음악도 악부에 들어 있었다. 그리고 수양제의 9부악과 당태종의 10부악 가운데도 모두 고구려 음악이 들어 있었다.

당고종 시기에는 상당히 많은 고구려와 백제의 음악가와 무용가들이 장안에 거주했다. 당현종 시기에 이르러서도 고구려와 백제의 음악은 여전히 궁전 악부에 들어 있었다.

백제에서는 일찍부터 한자를 사용했고 유학 교육도 발전했다.

285년 백제사람 아직기는 일본에 건너가서 일본 태자의 한문도사가 되어 유가경전을 가르쳤는데 이는 백제가 일찍부터 한자를 사용했을 뿐만 아니라 한문지식이 깊은 유학 학자들이 있었다는 것을 설명한다.

백제와 양나라와의 관계가 밀접해 짐에 따라 양나라는 불교경전을 백제에 증정했고 모시박사와 화가, 공장 등 기술자들도 백게로 파견했다. 384년에 승려 마라난타가 동진으로부터 백제에 이르러 불교를 전파했다. 이 때 백제왕은 그를 몹시 존대했다. 다음해 백제는 한산에 사원을 짓고 불교를 믿었는데 그 때 중이 10명이었다고 한다. 이 때로부터 불교는 백제에서 더욱 발전했다.

백제의 고승 겸익이 529년에 인도에 가서 5년간 율을 연구하고 돌아와서 율부 72권을 번역한 것도 동진을 경유해서 갔다온 것이다.

백제의 음악과 무용도 중국에 전파돼 중국의 음악과 무용을 더 풍부하게 했다.

436년고가 578년 백제악이 중국에 전파되었고 남조의 송과 북연, 북위 등

궁중에는 모두 백제 가무가 있었으며 북주 무제때에는 백제악을 국기로 했다. 그리고 이 시기 중국의 쟁, 퉁소, 요고, 비파, 칠현금 등의 악기도 백제에 전파돼 백제악의 내용을 보다 다채롭게 했다.

5세기 전후에 백제는 남조의 송나라로부터 〈원가력〉을 수입했는데 이것은 동지를 정초로 한 것이다.

신라가 중국과 문화교류를 진행한 것은 고구려나 백제보다 훨씬 뒤늦어서였다.

이 시기 신라는 주로 전진, 남북조 시기의 나라들과 문화교류를 진행했다. 신라는 고구려나 백제보다 늦게 중국의 선진적 생산기술과 문화를 받아들였지만 3국, 위진, 남북조 시기에 이르러 이미 한자와 유가경전을 사용했고 불교도 널리 전파됐다.

예를들면 6세기 중엽으로부터 7세기 말엽에 이르는 150년 사이에 〈불도〉를 닦으려고 중국과 인도에 간 신라의 고승은 도합 21명이나 됐다. 그 가운데서 9명이 직접 인도에까지 가서 〈불도〉를 닦았다. 21명 유학생들은 불교경전과 기타 문화를 깊이 연구했을 뿐만 아니라 중국, 한반도, 인도 등 세나라 사이의 문화교류를 발전시키는 면에서 중요한 작용을 했다.

565년 신라의 구법승 명관은 남조 시기의 진나라로부터 1700여권에 달하는 불교경전을 수입했다.

그 외의 많은 신라의 유학생들은 귀국한 후 불교 교리를 선전했을 뿐만 아니라 국왕의 고문이 되어 신라의 정치, 문화의 발전에 적극적인 기여를 했다.

13. 위와 야마다이 왕국간의 책봉 조공관계

위가 동한 말년의 복잡한 시기를 거쳐 북중국을 통일했을 때 일본열도에는 30여개국이 병립하여 혼전했으나 점차 야마-다이국에 의해 통제되기 시작했다.

혼전에 참여했던 30여개국은 마침내 야마다이국 여왕 히메꼬를 공동의 수령으로 승인하게 됐다. 이리하여 일본열도에는 전례없던 신형의 히메꼬 왕국 즉, 방대한 부족연맹이 형성됐다.

새로 출현한 야마다이 왕국은 권력이 집중되고 통일된 국가가 아니었고 그의 산하에 있는 30여개국은 모두 자체의 독자적인 통치기구를 소유하고 있으면서 의연히 독립성을 보존했다.

야마다이 왕국시대에 외교권은 여왕 히메꼬의 수중에 엄격히 통제되었으며 중국과 한반도 등 각국으로 가는 사절을 모두 여왕이 파견했고 중국 및 기타 나라들로부터 일본열도에 파견돼 가는 사신도 모두 여왕이 직접 접견했다. 여왕국 이외에 일본열도에는 또 왜인들이 건립한 소국 즉, 부족연맹이 있었다.

예를들면 구노국 같은 것이다.

그러나 이러한 나라들은 당시 중국의 어떠한 나라들과도 관계를 가지지 못했다. 위가 화북지대를 통일하고 공손씨 세력을 소멸할 238년에 야마다이 왕국은 위나라에 사신을 파견했다. 사신 일행은 먼저 한반도의 대방군에 이르러 위의 서울 낙양에 들어가 국교를 맺을 것을 청원했다. 이에 대방군 태수 유하립은 즉시 위군통수 사마의가 낙양으로 회군할 때 관리를 파견하여 야마다이 왕국 사신을 호송하여 위나라 서울에 이르도록 했다.

야마다이 왕국 사신은 위나라 서울에 도착하여 공물을 위의 조정에 올렸다. 이 때 위나라 명제는 예를 갖춰 접견하고 한나라 광무제가 왜노국왕에게 금인을 수여한바와 같이 조서를 내려 야마다이 여왕 히메꼬를 〈친위왜왕〉으로 봉하고 〈금인자수〉를 주었다.

이외에 정사 난승미를 솔선중랑장으로 봉하고 은인청수와 각종 예물도 주었다.

243년 왜 여왕은 또 이성기, 액야구 등 8명을 사절단으로 하여 위나라에 파견했다. 사절단은 위나라 서울에 이르러 생구, 왜금, 항청겸, 면의, 백포, 단 등을 바쳤다. 이에 위나라는 액야구 등을 솔선중랑장으로 봉했다.

야마다이 왕국이 적극적으로 위와 외교관계를 맺으려고 힘쓰거나 위가 왜국의 사신을 열정적으로 접대하고 양국 사이의 친선관계를 발전시키려 한데는 각기 부동란 정치목적이 뒷받침 되어 있었다.

위, 오, 촉 3국의 겸병통일전쟁 가운데서 동방 각국이 어느쪽에 가 붙는가 하는 것은 쌍방의 역량대비와 승리에 큰 영향을 줄 수 있었다.

당시 위는 수군 역량이 약했기 때문에 오나라와 자웅을 겨루기는 매우 어려웠다. 오나라는 자기의 수군 우세를 이용하여 동방 각국과 연합하여 해상에서 위나라 세력을 타격하려 했다.

일찍 230년에 오나라 국왕 손권은 장국 위온과 제갈적더러 수군 1만명을 거느리고 해상에서 왜국과 연합하여 위국을 고립시키게끔 지시한 적이 있었다.

야마다이 왕국 여왕은 강대한 위나라의 지지를 뒷받침으로 국내에서 자기의 위망과 영향을 확대하여 통치기반을 공고히 하는 한편 연맹 각국에 대한 통제를 강화하려고 했다.

이미 언급했듯이 여왕국 산하의 30여개의 소국들은 상당한 독립성을 갖고 있었을 뿐만 아니라 경제, 정치 발전수준이 각기 달랐기에 그 중 발전속도가 빠른 나라는 여왕국에 간혹 불손할 수도 있었다.

이와 같은 형편에서 각국의 독립성과 경제발전에 의해 형성되는 불손한 세력을 제압하기 위해서는 위나라와 같이 강대하고 큰 나라와 우호 관계를 맺는 것이 절실히 필요했다.

그 외에 또 야마다이 여왕은 적수인 구노국과의 싸움에서 강대한 위나라의 지지를 얻기 위해서도 위와 연맹을 맺는 것이 필요했다.

야마다이 여왕은 이와 같은 정치목적을 갖고 있었기에 위나라가 대방군을 공제함과 더불어 즉시 사절단을 대방군에 파견하여 위나라 수도에 들어가 조공할 것을 희망했다. 위와 야마다이 왕국의 공동 염원에 의해 양국간의 친선관계는 비교적 순조롭게 건립됐다.

그 후 양국간의 관계는 계속 발전했다.

특히 주의할 만한 일은 245년 위나라 황제가 조서를 내려 대방군에게 왜의 솔선중랑장 난승미에세 황당을 특사하도록 한 것이다.

황당이란 특수한 영예를 상징하는 군기인데 이는 황제가 특사하는 것으로서 오직 군사를 이끄는 장군만이 받을 수 있었다. 때문에 황당을 받은 장군은 그 권위가 높아질 뿐만 아니라 군권도 커진다. 중국역사에서 일본을 제외한 주변 각국에 황당을 준 적이 없었다.

위나라는 무엇 때문에 이와 같이 귀중한 황당을 난승미에게 특사했는가.

여기에는 그럴만한 이유가 있었다.

첫째, 대방태수 궁준이 이해에 한반도 3한연맹과의 싸움에서 전사했다. 이는 위의 후방인 한반도의 정세가 안정하지 못했기 때문이었다.

둘째, 이 때에 야마다이 여왕국과 구노국 사이에 전쟁이 발생했고 여왕국 내부에 안정하지 못한 상태가 나타났기 때문이다.

셋째, 위나라는 오나라가 이러한 정세를 틈타 들어올 까봐 걱정했기 때문이다.

이렇기 때문에 위나라는 요동에 요동에 대한 방어를 강화하는 한편 난승미에게 황당을 특사하는 것으로 여왕국의 권위를 높여주고 일본국토의 정세를 안정시키려 했던 것이다.

247년 여왕이 파견한 사절이 대방군에 이르러 구노국과 전쟁이 일어난 것을 알리자 위나라는 즉시 장정을 여왕국에 파견해 조서와 황당을 하사했다. 이는 위나라가 야마다이 왕국에 대한 정치, 군사상에서의 적극적인 지지를 의미한다.

이 때 야마다이 여왕국에서는 여왕이 죽고 국나에서 왕위 계승문제를 둘러싸고 치열한 투쟁이 벌어졌다. 투쟁의 결과 비미호의 종녀 일여가 왕위를 계승했다.

이와같이 야마다이 여왕국의 여왕이 죽고 내부에서 심한 내란이 생겼을 때 이상하게도 여왕국과 전쟁상태에 처해있던 구노국이 여왕국에 대해 공격하지 않았다.

그 원인은 대개 위나라 시절 장정이 여왕국에 가서 있은 것이 작용을 일으켰기 때문이라고 생각된다. 구노국은 될 수록 강대한 위나라와 충돌을 모면하자고 여왕국에 대한 공격하지 않았을 것이다. 그리하여 여왕국도 위나라의 보호하에 전쟁의 위험에서 벗어나게 됐다.

이때로부터 여왕국은 위나라와 친선관계를 맺어야 할 중요성을 더욱 깊이 느끼게 됐다.

때문에 새로운 여왕 일여가 집정한 후 즉시 사절단 20여명을 파견하여 위나라 서울에 가 조공하게 했다.

〈삼국지〉의 기재에 의하면 위와 야마다이 왕국이 국교를 맺은 이래 10년사이에 여왕국은 위나라에 5차례 사신을 파견했고 위나라도 야마다이 여왕국에 사신을 2차례 보냈다. 위나라와 야마다이 왕국 두나라 사이의 경제적 연계의 중요한 방식의 하나는 〈조공〉이었다. 조공을 〈조헌〉이라고도 했는데 이는 위와 야마다이 왕국간에 진행된 일종 변상적인 무역이었다.

238년 야마다이 왕국이 위나라에 조공한 것은 남성구 4명, 여생구 6명, 반포 2필 2장이었다.

그 대가로 위나라에서는 감지교룡금 5필, 강지추속계 10장, 천감 50필, 감청 50필을 주었다.

이외 또 감지구문금 3필, 세반화계 5장, 백견 50필, 금 8냥, 5척도 2개, 구리거울 100매, 진주와 연단 각각 50근을 특사했다

경제발전 수준이 높은 단계에 처해있는 위나라로 볼 때 야마다이 왕국의 공물은 사실 가치있는 진품들이 아니었다.

때문에 양국간에 조공과 회사의 형식으로 진행되는 이른바 조공무역은 대등한 교환이 아니었다.

하지만 야마다이국과의 연맹으로써 오나라를 견제하고 요동지구의 안전을 확보하기 위해 이와 같은 부등가무역을 용인했다.

이와 반대로 위나라의 금, 계, 칼, 구리거울 등 답례물품은 야마다이 왕국 귀족들의 진품으로 될 뿐만 아니라 야마다이 왕국에서 이런 물품의 생산기술을 장악하는데도 큰 도움을 줄 수 있었다.

중국의 양잠업과 견직물 생산기술이 이미 일본에 전파됐지만 아직 널리 보급되지 못했고 생산기술도 높은 정도에 이르지 못했다. 그러기에 야마다이 왕국 사신이 위나라에 처음으로 바친 공물 가운데는 견직물이 없고 오직 반포만 있었다.

그러나 그때로부터 5년이 지난 243년에 바친 공물가운데 금, 강청겸, 금의, 백포 등 예품이 있는 것으로 보아 이 시기 야마다이 왕국에서도 견직물 생산기술이 제고되었음을 알 수 있다.

이밖에 중국의 구리거울이 대량으로 일본에 수입돼 일본 구리거울 제조기술을 크게 추진시켰다.

야마다이국 시대에 일본인들은 구리거울을 권력의 상징으로 여기고 매우 소중히 간직했다.

〈삼국지〉 왜인전에 따르면 위나라는 야마다이 왕국에 두차례 구리거울을 증정했는데 제1차는 위나라 명제가 여왕에게 구리거울 100매를 하사하고 제2차는 위나라 황제 방이 왕위에 오른 후에 구리거울 멸개를 증정한 것이다. 이 기간 야마다이 왕국 사신은 5차례나 위나라를 방문하여 친선관계를 더욱 발전시켰다.

14. 동진, 송나라와 일본 야마토 왕국간의 통교

중국에서 동진, 16국 시대가 시작될 때 일본에서는 야마다이 여왕국 시대가 끝나고 5왕 시대가 시작됐다.

5왕 시대는 역사에서 야마토국 시대 초기에 해당된다. 야마토국 시대 일본의 정권은 왜왕에게 집중되고 국내는 기본적으로 통일돼 있었다.

대화국 시대는 야마다이 왕국 시대에 비해 사회생산력과 문화가 신속히 발전한 때이다.

사회가 발전함에 따라 왜왕을 중심으로 한 통치자들은 중국의 생산도구, 철기, 비단, 견직물 등과 각종 사치품을 더욱 갏이 소요했다. 그러므로 중국에서 심한 동란이 여러 해 지속될 때에도 왜국은 중국 각 조대와의 조공무역 관계를 발전시키기에 애썼다.

〈진서〉에는 동진 안제 의희 9년(413년)에 외이가 와서 지방 토산물을 바쳤다고 기재됐는데 이는 중국왕조에 대한 야마토국의 염원을 반영한 것이다.

야마토국 시대의 제1대왕 찬은 야마다이 왕국 다음의 신흥국가의 창건자이다.

그는 국내통일 사업을 촉진했을 뿐만 아니라 동진과 무역을 확대하고 중국상품을 얻기에 힘썼다. 420년에 동진이 망하고 송나라 정권이 건립된 후 송나라 무제는 421년에 왜왕 찬에게 조서를 내려 제수를 수여하고 양국과의 외교관계를 계속 발전시킬 것을 요구했다.

〈제수〉는 어떤 관직에 속하는 것인지 그 내용을 알 수 없으나 어쨌든 이전에 왜왕들에게 준 〈안동장군왜국왕〉 등의 지위를 초과하지는 않았을 것이다.

왜왕 찬은 쾌히 봉호를 접수하고 425년에 재차 사마조달을 사신으로 송나라에 파견하여 국서와 예물을 바쳤다. 사마조달은 일본에 이주한 한족 〈도래인〉이다.

한족 도래인들은 왜인들과 장기적으로 함께 생활하고 생산하는 과정에서 한족문화와 생산기술을 전파했을 뿐만 아니라 또한 왜국의 사절로서 중일 양국의 우의를 발전시키는데 튼 작용을 발휘했다.

430년 왜왕 찬은 제3차로 사신을 송나라에 파견하여 토산물을 바쳤다.

한나라의 광무제가 왜노국왕에게 금인을 수여한 때로부터 시작하여 왜왕 찬에 이르기까지 역대의 왜왕들은 주동적으로 중국 황제의 책봉을 요구하지 않았다.

그러나 찬의 계승자 진은 이 국면을 깨뜨리고 대담하고 주동적으로 자기가 희망하는 작위 즉, 중국 황제의 책봉을 요구했다.

420년 송나라 무제가 왜왕 찬을 책봉할 때 백제왕도 책봉했는데 백제왕에게 준 〈진동대장군〉봉호는 왜왕 찬에게 준 봉호보다 높았다. 왜왕 찬이 죽고 진이 그 직위를 계승한 다음 진은 자기나라 국력이 강화됐음을 믿고 동북아시아에서 자기들의 국제적 지위를 제고하려 시도했다. 그리하여 왜왕 찬의 봉호가 백제왕의 봉호보다 낮은데 대해 불만은 품고 438년에 사신을 송나라에 파견하여 조공함과 동시에 송나라 문제에게 〈추정〉으로 봉해 달라고 간절히 요구했다.

추정이란 '왜, 백제, 신라, 임나, 진한, 모한 등 6국의 군사를 지휘하는 안동대장군 왜국왕'이었다.

그리고 또 관례대로 왜국 사절단 성원 13명에게도 평서, 정로, 관군, 보국장군 등 칭호를 줄 것을 요구했다.

송나라 문제는 왜왕 진의 무리한 요구에 아랑곳하지 않고 관례에 따라 왜왕 찬을 책봉한 때와 마찬가지로 왜왕 진에게도 〈안동장군왜국왕〉이란 봉호만 주었다.

오래지 않아 왜왕 진이 죽고 제가 왕위를 계승했는데 제도 433년에 송나라에 사신을 파견하여 국서를 올리고 공물을 바치면서 책봉해 줄 것을 요구했다. 이에 송나라 문제는 역시 〈안동장군왜국왕〉으로 봉했다.

451년에 왜왕 제는 또다시 사신을 송에 띄워 조공했다.

이 때는 바로 송나라와 북위간에 치열한 전쟁이 벌어져 송나라가 큰 피해를 입고 있을 때였다. 바로 이러한 시기에 왜국사신이 송나라로 갔으므로 송나라는 매우 열정적으로 접대했다.

송은 왜국과 해상연맹을 결성하여 북위의 남진을 막으려 했으며 왜국도 송나라의 위망과 지지를 빌어 동북아시아에서의 자기들의 국제적 지위를 한층 더 높이려 했다. 때문에 송나라 문제는 관례를 타파하고 왜왕 제가 요구하는 대로 〈사지절도독 왜, 신라, 임나, 가라, 진한, 모한 6국 제 군사 안동장군〉이란 봉호를 주었다.

동년 7월에는 또 〈안동대장군〉으로 승급시켰다.

이리하여 왜왕 제는 왜왕 진이 얻지 못한 것까지 모두 얻었다.

그 후에도 왜국과 남조와의 왕래는 비교적 밀접했고 친선관계가 계속 유지됐다.

15. 일본열도로의 중국문화의 전파 및 그 작용

1) 한족의 이주와 작용

끊임없는 전쟁으로 중국 3국 시기에 사회경제는 몹시 파괴되고 백성들은 고난의 도탄속에서 허덕이고 있었다.

그 후 비록 진이 전국을 통일했으나 얼마 지나지 않아 〈8왕의 난〉이 일어나 황하유역의 백성들은 또다시 기아에 허덕이게 되었으며 요행 죽지않고 살아남은 사람들은 떼를 지어 살길을 찾아 도처로 떠다녔다.

그 중 동북지역으로 들어간 유민의 일부는 한반도를 거쳐 왜국으로 들어갔다.

이리하여 한반도와 일본에 대한 한족 유민들의 제1차 이민 열풍이 일어났다.

그 후 5호 16국 시대의 150년간의 전란으로 조선과 일본으로의 제2차 이민 행렬이 일어났다.

이를테면 궁월군은 대략 4세기초에 120현(127현이라고도 함)의 유민들을 거느리고 일본으로 건너갔다.

이들을 진씨일족이라고 하는데 그들은 주로 농업 및 그와 관련이 있는 토목공사, 양잠, 견직 등 업종에 종사했다.

일본에는 야마다이 왕국 시기에 양잠업과 견직업이 있었지만 기술수준이 낮아 산품의 질이 매우 낮았고 수량도 많지 못했다.

하지만 야마토 시기에 이르러 질과 수량면에서 모두 현저하게 발전했는데 이는 진씨일족의 공헌과 갈라놓을 수 없는 것이다.

진씨일족은 수리건설에서도 큰 기여를 했다.

일본에 도착한 후 진씨일족은 교토분지의 서쪽 즉, 송미, 송실 일대에서 밭을 개간하면서 제방을 쌓고 관개수로를 수축하여 한전을 수전으로 만들었다.

진씨일족은 토목공사 방면에서도 특출한 업적이 있었다. 진씨가 바친 명주, 비단을 저장하기 위해 왜왕은 영을 내려 진씨로 하여금 8장대장을 궁전옆에 짓도록 했다.

8장대장은 그 시기 왜국에 있어 본적이 없는 구모가 비교적 큰 건축물이었다.

일본에 들어간 한족 가운데는 적지 않은 지식인들도 들어있었다.

이들 가운데 일부 사람들은 왜정부에서 문서일을 하거나 여러 가지 장부를 맡아보며 외교문건도 작성했다.

이 시기 일본은 자체의 문자가 없었는데 한족 지식인들에 의해 한자와 유교경전이 일본에 널리 전파됐다.

2) 기술원조

경제발전의 수요를 만족시키기 위해 일본은 4세기에 들어서면서부터 중국으로부터 선진적인 생산시술을 적극 도입하기 시작했다.

468년 일본국왕은 신협촌주청과 증외민박덕을 남조 송나라에 파견하여 방직기능공을 지원해 줄 것을 요구했다. 이에 송나라는 한직, 오직, 형원, 제원 등 기능공을 보내주었다.

야마토 조정은 지원해 온 한족 기능공을 후하게 접대했을 뿐만 아니라 수공업 조직단체인 〈부민(部民)〉을 설치하고 한족기술자에게 이들을 지도하여 각종 수공예 제품을 생산하게 했다.

이러한 조치는 왜국의 의봉공예 등 수공업 생산의 발전을 촉진시켰다.

이밖에 그 시기 백제에는 한족기술자들이 많이 살고 있었는데 야마토 조정은 백제를 통하여 이들을 일본에 초청해왔다.

3) 불교의 전파

불교는 인도에서 탄생했는데 한나라 시기 〈비단의 길〉을 통해 중국에 들어왔으며 동진과 남북조 시기에 이르러 성행했다.

그 후 중국의 불교는 한반도를 통해 일본에 전파됐다.

불교가 일본에 전파된데 대해서는 지금까지 두가지 부동한 전설이 있다.

한 전설에 의하면 299년에 한나라 헌제의 후손이라고 하는 고만귀가 자원하여 배를 타고 바다를 건너 일본에 이르러 근강국의 지하군에 이르렀는데 그 때 그의 나이는 100세였다. 그 후 고만귀는 일본천황 응신의 아홉째 딸에게 장가들었다.

그는 자기 초가집 앞에 높이 3척이 되는 불상을 진흙으로 빚어 만들고 불교를 선전하기 시작했다. 고만귀가 불교를 선전함에 공헌이 있었으므로 일본국왕은 그에게 〈삼진백기〉라는 이름을 지어 주었는데 480세를 살았다는 것이다.

다른 한 전설에 의하면 522년에 남조 사마씨의 후대인 사마달지라고 하는 사람이 일본에 건너가 야마토국의 고시군판전촌에 거주했다. 그는 초가집을 짓고 불상을 만들어 거의 매일 숭배했다.

그 때 일본은 원시종교를 믿고 자연신을 숭배했기 때문에 사마달지의 불교 숭배에 대해 이해하지 못했다.

이상의 두 개 전설은 일본에 불교가 전파되기 전에 사회변화가 있었다는 것을 말해준다. 그리고 한인들이 많은 작용을 했다는 것을 이해할 수 있다.

일본에 붉가 전파됨을 명확히 기록한 때는 백제시기이다.

〈일본서기〉에 의하며 522년에 백제 성명황은 사신을 파견하여 왜왕에게 금동석가상, 불경 등을 보냈다. 왜왕은 어쩔바를 몰라 대신들에게 물었는데 물부씨와 중신씨 두 대신은 불교를 믿는 것을 반대했다.

물부씨는 왜국은 줄곧 천지사직에 속하는 180의 신을 숭배하고 춘하추동 4
계절에 제사를 지냈는데 이제 외국신을 믿는다면 아마 국신이 노여워 할 것
이라고 말했다.
  하지만 신흥세력의 대표자인 소아씨는 불교를 숭배할 것을 적극 주장했다.
  이리하여 이때로부터 일본에서는 불교가 널리 성행하기 시작했다.

4) 유교의 전파
  유교경전은 왕인(王人)에 의해 일본에 전파됐다고 전해진다.
  이 시기 왕인은 〈논어〉와 〈천자문〉을 가지고 일본으로 들어가 야마토 태자
에게 유가경전을 가르쳤는데 아마 이때로부터 중국의 유교가 일본에 전파되
기 시작했을 것이다.
  6세기 초에 일본국왕은 백제로부터 5경을 정통한 박사 단양이를 초청했고
3년 후에 박사 한고안무로 하여금 그를 대신하도록 했다.
  이처럼 5경에 정통한 박사를 부단히 초청하여 유가경전을 가르치게 한 것
으로 보아 이 시기 일본에서는 이미 유교와 한자가 상당히 보급되었음을 알
수 있다.

16. 고구려와 일본열도의 관계

3세기 중엽부터 6세기 말까지의 시기에 고구려는 공손씨 세력과 위나라의
침략을 반대하는 투쟁, 전연의 침입과 그를 반대하는 투쟁, 요동, 요하 유역
에로의 진출, 남방진출, 비려, 숙신, 동부여에 대한 정벌 등을 진행하여 영토
를 넓혔다. 그러나 장기간의 대외전쟁 과정에서 백성들을 과중한 군역과 요
역에 동원하고 부세를 징수했기 때문에 외지로 이동하는 사람들이 적지 않
았는데 그 중 일부 사람들은 일본열도로 이주했다.

문헌과 고고학 자료에 의하면 오카야마현 구메군 일대, 북시나노 지방과 노
토반도 지방에는 일찍 고구려 계통 주민들이 살고 있었다.

고고학 자료에 의하면 오사카 동쪽으로부터 나라현의 서쪽인 〈고우치 아사
카〉를 중심으로 한 지방에 작은 돌칸 흙무덤들이 많이 널려 있는데 이는 고
구려식 무덤이다.

이외의 와카야마현 기노가와 하류일대에는 〈이와세 센즈카〉라고 불리우는
700여개에 달하는 고구려 계통의 큰 무덤떼가 있다. 이 무덤들의 짜임새와
유물은 역시 고구려식이다.

도쿄 부근의 〈고마에교〉라는 곳에도 〈고마에 햐쿠즈카〉라고 불리우는 큰
무덤떼가 있는데 이것도 고구려 계통의 무덤이다. 〈일본서기〉에 의하면 565
년에 고구려 사람이 즈무리야헤일족의 쯔쿠시(북구주)에 건너갔는데 일본에
서는 그들을 야마시로 노구니에서 살게 했다.

595년에는 고구려의 중 혜자가 일본으로 건너가 성덕태자의 스승으로 되었
는데 그는 하나를 물으면 열을 알았으며 열을 물으면 백을 알았다고 전해지
고 있다.

4세기 말 광개토왕 시기에 야마토국은 백제를 도와 한반도내의 3국 쟁탈전
에 참가했는데 고구려는 그러한 〈왜〉에 대해서 무역으로 타격하는 한편 외
교활동을 통해서도 제압하려고 했다.

〈일본서기〉 권10에 기재된 것처럼 그 시기 고구려는 일본 야마토국 국왕에
게 '고려국왕이 왜왕에게 지시한다'는 글을 실은 국서를 보냈는데 이는 바
로 일본에 대한 고구려의 외교적 압력을 의미한다.

5세기 중엽 이후 신라와 백제가 가까워지고 〈왜〉가 계속 백제를 도와 고구
려의 남진을 제지하려 했는데 이에 고구려는 왜로 하여금 백제와 멀리하고
백제를 지원하지 못하게 하려고 시도했다.

570년 이후 약 100년 사이에 고구려는 일본 야마토 왕국에 23차례나 사신을
파견했는데 이는 백제를 견제하기 위한 고구려 외교전의 연장이었다. 하지만
고구려의 외교활동은 효과를 보지 못했다.

17. 백제와 일본 야마토 왕국의 관계

백제사람들도 일본열도로 많이 건너갔는데 그 중 대부분 사람들은 집단적으로 건너가 여러 지역에서 독립적인 부족집단을 이루고 생활했다.

대표적 실례로 후나야마 옛무덤을 들 수 있다.

이 무덤은 백제식이고 무덤안의 유물들도 모자로부터 귀걸이, 가락지, 무기, 질그릇 그리고 신발에 이르기까지 전부 백제산품이었다.

이 옛 무덤이 백제계통 이주민의 무덤이라는 것은 특히 무덤의 주인이 차고있는 칼에서 잘 나타났다.

이 옛무덤에서 출토된 칼에 새겨진 글의 내용은 다음과 같다.

'천하를 다스리는… 대왕의 시대에 대왕의 명령을 받은 관청사람, 이름은 무리가 (지휘하여) 만든 것이다. 8월 중에 큰 용해가마를 썼다. 4척이 되는 칼을 80번이나 단련해 60진 3재를 만들었다. 이 좋은 칼을 차는 자는 오래 살고 자손도 많아 세가지 은혜를 다 받을 것이요. 그 통솔하는 바(나라)도 많지 않을 것이다. 이 칼을 손수 만든 자의 이름은 이태어요 글씨를 쓴 것은 장안이다'

이 칼이 백제왕의 명령으로 백제의 기술자들에 의하여 만들어졌다는 점, 칼의 글자 자료가 백제의 이두로 씌어져 있다는 점이 비추어 볼 때 이 칼은 5세기 후반기의 백제국왕이 일본 〈왜왕〉에게 준 것이었다.

〈삼국사기〉 백제본기에는 397년(아신왕 6년) 5월에 백제가 〈왜〉국과 친선관계를 맺고 태자 전지를 치자로 보냈으며 403년(아신왕 12년) 2월에 〈왜〉국의 사신이 왔으므로 특별히 후하게 접대했다는 기록이 있는데 이것은 〈왜〉국과 백제간의 공식적인 통교에 관한 첫 기사이다.

백제와 〈왜〉 즉, 일본의 대화왕권과의 관계는 매우 밀접했다.

3국 혼전 시기에 고구려를 전승하기 위해 백제는 백제를 중심으로 가야, 왜와의 연합을 형성했고 366년과 368년에 백제는 또 주동적으로 신라에 사신을 보내 '형제'간의 관계를 맺기로 했다.

고구려는 후연 세력을 타겨하고 서북방면의 정세를 수습해 안정시킨 후 다시 남방으로 진출하기 시작했다. 이리하여 백제와 고구려 사이에는 격전이 벌어졌다.

370년대 중엽이후 고구려가 강한 힘으로 남하하기 시작하자 신라는 고구려와 동맹 관계를 맺게 됐다. 하여 고구려와 신라를 한편으로 하고, 백제와 가야 및 왜를 한편으로 하는 두 세력이 대립되는 새로운 형세가 조성됐다.

391년 백제는 고구려의 진격을 맞기 위해 왜의 무력을 한반도 남부에 끌어들였다. 이에 고구려는 남으로 곧바로 진격하여 왜국 침입군을 호되게 처부

셨다.

광개토왕릉비에는 '왜가 신묘년에 왔으므로 바다를 건너 백제를 격파하고 동쪽으로 신라를… 하여 신민으로 삼았다'는 기재가 있는데 이는 곧 고려와 백제, 왜와의 모순 투쟁을 말하는 것이다.

396년에 광개토왕은 친히 군사를 거느리고 백제에 대한 대규모의 진격을 진행하여 50여개의 성을 함락하고 한강을 건너 백제 수도 남한성에 도달했다.

이리하여 백제 아신왕은 화의를 맺을 것을 제기하고 고구려를 향해 남녀 생구 1000, 가는 베 1000필을 바치고 58개 성, 700개 촌 지역을 떼주었으며 왕의 아우와 대신 10명을 인질로 고구려에 보냈다.

그리고 백제 아신왕은 고구려 광개토왕을 향해 '이제부터는 영원토록 고구려왕의 노객이 되겠다'고 맹세했다.

하지만 3년 후 백제는 〈맹세〉를 저버리고 또다시 왜의 힘을 끌어들이기로 했다. 그리하여 백제는 아신왕 6년(387년)에 왕태자 전지를 왜국에 보내 군사원조를 요구했다. 이어 백제는 가야, 왜와 연합하여 동쪽으로 신라를 침공하여 굴복시킨 다음 북쪽의 고구려를 치려 했다.

그 결과 신라의 서부변방 지대에는 백제, 가야, 왜의 군대가 집결되고 왜의 일부 선봉부대는 신라 국경에 침입하여 몇 개 성을 파괴하고 함락했다. 위험에 직면한 신라 매금왕은 고구려에 원조를 요청했다.

이리하여 400년에 고구려는 보병, 기병 등 도합 5만 군대를 남으로 진격시켜 신라 구원작전을 벌였다.

고구려 군사들은 맹렬히 진격하여 왜병을 호되게 타격했다.

나중에 고구려군은 왜군을 패배시키고 그들에게 강점당했던 여러 성을 수복함으로써 대승리를 거뒀다. 그러나 백제왕은 실패를 달가와 하지 않고 402년에 또다시 왜국에 사신을 보내 병력을 더 보내 줄 것을 요구했으며 403년에는 신라의 서부 변방을 쳤다.

404년에 백제군은 왜군과 함께 바닷길로 대방계(오늘의 황해남도 남쪽해안 지방, 옛 대방국의 남부지경)에 침입했는데 역시 고구려군과 신라군의 진격에 의해 패배 당했다.

392년 이후 약 15년간에 걸친 고구려, 신라와 백제, 가야, 왜의 각축전은 고구려의 커다란 승리로 끝났다. 그 후 백제와 왜는 이따금 신라를 침범했으나 고구려는 감히 건드리지 못했다.

18. 신라와 일본열도의 관계

신라 사람들도 가야, 백제 사람들과 마찬가지로 바다를 건너 일본의 이즈모 지방, 동북 규슈 부젠(후쿠오카현 동부)지방, 기비 지방, 야마토 분지의 동부 지방(나라현), 하리미 지방(효고현), 와카사 지방(후쿠이현), 오우미 지방(시가현) 등지에 집단을 이루고 살았다.

2세기 후반기부터 일본열도내의 왜인들은 신라에 자주 쳐들어왔다. 신라와 왜와의 관계가 더욱 긴장해 진 것은 3세기에 들어서면서부터다.

208년에 왜가 신라의 국경을 침범했고 232~233년에는 신라의 수도까지 쳐들어 왔거나 동쪽 변방인 사도성을 침범한 일이 있었다.

신라 사람들은 그 때마다 침범한 왜적을 물리쳤다.

3세기 초쯤까지 신라를 침공한 왜는 주로 북부 규슈연해 지구의 왜인 집단이었다.

당시 일본열도내에서는 30여개의 소국이 싸우던 끝에(3세기 초) 야마다이 여왕국이 형성됐는데 233년 쯤에 여왕국의 왕 히데꼬는 신라에 사신을 보내 평화적 관계를 맺을 것을 제기했다.

그것은 232년에 신라에 대한 공격이 실패했고 또 신라, 중국의 위나라와 평화적인 외교, 무역으로실속을 차리려고 한 것과 관련된다.

히메꼬가 죽은 다음 북규슈의 왜 새력들은 249년에 다시 신라를 공격했으며 290년에도 신라를 여러차례 공격했다.

그러나 신라은 수군무력을 강화하여 대처하면서 왜의 침공세력을 물리쳤다. 하여 왜는 4세기 초에 이르러 신라와 화의를 맺고 신라왕실과 혼인하는 것으로 관계를 개선했다.

4세기 중엽에 신라와 왜의 관계는 다시 악화됐다. 이 때 백제의 세력은 더욱 강화돼 가야와 동맹을 결성했을 뿐만 아니라 왜와도 더욱 가까워졌다.

당시 국력이 약한 신라는 390년(나물왕 36년)에 외국과의 관계를 개선하기 위하여 왕자 미사흔(미해)을 사신으로 보냈다.

그러나 왜왕은 약속을 어기고 미사흔을 억류하고 391년에 백제, 가야의 요구에 따라 군데를 보내 신라를 공격했다.

그 후 신라는 고구려의 후원을 받아 백제, 가야, 왜와의 연합세력을 물리쳤다.

419년에 박제상(김제상)은 왜국에 가서 미사흐을 빼돌려 귀국시키고 자기는 희생됐다.

420년대 이후에도 왜의 침략은 그치지 않았다. 444년, 459년, 462년, 463년에 왜는 연이어 신라를 침공했다.

신라는 처음에는 실패도 했으나 후에 침략자들에게 반격을 가해 심대한 타격을 주었다.

463년 싸움에서 신라군대와 백성들은 활개성과 십량성(경상남도 양산)에 침입한 왜들을 물리쳤다. 그리고 방어시설과 방위대책도 강화했다.

하여 476년에는 동쪽 해변에 쳐들어 온 왜들을 제때에 물리치게 됐다.

그 후 왜들은 482년과 486년, 497년에 신라의 변방을 공격했지만 그것들은 대체로 소규모의 해적행위에 지나지 않았다.

왜들은 500년 3월 장봉진을 공격한 사건을 최후로 그 후에는 다시 나타나지 않았다.

이는 신라 사람들이 왜의 침입을 제때에 물리치고 막대한 타격을 준 것은 신라의 국력이 강화된 것을 말해준다.

19. 고구려, 백제, 신라 문화의 일본열도 전파

고대에 있어서 고구려, 백제, 신라의 선진적 생산기술과 문화는 끊임없이 일본열도에 인입 전파돼 고대 일본의 사회경제와 문화의 발전을 크게 촉진시켰다.

당시 한반도의 세나라 가운데서 가장 먼저 발전한 것은 고구려였다.

일본땅으로 고구려 문화의 전파과정에 있어서 고구려로부터 직접 간 것도 적지 않으나 백제, 신라, 가야를 거쳐 일본에 전파된 것도 많다. 백제, 신라, 가야 문화라는 것도 그 원류를 고구려에 둔 것이 대부분이라고 말할 수 있기에 일본에 전파된 백제, 신라, 가야 등 문화 가운데는 고구려의 요소도 포괄된다.

왜국땅으로 들어간 고구려인들은 우선 고구려의 제철기술을 당지에 전파하여 일본으로 하여금 여러 가지 철기를 생산할 수 있게 했다.

〈일본서기〉 15권 인현 6년조에 의하면 493년에 고구려인들은 가죽 만드는 기술을 일본에 전파함으로써 일본에 제혁기술발전의 시초를 열어 놓았다.

고구려의 재봉기술과 견직물도 일본으로 건너가 일본의 견직업 발전에 크게 기여했다. 283년과 310년에 고구려로부터 옷을 짓는 기술, 베를 짜는 기술이 일본의 야마토로 전파되었는데 이 기술을 전파한 것은 고구려의 여인들이었다.

일본서기 41년(310년) 조에는 일본사신이 구(고구려일 것이다)로부터 재봉 여인들을 데리고 야마토에 왔다고 기재돼 있다.

고구려 사람들은 선진적인 의술도 일본에 전파했다. 일본서기의 기재에 의하면 5세기 중엽에 고구려 의사 덕래가 초청을 받고 일본에 건너가 많은 일본사람의 병을 치료했고 의술도 전파했다.

이 밖에 고구려는 유식한 학문승(불교중)들을 왜국에 보냈는데 그 중 가장 유명한 것은 혜자였다.

혜자는 6세기 말에 왜국에 가 유명한 황태자 성덕태자의 스승이 됐다. 610년에는 고구려 중 담징, 법정 등이 일본땅에 건너갔는데 그 중 담징은 불경뿐만 아니라 유교경전도 잘 알고 종이, 먹, 연애(물레방아) 만드는 기술도 전해주었다.

백제와 왜의 문화교류는 더욱 밀접했다.

우선 백제의 옷을 짓는 기술과 베를 짜는 기술이 왜국의 야마토에 전파됐다.

일본서기 응신천황 14년(283년) 봄 2월초에는 '구구라(백제)의 왕(고시기)이 옷재봉공(기누누히) 여자(오미나)를 바쳤다. 마게츠라고 한다. 오늘의 구메노 기누누히의 시조다'라는 기재가 있다. 246년 백제왕은 야마토 사신에게 5색비단, 각궁, 화살, 철판 등을 선물로 주었다.

일본서기 웅략천황 7년(463년) 조에는 신라를 치러갔던 왜의 장령이 백제가 바치는 기술자들을 데리고 오다가 오오시마에 집결시켜 둔 것을 야마토 남쪽으로 데려가 배치했다는 기사가 있다.

일본서기에는 또 백제의 많은 학자, 중, 화가, 조사공, 기와박사, 야장쟁이 등이 왜국으로 건너간 사실을 전하고 있다. 6~7세기 일본문화를 대표하는 아스카문화에 고구려의 영향도 있지만 백제적 색채가 짙은 것은 이 때문이다.

일본서기 숭준천황 원년(588년) 〈시세〉조에 의하면 백제로부터 불사리, 중 6명, 기와구이 기술자 4명, 화가 1명이 왜국으로 건너갔다.

이스카사(법흥사)의 건립과정은 영향이 컸다는 것을 보여주는 가장 뚜렷한 실례다. 아스카사는 6세기말 일본에서 으뜸가는 절이었다.

이 절의 건조는 그 시기 일본 야마토 정권의 권력자인 소가노우마코가의 발기하에 백제, 고구려 중들의 직접적인 설계와 백제기술자들의 도움에 의해 이룩됐다.

법흥사가 완공되자 소가노우마코는 곧 아들을 절의 주지로 임명하고 고구려 중 혜자와 백제 중 혜총을 비롯한 백제중 11명을 아스카사에 살게했다. 아스카사의 완공을 앞두고 사리탑을 찰주의 초석속에 안치하는 행사마당에 서 있은 특이한 관경에 대하여 〈부상략기〉(제3 추고왕조)에는 다음과 같이 전하고 있다.

'원년 정월에 소가노 우마코노 수쿠네가… 아스카땅에 법흥사를 세웠다. 찰주를 세울 때 시마노 오미(우마코)와 함께 100여명이 모두 백제옷을 입었으며 보는 사람들이 모두 기뻐했다'

이는 백제가 야마토 국가에 준 영향을 충분히 설명한다.

이 밖에도 고대 조선인들은 일본사회 발전에 여러면으로 큰 기여를 했다.

20. 수의 통일과 고구려에 대한 침략

581년 2월 북주의 수국공 이었던 양견은 아버지로부터 왕위를 물려받고 수왕조를 건립했다.

이 해 10월 백제왕 부여창은 수에 사신을 보내 조공했는데 수고조는 백제왕을 〈상개부의 동삼사 대방군공〉으로 봉했다. 이리하여 백제는 수와 외교관계를 맺었다.

이어 12월에 고구려도 수에 사신을 보내 수제로부터 〈대장군요동군공〉이라는 칭호를 받았다.

백제는 수에 조공하는 동시에 진과도 접촉함으로서 남북조에 등거리 외교를 실시했다.

고구려는 584년까지 수에 빈번히 조공하다가 이듬해부터 수에 대한 조공을 중단하고 진에 접근하기 시작했다.

이는 고구려가 이미 수의 침략의도를 다소 짐작했기 때문이다. 589년 정월 수는 진을 멸망시키고 전국을 통일한 후 강성한 봉건제국을 건립했다. 때문에 이 소식을 들은 백제는 속히 사신을 수에 보내 축하의 뜻을 표시했다. 수와 관계를 중단했던 고구려도 사신을 보내 축하했다.

하지만 고구려는 한편 수의 침략이 두려워 군비를 증강하고 암암리에 수의 수공업자를 매수하여 새로운 병기를 제작하는 등 수의 침략에 대처할 준비를 했다.

이에 대해 수문제는 고구려왕에게 국서를 보내 고구려를 욕하는 동시에 침략의 뜻을 암시했다. 이와 같은 압력과 공갈에 눌려 영양왕 때에 고구려는 다시 수의 책봉을 받아 수의 책봉체제에 들어섰다.

수가 중국을 통일한지 5년이 지난 후 신라 진평왕도 사신을 수에 보내 조공하고 수문제로부터 〈상개부락랑군공 신라왕〉으로 책봉됐다. 이리하여 수나라와 한반도 3국간에는 책봉체제가 완성됐다.

3국의 쟁탈전에서 3국은 각기 강대한 제국인 수의 지지와 보호에 의거하여 저들의 역량을 강화하려고 시도했다.

한편 수제국도 책봉의 수단으로써 한반도 3국을 포괄한 인근 국가와 민족들을 자기에게 종속시키려 했다.

하지만 중국대륙 서북과 동북, 한반도 북부의 광활한 지역을 차지하고 바야흐로 대외확장 전쟁을 벌이고 있는 돌궐과 고구려에 대하여 수제국은 외교적 책봉수단으로 그들을 굴종시킬 수 없었다.

이리하여 수제국은 고구려에 대하여 마침내 대규모적인 무력침공을 감행했다.

이 전쟁에는 백제, 신라, 북방의 돌궐 등 까지 휩쓸려 들어가게 됐다. 598년 고구려는 말갈의 기병 1만명을 거느리고 요서에 침입하여 영주의 총관 위충을 몰아냈다.

고구려가 요서에 침입한 것은 본래 고구려에 복속됐던 요서의 거란족이 586년에 고구려를 배반하고 수나라에 귀속되었기에 이 부분의 거란족을 다시 자기들에게 예속시키기 위해서였다.

이 사건을 구실로 수문제는 마침내 고구려에 대한 대규모의 전쟁을 도발했다.

598년 2월 수나라는 30만명에 달하는 수륙대군을 동원하여 고구려를 공격했다. 동시에 고구려왕에 대한 책봉도 무효로 선포했다.

하지만 얼마 안돼 군량의 부족과 질병의 확산으로 말미암아 원정군은 중도에서 철병하지 않을 수 없었다.

한편 고구려도 강대한 제국과의 전쟁을 원하지 않았으므로 휴전을 요청했다. 하지만 고구려를 적대시하는 백제는 수군의 선도를 담당하면서 다시 고구려를 공격할 것을 수나라에 청했는데 수문제는 전쟁이 이미 끝났기 때문에 그렇게 할 필요가 없다고 말했다. 그 후 수나라와 고구려의 관계는 여전히 순조롭지 못했다.

고구려는 수나라를 향해 적극적으로 조공을 하지 않았을 뿐만 아니라 서쪽으로부터 수제국을 견제하기 위해 사신을 보내 돌궐제국과 연계를 취했다.

604년 수양제가 돌궐의 계민커칸을 방문했는데 그 곳에서 고구려의 사신을 만났다.

당시 수양제는 그의 수행원이었던 황문시랑 배거의 의견을 좇아 고구려의 사신을 접견하고 그들에게 '너희들이 돌아가서 왕에게 속히 조공하러 오라고 전해달라. 그렇지 않으면 나와 계민은 함께 그곳을 순수할 것이다'라고 말했다.

수양제의 훈계는 고구려가 장기간 수나라에 조공하지 않았음을 암시했을 뿐만 아니라 고구려에 대한 수의 새로운 무력침공의 의지도 암시했다.

이 일이 있은 후 수나라 조정에서는 고구려를 토벌할 것을 주장하는 대신들이 갈수록 늘어났다.

게다가 신라와 백제도 고구려 토벌에 출병하겠다고 적극 나서므로 수양제는 마침내 고구려에 대한 제2차 무력침공을 준비했다. 608년에 수나라는 고구려 침략의 준비로 황하와 해하를 잇는 영제거를 개척하고 611년에 통혜하를 완성했다.

이와 같은 대규모적인 준비를 한 기초상에서 612년 수양제는 친히 200만의 대군을 거느리고 탁군에서 출병하여 고구려를 향하야 진군했다.

동년 4월 요동성을 포위했으나 6월에 이르기까지도 함락하지 못했다. 한편 수나라 수군은 산동방면으로부터 황해를 건너 고구려 수도인 평양으로 진격했다.

평양에서 몇십리 떨어진 해역에서 양국의 수군은 싸움을 벌였는데 고구려군이 격파당했다. 하지만 평양성 전투에서 수군은 도리어 치명적인 타격을 받았다.

요동성에서 양군이 대치상태를 이루자 수나라측은 우중무느 우문술 등으로 하여금 9개 군단의 병력 30만 5000명으로 별동대를 조직하여 고구려의 전선을 돌파하게 하려고 했다. 이에 고구려의 군민들은 명장 을지문덕의 지휘밑에 유인전술과 청야견벽전술을 사용했다.

이른바 청야견벽전술은 침략군이 통과할 수 있는 길 주변의 주민들을 미리 가까운 성안에 이동시키고 식량과 집짐승 등 모든 물자들을 깊숙이 감추고 우물마저 매워버리는 전술이다.

한편 을지문덕은 수많은 산성들과 험한 자연요새를 이용하여 영활한 유인전술로 적군을 타격했다.

사방에서 고구려군의 추격을 받아 전투대열이 흩어진 채 무질서하게 퇴각하던 수군은 7월에 마침내 실수계선에 이르렀다.

바로 이 때를 기다리고 있던 고구려군은 일제히 공격을 가해 수군의 주력군을 무자비하게 섬멸했다. 그리하여 수군의 별동부대 30만 5000명 중에서 목숨을 건지고 돌아간 자는 겨우 2700명밖에 안됐다고 한다.

이에 양제는 더는 써울 엄두를 못내고 7월 25일 퇴각하고 말았다.

이 전투가 바로 역사상에서 유명한 〈살수대첩〉이다. 고구려에 대한 제2차 원정에서 패배당한 수양제는 자존심이 상하고 분느에 견디지 못해 고구려에 대한 제3차 침략전쟁을 벌였다.

613년 4월 요하를 건넌 양제는 병력의 일부를 우문술에게 주어 평양성으로 진격하게 하고 주력부대로 하여금 신성과 요동성을 공격하게 했다.

왕인공이 거느리는 수군은 신성을 공격했으나 함락하지 못했다. 한편 수군은 각종 병기를 동원하여 밤낮으로 요동성을 쳤으나 20여일이 지나도록 점령하지 못했다.

때마침 6월에 여양에서 군수품 수송임무를 맡고있던 예부상서 양현감이 반란을 일으켰다는 기별이 오게 돼 양제는 용동성 공격을 중단한 채 많은 군수품을 그대로 내버려두고 본국으로 철퇴했다.

이와 더불어 양현감과 기맥을 통하고 있던 병부시랑 공사정이 고구려에 투항했다. 이와 같이 두차례에 걸친 원정이 실패로 돌아간 뒤에도 양제는 고구려에 대한 정벌을 단념하지 않았다.

이리하여 614년에 또다시 고구려를 침략했다.

같은 해 2월에 양제는 조서를 내리고 3월에 탁군, 7월에 회원진에 이르렀는데 이 때 래호아가 이끄는 수군은 비사성으로 진군하여 고구려 군대를 격파하고 평양성으로 향했다.

이리하여 고구려는 곡사정을 수나라로 압송하는 것을 조건으로 휴전을 제의했다.

때마침 수나라도 국내정세의 불안으로 병력이 제때에 요동으로 집결되지 않고 있었으므로 양제는 이 조건을 받아들이고 부하를 래호아에게 보내 군대를 후퇴시킴과 동시에 그 자신도 8월에 회원진에서 물러났다.

그 후에도 양제는 여전히 고구려에 조공할 것을 요구했으나 고구려는 이에 소극적인 태도를 취했다. 그러자 양제는 615년에 네 번째로 원정을 계획했다.

하지만 전국적인 반란과 특히 동돌궐의 시필커칸(계민의 아들)의 배반으로 말미암아 원정을 포기했다.

즉, 양제는 같은 해 북순에 나섰다가 8월에 안문(산서성 대현)에서 시필커칸의 대군에 포위돼 9월에 겨우 풀려난 일이 있었는데 이 때 번자개가 앞으로 돌궐을 대처하기 위해서는 고구려와의 관계를 개선할 필요가 있다고 주장했기에 양제도 고구려에 대한 원정계획을 포기하게 된 것이다.

한편 수는 고구려에 대한 원정에 많은 병사와 물자를 소모했고 또 그것이 실패로 끝나게 돼 중앙집권통치가 크게 약화됐다. 이틈을 타서 할거세력들이 각지에서 반란을 일으켰다.

양제는 이 내란을 수습할 기력을 잃은 채 강도에서 세월을 보내다가 618년 3월에 수장 사마덕감, 우문화, 친위대인 교과군의 공모에 의해 끝내 암살되고 말았다.

고구려에 대한 수양제의 정벌은 백성들에게 막심한 재난을 안겨다 주었으며 사회계급 모순을 극도로 격화시켰다. 때문에 고구려에 대한 원정의 결속과 더불어 국내에서는 대규모의 농민봉기가 폭발했는데 수의 통치는 이 농민봉기에 의하여 멸망되고 말았다.

따라서 고구려에 대한 수의 원정은 수제국 멸망의 주요한 원인의 하나라고 말할 수 있다.

21. 한반도 3국과 당과의 관계

618년 수말 농민봉기 승리의 과실을 탈취한 리연이 수를 명망시키고 당제국을 세웠다.

건국초기 10여년간 당왕조는 주로 반란을 억누르고 내부의 중앙집권 정치를 확립했는데 정력을 기울였으며 주변의 여러 단족과 나라들과는 중국역대의 봉건왕조와 마찬가지로 당제국을 중심으로 하는 책봉체제를 건립함으로써 그들을 자기들에게 종속시켰다.

그리고 당제국에 순종하지 않고 변경지대를 교란하고 약탈하는 돌궐 등 소수민족에 대해서도 잠시 양보하여 소극적인 방어정책을 실시하지 않으면 안됐다.

수제국의 건립시기와 마찬가지로 강성한 봉건제국의 보호를 받기 위해 당제국이 건립된 후 한반도 3국은 모두 사신을 파견하여 당제국에 조공했다.

한반도 3국에서 제일 먼저 당제국에 조공한 나라는 고구려였다.

고구려는 수나라와 싸워 비록 빛나는 승리를 거두었으나 수와 마찬가지로 전쟁으로 말미암아 역시 막대한 피해를 입어 국력에 쇠퇴해졌다. 때문에 당왕조가 건립된 이듬해 고구려는 주동적으로 사신을 파견하여 당제국에 조공하고 건국을 축하했다.

이어 621년에 또 한차례 사신을 당나라에 보내 전쟁기간에 포로가 되어 고구려에 계속 머물고 있는 수나라의 병사들을 당에 송환시켜 줄 것을 요구하고 나서 당도 역시 수나라에 의해 납치되어 간 고구려인들을 돌려보내 주겠다고 했다.

당고조의 요구에 따라 고구려 영류왕은 즉시 1만명에 달하는 수나라 포로병을 당나라에 송환시켰다. 당은 비록 수제국을 대쳐했으나 당고조는 수양제를 패배시킨 고구려를 몹시 증오했다. 때문에 건국 초기에 당고조는 고구려의 조공마저 접수하지 않고 고구려를 책봉체제에 가입시키지 않으려 했다.

그리하여 당고조는 일찍이 조신들에게 '명분과 실계의 사이에는 마땅히 이치가 서로 부합되어야 하는 법이다. 고구려가 수에 신하로 복종했으나 마침내 양제를 거역했으니 그것이 무슨 신하겠는가! 내가 만물 중 공경받으나 교만하고 높은 체 하고 싶지는 않고 다만 살고있는 영토안에서 모든 사람들이 편안히 살 수 있도록 함에 힘쓸 뿐이지 무엇 때문에 반드시 신하로 복종하도록 하여 스스로 존대함을 자처해야 되겠는가. 즉시 나의 이 심정을 알려주라'라고 말한 적이 있었다.

624년에 백제, 고구려, 신라는 연이어 당에 조공하여 당제국으로부터 각기 대방군왕 백제왕, 상주국요동군공 고구려왕, 주국락랑군왕 신라왕으로 책봉받았다.

하지만 겉으로 보면 당나라를 수반으로 하는 국제질서가 새로 형성된 것 같으나 사실은 한반도 3국간의 알력과 투쟁은 갈수록 심해졌다. 3국 분쟁 가운데서 3국은 더마다 당제국에 대한 조공외교로서 상대방을 억누르로 우세를 점하려고 시도했다. 625년에 신라와 백제는 각기 당나라에 사신을 보내 고구려가 늘 조공의 길을 막는다고 고발했고 이와 반대로 신라는 각별히 백제의 침입을 알렸다.

이에 당고조는 3국에 사신을 파견하여 이전의 원한을 모두 잊어버리고 서로 싸움을 하지 않도록 권했는데 이는 종구죽으로서의 당제국의 자태와 역할을 과시한 것이었다.

626년에 신라 진평왕은 또다시 고구려와 백제가 연합하여 신라를 침입하고 고구려가 조공의 길을 가로막는다고 당에 하소연했다.

이렇듯 3국은 강대한 당나라 세력을 등에 업고 패권쟁탈에서 승리를 얻기에 힘썼다. 건국초기 10여년간의 노력을 거쳐 당조는 수말 농민봉기의 잔여세력을 소탕하고 또 일련의 정치, 경제적 조치를 취하여 전제통치를 강화함으로써 국력이 급속히 강화됐다.

더욱이 629년에 당태종은 10만의 대군을 동원하여 당조의 가장 위험한 적수였던 동돌궐을 패배시킴으로써 서북지구에서의 당제국 통치와 안전을 확고히 했다.

이로써 동돌궐과 고구려 세력간의 연계는 소실돼 버렸으며 당은 역량을 집중하여 동방의 강국인 고구려와 대치할 수 있게 됐다.

당조의 국내외 정세가 이와 같이 변화하는 과정에서 당태종의 집정기부터 당조는 고구려에 대하여 강경한 정책을 실시하기 시작했으며 나중에는 모순의 격화로 인하여 고구려에 대한 당의 무력침공까지 초래됐다.

동동궐을 정복하고 서부방면의 위험을 제거한 후 631년에 당태종은 고구려에 사신을 파견하여 고구려가 세운 경관을 허물어 뜨리고 죽은 수나라 병사의 해골을 모아 잘 매장하도록 고구려 조정에 지시했다. 경관은 고구려에 침입할 때 죽은 수나라 병사의 유골을 흙무덤처럼 올려 쌓고 그 위에 세운 전승기념탑이다.

고구려 영류왕은 이 일을 고구려에 대한 당의 침략의 전주곡으로 간주하고 부여성으로부터 발해만에 이르는 천여리의 장성을 수축함으로써 고구려에 대한 당의 돌연적인 진공을 미리 막으려 했다.

이와 더불어 당조에 대한 조공도 잠시 중단했다.

그 후 몇해간 당조에서 아무런 동정도 없기에 639년부터 고구려는 다시 당조에 조공하기 시작했으며 그 이듬해에는 왕태자가 친히 당조에 가서 조공했따.

하지만 642년에 고구려 국내에서 큰 정변이 일어났다.

서부대인 천개소문은 국왕과 대신들을 죽이고 새로운 왕을 추대한 후 스스로 막리지의 직위에 올라 정권을 전부 틀어쥐었다. 천개소문은 백제와 연합하여 신라를 공격하는 정책을 더욱 견결히 실시했다. 같은 해 7월에 고구려와 백제는 신라의 40여개 성을 함락했다. 이리하여 신라는 하는 수 없이 급히 당나라에 사신을 파견하여 구원해 줄 것을 요구했다.

신라의 강경한 요구로 당은 사신에게 조서를 가지고 고구려에 가게 했는데 당은 조서에서 신라에 대한 공격을 중지하라고 권했다. 그렇게 하지 않으면 금년에 군사를 풀어 고구려를 치겠다고 공갈했다.

고구려는 과거 신라가 고구려와 수나라가 싸우는 틈을 타서 고구려 땅 500리를 점령했다는 것을 이유로 당태종의 칙령을 거절했다.

천개소문의 이렇듯 강경한 태도는 당제국에 대한 고구려의 종속적 외교관계가 이미 결속되고 당과 고구려 두 나라간의 갈등이 첨예화한 단계에 도달했음을 말해준다. 이리하여 고구려를 자기들에게 철저히 굴복시키기 위하여 당태종은 마침내 고구려에 대한 무력침공을 개시했다.

644년 10월에 당태종은 '천개소문이 그 임금을 죽이고 대신들을 해치고 백성들을 잔혹하게 학대하고 지금 또 나의 칙령까지 어기니 토벌하지 않을 수 없다' 는 것을 이유로 전국에 향해 고구려에 대한 정벌령을 내렸다.

당태종은 먼저 644년 7월에 영주도독 장검으로 하여금 국경 주둔부대와 거란, 해, 말갈 등의 부대를 이끌고 요동을 공격하게 했는데 그 목적은 고구려를 무력으로 차지하려는데 있었다.

당의 원정군은 같은 해 11월에 편성되었는데 이세적이 이끄는 병력 6만명과 기타 소수민족 병사는 육로로 요동을 향하게 하고 장량이 이끄는 강회의 병사 4만명과 기타 모병 3000명은 해로로 비사성을 경과하여 평양성으로 진격하게 할 계획이었다.

육군 주력은 645년 정월에 첫 번째 집결지점인 유주에 당도하여 침략의 길에 올랐다.

당태종은 이 육군 주력부대와 합류하기 위히 2월에 낙양을 떠났다. 당군은 유성을 거쳐서 통정진(신민부)으로 향했는데 4월에 이곳으로부터 요하를 건너 고구려 국경에 침입했다. 드디어 고구려의 현도성(지금의 무순 부근)과 신성(지금의 무순)이 당군의 공격을 받았으나 잘 막아냈다.

그러나 건안성은 장검이 지휘하는 호병의 공격을 받아 큰 손실을 입었으며 당군 주력의 집중공격을 받은 개모성은 끝내 함락되고 말았다. 이리하여 고구려 남녀 2만명과 양곡 10만석이 당군의 수중으로 들어갔다. 동시에 정명진이 지휘하는 당의 수군은 대련만에 상륙하여 고구려의 비사성을 공격한 끝에 5월에 이를 함락했다.

이 때 고구려 남녀 8000명이 당군의 호로가 됐다. 개모성이 함락된 후 5월에 태종은 전선에 도착했다. 이어 당군의 주력부대는 태종의 독전하에 포차, 충차 등 온각 공성장비를 갖고 주야로 요동성을 공격했다.

그리하여 5월 요동성은 당군에 의해 함락되고 말았다.

요동성을 함락한 당군은 뒤이어 백암성으로 진출하여 이를 공격했는데 고구려 군민은 분전했으나 성주 손대음의 항복으로 말미암아 6월에 성은 함락됐다.

당군의 다음 공격 목표는 안시성이었다.

이 때 고구려의 장군들인 북부 육살 고연수와 남부 육살 고혜진은 고구려 병사와 말갈병사 15만을 거느리고 안시성을 구원하려 출동했는데 당군의 맹렬한 타격을 받아 끝내 투항하고 말았다.

그러나 고립상태에 빠진 안시성은 성주 이하 군민들이 하나로 뭉쳐 적군에 완강히 저항했다. 당군은 50만 병력을 동원하여 60여일 걸쳐서 높은 토산을 쌓아 이를 발판으로 성을 공격했다.

당시 당군은 하루에도 6, 7회의 공격을 가했고 마지막 3일동안은 전력을 다하여 총공격에 나섰으나 끝내 함락하지 못했다.

마침내 9월에 접어들자 요동의 기후가 추워지기 시작했고 군량이 또 단절돼 태종은 포위를 풀고 철병하지 않을 수 없었다. 이렇게 당의 제1차 원정은 실패로 끝났으나 당태종은 결코 고구려에 대한 징벌을 포기하지 않았다.

그는 고구려를 쉽게 격파하기 어려움을 고려하여 새로운 전략을 취했다.

즉, 작은 규모의 병력으로 자주 고구려를 침범함으로써 고구려 군민으로 하여금 끊임없는 전쟁에 시달여 곤궁한 상태에 빠지게 하는 것이었다.

당태종은 수륙대군으로 하여금 연속 고구려에 쳐들어가게 했다. 647년 3월에 이세적이 거느린 육군은 요하를 건너 남소성을 탈취했으며 한편 우진달이 거느린 수군은 석성을 함락시켰으나 적리성에 대한 공격은 성공하지 못하고 철수했다.

같은 해 12월에 고구려는 또다시 사신을 파견하여 당조에 사죄했으나 당태종은 아랑곳하지 않고 이듬해 정월 재차 고구려를 향해 진군했다.

당태종의 영에 의해 648년 1월에 설만철은 수군 3만명을 이끌고 바다를 건너 압록강 하류의 박작성을 공격했으나 지형이 너무 험악해 함락하지 못하고 9월에 철병했다.

당태종은 전함제조, 병사모집, 군수품 준비 등을 다그치라는 칙령을 내리고 다음해에 30만 대군을 동원하여 고구려를 칠 계획을 세웠다.

하지만 이듬해인 649년 당태종은 '요동의 전쟁을 그만두라'는 유언을 남기고 죽었다.

이리하여 고구려에 대한 당의 무력침공은 실패로 끝났다.

22. 당의 한반도에 대한 출병과 당, 신라에 의한 고구려, 백제의 멸망

이미 언급했지만 당태종의 집정기부터 당나라 조정은 그의 이른바 주군의 지위를 이용하여 한반도 3국의 쟁탈전에 간섭했다.

3국 분쟁에서 당나라 조정은 줄곧 신라를 보호 지지하고 고구려와 백제를 억누르고 타격했으며 나중에는 출병하여 자기들의 수중에 넣으려 시도했다.

한편 신라 세력이 급속히 성장함에 따라 3국 쟁탈의 후기에 고구려와 백제, 백제와 일본은 서로 연합하여 신라와 싸웠다. 이리하여 고립된 상태에 빠진 신라는 그의 종주국인 당나라의 지지와 원조를 받아 두 적수인 백제와 고구려를 제압하려 했다. 이렇듯 3국의 쟁탈은 당나라가 한반도에 손을 뻗치는데 매우 유리한 조건이 됐다.

당나라가 고구려를 침략하는 동안에 백제는 신라의 서부, 원 가야지방을 점령하고 신라 수도인 경주에까지 커다란 압력을 가했다.

648년 신라의 김춘추는 당나라에 파견돼 당나라가 출병해 신라와 함께 백제를 토벌할 것을 요구했다. 이에 당은 응했으나 출병의 구체적 시기는 정하지 않았다. 이듬해 김춘추가 귀국할 때 당나라 조정은 김춘추에게 3품 이상의 관료들이 참석한 극진한 송별연회를 베풀었다.

그리고 그 후 654년에 김춘추가 진덕여왕을 이어 왕위에 올라서자 당나라 조정은 그에게 낙랑군왕, 신라왕이라고 책봉해 준 동시에 '개부의동삼사'란 칭호를 수여했는데 이는 종1품에 해당하는 직책이다.

진덕여왕의 집정시기부터 신라는 대외적으로 적극적인 친 당나라 정책을 실시했다. 예컨대 당의 연호, 당의 의관제 등 중국왕조의 예의문물제도를 많이 수용했다. 그리고 654년에 왕위에 즉위한 김춘추는 그 해 5월에 이방부에 명령을 내려 율령을 연구하고 〈이방부격〉의 60여조를 수정하게 했다.

당에 대한 친근정책을 실시하여 신라는 한방면으로 국제체제의 중국화를 진전시키고 다른 한방면으로 이런 관계를 이용하여 고구려, 백제와 분쟁하는데 있어서 유리한 위치를 차지하려고 했다.

649년에 백제군이 신라에 침입하자 신라는 명장 김유신을 파견하여 그들을 패배시키고 이듬해인 650년 6월에는 김춘추의 아들 법민을 당에 보내 승리의 소식을 알리는 동시에 고구려, 백제의 진공을 막아달라고 당에 요구했다. 그리하여 이듬해 당나라 고종은 백제왕 의장에게 국서를 내려 백제가 점령한 신라의 영토를 되돌려 주라고 명령하면서 '만약 이 명령을 받들지 않는다면 나는 이 법민이 청하는대로 왕과 싸우게 놓아둘 것이오'라고 말했다.

한편 고구려에 대해서도 만약 명령을 어기면 거란 등 제번을 시켜 쳐들어가게 할 것이라고 했다. 당은 신라의 입장에 서서 강압적으로 분쟁을 조절했다. 그 결과 이듬해인 652년에 고구려와 백제는 모두 당에 사신을 파견하여 조공했다.

그러나 정세는 그다지 변화가 없었다.

655년 백제가 고구려, 말갈과 함께 신라의 북부변경에 침입하여 30여개의 성을 공략하자 신라왕 김춘추는 당에 사신을 보내 구원을 청했다.

이에 당은 같은 해 2월에 영주도독 정명진, 좌위중랑장 소정방으로 하여금 고구려를 토벌하게 했는데 당군은 5월에 귀단수(신성의 부근) 부근에서 고구려 병사를 패배시키고 즉시 철군했다.

658년 정명진은 우령군중랑장 설인귀와 함께 고구려의 적봉진을 공격하여 격파했으나 큰 전과를 보지 못했다. 전쟁과정에서 군수품 공급을 확보하고 더욱이 신라와 함께 연합작전을 효과적으로 전개하고 고구려와 백제간의 연계를 단절시키고 서남 양쪽으로 고구려를 협공하기 위하여 당고종은 우선 백제를 진공하는 전략방침을 택했다. 660년 3월에 당고종은 소정방을 신구도행군대총관으로 임명하여 10만의 수군과 육군을 거느리고 백제를 향하여 진군하게 했다.

이와 더불어 신라도 출병하여 연합작전에 나섰다.

신라 대장 김유신은 정예부대 5만명을 거느리고 신속히 회현, 황산을 거쳐 백제 수도인 사비성으로 진군했다. 이에 백제는 계백으로 하여금 신라군을 막게 했는데 그가 거느린 부대는 황산을 지켜 신라군을 4차례 격파했으나 중과부적으로 패하였고 당군에 대항하던 백제군도 또한 패하였다.

신라와 당의 군대는 합세하여 사비성을 진공하게 됐다.

한편 신라는 태자 김법민으로 하여금 덕도에 파견하여 당의 소정방을 만나 당과 신라 양군이 연합하여 사비성을 공격하도록 약속했다. 660년 7월에 당과 신라의 연합군이 사비성을 포위 공격하자 백제 의자왕은 태자와 함께 웅진성으로 피난가고 의자왕의 둘째아들 태가 군민을 동원하여 연합군과 싸웠다.

그러나 셋째 아들 융이 항복한데다 군심이 크게 흔들려 결국 성문을 열고 항복했다. 이리하여 의장왕도 다시 사비성에 돌아와 항복했다. 이로써 백제는 멸망되고 말았다. 이어 소정방은 철수하기 시작했는데 귀국할 때 그는 백제 의자왕과 4명의 왕자 및 88명의 대신, 장사, 1만2000여명의 백성을 당나라로 끌고 갔다.

의자왕은 당나라 수도에 도착한 후 얼마 지나지 않아 죽었다. 소정방은 철수하면서 낭장 유인원의 부대 1만명을 사비성에 주둔시켰다. 신라도 왕자 김인태로 하여금 7000명의 병사를 거느리고 백제에 주둔하게 했다. 백제를 정복한 후 당나라 고종은 백제 경내에 웅진, 마한, 덕안, 동명, 금련 등 5개 도독부를 설치하고 백제지역에 대하여 당제국의 직접적인 군현통치를 실시하려 했다.

웅진도독부가 최고 통치기관이 됐다.

그리고 중랑장 왕문도를 백제 주둔군 총지휘자로 임명했다(후에 유인궤로
바뀌었다).
　백제가 멸망한지 얼마 안 돼 백제군민은 한결같이 힘을 모아 백제 부흥운
동에 나섰다. 때문에 당의 통치는 매우 협소한 지대에 국한되게 됐다. 수도
사비성은 비록 함락됐으나 백제의 다른 성들에서는 군민들이 단합하여 당나
라 주둔군에 대항하여 치열한 투쟁을 벌였다.
　당나라의 주둔군은 수많은 백제 청년들을 살해하는 등의 만행을 저질렀는
데 이는 당에 대한 백제 유민들의 한없는 적개심을 불러일으키게 했으며 그
들로 하여금 죽음을 무릅쓰고 당나라 군대와 싸우게 했다. 660년 8월에 백제
왕족 복신은 반항투쟁을 일으킨 후 일본에 군사원조를 요구하는 한편 일본
에 인질로 가있는 백제왕자 풍장을 모셔와 국왕으로 추대하게 했다. 이에 일
본조정은 백제를 구원하기로 했다.
　661년 정월 제명 천황은 황태자 중대형 황자와 함께 서정의 길에 올라 지
쿠젠에 이르렀다.
　그러나 그 해 7월에 천황이 죽었기에 바다를 건너는 것을 미루었다가 이듬
해 정월에 아즈미노히 라부노무라지 등에게 전함 170척을 거느리고 왕자 풍
장을 호송하게 하고 백제에 도착 복신을 구원했다. 그리고 663년 3월에는 또
2만7000명의 증원군을 파견했다. 한편 백제 유민들의 강력한 부흥투쟁을 탄
압하기 위하여 당나라 유인원과 유인궤가 거느린 백제 주둔군은 또다시 신
라군과 함께 연합작전을 하게됐다.
　661년에 신라왕 김춘추가 병으로 사망돼 그의 아들 김법민이 왕위에 오르
자 당은 그를 개부의동삼사 상주국 낙랑군왕 신라왕으로 봉해주고 663년 4월
에는 신라를 계림주도독부로 정한 후 김법민을 계림주도독으로 임명했다.
　일본 원군이 도착했다는 소식을 듣고 나당연합군이 당에 증원군을 요구하
자 663년 5월에 우위위장군 손인사가 웅진도행군총관으로서 수군 7000명을
거느리고 신라에 도착했다. 이리하여 백제 부흥운동을 계기로 하여 일본군과
나당연합군 사이에는 백제 옛 땅에서 큰 싸움을 벌였는데 일본군이 참패를
당했다.
　이것이 바로 663년 8월 27일부터 이틀동안 일어났던 〈백촌강 전투〉이다. 이
백촌강 전투에서의 패배로 말미암아 백제의 부흥운동은 실패했다. 복신은 일
찍 풍장에게 살해당하고 풍장 자신도 백촌강 전투이후 고구려로 망명했다.
　한편 백제 유민의 부흥운동을 탄압한 당나라는 664년에 백제정벌에서 포로
가 됐던 백제왕자 부여융을 귀국시켜 웅진도득으로 임명했는데 이는 백제의
민중을 달래고 신라세력을 견제하기 위한 술책이었다.
　당은 백제군민의 부흥운동을 탄압하는 한편 661년부터 예정한 계획대로 고
구려를 남북 두 방면으로 공격했다. 661년 8월에 평양도대총관으로 임명된
소정방은 수군을 거느리고 대동강 근방에서 고구려군을 격파하고 마읍산을
점령한 후 평양성을 포위 공격했다. 연속 몇 개월 공격을 가했으나 평양군민

의 완강한 저항으로 당나라 군대의 목적은 실현되지 못했다.

연개소문은 성을 굳게 지키면서 진격해 들어오는 당의 방효태 부대를 전멸시켰으며 방효태와 그의 아들도 죽였다.

한편 계필하력이 거느린 육군도 고구려군과 압록강 하구 근방에서 치열한 싸움을 벌였으나 역시 효과를 보지 못했다. 공격에서 기진맥진한데다가 날씨까지 추워지자 소정방 부대는 더 견디지 못하고 끝내 물러갔다.

고구려도 비록 평양성을 굳게 고수했으나 당의 빈번한 공격에 손실이 컸다. 게다가 665년에 연개소문이 죽어 고구려 내부에서는 커다란 분쟁이 생겨 국력이 급속히 악화됐다. 분쟁가운데서 연개소문의 세 아들간의 정권쟁탈전이 매우 치열했다.

맏아들인 남생은 연개소문을 계승하여 막리지의 직위에 올라앉게 됐으나 얼마 지나지 않아 동생들에게 쫓겨 국내성으로 물러간 후 아들 헌성을 당나라에 파견하여 구원을 바랐다. 같은 해 연개소문의 동생 연경토는 12개 성과 민호 763세대를 거느리고 신라에 투항했는데 이 여러개 성은 신라군에게 신속히 점령됐다. 고구려 통치집단 내부의 알력과 분열은 당나라 고종의 고구려 침략에 좋은 기회를 마련해 주었다. 666년 8월에 당 고종은 또다시 계필하력과 방동선 부대를 고구려 정벌에 나서게 했다.

9월에 방동선 부대는 연남생과 서로 호응하여 고구려 부대를 격파했다.

이어 당고종은 연남생을 요동대도독, 평양도안무대사, 현도군공으로 봉해주었다. 12월에 당고종은 하북지구 전부의 조세를 요동에 돌려 군량을 마련케 하고 이적을 요동도행군대총관 겸 요동안무대사로 임명하여 6개 총관의 병력을 이끌고 고구려 정벌에 나서게 함으로써 고구려에 대한 최후의 총공격을 서둘렀다.

그리고 신라 문무왕에게 칙령을 내려 고구려 정벌에 당을 도와 출병할 것을 명령했다. 이에 응하여 신라 문무왕은 30여명의 장군들과 함께 출병했다.

667년 1월에 당나라 군대는 여러갈래로 나뉘어 고구려 각 성을 공격했다. 이적의 부대은 신성 등 16개 성을 격파했는데 당의 고간 부대는 연남건이 거느린 고구려 군과 금산에서 격전을 벌였으나 크게 실패했다.

그 후 당의 육로군은 여전히 압록강을 넘지 못했고 수군은 비록 평양에까지 쳐들어왔으나 군수품 공급이 따르지 못해 철수했다. 668년 정월에 당고종은 재차 유인궤, 이적 등에게 고구려를 진공하게 했다.

이번 당나라의 책략은 먼저 압록강 이북의 고구려 성들을 점령한 다음 주력부대로 하여금 남진하여 평양을 탈취하게 함과 동시에 신라로 하여금 출병하여 당나라 군대와 함께 양면협공을 하는 것이었다. 2월에 이적과 설인귀 군대는 각기 부여성과 금산을 함락했다. 이 때 고구려 군사의 총지휘자인 천남건은 급히 5만의 군대를 부여에 증원했다. 양군은 설하수에서 싸움을 시작했는데 고구려군은 3만명의 희생자를 내고 크게 패배했다.

이 후 당군은 남쪽으로 거침없이 쳐들어가 9월에는 평양에 이르렀다.

한편 신라군도 국왕의 동생 김인문의 영솔하에 6월부터 몇 갈래로 나뉘어 북으로 진격하여 고구려의 저항을 뚫고 9월초에 평양에 이르렀다.

9월 21일부터 나당연합군은 평양성을 포위 공격했다. 수적으로 압도적인 우세를 차지한 나당연합군의 연속적인 진격에 지탱할 수 없었던 고구려 보장왕은 98명의 신하들을 데리고 성밖으로 나와 이적에게 항복했다.

하지만 천남건은 여전히 성문을 고수하면서 빈번히 출전했다. 그러나 천남건으로부터 군사 지휘권을 넘겨받은 승인과 신성이 당나라 군대와 내통하여 성문을 열고 당군을 성내로 끌어들였기에 평양성은 끝내 나당연합군에게 함락되고 말았다. 천남건은 자살하려다가 실패하고 보장왕과 함께 당군의 포로가 돼 잡혀갔다.

이로써 한시기 동방에 있어서의 최대강국이며 당나라의 최대 적수였던 고구려는 마침내 멸망되고 말았다.

고구려가 멸망한 뒤 당나라 조정은 이적을 귀국시키고 고구려의 옛 땅에 9개 도독부, 42개 주와 100개 현을 설치하고 이들을 모두 안동도호부에 예속시켰다. 안동도호부는 평양에다 두었는데 설인귀가 안동도호로 임명돼 2만명의 군대를 거느리고 평양에 주둔했다. 그러나 고구려 유민의 끈질긴 부흥운동으로 인해 이곳에 대한 당의 통치는 결코 순조롭지 못했다.

압록강 이북에는 안시성, 환도성 등 항복하지 않은 성이 11개나 있었고 망명(도망)한 성도 7개나 있었다. 그리고 보장왕의 서자인 안승은 4000여 세대를 이끌고 신라로 갔다.

당나라는 고구려 유민의 부흥운동을 억누르기 위하여 고구려 유민 중 당나라를 반대하는 호민 2만8000여 세대를 수레와 소, 말, 낙타 등와 함께 당으로 강제 이민시켰다. 그러나 고구려 유민들은 당나라 군대의 위협에 굴복하지 않고 계속 도처에서 반항투쟁을 일으켰다.

그 중 두드러지게 나타난 것은 검모자의 활동이다.

대동강 이북지역에서 살고있던 고구려 유민들은 대형 검모자의 지휘밑에 무장봉기를 일으키고 당나라 군대를 괴롭혔다. 669년 당은 안동도호부의 주둔군을 요동성으로 옮겼는데 이에 검모자는 평양성을 탈환하는데 성공했다. 그러나 다음해인 670년 고난 등이 거느린 당나라 군대에 의해 평양성으로부터 물러나게 됐다.

그 후 검모자는 한성에 이르러 안승을 임금으로 내세우고 부흥운동을 계속했다. 그러나 안승이 검모자를 죽이고 신라로 망명했기에 검모자의 부흥운동은 좌절되고 말았다. 이밖에도 고구려 유민의 부흥운동은 북쪽 안시성으로부터 남쪽 신라 변경지대에 이르기까지의 광대한 지역에서 끈질기게 계속됐다.

670년에 고구려의 관리였던 태대형 고연무는 신라의 사찬 설오유와 함께 각각 정병 1만명을 이끌고 압록강을 건너 당나라 군대를 공격했다.

이와 같은 고구려 유민의 부흥운동에는 당과 대항하기 시작한 신라의 후원도 있었다.

23. 신라의 당나라에 대한 투쟁 및 통일

668년 나당연합군이 고구려를 멸망시킨지 얼마 안 돼 당과 신라간의 동맹관계는 곧 와해되고 양국간에는 대립적 관계가 형성됐으며 나중에는 모순의 격화로 서로간의 전쟁까지 초래됐다.

앞에서 이미 언급한 바와 같이 당나라 제국은 비록 신라의 청원에 의해 출병하여 신라와 함께 백제와 고구려를 멸망시켰으나 그 실제 목적은 한반도를 정복하고 그곳에 자기들의 직접적인 통치를 건립하려는데 있었다.

당제국은 신라의 도움을 받아 백제와 고구려를 멸망시킨 후 그곳에 계속 군대를 주준시켰으며 또 여러개의 도독부를 설치하고 본국과 마찬가지로 군현통치를 실시하려 했다.

한편 신라가 당나라를 향하여 여러번 무력원조를 요구하게 된 것은 부강한 당제국의 힘을 빌어 백제와 고구려의 연합공격에 의한 국가의 위기에서 벗어나며 나아가서는 전 한반도의 지배권을 잡으려는데 그 목적이 있었다. 하지만 당나라 제국이 한반도에 출병한 이래 취한 일련의 정치적 조치는 신라가 자기의 목적을 실현하는데 커다란 장애가 됐다.

쌍방의 이러한 모순은 벌써 백제가 멸망되고 당나라 제국이 이곳에 5개 도독부를 세울 때부터 형성됐는데 당시 신라는 국력이 약하고 또 계속 당의 세력을 빌어 강대한 고구려를 소멸하기 위하여 잠시 참을 수밖에 없었다. 한편 당나라 측에서도 그때까지만 해도 고구려를 공격하는데 있어서 신라의 도움이 필요했기에 역시 노골적인 행위가 없었다.

하지만 고구려가 멸망된 후에도 당제국은 여전히 한반도에 군대를 주둔시키고 도독부를 설치함으로써 한반도에 대한 직접적인 통치를 실현하려 했다. 때문에 고구려가 멸망된 후 신라는 당제국 주둔군을 몰아냄으로써 전 한반도에 대한 지배를 실현하려 했다. 이리하여 고구려가 멸망된 후 잠재해 있던 당나라간의 모순은 악화됐으며 나중에는 무력충돌로 발전했다.

신라와 당나라간의 싸움은 두 개 지역에서 벌어졌다.

하나는 옛 백제지방에서의 전투였다.

670년 7월에 신라 장령 품일, 문충 등이 거느린 군대는 당의 주둔군을 공격하여 63개 성르 점령하고 그곳의 백성들을 후방에 이동시켰으며 천존 등 장령은 7개 성을, 문영 등은 12개 성을 탈취했다. 그리고 죽지 등 장령은 가림성을 거쳐 석성에서 당군 5300명을 죽였으며 671년 7월에는 옛 백제의 사비성을 함락시켰다.

이리하여 15만명의 당의 주둔군은 패배하고 옛 백제 경내에서 철병할 수밖에 없었다. 이에 당은 달가와 하지 않고 또 50만 대군을 파견하여 바다를 건너 신라를 치게 했다.

하지만 역시 실패하고 말았다.

신라는 사비성에 소부리주를 설치함으로써 백제의 옛 땅에 대한 지배권을 장악했다. 676년 11월에 당의 설인귀는 또 수군을 거느리고 서해를 건너 소부리주 지벌포(금강 하류)로 쳐들어 갔는데 신라 수군은 20여차례의 전투를 거쳐 당군을 격파했다.

이로써 서해의 제해권마저 신라가 장악하기에 이르렀다.

신라와 당나라간의 싸움은 북방인 옛 고구려 땅에서도 전개됐다. 고구려가 멸망한 이후 유민들과 원 왕실성원들은 끊임없이 당나라 주둔군에 대항해 싸웠다.

670년에 안동도호부 도호 설인귀가 외출한 틈을 타서 고구려 옛 장령이었던 겸모잠은 부하들을 거느리고 반항투쟁을 일으켰다. 이 때 신라는 2만명의 군대를 대동강 이북에 보내 이 반항투쟁을 적극 지원했다.

그러나 요동방면으로부터 당의 토벌군이 쳐들어 오자 겸모잠은 후퇴하여 한성에 들어간 후 신라에 망명했던 고구려 왕족 안승을 영접하여 왕으로 모셨다. 그러나 나중에 안승과 겸모잠의 사이어 알력이 생겨 안승은 겸모잠을 죽이고 다시 신라에 망명했는데 신라 문무왕은 안승을 고구려왕으로 책봉했다.

이는 종주국인 당의 책봉제도에 대한 노골적인 위반이라고 말할 수 있다.

겸모장이 죽은 후 그를 따르던 세력들은 672년에 또다시 신라의 원조를 받으면서 대동강 이남으로 진출했다. 안동도호부의 당나라 군대는 그 이듬해 여름에 이르러서야 이 반란을 평정할 수 있었다.

673년 9월부터 당과 신라간의 전쟁은 더욱 치열해졌다.

신라는 대아찬 철천으로 하여금 전함 100척을 거느리고 서해를 지키게 했다. 당나라는 거란 말갈병과 연합하여 신라의 북쪽 변경지구에 쳐들어가 신라군과 9차례의 전투를 벌였는데 당의 군대는 2000여명의 사망자를 내고 참패당했다.

674년에 당은 유인궤를 계림도대총관으로 임명하여 신라에 대한 최후의 공격을 시작했다. 그리고 이전에 신라 문무왕에게 수여한 직위를 박탈하고 당제국에 숙위로 가 있던 문무왕의 동생 김인문을 신라왕으로 봉했다.

신라와 당의 싸움은 675년에 이르러 절정에 달했다.

당나라의 설인귀는 신라 숙위학생 풍훈의 안내하에 신라의 천성을 공격했는데 문훈이 거느린 신라대군은 이를 격파하여 1500명을 죽이고 선박 40척, 전마 1000필을 노획하는 등 큰 전과를 올렸다. 그리고 이때에 당의 이근행도 20만 대군을 거느리고 다시 신라에 쳐들어 갔지만 역시 신라군에 의해 매소성에서 격파당해 큰 손실을 입었다.

신라군은 이 전투에서 당군의 전마 3만여필과 많은 무기를 노획했다. 이 매소성의 승리로 신라는 자기의 영역을 원 고구려의 남쪽변경지대까지 확장했다.

이리하여 당과 신라는 대동강을 경계로 대치했다.

675년 신라는 새로 확장한 영역에다 군관 현을 설치하여 통치했다.

676년 당은 한반도에 대한 직접적인 지배를 포기하고 안동도호부를 평양으로부터 요동성(요양)으로 옮겼다. 이로써 신라는 대동강 이남의 한반도 전역을 차지하게 됐으며 3국 통일을 완수하게 됐다.

1) 신라와 당나라의 친선관계 및 경제, 문화 교류

당의 세력이 물러나고 신라가 한반도에 대한 통일을 실현 한 후 당나라 제국과 신라간의 이른바 종주국과 종속국간의 친선관계는 신속히 회복되고 발전됐다.

우선 약소국인 신라로 볼 때 한반도에 대한 지배를 확고히 하고 정치, 경제면에서의 발전을 이룩하려면 고도로 발전하고 부강한 아시아의 제국인 당나라의 보호와 지지가 절실히 필요했던 것이다. 때문에 신라는 당나라를 종주국으로 섬기며 그와의 정치, 경제, 문화면에서의 친선관계를 밀접히 하기에 힘썼다.

한편 전쟁 후 신라가 과거의 고구려와는 달리 대외에 확장정책을 실시하지 않고 당나라에 순종했다. 그러기에 당나라 조정은 신라와 친선관계를 유지하면서 외교상 신라를 당에게 종속시키기에 힘썼다.

전쟁 후 신라는 새 왕이 즉위할 때마다 당나라로부터 책봉을 받았으며 특히 8세기에 이르러서는 해마다 당에 사신을 보내 조공했는데 어떤 해에는 두세번씩 사신을 보내는 경우도 있었다. 심지어 〈안사의 난〉으로 인해 당 헌종이 사천에 피난가 있을 때에도 신라국왕은 756년에 사신을 성도까지 보내 조공하게 했다.

당에 바치는 신라의 조공품 가운데는 과하마(과수나무 아래로 다닐 수 있는 작은 말), 인삼, 여성들의 대리장식품, 여러 종류의 명주, 물표범 가죽, 금, 은 등이 있었으며 심지어 미녀들까지 있었다. 이와 같은 정세하에서 당나라 조정은 신라와의 친선관계를 더욱 확고히 하는 한편 신라의 힘을 이용하여 남쪽으로부터 발해국을 견제하려 했다.

733년에 발해군이 산동성 등주에까지 쳐들어 올 때 당은 신라에 사신을 보내 군사원조를 요구했다. 당의 요구에 따라 신라는 즉시 출병했는데 신라는 이것을 대가로 당제국으로부터 대동강 이남의 전반지역에 대한 소유권을 정식으로 승인 받았다.

이 후 양국간의 관계는 한층 더 밀접해졌다. 733년에 발해에 대한 나당 양군의 연합작전을 계기로 907년 당나라가 붕괴되기까지의 기나긴 160여년간 양국간의 왕래는 그야말로 빈번했으며 그 내용도 매우 다채로웠다.

정치방면에서 이 시기 신라는 당을 향하여 21번이나 조공한 것 외에 하정을 14번, 조견을 4번, 표사를 3번, 헌녀를 1번, 고애를 1번, 하평란을 1번 했는데 도합 46차례나 됐다.

한편 당나라 측에서도 여러번 사신을 보내 신라국왕에게 책봉을 9차, 조유를 2차례 했다. 군사방면에서도 양국은 서로 긴밀히 합작했다. 예컨대 818년에 평로절도사 이사도가 산동에서 반란을 일으켰을 때 당나라 헌종은 이를 진압하면서 신라에 사신을 보내 출병해 줄 것을 요구했다.

이에 신라 헌덕왕은 순천장군 김웅원으로 하여금 갑병 3만명을 이끌고 출병하여 당군을 돕게 했다. 경제방면에서 당나라는 중국역대의 다른 조정과는 달리 대외를 향하여 개방정책을 실시했다. 때문에 이 시기 신라와 당나라와의 무역왕래는 매우 빈번했다.

무역왕래는 대체로 관방무역과 민간 무역으로 나눌 수 있다. 양국의 관방무역은 조공형식으로 진행됐다. 신라의 사신은 당의 수도 장안에 올 때 많은 공물을 가지고 와서 당나라 황제에게 바쳤다.

이에 대해 당 조정은 신라사신을 열정적으로 접대해 주는 동시에 그들이 귀국할 때 신라국왕에게 많은 선물을 선사했다.

신라사신들도 당 조정으로부터 적지않은 진품을 받았다. 당 조정이 신라국왕과 사절들에게 주는 물품은 신라측의 공물에 비하여 그 수량이 몇 배 더 많았으며 질도 훨씬 좋았다. 때문에 조공을 통하여 신라는 경제면에서 큰 이득을 보았다. 때로는 조공하러 온 신라사신들이 염치 불구하고 당 조정에 어떤 물건들을 달라고까지 했다.

이렇듯 조공은 종주국과 종속국간의 정치적 관계의 체현일 뿐만 아니라 관방무역의 성격도 지니고 있었다.

신라사신을 통하여 진행되는 조공품과 당측의 문물간의 교환에는 여러 가지 종류의 물품들이 포함돼 있었다.

당에 바치는 신라측의 공물 가운데는 주로 파하마, 우황, 인삼, 조하주, 어아주, 표범의 가죽, 매를 새겨 물린 방울, 금, 은 등이 있었다. 이러한 물품들을 보면 토산물도 있었지만 가공품도 상당히 많았는데 이는 삼국통일 이후 신라의 사회경제가 상당히 발전했다는 것을 보여준다.

한편 당에서 신라국왕과 사신들에게 증정하는 물건으로는 각종 편직물류, 의복류, 금속공예품류, 서적 같은 것 들이었고 또 차종자, 꾀꼴새, 갑구 등이 있었다. 양국간에 교환된 물품의 대다수는 고급 사치품으로 대체로 귀족의 수요를 만족시키기 위한 물품들이었다. 양국간의 사절을 통한 관방무역 이외에 민간무역도 아주 활발하게 진행됐다. 교역하는 물품은 관방무역과 비슷했다.

780년에 당나라 조정에서는 신라와 능(무늬놓은 비단), 금, 사, 배, 은, 동, 철 그리고 노비에 대한 교역을 행하지 못한다고 규정했다. 이는 당과 신라와의 사이에 이미 이러한 교역이 있었을 뿐만 아니라 그 규모도 상당히 컸다는 것을 말해준다.

836년에 당의 치청절도사가 황제에게 글을 올려 이제 신라로부터 대량의 청동이 대륙에 들어오게 되는데 조정으로부터 이에 대한 금지령을 폐지해줄 것을 희망했다. 이는 해외로부터 사들여 오려는 청동의 수효가 매우 많았다는 것을 말해주는 것이다.

바로 이렇기 때문에 청동의 수입은 지방관리의 힘을 강화시키는 계기가 돼 직접 황제에게 금지령을 폐지해 줄 것을 청구하는 일까지 있게 됐던 것이다. 나당 두 나라간의 민간무역이 활발히 전개되는 데에는 일정한 원인이 있었다.

8세기 말부터 9세기 초까지 신라사회는 혼란기에 들어섰다. 중앙집권이 약화되고 지방의 할거세력이 강대해졌다. 때문에 조정의 조공무역차수가 현저하게 줄어드는 대신 각 지방세력, 개인들과 당나라 민간간의 무역이 상당히 발전했다.

이리하여 대외무역에서 크게 돈벌이를 하는 대상 집단이 급속히 늘어났다.

그들의 해외로의 진출은 매우 활발했는데 수많은 개인 상인들이 국외에 가서 거주하기까지 했다.

당나라에 와서 장사를 하거나 장기적으로 체류하는 신라인들이 갈수록 많아짐에 따라 신라인들이 집중해 살고 있는 지대에는 일종의 특수구역이 형성됐는데 이것을 역사에서 〈신라방〉이라 한다.

신라방 이외에 외국인들이 집거해 살고 있는 곳에 대하여 당 조정은 번방(蕃坊)지방으로 정해주었다.

8, 9세기에 중국대륙의 산동, 강소 등 일대에는 신라인들로 이루어진 신라방과 신라인 마을들이 매우 많았다. 그 구체적 지점들로는 양주, 초주(楚州), 밀주(密州), 등주(登州), 노산(嶗山), 해주(海州)의 숙성촌(宿城村), 사주(泗州), 연수(漣水), 청주(靑州) 등이다. 더욱이 지금 산동성에 속하는 모평(牟平), 해양(海陽), 문등(文登), 영성(榮成) 등과 강소성에 속하는 강도(江都), 회안(淮安), 동해(東海) 등 지방에는 수많은 신라 상인과 농민, 승려들이 살고 있었다.

신라방은 일정한 정도의 자치권을 향수하고 있었다.

당시 당나라에는 재당(在唐) 신라인 사회를 관리하는 기구인 구당신라소가 있었는데 여기서 근무하고 있는 장관과 직원들은 모두 신라인으로 구성됐다. 그리고 언어, 생황풍습, 종교신앙 등은 모두 신라의 것을 답습했다.

신라인 사이의 충돌도 당의 법에 의해 처리하는 것이 아니라 역시 신라방 내부에서 스스로 처리했다. 재당신라인들은 주로 상업, 운수업, 조선업에 많이 종사했다.

신라인의 상선과 운수선들은 해안과 운하, 회하 등 유역을 빈번히 나들면서 이 지방의 경제활동이 활기를 띠게 했다.

일본 승려 원인이 쓴 〈입당구법순례행기〉에 의하면 재당신라인들은 중국에서 뿐만 아니라 기타 지구와 나라들과도 무역했다.

특히 이들은 중국과 일본과의 무역과정에서 커다란 중계역할을 했다. 그 중

고대 동북아시아 경제왕래에서 비할바 없이 기여를 한 사람은 장보고이다.

장보고는 젊은 시절에 중국 서주에 와 군대에 가입했는데 나중에 그는 서주 무녕군소장의 군직에까지 승급했다. 그 후 그는 많은 신라인들이 해적들에게 납치당해 당에 노비로 팔려오는 것을 보고 의분을 참을 수 없어 해적정벌에 자원했다. 828년 장보고는 신라국왕에게 한반도 해안에 청해진을 설치하여 해상방어 역량을 강화할 것을 신청했다.

그 후 왕의 허락을 받고 장보고는 청해진을 기지로 삼아 1만명의 병사를 이끌고 해적세력을 철저히 소멸하여 중국과 일본으로 통하는 항로의 안전을 보장했다.

뿐만 아니라 장보고는 신라 민간무역에서 큰 역할을 했다. 청해진을 중심으로 북쪽 중국 산동반도로부터 남쪽 일본 규슈에 이르는 광활한 해역에서 그는 강대한 세력을 갖고 있었다. 그가 파견한 연회선, 일본으로 향하는 상선과 매물선(중국으로 향하는 상선)은 신라, 중국과 일본 사이를 빈번히 왕래했다.

중국과의 교역활동에서 산동 적산지방이 차지하는 비중이 매우 컸는데 무역기지를 확보하기 위하여 장보고는 이곳에 〈적산법화원〉이라고 불리우는 큰 장원을 세우고 매년 쌀 500석을 거두었다.

문화면에서 신라는 당나라 조정의 정치제도와 정신문화를 적극 받아들였다. 3국을 통일한 후 신라는 국세를 바로잡고 견전한 정치제도를 건립하기 위하여 우선 당나라 제국의 법제를 도입하여 본국에 알맞은 정치제도를 건립하기에 힘썼다. 당의 선진문화를 신속히 섭취하기 위하여 신라는 많은 유학생을 당나라에 보냈다. 당시 당나라 조정의 국자감에서는 당태종의 지시에 따라 1200개의 방을 더 증설해 외국학생들이 당에 와서 공부하는 것을 환영했다.

당의 국학에서 공부하는 외국학생들 가운데 신라유학생이 제일 많았다.

840년에 당에서 학기를 끝마치고 귀국하는 신라유학생은 105명에 달했고 남아서 계속 공부하는 신라유학생 수는 한시기 215명에 달했다.

신라유학생은 그 전부가 신라귀족들의 자제였다. 신라유학생들은 대우에 따라 세가지 부류로 나뉘어졌다. 즉, 공비유학생, 사비유학생, 숙위유학생 등이다. 공비유학생의 모든 비용은 신라정부에서 전부 부담했다. 공비유학생에 대해 당정부도 우대정책을 실시했다. 이를테면 유학생의 책값이나 주식비는 당의 홍로사에서 대주었다.

신라유학생들을 비롯하여 외국유학생들이 갈수록 늘어남에 따라 당나라 조정의 경제부담이 과중해졌다. 때문에 외국유학생 인원수에 대해 당의 조정은 점차 제한하기 시작했다.

이를테면 당나라 때 발해국은 하정사인 왕자가 당으로 갈 때 16명의 유학생을 함께 보냈는데 이에 당의 황제는 청주 관찰사에게 6명만 장안에 들여보내고 나머지 10명은 되돌려 보내게 했다.

그러므로 공비유학생 명단에 들지 못했으나 경제상에서 능히 스스로 부담할 수 있는 신라의 귀족자제들은 사비유학의 길을 선택했다. 신라 공비유학생 가운데는 숙위학생도 포함될 수 있다.

숙위학생은 인질로서 당에 들어왔으나 외국에서 체류하는 시간이 매우 길기 때문에 외교적인 행사 이외에 공부한 의무도 있었으므로 비록 생활비용은 신라에서 부담하지 않았으나 역시 공비유학생에 속한다고 할 수 있다. 하지만 공비유학생의 전부가 다 숙위학생이라고 하기는 어렵다.

이런 유학생들은 귀국한 후 신라의 정치와 문화를 발전시켰으며 또 대륙과 한반도 사이의 문화교류에 적극적인 기여를 했다.

738년에 신라 선덕왕이 죽었을 때 당 현종은 좌찬선대부 형숙을 신라에 파견하여 홍려소경의 자격으로 조제하게 했는데, 그 때 현종이 형숙에게 말하기를 '신라는 〈군자의 나라〉로 일컬어 제법 글을 할 줄 알아 중국과 근사하다'고 했다.

뿐만 아니라 또 말하기를 '그대는 특별히 유학지식에 소양이 깊은 선비이므로 특히 신임표를 가지고 가게 하는 것이니 마땅히 경서의 뜻을 강의하여 대국의 유교가 선할줄을 알도록 하게하라'고 했다.

이는 8세기에 이르러 신라의 문화가 매우 발달했음을 말해주며 특히 유교경전에 대한 지식수준이 매우 높은 정도에 도달했다는 것을 말해준다.

당의 조정에서는 외국유학생들에게 과거에 응시할 자격도 주었다.

신라인 김윤경이 821년에 처음으로 당의 〈빈공과〉에 합격된 이후 80여년간 과거시험에 합격된 신라유학생은 김가기, 박인범, 최승유, 최치원 등을 비롯하여 무려 58명이나 됐다.

과거시험에 합격된 유학생들은 당에 남아 벼슬도 할 수 있었다. 이와 같은 신라유학생 가운데서 유명한 인물은 최치원이었다.

최치원은 신라말기(9세기말~10세기초)의 유명한 학자이다.

그는 12살 되는 나이 어린 시절에 바다를 건너 다에 와서 유학하게 됐는데 6년만에 벌써 18세의 어린 나이로 당의 빈공과에 합격했다. 그 후 약 10년동안 계속 당나라에 남아 있으면서 〈선주표수현위〉 제도행영병마도통인 고병의 종사관 등의 벼슬을 했다. 최치원은 많은 시와 글을 썼다.

〈삼국사기〉는 신당서의 내용을 인용하면서 '최치원의 〈사육집〉 1권과 〈계원필경〉 20권이 있다'고 기록했고 또 '그의 선집 30권이 세상에 나돌고 있다'고 했다. 그 중 오늘까지 남아있는 것은 계원필경 20권이다.

이것은 지금까지 보존돼 있는, 조선사람들이 저술한 책 가운데서 가장 오랜 서적으로서 사람들의 중시를 받고 있다.

최치원이 지은 시는 또 서거정 등이 편찬한 〈동문선〉과 〈금성총람〉 등에도 수록돼 있으며 〈대일본속대장경〉에도 최치원이 지었다고 하는 4개 절당의 비명을 모아 놓을 것이 수록돼 있다. 당에 머물러 있으면서 최치원은 당나라의 유명한 문인들을 많이 사귀었다. 그 가운데는 유명한 강동 시인 라은, 그리고 나이 동갑인 고운 등은 최치원과 매우 친밀한 관계를 갖고 있었다.

최치원은 28세가 되던 해에 당나라를 떠나 귀국하게 되었는데 그 때 당나라의 한 문인이 각별히 시를 지어 최치원을 송별했다.

그 내용은 아래와 같다.

12세에 배를 타고 바다 건너 온 뒤로는/ 그 문장 중화국을 감동시켰네.

18세 되던 해에 문단싸움 휩쓸고 다니면서/ 한 화살 쏘아 김문책을 깨쳤다네.

이는 당시 최치원의 문장이 당나라에서 널리 알려지고 그의 유명세도매우 높았다는 것을 설명해 준다.

그가 쓴 계원필경 같은 글은 오늘에 이르기까지도 중국에서 어느 정도 영향력을 갖고 있다. 신라와 당의 문화교류에서 또 한가지 주목되는 것은 불교의 교류이다.

불교의 교리를 배우기 위해 많은 신라의 승려들이 당에 와서 도를 닦았는데 그 가운데서 대부분의 승려는 통일신라 때 당나라에 온 것이다.

〈조선불교사〉의 초보적 통계에 의하면 6세기 전반기부터 10세기 초에 이르기까지 380년 간 불교를 배우러 당으로 온 신라 승려는 총 64명에 달했는데 그 중 다시 인도에 가서 구법(求法)한 사람은 10명이다. 이는 사서에 기록된 것뿐인데 이외에도 많은 승려들이 당나라어 도를 깨우치기 위해 들어갔을 것이다.

일부 신라 승려들은 당나라에 장기간 거주하거나 죽음을 맞이했다. 예컨대 등주 적산촌에 위치해 있는 신라 사찰법화원에만 해도 30명의 장주승이 있었다.

당나라에 들어온 구법승들은 신라의 불교발전 및 중국, 한반도, 인도 등 3국 사이의 문화교류에 커다란 기여를 했다. 그 가운데서도 특히 의상, 원효, 원측, 자장, 혜초, 지장 등이 유명했다.

의상은 661년에 당에 와서 지엄으로부터 화엄종의 교리를 배우고 671년에 귀국하여 신라 화엄종의 시조가 됐다. 의상은 화엄종의 교리를 완성한 당나라 승려 현수와 관계가 아주 친밀했다. 현수는 의상을 매우 존중했다. 의상이 귀국한 다음에도 두사람은 계속 선신왕래가 있었다.

이는 불교문화면에서 나당 두나라 사이에는 빈번한 교류가 있었음을 말해 준다. 그리고 현수의 학문은 또 신라 승려 원효로부터 크게 계발받은 것으로 알려지고 있다.

즉, 현수의 〈대승기신론의기〉는 원효의 〈대승기신론소〉로부터, 그리고 현수의 〈화엄오교장〉 가운데 단혹분제의는 원효의 이장의로부터 영향을 받은 것이다.

또 그의 〈화엄경탐현기〉에 기재된 5교판설은 원효의 4교판설의 교리를 많이 섭취했다. 원측은 원래 신라 왕국의 자제로서 627년에 구법하려고 당나라에 들어갔는데 학문수준이 대단히 높았으며 역시 당의 불교계에 영향을 끼친 승려이다.

그는 당의 유명한 승려 법상, 승변, 현장 등으로부터 유식론을 배우고 범문으로 된 경전을 한문으로 번역하는 과업에 여러번 참가했으며 〈해심일경소〉를 비롯한 불교저작을 썼다. 원측은 유식의 이론을 깊이 연찬하여 이를 당에서 크게 선양했다.

그의 학문이 뛰어나자 그는 당의 불교계로부터 질투를 받을 정도까지 명성이 높아갔다. 그리고 그의 〈해심밀경소〉는 서장어로 번역돼 서장어 〈대장경〉 가운데 수록됐다.

그러므로 그의 불교사상은 멀리 서역에까지 영향력을 미쳤다. 696년에 원측은 84세의 나이로 당에서 일생을 마쳤다. 인도에 가서 구법하는 신라승려 중에서 혜초의 이름이 제일 널리 알려졌다. 그는 723년에 당에 왔다가 다시 당으로부터 인도에 구법하러 떠났다.

인도에서 그는 많은 성적을 돌아보고 육로로 서역을 거쳐 다시 당으로 돌아온 후 경전의 번역에 종사해 많은 업적을 올렸다.

그의 순례기 〈왕오천축국전〉은 비록 완정하게 남아있지는 않으나 동서교섭사 및 인도사를 연구하는데 있어서 매우 귀중한 사료이다. 787년에 그는 83세의 나이로 중국의 오대산에서 입적했다.

지장 김교각의 중국에서의 업적도 대단히 컸다. 그는 나중에 중국 구화산 불교의 창시자가 됐다. 김교각은 8세기 초 24살에 조선 신라에서 구화산으로 왔다.

그 때 구화산은 원시림 지대였으므로 누구도 산에 올라가 본 적이 없었다.

김교각은 깊은 산속으로 들어가 극히 간고한 생활을 하면서 불교를 연구하기 시작했다.

처음 그는 석굴속에서 관음토와 도토리죽을 끓여 먹으면서 도를 닦았는데 나중에는 이에 감동된 부근 마을 백성들의 도움과 관리들의 지지를 받아 땅을 사서 절을 짓고 신도들을 받아들여 75년간 설교해 이름을 날렸다.

그는 99세의 나이로 구화산에서 생을 정리했다. 그가 시적한 이후 그의 신도들은 그를 지장보살로 받들고 구화산을 〈지장보살도장〉이라 불렀다.

이렇듯 김지장은 구화산 불교의 창시자로서 신라와 당의 불교사 및 한반도와 중국의 문화교류의 역사에 빛나는 한 페이지를 엮어놓았다.

24. 중국 수나라와 일본 야마토 국가의 국교 수립

5세기 초부터 581년에 수나라가 다시 중국대륙을 통일하기 직전까지의 남북조 시대에 중국은 여러개의 왕조로 분열되어 장기간 패권쟁탈의 혼란한 상태에 처해 있었기에 일본 야마토 왕국은 중국과 근 1세기간 국교가 단절됐다.

하지만 581년에 수나라가 다시 중국을 통일하고 강대한 봉건제국을 건립함과 아울러 고구려, 백제, 신라 등을 비롯한 여러나라들이 선후로 수제국을 향하여 주동적으로 조공하고 수제국 조정으로부터 책봉을 받아 동북아시아에는 다시금 수나라 제국을 중심으로 하는 국제정치 체제가 형성됐다. 때문에 동북아시아에 자리잡고 있는 일본 야마토 왕국도 국제정치 질서의 이와 같은 변화에 보조를 맞추지 않으면 안되었다. 이리하여 동북아시아 국제정치 무대에서 한자리를 차지하고 주체국으로서의 역할을 과시하기 위하여 야마토 국가도 수제국과 국교를 맺기에 힘썼다.

그 시기 일본조정에서는 성덕태자가 섭정이 돼 국가의 정사를 맡아보았는데 600년에 그는 사신을 수나라에 파견했다. 이어 607년에 성덕태자는 고위급 귀족인 소야배자를 정사로 안작복리(일본에 건너간 한족의 후대)를 통역으로 하는 두 번째 사절단을 수제국에 파견하여 국서를 올리고 공물을 바쳤다.

이번 사절단의 행차에는 수십명의 불교유학생들도 따라왔다.

바다건너 머나먼 섬나라인 야마토 왕국이 이처럼 사신을 파견하여 공물을 바치는 것에 대해 수나라 양제는 매우 흡족해 했다. 하지만 국서에 야마토국 국왕은 '해뜨는 곳의 천자 해지는 곳의 천자에게 글을 올린다'고 썼는데 이는 왜국 국왕이 신하의 예절을 버리고 대등한 국가간의 군주의 예절을 갖추고 수 양제를 대하는 것이었다. 때문에 야마트국의 국서를 펼쳐 본 수 양제는 노여운 나머지 신하에게 '앞으로 미개한 나라의 국서 가운데 예절이 없는 문구가 있거든 다시는 나에게 보이지 말라'고 지시했다.

그러나 이로 인해 수 양제는 야마토국의 조공을 거절하지 않았을 뿐만 아니라 대신들을 시켜 야마토국 사신 소야매자 일행을 후하게 접대했다.

608년 초에 야마토국 사신 소야매자 일행이 귀국할 때 수 양제는 문림랑 배세청을 사신으로 임명하여 소야매자 일행과 동행하여 야마토국 국왕을 방문하게 했다.

중화제국 황제가 이처럼 사신을 파견하여 약소국인 야마토국을 도로 방문하게 한다는 것은 야마토국 조정으로 볼 때 그야말로 상상 이외의 은덕이었다. 때문에 성덕태자를 비롯한 야마토국 조정은 기쁨에 넘쳐 황급히 고위급 외교대신을 멀리 북규슈까지 보내 수 제국 사신들을 맞이하게 했다. 또 특별령을 내려 난파(오늘의 오사카)의 고구려관 위쪽에 새로 관사를 지어 수나라 사신들을 모시게 했다.

6월 15일에 수나라 사신 배세청 일행은 야마토국 대신들의 안내에 따라 채색천으로 단장한 30척의 배에 앉아 난파에 도착했다.

수나라 사신들이 난파에 들어설 때 성덕태자는 또 대신을 시켜 수백명의 의장대를 거느리고 북을 치며 수의 사신을 환영하게 했다.

10일 후 수나라 사신 일행이 야마토국 수도 근처에 이르렀을 때 야마토국 국왕은 또 고위급 대신에게 채색천으로 단장한 말 200필을 거느리고 교구에 가 수의 사신들을 수도에까지 모셔오게 했다.

수나라 사신 일행이 수도에 이르렀을 때 왕자를 비롯한 야마토국 대신들은 금으로 장식한 꽃모자를 쓰고 꽃비단옷을 입고 줄을 서서 수의 사신들을 영접했다.

궁전에서 수나라 정사 배세청을 만났을 때 야마토국 국왕은 '바다 서쪽에 예의의 대국인 수나라가 있다기에 사신을 파견하여 조공했사옵니다. 우리 미개한 사람들은 편벽한 바다 한쪽에 동떨어져 살면서 예의를 모르고 그저 경내에 머물러 있었기에 일찍이 수대국과 만나뵐 수 없었습니다. 그러기에 오늘 길을 닦고 관사를 장식하여 대사를 접대하면서 대국의 유신을 들을 것을 희망합니다'라고 말했다.

이 조서에서 수나라 양제는 '황제는 왜왕에 인사를 보낸다. 사신인 장리대례 소인고(소야매자의 음역) 등이 와서 마음속 말을 다했다. 나는 보명을 잘 받아 천하에 군림하고 있는데 덕화를 넓혀 만물의 영혼에 입히려 생각하고 있다. 애육의 정은 원근의 구별이 없다. 왕(왜왕)은 해외에 있으면서 백성을 애육하고 경내가 안락하고 풍속이 융화하고 깊은 지성의 마음이 있어 멀리서부터 조공했음을 알았다. 왕의 간절한 정성을 나는 기쁘게 여긴다. 계절은 점차로 따뜻해 요즈음 무사하다. 때문에 홍려사 상객 배세청을 보내 송사의 뜻을 말하고 아울러 물건을 보냄이 별도와 같다'고 말했다.

보다시피 이 조서에어 수 양제는 야마토국 국서와는 달리 야마토국 국왕을 천자로 부르지 않고 왜왕으로 불렀는데 이는 수제국인 종주국 입장에서 왜국을 여전히 그의 신하국으로 취급하고 있었음을 말해준다.

이에 성덕태자는 매우 노여워 했으며 수나라 사신에게 상도 주지 않았다. 하지만 이 일 때문에 양국간의 국교 건립에 그 어떤 장애는 조성되지 않았다.

배세청 일행이 귀국할 때에 성덕태자는 여전히 연회를 베풀어 환송했으며 또 소야매자를 수반으로 하는 세 번째 사신을 당에 파견해 배세청 일행과 함께 수제국으로 가게 했다.

이번에도 8명의 유학생들이 따라갔다. 그 중 왜한직복인, 고향한인현리, 신한인대국 등은 일본에 건너간 한족의 후대이며 나라역어혜명은 고구려인 후

대였다. 이외의 4명 즉, 신한인민, 남연한인청안, 지하한인혜은, 신하인광제 등은 학문승려들로서 역시 일본으로 건너간 한족의 후손들이었다. 소야매자를 비롯한 일본사신 일행은 608년 말에 수나라 수도에 도착한 후 즉시 수의 조정에 국서를 올렸다.

이번 국서에서 야마토국 국왕은 전번 국서처럼 해뜨는 곳의 천자, 해지는 곳의 천자라는 어구를 사용하지 않았으나 '동쪽의 천황은 삼가 서쪽의 황제에게 말씀드립니다'라고 글을 써 여전히 수나라와의 대등한 입장을 과시했다.

소야매자는 수제국에서 반년간의 고찰을 진행한 후 이듬해 9월에 귀국했다.

5년 후인 641년 6월에 야마토국은 네 번째 사신을 수제국에 파견했다.

이렇듯 수나라 시대에 일본은 아시아의 최강국인 수제국을 높이 받들며 여러번 자발적으로 조공하면서도 국제관계에서는 수제국과 대등한 지위를 차지하려 했다. 이는 그 시기 야마토국 국왕의 일시적인 자부심에서 기인된 것이 아니라 그 배후에는 매우 심각한 국내외 정치적 원인이 있었던 것이다.

국내적으로 볼 때 그 시기 일본사회 내부의 계급모순과 지배층 내부모순은 극도로 첨예했다.

6세기 중기이래 일본사회의 중요한 생산방식이었던 부민(部民)제는 부민들의 반항투쟁과 도망으로 말미암아 파괴되기 시작했으며 또 이와 더불어 토지와 부민을 쟁탈하기 위하여 지방호족, 중앙귀족과 왕실간에는 치열한 투쟁이 벌어졌다.

더욱이 조정내부에서의 소개씨를 수반으로 하는 중앙귀족 세력과 왕실간의 모순은 갈수록 심해졌다. 587년에 소가노마고는 조정에서의 다른 한 귀족세력인 모노모베시를 패배시키고 정권을 좌지우지 시작함으로써 전통적인 왕권을 직접 위협했다.

이리하여 왕권을 강화하기 위해 섭정 성덕태자는 603년부터 시작하여 새로 12계관위를 제정하여 국왕을 수반으로 하는 지배계급 내부의 등급차별을 더욱 명확히 했으며 또 삼강오상설을 핵심으로 하는 중국 봉건제국의 유교 윤리도덕을 도입하여 17조 헌법을 제정함으로써 국왕의 군주전제정치를 실시하려 시도했다.

이러한 상태에서 성덕태자는 국서를 통하여 일본국왕을 수나라의 황제와 마찬가지로 〈천자〉 혹은 〈천황〉으로 칭했는데 이는 국내정치의 계속으로 국제상에서 일본국왕의 지위와 권위를 높이려는데 그 목적이 있었다.

국제적으로 볼 때 6세기 중기에 이르러 일본 야마토국의 외교정책은 큰 실패를 보게 됐다.

앞에서 말했지만 그 때 조선 남부지대는 일본이 중국대륙의 물질문화와 정신문화를 섭취하는 주요한 교두보였다. 그리고 야마토 왕국은 오래전부터 백제와 결탁하여 한반도 남부지구로부터 선진적 생산기술, 많은 물품, 우수한 생산기술을 장악한 수많은 노동자들을 도입함으로써 일본사회를 크게 발전시켰다.

게다가 가야지구에서는 일찍부터 왜인들이 둥지를 틀고 살고 있었으며 왜정권도 여기서 많은 이득을 얻었다.

하지만 6세기 초부터 신라세력이 급속히 성장됨에 따라 조선 동남부의 가야지구는 신라에 점령당하기 시작했으며 562년에 이르러서는 마침내 가야 전 영역이 신라에 먹혔다.

그리고 신라는 또 조선 중부지대까지 정복했다. 이와 반대로 야마토국의 동맹국이었던 백제세력은 크게 좌절됐다. 수나라가 일어서자 한반도 3국은 곧 수제국의 책봉을 받아 외교상 그의 종속국이 됐다.

이와 같은 국제정세의 변화과정에서 야마토국은 수제국와 대등한 관계를 건립함으로써 동북아시아 국제무대에서 신라를 비롯한 한반도 3국보다 우월한 위치를 차지하려고 노력했다. 수나라는 당시 아직 낙후하고 약소한 야마토국의 이와 같은 욕망을 만족시켜주지 않았다.

하지만 당시 수는 동북방의 강대한 적수인 고구려와 싸움을 벌이고 있었기에 일본을 자기쪽에 끌어놓고 고구려를 보다 더 고립시키기 위해 계속 야마토국과 친선관계를 유지했다.

이 밖에 야마토국 국왕에 대한 중화제국의 이른바 덕화를 실현하고 아시아대륙에서 그 위력을 널리 떨치려고 했다. 비록 야마토국은 수제국으로부터 대등한 대우를 받지 못했으나 여러차례 사신과 유학생들을 파견함으로써 중국대륙의 선진적인 물질, 정신문화를 빨리 흡수할 수 있었다.

일본의 유학생들은 수나라에 2, 3년간 머물면서 불교와 유교를 비롯하여 중국의 정치제도, 문화, 생산기술, 의학, 예술 등 일련의 지식을 배웠다.

일본 유학생 중에서 고향한인현리, 학문승려 민, 나연한인청안 등은 7세기 중기에 일어난 일본의 획기적인 사회전반 개혁인 〈다이카 개혁〉 과정에서 매우 큰 역할을 한 인물이었다.

당나라가 건립된 후 당나라와 일본간의 관계는 더욱 밀접해졌다.

당나라와 일본간의 외교는 주로 당나라를 향해 일본이 사신들을 파견하여 조공하는 것으로 전개됐다.

630년부터 890년까지 일본은 당나라에 사신을 19번 파견했다. 그 중에서 세 차례는 파견하지 못했고 한차례는 백제에까지 이르렀다가 되돌아왔으며 또 두차례는 각기 '영입당사'와 '송당객사'란 특수한 명의로 당에 파견했다.

그러므로 이 6차례를 제외하면 사신 명의로 당에 간 회수는 13번 밖에 안 된다.

이 13차례의 사신들은 그 구체적 상황에 따라 대체로 4개 기로 구분할 수 있다.

즉, 제1세기에 속하는 사신은 일본 서명시대(629~641년)에 이르는 사이의 4차례, 제2기는 천지시대(662~671년) 때의 2차례, 제3기는 문무조(697~707년)부터 효겸조(749~758년)에 이르는 사이의 4차례, 제4기는 광인조(770~780년)부터 인명조(834~850년)에 이르는 사이의 3차례이다.

최초의 사신은 서명 2년(630년) 8월에 파견했다. 이번 사신의 정, 부의 대사는 일찍 수나라에 파견됐던 견상군어전사와 승려 유학생 혜일이었다. 이로 볼 때 사신은 승려와 유학생들이 대신하기도 했다.

당의 태종은 오래간만에 중국에 온 이 사신을 반갑게 맞이했다.

그리고 당과 일본의 거리가 매우 먼 것을 고려하여 일본사신에게 해마다 조공하지 않아도 괜찮다고 말했다.

일본사신이 귀국할 때 당 태종은 신주자사 고표인을 비롯한 당의 사신을 그들과 함께 일본에 보냈다.

고표인의 관직은 이전의 부일사보다 더 높았다. 이는 당시 당 태종이 대일 관계에 중시를 돌리고 있었다는 것을 말해준다.

632년 10월에 고표인 일행은 일본사신들과 함께 난파에 토착했는데 일본측에서는 이 소식을 듣고 성의를 다해 당나라 사신을 영접했다. 고귀급 귀족인 대반련 마양은 32척의 선박과 방대한 의장대를 이끌고 일부러 난파 강구에까지 와서 당의 사신을 영접했다.

고표인은 난파영빈관에서 일본조정으로부터 강의 사신을 영접하기 위하여 특별히 파견돼 온 왕자를 만났는데 대면할 때 두사람 사이에는 예의를 두고 말다툼이 있었다.

고표인은 중국사서에 '수원의 재능이 없다'라고 평가한 것과 마찬가지로 태도가 아주 거만했다. 고표인은 왕자를 보고 종주국에 대한 예절로서 중국

사신을 맞이해 달라고 요구했으나 왕자는 수나라 때부터 이미 대등한 입장에서 거래하려 했기에 그렇게 못하겠다고 버텼다.

화가 난 고표인은 일본의 서울에 가지 않고 그 자리에서 귀국하고 말았다.

하지만 당나라를 숭배하고 높이 받드는 야마토국 조정은 고표인 일행을 대마도까지 모셔갔으며 또 이 일로 인하여 양국간의 국교가 단절된 것은 아니었다.

다이카 개혁(645년) 이후 중국의 선진적인 제도에 대한 야마토국측의 애착심과 동경심은 더욱 간절해졌다.

하지만 고표인이 귀국한 이후 교표인 사건에 대한 당 측의 태도를 모르기 때문에 야마토국은 감히 사신을 보내지 못하고 있다가 16년이 지난 648년에야 비로소 신라사신에게 부탁하여 국서를 당나라 조정에 올리게 됐다. 그 후 몇해동안 당측으로부터 별다른 반감이 없었으므로 653년에 일본은 제2차 사신을 당에 보냈다.

제2차 사신은 양국간에 오랫동안 중단됐던 국교를 다시 회복하는 중대한 사명을 지니고 떠났기에 야마토국 조정은 이번 사신의 행로를 매우 중시했다.

도중에서 뜻밖의 재난을 피하기 위하여 사신들로 하여금 두 개 노선으로 갈라져 가게 했다. 당나라 때에 일본인들은 보통 두 갈래 노선으로 당나라에 도착했다.

북로는 발해로라고 일컫는데 이 노선은 북규슈 연해의 일기, 대마를 거쳐 한반도 남해안과 담라국(지금의 제주도)을 지나 인천부근에 도착한 후 여기서 다시 황해를 건너가든지 아니면 한반도 서해안과 요동반도의 어느 항구에 이르는 것이었다.

이 노선은 비교적 안전하여 늘 택했지만 그대신 시간이 많이 걸렸다. 남로는 북규슈의 찌구지 서안에서 남쪽으로 남도를 거쳐 황해를 가로 건넌 양자강 하구에 도착하거나 혹은 찌구지의 치가도(오도열도 및 영호도의 옛날 이름)의 부근에서 직접 황해를 건너는 것이었다. 이 노선은 북로에 비해 시간이 퍽 많이 단축돼 일찍이 목적지에 이를 수 있었지만 그 대신 위험성이 아주 컸다. 이번 사신의 인원은 무려 242명에 달했으며 그 외에 또 유학생과 13명의 구법 승려도 있었다.

남로가 대단히 위험함에도 불구하고 당과 될 수 록 일찍이 접촉하기 위해 야마토국 조정에서는 남로를 선택했다. 이번 사신은 백치 4년(653년) 7월에 출발하여 살마죽도의 부근에 이르렀을 때 폭풍을 만나 살아서 되돌아온 사람이 5명밖에 안됐다.

북로의 선방에는 주로 대사와 유학생들이 있었는데 무사히 당에 토착했다.

이들은 두나라간의 국교사명을 훌륭하게 완성하고 많은 문서, 보물을 가지고 백치 5년(654년) 7월에 규수로 돌아갔다. 제2차 사신은 백치 5년 2월에 출발했는데 이는 전번에 남로 사신 일행이 폭풍으로 인해 실패하고 북로사신의 상황이 궁금한 정황 하에서 파견됐던 것이다.

이번 사신은 일본에서 명망이 아주 높고 당에서도 널리 알려진 고향현리를 견대당 압사로 임명했다. 압사는 대사보다 더 높은 급의 사신이었다.

당의 고종은 고향현리 일행을 열정적으로 맞이해 주었으며 접견시에 쌍방의 분위기는 매우 우호적이었다. 일본사신을 접견한 후 당의 고종은 동궁갑문 곽문거로 하여금 교향현리 일행을 통하여 일본의 지리, 역대국왕의 이름 등을 자세히 알아보게 했다. 고향현리는 비록 귀국도 못한 채 당에서 죽었으나 이번 사신은 맡은 바 사명을 원만히 완수하고 655년 8월에 본국으로 돌아갔다.

제3차 사신이 당에 체류하고 있을 때는 바로 고구려와 백제가 연합하여 신라를 공격하고 또 이를 물리치기 위하여 신라가 여러번 당에 무력원조를 요구하던 시기였다. 이리하여 제3차 사신이 귀국할 때 당의 고종은 새 국서를 애마토국 국왕에게 보내 그에게 한반도에 출병하여 신라를 지원하도록 명령했다.

하지만 백제와 줄곧 친선관계를 유지하며 신라를 적대시하던 국왕은 당 고종의 명령에 응할리 만무했다. 659년 제명천황은 제4차 사신을 당에 파견했다.

이 때는 당나라가 백제에 대한 침공을 한창 서두르고 있을 때였다. 때문에 당의 고종은 야마토국 사신들에게 '내년에 우리나라는 해동에서 큰 일을 벌이려 하기에 당신들은 귀국할 수 없습니다'라고 말한 후 그들을 1년간 중국에 감금해 두었다. 이번 사신의 목적은 사실상 한반도 정세에 대한 당나라의 의도를 알아내자는데 있었다.

한반도 정세의 변화에 따라 657년부터 당과 일본의 관계에는 틈이 생기기 시작했다.

1) 당- 일 '백강구 전투' 와 그 후의 양국관계

현경 5년(66년) 7월 백제는 신라와 당의 연합군에 의해 마침내 멸망되고 말았다.

그 후 당은 철병하지 않았을 뿐만 아니라 백제의 옛 땅에 웅진 등 5개 도독부를 설치하고 직접적인 통치를 실시하려 했다. 그러나 백제 유민들은 결코 당의 잔혹한 압박에 굴하지 않고 강력하고 광범위한 부흥운동을 일으켰다.

본래 백제의 대신이었던 귀실복신은 광대한 유민들을 동원해 당나라 군과 과감히 싸워 200여개 성을 수복하는 한편 일본에 사신을 보내 지원병을 요청했다.

그리고 전쟁에서 포로가 된 당나라 병사 100여명을 일본에 바쳤다. 백제의 요구에 응하여 일본은 한반도에 출병했다. 일본의 출병은 단지 저들의 동맹국인 백제를 구원하려는 것이 아니었다. 이미 언급했지만 약 2세기 반 지속되는 한반도 3국간의 항쟁가운데서 일본은 백제와 결탁하여 한반도 남부로부터 물질문화와 정신문화에 대한 큰 이득을 보았다. 하지만 신라가 한반도 남단의 가야 전반 지역을 정복하고 더욱이 당과 신라에 의한 백제국의 멸망으로 인하여 일본은 한반도 남쪽에서의 세력과 이득을 전부 상실하고 말았다.

그리고 백제를 멸망시킨 당나라가 곧 고구려를 정복하여 한반도 전반 지역을 저들의 수중에 넣게 됐는데 이는 일본에 대한 커다란 위협이 됐다. 때문에 백제와 배합하여 위기에 처한 국면을 다시 돌려세우기 위하여 백제에 대한 무력원조에 모험적으로 나섰다.

때마침 한반도 동남부에서는 백제군민의 부흥운동이 기세 드높이 벌어지고 있었으며 또 당도 주력을 동원하여 고구려에 대한 침공을 시작했는데 이는 일본의 출병에 유리한 기회를 마련해 준 셈이었다. 661년 정월에 일본 제명천황은 황태자 중대형 황자와 함께 수만명의 병사를 거느리고 서정의 길에 들어섰는데 축전에 이르렀을 때 제명천황이 갑자기 사망해 바다를 건너는 것이 한 시기 연기되었다가 8월에 아단비라부 등이 대군을 이끌고 백제에 도착했다.

9월에 새로 즉위한 천지천황이 협정빈랑 등으로 하여금 5000명의 병사를 거느리고 백제왕자 부여풍을 모셔 백제경에 도착하게 했는데 귀실복신 등이 부여풍을 주류성에서 맞이해 들여 왕위에 모셨다. 천지원년(662년) 정월에 왜왕이 또 10만대의 화살, 500근의 비단, 1000근의 면, 그리고 많은 천, 벼종자 등을 백제에 지원했다.

663년 3월에 일본은 또 상모야군유자, 아부인전신비라부 등으로 하여금 2만 7000명의 병사를 이끌고 백제를 지원하게 했다.

한편 백제를 멸망시킨 후 당나라는 군사주력을 백제에서 철수하여 661년부터 신라와 함께 고구려에 대한 진공을 시작했다. 이 틈을 타서 귀실복신은 백제부흥군을 거느리고 금강 하류일대에 근거지를 정하고 금강중류 일대의 웅진 등지의 당의 잔여부대를 포위했다.

이런 정세에 비추어 당나라 군은 고구려에 대한 침공을 잠시 중지하고 다시 신라와 함께 백제를 협공했다. 그리고 일본의 구원군이 백제에 대규모적으로 들어오자 백제주둔군 총지휘자인 유인원도 역시 당에 증원병을 요구했다.

그리하여 663년 5월에는 우위위장군 손인사가 웅진도행전총관으로서 7000명의 당나라 군대를 이끌고 백제땅에 들어섰다. 이리하여 백제의 부흥운동을 계기로 하여 일본군과 나당연합군과의 대충돌이 벌어지기 시작했다. 663년 8월초에 유인원, 손인사 및 신라왕 김법민 등은 육군을 거느리고 육로로 주류성을 공격했다.

한편 유인궤, 도상이 거느린 당의 수군은 신라수군과 함께 백강구로부터 주류성에까지 거슬러 올라가 육군과 함께 주류성에까지 거슬러 올라가 육군과 함께 주류성을 협공했다. 이 때 기세를 떨치던 백제의 부흥운동은 내부의 분열로 인하여 와해 상태에 이르렀다.

특히 귀실복신이 부여풍에게 살해당하자 백제군의 사기는 크게 떨어졌다. 그리하여 비록 일본의 지원이 있었으나 나당연합군의 공격에 견디지 못해 많은 거점을 잃었다. 백제와 일본의 수군도 줄줄이 당나라 군에게 항복했다.

다만 임존성은 지형이 험하고 성벽이 견고한데다가 병사들이 완강히 싸웠기에 비록 1개월 반동안이나 당군의 포위공격을 받았으나 함락되지 않았다. 그리하여 주류성은 잠시나마 지킬 수 있었던 것이다. 하지남 유인궤가 인솔하는 수군이 백강구에 이르렀을 때 먼저 이곳에 도착한 일본군과 맞붙게 돼 큰 싸움이 벌어졌다. 이것이 바로 역사에서 유명한 '백강구 전투'(백촌강 전투라고도 함)이다.

〈삼국사기〉에 의하면 왜의 전선이 약 1000척이나 백사에 정박해 있었는데 백제의 기병들이 연안에서 이 전선들을 지키고 있었다. 이에 유인궤의 170척의 전선도 전투태세를 갖추었다.

663년 8월 27일에 왜 군이 먼저 당나라 군대를 공격했다. 그러나 당나라 군대의 높고 견고한 전선에 비하여 열세에 처한 데다가 포위까지 돼 일본수군은 참패했다.

〈신당서〉에서는 당나라 군대가 이번 해전에서 왜의 4차례의 진공을 격퇴시키고 400척의 전선을 불태웠으므로 바닷물이 빨갛게 됐다고 묘사했다. 이리하여 중, 일간의 최초의 전역인 백강구 전투는 일본군의 참패로 끝났다.

왜의 수군이 참패했다는 소식이 주류성에 전해지자 성을 지키고 있던 백제 왕자 여중, 승증은 성내의 병사를 이끌고 투항했다. 이리하여 9월 7일에 주류성은 마침내 함락되고 말았다. 이어 백제 옛땅에 남아있던 왜군도 바삐 이례성에 집결했다가 9월 9일에 전부 일본으로 철퇴했다.

〈일본서기〉에서는 백제의 좌평 여자신, 달솔 목소귀자, 곡나길수, 억례복류 및 많은 백제국민들이 일본의 수군들과 함께 일본으로 건너왔다고 했다. 백강구 전투는 일본 고대역사에서의 획기적인 다사변이다. 이 전투로 백제세력은 철저히 소멸되었으며 반대로 당나라의 동맹국인 신라는 그 역량이 더욱 강화돼 한반도 전 지역을 거의 통일하기에 이르렀다. 때문에 백강구 전투 이후 왜는 한반도에 더는 진출할 수 없게 되었으며 나라의 총 방침을 중앙집권적 통치와 대외 방어적 조치를 강화하는 쪽으로 들리지 않으면 안됐다.

전역 이후 한반도 남반부에 대한 당나라의 통제가 강화되고 세력이 급속히 증강되자 왜는 당과 신라의 연합진공에 대처하기 위해 우선 서부 변경지대에 대한 방어시설을 강화하기에 힘썼다.

백강구 전투가 끝난 이듬해부터 시작해 왜는 서부연해지구의 대마, 일비, 죽구지 등지에 병사를 주둔시키고 봉화대를 수축했다. 백제로부터 넘어온 달솔 억례복류를 시켜 북규슈 찌구지에 대야와 연 2개의 성을 쌓게했다. 백제와 고구려인들은 전쟁시기에 성을 쌓고 적의 침입을 격퇴하기에 매우 능했다.

이밖에 또 667년에 당나라 군대가 곧 고구려 수도 평양을 진격한다는 소식이 전해지자 왜 조정은 더욱 불안에 휩싸여 근강으로 옮겨갔다. 그리고 대마도에 금전성을 수축함과 아울러 방어시설을 북슈슈 찌구지 부근에도 수축했으며 근기지방을 지키기 위하여 고안성을 새롭게 만들었다.

국토방어 조치를 강화하는 한편 정치면에서 왜 조정은 백강구 전투가 끝난 이듬해인 664년부터 670년에 이르기까지의 짧은 기간내에 갑자년 개혁을 비롯하여 근강령, 경오연적 등 일련의 법령을 공포하고 실시함으로써 중앙집권적 통치를 한층 더 강화했다. 이렇듯 7세기 후반기의 당나라의 대외진출로 인한 한반도의 국세변화는 왜국에게 커다란 영향을 미쳤다. 한편 백강구 전투에서의 대승리를 계기로 당나라는 한반도에 대한 통제를 더욱 강화했다.

백강구 전투가 끝난 이듬해(664년) 당나라 조정은 유인원을 백제주둔군 진장으로 임명한 후 옛 백제땅에 웅진도독부를 설치하고 이전의 백제왕자 부여룽을 도독으로 임명함으로써 백제군민들을 보호하고 민심을 수습했다. 그리고 신라와 고구려 세력과의 충돌을 방지하고 한반도 남부지역의 정세를 안정시키기 위하여 당의 칙사 유인원의 책임하에 신라 김인문과 부여룽에게 웅진에서 친선의 맹약을 맺게 했다.

이어 유인원은 이해 5월 17일에 호산대부 곽무종 일행 130명의 사절을 일본에 파견해 일본조정에서 첩서를 보내게 했다. 백제 주둔군 사령인 유인원이 사신을 일본에 파견한 목적에 관하여 사서에는 그 어떤 기재도 보이지 않는다. 하지만 이 시기는 바로 당나라의 주력을 북쪽에 돌려 고구려를 공격할 때이기 때문에 당의 백제방면의 군사역량이 상대적으로 약화됐다. 때문에 이번 사신 파견은 한반도에 대한 왜의 재차 출병을 미리 제지함으로써 백제 영역의 안전을 확보하고 고구려에 대한 정벌을 쉽게 진행하려는데 그 목적이 있다고 보아진다.

하지만 백강구 전투로 당나라를 각별히 경계하고 있는 왜 조정은 곽무종 일행이 유인원의 사사임을 구실로 그들의 요구를 받아들이지 않았다.

이리하여 곽무종 일행은 왜의 수도에까지 가지 못하고 7개월 간 줄곧 북규슈 찌구지에 머물고 있다가 되돌아왔다. 백제 주둔군 사령의 사신들이 사명을 완수하지 못하게 되자 당나라는 대규모의 국가급 사절단을 일본에 파견하기로 결정했다.

이듬해(665년) 당나라 조정은 조산대부 기주사마 상주국 유덕고와 백제 주둔군 장군 곽무종을 수반으로 하는 250명의 사절을 일본에 보냈다. 그 해 9월 20일에 사절단 일행은 당나라의 표문을 가지고 북규슈 찌구지에 도착했는데 왜 조정은 당의 연속적인 위압에 눌려 이들을 후하게 접대했을 뿐만 아니라 당나라 사신이 귀국할 때 각별히 소금하(왜국의 중상급 관직) 수군 대석을 수반으로 하는 호송단을 조직하여 당나라 사신을 당에까지 호송했다.

이때로부터 백강구 전투 이래의 당과 왜 양국간의 긴장상태가 완화되기 시작했다. 당의 고종은 사신을 일본에 파견함과 동시에 같은 해 8월에 황제의 칙사 유인원과 유인궤의 지휘하에 신라와 백제로 하여금 웅진성에서 제2차 친선맹약을 맺게했다.

이 화맹의식에서 백제 부여륭과 신라왕 법민은 백마를 죽이고 서로 혼약을 맺고 형제와 같이 영원히 화목하게 지내며 한결같이 조명을 받들고 길이길 이 당나라의 속국이 될 것을 맹세하고 나서 백마의 피를 마셨다.

맹세문은 당나라 황제의 칙사인 유인궤가 지은 것인데 당나라는 이 맹약을 통하여 백제세력과 신라간의 알력을 완화시키고 한반도 남부에 대한 지배를 더욱 확고히 함과 동시에 백제세력과 신라를 보다 더 자기들에게 종속시키 려 했으며 또 이로써 고구려에 대한 공격을 보다 더 확고히 하려고 시도했 다.

〈삼국사기〉에는 그 당시 '유인궤는 우리(신라) 사신과 백제, 탐라(제주도), 왜인의 네나라 사신을 데리고 배를 타고 서쪽으로 돌아가 태산에서 회사했 다'고 기재돼 있으며 〈책부원귀〉에도 그 때 '인궤는 신라, 백제, 탐라, 왜인 등 네나라의 사신을 거느리고 배를 타고 서쪽으로 돌아가 태산 아래에 이르 렀다'고 기재돼 있는데 이는 백제세력과 신라간의 화맹의식에 왜국도 특별 히 사신을 파견하여 참석함으로써 백강구 전투 이후에 이루어진 한반도 남 부지구의 새로운 국면과 이 지역에 대한 당나라의 지배를 승인하고 있음을 말해주는 것이다.

이미 언급하다시피 백제와 신라 두 세력간의 화맹의식을 거행한 후 그 해 10월에 당의 고종은 돌궐, 우전, 페르샤, 천립국(인도), 우장, 곤론, 신라, 백 제, 고구려, 왜국 등 수령과 사신들을 거느리고 장안을 떠나 이듬해(666년) 정월에 태산(산동성)에 올라 흙을 쌓고 하늘과 땅에 제사를 지냈다. 이는 당 나라가 이른바 종속국의 자태와 위력을 주위의 나라들에 과시하는 것이었다. 왜국의 사신도 다른 여러 나라의 사신들과 함께 당나라 고종을 따라 태산의 봉선의식에 참여했는데 이는 이 시기에 왜국도 새로 형성된 당나라 중심의 국제체제에 가담했음을 보여준다.

왜국 사신은 중국에서 근 2년간 고찰한 후 668년 11월에 귀국했다.

귀국 도중에 일본사신 일행은 옛 백제땅을 경과했는데 유인원은 웅진도독 부 상주국 사마법총 등을 시켜 일본사신 일행을 북규슈 대제부에까지 호송 하게 했다. 사마법총 일행이 백제주둔지로 되돌아 올 때 왜국 조정도 대신을 시켜 이들을 백제땅까지 호송하게 했다. 668년 9월에 당나라는 마침내 고구 려를 멸망시켰다.

이에 왜 조정은 즉시 당나라에 사신을 보내 축하의 뜻을 표시했다. 이 해에 백제 주둔군 사령 유인원은 2000명의 사절단을 일본에 파견했는데 이는 고구 려 정복으로 하여 더욱 강화된 당나라의 위력을 왜국을 향하여 과시하는 것 이었다. 하지만 3년 후인 671년에 당 조정은 또다시 사택손 등과 곽무종을 수반으로 하는 2000명의 사절단을 일본에 파견했는데 이는 그 시기 한반도

내의 정세와 밀접히 연관됐다.

고구려가 멸망된 후 고구려 국민들은 신속히 부흥군을 조직하여 당나라 군대와 치열한 싸움을 벌였는데 이러한 국면에 직면하여 신라도 한반도에 대한 지배권을 확립하기 위하여 고구려 부흥군과 단합한 후 당의 군대를 공격했다. 이리하여 한반도에 대한 당나라의 지배는 위기에 봉착하게 됐다. 때문에 당나라는 일본이 이와 같은 기회를 이용하여 한반도를 향하여 또다시 무력 간섭을 진행함을 미리 방지하기 위하여 이처럼 대규모의 사절단을 보내 위압함으로써 일본을 자기들에게 순종시키려고 했다.

건국초기 100여년간의 일련의 노력을 거쳐 8세기에 이르러 당나라는 마침내 정치, 경제, 문화가 전례 없이 발전한 세계 최대강국으로 성장했다.

국력의 강성과 더불어 서쪽의 돌궐, 토번, 고창, 북부의 회흘, 남부의 남조, 동부의 발해, 통일신라 등 주위의 기타 정권들은 당나라와 책봉관계를 맺고 그의 통치에 종속되게 됐다. 정치, 경제 발전의 전성기인 8세기부터 당나라는 대외로 줄곧 개방정책을 실시했다. 때문에 주위의 조공국과 기타 민족들은 당나라와 매우 밀접한 관계를 맺고 자신의 경제, 문화 발전을 신속히 추진시켰다.

국제정세의 이와 같은 변화에 발맞춰 일본도 비록 당나라로부터 책봉을 받지 않았으나 역시 조공국으로서 당을 섬기며 당나라를 중심으로 하는 국제정치 체제에 가담하여 당의 선진적인 물질, 정신 문화를 적극 섭취했다.

8세기 이후 일본은 이전과 마찬가지로 당나라에 사신을 파견하여 조공하는 것으로 당과 국교를 맺었다. 그리고 사신을 통하여 당과 이른바 조공무역을 진행했으며 또 사신과 그의 수행인원인 유학생과 유학승려를 통해 당나라의 선진적 문화를 적극 섭취했다.

701년 정월부터 일본은 또다시 당나라에 사신을 파견하기 시작했다.

그 후부터 일본은 10여년간에 사신을 한번씩 보냈는데 894년에 이르기까지 총 13차례나 파견했다.

사신은 초기에 서해사 혹은 입당사라고 불렀는데 나중에는 '견당사'라고 했다. 견당사는 보통 대사 1명, 부사 1~2명, 판관 1~4명, 녹사 1~4명으로 구성됐다. 특수한 경우에는 대사우에 압사 혹은 집절사를 정했다.

이들은 대표단의 영도 핵심으로서 당에 대한 외교, 무역 및 대표단의 일상생활 등의 사무를 책임졌다. 일본 견당사절단의 주요 성원들은 모두 학식이 해박하고 한문지식이 깊으며 상모, 풍채 등 면에서 모두 우수한 인물들이다.

견당사로서 입당했던 속전진인, 산상억량, 등원청하, 길비진비, 다치비현수, 다치비광성, 등원상사 등은 모두 당시 일본의 저명한 학자이거나 문인들이었다.

견당사절단의 수행인원에는 사생, 의사, 음양사, 화사, 악사, 음성장, 역어, 겸종, 잡사 등이 망라돼 있는데 이 가운데서 어떤 사람은 사절단의 성원이면서도 청익생 신분을 겸하여 당에 관계되는 전문지식을 배웠다.

이 밖에 수행인원 가운데는 또 많은 유학생, 유학승, 청익생과 환학생들이 있었는데 후량자는 당에서 단기간 고찰하면서 국내에서 해결하기 어려운 문제들을 배워 가지고 귀국했다. 견당사절단의 전체인원은 일반적으로 30명 내지 50명을 초과하지 않았고 선박 4척을 파견하는 경우에도 200명을 초과하지 않았다.

사절단 성원 이외에 선박내의 일을 맡아보는 인원이 대단히 많았다. 이를테면 지승선사, 조선도장, 선자, 선장, 단생, 주생, 수수 등이다. 이 부분의 인원은 1척의 선박에 70여명씩 있었고 4척 선박의 경우에는 300여명에 달한다.

그 당시의 선박구조에 대해서는 명확히 알 수 없지만 선체의 길이와 폭이 상당히 큰 것으로 보인다.

견당사의 선박이 흔히 풍랑에 의해 쉽게 침몰당하거나 두부분으로 절단되는 것으로 보아 그 당시 일본의 조선 기술은 아직도 낙후한 상태에 처했던 것이다. 인원이 그렇게 많이 수요되는 것은 바람이 부는 날씨에는 풍력에 의해 항해하지만 바람이 없는 날에는 많은 뱃사공들이 노를 저어 항해하지 않으면 안되었기 때문이다. 견당선의 항선은 앞에서도 언급했듯 초기에는 북로를 많이 택했던 것이다.

이 항선은 일찍 한나라와 3국 시기이래부터 중-일간의 뱃길이었는데 비록 항선은 길지만 비교적 안전했다.

남로항선을 견당사 중기부터 개척했다.

이 항선은 그 당시 진포부터 출발하여 천츠도 남쪽 연선으로 내려갔다가 살마 연안, 종자도, 옥구도, 엄미대도, 충승도와 대만 북부를 거쳐 동중국해를 건넌 후 양자강구 일대에 이르는 것이었다.

이 항선은 거리가 비교적 짧아서 순조로울 때에는 10일이면 당나라에까지 토착할 수 있었다.

702년에 숙전진인의 견당사는 바로 이 항선으로 당에 도착했다. 그러나 이 항선은 매우 위험하므로 항해할 때 사고가 늘 발성했다. 4척의 견당사 선박이 함께 항해한 경우를 보면 다만 717년의 견당사의 왕복항해가 순조로왔고 기타는 모두 어느 정도 사고가 발생했다.

지금 일본의 진포에서 출발하여 평호도, 소치하도를 거쳐 중국 동해를 건너 중국대륙에 이르는데 이는 고대 견당사에 의해 개척된 현재 중-일간의 주요한 항선이다.

사실상 일본 조정은 19차례의 견당사를 임명했다. 그러나 많은 경우에는 임명만 하고 파견하지 못했다. 예를들면 761년, 762년과 894년의 견당사가 그러했다.

그리고 667년, 759년, 778년의 견당사들도 〈솔담객사〉이거나 〈영입당사〉의 신분으로 특수한 상황에 속했다. 그러므로 19차례의 견당사 가운데서 진정 국교의 사명을 지닌 견당사는 실제로 13차례 밖에 안된다.

아래에 몇 차례의 비교적 특수한 견당사를 소개하려 한다.

733년에 당에 들어간 견당사는 귀국할 때 4척의 선박 가운데서 3척의 선박이 폭풍으로 인해 사처에 분산됐거나 죽은 사람이 많아서 막대한 손실을 입었다. 752년에 당에 들어간 견당사의 주요한 목적은 불상을 만드는데 있어서 당의 도움을 받자고 한 것이다. 바로 이번 견당사가 당이 주최한 원당연회의 좋은 좌석을 차지하기 위해 신라사신과 신경전을 벌였다.

등원천하를 비롯한 이번 견당사는 아마 당의 현종에게 깊은 인상을 남기었는지 현종은 귀국하는 견당사에게 전례없이 시를 지어 증정했다.

894년에 일본 우다 천황은 다시 견당사의 파견을 중지했다.

그 원인은 아래의 4가지로 볼 수 있다.

첫째, 당에 대한 일본측의 여러차례의 견당사 파견과 당일간의 무역이 날로 증가됨에 따라 당의 물품에 대한 일본 귀족계층의 요구가 기본상 만족됐던 것이다.

둘째, 견당사의 빈번한 파견으로 하여 일본국의 재정부담이 갈수록 심해졌다. 한차례의 견당사를 파견하자면 10여년씩 준비해야 했다. 선박을 제조하고 양식과 비품을 준비하는 데만 거대한 인력과 재력이 들었다. 그리고 일본조정의 재정도 8세기 후반기에 들어서 곤란에 봉착하게 됐다. 즉, 국가토지 소유제인 반전제가 파괴되고 지방의 장원제와 할거세력이 강화돼 국가재정 수입이 급속히 감소되고 천황의 지위도 점점 내려가는 추세에 직면하게 됐다.

그러므로 조정 내외에서는 모두 견당사를 정지할 것을 요구했다.

셋째, 9세기 말부터 내부의 정치투쟁, 번진 할거세력의 성장, 농민의 봉기 등으로 당의 경제도 붕괴되는 상태에 처하게 되었다. 이는 일본의 견당사 파견과 양국간의 조공무역에 매우 불리한 형세였다. 그리고 정치, 경제면에서의 위기로 하여 당나라 자체도 갈수록 방대해지는 견당사를 접대하고 또 그들에게 많은 물품을 증정하기 어려웠다.

넷째, 여러차례의 견당사 파견을 거쳐 일본은 당나라 문화를 거의 다 흡수하다시피 했고 아울러 일본자체의 독특한 민족문화가 싹트기 시작했다.

2) 당나라와 일본의 무역관계

당나라와 일본의 무역은 대체로 두가지 경로로 진행됐다.

즉, 사신들의 조공무역과 일본에 들어온 외국 상인과의 무역이었다. 사신들의 조공무역은 대당 무역의 주요 형식이다. 다시 말해서 이는 당라나와의 국가적 무역이었다. 당나라는 그 당시 세계적으로 가장 발달한 봉건제국이었으므로 당에 대한 일본의 물질요구는 매우 간절했다.

일본 조정은 사신을 파견하여 당의 황제에게 공물을 바친 후 돌아갈 때에는 당 황제로부터 진귀한 하사품을 받았은데 이 하사품의 수량과 가치는 일본의 조공품을 초과했다. 때로 사신들은 필요한 물품들을 당 조정에 직접 요구하기도 했다. 때문에 조공과 회사를 통하여 실제상 국가간의 무역이 이룩됐으며 또 이로써 일본은 본국에서 볼 수 없는 진귀한 물품들을 많이 들여 오게 됐다.

 일본이 당에 바치는 조공품들로는 은, 여러종류의 명주, 황사, 둔면, 꽃비단, 수정, 마노, 출화철, 해석류유, 감갈즙, 금칠, 포 등이었다.

 당 조정에 바치는 공물 이외에 사신들마다 휴대하는 물품들도 아주 많았다.

 예컨대 정사는 명주 60필, 면 150둔, 포 150단을 휴대할 수 있고 부사는 명주 10필, 면 60둔, 포 40단을 휴대할 수 있다고 했다. 사신들과 동행한 사람들도 각각 따로 규정한 정도로 물품을 휴대할 수 있었다. 그러므로 사신들의 인원이 많을수록 무역의 규모도 더 컸다.

 이와 같은 휴대품들을 어떤 형식으로 당과 교역했는가는 정확히 알 수 없다.

 하지만 일본이 일본에 온 발해사절단과의 무역절차로부터 당측과 일본사신 일행간의 무역과정을 어느 정도 엿볼 수 있었다.

 872년에 일본으로 간 발해사절단의 상황에 의하면 발해사절단은 일본의 수도 평안경(지금의 교토)에 도착한 후 우선 천황을 만난 다음 태정관의 비준을 얻어 무역을 진행했다.

 무역은 세가지 절차에 의해 진행됐다.

 제일 처음에는 내장료가 나서서 발해사절단과 물품을 교역하고 그 다음에 경사인(대신과 귀족일 가능성이 크다)들이 발해사절단과 무역했으며 마지막에는 발해사절단으로 하여금 직접 시장에 나가서 교역하게 했다. 당과 사신들과의 무역도 꼭 이러한 형식으로 진행했다고 말하기는 어렵지만 대체로 이와 비슷했으리라고 추측할 수 있다. 그것은 일본은 당나라에서 사신들의 무역방식을 발해사절단과의 무역에 적용했으리라고 짐작되기 때문이다.

 사신들의 조공무역을 제외하고 일본은 또 일본에 들어온 외국상인들에 의해 당나라의 물품을 취득했다.

 일본에 와서 무역하는 외국상인은 주로 당나라 상인과 신라상인들이었다.

 특히 사신들의 파견을 중지한 후 외국상인의 일본진출은 증가됐다. 당나라 상인들은 일본으로 많은 물품을 싣고 갔다. 이런 물품은 대체로 사신들이 당에서 가져온 것들과 비슷했다. 당의 상선은 보통 먼저 태재부의 소재지인 북규슈 박다에 등록하게 하는데 그 때에 태재부는 관례대로 외국상선의 토착을 일본 조정에 알린 다음 천황의 칙령에 따라 외국상인을 홍로관에 안치하고 숙식을 공급했다.

 쌍방이 무역을 시작할 때에 일본측에서는 내장료의 관리들로 하여금 수도로부터 내려와 무역사무를 관리하게 했다.

 일본 〈대보령〉의 규정에 의하면 관청에서 교역하기 전에 개인적으로 외국상인들과 무역하는 것을 금지했다.

 일단 그 누가 개인적으로 무역하는 것을 고발하면 그 무역품의 절반을 고발한 자에게 주고 그 나머지는 관청에서 몰수했다. 관청에 발견된 경우에는 무역품의 전부가 관청에 몰수 당했다. 심지어 당시 일본의 법률에 의하여 관청측에서 교역하기 전에 개인적으로 먼저 외국상인과 교역하는 자는 3년 이하의 징역에 처했다.

이로 보면 일본의 일반 서민들은 관청의 무역이 끝난 다음에야 비로소 외국 상인들과 무역할 수 있었다. 그러나 이러한 법을 지키는 것은 결코 쉬운 일이 아니었다. 외국상인이 도착할 때면 경성에 있는 황족, 귀족, 각급 관료의 자제들과 대표들이 태재부 시가에 몰려들어 외국상인에게 뇌물을 주는 등의 방식으로 당나라 물품을 먼저 사들였다. 이로 인하여 때로는 당나라의 물품 가격이 대폭적으로 올라갔으며 정부의 금지령도 유명무실해졌다.

이와 같은 상황에서 일본 조정과 내장료는 당물품을 사들이는 데 어려움을 겪었다. 때문에 일본 조정은 하는 수 없이 외국상인들과의 무역에 있어서 태재부의 역할을 고려하여 나중에는 경성의 관리가 내려와 대외무역을 관할하는 제도를 취소하고 당의 물품을 사들이는 일을 완전히 태재부에 맡겼다.

이리하여 일본의 대 당나라 무역은 조정의 직접적 통제에서 벗어나 지방의 통제로 바뀌었으며 대당 무역의 범위도 보다 넓어졌다. 신라 상인들도 일본의 대당무역에서 커다란 역할을 했다. 신라상인은 당나라와 일본간의 무역과정에서 중개작용을 했다. 그 당시 동북아시아에서 신라상인들의 상업활동은 아주 활발하게 진행됐다. 그들은 당나라와 빈번히 무역을 했을 뿐만 아니라 당의 물품을 일본에 가져다 팔았다.

특히 신라 청해진 대사 장보고 상선의 일본에 대한 진출은 매우 빈번했다.

3) 일본의 당나라 문화 도입

< 일본의 당나라 유학생과 유학승 >

사신들을 따라 당나라에 건너간 일본 유학생과 유학승려들은 당나라의 선진적인 문화를 도입하는 면에 매우 거대한 기여를 했다.

당나라와 국교를 건립한 후 일본은 사신들과 더불어 당에 많은 유학생과 승려들을 파견했다. 사료에 의하면 당에 파견한 유학생과 유학승의 수는 모두 144명이었는데 그 중 유학생은 14명이었다. 이는 신라의 경우와는 정반대였다. 제일 먼저 당에 유학했다가 귀국한 남연청안, 고향현리, 민 등은 후일의 일본사회 대변혁인 다이카 개혁에서 중대한 역할을 했다.

이들은 또한 당문화를 일본에 전파시킨 선구자들이었다. 유학생 가운데서 길비진비가 제일 유명했다. 길비진비는 717년에 제2기의 제2차 사신들을 따라 당나라에 왔다. 그는 당에 18년간 머물러 있으면서 사경을 비롯한 여러 가지 학문을 깊이 터득한 후 돌아갔다. 한학에 대한 풍부한 학식을 갖고 있었으므로 귀국한 후 그는 비록 중급 관리 출신이었지만 조정으로부터 주목을 받았다. 752년에 그는 또 사신들의 부사로 당에 파견됐다.

일본의 정치무대에서 그는 뚜렷한 역할을 했으므로 당나라에서도 널리 알려진 인물이다. 유학승 중의 저명한 인물은 더욱 많았다. 이들은 귀국한 이후 일본의 정치, 문화, 불교 등에서 중요한 작용을 했다. 승인 현방은 길비진비와 함께 귀국하여 일본의 불교 건설에 큰 업적을 쌓았다.

일찍 당에서 공부할 때부터 그는 박식하고 세련된 재능으로 당나라 현종의 총애를 받았으며 후에는 당의 3품 벼슬까지 받았다. 귀국할 때 그는 각종 불경 5000여권과 불상을 일본에 가지고 갔다. 귀국한 후 그는 당의 용흥사 건축예술을 본받아 국분사를 건립함으로써 사회 각층의 중시를 받았다.

뿐만 아니라 그는 조정의 총애를 받아 국정에까지 직접 참여했는데 그의 재능과 업적은 귀족들이 질투할 지경에까지 다달았다.

653년에 당에 유학갔던 도조는 당의 명승 현장으로부터 법상종을 배우고 귀국한 후 일본 나라지방에 선원을 건립하여 일본의 법상종을 창립했다. 지장은 당에서 삼론종을 배우고 귀국한 후 일본의 삼론종을 창시했다. 도자도 역시 당에서 삼론종을 배웠는데 그는 삼론교의에 대한 학식과 연찬이 너무도 깊어서 당나라 궁전에까지 불리워 가 인왕반약경을 강의하여 당황제의 애대를 받았다.

일본의 율종과 화엄종도 당에 들어간 일본 승려로 인해 일본에 전해졌다.

최징은 804년에 사신들을 따라 당나라에 건너와 천태산에서 도수와 행만을 스승으로 모시고 밀교를 배웠다. 이듬해 그는 불경 230부, 사성 60권을 가지고 귀국했는데 806년에 계단을 설립하여 천태종을 창시했다.

저명한 고승 의진과 원인은 모두 최징의 제자이다. 일본의 진언종은 공해에 의해 창시됐는데 일찍 공해는 최징과 함께 당나라에 와 장안 청룡사에서 혜과를 스승으로 삼고 진언종을 배웠다. 혜과는 진언종의 제7대 사위이다. 그는 공해의 재학이 너무도 뚜렷하여 공해를 진언종의 제8대 사위로 묵인해 주었는데 이는 전례없는 영예였다.

< 당나라와 일본의 인재교류 >

당나라와 일본간에 국교가 건립된 후 인재도 교류됐다. 그 전형적인 인물들로는 일본의 아베나카마로와 당의 승인 감진이다. 아베나카는 19살 때 당나라 유학생으로 선발돼 717년에 당의 수도 장안으로 유학갔다.

그 후 얼마 지나지 않아 그는 학업이 매우 우수하여 당의 공빈과에 합격됐다. 나중에 아베나카는 조형이란 중국 이름을 가지고 당조의 벼슬을 맡기까지 했다. 높은 학식과 뛰어난 재능으로 조형은 당의 현종과 숙종의 사랑을 받게 됐으며 후에 사경국 교서, 좌습견, 좌복결, 의왕우직(종5품하), 위위소경(종4품상), 비서성 비서감, 위위사 위위경(종3품), 조산기상시(종3품), 진남도호, 안남절도사(정3품) 등 벼슬을 맡아보는데 이는 외국인으로서 대단하고 매우 드문 일이었다. 당조의 벼슬을 맡아보면서 조형은 당의 현종에게 두차례나 귀국할 것을 요구했으나 그의 재능을 소중히 여기는 현종은 허락하지 않았다.

753년에 이르러 그는 끝내 당 현종의 허락을 받고 사신들과 함께 귀국의 길에 올랐으나 결국 도중에서 풍랑 등 일련의 좌절을 당하여 다시 당으로 돌아와 계속 관직을 맡아보게 됐다. 770년에 조형은 73세로 장안에서 사망했다. 836년에 당 대종은 조형의 업적을 표창하여 그에게 정2품을 첨가해 주었다.

문화분야에서도 조형은 당의 저명한 시인 왕유, 적광희, 이백, 조화, 포길 등과 친밀한 관계를 맺었다. 조형은 이들과 사귀면서 문화적 영향을 많이 받았다. 이 시인들도 조형의 재능을 아주 소중히 여겼다. 조형이 귀국 도중에 조난당했다는 소문을 들은 이백은 각별히 '조형씨의 조난을 통곡함'이라는 시를 지어 조형에 대한 존경과 비통한 심정을 표달했다.

감진은 당나라 계율의 권위자로서 각계 인사들의 존경을 받아 수계대사로 추대됐다. 감진에게서 수계를 받은 사람은 무려 4만여명에 달하는데 그 가운데서 적지않은 자들은 나중에 저명한 승려가 됐다. 감진은 또한 불사건축, 의약방면에서도 매우 깊은 지식을 갖고 있었다.

그가 일본에 건너가게 된 것은 일본 불교계의 요청에 의해 이루어진 것이다. 감진시대에 일본의 불교는 전에 비해 어느 정도 발전했으나 적지 않은 승려들의 품행과 풍기가 아직 정규화의 궤도에 들어서지 못했다. 때문에 일본 조정과 불교계에서는 오래전부터 당으로부터 저명한 계율대사를 모셔 오기로 했는데 이 인선은 마침내 감진이 책임지게 됐다. 733년에 일본측에서는 승려 영예, 보조들로 하여금 사신들과 함께 당나라에 건너가 계율대사를 모셔오게 했는데 감진대사는 일본측의 요청을 달갑게 받아들였다.

일본으로 건너가기 위하여 감진을 수반으로 하는 당나라 승려 일행은 후에 다섯 차례나 뱃길에 올라섰으나 뜻을 이루지 못하고 말았다.

거듭되는 고통과 피로로 감진대사는 두눈마저 멀었다.

이럼에도 불구하고 감진대사의 신념은 결코 동요되지 않았다. 그 시기의 제자들을 거느리고 끝내 황해를 건너 일본 땅에 올랐다. 그 시기의 일본 수도 나라에 도착하자 감진 일행은 일본 각계 인사들의 열렬한 환영을 받았다.

이어 일본 조정은 감진일행을 관가인 동대사에 모신 후 감진대사에게 전등대사위의 작위를 수여했다. 다른 수행 승려들도 상응한 대우를 받았다. 2개월이 지난 후에 감진은 황족과 수많은 승려들에게 수계의식을 치러주었다. 그리고 그는 당선원을 건립하고 승려의 훈련과 교육에 관한 완벽한 제도를 세웠다.

756년에 일본 조정에서는 감진을 대승도로 임명하여 그로 하여금 승관의 신분으로 일본 불교사무를 관리하게 했다. 일본의 율종을 발전시키기 위해 감진은 또한 당나라의 사찰구조와 건축예술에 의거하여 당 조제사를 지었는데 759년에 준공됐다. 그 후부터 감진은 당초제사 직위로 계속 일본의 불교사업에 종사하다가 763년에 76세를 일기로 일본에서 입적했다.

< 당나라의 건축예술, 풍속 등이 일본에 준 영향 >

당의 양식대로 지었던 고대건물은 오늘까지 일본에 잘 보존돼 있다. 예컨대 고대 일본의 경성 평성경과 평안경 및 두경성 주위에 위치해 있는 사찰 건물들은 바로 전형적인 당나라식 건물이다.

당나라 수도 장안의 건축구조는 당나라 유학생과 승려들에 의해 일본에 도입됐다. 원명 천황은 장안성을 모델로 하여 새로운 수도 평성경을 건조하게 했는데 경성의 복판은 주작대가로 남북을 연결시켰고 큰길의 양쪽은 좌우 양경으로 구분됐으며 영경은 또한 9갈래의 가도로 서로 이어졌다.

평안경은 794년부터 사용하기 시작했다. 평안경(오늘의 교토)의 구조는 당나라 수도 장안성과 매우 흡사했으며 심지어 성문의 이름까지도 당의 것을 그대로 사용했는데 교토의 은부문이라는 성이 바로 그러했다. 사찰건물은 일본 고대건축사에 있어서 중요한 위치를 차지한다.

일본 사찰건물의 구조, 풍격, 조각, 회화 등은 전부 당의 영향을 받았다.

앞에서도 언급했지만 일본승인 도자는 장안의 서명사를 모방하여 대안사를 지었고 감진에 의해 건조된 당초제사는 완전히 당의 풍격대로 설계했는데 당나라 건축의 풍격은 여기서 집중적으로 반영됐다. 사찰건물과 밀접히 연관되는 공예미술품과 회화도 당의 영향을 많이 받았던 것이다. 정창원에는 각종 공예미술품이 약 3000개 수장되어 있었는데 모두 어느 정도 당대의 예술풍격을 따랐다.

당악이 일본음악에 준 영향도 아주 컸다. 일본초기의 악기는 다만 육현금과 피리밖에 없었으나 당의 악기 금(7현), 쟁(13현 악기), 비파, 생황, 퉁소, 종, 북, 동발 등이 일본에 들어가면서부터 일본 악기의 품종은 대단히 풍부했다.

악곡은 당 악기와 함께 일본에 들어갔다.

문무천황 때 당나라 대사 속전진인은 당악의 〈황제파악전〉〈단란선〉〈춘앵전〉 등을 가지고 귀국했다. 연력 연간에 구례진장은 사신들과 함께 당나라에 들어가 당의 무용악곡인 〈춘정악〉을 배우고 돌아갔다. 승화시기에 등원정민은 사신 파관의 신분으로 당나라에 들어가 당의 비파 연주법을 배웠을 뿐만 아니라 〈하전〉 등 수십권의 비파곡을 일본에 가지고 돌아갔다.

이리하여 당나라의 음악이 점차 일본 조정에 수용돼 궁전 혹은 불교의식에서는 흔히 당악을 연주했던 것이다.

당나라의 풍속습관은 장기적으로 당에서 공부하던 유학생, 유학승들에 의해 일본에까지 전파됐다.

한 때 일본의 상층사회에서는 당의 생활습속을 승상했다. 718년에 당나라 대사 다치비현수가 당에서 귀국하여 천황에게 인하를 올릴 때 사신 일행은 전부 당황제가 하사한 조복을 입고 나섰는데 조정대신들은 이들을 몹시 흠모했다.

그리고 당 양식의 의복도 일본에서 광범위하게 유행됐다. 더군다나 719년에 천황은 영을 내려 백성들에게까지 모두 당나라 의복을 입게까지 했다.

26. 통일신라와 일본의 외교관계

신라와 일본에 관한 고서기재는 양국의 주요한 사료인 〈삼국사기〉와 〈일본서기〉의 서술이 정반대로 되어 있고 특히 6세기부터의 양국관계에 대한 기사는 일본문헌에 비교적 많이 나타나지만 조선 고대문헌과 중국 고대문헌에는 거의 없다시피 되어 있기에 그 해명에 커다란 어려움이 따른다.

그러나 당시의 국제적 배경이나 양국 내부의 구체적 정치상황으로부터 양국간의 관계를 어느 정도 엿볼 수 있다. 옛 백제땅에서 일어난 백촌강 전투는 비록 짧은 시간내에 끝나고 말았지만 이로 인하여 당나라, 신라와 일본간의 이해관계와 정치적 경향이 잘 알려졌다.

전쟁에서 서로간에 적대적 관계였던 신라와 일본은 전투 후에도 얼마간 대립적인 관계를 유지하고 있었다. 하지만 668년에 고구려가 나당연합군에 의해 멸망되자 신라와 일본의 관계는 완화되기 시작했으며 일본은 신라에 대한 친선정책을 실시했다. 이는 쌍방이 모두 어려운 처지에서 잠시나마 서로 이용한 것에 불과했다. 말하자면 현실적인 외교수단에 능했던 신라가 당나라와 동맹을 맺고 고구려를 멸망시킨 지 얼마안돼 또 당군을 한반도에서 축출함으로 신라와 당나라의 관계는 악화됐다.

이런 상황에서 신라는 부득불 과거 적대적 세력이었던 일본과 다시 국교를 회복함으로써 중국과 일본이 침입할 가능성을 피하려 했다.

일본과의 관계 개선은 또한 일정하게 당나라를 견제할 수도 있었다. 일본은 백촌강전투 직후 당나라가 일본을 침입할 까 두려워 규슈 연해일대에 여러 가지 방어시설을 수축했으며 또한 이런 고립된 입장에서 거리상 가까운 신라와 관계를 개선할 수 밖에 없었다. 일본도 그 당시 신라와 당나라의 악화된 관계를 잘 알고 있었다. 아울러 7세기 초엽부터 당에 사신을 줄곧 파견했던 일본은 백제에 구원병을 파견하여 나당연합군과 싸움을 벌인 후부터 사신 파견을 중지할 수밖에 없었던 것이다.

사신 파견을 중지한 것은 백촌강 전쟁이 끝난 후 특히 임신란 이후 내정개혁과 문화발전에 중시를 돌렸기 때문이다. 그러므로 일본은 이와 같은 손실을 줄이기 위해 빈번히 신라에 사신을 파견하면서 친신라정책으로 돌아섰고 신라를 통해 선진적인 당나라 문화와 신라문화를 적극 흡수하려 했다.

703년에 일본은 204명에 달하는 대규모의 사신을 신라에 파견했다.

〈속일본기〉에서 7세기초부터 8세기 초까지 일본사신이 신라에 파견된 것은 수십차례였을 정도로 양국간에 빈번한 교섭이 진행됐다고 할 수 있다.

총적으로 이 시기 양국이 서로 이용하고 서로 빈번히 접촉하고 있었음은 그 당시 국제적 역사배경과 어울린다. 그러나 이러한 임시적인 상호이용은 절대 오랫동안 지속될 수 없었으며 새로운 국제정세의 변화에 따라 와해되고 말았다. 즉, 8세기 20년대부터 양국간에는 일련의 마찰이 생겼으므로 양국관계는 대치상태에 처했다.

그리하여 '일본해적을 막기위해 모벌군성을 수축했다'거나 '일본국 군함 300척이 바다를 건너 우리 동해연한을 침범했다'는 등 일본이 도발한 사건이 발생했으며 한편으로는 신라에 온 일본사신을 신라가 받아들이지 않는 등의 불미스러운 일도 발생했다. 일본측으로 볼 때 신라와의 계속적인 친선정책도 불필요했던 것이었다. 심지어 신라에 대한 일련의 도전행위를 감행했던 것이다.

신라도 3국을 통일하고 당과의 우호관계를 회복한 후 국력이 신속히 성장했기에 일본사신을 받아들이지 않은 등 일본을 무시하는 태도를 취했다. 이는 또한 일본의 도전에 대한 신라의 보복이라고도 할 수 있다. 8세기 20년대부터 양국간에 일련의 마찰이 발생했다고 하여 그 이후에도 계속 그대로 지속된 것은 아니었다. 때로는 서로 우호적으로 지낸 적도 있었다.

예를 들면 〈삼국사기〉에서는 803년에 신라는 일본과 우호적 국교를 맺었다고 했고 808년에 일본사신에 대해 후한 예의를 베풀어 주었으며 882년 일본왕은 사신을 파견하여 300냥의 황금을 신라에다 바쳤다고 한다. 통일신라와 일본의 관계에 있어서 한가지 주의를 돌려야 할 것은 일본문헌에서 신라가 일본의 조공국 혹은 번국으로 나타난 것이다.

이 가운데서도 가장 전형적인 예로는 이른바 〈쟁장사건〉에 대한 기재였다. 그러나 그 당시 역사 사실에 비추어 볼 때 일본측의 기록은 믿기 어렵다. 〈속일본기〉의 이른바 쟁장사건에 대한 기재에는 모순되는 점이 많이 보인다. 〈속일본기〉 기재에 의하며 753년에 당의 조하식전에 참가한 일본측 부사인 고마려가 일본의 오랜 조공국인 신라사절이 상석에 앉아있어 석차변경을 요구하니 당나라 장군 오회실의 주선으로 신라와 일본사신의 좌석이 바뀌었다고 한다.

여기서 아래와 같은 몇 개의 모순을 엿볼 수 있다.

첫째, 이와 같은 중대한 사건이 중국이나 조선문헌에는 전혀 보이지 않는 것이 이상하다. 둘째, 당나라 한 장군이 나서서 중대한 조하식전의 석차를 바꾼다는 것은 불가능한 것이다. 셋째, 당나라 백관들 앞에서 일본부사가 노골적으로 어디까지나 전형적인 당나라의 조공국인 신라를 역시 일본의 조공국이라고 하는 것은 당나라에 대한 무시이므로 당나라는 절대 승인해 줄 수 없었다. 게다가 일본 역시 당나라의 조공국이었기 때문이다. 넷째, 위에서 언급한 바 있지만 7세기 후반기부터 일본은 적극적인 친신라정책을 실시하면서 선진적 신라문화에 대한 흡수에 노력했기에 선진국인 신라가 후진국에 조공할리 만무한 것이다.

그리고 이른바 753년 쟁장사건 직전까지 양국은 절대적인 대치상태에 처해 있었으므로 신라가 적대국인 일본에 조공할 수 없었다. 요컨대 신라가 일본의 조공국, 번국이라는 일본측의 기록은 일본 고대사서 편찬자들의 고의적인 왜곡에 불과한 것이다.

1) 통일신라와 일본의 무역관계

신라와 일본은 비록 정치관계면에서 알력이 지속됐지만 양국간의 경제왕래는 끊어지지 않았다.

신라와 일본의 무역도 역시 관방무역과 민간무역 두가지로 구분할 수 있다. 관방무역은 주로 신라사신과 일본사신의 상호왕래에 의해 이루어졌다.

이에 대한 사료는 정창원문서에 얼마간 남아있다. 이 문서를 통하여 우리는 쌍방무역의 방식, 내용, 절차 등을 어느 정도 엿볼 수 있다. 신라의 수출품들로는 거울, 백동으로 된 사발, 황금, 주사, 정자향, 계심 등이었고 일본의 수출품들로는 솜, 명주, 실 등이었다.

교환하는 물품을 보면 신라의 물품은 대부분 사치품이었고 일본의 경우는 보통 초급물품이 비중을 많이 차지했는데 이는 당시 신라의 경제발전 수준이 일본을 능가했음을 말해준다. 원인의 〈입당구법순례행기〉에 의하며 그 시기 신라상인들이 개별적으로 일본에 가서 무역하는 일이 많았다.

이 신라상인들은 주로 당의 물품을 일본에 싣고 가서 팔았다. 이들 가운데서 신라 청해진 대사 장보고가 가장 유명했다.

839년에 장보고가 파견한 상선은 수많은 당나라 제품을 싣고 일본 태재부에 도착했다. 태재부에서는 장보고의 상선이 신라국의 정식 상선이 아니라는 것을 이유로 받아들이지 않고 그들에게 일본 국토를 떠나라고 했다. 하지만 일본조정은 당 물품이 절박히 수요되었기에 신라상인들에게 당나라의 제품을 일본에 판 후 돌아가게 했다. 그러므로 원래 태재부에서는 변방의 안전을 위해 신라상인이 일본에 들어오는 것을 금지하려고 했다. 그러나 일본 조정은 자기들의 물질적 요구를 만족시키기 위해 '외번은 덕택을 받고 먼길을 떠나 우리에게 귀화하는데 이것을 금지한다는 것은 인덕에 맞지 않는 일이다'라고 하면서 태재부의 금지를 취소하곤 했다.

이리하여 신라상인들은 갈수록 더 많이 일본에 오게 됐다.

2) 신라방과 일본승려 원인

신라방과 원인의 관계도 신라와 일본 관계에 있어서 중요한 내용을 차지한다. 이 부분의 주요한 내용은 원인의 〈입당구법순례행기〉에 상세히 기재돼 있다.

원인은 일본 교토의 한 고승인데 838년에 청익승의 신분으로 승화견당사를 따라 당나라에 구법하러 왔던 것이다. 청익승은 유학승과 좀 달리 어느 정도의 불교지식을 알고 있었지만 그래도 해결하지 못한 문제가 있어 잠시동안 외국에 가서 연수하는 승려들이었다. 그는 천신만고를 다 겪으면서 지금의 중국 강소, 안휘, 산동, 하북, 산서, 섬서, 하남 등 7개성을 순례하면서 관계되는 불교유적들을 고찰했다. 그의 〈입당구법순례행기〉는 바로 순례 노정에서 친히 보고 들은 것들을 생동하고도 자세하게 기록한 것이다.

여기서 사람들의 주의를 환기시키는 것은 반수 이상의 인물들이 신라인이었고 원인이 오랫동안 머물러 있는 곳도 역시 신라방이었다는 것이다.

〈입당구법순례행기〉에는 신라방의 실상, 신라와 당의 관계, 신라와 일본의 관계가 비교적 상세히 반영되고 있다. 이 순례기는 또 당시 신라의 활발한 해상활동과 대외무역을 높은 위치에 놓고 평가했다.

원인은 당나라 각지에서 구법하여 현, 밀 2교를 배웠으며 불교경서와 의궤 등 585부에 794권, 태장 금강 등 법문도구를 많이 가지고 귀국했다. 귀국한 후 그는 비예산에 관장대를 설치하고 총지원을 건립했으며 최징의 유지를 계승하여 대성계율을 선전함으로써 일본 천대종으로 하여금 커다란 발전을 가져오게 했다.

원인이 원적한 후 그는 일본천황으로부터 〈자각대사〉라는 칭호를 수여받았는데 이는 일본 불교사에서 매우 중요한 위치를 차지하는 중대한 사건이었다. 이와 같은 성과들은 그가 당나라에서 구법에 성공한 것과 갈라놓을 수 없다. 그리고 그의 구법과정에 있어서 관건적이고도 어려운 문제들이 모두 신라방의 도움밑에서 해결되었기 때문이다. 원인의 본래 계획은 중국 태주 천대산의 국청사에 가서 구법하려는 것이었다. 그러나 그가 천신만고를 겪으면서 중국에 도착했을 때 천만 뜻밖에도 당나라 조정은 그가 천대산으로 가는 것을 허락하지 않았다.

실망 끝에 귀국하려고 할 때 때마침 적산원 신라승 성림으로부터 오대산에도 성적이 많아 거기서도 바라는 불법을 배울 수 있다는 것을 알게 돼 귀국하려던 생각을 버리고 오대산으로 구법하러 떠났다.

그러나 오대산으로 가려면 당 관청으로부터 오대산으로 가는 공험을 받아야 하는 것이었다. 이 공험으로 원인은 아주 조급했으나 기나긴 세월을 보내지 않으면 안됐다. 나중에 역시 적산법화원의 신라 사주 법청과 신라구당소 압아 장영의 일련의 활동에 의해 공험을 받아쥐게 됐다. 원인이 구법을 끝마치고 귀국하려고 할 때는 바로 당목종이 회창멸불을 하는 시기였다.

당무종은 각한의 중들과 비구니들에게 환속을 강요했으며 칙령을 내려 중과 비구니를 숨겨주거나 경서와 불화를 보관해 두는 것은 비법행위로 취급했다. 이 돌연적인 변화로 원인의 구법은 수포로 돌아갈 위험성이 있었다.

이와 같은 비상시기에 초주 신라방 총관 유신언이 자기의 안위를 돌보지 않고 당조의 법률을 어기면서 원인을 위하여 이미 수집한 불교의 보물을 보관해주거나 수송해 주었다. 이리하여 원인은 9년동안이나 수집했던 법문도구를 그대로 일본에 지니고 갈 수 있었다.

다시 말하면 신라의 문화를 일본에 전파하고 더욱이 그 시기 가장 선진적인 당제국 문화를 일본에 도입시키는 면에서 신라드 백제와 마찬가지로 중요한 중개작용을 했던 것이다.

27. 거란의 궐기와 고려의 대책

당나라가 멸망된 후 907년부터 979년 북송이 통일할 때까지의 시기를 중국 역사에서 5대 10국 시대라고 부른다.

이 70여년간 중국대륙은 또다시 군벌들과 호족들에 의해 할거상태에 처하게 됐다. 이 시기 회하 이북지역에는 후량, 후당, 후진, 후한, 후주 등 5개 왕조가 잇달아 출현했으며 회하 이남지역에는 10개 왕조가 연달아 출현했다.

5대10국 시기 중국대륙에서 한반도의 고려와 비교적 밀접한 연계를 갖고 있었던 나라들로는 거란과 후진을 들 수 있다.

거란족은 북방퉁구수족과 몰골족간의 혼혈족으로 4세기말까지 요하 상류일대에서 유목생활을 했다.

이 시기 거란은 종족연맹단계에 처해 있었다.

당조 말기의 혼란한 틈을 타서 거란 추장 야율아보기가 여러 종족을 통일한 후 916년에 거란국을 세우고 황제가 됐다. 건국 후 거란은 급속히 세력을 대외로 확장하여 서쪽으로는 북경 이북지역을 강점하고 동쪽으로는 926년에 발해국을 멸망시키고 동북지구의 광대한 지역을 강점했다. 거란이 궐기하여 그 세력을 신속히 동서로 뻗치고 있을 때 한반도 역시 거대한 변혁시기에 들어서고 있었다.

신라 말기에 한반도는 구신라, 후백제, 태봉 등 세 개 정권으로 분열됐는데 918년에 태봉정권이 왕건이 왕위를 계승하고 국호를 고려로 고친 후 936년에 구신라와 후백제를 멸망시키고 전국을 통일했다.

국토를 통일함과 아울러 왕건은 자기를 고구려의 계승자로 자처하고 고구려의 옛 영토를 수복하기 위한 이른바 북진정책을 과감히 실시했다. 신라말기의 한반도의 북쪽국경은 대동강과 원산만을 이은 곳이었다. 북진을 위하여 태조 왕건은 우선 서북쪽에 평양성을 수축하여 평양성을 북진의 튼튼한 전초기지로 삼았으며 또 나아가서는 영토를 청천강 유역까지 확장했다.

그는 또 거란에 의해 이미 멸망된 발해 잔여세력과 친선관계를 맺고 수만 명의 발해유민들을 받아들여 북진을 위한 역량을 가일층 강화했다. 이리하여 고려는 바야흐로 동북지구에서 세력을 확장하고 있는 거란과 충돌하게 됐다.

거란과 고려간의 공식적인 접촉은 922년부터 시작됐다.

그 해 거란은 사신을 고려에 파견하여 낙타, 말, 전방석 등 예물을 고려 조정에 바쳤다.

그 후 942년에 또다시 사신을 파견하여 고려에 50필의 낙타를 증정했다.

두차례의 사신 파견을 통하여 거란은 고려를 자기들쪽으로 끌어들임으로써 고려와 중국 중원지구의 왕조들과의 연계를 끊어버리려고 시도했다. 하지만 거란을 북진정책의 최대 위험과 적수로 간주하고 있는 고려 태조 왕건을 거란에 대해 매우 강경한 태도를 취했다.

거란의 두 번째 사신을 접견할 때 왕건은 '거란을 일찍이 발해와 동맹을 맺었다가 갑자기 맹약을 배반하고 그 나라(발해)를 멸망시켰으니 이는 심히 무도한 나라로서 친선관계를 맺을 나위가 없다'고 질책한 후 보내온 50필의 낙타를 만천교에 매어둔 채 굶어죽게 하고 30명의 사신을 섬으로 귀양보냈다.

이와 반대로 거란을 견제하고 자신의 안전을 확보하기 위하여 왕건은 여러 번 사신을 보내 중원지구의 봉건왕조들과 조공책봉관계를 건립하기에 힘썼다.

926년에 왕건은 장빈여를 후당에 보냈고 933년에는 대상 왕중유를 후당에 파견하여 공물을 바쳤다.

고구려의 성의에 보답하기 위하여 후당도 고려에 사신을 보내 왕건을 〈고려왕〉으로 책봉했으며 이에 따라 고려도 이전의 연호를 버리고 후당의 연호를 사용하게 됐다. 936년에 후당이 멸망되고 중원지구에 〈후진국〉이 새로 일어나자 고려국왕 왕건은 또 신속히 왕규와 형순을 특사로 파견하여 석경담이 새로 후진의 황제로 된 것에 대해 축하하고 심지어는 왕인적을 인질로 보냈다. 후진의 고조 석경당도 고려에 사신을 파견하여 왕건을 〈개부이동삼사검교태사〉로 책봉했다.

이에 따라 고려도 다시 후진의 연호를 사용하게 됐다.

얼마 지나지 않아 후진 천복연간(936~943)에 후진의 고조 석경당은 동방 각국 순례에 나선 서역중 멸라를 접견하면서 그에게 고려를 찾게 했다. 멸라가 고려에 이르자 왕건은 그를 열정적으로 맞이하면서 일찍 거란이 발해국을 멸망시킨 사실을 격분하여 피력한 후 후진과 고려가 힘을 합쳐 거란을 공격할 것을 희망한다고 말했다.

하지만 멸라가 돌아가 석경당에게 왕건의 의사를 전달할 때에 석경당은 아랑곳하지 않았다. 그것은 일찍 후당의 하동절도사로서 거란에 들어붙어 연운 16주를 거란에 넘겨주는 대가로 정권을 탈취하고 또 거란에 의거하여 겨우 왕위를 보존하고 있는 석경당으로서 거란을 배반하기 만무했기 때문이다.

거란에 대한 석경당의 굴욕적인 태도는 후진의 대신들과 백성들의 분노를 불러일으켰다.

그리하여 석경당이 죽자 그의 계승자 석중귀는 부득불 이전의 정책을 버리고 거란과의 예속관계에서 벗어나려고 했다. 이로부터 거란과 후진과의 관계는 악화되기 시작했다.

943년에 이르러 거란은 마침내 후진에 대한 대규모의 무력침공을 감행했다.

이리하여 945년 멸망의 위험에 봉착한 석중귀는 하는 수 없이 사신을 고려에 보내 무력원조를 요구했다. 하지만 그 시기 고려 조정은 외척 왕규를 수반으로 하는 호족과 왕실간의 왕위 쟁탈로 심한 갈등에 부대끼고 있었기에 대외에 대한 무력행동을 진행할 겨를이 없었다.

그리고 고려 조정은 거란의 여러차례의 심대한 타격으로 후진이 국력이 극도로 쇠약해져 이미 멸망의 전야에 처해 있음을 잘 알고 있었기에 후진과의 동맹에 대하여 그 어떤 희망도 하지 않았다. 때문에 양국간의 군사협의는 달성되지 못하고 947년에 후진은 끝내 거란에 의해 멸망됐다.

후진을 멸망시킨 후 거란은 국호를 〈요〉로 고쳤다.

947년에 후진을 멸망시킨 후 거란은 고려토벌을 위한 일련의 준비를 다그치기 시작했다. 983년부터 시작하여 거란은 우선 고려와 거란사이의 중간지대를 차지하고 있는 여진족과 발해대신들이 세운 정안국(定安國-압록강 서안에 있었다고 본다)을 정복한 후 압록강 하류 연안에 위구, 진화, 내원 등 3개 성을 수축하고 군대를 주둔시킴으로써 고려 토벌을 위한 길을 개척했으며 또 정안국, 여진족과 북송간의 연계를 끊어버렸다.

거란의 침입에 대처하기 위하여 고려도 30만의 관군을 새로 조직하고 청천강 이북지구에 여러개의 방어성을 수축했다.

1) 고려에 대한 거란의 침입 및 거란과 송나라에 대한 고려의 외교활동

993년부터 1019년까지의 기간에 거란은 고려를 향하여 3차례의 침략전쟁을 도발했다.

거란이 고려를 진공하게 된 주요한 목적은 무력으로 고려를 굴복시켜 그와 송나라간의 연계와 친선관계를 끊어버리고 또 고려의 북진을 제지시킴으로써 송나라를 정복하는데 유리하게끔 안전하고도 공고한 후방을 확보하려는데 있었다.

세차례의 전쟁에서 거란은 여러번 고려와 북송간의 연계를 질책하고 청천강 이북 6주에 대한 탈환을 요구했는데 이는 바로 이와 같은 의도를 말해주는 것이다. 중국대륙의 동북과 하북의 광활한 지역의 주인으로 성장한 후 거란의 주요한 적수이며 또 정벌대상이 돼 있는 나라는 송나라였다.

960년 중원 후주국의 금군수령 조광윤은 군사정변을 일으키고 왕위를 탈취한 후 국호를 송으로 바꿨다. 그 후 979년까지의 기간에 조광윤은 전후로 남방의 형남, 호남, 후촉, 남한, 남당, 오월군 등 나라들과 북방의 태원지대의 북한을 멸망시키고 다시금 통일된 제국을 건립했다. 이로써 70여년간 지속됐던 중국대륙의 분열 할거 국면은 마침내 결속되고 동북아시아 대륙에는 송나라와 거란 두 개 제국간의 투쟁을 중심으로 고려가 이 두 패국간의 충돌의 풍랑속에 감겨 들어가는 새로운 국제정치 국면이 나타났다.

송과 거란간의 쟁탈전에서 쌍방은 모두 고려를 자기들에게 예속시킴으로써 자기의 세력을 강화하고 대방을 고립시키려 했다.

남북방에 대한 통합을 이룩함과 아울러 송나라는 진격의 예봉을 즉시 거란으로 돌렸다.

979년 송나라는 거란이 점령한 하북연운지방으로 진격하고 986년에는 또다시 세갈래 노선으로 거란을 향하여 대규모의 진공을 펼쳤다. 하지만 두차례의 치열한 무력충돌은 결코 송나라의 실패로 끝났을 뿐만 아니라 남방에 대한 거란의 보다 큰 규모의 침략을 초래하게 됐다.

이 위험한 상황에 송나라는 거란과의 투쟁에서 공동의 적을 견제하기 위하여 우선 고려와 친선관계를 맺기위해 힘썼다. 송나라와 고려간의 국교는 벌써 송나라가 통일을 완구하기 전인 962년부터 수립되기 시작했다.

962년에 고려 광종은 이흥우를 송나라에 파견하여 조공하고 그 다음해부터 송나라의 연호를 사용했다. 이에 따라 송나라 태조는 시찬 등 90명의 책명사를 고려에 파견하여 친선관계를 더욱 발전시켰다.

976년 태종은 송나라 황제가 됨과 아울러 우련초를 고려에 파견하여 경종을 고려왕으로 봉했다. 이에 따라 경종도 사신을 송라라에 보내 태종의 즉위를 축하했다.

고려 성종이 왕위에 오르자 태종은 역시 이거원을 고려에 파견하여 성종을 고려왕으로 책봉했다. 송나라와 고려간의 친선관계가 두터워져 감에 따라 송은 연계 16주에 대한 수복을 서두르면서 986년에 한국화를 고려에 특사로 파견하여 고려를 향하여 무력지원을 요구했다.

송나라의 요청신은 세계 만방과 만물이 중국에 복종하는데 오로지 요(거란)만이 복종하지 않으며 이들은 나아가 연운지방과 중국 본토 그리고 진한의 옛 땅을 탈취하려 하고 있으므로 이제 송은 군사를 동원하여 이들을 정벌하려 한다고 알렸다.

동시에 '생각하면 고려 성종은 오랫동안 중국을 사모하며 평소에 훌륭한 정책을 갖고 있었으며 충성스런 절의와 예의의 왕으로 알려져 있는데 오랑캐가 변경에 인접하여 난동을 부리니 그대로 보고만 있을 수 있겠는가, 가히 군사를 동원하여 서로 도우며 힘을 합해 이를 평정함이 옳을 것이다'라고 했다. 하지만 그 시기 고려는 아직 강대한 적과 겨룰만한 무력과 여러 방면으로 준비가 마련돼 있지 않았으며 또 송의 군사력에 대해 의심이 들어 송나라의 요구에 적극 응하지 않았다.

두 나라 사이의 공동작전은 비록 이루어지지 못했지만 송과 고려간의 연계 움직임은 거란으로 하여금 커다란 위험을 느끼게 했다.

이리하여 송나라에 대한 집중적인 공격에 앞서 무력으로 고려를 압제하여 안전하고도 공고한 후방을 확보하기 위해 거란은 989년에 송나라와 얼마동안의 강화조약을 맺은 후 우선 고려에 대한 진격을 다그쳤다.

2) 고려에 대한 거란의 제1차 침입과 고려의 외교전

만반의 준비를 한 후 993년에 거란은 마침내 수십만의 대군을 풀어 고려를 향하여 대규모의 공격을 가했다.

이에 앞서 고려는 압록강 유역의 여진인들로부터 거란이 고려에 침입하기 위하며 급히 서두르고 있다는 소식을 들었다. 하지만 무능한 고려 조정은 그 어떤 긴급대책도 세우지 않았다. 그 후 여진으로부터 거듭되는 경고를 받고서야 비로서 사태의 심각성을 알고 방어태세에 들어가게 됐다.

993년 10월 고려 조정은 병마제정사를 각 도에 내려 보내 군대를 정돈하고 동원한 후 박양유, 서 희, 최 량 등을 상, 중, 하군사로 임명하여 방어군을 지휘하게 했다.

10월말 소손녕이 지휘하는 거란군은 압록강을 건너 고려땅에 침입한 후 신속히 봉산성을 함락했다.

첫 전투에서 선봉장군 윤서안을 비롯한 고려의 많은 군사들이 거란군에게 사로 잡혔다. 하지만 거란군은 남으로 더 진군하지 않고 봉산성에 머물면서 고려측을 향해 속히 투항할 것을 강요했다. 이에 고려 장령 중군사 서 희는 적측의 의도는 영토확장에 있는 것이 아니라 항복과 굴욕을 요구하는 것이라는 것을 알고 서경 평양에 돌아와 화해가 가능하니 사신을 보내 거란측과 교섭해 보는 것이 좋겠다고 국왕 성종에게 건의했다.

서 희의 건의를 따라 고려 성종은 이몽전을 건란 군영에 파견해 강화교섭을 하게 했다. 교섭에 앞서 거란측은 먼저 고려에게 항복을 재촉하는 문서를 보냈다.

문서에는 거란은 80만 대군으로 고려를 공격하려 하고 있으니 만일 항복하지 않으면 섬멸해 버릴 것이니 고려왕과 대신들은 속히 거란군 앞에 나와 항복하라고 명령했다. 양국간의 공식적인 교섭시에 거란측은 역시 '너희 나라는 백성을 돌보지 않으므로 천벌을 내리는 것이니 만약 평화를 도모하려거든 마땅히 속히 나와 항복하라'고 재촉했다.

이몽전이 돌아온 후 대책을 강구하기 위해 성종은 즉시 서경에서 고위급 대신회의를 소집했다. 회의는 대체로 굴복쪽으로 쏠렸다. 이를테면 일부 대신들은 서경 이북의 땅을 거란에 떼어주자고 주장하고 다른 일부 대신들은 어느 한 대신이 군사를 이끌고 거란 군영에 가 투항할 것을 주장했다.

고려 성종은 첫 번째의 할지론을 채택하고 미리 서경 창고안의 쌀을 백성들에게 내어 준 후 나머지 쌀을 적의 수중에 들어가지 않도록 강물에 던져 버리기로 결정했다. 이 때에 중군사 서희는 거란측의 출병의도는 땅을 점하자는 것이 아니고 항복과 예속을 요구함이니 아직 교섭할 여지가 있다고 인정하면서 이 판단이 잘못된 것이고 거란측의 의도가 정령 영토탈취에 있다고 해도 한번 싸워 본 후 항복하거나 땅을 떼주어도 늦지 않다고 주장했다.

민관어사 이지백도 서 희의 주장에 적극 호응하여 한사람의 충신도 없이 선뜻 땅을 떼어 적국에 넘겨주는 것은 너무도 통분할 일이라고 울분을 토했다. 이리하여 성종은 마침내 본래의 굴욕적인 방책을 시정하고 서 희의 주장에 동의하게 됐다. 한편 거란측은 고려측으로부터 오래동안 답변이 없기에 남으로 더 진군하여 청천강 이남의 안윤성을 공격했다.

하지만 거란군은 대도수, 유 방 등 두장군이 거느린 고려군대의 맹렬한 반격으로 패배당해 강 북쪽으로 철퇴했다.

청천강 이남으로의 진군이 저지되자 거란측은 또다시 강화교섭으로 되돌아 섰다.

이에 성종은 또다시 조정의 고위급 회의를 소집하고 대책을 의논하는 가운데 누가 적진에 가 강화를 달성할 수 있는가고 물었으나 대신들 가운데서는 이 일을 감당하고자 하는 자가 없었다. 이러한 근경에 처하자 중군사 서희가 교섭대표로 자원했다.

교섭에 앞서 서희는 먼저 통역관을 소손영 군영에 보내 양국 대표의 회견을 어떻게 할 것인가를 문의하게 했다. 거란 장령 소손영은 자기는 대조의 귀인인 만큼 고려 사신은 마땅히 뜰에 엎드려 대청에 앉아있는 자기를 향하여 절을 해야 한다고 주장했다.

이에 대하여 서희는 대등한 관계를 견지하면서 신하가 임금을 만날 때에 신하가 아래에서 절하는 것이 예의지만 양국 사신이 서로 만날 때 어찌 그럴 수가 있겠는가고 전했다.

몇 차례의 분쟁을 거쳐 소손영은 서희의 태도를 따라 양국대표가 모두 대등하게 당에 올라와 회견하자고 했다. 회담에서 소손영은 먼저 '당신의 나라는 신라땅에서 일어났으며 고구려땅은 우리가 점유하고 있는데 어찌하여 침범하는가. 또한 당신들은 거란과 인접하고 있으면서도 바다를 건너 송나라를 섬기고 있으므로 오늘의 출병이 있게 된 것이다. 만약 고려가 땅을 떼어 바치고 조빙(고대 동북아시아에 있어서의 국제관계의 예의로서 종속국이 종주국왕을 방문하여 인사를 올리는 것이다)한다면 무사할 것이다'고 했다.

거란의 이러한 태도와 요구에 대해 서희는 '그렇지 않다. 우리나라가 고구려의 옛 터전이다. 그러므로 국호를 고려로 하고 평양에 도읍하여 서경이라 했다. 만일 땅의 경계를 따진다면 귀국의 동경(요양)도 모두 우리의 영역에 들어있는 것이어늘 어찌 침범이라 하겠는가. 또 압록강 안팎의 땅도 역시 우리의 경내인바 지금 여진들이 그곳에 몰려들어 살고 있으면서 교활하고 간사한 짓을 하고 있으므로 길이 막혀 바다를 건너는 것이다. 거란을 향아여 조빙할 길이 트이지 않음은 여진 때문이니 만일 지금 여진을 몰아내고 우리의 옛 땅을 도로 찾게 한 후 성을 쌓고 도로가 통하게 된다면 어찌 감히 조공하지 않겠는가. 장군이 만일 내말을 귀국 천자에게 아뢰면 어찌 애처로이 여겨 들어주지 아니하겠는가' 라고 고려의 태도를 밝혔다. 서 희의 주장은 거란측의 의도와 대체로 부합됐다.

다시 되풀이 하지만 거란측이 추구하는 주요한 목적은 자기들의 최대의 적수인 송나라와 고려간의 동맹관계와 친선적 거래를 끊어버리고 고려를 자기들측에 예속시켜 종주국와 종속국간의 관계를 건립하려는데 있는 것이다. 때문에 거란은 고려와 거란 사이에 자리잡고 있는 여진세력을 공동으로 평정함으로써 거란에 대한 조빙을 실현하려는 고구려의 주장에 동의했다. 이렇게 함으로써 거란은 또한 일거양득의 성과를 볼 수 있었다.

그것은 고려를 자기들에게 예속시킴과 더불어 고려의 힘을 빌어 여진세력을 정복할 수 있었기 때문이다. 더욱이 압록강 이동지구에 대한 고려의 영토적 요구를 만족시켜 줌으로써 앞으로 고려로 하여금 더욱 자기들에게 충성하게 하려고 시도했다. 양국 대표의 교섭 경과를 들은 후 거란 성종은 영을 내려 고려로부터 군사를 철수하게 했다. 이어 양국의 대표인 소손녕과 서 희 간에는 고려는 거란에 조근(궁궐 안의 황제를 향하여 인사를 올리는 것)하고 정삭(궁궐 안의 달력을 고려가 사용함으로써 신하가 되는 것)하며 고려가 압록강 동안의 여진의 땅 280리를 점유하는 협정이 체결됐다.

이듬해인 994년 2월에 두 나라 대표간의 협정을 다시 문건으로 확인하고 제기된 사항들을 속히 실현에 옮기기 위해 거란 성종은 소손녕에게 문서를 작성하여 고려에 보내게 했는데 그 내용은 아래와 같다.

'성종은 당신들 나라와 속히 화해하고 우호를 돈독히 하라고 지시했습니다. 이제 국경이 서로 인접됐으므로 소가 대를 섬기는 것은 이미 고정된 규범이니 이러한 규범을 시종 준수해야만이 양국간의 친선관계가 유구히 지속될 것이며 만약 이를 실행하지 않으면 양국간의 친선관계가 중단될 우려가 있을 수 있으니 당신들 나라와 협의하여 중요한 곳에 성과 늪을 만들도록 지시했습니다. 성종의 명령에 의해 알아둘 것은 거란은 압록강 서쪽 부근에 5개 성을 쌓게 되는데 3월초에 착수하게 될 것입니다. 바라건대 대왕(고려 성종)은 미리 지휘하여 안북부로부터 압록강 동쪽에 이르는 지대의 밭과 땅 그리고 지형조건과 거리를 잘 측량하고 그곳에 성을 쌓도록 해주십시오. 성을 쌓는 공사는 역부를 보내겠으니 두나라가 함께 착수하기 바랍니다. 그리고 속히 성을 쌓을 곳의 수를 알려주십시오. 귀중한 것은 수레가 통할 수 있는 길을 개척하여 고려가 거란에 조공하는 길을 열어 영원히 거란을 받듦으로써 고려는 스스로 평온한 방책을 마련하라는 것입니다'

양국의 협의와 거란측의 의사에 따라 고려는 그날부터 거란국의 연호 통화를 사용했으며 4월에는 사신을 거란에 보내 연호를 사용함을 제때에 알림과 더불어 거란에 잡혀간 고려측의 포로를 돌려보내 줄 것을 요청했다. 하지만 거란에 굴복함과 아울러 같은 해 6월에 고려는 또다시 송나라에 사신을 두 나라가 연합하여 거란을 무찌를 것을 제기했다.

사실 이는 진심에서 요구는 아니었다.

중화사상에 깊이 물들어 중국 봉건제도와 문화를 한없이 숭배했던 고려 지배층으로 볼 때는 낙후한 민족인 거란에 굴종하여 그를 종주국으로 섬기게 됨은 실로 통분할 일이며 또한 전통적인 중국 봉건왕조에 대한 배신행위였다. 때문에 이번 송나라에 보내 사신은 거란에 대한 고려의 조공은 부득이한 정황 하에서 빚어진 것이며 자기들은 여전히 거란을 증오하고 송나라를 받들기를 원하고 있음을 송에 알림으로써 송을 위로하려는데 그 목적이 있었다고 본다.

송나라로 볼 때 거란과의 두 차례 큰 싸움에서 패배 당한 후 아직 국력이 회복되지 않은 상태에서 고려의 청원에 응하기 만무했다. 이후부터 고려와 송나라간의 공식적인 국교는 단절되고 고려의 외교는 오로지 거란 한쪽에만 쏠리게 됐다. 이리하여 이후 고려 성종은 이주정과 이지백을 거란에 보내 공물을 바치게 하고 소녀 10명을 거란에 유학보내 거란의 말과 글을 배우게 했다. 뿐만 아니라 양국 간의 유대를 굳게 하기 위하여 거란을 향하여 청혼까지 했다. 고려의 요청에 따라 거란의 조정은 동경유수 이승건의 딸을 고려에 시집 보냈다.

자기들에 대한 고려의 예속을 보다 공고히 하기 위하여 994년 8월에 거란은 또다시 사신을 고려에 파견하여 고려가 거란에 충성할 것을 타일렀으며 996년에는 한림학사(황제의 조서를 작성하는 고위급 관원) 장간과 충정군절도사 소숙갈을 고려에 파견하여 고려 성종을 〈개부의 동삼사상사령고려국왕〉으로 책봉했다.

거란에 순종함과 더불어 고려는 두나라간의 협정에 의거하여 강동(청천강 이북 압록강 이남) 280리의 옛 땅을 점유하기에 힘썼다.

994년부터 996년사이의 짧은 기간내에 고려 조정은 장군 서희로 하여금 군대를 거느리고 청천강 이북의 여진인들을 구출하고 통주, 구주, 곽주, 흥화, 선주, 철주, 용주 등지에 성을 쌓게 함으로써 새토운 영역에 대한 점유를 확고히 했다. 이를 역사에서 강동6주라고 부른다.

이처럼 고려는 거란에 대한 외교상의 굴종을 대가로 강동의 광활한 영토를 차지함으로써 북진정책에서의 큰 전략적 성과를 거두게 됐다.

고려 성종이 죽고 997년 10월에 목종이 즉위했는데 그 이듬해 10월에 거란은 대장군 유속을 고려에 보내 목종에게 상서령을 덧붙여 책봉했다.

목종재위 12년간 거란과 고려간에는 보주, 의주 등지에 국제무역 시장인 각장을 개설하여 양국의 특산물을 교환 구입했다. 국가간에는 거란에 대한 고려의 조공을 통하여 조공품과 사여품간의 이른바 조공무역이 계속됐다.

한편 전대의 성종과 마찬가지로 목종도 거란에 예속되면서도 이른바 야만민족인 거란에 굴복됨을 치욕으로 느끼며 계속 증원지구의 전통적인 한족봉건왕조의 정치적 권위와 문화를 숭배했다. 때문에 목종도 997년 10월 왕위에 오른 즉시 비밀리에 이부시랑 주인소를 송나라에 파견하여 고려는 여전히 전통적인 중화문화를 사모하고 있지만 거란에 의해 저지돼 있어 하는 수가 없음을 하소연했다.

1003년에 고려는 또다시 사신을 송나라에 보내 송나라에게 고려의 국경지대에 병력을 투입하여 거란을 견제해 줄 것을 요청했다. 하지만 거란의 연속되는 타격으로 자기의 안전마저 확보하기 어려운 형편에서 송나라는 아무런 대책도 내놓을 수 없었으니 다만 조서를 내려 고려를 위로할 따름이었다.

3) 거란의 제2차, 제3차 침입과 송나라에 대한 고려의 무력원조 요구

고려 목종은 즉위한지 12년만에 강조의 쿠데타에 의해 살해되고 1009년에 현종이 왕으로 추대됐는데 거란의 성종은 이 강조의 정변을 구실로 고려에 대한 두 번째의 침략전쟁을 도발했다.

전쟁직전인 1010년 5월 거란 성종은 대신회의를 소집하고 '고려 강조는 그 임금 송을 살해하고 종형인 순을 추대하여 돕고 있으니 이는 무도한 행위인지라 마땅히 군사를 풀어 그 죄를 물어야 하겠다'고 말하니 대신들은 모두 찬성했다.

오직 대신 소적렬만이 심중히 처사할 것을 제기하며 '…우리나라는 여러 해에 걸쳐 정벌을 계속했으므로 병사가 피곤하며 더욱이 폐하가 상중에 있으며 햇곡식이 아직 익지 아니하여 군량미가 충족하지 못하니 전쟁을 진행하기에는 불리한 점들이 많다. 그리고 소국(고려)은 성벽이 튼튼하기에 설사 우리가 이겨도 위엄이 서지 않을 것이며 만일 패배를 당하게 되면 후회만 남게 될 것'이라고 말한 후 먼저 사신을 고려에 보내 강조가 쿠데타를 일으킨 연유를 물러 그들이 그 죄에 굴복하면 굴복을 받아들이고 그렇지 않으면 폐하의 건강이 좋아져 상복을 벗은 후에 풍년이 들기를 기다려 군사를 일으켜도 늦지 않다고 건의했다.

고려도 전쟁을 피하기 위하여 전쟁 직전에 연속 두 번이나 사신을 거란에 파견하여 전쟁준비를 중지하고 평화를 도모할 것을 바랐다. 하지만 거란 성종은 소적렬의 건의와 고려측의 원망에 아랑곳하지 않고 기어코 전쟁을 도발하려 했다. 그것은 거란의 두 번째의 침입 목적이 단순히 강조 반역행위에 대한 처벌인 것이 아니라 자기들의 최대의 적수인 송나라와 고려간의 연계를 철저히 끊어버리고 또 제1차 전쟁에서 고려가 점유한 압록강 남안의 강동 6주를 탈환하려는데 있었기 때문이다.

위에서 말했지만 제1차 전쟁 후 고려와 송나라 사이의 공식적인 국교는 단절되고 고려는 거란에 종속됐으나 여전히 송나라를 섬기려 하며 비밀리에 내통했다. 때문에 침입직전에 거란은 고려를 향하여 죄를 문책하는 내용을 발송하여 '동으로는 여진을 제압하고 서로는 송나라와 왕래하니 이는 무엇을 꾀하고자 함이냐'고 질책했다. 뿐만 아니라 송나라가 고려와 연합하여 배후로부터 거란을 진격함을 미리 방지하기 위하여 제2차 전쟁 직전에 거란은 우감문 장군 야율령을 송나라에 보내 자기들이 곧 고려를 치게 될 것을 알리고 송을 미리 제압했다.

이처럼 송과 고려간의 연합은 거란에게 커다란 우환꺼리였다. 이외에 거란과 고려 두 나라 사이에 자리잡고 있는 강동6주는 전략상의 요충지로서 거란은 무력으로 이 지대를 탈취함으로써 고려를 보다 더 견제, 제압하고 또 이 지구에 거주하고 있는 여진족을 자기들에게 굴복시키고 나아가서는 동여진을 정복하는데 유리한 길을 개척하려고 시도했다.

1010년 11월 거란 성종은 친히 40만 대군을 거느리고 압록강을 건너 흥화진을 포위 공격했다.

하지만 순검사 양규, 진사 정성이 인솔하는 고려병사들의 완강한 저항으로 말미암아 거란의 40만 대군도 이 성을 함락할 수 없었다. 이리하여 거란 성종은 하는 수 없이 흥화진에 대한 포위 공격을 멈추고 군대를 두 갈래로 나눠 한갈래의 20만 대군은 지금의 신의주 남쪽 의주에 주둔시키고 다른 한갈래의 20만 대군은 자기가 친히 영솔하여 남으로 진격하여 통주 남쪽에서 강조가 지휘하는 고려의 30만 대군과 격전을 벌였다.

강조는 군대를 3부분으로 나눠 거란군과 맹렬히 싸움과 동시에 특별히 마련해 둔 수많은 검차를 출동시켜 거란군을 찌르고 깔아 눕힘으로써 그들을 신속히 격퇴시켰다. 하지만 첫 승리에 도취된 강조는 적을 얕잡아 보고 지휘를 소홀히 하게 돼 나중에는 크게 패배하고 말았다.

이로 말미암아 강조를 비롯하여 여러 장군들이 포로가 되거나 살해되고 3만여명의 병사를 잃게 됐으며 수많은 병기와 양식을 잃어버리게 됐다.

강조군의 30만 대군을 격파한 후 거란측은 후방의 흥화진을 고수하고 있는 양규 부대를 향하여 죽은 강조의 이름으로 거짓 문서를 조작해서 보내 투항할 것을 설교했으나 양규는 굴복하지 않았다.

이어 통주의 고려 주둔군을 향해서도 격문을 보내 투항할 것을 권고했으나 역시 효과를 보지 못했다. 이리하여 거란군은 후방을 확보하지 못한 채 12월 초부터 남으로 진격하여 광주를 함락하고 청천강 유역의 안주성을 탈취한 후 서경을 포위 공격했다.

그러나 고려군의 완강한 대항으로 말미암아 함락하지 못하게 되자 거란측은 또다시 사신을 서경의 고려군영에 파견하여 투항을 권고했다. 이때에 서경 부류수 원종식을 수반으로 하는 성 수비부대 일부 장수들은 의논 끝에 투항문서를 작성하여 거란 사자에게 바쳤으나 항쟁을 굳게 다짐한 고려 장수 지채문은 항복문서를 받아가지고 돌아가는 거란 사신 일행을 길가에서 불의의 습격을 가해 살해한 후 항복문서를 불살라 버렸다.

한편 강조의 30만 대군이 격파되고 여러성의 함락과 더불어 서경이 포위공격을 당하게 됐다. 겁에 질린 현종도 거란 군영에 항복문서를 보냈다.

하지만 탁사정 등 고려 장수들이 항복을 독촉하러 온 거란왕의 특사와 그가 거느린 기병 100명을 서경 북문에서 살해했다.

이와 같이 위급한 정세하에 비겁한 조정의 지배층과는 달리 서경의 고려 장수들과 병사들은 타지방으로부터 달려온 지원부대와 단합해 거듭되는 거란군의 진격에 호된 반격을 안겨줌으로써 성을 끝까지 고수했다. 서경방어전과 더불어 거란군 후방에서도 격렬한 싸움이 벌어졌다.

양규 장군이 통솔하는 고려군은 곽주성의 적을 무찌르고 성을 함락한 후 그곳의 7000여명의 주민을 방어가 비교적 강한 통주성으로 이주시켰다.

전쟁 상황이 갈수록 자기들에게 불리하게 되자 거란측은 더 남진하여 고려의 수도 개경을 함락함으로써 전쟁을 될 수 있는 한 속히 끝내려 시도했다. 이리하여 거란군은 곽주, 통주, 서경 등 후방의 전략적 요충지를 함락하지 못하고 그대로 내버려 둔 채 개경을 향하여 곧바로 진격했다. 이러한 전쟁 상황을 직면한 고려 조정에서는 또다시 투항론이 대두되기 시작했다.

그러나 강감찬 장군의 강력한 주장에 의해 고려 조정은 마침내 왕을 남으로 피난시키고 계속 항쟁할 것을 다짐했다.

12월 17일 밤 고려 현종과 왕비 일행은 지채문 장군이 인솔하는 50여명 금군의 호위하에 개경을 떠나 남하했다.

고려왕의 남방으로의 피난은 남방 백성과 애국적 관리들의 분노를 자아내게 했다. 때문에 고려 현종은 피난길에 오른 후 곳곳에서 화를 입었다. 이를테면 단초역에 이르렀을 때 무술 견영이 왕을 해치려 달려들었으며 창화현에 도달했을 때에는 이곳 관리들이 난을 일으키려 했다.

삼례에 이르렀을 때에는 전주 절도사 조용겸이 왕의 일행을 불손하게 맞이하니 현종 일행은 그 어떤 피해를 입을까 두려워 전주로 들어가지 않고 잠시 장곡에 머물렀다.

하지만 현종은 고초를 당하면서도 다른 여자를 왕비로 삼고 술판을 벌이는 등 비열한 짓을 했다.

현종 일행이 양주에 이르자 대신 하공진, 유종, 고영기 등이 찾아와 '거란은 본래 적(강조)을 토벌함을 침입의 명분으로 삼았는데 이미 강조를 처단했으니 사신을 파견하여 강화를 요청하면 그들은 군사를 철수할 것이다'라고 건의했다.

현종은 이에 따라 하공진과 고영기를 사신으로 임명하여 국서를 지니고 거란 군영에 가 강화를 요청하게 했다.

하공진 등은 국왕의 영을 받고 창화현에 이른 후 장수 장민과 정열에게 거란 군영에 가 고려 국왕의 친조를 조건으로 거란군의 철수를 요청하게 했다. 이에 거란측은 선봉대를 남하시켜 고려 대표 하공진과 교섭했는데 교섭시에 하공진은 역시 고려 국왕의 친조(종속국 국왕이 친히 종주국 국왕을 찾아가 인사를 올리는 것)를 조건으로 강화를 요구했다. 이에 거란군 선봉장은 '국왕이 어디에 있는가'고 물으니 하공진은 '국왕은 강남으로 떠났는데 그 소재지를 모른다'고 말하며 '강남은 매우 멀어서 몇 만리가 되는지 알 수 없다'고 대답했다.

선봉장의 보고를 받은 거란의 성종은 몇 만리까지 추격하여 국왕을 사로잡는다는 것은 매우 어렵기에 우선 고려 수도 개경을 함락하는 것이 우선이라고 판단했다.

이리하여 1011년 정월 1일 성종은 고려측의 별다른 저항을 받지 않고 신속히 개경을 점령했다. 개경을 함락한 후 거란군은 수많은 문화재를 약탈하고 왕궁과 가옥들을 불살랐다.

개경이 함락 된지 이틀 후 하공진, 고경기 등은 또다시 거란 군영을 찾아가 고려왕의 친조를 조건으로 거란측과 강화를 체결했다. 이리하여 개경을 점령한지 10일만에 거란군은 고려측 교섭대표 하공진과 고영기를 인질로 삼고 후퇴하기 시작했다.

후방에서의 전략적 요충지를 확보하지 못하고 또 고려군의 기세 드높은 항쟁으로 거란군은 더는 남으로 진군할 수 없었던 것이다.

피난길에 나선 현종은 거란군이 개경을 떠난 이틀 후에 나주에서 고려왕의 친조를 담보로 거란군이 이미 후퇴했다는 것을 알게 됐으며 2월 23일에 개경으로 되돌아왔다. 거란군은 철병하면서 청천강 이북 통주, 곽주, 흥화진에서 진을 치고 있던 양규, 김숙흥 두 장군이 거느린 고려군의 강력한 공격으로 큰 손실을 입었다.

1월 17일 김숙흥 보량장군은 거란군을 공격하여 1만여명을 죽였으며 양규장군은 18일에 무로대격전에서 거란군 2000여명을 죽였다.

그리고 거란군에 잡혀가던 백성 2000여명을 구출했다. 이에 양규 장군은 거란군을 의주지방까지 추격하여 또 2000여명을 죽였다. 22일에도 양규장군은 1000여명의 거란군을 죽였다. 하지만 싸움 끝에 양규장군은 전사했다.

약 10일간의 전투에서 고려군은 수많은 거란군을 살해하고 많은 말과 낙타, 병기들을 노획했다.

거란군에 철퇴할 때 압록강 동쪽의 여진인들도 고려군과 단합해 싸웠다. 거란군이 후퇴한 후 평화를 회복하기 위하여 고려측은 양국간의 알력을 해소하고 친선관계를 회복하기에 힘썼다.

이를테면 1011년에 고려는 사신을 거란에 보내 철병에 따른 사의를 표시했으며 10월에는 동지사를 파견하고 11월에는 생진사를 보내 거란 성종의 탄생일을 축하했다. 하지만 심중에 딴 생각을 품은 거란은 이에 만족하지 않고 볼모로 잡혀갔던 하공진을 살해했다.

1012년 4월에는 마침내 조서를 내려 고려왕의 친조를 요구했다. 하지만 고려측의 이른바 와의 친조에 대한 담보는 거란군의 철퇴를 실현하기 위한 한낱 잠시적인 외교수단일 뿐 독립국으로서 도저히 실행할 수 없는 것이었다.

그러기에 고려는 같은 해 6월 여름철 문안사를 거란에 보내 왕이 병환에 있기에 친조할 수 없다고 알렸다. 이에 격노한 거란왕은 마침내 조서를 내려 강동 6주에 대한 점유를 강요했다.

그 후 1015년 9월까지 거란측은 무려 여섯차례나 고려에게 강동 6주의 반환을 요구했다. 하지만 강동 6주는 고려국의 안전과 심지어 생사존망에 직접 관계되는 극히 중요한 전략적 요충지이므로 고려측은 이를 거란에 넘겨줄 수 없었던 것이다. 제2차 전쟁과정에서 거란은 바로 강동 6주에서 참패당했으므로 거란의 요구에는 또한 심한 복수심이 내포됐다. 이리하여 강동 6주에 대한 강점을 목적으로 1015년 2월 거란은 마침내 고려에 대한 세 번째 전쟁을 도발했다.

전쟁의 목적을 달성하기 위해 침입 전 거란측은 여러 방면에서 준비를 다그쳤다. 대군의 도하와 강동 6주에 대한 공제에 유리하게 하기 위해 1015년 1월 압록강 서안의 내원성으로부터 동안의 의주에 걸친 배다리를 가설했으며 또 전번 전쟁에서 겪은 참패를 교훈삼아 압록강 동안에 새로 보주성을 수축하고 그곳을 강동 6주 탈취의 전초기지로 삼았다.

그리고 도강작전의 장애를 없애기 위해 우선 내원성 대안의 선주, 정원 등 두 개의 성을 탈취했다. 압록강 배다리 가설이 끝나자 거란측은 강동 6주애 대한 공격으로부터 시작해 고려에 대한 제3차 전쟁을 감행했다.

1015년 2월 거란군은 압록강을 건너 흥화진과 통주를 포위공격하고 3월에는 용주를 공격했으나 고려군의 반격으로 그 어떤 성과도 보지 못하고 퇴각했다. 무력으로 강동 6주를 탈취할 수 없게 되자 거란은 4월에 아율편행을 고려에 보내 6주를 요구했는데 고려측은 거란사신을 붙들어 두고 돌려보내지 않았다. 9월 거란은 또다시 이송무를 고려에 보내 6주를 요구함과 동시에 통주를 공격했다.

하지만 거란군은 흥화진 대장군 정신용 부대의 기습을 받아 700여명이 죽었다. 그 후 거란군은 동으로 진군하여 청천강을 건너 영주성을 진공했으나 대장군 고적여 등이 거느린 고려군에 의해 패배당했다. 그러나 영주성에서의 두 번째 격전에서 고려군은 크게 패하여 고적여, 정신용 등 6명의 장군이 전사했다.

선주, 정원 등 두 개의 성이 거란에 빼앗기고 또 영주전투에서의 패배로 큰 피해를 입은 후 고려는 또다시 송나라의 힘을 빌어 거란을 견제하려 했다.

이리하여 1015년 11월 고려는 곽원을 송나라에 파견했는데 곽원은 송나라 조정에 이른 후 공물을 바치고 거란이 해마다 침입해 온 것을 알리고 송나라 황제께서 거란을 향해 그 위력을 과시함으로써 거란의 침입을 저지시키고 위험에 처한 고려에 구급의 은혜를 베풀어 줄 것을 바랐다.

이에 대해 송나라 진제는 1016년 1월 고려 사신 곽원이 귀국할 때 국서를 보내 화답했다. 송나라 황제는 국서에서 '나는 사목(백서을 편안하게 다스리는 것)이 자리에 있어 의지는 안민에 둔다. 하지만 송과 고려는 그 지역이 멀리 갈라져 특수한 바가 있어 성의를 보일틈이 없다. 경(고려 현종을 가리킴)은 굳은 마음을 품고 그 주위의 영역을 돌보며 오래도록 맹호에 이바지했다. 앞으로 양국이 더욱 화목하게 함으로써 백성을 편하게 하기 바란다'고 전할 뿐 그 어떤 실제적인 조치를 내놓지 못했다.

이에 앞서 1004년에 거란은 수십만 대군을 풀어 황하 북안까지 쳐들어가 단주에서 송나라군과 격적을 벌였는데 나약한 송의 진종은 끝까지 항쟁하지 못하고 거란과 굴욕적인 강화조약을 체결했다. 역사에서 이를 〈단연의 맹〉이라 부른다. 이 맹약에서 거란은 송에 거란 견 20만필과 은 10만냥을 바치고 거란의 성종은 송나라 진종을 형으로 부르기로 했다.

그 후 두 나라 사이에는 평화적 관계가 유지되고 변경지대에서는 무역이 활발히 전개됐다. 단연의 맹이 체결된 후 송나라 대외정책의 기본방침은 강대한 적인 거란과의 충돌을 피하고 평화를 수호하는데 있었다. 이리하여 자기의 안전을 위하여 송나라는 거란과 고려간의 싸움에 참여하지 않으려 했다. 송나라는 5년전에 벌써 자기들에 대한 고려의 무력원조 요구를 단연히 거절할 것을 결정지었다.

1010년 고려에 대한 거란의 침입이 시작됐을 때 송나라 진종은 고려가 군사원조를 요청할 까봐 근심했는데 이에 재상 왕단은 진종을 향하여 '응당 큰 것을 돌봐야 합니다. 거란은 방금 우리와 맹약을 맺었고 고려는 여러 해 동안 우리에게 조공하지 않고 있습니다'고 건의했다.

진종은 이 건의를 즉시 받아들인 후 상동, 등주 등 지방장관에게 만약 고려 사신이 도착하게 되면 고려가 여러 해 동안 조공하지 않았기 때문에 고려의 그 어떤 요구도 조정에 전달할 수 없다고 전하도록 명했다. 하지만 이후 고려는 송나라를 멀리하지 않았을 뿐만 아니라 송의 지원을 받기에 계속 노력했다. 1016년에 고려는 송나라 연호까지 사용했으며 그 이듬해에는 또다시 사신을 파견하여 송을 향해 조공했다. 1016년 1월 아율세량과 소굴렬이 거느린 거란군은 곽주성을 향해 대규모의 진공을 가했는데 이 싸움에서 고려군은 크게 격파돼 수만명이 전사하고 많은 무기를 빼앗겼다.

곽주성 전투의 대승리를 뒷받침으로 거란은 고려를 향해 더 큰 외교적 압력을 가하기 시작했다. 곽주성 전투가 끝난 4일 후 거란은 사신 10명을 고려에 보내 항복과 함께 강동 6주의 반환을 강요하게 했다. 하지만 이 거란 사신들이 압록강변에 이르렀을 때 고려측은 이들을 받아들이지 않고 교섭도 하지 않았다.

외교적 공갈에서 그 어떤 효과를 보지 못한 거란은 또다시 무력진공을 시작했다. 1017년 8월 거란의 대군은 또다시 홍화진을 포위하고 9일간 고려군과 격전을 벌였으나 패배당해 퇴각하고 말았다. 3년간의 거듭되는 공격으로 목적을 달성하지 못한 거란 성종은 전국 각지로부터 수만 명의 병사를 모집하여 마침내 대규모의 침입을 감행하기 시작했다. 1018년 10월 거란 성종은 소배압을 통수, 소굴열을 부통수로 하는 새로운 원정군을 편성했다.

이에 대처하여 고려도 강감찬 장군을 행영두통사로 임명하여 서북방면의 방어진을 강화하게 했다.

1018년 12월 10일 소배압은 10만명의 대군을 거느리고 고려에 대하여 진공을 가했다. 이에 고려측은 강감찬을 상원사 대장군으로, 강민천을 부원사로 임명하여 그들에게 20만8000명의 병사를 이끌그 영주에서 거란군을 대기하게 했다. 강감찬은 미리 홍화진에 나가 기병 1만2000명을 산골짜기에 매복시키고 소가죽을 굵은 밧줄에 꿰메어 홍화진 앞으로 흐르는 큰 강물을 막게 한 후 거란 대군이 홍화진에 들어서자 막혔던 물을 터뜨려 상대편으로 하여금 혼란한 상태에 빠지게 하고 또 그 틈을 타서 매복시켰던 기병을 풀어 기습하게 함으로써 거란군의 진공을 격파했다.

홍화진에서 패배당한 후 소배압은 진영을 다시 수습하여 후방과의 연계와 물자공급의 보장도 없이 개경을 향해 급히 진군했다. 진군 도중 거란군은 우선 자주 내구천에서 강민천 부원사대부에 의해 격파당하고 서경의 마탄에서도 패배해 1만여명이 참살됐다. 하지만 소배압은 거듭되는 손실을 돌보지 않고 계속 개경을 향해 진격했다.

수도 개경의 방어를 강화하기 위해 고려 조정은 전선으로부터 1만명의 병력을 개경으로 이동시키고 동북지방으로부터도 300명의 병력을 선발해 개경방어에 배치했다. 그리고 1019년 1월 3일 거란군 선봉이 개경 100리밖인 신계에 도달하자 성밖의 백성들을 전부 성내로 들어오게 하고 마을과 들판을 말끔히 비우는 전술을 씀으로써 거란군의 군량과 마초공급에 막심한 곤란을 가져다 주었다.

거듭되는 패전으로 병사들이 사기가 저하되고 게다가 개경방어가 매우 엄밀하고 견고하므로 소배압은 진공을 단념하고 후퇴하기 시작했다.

후퇴도중 위주에서 소배압은 강감찬 부대의 습격을 받아 500여명의 병사를 잃었으며 구주에 이르러서는 역시 강감찬 부대의 추격으로 미증유의 치명적 타격을 받았다.

구주 전투의 패배로 인하여 거란측은 수만명의 병사를 잃었으며 살아서 돌아간 자는 겨우 몇 천명에 불과했다. 거란군 참패의 보고를 받은 후 거란 선종은 대노하여 사신을 소배압에게 보내 '네가 적을 가볍게 여기고 깊이 들어가 이 지경에 이르렀으니 무슨 면목으로 나를 대하려느냐, 나는 너의 낯가죽을 벗긴 다음 죽여버리겠다'고 호되게 질책했다.

4) 전쟁의 영향과 전후 고려에 대한 송, 거란 양측의 외교전

거란과 고려 사이 3차례의 치열한 전쟁은 두 나라에 매우 큰 영향을 끼쳤다. 더욱이 전쟁이 줄곧 고려 영토에서 진행됐기에 고려가 입은 피해는 더욱 막심했다. 수많은 백성과 병사들이 살상되고 헤아릴 수 없는 가옥과 옥토가 파괴당하고 유린됐다.

그리고 여러 해 동안 지속된 전쟁은 백성들의 경제적 부담을 과중히 함으로써 그들로 하여금 고난의 도탄속에 빠지게 했다.

고려 조정도 막심한 재정난에 부딪혀 벼슬아치들에게 봉급마저 줄 수 없는 지경에 이르렀다. 거란측도 연속 몇 십만 대군을 모집해 고려 내지까지 깊이 침입했기에 수만명의 살상자를 내고 헤아릴 수 없는 무기, 말, 낙타 그리고 기타 군수물자를 잃어버렸다.

그리고 거란도 고려와 마찬가지로 장기간의 전쟁으로 백성들은 고난 속에서 허덕이게 됐다.

거란 인민들의 고통스러운 처지를 서술하면서 요사는 '멀리 밖의 전선을 유지하기 위해 부자들을 뽑아 보내 식량을 스스로 충당하도록 해도 모두가 길이 너무도 멀고 험한 까닭으로 시일이 많이 걸렸으며 목적지에 이르면 비용은 반 이상이나 소비돼 버리고 만다. 그러므로 두 소가 쓰는 수레가 그대로 되돌아 오는 자 적다. 부역에 응할 사람이 없는 집에서는 다른 사람을 대신으로 보내되 이 경우에는 품값을 두 배나 주게되며 일이 고돼 중도에서 도주하는 자가 많이 생겨 전선에서 싸우는 병사들에게 식량이 공급되지 못했다. 본국에서는 식량부족으로 10배의 고리대로 다른 사람의 곡식을 빌어먹다가 자식과 논과 밭을 파는 사람도 적지 않았으며 빚을 갚지 못해 도망가는 사람도 많았다. 그리고 싸움에서 사망자가 많아 어린아이들로 보충하기도 했다'고 밝혔다. 장기간에 걸친 전쟁으로 교전 쌍방은 많은 포로를 획득했으며 또 생활난으로 고려에 도망쳐 오는 거란인들도 많았다. 이밖에 전쟁의 피해에서 벗어나기 위해 적지 않은 여진인도 고려에 이주해 갔다.

고려에 간 후 이들은 천민으로 취급돼 집단적으로 거주하면서 대부분 가정수공업과 잡기 등 행업에 종사했다.

한편 포로된 수많은 고려인들도 거란에 억류돼 집단부락을 이루고 생활했다. 오늘의 내몽골 적봉시 동남지역은 거란시대에 고주라 불렸는데 이 지역은 전쟁시기 그곳으로 끌려간 고려부락민들에 의해 개발된 곳이다.

귀주도 고려인들에 의해 새로 설치된 곳이다. 전쟁의 결과 거란은 그의 숙망이었던 송나라와 고려간의 군사적 연맹의 결성을 제지시킴과 동시에 양국간의 공식적 관계를 끊어버리고 외교상 고려를 자기들에게 예속시키고 그와 책봉조공 관계를 맺게 됐다.

이리하여 송나라와의 투쟁에서 거란은 절대적인 우세를 차지하게 됐으며 동북아시아를 장악하는 지위에 오르게 됐다. 그러나 고려에 대한 여러 차례의 대규모의 침략으로 거란도 헤아릴 수 없는 인력과 물자를 소모하게 돼 국력이 몹시 쇠퇴했다. 때문에 가까스로 고려를 자기들에게 예속시키는 한편 송과의 패권쟁탈에서 거란의 세력과 지위는 포물선의 최고봉에 도달함과 동시에 사선으로 내려가기 시작했다.

한편 고려는 거란에 대한 외교상의 굴종과 종속을 대가로 압록강 이동의 광활한 지역을 차지하게 됨으로써 북진정책에 거대한 성과를 보게 됐다.

전후 거란이 몽골에 의해 멸망될 때까지 약 100여년간 거란, 송, 고려 등 3국간에는 대체로 평화적 관계가 유지됐다.

전쟁 전 중국대륙은 주로 송과 거란 두 강국의 패권쟁탈의 무대였다. 하지만 서북지구에서의 서하의 급속한 궐기로 말미암아 전후 중국대륙에는 거란을 패주로 거란, 송, 서하 등 세나라가 병립하는 새로운 국면이 이루어졌는데 자체의 세력을 증대시키고 상대방을 견제하기 위하여 송나라와 거란은 여전히 문명강국인 고려를 자기들 쪽으로 끌어당기기에 여념이 없었다. 때문에 전후 100여년 간 송나라와 거란은 고려를 에워싸고 앞을 다퉈 끊임없이 외교전을 펼쳤다. 이에 고려는 북으로 거란을 향해 조공하고 동으로 송을 섬기는 양면정책을 실시함으로써 국제정치 풍랑속에 자체의 독립과 안전을 도모했을 뿐만 아니라 경제적 측면에서 이득을 가져오게 됐다.

고려를 쟁취하기 위한 외교전에서 거란에 비해 송나라 편이 더욱 적극적이었으며 수많은 인력과 물자가 끊임없이 경주했다. 이는 그 시기 외족과의 투쟁에서 송나라가 직면한 막심한 곤경으로부터 초래된 것이다.

11세기 전반기 거란의 막대한 타격으로 송나라 세력이 쇠약한 틈을 타 중국 서부지구의 감숙, 영하, 섬서북부 일대에서는 당항족이 일어나 노예제 국가를 건립했다. 건국 초기 서하는 송나라에 예속됐다.

1032년 원호가 왕위를 계승한 후 대규모의 대외확장 정책을 실시함으로써 '동은 황하에, 서는 옥문, 남은 소관(감숙성 동남), 북은 대사막에 이르는 1만여리의' 땅을 점령하고 수도를 홍경부(오늘의 영하 은천)에 정했다. 이어 1038년에 원호는 황제를 자칭하고 국호를 〈대하〉로 정함과 동시에 송으로부터의 독립을 선포했다.

하지만 송은 서하의 독립을 승인하지 않았다. 이리하여 1040년부터 1044년까지의 5년간 송과 대하간에는 전쟁이 벌어졌는데 송군은 연속 패배당했다. 한편 대하도 거듭되는 전쟁과정에서 병사들이 많이 죽고 재정난에 부딪혀 백성들의 원성이 갈수록 높아갔다. 때문에 원호는 하는 수 없이 1044년에 송나라와 강화를 체결했다. 이 강화조역에 의해 송나라는 매년 서하를 향하여 은 7만2000량, 견 15만3000필, 차 3만근을 바쳐야 했다.

이들 대가로 원호는 그의 황제칭호를 버리고 송으로부터 하국주로 책봉받기로 됐는데 사실 이는 표면상의 형식에 불과했다.

그 후 원호는 국내에서 여전히 황제로 자칭하며 계속 송을 위협했다. 이와 같이 서하의 궐기로 송나라는 동, 서 양측으로부터 위압을 받게 됐다. 때문에 국제정치 투쟁에서의 고립된 국면을 타개하고 동으로 가장 강대한 적인 거란을 견제하기 위하여 송은 온갖 노력을 다해 고려를 예속시키기에 힘썼다.

1042년 송나라는 거란과의 교섭에 의해 또다시 거란과 서약을 맺고 거란을 향해 매년 은과 견을 각각 10만냥과 10만필을 더 내게 됐는데 송나라 조정의 일부 고위급 대신들은 이를 송나라의 또 한차례의 굴욕이라고 부르짖으며 전반 외교방침을 다시 검토해 보아야 한다고 주장했다. 이리하여 송나라 조정에서는 고려와 연합하여 거란을 견제해야 한다는 외교 설이 재차 일어났다. 송나라 대신 가창조는 황제에게 올리는 주서에서 조정은 응당 인재를 모집하여 고려와 여진 등 두 나라에 보내 그들을 송을 향해 조공하게끔 유인해야 하며 이렇게 되면 요와 서하의 두 적은 두려워 할 것이라고 피력했다.

요와의 교섭에 참석했던 송 조정의 외교관이 부필도 1044년에 제출한 〈하북수어 12책〉 가운데 고려와 연합하여 거란을 견제함이 외교상의 주요한 목표로 돼야 한다고 지적하면서 옛적부터 이(夷, 고대의 외족에 대한 중국 봉건왕조의 별칭)로써 이를 공격함은 중국에 이로운 것이며 서하보다 10배나 더 강한 북쪽의 적국인 요나라가 후일에 맹약을 배반하고 전력을 다해 남하하게 될 때에 병력이 부족해 이를 당해내지 못한다면 그 피해가 막심할 것이니 이를 견제할 방도를 세워야 함이 좋을 것이라고 지적했다. 그리고 고려는 그 시서례의가 중국에 못지 않으며 거란이 무력으로 고려를 제압해도 그들은 대항해 싸웠고 또 고려가 거란의 신하국으로 된 것도 거란의 위압으로 부득이한 정황에서 기인된 것이며 이에 대하여 거란 자신도 고려가 자기들에게 종속됨은 고려의 본뜻에서 나온 것이 아님을 잘 알고 있다고 분석했다.

이어 그는 고려는 여전히 송나라 조정에 귀순하려 하는데 만약 고려가 송나라를 향해 조공함을 허락한다면 그들의 뜻과 합치돼 송에 유리할 것이며 거란도 이에 대해 어찌할 방도가 없다고 분석했다.

더욱이 그는 비록 고려가 거란을 섬기고 있지만 거란은 고려를 두려워하며 고려를 영원한 우환거리로 여기고 감히 도든 역량을 다 동원해 남하할 수 없다고 지적한 후 황제께서 주저함이 없이 고려를 쟁취할 것을 희망했다. 부필의 이와 같은 분석은 그 시기 송, 거란, 고려 등 3국의 관계에 대한 정확한 분석이었다.

서술하겠지만 사실 전후 송나라와 고려간의 빈번하고도 친절한 거래와 국교 회복에 직면하여 거란은 고려를 증오하면서도 이전과 같이 무력으로 이를 저지할 수 없었다. 그것은 우선 고려에 대한 세차례의 침공에서 거듭되는 패배로부터 거란은 고려의 강대함을 잘 알고 있었기 때문이다. 그리고 전후 3국 병립의 새로운 국면에 직면해 이미 약화된 무력으로 동서 양측을 향해 전쟁을 벌일 수 없었다.

이와 같은 정세 하에 고려 문종도 친송 정책을 실시하기 시작했다.

1058년 고려 문종은 제주도와 염암 등지의 목재를 채벌하여 큰 배를 만들어 송나라와 통하려 했다. 한편 거란측도 송, 고려간의 국교 회복을 저해하고 고려를 자기들 한쪽에 쏠리게 하기 위해 고려에 대해 송에 못지 않게 적극적이면서도 지속적인 외교활동을 벌였다. 우선 1022년 4월 거란 성종은 어사대부, 상장군 소회례를 고려에 파견하여 고려 현종을 고려국 왕으로 책봉하고 식읍 1만호, 식실봉 1000호를 정해줌과 아울러 많은 예물을 하사했다.

그 해부터 고려는 송의 연호를 버리고 또다시 거란 연호를 사용했다. 이리하여 거란과 고려 사이에는 종주국과 종속국간의 이른바 책봉조종 관계가 마침내 또다시 회복됐다. 이어 고려 정종과 문종의 재위 기간인 1043년, 1047년, 1049년, 1055년에 거란은 연이어 사자를 파견해 고려왕을 책봉했으며 1055년에는 따로 사신을 파견하여 고려 왕태자까지 책봉했다.

그리고 매번 책봉할 때마다 고려왕에게 몇 천 호 내지 1만여호의 식읍과 1000여호의 식 실봉을 정해주었다.

이밖에 거의 해마다 따로 사신을 보내 고려왕과 황태후의 생일을 축하했다. 물론 고려측도 수시로 사신을 보내 거란을 향해 조공하고 책봉에 대한 사의를 표시했으며 또 거란왕과 황태후의 생일을 축하했다.

거란측 사절단의 빈번한 왕래는 고려측에 경계상의 큰 부담을 안겨다 주었다. 하기에 1057년에 고려 문종은 조서를 내려 거란 사신단의 빈번한 왕래로 경제상에서 '중외 이민이 몹시 지쳤기에 사절단이 경과하는 현의 그 해 조세를 절반 경감시키기로 했다'

고려에 대한 거란의 적극적인 외교를 능가하기 위해 신종이 즉위한 1068년부터 시작하여 송도 고려를 향해 외교전을 대대적으로 펼쳤다. 1068년 송나라 복건전운사 나증은 상인을 통해 고려를 향해 국교회복을 시도해 볼 것을 송 신종에게 제기했는데 신종은 이를 쾌히 승낙하고 나증에게 이 일을 직접 맡아보게끔 지시했다. 나증은 곧 상인 황진에게 편지를 갖고 고려에 가 송나라 조정의 뜻을 전하게 했다. 송의 편지를 받은 후 고려 문종은 곧 회답신을 송에 띄워 송나라를 향해 다시 조공할 의지를 알려 자기들이 거란을 섬기게 된 것은 부득이한 사정임을 알렸다.

 1070년 나증의 보고를 받은 후 송나라 조정의 대신들은 고려와 결합해 거란에 대처함이 옳다는 의견들을 나눴다. 이리하여 신종은 고려가 송을 향해 조공함을 허락했다. 1071년 고려 문종은 시랑 김제를 수반으로 하는 110명의 방대한 사절단을 송나라에 파견해 송의 황제에게 표문(국서)을 올리고 공물을 바쳤다. 한편 송나라와 고려의 관계발전을 미리 방지하기 위해 거란은 송과 고려 두 나라를 향해 외교적 위압을 가했다.

 1074년 거란은 송나라에 두 차례나 사신을 파견해 양국간의 국경 경계선을 다시 확정할 것을 강요했다. 이어 이듬해에 거란은 또 고려를 향해 양국이 다시 '압록강 이동의 강역을 심의하고 확정할 것'을 요구했다.

 고려 조정은 지중추원사 유홍과 상서우승 이당감을 파견해 송의 요동관원과 협상하게 했으나 강역을 확정하지 못하고 돌아왔다. 하지만 거란의 이와 같은 외교적 압력은 그 어떤 효과를 보지 못하고 송과 고려의 관계는 더욱 친밀해지기 시작했다. 거란을 멀리하여 그의 간섭을 피하기 위해 1074년에 고려는 김양감을 거란에 파견해 이전의 한반도 예성강으로부터 송나라 산동의 동주, 밀주에 이르는 항로를 변경하여 상륙 장소를 절강의 명주(오늘의 영파)로 옮길 것을 요청했다. 이에 송은 즉시 동의했다.

 이때로부터 고려 항선은 예성강에서 출발하여 한반도 서해안의 여러 섬들을 거쳐 서남으로 행해 송나라 명주에 이르렀다. 새 항로가 열린 후부터 송나라와 고려 사이의 왕래는 더욱 빈번해졌다. 1078년 송나라 조정은 가좌간의대부인 안도와 가기거사인 진목을 수반으로 하는 규모가 방대한 사신단을 고려에 파견했는데 이는 송과 고려 관계사이에서의 획기적인 대사건이었다.

 993년이래 80여년간 송과 고려간에는 공식적인 국교가 단절돼 송나라 국가 사신이 고려에 온 적이 없어 이번 사절단의 파견은 양국간의 국교가 회복돼 정상화의 궤도에 들어섰음을 말해준다. 때문에 송나라 조정은 이 사절단에 대해 각별히 중시를 돌렸다.

 송나라 조정은 사절단을 위해 두척의 선박을 특별히 제조한 후 〈능허치원안제〉〈영비순제〉로 명명하고 두 척의 배는 모두 신이 내린 배라고 기뻐했다. 안도 일행이 고려에 도달했을 때 문종을 비롯한 고려 관원과 백성들의 열광적인 환영을 받았다. 송나라 사신을 접대하기 위해 고려 조정은 별궁을 영빈관으로 정하고 순천관이라 불렀다.

 안도 사절단은 고려 조정에 금은기, 옥, 의대, 각종 비단천, 칠기, 악기, 안마 등을 비롯하여 진귀한 물품들을 많이 내 놓았는데 그 품종은 100가지가 넘으며 건수는 6000에 도달했다. 안도사절간이 귀국할 때 문종은 표를 올려 송나라 황제에게 사의를 표시함과 동시에 자기가 병환에 있으니 의사와 약재를 보내 주기를 희망했다. 이에 송나라 조정은 이듬해에 각별히 의사를 비롯한 88명의 사신에게 약재를 싣고 고려에 가 문종의 병을 치료하게 했다.

그때에 송나라 사신들이 가지고 간 약재에는 우황 50냥, 용뇌 80냥, 사향 50제를 비롯하여 무려 100여종에 달하는 매우 회귀한 약재품들이 들어 있었다. 새 항로가 개척된 후 고려도 여러 번 송나라를 향해 사신을 보내 조공했는데 그 조공품은 가치와 수량도 매우 많았다. 하지만 송으로부터 받은 물품들과는 비길 수 없었다.

고려 문종이 서거한 후 선종, 숙종 시기에도 송나라와 거란은 전과 마찬가지로 고려를 향해 경쟁적으로 친선외교를 벌였다.

고려도 이에 적응하여 계속 양면적인 화친외교를 실시했다. 1082년에 문종이 서거한 후 그의 장자 순종이 왕위를 계승했으나 그 해 10월에 사망되고 문종의 차자 선종이 그 뒤를 이었다.

문종과 순종 두 왕의 서거에 즈음해 거란왕 도종은 1084년 4월에 익주관내관찰사 야율신을 칙제사로, 광주관내관찰사 야율언을 위문사로 고려에 파견해 사망된 문종과 그의 뒤를 이은 순종에게 제문을 올리고 제를 지내게 했다. 이어 8월에 송나라 황제도 좌간의대부 양경략을 제존사로, 왕순봉을 부사 예빈사로, 전협을 조위사로 임명하여 고려에 파견했는데 송나라 사신들의 조위의식(제사)는 거란에 비해 더욱 성대했다.

이들은 각별히 고려 스님들을 모아 문종의 영전에 도장을 설치하고 3주 동안 밤낮으로 제사를 지냈으며 이어 순종의 영전이도 도장을 마련하고 제를 지냈다. 그리고 문종에게 올리는 제문가운데서 송은 문종의 서거에 심심한 애도를 표시함과 아울러 송과 고려가 함께 번영하자는 관계를 은근히 강조했다.

고려 조정은 송나라 사신들을 더욱 정중하게, 더욱 열정적으로 접대했다. 고려 선종은 즉위한 후 처음 맞이하는 송의 사신을 1개월이나 궁전에 모시면서 그들을 위하여 특별히 두 번이나 잔치를 베풀어 주었으며 귀국시에는 송별연회까지 베풀었다. 그리고 송나라 사신이 돌다갈 때 고려 조정은 외교문서를 보내 송의 신종에게 사례를 드렸다.

이와 같이 전후 거란은 고려와 책봉조종의 종속관계를 공고히 했으며 송나라와 고려간에는 책봉관계는 맺지 않았으나 조공 친선관계를 두텁게 해나갔다. 이리하여 동북아시아 대륙에는 주로 송, 거란, 고려 등 3국이 성립되는 국면이 유지됐다.

이와 같은 국면은 고려를 에워싸고 형성됐다. 즉, 송은 고려와의 친선관계로 거란을 견제했으며 거란도 역시 고려에 대한 책봉조공관계로 송과 고려 두 나라의 연합진공을 제거하게 됐다.

송과 거란과의 대치국면에서 고려는 송, 거란 두 나라와 동시에 친선외교를 맺음으로써 자체의 안전과 발전을 도모했는데 이는 복잡한 국제국면에서 매우 고명한 외교적 방침이었다.

28. 송나라와 일본열도와의 관계

  평안시대 초기인 894년에 중국 봉건왕조에 대한 당나라에 대한 사신 파견과 조공을 정지한 후 중국대륙의 5대 10국, 송나라와 금나라 시기를 거쳐 명나라 초기 즉, 1443년에 이르기까지의 470년간 일본왕조는 중국, 한반도와 정치외교면에서 국가간의 공식적인 국교를 건립하지 않았다.

  7세기 초기부터 9세기 말까지의 근 300여년간 천황을 수반으로 하는 일본조정의 지배자들은 중국과 한반도로부터 연속 적극적으로 선진적인 정치제도와 문화를 도입함으로써 평안시대(794~1184년) 초기에 이르러 강력한 집권정치의 체제를 건립했다.

  그리고 평안시대에 들어서면서부터 일본사회에는 독립적인 민족문화가 형성되기 시작했다.

  때문에 섭정관백(평안시대 일본왕조 최고의 행정직무)을 비롯한 평안시대 일본의 중앙귀족들은 이미 장악한 통치권을 확보하면서 향락을 누리기에 정력을 기울였으며 국제정치 풍랑 즉, 중국대륙과 한반도 내부의 투쟁에 끼어들어 외부세력으로 자기의 권력이 약화될까 우려했다.

  이리하여 이시기 일본조정은 송나라 조정에 대하여 정치상 불간섭정책, 심지어는 인연을 끊자는 쪽으로 방침을 견지했다.

  일찍 송나라가 중국을 통일하기 전인 5대 10국(907~979) 시기 남방의 항주를 도읍으로 한 오월국(893~978년)은 자기의 국제적 위상을 높이기 위해 바다의 여러 나라 왕들을 책봉했다.

  하지만 일본조정은 그와 공식적인 국료를 건립하지 않으려 했다. 때문에 두 나라 사이에는 민간무역만이 진행됐다.

  오월국과 일본간의 민간무역에서는 오월국측이 썩 주동적인 역할을 했다.

  당나라 시기와 마찬가지로 오월국은 중국 남방의 대외무역 중심인 양주와 명주지구를 차지하고 있었으므로 거대한 상업자본을 갖고있는 상인들이 이곳에 집중되고 조선업도 고도로 발전했다. 때문에 오월국 상인들은 남해지구의 여러 나라들과 무역왕래가 있었을 뿐만 아니라 동해를 건너 멀리 일본열도까지 진출했다.

  중국 고대사료의 기재에 의하면 당이 멸망된 후 송나라가 건립되기까지의 10여년간 오월국 상선은 무려 15차례나 일본의 북구주에 이르러 일본국 조정의 대외연락 기관인 대재부를 통해 무역을 벌였다.

  오월국 상인과 더불어 그 시기 중원지구의 후양국(907~923) 상인들도 일본과 무역을 진행한 적이 있었다.

  송나라가 건립된 후 조정은 주요한 정력을 국력의 강화와 거란과의 투쟁에 돌렸기에 해외 먼 곳의 일본과의 관계에 대해 주의를 돌릴 겨를이 없었다. 하지만 송나라 상인들에 의해 두나라 사이의 민간거래는 5대10국 시기에 비하여 더욱 빈번했다.

송, 일 양국간의 공식적인 국료가 건립되지 않은 정황에서 그 시기 송나라와 왕래한 일본사회 계층은 주로 불교 승려들이었다.

983년 일본 동대사 승려 조연은 송나라 상선을 타고 송나라에 건너온 후 수도 개봉에 이르러 송나라 태종을 배알하고 동으로 만든 기계 10개, 본국의 직원령과 역대 왕의 연호 기록 등을 올렸다.

이에 송 태종은 조연을 태평흥국사에 안치시키고 후하게 접대했으며 옷까지 하사했다.

조연을 접견한 후 송의 태종은 일본의 국정과 풍토습관을 물었는데 조연은 중국말을 몰라 능란한 한문으로 자세히 소개했다. 조연은 개봉에 4년간 체류하면서 오대산 등 불교 성지를 방문했으며 송의 조정으로부터 귀중한 불교 경전인 대장경도 선물 받았다.

987년 조연은 송나라 상인 정인덕의 상선을 타고 귀국했다.

몇 년 후 정인덕이 돌아올 때에 조연은 제자 희인을 송에 딸려 보내 송의 태종에게 선물과 감사의 편지를 올렸다.

1002년 송나라 건주 무역상 주세창이 항해도중 폭풍을 만나 표류돼 일본영토에 다달았는데 일본왕국 조정은 그를 잘 보살펴 주었다.

주세창은 17년간 일본에 체류하면서 일본의 유명한 시인들을 사귀었으며 서로 시를 주고 받았다. 그리고 귀국시에는 시집을 편찬해 송나라 진종에게 올렸다.

주세창이 귀국할 때에는 일본인 등길목이 한배에 올라 송나라로 왔는데 송의 진종은 그를 접견하고 동전과 기타 예물을 하사했다.

중일 양국 상인과 승려들의 왕래가 거듭됨에 따라 송나라 조정은 한걸음 더 나아가 일본국 조정과 연계를 맺음으로써 동북아시아에서의 그의 지위를 한층 더 제고시키려 했다.

이리하여 1013년 송나라 조정은 사신을 일븐의 수도 교토에 파견해 일본 천황에게 첩서와 예물을 드렸는데 이에 일본 천황은 매우 즐거워했다.

조정의 성의에 보답하기 위해 일본 천황도 1026년에 영을 내려 대재부에게 사신을 파견해 송나라 조정에 이르러 예물을 올리게 했다.

이와 같이 일본 천황은 자기의 사신을 직접 파견하지 않았는데 이 역시 송나라 시기에 일본은 중국과 국가간의 국교를 건립하려 하지 않았음을 말해 준다.

일본 대재부 사신이 송나라 상선을 타고 이르자 명주칙사는 이를 즉시 조정에 알렸으나 송의 조정은 대재부 사절이 국서를 지니고 오지 않음을 이유로 조서를 내려 그들이 수도로 들어오는 것을 거절했다.

1072년 일본 승려 성심이 송나라 상선을 타고 송나라 대주에 이르렀는데 송의 황제는 조서를 내려 그에게 수도 개봉에 오게 했다.

성심일행은 송나라 궁궐에 이르러 금향로, 백유리, 5향 등의 예물을 바쳤다.

송나라 신종은 영을 내려 성심을 개보사에 안치시키고 역시 옷을 하사했다. 그 해 6월 성심의 제자 뇌연이 귀국할 때 송의 신종은 서신과 금니법화경, 금 24필을 그에게 맡겨 일본천황에게 보냈다.

하지만 그 시기 등원씨를 수반으로 하는 일본국 조정은 송나라와의 민간무역에 의해 사치부화하고 안락한 생활을 누리면서도 국가간의 국교를 건립하려고 하지 않았다.

이리하여 5년 후 일본조정은 역시 대재부의 명의로 송나라 조정에 회답신을 보내기로 결정했다.

대재부의 회답신과 예물은 1078년에 번역원 승려 중회가 송나라 무역상인 손중의 상선을 타고 송나라에 가지고 갔다. 하지만 명주칙사는 그가 일본의 국서를 지니고 오지 않았기에 송나라 신종의 비준을 거쳐 대재부의 승인을 받지 않았다.

하지만 송나라 조정은 일본의 조정과 직접 연계를 맺기에 계속 노력했다.

그 해 10월 손중의 무역선이 일본으로 떠날 때 송나라 조정은 또다시 〈일본국대재부영등원경평〉에게 보내는 첩서와 예물을 손중에게 위탁하여 일본의 조정에 보냈다.

1080년 손중은 또다시 명지첩서를 가지고 일본에 갔다.

이에 일본의 조정은 5년간 의논하던 끝에 송나라를 향해 회답신만 띄우고 예물은 보내지 않기로 결정했다.

1116년 송나라 말대 황제인 휘종은 무역상인 손준명에게 위탁하여 일본국 조정에 첩서를 띄워 일본에게 그의 진귀한 특산물로 송나라를 향해 조공하며 송을 대국으로 정성껏 섬길 것을 요구했다.

이에 격분한 일본 천황은 송나라를 향해 다시 회답신을 띄우지 않기로 결정했다.

29. 동북아시아 통상권을 둘러싼 고려, 송, 일본의 관계

위에서 이미 말했지만 당나라에 사신 파견을 정지한 후 일본은 5세기 동안 중국과 국가 간의 공식적 국교를 맺지 못했다.

뿐만 아니라 838년 신라에로의 사신 파견을 마지막으로 그 후 한반도와도 공식적인 국교가 단절됐다.

하지만 북송시기 북송과 한반도, 북송과 일본, 한반도와 일본 사이에 민간무역이 전례 없이 번영했다.

이리하여 중국 남방의 연해지구를 중심하고 한반도를 매개로 하여 중, 한반도, 일 3국은 무역상 서로 밀접히 연결돼 하나의 통상권을 형성했다.

거란과의 패권쟁탈전에서 송나라는 비록 열세에 처해 있었으나 경제면에서 과거에 비해 발전했다.

송나라 시기 야금기술의 발달로 수많은 정밀한 철기와 동기 그리고 동전을 생산할 수 있었으며 실과 수를 놓은 제품도 과거에 비해 그 수량과 질량이 훨씬 높아졌다. 더욱이 자기제조업이 발전돼 세계적으로 진품으로 널리 판매됐다.

선반제조업과 항해기술도 발전돼 상선은 가히 세찬 풍랑을 이겨내며 멀리 항행할 수 있었다.

농업과 공업 생산의 발전과 더불어 국내외 무역도 번영했다. 때문에 대외무역에서 거액의 이윤을 획득하기 위해 수많은 민간상인들이 한반도, 일본, 동남아시아 등지로 적극 진출했다.

우선 빈번한 거래와 친선관계가 갈수록 두터워짐에 따라 송나라와 고려간에는 무역왕래가 활발히 전개됐다. 과거와 마찬가지로 송나라 조정에 올리는 고려측의 여러 종류의 조공품과 이에 보답하기 위한 송나라측의 거액의 회사(혹은 증송)품간의 교환은 실제 양국간의 공식적인 무역이었다.

고려를 향하여 연이어 하사하는 진귀한 하사품의 마련, 수많은 고려 사신들에 대한 빈번한 접대 등으로 송나라 조정은 많은 재력과 인력을 소모했다.

물론 고려측도 송나라와의 국교가 회복된 후 연이어 사절단을 파견하여 조공하고 송나라 사신을 초대하기에 적지 않은 재력을 들였다.

하지만 조공품과 송으로부터 받는 회사품간의 비례를 놓고 볼 때 고려측은 이득을 누리게 됐다. 때문에 송나라 대신 소철은 황제에게 글을 올려 고려사신들에게 베푸는 우대는 너무나 과분하여 다른 나라들을 훨씬 초과하는데 이는 합당치 않은 일이라고 지적했다.

조공무역과 더불어 민간무역과 문화교류도 크게 발전됐다. 민간무역은 주르 송나라 상인들에 의해 전개됐다.

<고려사>에는 송나라 상인들의 무역왕래가 수두룩히 기재돼 있다.

북송시기 송나라 무역상들은 거의 해마다 수십 명 심지어는 수백 명씩 떼를 지어 고려에 건너갔으며 어떤 해에는 3, 4차례나 됐다.

이를테면 문종의 집정기인 1071년 한해만 해도 송나라 사신들은 선후로 4무리나 고려에 왔는데 그 인원은 도합 160명에 달했다. 고려 선종의 집정기에 송나라와 고려간의 민간무역은 훨씬 더 발전하여 고려에 건너가는 송나라 상인들의 인원은 무려 2배 이상 증가했다.

1089년 한해에 송나라 사신들은 세 차례 동안 260명이 고려를 찾았다.

그 중 2월에는 한번에 127명이 방문했다. 이듬해에는 한차례에 150명이 건너가 다채로운 교역을 벌였다.

1012년부터 시작하여 송나라가 남방으로 천도하기 직전인 1124년에 이르기까지 고려에 건너가 무역에 종사한 송나라 상인은 68차례나 되며 그 인원은 무려 2700여명에 달했다.

그 시기 고려는 송나라로부터 각종 향료, 수은, 구치, 물약, 대소목, 싱아, 앵무, 공작, 이(유)화, 서각, 칠기, 금은기, 5색비단, 서적, 남해의 진화, 동전 등을 구입했다.

이밖에 조공외교와 민간무역을 통해 고려는 북송으로부터 많은 보귀한 서적을 수입해갔는데 그 가운데는 문원영화, 개보통례, 대장경, 태평어람, 신이보구방, 책부원구 등 수만 권의 진귀한 서적이 망라됐다. 귀중한 서적들이 대량으로 고려에 들어감에 따라 송나라 일부 대신들은 이를 제지할 것을 주장하기도 했다.

이리하여 고려 선종 8년(1090년) 송나라 철종은 고려를 향해 100여종의 선본서를 요구했다.

바로 그 시기 송나라 조정의 대신 소식은 황제에게 글을 올려 서적이 고려로 대량 수출돼 국가기밀이 누설될 위험이 있을 수 있다는 등의 이유로 정부로부터 고려 사신들이 송나라 서적을 구입함을 엄금해 줄 것을 건의했다. 이와 같은 조치와 제안들은 송나라와 고려간의 친선관계와 무역왕래에 그 어떤 영향도 끼치지 못했다.

그 시기 고려는 송나라를 향해 노경, 부령, 동기, 인삼, 송자 종이, 붓, 칠기, 여러 가지 모피 등의 산품을 수출했다.

일본을 향해 고려는 인삼, 새향, 홍화, 노경, 각종 금, 은기, 종이 등을 수출했다. 그리고 일본으로부터 고려는 수은, 유황, 진주, 법라, 각종 나전기명 등의 물품을 수입했다.

송나라는 일본에 대체로 금, 능 등 사직품과 자기, 몰약 등 각종 약재, 소방서적 등을 수출했다. 이와 더불어 일본은 송나라에 사금, 진주, 수은, 유황, 노경, 부령, 병풍, 일본부채, 일본옥, 목재, 수정, 목념주, 각종 나전기명 등을 수출했다.

이로 볼 때 송, 고려, 일본간에 상호 교역되는 상품 가운데는 공통된 물건들이 매우 많았다.

더욱이 세나라 중심에 위치한 고려는 자극 제품을 송나라와 일본에 수출하고 상대방의 물품을 수입하는 것 외에 일본산 믈품인 나두, 나전, 유황, 일본 부채, 일본칼 등을 송나라에, 송나라 제품인 각종 견직품, 서적 등을 일본에 중계 수출했다.

송나라 시기 송, 고려, 일본간에 활발히 전개된 삼각무역은 주로 고려와 일본, 더욱이는 고려에 대한 송나라 상인들의 지속적인 해상진출로 이루어졌다.

앞에서 언급했지만 새 항로가 개척된 후 고려는 여러 번 대형 선박으로 송나라를 향해 조공함으로써 국가 간의 조공무역은 진행했으나 송으로의 민간 상선의 왕래는 거의 없다시피 됐다.

송과 일본간에는 조공무역이 근본상 존재하지 않았으며 민간무역에서도 12세기 중기까지 일본상선이 중국대륙으로 진출한 적이 없었다.

송나라(북송)시기 일본의 극소수 상선은 정박하기 쉬운 고려에, 그것도 주로 대마도로부터 고려에 이르렀다.

30. 여진족의 궐기

여진족은 고대 중국 동북지구 동부의 토착민족으로서 선진시대에는 숙신으로 불리웠고 양한, 삼국시대에는 읍루로, 후위 시기에는 물길로, 수와 당나라 때에는 말갈로, 5대 10국과 거란시기에는 여진으로 불리웠다.

〈북사〉 물길전에 의하면 여진족은 속말, 백돌, 안차골, 불녈, 호실, 흑수, 백산 등 7부로 구성됐는데 속말부는 오늘의 중국 동북의 길림일대에 거주했으며 백돌부는 오늘의 흑룡강성 오상현 일대에, 안차골부는 우스리스강 하류로부터 동해에 이르는 곳에, 불녈부는 흑룡강성 이란 동남, 흥개호 서북에, 호실부는 불열부의 동쪽 즉, 우스리스강 하류, 흑수부는 흑룡강 중하류, 백산부는 장백산 일대 즉, 오늘의 연변지구에서 살고 있었다.

11세기 말기에 이르기까지 여진 각부는 의연히 원시공동체 말기 단계에 처해 있으면서 농업, 목축업 및 수렵생활을 했다.

당나라 말기부터 일부 여진족들은 남으로 이동하여 한반도 동북부 함경도 지방과 압록강 남안의 평안도 일대에 거주했는데 고려사에서는 전자를 동번 여진, 후자를 서번 여진으로 불렀다. 당나라 시기에 여진인들은 당나라에 예속됐는데 당이 멸망된 후 거란에 종속돼 그의 지배를 받았다.

여진족 세력을 약화시키기 위해 거란 조정은 일부 여진인들을 요양 이남지구에 이주시키고 숙여진이라 불렀다. 이들은 길림성 서남지구의 여진인들이다.

이동하지 않고 그냥 길림성 동부지구에 살고있는 여진족들은 생여진으로 불리웠다. 이들은 거란의 지배권밖에서 생활했다. 하지만 정치외교상 거란에 종속됐다.

생여진족들 가운데 가장 강대한 부족은 목단강과 흑룡강 중하류일대(오늘의 하얼빈 일대)의 완연부였다. 전설에 의하면 이 완연부의 시조 함보는 고려로부터 왔다고 한다. 10세기 초에 함보는 완연부를 잘 다스렸기에 추장으로 추대됐으며 그 후 얼마 지나지 않아 생여진 부족연맹의 추장으로 추대됐다.

기원 1113년 아구타가 함보의 뒤를 이어 여진부족 연맹의 두령이 된 후 여진인들은 그의 영솔하에 거란을 반대하는 투쟁을 펼쳤다. 이리하여 1114년부터 시작해 1127년에 이르기까지 불과 13년밖에 안되는 짧은 시간내에 선후로 거란과 북송 두 제국을 멸망시키고 동북아시아에서의 새로운 패주로 장성했다.

여진이 궐기하는 과정에서 동, 서 몇백리에 걸쳐 서로 인접돼 있는 여진과 고려간에는 치열한 무력투쟁이 발생했는데 나중에 고려는 여진의 핍박에 의해 거란과 남송으로부터 벗어나 외교상 여진에 종속됐다.

1) 고려초기 여진에 대한 회유정책 및 고려에 대한 동번여진의 침입과 약탈

고려초기 최대의 적수는 거란이었다. 때문에 거란과의 투쟁에서 자체의 세력을 강화하기 위하여 고려는 그의 인근인 여진인들에 대해 회유를 위주로, 무력제압을 부차적으로 하는 방침을 채택했다.

여진과 고려간에는 일찍 당나라 말기부터 직접적인 관계가 발생하기 시작했는데 그 시기 일부 여진인들이 고려에 넘어가 살기 시작했다.

고려 현종 8년(1017년)부터 시작해 거란의 약탈과 착취에서 벗어나기 위해 수많은 여진인들이 추장의 영솔하에 떼를 지어 고려에 넘어가기 시작했다. 또 각지의 여진족 부족 추장들이 고려를 향해 분분히 말, 털가죽, 병기 등 방물을 바치고 조공함으로써 고려에 종속돼 그의 보호를 받으려 했다.

고려에 넘어가거나 조공하는 여진 부족 추장에 대해 종주국으로서의 고려는 동북아시아의 전통적인 정치외교 원칙에 입각해 이들에게 장군, 대상, 대신, 정보, 원보 등 작위를 주었다.

시초에 고려 조정은 고려에 넘어간 여진인들을 고려민호에 편입시키지 않았으나 후에 그 인원이 증가됨에 따라 조세를 징수하고 관리상 편리를 도모하기 위해 이들을 고려호적에 편입시키고 가옥과 밭을 떼 주었다. 후에 고려에 넘어간 여진족 추장들은 한걸음 더 나아가 그들의 집거지에 군현을 설치해 줄 것을 요청했는데 이에 응해 고려 조정은 문종 276년(1073년)부터 동북부와 서북지구에 기미주 즉, 군현을 설치해 주었다.

한편 고려 조정의 회유정책에도 불구하고 일부 여진 부족은 자주 고려 변경지대에 침입하여 약탈을 감행했다.

1005년부터 시작해 1087년에 이르는 약 90년간 동번 여진인들은 고려 동부 연해지구를 향해 20여차례의 약탈을 감행했다. 이들은 고려의 동부 연해지구를 소란 시켰을 뿐만 아니라 멀리 일본의 대마도, 북구주 일대까지 건너가 노략질을 했다. 처음 일본인들은 이들을 '도이의 적'이라 불렀을 뿐 어디에서 온 무리들인지는 알지 못했다.

평안시대 중기(11세기초)에 이르러서야 일본인들은 고려를 통하여 이른바 도이의 적이란 바로 여진 해적임을 알게 됐다. 10세기 초에 고려인들은 이들을 〈되〉놈이라고 불렀는데 〈도이〉는 〈되〉의 음역인 것이다.

1010년 이후 고려는 인력과 물력을 집중해 거란의 제2차 침공에 대항함으로써 동북지구에 대한 방어가 몹시 약화됐는데 동번 여진인들은 이 틈을 타서 고려 동부 변경지대에 대해 더욱 발광적인 약탈과 살해를 감행했다.

여진 해적들은 병선을 타고 고려 동해안에 침입한 후 소, 말, 개 등의 가축들을 잡아먹으며 늙은이와 어린이들은 모두 죽여버리고 수많은 양식과 수백명의 건장한 남녀들을 납치해 돌아갔다. 여진 해적들의 침입을 막기 위해 고려 조정은 무력으로 여진 해적들을 격퇴시키는 한편 동북 변경지대에 성과

진을 새로 수축했으며 덕종 시기에는 압록강 하구로부터 동해안의 정주와 해안인 광주에 이르는 1000여리의 장성을 수축했다.

이어 문종이 즉위한 후 동해로부터 남해에 이르는 곳에 성을 쌓게 함과 동시에 진명도도부서, 진명선병도부서, 원흥진도부서, 동남해도부서 등 해군기지를 설치해 여진 해적의 소란을 차단했다.

11세기 말기에 이르러 고려에 대한 여진족의 투화가 급속히 증가됨에 따라 동번 여진족 사회 내부에서는 투화파와 반투화파간의 분쟁이 발생했는데 이를 계기로 1080년 고려 문종은 판행영병마사 문정으로 하여금 군사 3만 명을 이끌고 여진 해적 소굴 10여 부락을 쳐부수게 해 여진 해적 390명을 죽이고 39명을 사로잡았다. 이는 동번 여진에 대한 고려의 첫 번째의 무력징벌이었다. 이 후 1104년에 이르기까지 24년간 고려의 동북 변경지대에서는 커다란 소란이 없었다.

2) 한반도 동북지구에 대한 고려와 여진의 쟁탈 및 거란의 태도

11세기 초기에 이르러 여진족은 이미 완연부에 의해 무정부 상태인 부족사회 단계로부터 부족연맹 단계에 진입해 통일국가 형성의 전야에 처해 있었다.

1097년 완연부족연맹 수령인 영가는 친히 몇만명의 군사를 이끌고 오늘의 길림성 동남부의 연변지구를 정벌함으로써 동번 여진에 대한 통일을 끝마쳤다. 이어 영가는 그 세력을 고려의 기미주 즉, 두만강 이남과 장성 이북(정주 이북, 오늘의 함경북도, 함경남도)의 갈라전에 뻗쳤다.

1104년 영가의 조카 우야속이 완연 부족연맹의 수령이 된 후 즉시 기병부대를 파견해 정주관 밖에 주둔시켰다.

고려로 볼 때 이는 일종의 침략행위였다. 그것은 고려가 이미 장성내외 지구에 군현을 설치했기 때문이다. 이리하여 갈라전을 둘러싸고 여진과 고려간에는 필연적으로 무력충돌이 발생하게 됐다.

1104년 2월 8일 고려 숙종은 문하시랑 임간을 판동북면 행영병마사로 임명해 정주성 밖의 거란병을 정벌하게 했다. 하지만 임간은 패배당하고 여진군은 승승장구로 정주성 내로 쳐들어와 노략질하고 백성들을 살해했다.

이에 격분한 고려 숙종은 2월 21일에 또다시 추밀원사 윤관을 동북면행영병마도통으로 임명하여 정주성 밖의 여진군을 몰아내게 했다. 그러나 윤관도 임간과 마찬가지로 참패당해 반수 이상의 병력을 잃어버렸다.

패배당한 고려 통수 윤관은 하는 수 없이 적장에게 잘못을 사과하고 앞으로 더는 이러한 일이 없을 것을 다짐하고 되돌아갔다. 역사상 이 두 차례의 전역을 〈갑신전역〉이라 부른다. 이 후 천리장성 밖의 갈라전은 한동안 여진인들 손에 들어가게 됐다.

갑신전역 후 고려는 실패의 교훈을 섭취하고 군사개혁에 정력을 기울였다.

여진 병력을 능가하기 위해 고려 조정은 새로운 기술과 보병으로 구성된 새로운 군사체제 즉, 별무반을 건립했는데 여진인들의 군사체제에서 기병이 주축을 이루었기에 고려측도 기병조직 준비에 중점을 뒀다.

전쟁준비를 끝마친 후 1106년 12월 14일 출정군 총사령 윤관과 부사령 오연 총은 예종의 영을 받고 17만 대군을 거느리고 육로와 해로로 천리장성 동북 지구를 향해 진격했다. 이번 출정에서 고려군은 90개의 촌락을 점령하고 5000여명의 여진인들을 죽였다.

이어 고려측은 갈라전에 대한 소유를 확보하기 위해 천리장성 동북부 연해 지방에 웅주, 영주, 복주, 길주, 함주, 공험진, 통태진, 숭녕진, 진양진 등 9개 성을 수축했다.

그리고 함주(함흥)를 9성의 중심지로 삼아 그곳에 대도독부를 설치하고 정사, 부사, 판관, 사록, 장서기, 법조 등 관리기구를 두었으며 영주, 복주, 웅주, 길주 등 4주와 공험령에 방어사를 설치했다.

9성을 설치한 후 갈라전으로 하여금 완전히 고려 영토가 되게 하기 위해 고려 조정은 6514호의 민호를 내지로부터 함주, 영주, 웅주, 복주, 길주, 공험 령 등지에 이주시켜 살게 했다. 하지만 완연부 여진은 갈라전에서 물러서려 하지 않았다.

걸출한 장령인 아구타의 주장을 따라 완연 여진 부족연맹 수령 우야속은 군사를 동원하여 갈라전을 향해 반격을 가했다.

이리하여 1108년 1월 26일에 영주성 남쪽에서 윤관이 영솔하는 고려군과 완연 여진의 정규군 사이에 첫 싸움이 벌어졌는데 치열한 싸움을 거쳐 고려 군은 여진군을 겨우 격퇴시켰다. 하지만 4월에 완연 여진군은 또다시 길주와 웅주성을 포위 공격했다.

그 후 8월과 이듬해 1월에 양측은 길주와 함주에서 치열한 싸움을 벌였는 데 자중에 길주성은 거란군에 함락되고 말았다.

1109년 4월 고려 장령 오연총은 다시 부대를 거느리고 길주성을 향해 출정 했으나 공험령에서 여진군의 기습을 받아 크게 패배 당해 파멸될 지경에 이 르렀다.

완연 부족연맹과의 접전에서 참패당한 고려는 완연부의 탁월한 수령인 아 구타의 조직과 반격으로 9개 성을 고수하기에는 막심한 어려움이 있게 되며 또 대량의 인력과 물자가 소모될 것으로 예견됐다.

완연부도 고려와의 결전은 전 여진사회 통일의 중심으로서 자기들 부족의 세력을 약화시키게 될 것이라고 느꼈으며 또 만약 고려와의 전쟁이 지속되 면 거란의 침략을 초래시킬 수 있다고 인정했다. 이리하여 교전 쌍방은 서로 강화를 기대했다.

1109년 2월과 4월에 완연부 여진은 연속 두 번이나 사신을 고려에 보내 강 화를 청했다. 동년 4월 26일 완연부의 강화사신 요불과 고려측간의 교섭에서 마침내 협정이 이뤄졌다.

강화협상에서 요불 등 여진 사신은 갈라전 9성을 자기들에게 넘겨주는 것을 전제로 '하늘에 고하여 맹세하고 대대손손 이르기까지 공손히 고려를 향해 조공하고 또한 돌멩이와 기왓장일지라도 고려땅에 던지지 않겠다'고 맹세했다.

이 해 7월 2일 고려 예종은 3품 이상의 문무대신 회의를 소집하고 청취한 후 9개 성에서 철수하기조 결정했다. 7월 3일 고려 조정은 이 결정을 여진측 사신에게 알렸다. 이처럼 고려는 9개성을 수축한지 2년도 안 돼 그것을 다시 여진에게 넘겨주었다.

7월 18일부터 고려는 9개성에서 철수하기 시작했는데 철수 직전에 여진 추장은 변함 없이 고려의 예속 국이 돼 고려에 충성하겠다고 다짐했다. 7월 18일 여진 추장 거위이 등은 각별히 함주 성문밖에 단을 만들고 〈금후 9대 후손에 이르기까지 영원히 나쁜 마음을 가짐이 없이 고려에 조공하겠나이다. 만약 이 맹세가 변하는 일이 있으면 번토(여진땅)가 멸망하리이다〉고 하늘에 고하며 맹세했다.

9개 성에서 고려가 철수한 이후 여진은 맹세한대로 8월 27일에 사현 등을 파견해 고려를 향해 조공했다. 뿐만 아니라 1115년 아구타가 금나라를 건립하던 시기까지 여진의 태도에는 변함이 없었다.

그러나 고려에 대한 여진의 이른바 충성은 9개 성을 탈취하기 위한 잠시적인 외교적 수단이었다. 완연부 여진과의 싸움에서 고려가 실패하게 된 주요한 원인은 여진사회 발전변화에 관한 인식이 매우 박약한데 있었다.

앞에서 언급했지만 11세기 말기에 이르러 여진사회는 이미 완연부에 의해 강력한 부족연맹으로 장성하여 동북아시아 정치무대에서 그 위력을 떨치고 있을 때였다.

하지만 고려는 여전히 그들을 무정부 상태에 처하고 있는 야만 부족으로 간주하고 홀시 했던 것이다. 때문에 고려 조정은 완연 여진의 성장에 무관심했으며 충분한 대책을 세우지 않았다.

갈라전에 대한 여진과 고려간의 쟁탈전에 거란은 간섭하지 않았다. 그것은 거란으로 볼 때 고려와 여진은 모두 자기들의 종속국이고 또한 주변의 위험한 적이었다.

그러기에 외교상 그 어느 편에 서기 어려우며 게다가 갈라전 자체가 거란의 안전과 이익에 직접 관계되지 않았다.

그리고 전쟁에서의 교전 쌍방의 역량 소모는 오히려 양측을 저들에게 종속시키는데 더욱 유리했다. 때문에 거란 조정은 여진과 고려간의 전쟁에서 어느 편이 이기면 그쪽을 승인할 따름이었으며 실패한 측에 대해서는 그 어떤 실제적인 지원을 주지 않았다.

이를테면 1110년 1월에 거란은 예종의 생신을 축하하고자 사신을 고려에 파견했는데 그 때 거란 사신이 가지고 온 거란 조정의 문서에는 '경(예종)은 직책을 지켜 적을 정벌하여 소탕한 공로가 있다.

정벌한 기회에 적의 항복을 받고 드디어 강토를 개척해 성을 설치했으니 이것은 진실로 합당하다'고 지적했다.

 하지만 그 후 약 1개월 후에 거란 왕은 또다시 고려에 조서를 보내 '경은 동북면 여진을 토벌하여 성을 쌓아 그들의 침입을 막고 수영(국토경영)에 힘쓰다가 그들이 화친을 청하므로 드디어 성에서 철수하니 이는 편의에 맞게 한 것이다'고 거들었다.

3) 금의 거란, 송에 대한 무력정벌과 고려의 외교방침 전환

 고려 9성을 탈취하고 갈라전을 공제하여 안전한 후방을 확보한 후 여진은 대외확장의 칼끝을 서남방향으로 돌렸다.

 1113년에 걸출한 정치가이면 군사가인 아구타가 완연부족연맹 수령의 직위를 계승한 후 동번여진 각 부족을 최후로 완전히 통일하고 그 이듬해부터 시작해 이전의 종주국이었던 거란에 대한 정벌을 감행했다.

 1114년 9월 아구타는 거란군을 크게 패배시키고 영강주(길림성 부여 동남)을 점령했다. 거란을 향하여 승승장구로 진군하면서 1115년 정월 아구타는 황제를 자칭하고 〈금국〉을 건립한 후 도읍을 회령부(흑룡강성 아성현 남쪽의 백성)에 정했다.

 1115년 11월 아구타는 송화강 하류의 치문에서 2만의 병력으로 거란왕 천조가 친히 영솔하는 70만 대군을 격파하고 계속 승승장구로 진군하여 거란의 동경 요양부 등 54개주를 함락했다. 연속적인 패배를 거듭하면서 거란은 이 때 고려를 향해 여러 번 군사지원을 요구했다.

 1115년 4월 거란에 사신으로 갔던 상서 이수가 돌아갈 때에 거란 왕은 조서를 고려왕에게 전달하게 했는데 이 조서에는 '근간 변경지구의 신하들이 방어를 소홀히 한 탓으로 적들이 번민들을 소란시키고 있는데 지금 이 적들을 토벌하려 일부 부대를 동원하려고 계획하고 있다.

 경(고려왕)의 땅은 적(금)과 인접하고 있어 직책이 적의 침입을 방어하움이니 군사를 정돈하여 포악한 적들을 소탕하도록 특별히 조서로 알린다. 경(고려왕)은 사신을 보내 농사철이어서 농사일에 지장이 있을까 우려되기에 지금은 군사훈련에 힘쓰고 다른 시일에 출병하여 진격하라'고 지시했다.

 이 해 8월 거란 조정은 또다시 고려에 사신을 파견해 거란은 곧 여진을 정벌할 것인데 군대를 파견하여 거란을 지원해 줄 것을 요구했다.

 11월 거란왕 천조는 70만 대군을 동원하여 여진과 결전을 벌여 재차 이주관내관찰사 아율의 등에게 조서를 가지고 고려에 가 출병을 독촉하게 했다. 이 조서에서 거란왕 천조는 '지난번 여진이 불손함으로 군사를 풀어 정벌하기로 하고 지난해 겨울부터 조서를 내려 길을 나누어 진공 했으나 적군을 섬멸하지 못했다.

 지금 여러 갈래의 군대가 일제히 적군을 향해 진군하고 있는데 고려의 군대는 일찍 훈련이 잘 되어 있을 것이니 즉시 먼저 출병하라. 다른 부대와 서로 연합하여 합동작전을 펼치는데 때를 놓치지 말라. 지금 사신을 파견해 고려의 출병을 관철하게 하옴이니 충성을 다하려면 오직 거란의 명령에 공손히 따라 주길 바란다'고 강요했다.

고려에 대한 거란 조정의 세 차례의 출병요구에 고려는 응하지 않았다.

그것은 이시기 거란은 금나라와의 싸움에서 연속 패배 당하고 있었으며 내부에서도 반란이 일어나고 있었다.

1116년 1월 동경(요양) 발해인들이 반란을 일으켜 유수 소보선을 살해했는데 이 때에 발해인 고영창이 황제를 자칭하고 국호를 대원이라 했다. 이어 귀덕주 방어장령 아율여도 부대를 거느리고 고영창에게 넘어갔다. 고영창이 반란을 일으킬 때에 거란은 요동 50여개 주를 상실했으며 거란정권 관할하의 숙여진, 한족, 발해인, 계, 달로고, 실위 등 여러 부족과 관병들이 여진에 투항했다.

이와 같이 거란이 내외로 곤경에 빠져 그 통치가 거꾸러져 가고 있을 때에 고려가 거란을 도와 출병하기 만무했다.

뿐만 아니라 그 시기 고려는 동북아시아 정치국세의 현저한 변화에 적응하여 외교상 금나라에 접근하기 시작했다. 1116년 3월 여진 대군이 압록강 연안의 내원성과 보주성(일찍 거란이 고려를 침공할 때에 거란에 의해 강점된 고려 성이다)을 포위 공격할 때에 고려는 사신을 금에 파견해 여진의 승리를 축하하고 '보주는 본래 우리의 옛 땅이니 우리에게 돌려 줄 것'을 요청하니 금나라 태조 아구타는 이를 승낙하고 '너희가 그것을 스스로 취하라'고 했는데 금의 태조는 이로써 거란과 고려간의 연계를 끊어버리고 거란과 금과의 투쟁 중에서 고려로 하여금 금에 기울어지게끔 하려고 시도했다.

이어 4월에 금 태조는 사신 아지를 고려에 파견하여 거란이 멸망돼 가는 추세를 알리고 양국 간의 친선을 도모했는데 이에 고려 중서문하성은 왕에게 글을 올려 '요(거란)는 금의 침공을 받아 멸망의 위기에 처하고 있으므로 정삭(종주국)을 받들 수 없으며 지금부터 공사간의 문헌에는 마땅히 천경(그 시기 거란의 연호) 연호를 버리고 단지 간지(60갑자)만을 써야한다'고 건의했다.

예종을 비롯한 고려 조정은 즉시 이 건의를 채택했다. 이로써 고려에서는 120여년간 사용해 오던 거란의 연호가 폐지되고 거란과 고려간의 책봉조공 관계가 마침내 끊어지게 됐다.

이 일을 계기로 내원성과 보주성에 살던 몇백명의 거란 유민들이 양과 말을 몰고 고려로 넘어왔다.

뿐만 아니라 원래 거란의 지배를 받던 수많은 거란, 한, 숙여진, 발해, 계 등의 사람들도 끊임없이 고려에 투항해 왔다.

이윽고 여진군은 내원, 보주를 향해 총공격을 들이댔는데 야율영을 수반으로 하는 거란 관병은 당해내지 못해 내원과 보주 두개의 성만을 고려에 넘겨주고 140척의 배를 타고 도망쳤다.

예종은 즉시 내원과 보주 두 성을 수복하고 두 성의 이름을 의주로 고친 후 이곳에 방어사를 두고 압록강을 중국과 한반도의 경계로 삼았다. 하지만 내원, 보주 두 성에 대한 고려의 영유에 대하여 금 조정은 정식으로 승인하지 않고 앞으로 고려에 대하여 외교적 압력을 가하는데 하나의 중요한 조건으로 이용하려 시도했다.

보주와 내원성을 함락함으로써 여진은 요동지구를 전부 강점했고 그 후 2년 간에 걸쳐 북방의 장춘주를 함락하는 한편 서로는 아율영이 영솔하는 거란 대군을 격파하고 광활한 요서지구를 탈취했다. 이리하여 1117년 초에 이르러 금은 거란을 대체하고 중국대륙의 강국으로 장성했다.

역량관계의 변화에 따라 금은 과거의 국가 간의 관계를 타파하고 금나라를 주축으로 하는 국제적 질서를 건립하려 시도했다.

우선 거란은 인근인 고려에 대한 이전의 조공관계를 버리고 반대로 고려의 종주국이 되려 했다.

1117년 3월 금나라 태조 아구타는 아지 등 5인을 고려에 파견해 문서로써 양국 간의 새로운 관계의 수립을 강요했다. 이 문서에는 '형인 대여진 금국 황제는 동생 고려 국왕에게 글을 보낸다. 우리는 할아버지 때부터 거란과 고려 사이에 자리잡고 거란을 대국이라 하고 고려를 부모의 나라로 삼아 조심스럽게 섬겨왔는데 그동안 무도하게 우리의 강역을 유린, 강점하고 우리의 백성을 노예로 전락시켰으며 또 자주 명분 없는 무력 침공을 가해왔다. 이에 우리는 부득이 항거하여 하늘의 도움을 받아 그들을 소멸했다. 오직 왕(고려)은 우리와의 화친을 허락하고 형제의 의를 맺었는 바 계속 대대손손 무궁한 화친을 이루자. 이에 양아 한필을 보낸다'고 적혀 있었다.

이 문서에서 금측도 승인하다시피 사실 그대까지 고려는 종주국 처지에서 여진인들을 야만시하고 자식같이 다스렸으며 여진인들도 고려를 부모처럼 섬겨왔다.

하지만 오늘에 와 여진은 반대로 자기를 고려의 형으로, 자기들 수령을 황제로, 고려국의 통치자를 왕으로 얕잡아 불렀다. 때문에 예종을 비롯한 고려 조정의 절대 다수의 문무대신들은 매우 분개하여 이처럼 상반되는 이른바 형제적 외교관계의 설정을 받아들일 수 없었다.

그러나 고려는 신속히 강성해지는 금나라를 감히 적대시 할 수 없어 그와 계속 친선관계를 유지했다.

2년 후인 1119년 2월 금나라 태조 아구타는 위력을 뒷받침으로 한 걸음 더 나아가 고려를 행해 종주국의 자태를 과시하며 고려로 하여금 저들에게 종속되기를 강요했다.

이를테면 1119년 2월 고려에 보낸 국서에서 금은 당당하게 '고려 국왕에게 조유(황제가 제후 혹은 신하에게 내리는 지시)를 내린다. 짐(황제만이 쓸 수 있는 칭호)은 군사를 풀어 요동을 정벌했는바 하늘의 도움으로 매우 순조롭게 적을 누차 패배시키고 북쪽의 상경으로부터 남쪽의 바다에 이르는 땅과 백성들을 평정했음을 알린다'고 했다.

이처럼 날로 거만해지는 거란의 자태를 억누르기 위해 고려 조정도 같은 해 8월 중서주사 조순거를 사신으로 금에 파견하여 '금의 근원은 고려'라고 적힌 국서를 바쳤는데 아구타는 대노하여 사신을 받지 않고 거절했다.

고려사에서는 금의 근원은 고려임을 밝히면서 '옛날 우리 평주의 중 영준이 여진으로 도망하여 들어가 아지고촌에서 살았는데 이를 금의 선조라 말하기도 하고 혹은 평주의 중 김행의 아들 극수가 처음 여진 아지고촌의 여자를 아내로 맞아 아들을 낳으니 이가 고을태사 이고 고을은 활라태사를 낳았고 활라는 아들을 많이 두었는데 그 맏아들은 해리발이고 막내 아들은 영가라 했는데 아들 중 영가가 가장 웅장하고 걸출하여 많은 사람들의 마음을 끌었다. 영가가 죽자 해리발의 큰 아들 우야속이가 그 자리를 계승하고 우야속이 죽자 그 동생인 아구타가 왕으로 추대됐다'고 상세히 서술했다.

여진측 사료인 금사에서도 '금시조의 이름은 함보이다. 처음에 고려로부터 왔는데 나이 60세였다. … 시조는 완연부에 으르러 오랫동안 살았다'고 적혀 있다.

고려 사람들은 물론 여진 지배층도 10년전까지만 해도 이 설을 믿어왔으며 심지어 고대 세계에서의 기타 낙후한 민족들과 마찬가지로 선진국인 고려인들의 조상들을 자기들의 선조로 간주함을 영광으로 여기고 고려 조정의 앞에서도 이를 강조하여 제기했다.

이를테면 1109년(예종 4년) 여진 사신은 고려를 향해 갈라전 9개성을 돌려줄 것을 간청하면서 '우리 할아버지는 대방(고려)에서 왔고 … 고려를 부모의 나라로 섬기겠습니다'고 말했다.

하지만 10년 후인 오늘 여진은 편벽한 동북변의 미개 부족단계에서 벗어나 동북아시아의 강력한 국가로 장성하여 금나라 중심의 새로운 국제정치 질서를 건립하기에 떨쳐 나온 이상 과거의 이 여진선조설을 부정하지 않으면 안 됐다.

이와 같이 금나라 세력이 바야흐로 강성해지는 시기에도 불구하고 고려는 금에 순종하지 않았다.

하지만 이로 인해 양국 간의 관계가 악화되지 않았다.

그 시기 금나라 태조 아구타는 인력과 물자를 전부 집중하여 하북, 산서, 내몽골 일대의 거란 세력을 향해 최후의 진격을 다그치고 있었기에 될 수 있는 한 배후의 강국인 고려와 충돌을 피하고 양자간의 현상유지의 평온 상태를 지키려 했다.

이를테면 1119년 11월 고려 조정은 동북변에서의 침입을 미리 방어하기 위해 천리장성을 3척 이상 더 높이 쌓았다.

이에 금은 사신을 고려에 파견해 공사의 중지를 요구했으나 고려는 이를 받아들이지 않았다. 하지만 이로 인하여 양국 간에는 더 큰 알력이 생기지 않았다.

그 이듬해에 금의 함주도통사는 군대를 보주와 필리위(의주일대) 등 두 개의 성에 주둔시키려고 조정을 향해 증병을 요구했으나 금나라 태조는 양국 간의 무력충돌을 피하기 위해 이를 허락하지 않고 다만 군대를 나누어 굳게 지키는 것이 좋을 것이라고 타일렀다.

고려에 대한 금나라 태조의 화친외교 방침은 그의 후계자 태종에 의해서도 계승됐다.

앞에서 말했지만 현종시기부터 고려 조정은 귀화하여 넘어오는 여진인들에 게 안식처를 제공해 주고 심지어는 작위와 벼슬까지 주었는데 12세기 20년대 에 문종 집정기에 이르러서도 여진인들은 계속 고려에 넘어왔다. 이들에 대 해 고려 조정은 이전과 마찬가지로 잘 안치해 주었다.

하지만 그 시기 요양일대의 최고관리인 곧실답은 고려가 금을 배반하고 고 려에 넘어가는 여진인들을 받아들여 국경경비를 강화하고 있는데 이것은 금 을 공격하기 위한 조치라고 금나라 태종에게 보고했다.

이에 대해 금나라 태조는 '귀화자의 영입은 그 잘못이 고려에 있는 것이니 모든 교섭은 상규에 어긋나지 않도록 할 것이며 만일 고려측에서 침입해 들 어오면 물론 대항해야지만 먼저 이쪽에서 선수를 처 고려를 침범하는 경우 에는 승리를 한다 해도 벌을 가하겠다'고 미리 훈계했다.

한편 거란이 요동에서 패배 당하고 있을 때 송나라는 금나라와 연합하여 남북으로 거란을 협공함으로써 잃어버린 화북의 연운 16주를 도로 찾으려 했다. 하지만 송은 지금까지 금나라와 거래가 없었기에 금의 인근인 고려의 힘을 빌어 금과 연계를 취하려고 했다.

1116년 6월 송나라 휘종은 고려 사신 이자량을 열정적으로 접대하면서 이 자량에게 비밀리에 다음 번에 올 때는 금나라 사람들을 데리고 오라고 요청 했다.

하지만 이자량은 송나라가 고려의 가장 큰 적수인 금과 연합하려 함을 느 끼고 송과 금간의 결합을 강력 반대했다.

이리하여 송나라는 고려의 협조를 받지 않고 직접 금과 연계를 맺으려 했 다.

1118년부터 1120년 사이에 송나라 조정은 연속 두 번 사신을 보내 산동반도 로부터 바다를 건너 금과 맹약을 맺었다.

이 맹약에 의하여 금과 송은 연합하여 남북으로 거란의 연경을 향해 출정 하되 승리한 후 연운 16주는 송에 돌려주며 이 대가로 송은 이전에 거란에 바치던 세금을 금에 납부하도록 약속했다. 이 밀약이 체결된 후 얼마 지나지 않아 고려는 재차 송을 향해 금과 연합하지 말 것을 권고했다.

1121년에 새로 즉위한 인종은 전왕 예종의 병을 치료하고자 2년간 고려에 체류했다가 돌아가는 송의 두 의사에게 '송나라 조정이 곧 요를 정벌하게 되리라는 것을 들었습니다. 거란은 송의 형제국으르서 그 존재는 송의 방패 가 되지만 금은 승냥이와 호랑이 같아 사귈 수 없으니 돌아가거든 천자인 송나라 휘종에게 여쭈어 속히 이에 대처하도록' 간곡히 부탁했다.

연경지구에 대한 송과 금의 협동작전에 부패 무능한 거란은 연속 두 번이나 패배 당해 왕안석 변법이래 다년간 축적한 군수품을 거의 전부 상실하고 수많은 병사를 잃었다. 하지만 금나라 대군은 승승장구로 진격하여 1123년에 연경을 함락했다.

이윽고 송은 금에게 이전에 석경당이 거란에 떼어준 땅을 전부 돌려줄 것을 요구했다. 그러나 금은 맹약을 거역하고 동의하지 않았다.

후에 여러 차례의 교섭을 거쳐 연경과 탁, 역, 단, 순, 경, 계 등 6주를 송나라에 넘겨주는 것에 승낙했다.

그러나 그 대신 송나라는 금나라에 매년 세금 40만(은 20만냥, 견 20만필)을 바치는 것 이외에 〈연경대세전〉 100만관을 더 내게 됐다.

연경에서 철퇴할 때에 금은 그곳의 재물, 관리, 부호, 자녀들을 전부 약탈했기에 송이 얻은 것은 텅 빈 성뿐이었다.

연경을 함락한 후 금나라는 지체함이 없이 계속 서쪽으로 진격하여 산서 일대에서 거란의 잔여세력을 숙청하고 1125년 오늘의 내몽골 우라터로 도망 간 거란(요) 황제 천조를 추격하여 사로잡았다. 이로써 290년 간 지속됐던 거란(요)는 마침내 멸망되고 말았다. 금은 저들의 가장 강대하고 위험한 적수인 거란을 정복함으로써 그 배후의 고려 왕국에 대하여 더는 우려가 없게 됐다.

때문에 거란을 멸망시킨 그 해부터 금나라는 고려를 저들에게 종속시키기 위해 고려를 향해 전에 비해 보다 강압적이고도 노골적인 외교적 압력을 가하기 시작했다.

1125년 5월 고려는 진숙, 최학란 등 두 사신을 금에 보냈는데 이들이 가지고 간 국서가 상표문(종속국이 종주국에 올리는 국서)이 아니고 또 신하로 자칭하지 않았다 하여 이를 받아들이지 않았다.

한편 연경 전투를 통해 송나라의 약점이 여지없이 폭로되었는데 이는 송의 중원지구에 대한 금나라의 진군을 한층 더 다그치게 했다.

1125년 10월 금나라 군대는 동서 두 갈래로 나눠 송을 향해 대규모의 진격을 벌였다.

서로군은 산서성 대동으로 진격하여 9개월 후 이 성을 함락했으며 동로군은 연경으로 진군했는데 연경성 수비사령 거란 장령 곽약사(금에 투항한 거란 장령인데 후에 송 조정에 의해 연경 방어장령으로 임명됐다)의 투항으로 금나라 군대는 매우 쉽게 연경을 함락하고 화북 내륙으로 깊이 쳐 들어가 1126년 정월에 황하를 건너 송나라 수도 변경(오늘의 개봉)을 포위했다.

이 때 비겁한 송의 휘종은 왕위를 태자 조환(송의 흠종)에게 물려주고 남방으로 피난 갔다. 포위 당한 변경성 군민들은 떨쳐 일어나 금나라 군대와 완강히 싸웠으며 적들을 여러 번 격퇴했다.

하지만 새로 왕위에 오른 송의 흠종은 금나라 군대의 맹렬한 포위공격에 겁을 먹고 끝까지 싸울 결심이 없었다. 때문에 변경이 포위 된지 얼마 지나지 않아 투항파들의 핍박과 금나라 군대의 위압으로 송 흠종은 금에 투항하고 그들과 굴욕적인 맹약을 맺었다.

이 맹약에 의해 송은 태원, 중산, 하간 등 3개의 성을 금에 떼어주고 500만 냥의 금, 5000만냥의 은, 1만필의 말과 소, 100만필의 비단 등 거액의 배상금과 재물을 바치고 금의 황제를 백부로 받들게 됐다.

맹약이 체결된 후 금나라 군대는 송나라 재상과 친 왕을 인질로 삼고 잠시 철병했다. 이와 같이 일찍 중국대륙의 최대의 강국이었던 거란이 불과 몇 년도 안 되는 짧은 시일 내에 금에 의해 멸망됨과 아울러 지금까지 중국대륙의 전통적 제국으로 숭배해 왔던 송나라 마저 금나라 앞에 엎드려 치욕적인 숙질관계를 강요당하는 국제질서의 대전환기에 금과 국경을 인접하고 있는 고려로서는 금의 사대 요구와 위압에 대해 그냥 묵과할 수 없었다.

이리하여 민족의 생존과 국토의 안전을 도모하기 위해 고려도 끝내 금나라에 굴복하지 않으면 안됐다.

1126년 3월 고려 인종은 조정의 고위급 문무대신들을 불러 금에 대한 외교정책을 의논했는데 대부분의 신하들은 여전히 금을 미개한 민족으로 간주하면서 그를 섬길 수 없다고 주장했다.

그러나 대신 이자겸과 척준경 등은 '금은 옛날에는 소국으로 거란과 우리를 섬겼으나 지금에는 돌연히 강성해져 거란과 송을 멸망시키고 정치적 기반을 굳건히 함과 동시에 국력을 강화했고 또 우리와 영토가 인접돼 있으므로 정세가 사대주의를 하지 않으면 안될 지경에 이르렀습니다.

또한 작은 나라가 큰 나라를 섬기는 것은 선왕의 법도이니 응당 먼저 사신을 보내 문안을 올리고 그를 따르는 것이 옳습니다'고 피력했다.

인종은 이 두 신하의 의견을 받아들이고 그 해 4월에 정응문과 이후를 사신으로 금에 파견하여 상표문을 올리면서 스스로 신하라고 칭했다.

이 표문에서 고려 인종은 금나라 황제를 제왕으로 받들고 자신을 척토소방의 신하로 칭했다.

이에 금 태종은 만족한 나머지 즉시 선유사·동선추밀원사 고백숙에게 회답신을 가지고 고려에 가게 했는데 이 회답신에서 금 태종은 '표를 올리고 신하라고 칭하며 토산을 바쳤도다. … 소국으로 대국을 섬김은 곧 사직(국토의 뜻)을 도모하는 것이다. … 신하로 낮게 칭하니 속히 전능함을 알겠도다. 무력의 위협을 가하지도 않았고 옥백의 은혜로 유혹함도 아니로되 자연적으로 오니 착한 일이라 하지 않겠는가'라고 썼다.

4) 고려에 대한 남송과 금의 외교책략

금의 침공으로 금과 굴욕적인 맹약을 강요당한 송 조정은 금제국 배후의 독립국인 고려와 연합하여 금에 대항하려 했다.

1126년 7월 송 조정은 후장 귀중부 등을 수관으로 하는 60여명의 사절단을 고려에 파견하여 '고려왕의 나라는 금과 서르 바라보고 있어 수백 리도 떨어져 있지 않는데 그 소굴을 소탕하지 않고서야 어찌 송의 여러 대에 걸친 은혜에 보답했다고 하겠는가. 금나라 사람들은 본래 왕국(고려)에 복종하여 해변에 모여 살던 야만인들로서 하늘과 신을 배반하여 거란을 멸망시키고 송을 능멸하며 황포가 막심하니 … 장차 천하의 군사를 일으켜 금을 물리치고자 하니 왕(고려왕)은 군사를 동원하여 표리(송과 고려의 동맹)가 돼 금에 천벌을 내리자'고 간곡히 요청했다.

하지만 이 시기 고려는 이미 금의 신하로 칭하고 외교상 금을 섬기게 됐으며 또 금의 타격으로 송나라 자체가 붕괴돼 가는 때였기에 고려 조정은 송의 출병요구에 응하지 않았다.

국제정치 역량대비의 현저한 변화를 목격하고 있는 고려로서 비록 여지껏 송을 사모해 왔지만 자체의 안전을 돌보지 않고 무분별한 싸움에 경솔히 뛰어들리 만무했다.

한편 부패 무능한 송의 통치를 잘 알고 있는 금은 숙질의 맹약에 만족하지 않고 1126년 11월에 또다시 대군을 풀어 남진하여 송의 수도 변경을 신속히 함락했다. 금은 변경에 처 들어온 후 재물을 마구 약탈하고 살인방화를 하는 등 갖은 만행을 감행하는 한편 송 흠종을 협박하여 하북, 하남의 주와 현들을 금에 떼어주게 했다.

1127년 4월 금군은 송의 휘종, 흠종, 후비, 공주, 종실, 대신 등 3000여명을 인질로 잡아가면서 철수했다. 이로써 160여년간 지속된 북송정권은 마침내 멸망됐다.

금나라 군대가 후퇴한 후 1127년 5월 송나라 휘종의 아홉째 아들 조구가 남경(오늘의 하남성 상구)에서 왕위에 올랐는데 이 때로부터 남송의 역사가 시작됐다. 남송의 첫 황제인 고종(조구)는 고려와 금나라와의 통합이 심히 우려돼 왕위에 오른 즉시 호려를 국사로 임명, 고려에 보내 고려와 금국과의 관계를 이간질 시키게 했으며 연이어 또 장선 등을 고려에 파견해 금나라의 군사정황을 정탐하게 했다. 1128년 6월 남송 고정은 또다시 형부상서 양응성을 국신사로, 제주방어사 한연을 부사로 고려에 파견해 이른바 가도(길을 비는 것)문제를 제출하고 고려의 협조를 요구했다.

송이 제출한 가도란 곧 고려를 앞장세워 고려영토를 경과하여 금국의 수도(그 시기 금국의 수도는 여전히 오늘의 흑룡강성 아성이었다)에 들어가 전란에 금으로 잡혀간 휘종과 흠종을 구출해 보려는 것이었다.

가도에 관하여 양응성이 가지고 간 남송의 국서에는 '만약 귀국(고려)을 경유하여 두 황제를 영접하게 된다면 고려는 송에 대한 200년간의 충성에 어긋남이 없이 송의 여러 황제의 은혜에 보답하게 될 것이다'고 지적하면서 '사신을 보내 국왕(고려 인종)을 위문하고 바다를 건너 금에 이르러 두 황제를 모셔 오는데 대하야 귀국(고려)은 말하기를 금으로 가는 길이 험준하여 나갈 수 없다고 하니 과거에는 금나라 사람이 귀국의 사신을 따라 입공했으니 당시에는 도로가 통했는데 지금에 와서 통할 수 없다고 말하니 납득하기 어렵다. … 귀국은 이로 인하여 금나라 사람기 일을 일으킬까봐 우려된다면 양응성 등의 이번 사명은 단지 비무장 인원 110으로 국서와 예물을 가지고 가서 교섭하는 것이지 싸움하려 하는 것이 아니니 귀국은 다만 사절 일행이 바다를 거쳐 국경상에 이르게 하고 먼저 금에 통고하여 그 가부를 알아올 것이며 만일 금측에서 우리 인원이 많다고 하면 줄여서 그들의 뜻대로 할 것이니 이렇게 되면 아무런 일이 생기지 않을 것이다'고 밝혔다.

남송측의 이 국서에서도 지적하다시피 사실 그 시기 고려 조정은 금국이 남송의 사도를 계기로 전쟁을 일으켜 큰 피해를 입을까봐 두려워했으며 또 앞으로 금국도 가도 즉, 금국 대군이 고려 땅을 거쳐 남송을 침공할 수 있게 됨으로써 영토보전에 위험이 초래될 까봐 우려돼 국서를 보내 남송의 가도 요구를 완곡히 거절했다.

송에 보내는 국서에서 고려는 '남송은 바다건너 먼 곳에 나아가 송의 두 황제를 영접하라 하나 금은 이미 옛날에 흩어져 살던 여진이 아니며 지금은 거란을 정복하고 우리에게 과거에 거란을 다 하던 예대로 금을 섬기라 하니 하는 수 없이 우리는 그러한 지경에 이르렀다'고 해석했다.

그리고 '금은 최근에 우리가 남송에 접근하는 것을 시기하여 국경지대에 성을 구축하고 군대를 집결시켜 우리에게 촛범해 들어올 위험한 자세를 취하고 있다'고도 알렸다.

이밖에 '만약 남송 사신이 고려의 길을 빌려 금에 들어간 것을 그들이 알게 되면 기어코 우리를 시기하고 의심하며 전쟁을 일으킬 것이며 또 송에 보답한다는 명목으로 금도 우리에게 길을 빌려 송에 사신을 보내려고 할 것이니 이 때에 우리는 무슨 말로서 이 제한을 거절 할 수 있겠는가? 진실로 해도의 편리를 이용함을 그들이 알게 된다면 우리는 영토보전이 어려울 것이며 나아가서 남송도 금이 고려땅을 이용하며 양절의 해안지방을 엿보게 될 것이라고 염려하지 않을 수 없게 될 것이다'고 지적했다.

고려 조정의 가도 거절에 격분한 남송 사신 양응성 일행은 고려가 남송 조정에 전하는 상표문과 예물도 받지 않고 돌아가 버렸다.

양국 관계의 악화를 피하고 남송 조정의 감정을 지나치게 상하게 하지 않기 위해 고려 조정은 양응성 일행이 귀국한 후 즉시 사신을 파견해 남송 조정에 상표문을 올려 고려의 부득이한 사정을 다시 해명하고 남송의 양해를 구했다.

한편 이 시기 고려에 대한 금국의 외교적 위압은 한결 더 심해졌다. 북송을 멸망시킨 후 금은 동북, 몽골, 중원지구를 망라한 동북아시아의 초강국이 됐다. 하지만 고려는 금국의 위압에 굴복하여 비록 금국의 신하로 칭하기는 했으나 아직도 금을 종주국으로 간주하지 않았으며 또 여전히 남송을 숭배하여 서로 왕래하고 있었다. 때문에 곧 착수하게 될 남송에 대한 새로운 큰 전쟁을 앞두고 금 태종은 고려에게 금에 철저히 복종할 것을 강요했다.

즉, 금은 고려로 하여금 금국을 향해 맹세믄을 쓰고 전적으로 금을 섬기게 함으로써 금과 고려간의 유대를 강화하고 고려와 남송간의 연계를 완전히 단절시키려고 시도했다.

1128년 6월 금나라 태종은 금주관내감찰사 사고덕과 위위경 한방을 고려에 파견해 조서와 더불어 4가지 내용의 어록을 고려에 전하게 하고 고려측의 답서를 요구했다.

금조정의 이 조서에는 금으로 접혀간 송나라의 두 황제 즉, 휘종을 혼덕공으로, 흠종을 중혼후로 강봉했다고 적혀 있는데 금 조정은 이로써 금에 대한 송나라의 굴복을 과시하면서 고려를 보다 더 협박하려 시도했다. 금이 제출한 어록은 4가지 사항에 관계되는 바 첫 번째이며 또 가장 중요한 사항은 고려의 보주(의주) 영유문제이다.

여기서 금나라는 본래 보주를 다시 수복하지 않고 고려에 넘겨주려 했으나 여러 해 지나도 고려는 신하로서 금을 섬기며 대대로 금에 충성하겠다는 공식적인 맹세문을 금에 올리지 않고 있다고 나무랐다.

둘째는 고려로 넘어간 금의 민간인들 즉, 민호는 그 수가 자못 많지만 고려는 이들이 모두 사망했다고 하며 돌려주지 않는다는 것이다.

셋째는 강을 건너 고려의 창주와 삭주 일대에 가 농사질하는 금나라 사람들을 돌려보내라는 것이다. 여기서 금은 또 고려에 돌려주는 것은 보주이지 보주성 일대까지 포괄하는 것이 아님을 밝히면서 변경지방을 경솔히 다루어서는 안 된다고 경고했다.

넷째는 일찍 고려 사신이 금에 왔을 때에 그 수행원이 금나라 사람을 살상했는데 무엇 때문에 아직도 배상하지 않느냐고 책망한 것이다.

끝으로 위의 4가지 어록을 총합해 재삼 고려의 맹세문에 치중하여 쓴 어록을 내놓았는데 여기서 금은 일찍 고려는 금을 향해 온 나라가 즐겁게 공물을 바칠 것이며 밝은 해와 달 앞에서 거짓이 없을 것을 맹세한다고 말했으나 이것은 가볍고 평범한 말에 불과하다.

이전에 송과 하국(서하)이 거란 및 금을 향해 쓴 맹세문과 상표문에는 모두 이 맹세를 어기면 사직(국토)이 기울어지고 자손이 이어지지 못하리라 했거나 혹은 신명이 이를 죽일 것이며 나라를 복되게 못할 것이라 했다고 지적한 후 금나라 사신이 돌아올 때에 고려의 태도 여하를 알려줄 것을 요구했다.

더욱이 회담을 진행하며 금나라 사신 한방은 맹세문에 관해 고려 조정은 마땅히 회의를 열어 일언으로 결의하여 문서로 시행할 것을 강요했다. 금의 요구에 대해 고려 조정의 많은 대신들은 반대했다. 하지만 양국관계의 악화를 피하고 자체의 안전을 확보하기 위해 고려 조정은 금나라 태종의 박절한 염원에 만족을 주지 않으면 안됐다. 이리하여 금나라 사신이 돌아간 후 고려 조정은 1년 남짓 시간을 끌다가 끝내 금을 향해 맹세문을 올렸다.

1129년 고려 조정은 노영거와 홍약이 등 두 사신을 금에 파견해 서표를 바쳤는데 이 맹세표문에서 고려는 '삼가 마땅히 군신의 의를 맹세하고 대대로 번병(금국의 울타리)의 직책을 수행하리. 우리의 충성스런 마음 밝은 햇빛과 같아 만약 고려가 변하는 일이 있으면 신이 이를 죽일 것이다'고 충성을 다짐했다. 고려가 금나라 조정을 향해 서표를 올림과 더불어 금의 태종은 하남, 산동, 섬서 등지를 향해 파죽지세로 대규모의 진공을 들이대 중원지구의 광대한 지역을 신속히 함락했으며 투항과 도주를 일삼는 고종을 수반으로 하는 남송 조정은 금의 진격에 밀려 양주로부터 진강, 소주, 대주, 온주 등을 거쳐 월주로 황급히 도망갔으며 1132년에는 수도를 항주로 옮겼다.

금국의 진격으로 연속적인 패배를 겪고 중원의 광대한 지역을 상실하게 되자 남송 조정은 고려를 이용해 동과 서로 금나라를 협공하려 시도했다.

바로 이 시기 고려 지배층 내부에서는 묘청을 수반으로 하는 서경관료들과 김부식을 수반으로 하는 개경의 집권파들간에 대외정책을 둘러싸고 한창 파벌투쟁이 치열히 전개되고 있었다. 조정의 김부식 일파는 금에 대한 사대와 굴종을 강력 주장했으며 국왕 인종도 이에 추종했다.

서경의 묘청 일파는 국력을 키워 대외를 향해 흩제제국으로서의 독립 자주적인 입장을 견지하며 금에 대한 사대를 극렬히 반대했다.

두 파간의 대립은 갈수록 격화돼 마침내 무력투쟁을 초래하게 됐다.

1135년 1월 묘청 일파는 서경에서 수많은 군대를 동원하여 정변을 일으킨 후 개경 조정으로부터 서경과 서북지구에 파견돼 온 관리들을 모조리 체포하고 나라이름을 〈대위〉라고 선포하고 연호를 〈천개〉로 제정함으로써 새로운 정권의 건립을 선포했다.

이 정변이 개경에 알려지자 국왕 인종은 김부식을 총지휘로 하는 5군의 토벌군을 편성하여 서경을 포위 공격했다. 이리하여 서경 군민과 고려 조정의 토벌군간에는 대규모의 격전이 벌어졌다. 이러한 시각에 남송 조정은 오돈례를 고려에 파견해 10만 대군을 고려에 출동시켜 고려 조정을 도와 서경의 난을 평정하겠다고 제안했다.

서경의 난에 남송이 이처럼 10만의 대군을 동원하려 한 것은 바로 이로써 고려와의 친선을 두텁게 함과 아울러 또 이 대군을 금나라로 돌려 배후로부터 금을 동과 서 양면에서 공격하려는데 그 목적이 있었다. 남송측의 이 출병제안은 실현되지 못했다. 하지만 이듬해인 1136년에 남송은 또다시 상인 진서에게 문서를 맡겨 고려 조정을 향해 남송과 서하국이 연합하여 고려 땅을 빌어 배후로부터 금나라를 공격하는데 대해 동의해 줄 것을 요구했다.

이에 고려는 이전과 마찬가지로 자체의 안전을 브장하기 위해 거절했다.

이어 1142년 11월에 고종을 수반으로 하는 남송 조정은 금나라와 더욱 굴욕적인 〈소흥 강화조약〉을 체결했는데 이 조약에 의해 남송도 고려와 마찬가지로 표문을 금에 올려 자기를 금국의 신하로 칭하고 매년 금을 향해 25만 량의 은과 25만필의 명주를 공물로 바치며 회하를 양국의 국계로 정하게 됐다. 소흥조약으로 남송은 마침내 금의 속국으로 전락됐다. 남송을 자기들에게 종속시킴과 더불어 금나라 조정은 금에 대한 고려의 변함 없는 순종의 외교방침에 만족해 이듬해 5월에 고려 인종을 고려 국왕으로 책봉했다.

이 후 원나라에 의해 금이 멸망될 때까지 금나라 조정은 고려내부의 왕위 계승 문제에 대하여 몇 번 간섭하기는 했으나 그래도 새로 즉위한 고려왕들을 계속 승인하고 책봉했으며 양국 간에는 대체로 평온하면서도 친선적인 관계가 유지됐다.

다른 한편 소흥강화조약이 체결된 후 금나라와 남송간에는 20년간 평화가 유지됐지만 1161년부터 시작해 1206에 이르는 기간에 두 나라 사이에는 또다시 세 차례의 대전이 벌어졌다.

1149년 금나라 조정의 대신 완안량은 왕위를 찬탈하고 수도를 연경으로 옮긴 후 무력으로 남송을 멸망시키고 전국을 통일하려 했다.

1161년 완안량은 친히 60만 대군을 인솔해 네 갈래로 남송을 향해 진공을 서둘렀다. 남송 조정은 사전에 아무런 준비가 없었기에 장령들은 금측의 거세찬 진격에 질겁하여 싸우지도 않고 도망쳤으며 금나라 대군은 회하를 건너 승승장구로 장강 연안까지 쳐들어갔다.

이리하여 위기를 타개하기 위해 송나라 황제 고종은 조서를 내려 중원지구의 의병들에게 일어나 금나라와 싸워 배후에서 금의 진격을 견제시키도록 격려함과 아울러 고려, 서하 등 5개 나라에 격문을 보내 금국에 대한 정벌에 나설 것을 호소했다. 하지만 그 어느 나라도 이에 응하려 하지 않았다.

1164년 고려 조정은 사신 조동히와 박괄통을 남송에 파견했는데 이 때는 남송과 금나라 사이에 한창 강화교섭이 진행될 때였고 또 고려가 그 어떤 작간을 부리지 않는가 의심돼 남송 조정은 고려 사신을 접대하지 않았다.

이 때로부터 금과 고려 두 나라 사이에는 비록 민간상인들에 의한 무역왕래는 빈번했지만 국가 간의 공식적인 관계는 완전히 단절됐다.

이상의 내용을 종합해 볼 때 10세기 후반기부터 13세기 초기까지의 동북아시아 역사의 줄거리는 송(남송을 포괄함), 거란(요), 금 세나라간의 패권쟁탈전이었다. 이 패권쟁탈전에서 자기의 역량을 강화하고 상대방을 고립, 약화시키기 위해 세 강국 특히 거란과 금은 저마다 문명고국인 고려를 쟁취하기에 무력과 물질적 배려, 외교적 공갈과 회유 등 갖은 방법을 다 동원했다. 때문에 고려는 부득이 세 강국의 투쟁의 풍랑속에 휩쓸려 들어가 거란, 금과 책봉조공관계를 맺게 됐다.

하지만 이와 같은 책봉조공관계는 강국에 대한 외교상의 종속으로서 국가와 전 민족이 정복됨을 의미하는 것은 아니었다. 실제로 고려는 대국에 대한 외교상의 종속을 대가로 자체의 독립, 안전과 발전을 확보하게 됐다.

한편 이 시기 고려가 취한 입장과 외교방침의 경향은 저울위의 추돌마냥 3국패권 쟁탈에서의 역량대비의 변화에 직접적인 후과를 초래함으로써 전반 동북아시아 역사의 변화발전 과정에서 중요한 역할을 했다.

5) 고려, 남송, 일본간의 무역의 진일보 발전(동북아시아 공동화폐 사례)

남송시기에 들어와 중국을 중심으로 하는 동북사이가 지구, 특히 중국 고려 일본 3각 무역은 북송시기에 비하여 더욱 발전했다.

이것은 우선 국제무역 중심인 남송 경제의 발전과 밀접히 연관된다.

남송시기 중원지구 백성들의 회하, 장강 이남에로의 대량적인 이주와 남송 조정의 일련의 조치로 남송시기 사회경제는 북송시기에 비해 더욱 번영됐다. 관개수리업의 신속한 확대로 수많은 밭들이 개간되고 농작물 종류도 증가돼 벼, 밀, 보리, 차, 사탕수수, 면화 등 농산품이 널리 재배되고 그 생산량도 훨씬 높아졌다.

수공업 방면에서 도자기, 조지업, 사직업, 목판인쇄업, 선박제조업 등 수공업 생산이 한층 더 발달했다. 농업과 수공업 생산의 신속한 발전과 더불어 대외무역도 번영해 북송시기를 훨씬 능가하게 됐다. 더욱이 날로 늘어나는 재정지출을 보장하기 위해 남송 조정은 해외무역을 고무 격려했다.

국내외 무역의 번영으로 강남의 항주, 천주, 광주 등은 그 시기 세계적으로 손꼽히는 국제무역항구가 됐는데 여기에는 일본, 고려, 남양, 인도, 페르시아 등의 나라들의 수많은 무역상인들이 떼를 지어 모여들었다.

남송기기 남송, 고려, 일본간에 서로 교환된 상품은 대체로 북송시기와 마찬가지였으며 남송의 수출품 가운데서 가장 많은 비중을 차지한 도자기, 사직품, 철기, 동전 등이었다. 남송시기에 남송과 고려간의 민간무역은 전대와 마찬가지로 여전히 빈번했다.

양국간의 민간무역에서 주요한 역할을 한 것은 남송 상인들이었다.

남송 건국의 해인 1127년부터 시작해 남송이 멸망될 때까지(1279년)의 기간에 남송 상인들은 30여차례나 고려에 갔으며 그 인원은 무려 1800여명에 달했다. 남송의 일부 상인들은 고려 영토에 상륙한 후 우선 고려조정을 향해 앵무새, 공작새, 희귀한 꽃, 물소 등 자국의 특산품을 올렸다.

고려조정도 때로는 연회를 베풀어 남송 상인들을 후하게 접대해 주거나 예물을 전했다. 외래상인들의 무역활동을 지지해 주기 위해 남송측도 항해 도중 태풍을 만나 강남의 연해지구에 표류돼 온 일본과 고려 상인들에게 쌀과 돈을 대주고 의식주를 마련해 주는 등 여러 면에서 잘 보살펴 주었다.

남송, 고려, 일본간의 민간무역의 흥성으로 3각무역의 요충지인 고려 예성항은 그 당시의 명성높은 국제항구가 됐다. 남송시기 일본과의 무역은 북송시기에 비해 현저하게 발전됐으며 광도와 심도면에서 남송과 고려간의 민간무역을 초과했다. 이와 같은 변화는 12세기 후반기 즉, 일본의 평안시대 후기의 대토지 사유제를 토대로 하는 장원경제의 신속한 발전과 정권을 장악한 무사계급의 대외무역에로의 적극적이고도 고감한 진출로 이루어진 것이다.

고려와는 달리 이 시기 일본열도의 도처에서는 경제, 정치, 사법 등의 면에서 절대적 독립성을 띤 사유장원이 수많이 생겼는데 장원주들은 장원의 경제를 발전시켜 더 많은 이윤을 따내기 위해 저마다 장원내에 수공업 제작소를 설치하고 여러 가지 수공업 제품들을 생산함과 더불어 북규슈 연해지구

의 장원주들은 장원내의 항구를 이용하여 남송의 연해성시와 직접 밀수무역
을 진행했다.

위에서 말한바와 같이 북송시기에 일본의 상선은 주로 항행하기 쉬운 고려
에 건너갔는데 남송시기에 이르러서는 장원주들에 의해 조직된 무역선들이
직접 남송의 연해성시로 취항했다.

더욱이 1167년 무사집단의 최고수령의 하나인 다이라노기요모리가 일본국
최고행적직인 태정대신의 직책을 맡고 정권을 틀어쥔 후부터 일본과 남송간
의 무역왕래는 더욱 활발히 전개됐다.

다이라노기요모리 정권이 존재한 기간은 불과 10여년(1167~1185년)밖에 안
됐지만 이 시기는 일본 고대사회 발전노상에서의 획기적인 전환기이다. 다이
라노기요모리의 건립으로 일본 고대사회는 천황을 수반으로 하는 보수적인
귀족정치로부터 신흥무사계급 즉, 군사봉건주를 토대로 하는 막부정치로 이
행되기 시작했다.

대외무역에서 다이라노기요모리는 거대한 이윤을 획득하여 자체의 경제실
력을 강화하기 위해 규슈상업무역가들로 하여금 전통적인 속박에서 벗어나
해상무역을 과감히 진행하게 했다. 우선 그는 이전에 천황조정이 규정한 일
본상인들의 대외와의 무역 금지령을 해제시키고 상인들에게 자유롭게 국외
에 진출하게 했다. 그리고 일본열도의 내륙해협인 세도내해를 소통시키고 효
고 항구를 더욱 정비하게 건설해 남송상인이 직접 일본국의 중앙에 도달하
게 하고 또 내지의 일본상인들이 효고항구로부터 남송까지 항행하게 했다.

1185년 가마구라바꾸후의 건립을 계기로 일본은 본격적인 군사봉건통치시
대로 진입했다.

바꾸후 정권의 경제 기초를 튼튼히 하기 위해 가마구라바꾸후 정권의 창시
자 미나모도노요리도모는 다이라 정권의 대외방침을 계승해 민간의 해외무
역을 진일보 추진시켰다. 이리하여 13세기 초기에 이르러 100명 이상의 사람
을 실을 수 있는 대형선박이 매년 40, 50척씩 바다를 건너 남송으로 갔는데
이 가운데는 ‘어분당선’으로 불리우는 막부산하의 무역선도 포괄돼 있었다.

무역선 수가 지나치게 많아지기에 1254년 가마구라바꾸후는 북규슈의 대재
부에 영을 내려 매년 남송으로 건너가는 상선을 5척만 남기고 그 외의 것은
포기해 버리도록 지시했다. 하지만 이 지령은 큰 효력을 보지 못했으며 심지
어는 일본과 몽골제국이 교전상태에 처해 있을 때도 남송에로의 일본상선들
의 도항은 그칠 줄 몰랐다.

남송시기 고려와 일본간의 무역왕래도 여전히 빈번했다.

13세기초기 고려 당국과 일본의 대재부간에는 일본측이 매년 한차례씩 두
척의 〈진봉선〉을 고려에 파견해 무역을 진행하기로 약속됐다. 하지만 얼마
지나지 않아 이 약속도 무효로 돌아가 수많은 일본상선들이 무질서하게 한
반도 남부 연해지구를 넘나들었다.

고려측에서는 끊임없이 건너오는 일본상인들을 접대하기 위해 경상남도 금

주(금해)에 객관을 설치했다. 후에 금주가 동골과 고려연합군의 일본정벌의 전초기지로 됐음에도 불구하고 일본상선들은 위험을 무릅쓰고 계속 금주항에 건너왔다. 이는 그 시기 송, 고려, 일본으로 구성된 동북아시아 통상권내의 경제적 유대가 얼마나 긴밀했는가를 말해준다.

동북아시아 통상권내에서 일본과 고려, 더욱이 일본측이 가장 절박하게 가장 많이 수요하는 것은 송나라 동전이었는데 이것은 일본과 고려의 경제발전 특히 장원경제의 발전으로 북송시기로부터 남송시기에 이르는 기간에 대량의 동전이 일본과 고려, 동북아시아 각국어 끊임없이 흘러 들어가 이러한 국가들에서 통용되는 화폐가 됐다.

메이지유신이래 일본 각지에서는 50여종의 송나라 동전 뭉치가 발굴됐는데 그 액수는 수십만에 달했다.

물론 13세기이래 원나라와 명나라 화폐도 일본에 수입됐지만 17세기초에 이르기까지 송나라 동전은 일본의 주요한 화폐가 됐다. 대량적인 동전 수출로 13세기 후반기에 이르러 남송자체가 화폐기근데 빠지게 돼 하는 수 없이 대량의 종이돈을 발행했다.

하지만 이는 오히려 물가의 대폭적인 상승을 초래해 백성들의 고난을 더욱 과중 시켰다. 때문에 13세기 후기부터 남송 조정은 화폐수출을 더욱 엄격히 제한하고 관리에게 외국선박의 적재화물을 엄밀히 검사하도록 명령했다.

이와 반대로 중국 동전의 대량적 수입은 일본의 화폐경제의 발전을 크게 촉진시켰다.

동전의 광범한 유통으로 14세기 초에 들어서 일본 농촌의 조세형식은 벌써 현물세로부터 현금세로 이행되고 장원경제가 변질하기 시작했으며 고리대업이 신속히 발달했다. 그리고 금융경제의 발전으로 토지소유를 기반으로 하는 수많은 하급무사들이 생활난에 부딪히게 됐으며 심지어 파산하는 사람도 속출했다.

한국 일본 중국 등 동북아시아가 하루빨리 화폐를 통일시켜 자유롭게 무역 교류와 왕래를 하지 못할 경우 미국과 캐나다, 유럽 등의 거대한 시장에 맞설 수 없을 것이다.

31. 몽골의 궐기와 원나라 건립

 당나라가 멸망한 후 중국에서는 전통적인 봉건제국의 집권통치가 붕괴되고 지방할거 세력이 혼전하며 주변의 여러 소수민족들이 다시 신속히 흥기하는 역사시기에 들어섰다.
 이와 같이 분열혼전의 역사적 환경 가운데서 12세기에 진입해 몽골고원에서는 몽골족이 새로 흥기했다.
 12세기 말엽에 몽골족의 걸출한 수령 태무진은 10여년의 전쟁을 거쳐 몽골고원의 모든 부락들을 통일하고 1206년에 카라코름에 도읍을 정하고 나라를 세운 후 국명을 〈몽골〉이라 부르고 징기스칸으로 추대됐다.
 이어 징기스칸을 수반으로 하는 몽골의 통치집단은 정의의 통일전쟁을 비정의의 대외약탈과 정복전쟁으로 옮겨갔다.
 1227년 몽골대군은 서하를 멸망시키고 1234년에는 금나라를 정복했다.
 그리고 그들은 40여년에 걸쳐 연속 남송을 진공함과 동시에 고려에 대해서도 수차례 침공했다.
 1260년에 몽골대한의 보좌에 오른 구비라이는 1271년에 정식으로 나라이름을 〈원〉으로 하고 대도(연경)에 도읍을 잡았다.
 1279년에 구비라이는 남송을 멸망시키고 마침내 중국을 통일했다. 그 후 몽골제국은 또 일본에 대해 두 차례의 원정을 진행했다. 원조의 건립은 중국의 통일국면을 회복시키는 한편 지역을 확대시켰다. 이는 중국의 통일적인 다민족 국가의 발전에 적극적인 역할을 했다.
 한편 몽골의 궐기와 원나라의 건립은 국제관계 더욱이는 중국 고려 일본 3국 관계에 큰 영향과 새로운 전환을 초래했다.

1) 고려와 몽골의 통교

 13세기초 중국의 북부지역에서는 몽골과 금나라 사이에 패권을 잡기 위한 전쟁이 벌어지고 있었다.
 이와 같은 정세하에서 요동지구에는 할거세력의 혼전 국면이 출현됐다.
 1216년 8월 거란의 두령 김산, 육가 등은 9만여명의 병력을 인솔하여 고려를 공격했다.
 그 후 1219년 1월에 이르기까지 거란은 세 차례나 고려를 침범했다.
 1218년 4월 제3차 침입을 발동한 함사가 인솔하는 거란군은 8, 9월에 동주(서흥) 등지에서 고려군에 의해 참패당하고 나머지 잔여병은 강동성에 몰려들었다.
 고려군은 계속하여 강동성을 포위 공격할 준비에 여념이 없었다. 이 때

1218년 12월 합진과 찰라가 몽골병 1만, 동진병 2만을 인솔하여 거란병을 추격한다는 구실로 고려에 침입해 화주(금야), 맹주(맹산), 덕주(덕천), 순주(순천) 등 4개 성을 공격하고 강동성을 향해 진군했다. 그리고 한편 고려에 통교를 요구했다.

합진은 덕주에서 데리고 온 고려인 통역관 조중상과 진사 임경화를 고려측에 보내 편지를 전달했다.

편지에는 '거란군이 귀국에 도망하여 지금까지 3년이나 머물고 있으나 아직 소탕하지 못하고 있으므로 황제는 우리 군을 보내 이를 토벌하게 했다'라고 쓰고 계속해서 '황제의 명령인바 적을 물리친 후 고려와 몽골은 형제가 될 것을 약속합시다'라는 요구를 제출했다.

이에 고려에서는 상서성 명의로 '대국이 군대를 동원해 우리의 어려움을 구원해 주므로 당신들의 요청에 모두 응하겠다'고 답신했다. 이에 합진은 한 걸음 더 나아가 '양국이 형제로 될 것을 결의함을 응당 국왕에게 보고해 문서를 받아와야 내가 또 돌아가서 황제에게 브고할 것이다'라는 새로운 요구를 제출했다.

고려정부는 몽골군의 이른바 〈지원〉의 뜻에 대해 거듭되는 검토를 거쳐 몽골의 힘을 빌어 거란을 먼저 물리치기로 결정했다.

고려국왕 고종은 조충, 김취려 등을 파견해 몽골군과 연합해 공동으로 진공작전을 펼치도록 했다.

1219년 1월 14일 두 나라 군대는 강동성에 있는 거란군에 대한 총공격을 발동했다.

성을 지키고 있던 함사는 자결하고 거란의 관인, 군졸, 부녀자 등 모두 5만여명은 성문을 열고 나와 항복했다. 고려는 함사의 처자와 100여명의 부하들을 당장에 목을 자르고 나머지 5만여명은 여러지방에 보내 농사를 짓도록 함으로써 그들로 하여금 고려백성이 되게 했다. 이와 같이 몽골과 고려와의 공식적인 관계는 고려에 대한 거란의 침입을 계기로 시작됐다.

물론 몽골군이 고려에 쳐들어 온 주된 목적은 단순히 거란군을 쳐부수려는 데 있는 것이 아니라 앞으로 고려를 정복하기 위한 예비전을 시도해보려는 데 있었다.

1219년 1월 20일에 합진은 조충과 김취려 등과 함께 주연을 베풀고 우리들이 1만리밖에서 와 귀국과 힘을 합쳐 적을 무찔렀으니 천만다행이라고 말하면서 '두나라는 영원한 형제가 되자'고 재차 요구했다.

이어 합진은 포리대완을 수반으로 하는 10여명의 사신을 고려에 파견했는데 고려 고종은 특별히 박시윤 등으로 하여금 이들을 맞이하게 했다. 그러나 포리대완 등은 고려국왕이 친히 나와 맞이할 것을 요구하면서 입관하지 않다가 고려측의 여러 차례의 질책과 설득 끝에 드디어 말을 탄채로 입관했다.

고종은 대관전에서 몽골 사절을 접견했다. 그러나 그들은 왕에게 예를 올리는데 다만 읍례만 하고 배례는 하지 않았다. 이 때 합진과 조충은 이른바 〈

형제맹약)을 체결했다.

그 주요내용은 고려는 몽골에 큰절을 하면서 매년 공물을 바치며, 몽골은 매년 10명안팎의 사신을 고려에 파견한다는 등이다.

합진의 몽골군은 2월 22일에 철병했는데 귀국 도중 그들은 고려군의 말을 약탈하는 등의 만행을 저질렀다.

의주에 도착한 후 합진은 동진의 관리들과 그 수원 40여명을 의주에 머물게 하고 '너희들은 고려어를 배우면서 우리가 다시 올 때를 기다려라'고 지시했다.

이상의 사실은 몽골과 고려와의 통교는 그 시작으로부터 고려에 대한 몽골의 무력제압과 약탈을 기초로 했으며 또 이로 인해 양국의 관계는 악화돼가는 추세로 발전했다. 고려에 대한 몽골의 약탈은 날로 심해졌다.

1221년 몽골은 협약의 규정을 무시하고 무려 4차례에 걸쳐 도합 73명의 사신과 수공사를 고려에 보내 수탈을 감행했다.

8월 몽골 사신은 저고여의 인솔하에 고려에 도착했다.

그들은 고려 고종에게 드릴 몽골정부의 문서를 가지고 와 무엄하게도 여자 1명을 제외한 21명의 사신이 모두 대전에 올라가 고종에게 이 문서를 전할 것을 요구했다. 그러나 고려측에서는 상사 한사람만 오를 것을 주장했다.

양국간의 의견차이로 몇 시간 끌다가 해질 무렵에야 8명이 대전에 오르도록 합의를 본 후 몽골사신들은 황태자의 글을 고종에게 전했다. 그리고 수달피 1만령, 명주 3000필, 모시 2000필, 솜 1만령, 용단먹 1000정, 붓 2백관, 종이 10만장, 자초 5근, 홍화, 남순, 주홍 등을 각각 50근, 자황, 광칠, 동유 등을 각각 10근을 요구했다.

저고여 등은 문서를 전하고 대전에서 내려올 때 각각 간직했던 물건을 고종 앞으로 내던졌는데 이는 모두 연전에서 주었던 추포였다. 그리고 자기들을 위해 마련한 연회에도 참석치 않고 찰라와 포리대완의 편지를 내놓고 퇴장했는데 이 역시 수달피, 면, 명주 등 물건을 보내라는 요구였다.

어떤 몽골 사신들은 압록강에 이르자 배들을 버리고 다만 수달피만 가지고 가는 현상도 있었다.

몽골사신들은 고려와의 교섭에서 봉건적인 의례격식마저 난폭하게 짓밟고 심지어는 국왕 앞에서도 행패를 부렸다.

고려는 1219년 9월, 20여년간 집정해온 최충헌이 죽자 그의 아들 최 이(처음 이름은 최 우)가 정권을 잡았다.

최 이는 자기의 정치적 기반을 강화하려는 목적으로 몽골침략자들의 약탈적인 요구를 다 들어주지는 않았으나 완전히 거절하지도 않는 절충방침을 실시함으로써 두 나라 사이의 관계를 더 악화시키지 않고 되도록 고려측에 유리하게끔 조절하려고 했다. 그러나 1224년 12월에 몽골, 고려 사이에 큰 불상사가 일어났다.

즉, 11월에 몽골 사신 저고여 등 10명이 재차 고려에 왔다가 9일만에 공물

을 받아 가지고 서경을 떠나 압록강을 건너 되돌아가는데 귀국도중 저고여
는 누군가에 의해 피살됐다.
　몽골조정은 저고여의 피살은 고려측에서 조작한 음모라고 의심하게 돼 고
려와의 관계는 마침내 크게 악화돼 사신파견이 중지되기까지 했다. 심지어
고려에 대한 침략기회를 노리고 있던 몽골은 이 사건을 빌미로 고려침략의
좋은 구실로 삼았다. 이 때 몽골통치집단은 서하 정복에 그 주력을 돌리고
있었으므로 당장 고려를 침략할 겨를이 없었다.
　그러나 고려는 불원간 그의 침범대상으로 되기 마련이었다.
　하지만 고려 정부는 사전에 몽골의 침범을 물리치기 위한 필요한 대책을
취하지 못하고 있었으며 이와 반면에 무신집권자 최이는 백성들의 집 100여
채를 허물고 큰 규모의 공치기 놀이터를 만들며 향락을 누리는 한편 사병을
사열하고 자신의 보호를 튼튼히 하는 등 자기정권을 확보하는 데만 몰두했
다.

2) 몽골의 고려 침략

　1227년 7월 징기스칸이 서하정벌 중 진중에서 오고타이(즉 태종)가 몽골왕
위를 계승했는데 1230년대 초 그는 서정의 승리와 더불어 병력을 즉시 금나
라와 고려로 돌렸다.
　1231년 태종은 자신이 친히 금나라 진공에 나섬과 아울러 살례탑에게 병사
를 이끌고 고려에 쳐들어가 이른바 저고여의 피살책임을 추궁하게 했다.
　1231년 8월 29일 살례탑은 압록강을 건너 저고여가 살해된 함신진(지금의
의주)을 포위 공격했다.
　이 때로부터 시작해 고려에 대한 몽골의 침입은 근 30연간 지속됐는데 이
기간 몽골은 고려를 향해 크게 6차례에 걸친 침략전쟁을 발동했다.
　고려정부는 몽골군이 침입했다는 보고를 받자 9월 2일 방어군은 편성하기
로 결정하고 각 도에서 군대를 징발했다. 9월 9일 방어군은 개경을 떠났다.
　함신진을 점령하고 철주를 함락한 살례탑은 9월초 병력을 두 갈래로 나눠
서경과 구주를 향해 진공했다. 몽골침략군은 신속하게 고려 깊숙이 쳐 들어
가 개경을 포위하는 한편 일부는 광주, 청주, 중주 등지로 진군하면서 무자비
한 살육을 감행했다.
　고려 백성들은 몽골침략자를 반대하는 싸움에 용감히 떨쳐나섰다.
　전국각지의 농민폭동군은 주동적으로 고려정부의 방어군에 참가했다.
　마산지구의 농민군 지휘자 2명은 스스로 개경에 올라가 집권자 최 이를 찾
아 5000명의 병사를 동원해 반몽투쟁에 가담하겠다고 표시했으며 충주 노군
(노비로 조직된 군사)의 지휘자도 개경에 찾아왔고 관악산의 농민군도 방어
군에 합류해 왔다.

　이번 반몽투쟁가운데서 구주, 서경 백성들은 몽골군이 쳐들어온 1231년 9월

초부터 이듬해 1월 적을 물리칠 때까지 4차례의 걸친 몽골군의 포위공격을 물리치고 끝까지 성을 지켜 용감히 싸웠다.

이리하여 적들은 하는 수 없이 포위를 풀고 후퇴하면서 '이와 같은 작은 성으로 대군을 막아내는 것은 하늘의 도움이지 사람의 힘은 아니로다'고 도무지 이해하지 못했으며 70살에 가까운 적의 한 늙은 장령은 '나는 젊어서부터 종군하여 천하의 성들에 대한 공격전을 무수히 보아왔지만 이처럼 공격을 받으면서도 항복하지 않는 곳은 일찍이 본적이 없다'라고 감탄까지 했다.

서경 백성들도 용감한 투쟁으로 성을 사수했다. 이밖에 몽골군은 비록 방비가 약한 일부 성들을 점령할 수 있었으나 이르는 곳마다 고려군민들의 완강한 저항에 의해 혹심한 타격을 받았다. 몽골통치자들은 상투적인 수법으로 군사적 침공과 외교적 공세를 함께 동원했다.

10월 1일 몽골군은 사신 2명을 평주(평산)에 보내 고려측에 항복을 강요했다.

고려정부는 11월초 북계분대어사 민회와 병마판관 최계년을 살례탑에게 보내 몽골군을 호군하는 명의로 강화에 대한 상대방의 의사를 타진했더니 살례탑은 항복이냐, 전쟁이냐를 속히 결정하라고 하면서 '속히 벼슬 높은 사람을 보내 항복하라'고 독촉했다.

고려정부는 12월 1일 몽골군에 의해 개경이 포위된 후 강화를 서둘렀다. 고려정부는 민 희를 재차 몽골군 진중에 보내 강화문제를 상의했으며 그 뒤를 이어 교전쌍방은 서로 빈번한 외교전을 펼쳤다.

이 과정에서 몽골측은 1)저고여의 피살책임을 고려에 추궁하면서 고려인이 활을 쏘아 죽였다고 단언했다. 2)고려의 큰 절 즉, 굴복을 강요했다. 심지어 몽골은 고려 고종을 향해 태종은 '고려국이 굴복하지 않으면 그를 멸망시키리라'고 한다면서 항복을 권유했다. 3)약탈적인 물자강요를 동반했다. 4)인질을 요구했는데 왕손, 공주, 군주와 고위관원의 자녀를 보낼 것을 핍박했다.

이에 대해 고려측은 1)저고여의 피살책임을 시종 강력히 부인했다. 고종은 태종에게 보낸 서한에서 저고여를 살해한 것은 고려가 아니라 린구가 했다는 것을 정중히 밝혔다. 2)몽골의 큰절 요구를 물론 받아들일 수 없었다. 고려는 '과거와 같은 화해와 더욱 두터운 〈수호(修好)〉를 맺을 것을 다짐했다. 3)몽골의 약탈적인 공물강요에 대해서는 적당히 보내주었다. 4)몽골의 인질에 대한 요구는 회피해 버렸다.

이와 같은 외교전의 기초 위에서 몽골과 고려 사이에는 화의가 이뤄졌다.

몽골군은 1232년 1월 고려에서 철병 했다. 몽골군이 이처럼 고려정복의 본래 야망을 달성하지 못하고 물러간 것은 물론 주요하게는 고려군민의 굴복 없는 반몽투쟁의 결과였다.

강화가 이룩된 후 몽골통치 집단은 고려에 대한 내정간섭과 계속되는 물자요구를 강요해 왔으며 재침입을 준비했다.

후퇴시에 살례탑은 고려왕경과 주, 현에 다루화츠(지방장관) 72명을 배치해 두고 그들을 통해 고려의 내정을 간섭, 감독하게 했다. 그리고 또 사신들을 줄지어 고려에 파견했다. 고려땅에서 다루화츠의 사신들은 살육과 만행을 함부로 감행했다. 심지어 사신 도단(거란인)은 '고려국사를 통괄하러 왔다'고 아우성치면서 왕궁에 들어와 고려 고종과 나란히 않겠다고 고집을 부리며 고려측 접대관을 살해하기까지 했다.

그리고 그들은 박 서 등 애국맹장을 죽여달라고 고려에 압력을 가했다.

1232년 3월에 몽골은 고려에 농사지을 사람 장공, 왕족 및 관원들의 자식들을 뽑아 보낼 것과 수달피 1000장을 요구했으며 고려의 국경요새인 의주의 인구수와 같은 국가의 기밀자료를 제공할 것을 강요해왔다.

또 같은 달에 몽골군 30여명이 압록강 건너 깊숙이 선주(선천)에까지 침입해 곡식 30여섬을 약탈해 갔다.

고려에 대한 몽골통치 집단의 이와 같은 내정간섭과 강탈적인 요구에 대해 고려정부는 물론 허용할 수 없었다.

1232년 4월 고려측은 살례탑에게 보낸 서한을 통해 그 태도를 명확히 표명했다.

살례탑은 저들의 강탈적인 요구가 잘 실현되지 않자 고려에서 파견한 사신 지의심 일행을 마구 잡아 가둠으로써 양국의 대립적 관계를 고의적으로 악화시켰다. 그리고 압록강 연안에서 고려에 대한 재차 침입의 준비를 다그쳤다.

몽골과의 관계를 될 수 있는 한 무난하게 유지하려던 고려정부의 희망은 실현될 수 없었다.

고려조정과 최 이를 수반으로 하는 무신집권자들은 항몽전쟁을 벌일 것을 결정짓고 수도를 개경에서 강화도로 옮겨 내정간섭을 일삼은 다루화츠들을 처단하는 등 일련의 단호한 조치를 취했다.

1232년 7월 6일 고려 고종은 개경을 떠나 7일에 강화도로 천도했다. 그 당시 고려통치층의 강화도 천도의 주된 의도는 몽골군이 해전에 무능한 약점을 이용해 섬으로 수도를 옮긴 다음 반몽항전을 벌여 적들을 물리치거나 그렇지 못하더라도 유리한 환경에서 강화를 맺어보려는데 있었다.

이는 고려통치층 내부에서의 항몽의지의 표현으로 투항주의와는 엄연히 구별되는 긍정적인 결정정책이었다.

1232년 7월 몽골은 사신 9명을 고려측에 보내 4일동안 머물면서 고려가 해도에 천도한 문제, 다루화츠 처단문제, 큰절둔제, 국왕의 출영문제, 고종의 친신조근 문제 등의 내용을 담은 몽골정부의 둔서를 고려정부에 전달했다.

그러나 고려정부는 한 시기 이에 응대하지 않았다.

1232년 8월에 몽골 태종은 살례탑에게 영을 내려 고려를 다시 본격적으로 공격했다. 이리하여 고려에 대한 몽골의 제2차 침입이 시작됐다.

고려에 침입한 즉시 살례탑은 고종의 출육(강화도로부터 육지로 돌아오는 것)을 요구했는데 이에 고려가 응하지 않으니 다시 최령공(즉, 최 이)의 출육을 요구했다. 하지만 이 역시 고려정부에 의해 거절당했다.

처인성 전투에서 고려군은 용감히 항전을 벌였다.

몽골침입군의 통수 살례탑은 고려군 김윤후의 활에 명중돼 죽었다.

통수를 잃을 정도의 참패를 본 몽골군은 부사철가의 인솔하에 고려에서 철수했다.

몽골군이 후퇴한 뒤 1233년 3월, 고려조정은 최 린을 사자로 몽골에 파견해 평화적 외교정책을 교섭하려 했으나 길이 막혀 성사되지 못했다. 이와 반대로 몽골 태종은 4월에 이른바 고려의 5가지 죄를 열거한 통고를 고려에 보냈다.

이른바 5죄란 1)걸안적을 평정하고 탑라(저고여)를 죽인 뒤 아직 한번도 사람을 몽골에 파견하지 않았다. 2)몽골 태종의 유시를 갖고 고려에 간 몽골 사신을 그대로 돌려보냈다. 3)저고여를 죽이고도 만노의 백성들이 죽였다고 거짓말을 했다. 4)그대(고종)에게 진군을 명하고 몸소 입조하라고 했으나 오히려 항거해 섬으로 숨어 들어갔다. 5)그대(고종)에게 백성의 호구를 조사해 보고하라고 했으나 조사도 하지 않고 그릇된 숫자를 보고했다는 등이다.

그러나 고려는 이를 아랑곳하지 않고 몽골군이 철수한 기회를 틈타 몽골군에 의해 강점됐던 북부 여러 지역을 수복하기 위한 투쟁을 벌였다.

1233년 9월 몽골은 동진국을 정복하고 1234년 1월에는 금을 멸망시킴으로써 곧 진행될 고려 재침입을 위해 후방의 안전을 확보함과 동시에 길을 개척해 놓았다.

1235년 윤7월에 몽골은 당고를 파견해 고려의 서북면의 안변도호부를 침략했다.

이번 당고의 고려침입은 1239년 4월까지 약 4년간 지속됐는데 이것이 곧 몽골의 제3차 고려침입이다. 8, 9월에 몽골군은 용강, 함종, 삼등, 용진진, 진명성, 동주 등을 점령했다.

1236년 10월 몽골군은 멀리 전주, 고부까지 침입했다.

1236년에 걸쳐 몽골군은 잠시 침입을 멈췄다가 1238년 4월에 들어서 경주까지 진격하여 황룡사를 불질렀다. 이리하여 12월 극도의 위협에 봉착한 고려조정은 몽골을 향해 강화를 제출하지 않으면 안됐다.

고종은 장군 김보정과 어사 송언기를 몽골에 파견 일찍 1219년과 1231년에 두 나라 사이에 강화를 맺었음에도 불구하고 몽골군이 누차 고려를 침입한데 대해 항의하면서 무력위협을 그만둘 것을 요구했다. 이에 1239년 4월 몽골은 남가아질 등을 고려에 파견해 '전에 보낸 문서의 요구에 따라 국왕이 친히 몽골에 입조하면 군대를 철수하겠다. 요구에 따르지 않고 입조하지 않으면서 다만 외교문서만 보내고 병화를 면하려고 꾀한다면 이치에 맞지 않는다'고 외교적 공갈을 했다.

몽골측의 제안에 기조해 쌍방은 강화를 달성하고 몽골침략군도 고려로부터 철수했다.

1239년 4월 몽골군이 물러간 후 5, 6년 사이에 비록 몽골의 대규모의 침입은 잠시 중지됐으나 두 나라간의 외교적 투쟁은 몹시 치열하게 진행됐다.

고려정부는 약속과는 달리 몽골군이 철수한 후 국왕입조를 수행하지 않았다.

이 해 여름부터 다음해 말까지의 짧음 기간에 양국은 매우 빈번한 사신왕래를 통해 격렬한 외교전을 벌였다. 여기에서 몽골측이 제출한 문제는 여전히 국왕친조를 중심으로 강화도의 백성들을 육지에 돌려보낼 것, 몽골에 투항한자들의 가족을 처단한 고려관리를 잡아보낼 것 등이다.

이와 같이 고려주권에 대한 노골적인 유린행위에 대해 고려측은 허용할 수 없음을 극력 해명함과 더불어 될 수 있는 한 상대방을 회유하여 화친관계를 유지하기에 힘썼다.

1241년 4월에 고종은 몽골측의 거듭되는 국왕친조의 요구를 다소나마 만족시켜 주고 그들의 체면을 돌봐주기 위해 20세되는 왕족인 영녕공 준을 왕자로 속여 귀족자제 10명을 배동시켜 몽골에 보내 인질로 삼게 했다.

준은 몽골 서울 화림에 이르러 태종을 뵙고 요동에 와서 몽골 왕녀와 결혼한 뒤 심주(즉, 심양)에서 일생을 지냈다. 몽골의 태종은 무력침입으로 당장 고려를 정복할 수 없음을 깨닫고 준을 인질로 받는 것을 잠시 정신적 자아위안을 받는데 그치지 않으면 안됐다.

11월 몽골 태종이 사망한 후 새 대한을 선정하기까지 황후 탈열가나가 몽골의 대권을 장악했는데 이 기간 고려와 몽골 양국 간에는 여전히 긴장한 외교적 교섭이 지속됐으나 서로간의 심한 알력은 다소 해소됐다.

1246년 7월 몽골은 쿠릴타이대회를 거쳐 귀유(오고타이의 아들)를 대한으로 추대했다. 이가 곧 정종이다. 이 해 겨울 정종은 장군 아모간에게 고려를 또다시 침입할 것을 명령했다. 아모간은 1247년 7월에 홍복원(고려 항장)을 앞세우고 고려에 대한 네 번째 침략을 발동했다.

몽골의 네 번째 침범에 응하기 위해 고려는 화친과 전쟁의 양면방침을 재취했다. 1248년 2월과 10월에 사신을 몽골에 파견허 후퇴를 교섭했다.

이 때 몽골통치집단 내부에는 테무진의 여러 손자들 사이에 권력다툼이 일어나고 정종도 1248년 봄에 갑자기 죽었다. 몽골을 이와 같이 불안한 국내형편에서 고려에 대한 침략전쟁을 계속 진행할 수 없게 돼 잠시나마 군대를 철수했다.

그리고 이와 더불어 고려에 사신을 보내 수도를 강화도로부터 개경으로 옮겨갈 것과 국왕의 몽골방문을 강요했다.

1249년 4월과 6월에 고려는 김자진과 안 전 등을 각기 몽골에 파견해 고려의 입장을 밝히면서 몽골의 요구를 거절했다. 외교적 위압이 수포로 돌아가자 이 해 9월 몽골은 또다시 동주, 동성, 간성 등에 침입해 고려를 향해 군사적 압력을 가했다. 하지만 박천유가 인솔하는 고려 별초병에 의해 몽골의 침입은 격파되고 말았다.

1249년 11월에 고려에서는 30년간 실권을 장악해오던 최 이가 죽고 그이 아들 최 항이 그 뒤를 이어 제3대 무신집권자로 등장했다. 이 시기 고려정부의 대몽방침은 종전과 마찬가지로 온갖 방법과 수단을 다해 몽골이 강요하는 고려왕의 몽골방문을 회피하는 것이었다.

1250년 1월에도 고려는 최장서와 최 자를 몽골에 파견해 3월까지 머물러 있으면서 현 고려정부의 태도를 피력하게 했다.

이어 6월 몽골은 다가, 무로손 등 62명의 대형사절단을 고려에 파견해 고려 정부의 출육 동정을 살펴보고 승천부관에 이르러 고려국왕에게 강도에 나와 자기들을 영접하라고 했다. 그러나 고종은 이에 응하지 않고 신안공 전을 내보내 그들을 강도에 맞아 들였다.

이 때 고려정부는 강도에 높고 견고한 성을 쌓으면서 도읍을 다시 옮기지 않을 뜻을 확고히 표명했다.

몽골에서는 장기간의 권력다툼 끝에 1251년 6월 몽가가 마침내 대한의 보좌를 차지하게 됐는데 이가 곧 헌종이다.

전대의 대한과 마찬가지로 몽가도 이 해 10월 장곤을 수반으로 하는 40명 사절단을 고려에 파견해 고종에게 역시 왕의 친조와 출육 환도를 설교했다. 이에 고려정부는 국왕의 연로함과 병환을 구실로 왕의 친조를 완연히 거절했고 이른바 출육 환도 문제에 관해서는 1252년 1월 몽골에 보낸 사신 이 현을 통해 교섭하게 했는데 이 현에게 '그들이 출육에 관해 묻거든 금년 6월에 행하겠다고 하라'고 지시했다.

과연 몽골 헌종은 이 현에게 출육문제를 문의했는데 이 현은 고려정부가 시키는 대로 대답했다. 그러자 몽골 헌종은 이 현을 억류해 인질로 삼는 것으로서 고려에 압력을 가했다. 그러나 고려는 굴하지 않고 6월이 돼도 출육 환도를 하지 않았다.

이렇게 되니 몽골 헌종은 7월에 또다시 다가, 아토 등 37명의 사신을 고려에 파견하면서 이번에 고려왕이 육지에 나와 영접하지 않으면 나는 너희들이 돌아오는 것을 기다렸다가 고려를 토벌할 예정이라고 알려줬다.

헌종의 이 타산은 이 현과 동행하여 몽골에 갔던 서장관 장일을 통해 고려정부에 전해졌다. 그러나 고려 고종은 종전대로 신안공 전을 육지에 파견해 그들을 영접하게 하고 자기는 강화도 제포관에서 그들을 만났다.

격노한 다가 등은 연회가 끝나기도 전에 고려왕이 몽골황제의 요구를 무시한다면서 승천관으로 돌아갔다.

이와 같이 고려정부는 몽골의 그 어떤 위압 앞에서도 국왕의 친조와 출육 환도만은 강력히 거부해왔다. 이와 반면에 몽골은 갖은 수단을 다 써가며 이를 실현시킴으로써 저들에 대한 고려왕의 철저한 항복을 받으려고 시도했다.

1253년 외교적 교섭에서 실패한 헌종을 위주로 한 몽골통치 집단은 고려를 향해 다시금 무력침공을 들이댔다.

이 해 7월 몽골 장령 야고는 출병해 압록강을 건너 고려에 대한 제5차 침략을 개시했다. 8월, 몽골대군은 서해의 섬을 거쳐 충청도 지경에 침입했으며 그 척후대는 전주근방에까지 진격해갔다.

무력침공과 더불어 몽골은 고려를 향해 계속되는 외교공세를 들이댔다.

전쟁초기 야고는 사신을 고려에 파견해 헌존의 서신을 전했는데 여기에는 '그대들이 명령을 거역하므로 황숙 야고에게 명하여 군사를 일으켜 고려를 치게 했다. 명령을 받아들이면 군사를 돌릴 것이니 만약 명령을 어기면 나는 조금도 용서하지 않을 것이다'라고 적혀 있었다.

한편 몽골조정은 일찍 몽골에 인질로 잡혀간 왕족 영녕공 준과 또 그곳에 2년간 억류돼 있는 고려사신 이 현을 시켜 고려 집권자 최 항에게 편지를 써 보내게 했는데 이 편지에는 '……황제가 나에게 지시하기를 네가 본국에 가서 나의 지시내용을 설명해 출육하게 하라고 하기에 내가 6월초에 야고 대왕의 처소에 가서 자세히 이를 보고하고 사명을 갖고 군대를 따라 여기에 왔다. ……또 황제가 대관인에게 영을 내려 말씀하기를 국왕이 만약 나와서 맞이하거든 곧 군대를 철수하라 했다. 지금 국가의 안위가 달려 있으니 만약 (국왕이) 나와 맞이하지 못하거든 모름지기 태자나 안경공(고종의 둘째 아들이고 원종의 아우)으로 하여금 나와 맞이하게 하면 반드시 철군할 것이다. 만일 이같이 해도 (몽골)군사가 철군하지 않으면 나의 일문을 멸망시켜도 좋으니 원컨대 의심을 버리고 이번의 기회를 놓치지 말기 바란다'고 적혀 있었다.

이현도 편지로 '내가 2년이나 머물러 있으면서 몽골을 살펴보니 전에 듣던 것과 매우 달라 … 금년에 내린 지시는 실토 어려운 일이 아닌데 어찌하여 (국왕이)출영할 수 없는지요? … 지금 동궁이나 안경공이 출영하여 진심으로 빌면 반드시 철군할 것이니 원컨대 공은 잘 도모하시라'고 권유했다.

몽골의 이와 같은 제의는 국왕의 친조 요구를 포기했다는 것을 의미하는 것은 아니었지만 아무튼 몽골의 후퇴적 양보를 보여주고 있다. 하지만 '이것은 국왕의 직접적인 친조를 당장 실현하는 것이 불가능한 형편에서 제2의 방법, 우회적인 방법으로 고려를 굴복시키려는 음흉한 한 술책'이었으며 백성들의 치열한 항전에 부딪혀 고려의 강토를 강점하지도, 강화도를 공격하지도 못하게 된 궁한 형편에서 꾸며진 계책이었다.

한편 이 때 고려는 〈몽골대군의 우선 철수〉에 대해 더는 양보하지 않았으며 몽골도 〈고종의 우선 출육〉에서 더는 물러서려 하지 않았다. 외교협상을 추진시킴과 동시에 몽골은 충주와 갑곶 등지로 진격했으며 춘주성, 양근성, 천룡산성, 양주성 등을 함락했다. 몽골의 강력한 출육요구와 군사적 압력은 고려로 하여금 대몽책략을 재검토하게 했다.

10월 고종은 대신들을 모여놓고 대몽책략을 상론했는데 모두들 태자의 출육을 찬성했고 실권자이며 강경파인 최 항도 더는 고집부리지 않고 이에 동의했다.

고종은 이쯤 영안백 회와 김보정 등을 야고에게 파견했다. 이 때 야고는 충주에서 병에 걸렸는데 점쟁이가 '이곳에 오래 머물면 돌아가기 어렵겠다'고 점괘를 알리자 아모간과 홍복원 등을 남기고 자기는 먼저 퇴각길에 올랐다.

고려사신 영안백 회는 그를 전송하면서 몽골군 전군의 철수를 권유했다. 이에 야고는 '국왕이 이 강 밖으로 나와서 우리 사자를 맞으면 군사를 돌릴 것이다'고 하면서 몽골에 10명의 사자를 고려에 보냈다.

고려 고종은 11월 16일 야별초의 호위로 출육해 승천부의 새 궁궐에서 이들을 맞이하고 다시 강도궁전으로 돌아갔다.

11월 22일 야고는 또 호화를 고려에 보내며 다루화츠의 설치와 성벽을 허물 것을 권고하고 금, 은, 수달피, 모시베 등을 요구했다. 이에 고종은 야고에게 '나가서 사자를 맞는 일은 전례가 없고 더구나 날씨가 차고 세찬 바람이 부는 때에 노병의 몸으로 어찌 바다를 건너겠느냐. 생각이 많았으나 대왕의 지시에 따라 신하들을 거느리고 나가서 사신을 맞았는데 이는 대왕이 말한 약속을 지켜서 곧 몽골군을 철수시키려 했기 때문이다.

지금 들으니 군사 1만명을 주둔시키고 다루화츠를 둔다고 하니, 만약 이렇게 한다면 어찌 후환이 없기를 보장하며 안심하고 옛 도읍으로 복귀할 수 있겠는가? 바라건대 이러한 일은 그만두게 하라. 그리고 성벽을 허물자는 것도 우리의 풍습상 또는 해적방어 때문에 불가능한 일이므로 거두어 주기 바란다'고 답변했다.

그리고 화화에게도 '요구하는 금, 은은 옛날부터 우리나라에서 나는 것이 아니어서 마련하기 쉽지 않고 수달피와 모시베는 병란이 일어난 이 후 백성들이 놀라 도망하여 흩어져서 마련하기 어려움으로 그 중 약간만 보내니 양해하라'고 알려주었다.

이는 외교적 교섭에서 약속을 이행치 않는 몽골측의 배신행위에 대한 고려정부의 엄정한 규탄이었고 주권을 수호하는 고려측의 확고한 태도를 보여준 것이다.

12월에 들어서면서부터 고려국왕 친조문제와 몽골대군의 철병문제를 둘러싸고 양국 사이에는 보다 빈번한 교섭이 전개됐는데 나중에 고려 고종의 둘째 왕자인 안경공 창을 몽골에 보내는 것을 조건으로 몽골은 우선 충주에 대한 포위를 풀었다.

1254년 정월 3일에 안경공은 몽골군 진영에 도착해 철군을 요구했는데 몽골군은 야고가 돌아간 1개월 후에 잠시 철수했다. 그러나 몽골통치집단은 다만 고려왕자의 방문에 만족할 수는 없었다. 그리하여 그들은 고려를 철저히 항복시키기 위해 1254년부터 1259년 사이에 차라대를 고려원정의 통수로 임명해 제6차 고려침략 전쟁을 발동했다.

이 기간 몽골은 무려 4차례에 걸쳐 집요하게 고려로 쳐들어왔다.

이에 앞서 몽골통치 집단은 고려정부가 출육환도와 국왕의 몽골친조 문제에 직면해 시간을 끌면서 종시 허락지 않는 것은 사실 몽골에 대한 항전으로 간주했다.

게다가 몽골군이 잠시 철수한 후 고려정부는 반역한 관리와 장수들을 엄벌에 처하고 이 현과 그의 아들 다섯은 사형시켰으며 싸우지 않고 적에 항복한 조언방(천룡성 별감), 정신단(황려 현령) 등을 섬에 귀양보냈다. 이에 대노한 몽골 헌종은 고려에 대한 재침략을 다그쳤던 것이다. 차라대의 첫 번째의 침입은 1254년 7월부터 1255년 2월까지 사이에 진행됐는데 이 기간 고려가 입은 피해는 매우 막심했다.

1254년 8월 차라대의 척후대는 광주까지 쳐들어갔고 9월에는 충주를, 12월에는 합주(경상남도 합천)까지 공격했다. 그리고 몽골은 또 동진군을 조직해 고려의 동북지방으로 진군해 철령일대까지 이르렀다.

종전과 마찬가지로 제6차 고려침략전쟁 시기에도 교전쌍방은 군사적 대결과 동반해 외교적 교섭을 진행했다.

고려 고종은 최 린을 차라대의 지회소가 있는 합천에 보내 철병에 관해 교섭했다.

12월 최 린이 강도에 돌아가 고종에게 보고한데 의하면 차라대는 고려왕과 최항이 육지로 나와야 철병할 것이라는 노골적인 주권침해의 요구를 견지했다.

외교공갈과 더불어 몽골군은 곳곳에서 학살과 약탈을 일삼았다. 이 해에 몽골군은 무려 20만6800여명에 달하는 고려인 남녀를 사로잡아갔으며 헤아릴 수 없는 죽음을 냈다.

1255년 정월 고려는 또다시 최린을 파견해 철병을 재삼 요구했다. 이어 차라대도 아두 잉부 등 4명의 사자를 고려에 보내 출육과 입조를 독촉했다.

이 때 최 린의 외교적 교섭은 어느 정도의 효과를 보았다. 최 린과의 회담을 거쳐 몽골군은 잠시 철병 조치를 취했다.

즉, 몽골군은 고려내지로부터 의주와 정주 등지로 철퇴해 형제산(의주)과 대부성(압록강의 섬) 사이에 주둔했다. 그러나 고려에 대한 압력을 잠깐 늦춰 상대방의 약속이행 여부를 살펴봄에 목적을 둔 몽골의 철병은 오래 지속될 수 없었다.

철병한지 두달후인 1255년 5월에 차라대는 또다시 고려에 대한 두 번째 침략전쟁을 발동했다.

이리하여 6월에 고려정부는 또다시 특어사 김수강을 몽골 화림에 파견해 장기적인 외교교섭을 진행하게 했다.

8월에 몽골대군은 청천강 유역을 침공하고 승천부(봉덕)에 이르렀다. 이에 고려는 서울에 계엄령을 내리고 보다 위급한 항몽태세를 취했다. 이번 싸움에서 몽골군은 종전과 달리 수전을 시도했는바 이는 외교교섭으로 고려의 출육이 이룩되지 않을 경우에 해전으로 강화도를 함락해 종전의 목적을 달성하려는 것이었다.

하지만 고려군민들의 용맹하고도 굴함없는 반항투쟁으로 차라대의 제2차 침략도 역시 실패로 돌아갔다.

1256년 5월 차라대는 고려 사신에게 '만약 화친을 바란다면 어찌하여 우리 군대를 많이 죽이는가, 죽은자는 할 수 없으나 생포한자는 돌려 보내달라'고 간청했는데 이는 몽골군의 참패를 생동하게 말해준다.

9월 고려사신 김수강과 몽골과의 철군교섭은 몽골의 화림에서 성공적인 결과를 보게 됐다. 몽골 헌종은 김수강의 논리정연한 진술을 듣고 철군과 화호를 약속한 후 서지를 차라대에게 파견해 철병을 명령했다.

헌종의 명에 따라 9월 찰라대 대군은 고려에서 철퇴했다.

사전에 고려정부는 몽골군이 물러가면 태자의 친조가 잇따르리라는 제안을 내놓았지만 그의 현실적인 실현에는 매우 신중했다.

상대방의 태자친조를 즉시 할 데 대한 요구에 대해 여러 가지 이유로 시간을 끌어가며 적절한 시기를 찾으려고 했다. 1257년 윤4월에 실권자 최 항이 죽고 그의 서자 최 의가 실권을 쥐었다.

그러나 고려정부의 대몽정책에는 아무런 변화도 없었다.

5월초에 고려는 또다시 김수강을 몽골에 파견해 몽골군이 재차 침입하지 않도록 설득시키려 했다.

고려의 대몽정책의 내막을 파악한 몽골 차라대는 김수강의 몽골행차와 때를 같이해 또다시 고려침공을 발동했다. 고려는 다시 서울에 계엄령을 내리고 전국적인 항쟁을 동원하는 한편 김 식을 차라대의 군영에 보내 강화교섭을 하게 했다.

차라대는 '왕이 만약 친히 오면 군사를 곧 돌릴 것이고 또 왕자를 입조시키면 영원히 후한이 없을 것이다' 라고 권유했다.

그리고 김수강도 몽골 헌종과 회담한 후 몽골군을 철수시키겠다는 답복을 받고 9월에 몽골사신과 함께 귀국했다.

이 때 고려정부는 7월과 11월 두 차례에 걸쳐 태자의 친조 여부를 토의했다. 결과 1257년 12월 태자 대신 둘째 왕자 안경공 창을 몽골에 파견하는 것으로 결의를 지었다.

당시 집권자 최 의는 태자의 친조가 자기의 정권유지에 불리하리하는 예측으로부터 그 실현을 될 수만 있으면 지연시키려고 했다.

차라대는 안경공 창의 친조에 큰 기대를 두지 않았다. 그는 고려에 대한 몽골의 군사적 압력이 연속 진행될 것을 예측하고 종전대로 군대를 계속 압록강 남쪽에 주둔시키고 새로운 진격을 대기하고 있었다.

몽골이 고려와 철군을 약속하고 차라대가 잠시 철군한 것은 고려의 출육과 국왕 혹은 태자의 친조를 추진시키려는데 그 의도가 있었다. 그러나 고려정부는 출육이나 태자 친조를 막론하고 그의 실제적인 이행에 대해서는 성의를 보이지 않고 있었다.

고려의 이러한 대응을 본 몽골은 다시 침공준비에 착수했다.

이 때 마침 고려에는 큰 정변이 일어났다. 3월 유 경, 김인준, 박희실 등 문무관료들은 실권자 최 의를 죽이고 60여년간 지속되던 최씨 집안의 독재정권을 무너뜨리고 왕권을 회복했다.

그러나 장기간에 걸친 최씨의 독재정치와 왕권의 위축이 남긴 영향으로 정변후에도 왕권은 제대로 힘을 발휘하지 못했다.

이밖에 왕권은 역시 김인준 등 정변두목들의 간섭을 많이 받게 됐다. 이리하여 왕실과 김인준 일파간에는 모순과 충돌이 연달아 발생했다.

몽골 헌종은 고려조정의 내홍을 좋은 기회로 삼고 고려에 대해 보다 큰 압력을 가했다.

그는 고려의 항장 홍다구에게 영을 내려 차라대를 따라 고려를 치게 했다.

하지만 몽골병은 고려 야별초의 완강한 저항을 받았다.

고려 고종은 4월 30일에 차라대가 고려에 사자를 보내 고려정부가 출육을 준비하고 있는가를 살피게 된다는 정보를 받고 문무백관을 승천부에 내보내 정청을 옮기고 궁궐과 관청을 수리하면서 출육을 가장했다.

5월 5일에는 군사의 호위속에 고종을 바다를 건너 승천부의 새 궁궐에 나가 차라대의 사신 파양 등 9명을 접견했다.

1258년 6월 11일 차라대는 여수달과 보파대에게 영을 내려 2000의 기병을 동원해 고려의 가주, 곽주 등지를 점령하게 했다. 그리고 이와 동시에 파지호 등 6명의 사신을 고려에 보내 '몽골 황제는 고려가 진실로 항복하면 닭과 개 한 마리도 건드리지 말고 그렇지 않으면 수니(강화도)를 공격하라 명했으니 지금 왕과 태자가 서경에 나와 회견하면 곧 퇴군하겠다'고 알렸다.

이에 고종은 '내 이미 늙어 병든 몸이므로 먼 길을 갈 수 없다'고 회답을 전하고 18일 영안공 회와 김보정을 또다시 차라대에게 보냈다. 몽골군은 서경을 걸쳐 염주, 백주, 평주 보산역까지 점령했다.

이 때 김보정은 여수달이 파견한 사자 8명과 함께 고려에 돌아와 보고하기를 '여수달이 신에게 말하기를 황제가 고려에 대한 사항을 나와 차라대에게 맡겼다. 우리는 고려의 항복여부에 따라 거류여부를 결정할 따름이다. 비록 국왕이 출영하지 않더라도 태자를 파견해 몽골군에 항복할 것 같으면 즉일로 철군할 것이다. 만약 그렇지 않으면 군사를 풀어 남방으로 진공하게 될 것이라고 하므로 저는 이에 태자가 와서 귀하를 만나게 될 것이다고 대답했다'고 했다.

몽골의 강화조건은 여전히 태자의 항복으로 귀착됐다. 그러나 고종은 '태자가 병으로 누웠는데 어찌 나올 수 있겠는가'라고 하면서 몽골의 제안을 거부했다.

즉, 고려는 태자의 출항도 거두어들이고 오로지 사자를 보내 예물을 드리면서 변명할 뿐이었다. 외교적 위압이 효과를 보지 못하게 되자 차라대는 곧 병사를 개성에 주둔시키고 12월에 이르러서는 화주(금야) 이북지역을 점령하고 쌍성총관부를 설치한 후 고려 동북면의 적지 않은 지역을 통제했다.

고려의 군민들은 종전과 마찬가지로 용감히 항몽투쟁을 벌였다.

그 중 충주 백성들의 항몽투쟁은 고려 남부지역을 수호하는데 결정적 역할을 했다.

　몽골군의 천호 유어개는 고려군민들의 항몽투쟁의 위력에 질겁해 부하 9명을 데리고 고려에 항복했다. 고려의 서북지방과 동북지방에 침입한 몽골군도 고려군민들의 거세찬 반항투쟁으로 곳곳에서 혹심한 실패를 보았다.

　1258년과 1259년 연속 두 해 동안 고려에는 막대한 자연재해로 전국범위의 큰 기근에 빠졌다.

　심지어 수도에도 식량이 떨어져 군민들이 굶주린 것은 물론 양반관리들의 봉급마저 줄 수 없는 심각한 사태가 조성됐다. 이리하여 고려는 항몽투쟁을 계속 견지함에 크나큰 곤경에 부딪혔다.

　1259년 1월 고려정부는 3품이상의 고관회를 갖고 대몽대책을 토의했는데 평장사 최 자, 주밀원사 김보정 등은 몽골과의 강화를 견결히 주장했다. 이번 회의는 고려측의 강화 담판이 급속히 추진된 중요한 계기가 됐다.

　1259년 3월 12일 양국 사이에는 치열한 외교전을 거쳐 고려태자의 몽골방문, 몽골군 철수협약이 맺어졌다.

　고려태자 전은 출발 날자를 앞당겨 1259년 4월 21일에 참지정사 이세재, 김보정 등 40명을 거느리고 고종의 국서를 가지고 몽골로 향했다.

　국서의 내용은 고려는 그동안 권신이 병사업무를 주관했을 뿐만 아니라 국사전반을 장악하고 있었으므로 몽골과의 관계에서 어긴 것이 많았으며 '나(고종)는 노병이 이미 심해 친조할 수 없으므로 태자를 입조시키는데 태자의 몸은 곧 나의 몸이고 나의 뜻은 곧 태자의 뜻이니 바라건대 이 뜻을 밝게 살펴 고려에 은혜를 베풀어 주십시요' 라는 것이었다. 이 무렵 몽골에서는 헌종(몽가)의 동생들인 홀필렬과 아리불가 사이에 대한의 보좌를 쟁탈하기 위한 싸움이 벌어지고 있었다.

　1259년 7월 남송 정벌에 나선 헌종이 조어산 지휘소에서 병사했는데 이 소식이 수도 화림에 전해지자 당시 수도를 지키고 있던 아리불가는 여러 장령들에 의해 추대돼 대한의 자리에 오를 준비에 바삐 서둘렀다.

　한편 그의 형인 홀필렬은 이 때 남송의 악주(무창)을 공격하던 도중 남송이 제기한 강화에 응하고 수도를 향해 급히 질주했다. 이러한 사태에서 헌종을 찾아 남하하던 고려의 태자는 도대체 누구를 찾아 친조를 표시할지 망설이다가 홀필렬을 만나기로 결정하고 계속 남하했다. 이리하여 도중에서 홀필렬은 고려 태자의 친조를 받았다.

　이 때 홀필렬은 '고려는 만리밖에 있는 나라로서 당태종이 친정해도 정복할 수 없었는데 지금 그 나라 태자가 스스로 찾아왔으니 이는 하늘의 뜻이라 할 것이다'고 감동돼 말하고 함께 개평부에 이르렀다.

　이리하여 홀필렬과 태자 전과의 강화담판은 비교적 순조로웠으며 고려의 주권을 승인하는 원칙에서 진행됐다.

　1260년 2월 25일에 고려태자 전은 개평부에서 부왕 고종의 사망부고를 받고 3월에 급히 귀국해 4월에 부왕을 계승해 고려의 원종이 됐다. 홀필렬은 3

월 하순에 대한으로 추대됐는데 이가 곧 몽골 세조이다. 이어 원종은 몽골 세조에게 사신을 보내 출육의 의향을 전하고 몽골군의 철수, 고려인 포로의 송환 등을 요구했다.

몽골 세조는 4월 24일에 형절과 기다대를 고려에 보내 고려의 왕권을 인정하고 고려로부터 몽골군을 즉일로 철수하며 붙잡아간 고려사람들을 돌려보내도록 영을 내렸으며 또 몽골군으로서 실한 오리라도 약탈한 자가 있으면 사실을 조사해 법에 따라 단죄하겠다는 등의 내용을 담은 국서를 전하는 것으로 고려 원종의 요구에 답복했다.

몽골 세조는 이 회답에 앞서 4월 23일에 김보정, 김대재 등 고려사신을 비롯한 100명을 고려에 송환시켰다.

고려는 4월 29일에 영안공 희(僖)를 몽골에 급히 보내 세조의 즉위를 축하함과 동시에 그가 고려의 요구를 접수해준 더 대해 감사를 드렸다. 세조는 5월에 고려 도망인 및 포로 440여호를 송환시켰다. 8월에 고려 영안공 희가 귀국할 때 몽골 세조는 또 고려 원종에게 아래의 내용을 담은 문서를 전했다.

즉, 1)의관은 고려의 풍습대로 입고 쓰게 한다는 것. 2)고려와 왕래하는 자는 오직 몽골정부에서 파견하는 자 이외에는 엄금하겠다는 것. 3)개경으로의 천도는 시기를 보아 적합한 때로 결정하는 것이 좋다는 것. 4)압록강 부근에 주둔한 몽골군은 가을 안으로 철수시키겠다는 것. 5)다루화츠는 돌아오도록 명령했다는 것. 6)몽골에 머물고 있는 10여명의 고려인은 되돌려 보낼 것이며 행방을 감추고 있는 사람은 색출해 낼 것이며 금후에는 이런 체류를 용서치 않을 것이다라는 내용 등이다.

몽골과 고려사이에 이상의 강화합의는 즉시로 집행됐다.

8월에 다루화츠 속리대는 소환됐고 서경에 주둔했던 몽골군은 철퇴했으며 190여명의 고려인을 송환시켰다. 이와 같이 몽골과 고려사이의 근 30년 동안의 장기적인 전쟁관계는 매듭을 짓고 국교가 이뤄지게 됐다. 이는 몽골이 고려의 왕권을 승인하고 고려의 주권을 인정하는 것을 기본조건으로 하고 있다.

몽골통치 집단이 전통적으로 품고있던 고려에 대한 철저한 제패로 전쟁의 결과를 보려던 원래의 자신만만하던 목표는 실패로 돌아갔다.

몽골통치 집단은 고려와의 전쟁에서의 군사적 패배를 승인했다. 이는 위에서 언급한 홀필렬이 고려태자를 만났을 때의 말에서도 볼 수 있고 또 몽골 강회선 무사 조양필이 홀필렬에게 '고려는 비록 소국이지만 산해에 가로막혀 우리나라가 무력을 쓴지 20여년이 됐어도 아직 항복시키지 못했다'고 한 설득에서도 볼 수 있다.

물론 양국의 강화와 국교의 건립은 주로는 고려군민들의 줄기찬 항전투쟁의 결실이다. 이 밖에 남송에 대한 정복과 일본에 대한 원정에 고려의 힘을 이용하려는 몽골통치 집단의 의도도 강화추진의 큰 요인이 됐다.

그리고 홀필렬과 원종 사이의 우정도 일정한 영향이 있었음을 무시할 수 없다.

3) 고- 몽 국교건립 후 고려의 반몽골 투쟁

비록 복잡하고 장기간의 교섭을 걸쳐 양국 간에는 전쟁이 결속되고 국교가 이뤄졌지만 고려주권에 대한 몽골의 간섭과 고려의 반 간섭 투쟁은 여전히 치열했다. 이는 고려에 대한 몽골의 6가지 사항 요구와 고려의 반대 6항 사이에서 집중적으로 표현된다.

물론 몽골은 모든 피정복 민족과 나라에 6개 사항을 강요했다.

즉, 몽골에 1)인질을 보내고 2)호구조사부를 보내며 3)그곳에 역잠을 설치하고 4)원병을 동원하며 5)식량을 운송하며 6)군량을 바치는 것 등이다.

몽골 세조는 1262년 12월 고 예가 몽골에서 귀국할 때 원종에게 글을 전해 6개 항을 의무적으로 수행할 것을 강요했다.

고려는 몽골의 6개항 요구를 수락하려 하지 않았다.

이에 몽골 세조는 대노했다.

1263년 4월 고려는 주영량과 정경보 등을 몽골에 파견해 대량의 헌물을 드림과 동시에 6개항에 대한 고려측의 의향과 태도를 상세히 설명했다.

8월에 주영량 등이 귀국할 때 몽골은 '사자가 와서 설명하기를 백성이 모여들고 안정된 후에 6개항을 실행하겠다고 하니 이치에 맞으므로 그렇게 하기를 바랐다'고 답복하고 양 500마리를 답례로 고려에 보냈다. 하지만 다른 한편 몽골은 고려 원종의 입조문제를 재촉해 나섰다.

1264년 5월 세조는 호도, 다을자, 조태, 강화상 등을 사신으로 고려에 파견해 원종의 입조를 제출했다.

고려 원종은 대신들과 상의한 후 이장용의 왕이 입조하면 양국은 계속 화친이 이루어질 것이고 그렇지 않으면 또 전쟁을 벌이게 될 것이니 반드시 왕이 입조해야 된다는 주장에 입조를 결정지었다.

본래 원종은 국가주권을 고려해 될 수만 있으면 몽골에 가지 않기 위해 구실을 대어 친조시일을 가을로 미루려고 했으나 몽골측의 핍박으로 부득불 그 해 8월 이장용을 비롯한 수행인원과 함께 친조의 길에 올랐다. 9월 원종은 몽골 수도에 도착했다. 세조는 두 번이나 연회를 차려 원종 일행을 환대했고 중서성에서도 성의를 다해 초대했다. 이어 고려 국왕친조에 만족한 몽골은 고려에 주둔하고 있던 모든 몽골군을 철수시켰다.

고려는 비록 국왕의 친조를 실행했지만 이는 몽골에 대한 예의상 책략상의 종속에 불과할 뿐 실제상 몽골에 대한 종속을 여러 면에서 거절했다. 고려의 이와 같은 책략을 간파한 몽골 세조는 고려에 대해 놑평을 토로했다.

1268년 2월 고려사신 안경공 창이 귀국할 때 세조는 그에게 고려가 6개항을 이행하지 않음이 유감스럽다고 지적하고 또 원종이 고려 주둔군 몽골병을 전부 철수하면 3년후에 개성에 환도하겠다던 약속도 준수하지 않는다고 노골적으로 불만을 표시했고 심지어 고려는 몽골사신을 감시하며 조공도 그 수량이 감소되고 조악한 물품이 됐다고 나무라며 만약 고려가 전쟁을 원한 다면 몽골은 반드시 군사를 다시 동원해 고려영토를 점유하겠다고 위협했다.

이는 무수한 대가의 토대 위에 비교적 순조롭게 추진돼온 양국 간의 국교 정상화에 대한 엄중한 위험이 됐다.

3월 고려는 개성에 정부기구로서 출육도감을 설치하고 출육 준비를 하는척 했다. 그러나 이것으로 몽골의 노골적인 불만을 해소시킬 수는 없었다. 몽골 세조는 우야손탈과 맹갑을 고려에 보내 정식항의서를 제출했다.

항의문서에서 몽골 원종은 환도약속을 준수하지 않으며 6개항을 집행하지 않고 있음을 다시금 책망하고 송나라 정벌에 고려는 군대와 함선을 힘에 맞 게 동원하고 군량을 축적해 둘 것을 명령했다. 이에 고려는 몽골사신 우야손 탈이 귀국할 때 이장용을 함께 보내 즉시 몽골 세조에게 태도를 표시했다.

즉, 1)출육환도는 출육도감을 설치해 추진중이며 2)국민이 흩어져 있는 처 지이지만 송나라 정벌을 협조해 주기 위해 극히 소수의 병력을 준비할 것이 며 함선도 일부 동원할 것이고 군량수송도 우리 힘에 따라 할 것이며 3)호구 조사도 지금까지 출육문제로 너무 바삐 돌다보니 여가를 타지 못했으나 앞 으로 조사해 보고하겠다고 했다. 8월에 고려는 뜨 대장군 최동수를 몽골에 보내 '원군으로서 1만명을 준비했고 함선은 기제 자재를 준비해 1000척을 건 조하기 시작했다'고 구체적인 집행정황을 브고했다. 이에 몽골은 탈타아를 고려에 보내 원군의 수를 점검하고 함선의 건조를 감독하게 했다. 이로써 양 국간에는 국교가 공고히 됐다.

이 시기 고려 내부에는 심각한 내홍이 발생했는데 이에 몽골은 노골적으로 간섭했다. 즉, 1269년 6월 추밀원부사 임 연이 궁전정변을 일으켜 고종의 차 남인 안경공 창을 왕위에 추대하고 친몽파 대표인 원종을 폐위시켰다.

그리고 야별초 20명을 의주에 파견해 몽골로부터 귀국하게 되는 태자를 도 중에서 붙잡게 했다.

국내에서의 정변 소식을 모르고 태자는 7월에 귀국의 길에 올랐는데 압록 강가에 이르러 정변소식을 듣고 몽골 수도로 되돌아가 지원군을 파견해 줄 것을 요구했다.

이처럼 개경에 궁전정변이 일어나 조정의 정치가 혼란한 틈을 타 서북지방 에서도 지방봉건세력들의 반란이 일어났다. 즉, 1269년 10월 3일에 서북면병 마사영기관 최 탄 등이 임 연을 반대한다는 기유로 반란을 일으켰다.

그들은 서경을 점령하고 북으로 용주, 영주, 철주, 선주, 자주 등지를 점령했 다. 그리고 최 탄 등은 일본정벌을 위한 제주답사 임무를 받고 오던 몽골 사 신 탈타아를 압록강변에서 만나 그를 통해 서경을 비롯한 50개성을 몽골에 바치고 투항했다.

뒤이어 최탄은 고려정부군이 그들을 치러 온다는 거짓말로 3000의 몽골 지 원군을 요청했다. 고려의 실권이 반몽파에게 장악됐다는 소식을 받은 몽골은

11월에 병부시랑 혹적, 치래도, 서중웅 등 12명을 고려에 파견해 원종의 복위를 강요했다.

몽골에 의해 연말에 왕위에 복위한 원종은 자기의 왕권을 공고히 하기 위해 보호산인 몽골을 찾아 재입조의 길에 나섰다. 이와 함께 고려에 대한 영토적 야심이 강한 몽골은 최 탄의 청원을 받고 11월 6일에 요양에 주둔하고 있던 망가도에게 영을 내려 2000의 군사를 동원하도록 했다.

1270년 1월에 망가도는 군사 2000을 거느리고 서경에 진주하고 고려 안무사로 나섰다.

몽골 재방문길에 이 소식을 들은 원종은 즉시 수행관원 최동수를 몽골에 선행시켜 철군을 요구했다.

고려 원종은 이번 방문에서 몽골 세조에게 아래의 세 가지 요구를 제출했다.

1)최 탄의 요청에 의한 고려에 대한 몽골군의 파견을 중지할 것 2)고려의 세자와 몽골 공주와의 혼인청혼 유지를 협조해 줄 것 등이다.

몽골 세조는 우선 고려의 파병중지 요구를 접수하지 않았을 뿐만 아니라 오히려 최 탄에게 금패를 수여하고 자비령을 양국간의 국경으로 삼고 그 이북지역에 동녕부를 설치하고 그 지역을 몽골의 관할에 두었으며 심지어 최 탄을 동녕부 총관으로 임명했다.

다음 청혼문제에 대해서 몽골법에는 통혼은 곧 합족하는 것이므로 이와 같이 중요한 문제는 다른 일로 와서 겸사처리함은 마땅치 못하니 귀국 후 정식으로 사신을 보내 청혼함이 좋겠다고 했다. 그리고 개경으로의 황도치안을 위한 군대파견 요청은 물론 쾌히 승낙했다.

고려 원종의 이번 몽골방문은 고려 통치집단 내부의 투항파들이 수십년간의 반몽투쟁의 성과를 팔아먹는 투항주의 외교방문이었다.

바로 이 때 고려에서는 몽골군의 재차 침입을 예감하고 항전대책을 강구하기에 분주했다.

특히 임 연은 원종이 몽골군을 이끌고 들어와 출육환도 시킬 것에 대처해 북계의 여러지방에 방어군을 파견하고 백성들을 간제로 섬에 다시 돌아가게 하는 등 입해전술 대책들을 취했다. 그러나 그는 2월 25일에 화병으로 죽었다. 그 후 그의 아들 임유무가 교정별감이 돼 아버지를 계승해 계속 항몽대책을 추진시켰다.

5월에 몽골군의 호위하에 귀국한 원종은 외래 몽골세력을 등에 업고 국내의 친몽파 관료들을 바탕으로 임유무를 비롯한 항몽파 소탕에 착수했다.

원종은 임유무 일파를 분화 와해시킨 후 5월 14일 밤 그의 심복들이었던 무관 송송례와 문관 홍문계(임유무의 매형) 등을 시켜 삼별초를 동원해 임유무의 집을 습격함으로써 그의 일당을 소탕했다.

이로써 고려 역사상 100년동안 지속돼 오던 무신정권은 철저히 무너지고 실권이 국왕에게 전이됐다. 이리하여 고려 국왕을 중심으로 한 친몽파와 몽골통치집단간의 공공연한 결탁국면이 출현됐다.

4) 고려 삼별초의 항몽투쟁

1270년 5월 23일 원종과 고려정부는 강도에서 중신회의를 열고 구경환도를 정식으로 결정하고 구체적 환도절차까지 정했다.

27일 원종은 비빈과 함께 문무대신들을 거느리고 개경으로 나와 사판궁에 입궁했다. 하지만 미처 관청이 마련되지 않아 잠시 천막을 치고 국사를 보게 됐다.

국왕의 결정에 삼별초가 강력히 반대해 나섰다.

일찍 그들은 전국 각 지방의 반몽투쟁에서 적극적 역할을 했으며 몽골의 여러차례 공격속에서도 끝내 강도를 수비해왔다.

그러므로 그들은 몽골군을 끌어들여 구경환도하는 원종의 결정과 그의 막후 조정자 몽골에 큰 불만을 품고 계속 항몽투쟁의 의지를 견지했다.

고려 원종은 5월 29일에 장군 김지저를 강화도에 보내 삼별초의 해산을 선포했다. 이는 몽골통치 집단에 대한 고려왕권의 투항주의적 결탁행위를 그대로 알린 것이다. 이 사건은 고려 삼별초군의 항몽투쟁의 도화선이 됐다.

6월 1일 정4품 장령 배중손과 야별초 지유 노영희의 지휘밑에 삼별초군은 반몽투쟁의 기치를 높이 들고 폭동을 일으켰다.

그들은 '몽골대군이 쳐들어와 백성들을 살육하니 무릇 나라를 도우려는 사람들은 모두 격구장에 모여라'는 구호를 외치면서 백성들을 항몽 의지를 불러 일으켰다. 그리고 승화후 온(고려 8대왕 형종의 차남)을 왕으로 추대한 후 관청을 설치하고 원종과 그의 왕권 그리고 몽골과 공개적인 대립투쟁을 벌였다.

항전군은 1000여척의 배를 동원해 8월 중순에 진도에 들어가 그곳을 근거지로 삼은 후 용장성을 쌓고 큰 궁전을 지음으로써 도성으로서의 면모를 과시하고 급속히 세력을 사방에 확대했다.

해상으로는 남해, 창성, 거제, 제주 등을 비롯한 30여개 성을 공제했고 육지로는 장흥, 합포, 김주, 동래, 나주, 전주 등지에 세력을 뻗쳤다. 항전군의 기세는 몹시 드높았다. 전주부사 겸 전라도 토적사 신사전은 겁을 먹고 토벌에 나서지 못했고 개경으로 도망쳤으며 이 삼도 삼별초가 쳐들어가니 성을 버리고 꽁무니를 뺐다. 하여 모두 면직 당했다. 주변의 일부 주와 군은 주동적으로 삼별초의 항전에 규합해 왔고 어떤 약삭빠른 관리들은 진도에 찾아와 굴복한 후 절을 올리는 자도 있었다.

항전군은 9월초부터 서남연해에 대한 본격적인 상륙작전을 벌여 전라도 장흥부를 점령하고 나주를 7주야 포위공격하면서 그 위력을 과시했다.

이에 질겁한 몽골통치 집단은 고려 김방겸과 몽골 아해를 지휘로 하는 1000여명의 연합토벌군을 진도에 보냈다. 항전군은 전라도의 여러 고을을 점령하고 11월초에 제주도를 공격해 정부군을 전멸시키고 섬을 완전히 점령했다. 항전군의 이와 같은 위력 앞에서 연합토벌군은 토벌은 고사하고 공격을 당하는 추세에 처해 그 내부에서 혼란과 알력이 생겨 지휘자 김방겸마저 개경에 소환돼 가는 소동까지 벌어졌다.

오해가 풀려 다시 원직에 돌아온 김방겸은 12월말에 정부의 핍박에 의한 모험적인 진도공격에 착수했다. 항전군은 이에 대응해 토벌군과 바다싸움을 벌였는데 이것이 이름난 울돌바다싸움(명량해전)이다.

이 싸움에서 토벌군은 역시 패배를 당해 김방겸은 도망치는 것으로 요행 목숨을 보존했다. 몽골 침략군의 아해와 많은 장수들이 파면당했다.

1271년 3월 몽골은 흔도를 총지휘로 6000여명의 대군을 황주, 봉주, 김주 등지에 파견해 둔전을 설치함으로써 항전군 세력의 확장을 제지하는 한편 일본에 대한 정복준비도 했다.

이외에 이 시기 연합토벌군은 항전군에 대해 갖은 수단을 써가면서 회유책도 이용해 보았다. 그러나 역시 실패로 돌아갔다.

삼별초군의 항전은 육지 백성들의 항전을 크게 고무시켰다.

이리하여 1271년 1월에 밀성군(경상남도 밀양군) 백성들의 봉기, 2월의 대부도 백성들의 봉기, 심지어 통치집단의 심장인 개경에서마저 관리들의 폭동이 일어나고 있었다.

날로 강화되는 삼별초 항쟁에 거듭되는 실패를 당하고 있는 고려 개경 왕정과 몽골침략자들은 항전근거지 진도에 대한 재차 대공격을 발동키로 했다.

4월에 몽골은 400명의 병력을 고려에 보내면서 고려로 하여금 병력 6000과 400척의 전함을 동원하고 군량조달을 책임지도록 요구했다. 극도로 쇠퇴된 고려 왕정은 문무산직, 백정, 잡색 심지어 승려까지 징발했다. 5월 15일에 연합토벌군은 진도총공격을 감행했다. 때마침 삼별초 내부에서는 거듭되는 승전으로 자만정서가 자라나고 방비를 소홀히 하는 현상들이 출현하고 있었다.

게다가 대오내에 끼어있는 김지숙 등 양반관료들에 의해 삼별초의 비밀이 누설됐다. 이리하여 항전군은 큰 실패를 보았다.

총지휘 배중손은 전투에서 희생되고 왕으로 추대됐던 승화후 온도 피살됐다. 형세가 불리한 삼별군은 제2근거지인 제주도로 퇴각했다.

제주도로 후퇴한 삼별초군은 김통정의 통솔하에 내외성을 쌓고 대오를 정돈하고 항전준비를 다그쳤다. 그들은 제주도에 기지를 옮긴 후 1년 사이에 인천 앞바다로부터 남해일대에 걸쳐 제해권을 틀어쥐고 연합군에 지속적인 타격을 주었다.

항전군은 고려왕정의 면전인 안남도호부(경기도 부천시)를 기습해 부사를 사로잡고 일본정복 준비의 거점인 합포를 수차례 습격해 전함 50여척을 노획 혹은 불살라 버렸다.

삼별초의 항전이 또다시 앙양되는 겁난 양국의 통치집단은 다시 연합군을 구성해 제주도 총공격을 발동하기로 결정했다. 몽골은 염주에 둔전군 2000명, 한군 2000명을 동원하고 고려는 육군 6000명, 수병 3000명 도합 1만3000 병력

으로 삼별초를 총공격하기로 했다. 4월 28일 몽골연합토벌군은 제주도에 상
륙했다. 삼별초는 결사전을 벌였다. 김통정은 마지막 남은 70여명의 항전군을
인솔해 산속으로 들어가 끝까지 싸우다가 장렬하게 최후를 마쳤다. 몽골 흔
도는 몽골군 500명을, 고려 김방겸은 고려군 1000명을 제주에 주둔시키고 개
경으로 돌아왔다.

삼별초 항쟁은 30여년동안 대외로는 몽골침략을 반대하고 대내로는 봉건왕
조의 투항주의 행위와 봉건적 억압, 착취를 반대한 고려군민들의 애국적 투
쟁의 연장이고 발전이었다.

비록 항전은 나중에 실패로 결속됐지만 몽-고관계, 몽-일 3국 관계에 많은
영향을 끼쳤다. 이는 몽골이 고려의 주권을 인정하고 고려와 평화적 국교를
건립함에 큰 작용을 일으켰으며 몽골의 일본정복을 지연시킴에 일정한 기여
를 했다.

5) 고- 원 통치집단의 정치군사적 결탁(13세기 70년대~ 14세기 중엽)

1271년 홀칠열은 국명을 원으로 정하고 원조를 서웠다.

이어 1279년에 남송을 멸망시키고 전 중국을 통일했다.

삼별초 항전에 대한 몽골, 고려 통치집단의 연합진압을 걸쳐 양국통치집단
간의 정치군사적 결탁은 전에 비해 더욱 강화돼 갔다.

양국통치집단은 상호간의 유대를 공고히 하기 의해 우선 1269년부터 추진
돼 오던 궁실간의 혼인 인연을 맺는 것을 공식화했다.

1274년 5월에 원세조 홀필열의 딸 홀도로겨리미실 공주와 고려 원종의 세
자 충렬왕과의 정식 혼인이 이뤄졌다. 9월에 고려는 추밀원부사 기온을 원에
파견해 공주를 맞이해 오게 하는 한편 특별히 제안공 숙과 지추밀원사 정자
여를 따로 보내 황제의 딸을 신하에게 시집보내 준 것에 대해 사의를 표시
했다.

1296년 11월에 고려 충렬왕의 세자 장(후에 충선왕)은 원의 진왕 감마라(원
세조의 큰 손자)의 딸 보탑실린과 결혼했다. 이어 충숙왕은 1316년 7월에 원
의 영왕 야선첩목아의 딸 역린진팔라 공주와 1324년 8월에 원순제의 손녀 금
동공주와 그리고 전비의 사망으로 백안홀도 등 원의 세 황녀와 결혼했다.

공민왕 전도 즉위전 원에 가 있을 때 원의 종실 위왕의 딸 보탑실리와 결
혼했다. 물론 양국 궁실간의 혼인관계는 고려의 여인이 원의 궁전으로 들어
가는 일도 함께 추진됐다.

고려의 이씨는 원세조의 궁인으로 큰 사랑을 받았고 고려 화평군 김 심의
딸은 원인종의 편비가 됐고 태정제 때 황후도 추봉됐다.

고려 충혜왕은 딸 장녕공주를 원로왕에게 시집보냈는데 후에 원순제의 극
진한 사랑을 받아 그의 제2 황후로 추봉받고 황태자 애유식리달탑을 낳아
원조의 종통을 이어 놓았다. 원말 30년간에 걸쳐 큰 권세를 부린 기씨 부인
도 고려 기 철의 누이였다. 장기간의 군사적 대결후에 맺어진 두 개 궁궐 사

이의 혼인관계는 싸움 끝에 정이 든다는 격으로 양국간의 외교적 접촉을 더욱 빈번하게 했다.

이를테면 고려 충렬왕은 세자때에 몽골에 갔다온 것을 비롯해 그 후 무려 12차례나 원을 방문했고 충선왕도 세자로 있으면서 8차례나 원을 방문할 정도로 그 왕래가 빈번했다.

이와 같은 혼인관계는 오랜 시기에 걸쳐 지속됐는데 이것은 혼인 쌍방의 공동한 이해관계와 각기 자기로서의 이해득실이 맞았기 때문이다.

공동의 이해관계란 장기간의 무장대결은 양국에 피해를 가져왔으며 오직 화친만이 쌍방에 유리했다는 점이다.

원의 주요한 의도는 고려에 대한 군사적 정복에서 거듭 실패를 본 정황에서 혼인관계를 통해 양국 간의 유대를 보다 확고히 함으로써 고려에 대한 지배적 지위를 계속 유지하고 강화하려는 것이었다. 반면에 고려의 주요한 의도는 대외적으로 양국 간의 유대를 강화함으로써 원의 군사적 행위를 저지하며 원에 자리잡고 있는 고려 망명자들의 국사활동에 대한 간섭을 방지하며 대내적으로는 원의 세력을 빌어 무신세력을 타격하고 왕권을 보호하며 간신들의 국정간섭을 통제하려는 데 있었다.

이와 같은 의도에 기초한 원과 고려 두 나라의 이른바 친선적인 관계에는 시종 고려에 대한 원의 종주권 유지와 공제, 약탈과 이에 대한 고려의 반공제, 반약탈의 치열한 투쟁이 동반됐다.

원조방면에서의 표현을 보면 다음과 같다.

1)고려국왕의 폐립을 간섭했다.

고려 25대 왕 충렬왕 때로부터 고려왕이 원실의 여자에게 장가들게 됨으로써 두나라 관계를 볼 때 고려는 원의 이른바 부마국이 됐다. 이리하여 원 통치집단은 이른바 두 궁실이 일가라는 미영을 내걸고 고려국왕의 폐립을 노골적으로 간섭했다. 충렬왕 이후의 고려 역대 왕은 조(祖) 혹은 종(宗으)로가 아니라 왕으로만 부르게 됐으며 왕위폐립은 응당 원조의 동의를 걸쳐야 했다.

2)고려를 강박해 일본 정복에 참여시켰다.

일본을 정복하기 위해 원세조는 1274년과 1281년에 두 차례의 무력원정을 감행했다. 원은 고려를 강박해 여기에 참전시켰다.

고려는 원의 일본 정복을 위해 사전에 대일교섭, 동정향도, 전함과 병량제공, 병력동원 등 매우 막중한 부담을 걸머지지 않으면 안됐다.

3)고려에 〈정동행성〉을 설치하고 내정을 간섭했다.

1280년 원은 일본원정을 위해 고려에 〈정동등처행중서성〉 즉, 〈정동행성〉을 설치했다.

이는 주로 원의 일본정벌군을 다스리는 기관으로서 원나라 경내에 설치한 지방행정 단위로서의 행성과는 다른 성격을 띠로 있었다. 그러나 원은 일본동정이 끝난 후에도 정동행성을 폐지했다가 회복하는 등 누차의 반복과정을

경과하면서 고려에 장기간 설치해 두고 또 이를 통해 고려 왕정을 감시감독
하며 그의 내정을 간섭했다.

1299년 5월 원나라 중서성의 보고에는 다음과 같이 적혀있다.

'합산이 고려에 사자로 다녀와서 이르기를 〈고려왕 충렬왕은 백성의 무리
함을 다스리지 못하니 원 조정은 관리를 고려에 파견해 함께 다스리는 것이
좋겠사오니, 신들은 정동행성을 복립함이 바람직하다고 건의합니다〉고 하니
성종은 이를 허락해 활리길사(당시 복건평해성평장정사로 있었음)를 고려행
성의 평장정사로 임명했다'

여기에서 이른바 〈함께 다스리는 것〉은 사실 고려에 대한 원 조정의 공공
연한 내정간섭을 의미한다.

이와같은 사명을 받고 고려에 온 홀리길사는 여러면에서 고려의 내정을 간
섭했다. 그는 고려의 법제개혁에 간섭해 중국의 법으로 통일하려 했다.

뿐만 아니라 그는 직접 형사안건에 참여해 자기 뜻에 조금이라도 거슬리면
대신이하 누구라도 시비여하를 불문하고 옥에 가두거나 매질을 했다.

1300년 5월에 승려 천고를 장형에 처했으며 심지어 동경유수 나 윤을 행성
에 가두기까지 했다.

4)다루화츠를 고려에 파견해 내정을 간섭했다.

몽골이 다루화츠를 파견하기로 합의한 것은 고려 고종 때인 1231년 12월로
서 이 때 몽골과 고려간의 안주 강화가 실현됨에 따라 몽골은 고려의 경, 부,
주, 현(주로 북부지역)에 72명의 다루화츠를 두어 당지 행정을 감독하게 하
고 약간의 수비군을 두기로 했다.

1232년 2월에 몽골은 도단을 고려에 다루화츠로 파견했다. 이 때로부터 시
작해 1278년 충렬왕 때까지 근 반세기라는 긴 시기에 걸쳐 고려 내정에 대한
다루화츠의 간섭이 지속됐다.

1278년 이후 다루화츠는 고려 탐라도(제주)를 제외하고는 다른 곳에서 철
수했다. 초대 다루화츠 도단은 '나는 고려 국사를 총괄하라는 명령을 받고
여기에 왔다'고 공공연히 외치면서 그를 환영하는 고려대신들의 연회에서
왕과 자리를 같이할 것을 주장했다.

고려 원종 때 다루화츠 속리대는 개경에 와서 원종과 함께 승천부 밖에 나
간 일이 있었는데 이 때 원종이 속리대의 인사말을 들은 후 먼저 승천관에
들어가니 그는 크게 노해 원종의 청을 거절하고 몽골로 돌아가겠다면서 오
산으로 물러갔다. 나중에 어사중승 김홍취, 장군 벽영정 등을 파견해 백금 30
근을 갖다주면서 양해를 받은 후에야 그는 승천부로 돌아왔다.

이처럼 고려에 와있는 다루화츠들은 오만하기 그지없었으며 자기를 고려
주권국의 왕과 같은 위치에 심지어는 그 위에 놓고 호통을 부리는 것이 보
통이었다. 그들의 간섭은 고려 국왕의 권위에까지 미쳤다.

충렬왕 때 다루화츠 석말천구는 '고려왕은 선지, 짐, 사라는 술어를 쓰고
있는데 무슨 황제의 권위를 떨어뜨리는 짓이냐?'고 고려왕군의 호칭문제까

지 간섭해 나섰다. 이에 충렬왕은 김방겸, 박 항 등을 파견해 해석하게 하고 후로부터 선지를 왕지로, 짐을 고로, 사를 유로, 주를 정으로 고쳤다.

5) 고려에 대한 약탈을 진행했다.

고려에 대한 원조 통치집단의 약탈은 실로 놀라울 정도로 잔혹했다. 그들은 해마다 고려에 이른바 〈공물〉로써 많은 품종의 물품을 대량으로 수탈해갔다.

그 품종은 매우 다양했는데 금, 은, 동, 철 등과 금은제품, 침직품, 방직품(모시), 인삼, 종이, 황칠, 해치, 새끼곰털가죽, 수달피, 새매, 백조, 초석 등이었다.

1262년에 원은 고려에 동 2만근을 보내줄 것을 강요했으며 심지어 사신을 고려에 보내 채광을 직접 감독하게 했다.

1263년에는 수달피 500장, 견직물 백필, 흰 모시 300필, 종이 1500장 등을 요구했다. 고려 국왕과 왕비, 세자 등은 자주 원에 친조했는데 매번마다 많은 예물을 갖고 갔다.

1284년에 충렬왕과 왕비 등 일행이 친조할 때에는 은 630여근, 모시 2440여필, 지폐 1800여정을 바쳤다.

고려의 조공 부담은 매우 과중했다.

고려는 조공물품과 이에 수요되는 경비를 해결하기 위해 조정에 전문기구인 〈판전도감〉을 설치하고 친조 물품과 경비를 걷어들였다. 더욱이 특수한 물품수집을 위해서는 단일 품종수집 기구까지 설치했는데 이를테면 〈잉방〉을 설치하고 전문관리를 배치해 매잡이 일을 맡아보도록 했다.

이 밖에 원의 고려 둔전군, 진술군, 진변군 등의 군량, 마필, 사료, 배, 의복 등 공급 그리고 일본원정에 수요되는 수만명 병사들의 양식, 마필, 사료, 전함의 공급 그리고 요양행성으로의 양식수송 등 실로 엄청난 부담을 걸머지었다.

고려에 대한 원의 이와 같은 약탈은 고려사회경제를 엄청난 곤경에 빠지게 했다. 이상의 사실이 보여주는 바 원조 통치집단은 고려와의 정치 군사적 결탁을 유지하는 전제하에서 고려에 대해 여러 면에서 공제를 강화했다.

이런 정황에서 고려는 주권을 확보하고 원 조정의 공제에서 벗어나기 위해 일련의 투쟁을 벌였다.

1)정동행성의 활동을 공제했다.

고려는 정동행성의 행정적 기능을 공제하기 위해 그가 지방에 공문을 발송할 필요가 있으면 반드시 고려도평의 사사를 경유해 발송케 했으며 만약 이를 위반했을 경우에는 그 해당자를 처벌했다.

고려 충렬왕 시기 고려행성의 평장정사로 온 활리길사는 몽골의 법도에 따라 자체의 독특한 특색을 띤 고려제도를 개혁하려 했다. 이에 1300년 7월 초 충렬왕은 원 성종과 직접 면담하고 10월과 11월에는 두 차례나 성종에게 문서를 보내고 11월에 또 찬성사 최유엄을 몽골에 파견해 정동행성의 내정간섭을 정지할 것을 누차 제출했다. 이런 결과 원 성종은 고려법도를 존중하겠다고 했다. 계속해 고려는 행성을 철소하고 활리길사를 추방하는 일에 나섰다.

1301년 원 성종은 하는 수 없이 고려와 화목하게 지내지 못하고 있는 정동행성평장 활리길사를 파면시키고 원에 소환시켰다.

이후에도 원 조정은 고려의 배신자들과 결탁해 여러 차례에 걸쳐 고려에 행성을 두려고 시도했다.

1323년초 원은 유청신, 오 잠 등 고려의 배신자들을 앞세워 고려에 원의 행정구역과 마찬가지의 행성을 설치할 것을 제출했다. 그러나 이런 책동은 모두 실패로 끝나고 말았다.

2)다루화츠와 군사장수들의 내정간섭을 제압했다.

이는 고려 정부 앞에 놓인 중요한 과제였다

1273년 개경의 다루화츠는 이익이 좌창에서 관리들에게 봉록을 나누어 줄 것을 함부로 중지시키려 들었다.

이는 고려정부 재정에 대한 노골적인 간섭이었다.

이에 원종은 '좌창은 나의 신하들의 봉급을 두는 곳이니 관인이 알바가 아니다' 라고 규탄하면서 간섭을 단호히 물리쳐 버렸다.

1278년 2월 충렬왕이 공주와 함께 원을 방문하러 갈 때 흔도(고려주둔 원군장수)는 일부러 사람을 보내 왕에게 '내가 고려에 와 있은 지도 7년이 되는데 아직 좋은 일은 하나도 하지 못하고 나쁜 짓만 많이 했으니 왕께서 잘 말해주길 바랍니다' 라고 간청했다.

그 후 9월에 다루화츠 석말천구도 귀국하면서 충렬왕을 배알하고 그에게 원 조정에 글을 올려 자기에게 좋은 말을 해글라고 했다.

하지만 고려정부의 내정간섭을 일삼아온 그들의 요청은 묵살되고 말았다.

3)1278년 원과 고려의 회담에서 고려는 주권을 견지했다.

1278년 2월에 충렬왕과 공주가 원실을 방문했는데 방문기간 그는 원과 고려간의 일련의 정치적 현안에 관해 여러 차례 회담했다.

이를테면 다루화츠가 고려내정을 간섭하는 일, 원의 고려주둔군을 철수할 문제, 흔도와 홍다구 등을 소환할 문제, 동녕부의 귀속 등 고려주권에 관계되는 문제들에 관해 원과 교섭했는데 결과 개경에 있는 다루화츠를 소환하며 고려의 호구를 조사 등록하는 일에 원이 간섭치 않으며 고려에서 원군 주둔군을 철수하며 곡주, 수안, 은율 등을 고려에 반환토록 했다.

그 후 고려정부는 계속되는 담판을 걸쳐 1290년에 동녕부를, 1294년에 제주도를 되찾음으로써 쌍성지방을 제외한 모든 영토를 차지하게 됐다. 물론 이후에도 원실은 고려내정에 간섭하고 그 영토를 병합하려는 악랄한 책동을 계속 감행했다.

고려의 끊임없는 투쟁으로 고려와 원의 관계는 1260년 국교건립 때 확인된 고려왕국을 인정하고 독립적인 고려 왕권을 확보하는 토대 위에서 유지됐다. 때문에 원의 통치자들도 '지금 천하에서 자기의 백성과 주권인 사직을 가지고 왕위를 누리는 나라는 오직 고려뿐이다'고 고백했다.

이상의 사실은 이 시기 고려와 원의 관계는 양국 통치집단간의 정치 군사적 결탁과 공제와 반공제의 투쟁이 병행되고 반복되는 복잡한 관계사였다. 이와 같은 양국의 모순속에서도 근 100년간의 긴 기간에 평화적인 관계가 지속될 수 있었던 것은 원나라 내부에 복잡한 모순이 존재하고 고려의 완강한 반몽반원세력의 증강으로 양국간에 일정한 정도의 세력평형이 이루어져 있었기 때문이다.

6) 고- 원 양국관계의 파열(14세기 중엽 후)

13세기 후반기부터 14세기 전반기에 이르는 사이에 원나라 내부의 사회모순은 날로 격화돼 갔다.

더욱이 민족모순이 갈수록 심해졌다.

원나라 통치집단은 그 판도내의 수많은 종족들을 몽골인, 색목인, 한인, 남인 등 4개 등급으로 가르고 몽골인과 색목인들에게는 특권을 준 반면에 한인과 남인들에 대해서는 가혹한 수탈과 혹심한 탄압을 실시했다.

이리하여 민족모순이 갈수록 첨예화 돼 원나라가 바야흐로 흥성하던 13세기 후반기에 들어서서도 남방 각 민족들은 여러 곳에서 반항투쟁을 일으켰다.

원나라 정부의 통계에 의하면 1284년 한해만 해도 크고 작은 봉기가 200여 곳에서 일어났고 1289년에 이르러서는 무려 400여곳으로 급격히 증가됐다.

1333년 순제가 즉위한 후부터 사회모순은 더욱 급격히 격화돼 18년간에 규모가 비교적 큰 민족봉기만 해도 30여 차례나 전국범위에서 일어났으며 투쟁의 불길은 심지어 원나라 통치중심인 대도부근까지 뻗었다. 치열한 민족모순과 더불어 원나라 통치집단의 내부모순도 부단히 심해져 권력다툼이 끊임없이 벌어졌다.

1307년 5월에 무종이 즉위한 때로부터 시작해 1332년 11월 영종이 사망하던 때까지의 26년간의 짧은 기간에 무려 8명의 황제가 바뀌었다. 그 중 일곱 살 되는 영종은 불과 43일밖에 황제보좌에 앉지 못했다.

몽골인, 색목인 귀족관료들의 정변도 끊이지 않았다. 이와 같은 정세하에서 1351년에는 대규모의 원말 농민봉기인 〈홍건군기의〉가 폭발했다.

1354년에 이르러 농민봉기는 전국범위로 확대돼 대원제국 통치의 종말을 재촉하게 됐다. 바로 이러한 시기에 주원장은 원말 농민전쟁의 성과를 독차지함과 아울러 남중국을 점령했다.

1367년 10월 주원장은 서달 등에게 25만 대군을 인솔해 원의 대도를 향해 진격하게 한 후 1368년 정월, 금릉에서 명황조를 세웠다.

7월에 원순제를 수반으로 하는 몽골귀족 통치집단은 수도인 대도를 내버리고 몽골초원으로 물러갔다. 원나라가 붕괴돼 가고 명나라가 새로 일어서는 동북아시아 정치국세의 새로운 전환기에 고려에서도 백성들의 반원투쟁이 끊임없이 벌어졌으며 고려에 대한 원의 외교적 제압과 간섭도 크게 약화됐다.

이와 같은 정세하에서 고려조정도 대원 외교방침을 변화시키지 않으면 안 됐다.

국내외 정세의 변화과정에서 우선 1355년 2월 전라도에서는 안렴사 정지상이 고을의 아전들과 함께 원나라 황제 순제가 친히 파견한 사신 야사불화가 횡포한 짓을 함부로 감행하므로 잡아 가두고 금패를 압수하는 일이 발생했다.

야사불화는 본래 고려사람으로 몽골에 가서 순제의 총애를 받았으며 이로 인해 그의 형제들도 모두 벼슬을 했다. 이는 원 조정의 권위에 공개적으로 도전하는 큰 사건이었다. 실로 이는 일찍이 고구려 연개소문이 내정을 난폭하게 간섭하는 당태종의 사신을 잡아 가둔 후에 생긴 보기 드문 일이었다.

이상과 같은 국내외 정세의 현저한 변화는 공민왕을 비롯한 고려왕실로 하여금 국내외 형세를 다시금 참답게 분석하고 대원 외교정책을 변화시키게 했다.

고려왕실은 기울어져 가는 원 조정과의 정치 군사적 결탁의 연장은 그 전도가 암담하므로 속히 그와의 관계를 끊고 반원투쟁 쪽으로 돌아서는 것이 왕권을 유지하는데 유리하다고 판단했다.

14세기 중기 고려왕권을 위협하고 있는 위험한 세력은 원 조정을 등에 업고 고려 왕정에서 권세를 부리는 친원파 관료들이었다. 그 가운데서도 기철형제의 권세가 몹시 컸다.

그들은 누이동생이 원 순제의 후궁으로 뽑혀가 제2 황후로 되고 낳은 아들이 황태자로까지 선정되자 이를 배경으로 온갖 횡포를 일삼으면서 권세를 피웠다. 기철은 공민왕 앞에서 신하라는 말도 쓰지 않을 정도로 안하무인이었다. 그들은 만약 원 조정과 계속 결탁한다면 고려왕권까지도 탈취할 수 있는 세력조건을 갖추고 있었다.

고려관료 집단내부의 이와 같은 세력구조는 공민왕을 비롯한 고려왕실로 하여금 만약 거꾸러져 가는 원 조정과의 결탁을 비롯한 끊으려면 우선 내부의 친원세력과의 결합을 차단해야 하며 이 역시 또 고려왕권을 유지하는 첫번째 선결조치임을 인정하게 됐다.

이리하여 고려정부는 14세기 중엽에 들어서면서부터 대원 외교정책을 친원정책으로부터 반원정책으로 전환시켰다. 이를 위해 고려 왕실은 우선 내부의 친원파를 소탕함과 동시에 원의 침략세력을 몰아내는 조치를 적극 추진했다.

이는 근 100년 가까이 내려오던 원과 고려 통치집단간의 이른바 평화적인 친선관계의 결속을 의미한다. 이와 같은 변호는 원 조정의 통제 앞에서 주권과 국토안정을 확보하기 위한 고려왕실의 과거의 소극적인 투쟁으로부터 적극적인 투쟁으로의 전환을 의미한다.

고려왕실은 친원파 소탕에 착수하면서 우선 반란음모를 꿈구고 있는 기철일족과 그들과 합류한 권겸, 노책 일당에 대한 소탕에 우선 손을 썼다.

　1356년 5월 18일 고려왕실은 연회를 베푼다는 이유로 대신들과 그들 일당을 궁전에 모이게 한 후 군대를 동원해 기철, 권겸 등 친원파 두목들을 처단하고 그 일당을 체포했다. 이는 고려왕실의 대원 외교정책의 전환을 국내외에 정식으로 선포한 것이다. 이어 고려정부는 고려 내정에 대한 원의 간섭기구들을 철폐해 버렸다. 예를 들면 정동행성이문소, 5만호부체복사를 폐지하고 그 소속관리에 대한 통제를 강화했다. 그리고 원 조정에 기울어 행패를 부리면서 자신의 권세와 이득을 추구하는 유학제거사, 의학제거사 등의 관청과 원의 추밀원으로부터 보내는 체복사를 모두 폐지할 것과 선휘원, 자정원, 장작원, 대부감, 이용감, 태복사 등에서 보내는 관리도 모두 그 파견을 정지할 것을 원 조정에 제기했다.

　이와 함께 공민왕은 고려의 관제와 풍속습관 방면에 끼친 원의 영향을 없애버렸다. 우선 고려왕실에서 원실의 연호인 지정을 쓰던 것을 금지시켰다. 이어 그는 충렬왕 때에 원 조정의 뜻을 좇아 원의 관제를 모방해 고쳤던 관제를 다시 원래대로 회복했다. 즉, 원 조정의 뜻을 좇아 없애버린 삼사와 삼공 및 상서성을 다시 설치하고 도첨의사사를 중서문하성으로, 영도첨의를 중서령으로, 좌우정승을 문하시중으로, 밀직사를 추원으로, 감찰사를 어사대로 하고 정리, 군부, 판도, 전법 등 4사를 리, 호, 병, 형, 례, 공 6부로 했다.

　이밖에 공민왕은 또 몽골식 변발을 하지 않고 관복을 벗고 고려의 전통적 단장을 회복하도록 했다. 한편 고려정부는 동북면과 서북면으로 대군을 출동시켜 압록강 이북과 쌍성, 삼살 등의 지방을 공격하는 군사적 조치를 취했다. 이는 원의 내침 가능성에 대비해 선수를 쓴 것이다. 당시 서북면 병마사로는 인당과 강중경, 부사로서는 신순, 유홍, 최영 등이 임명돼 압록강 건너편의 8참을 수복하게 했다.

　동북면 병마사로는 유인우를 공천보, 김원봉을 부사로 해 쌍성 등지를 수복하게 했다.

　1356년 6월 인당이 인솔하는 고려서북 방면군은 압록강을 건너 파사부 등 3개의 원나라 군사거점을 점령해 서북쪽 국경지대의 위험을 방비했다.

　이 때 원 조정의 사신 직성사인이 기철에게 줄 태사도 벼슬증서와 인장을 가지고 이곳을 지나가다가(기철은 이미 한달전에 죽었음) 부사 신순에게 잡혀 증서와 인장을 빼앗기고 잡혔다가 방중에 도망치고 수행인원 3명은 피살당했다.

　동년 7월에 유인우의 동북방면군도 쌍성으로 진공했는데 이들은 그곳 백성들의 적극적인 호응과 봉건세력들의 지원을 받아 쌍성총관부를 함락했다. 이리하여 99년 만에 이곳을 다시 고려땅으로 돌려놨다. 고려정부의 이와 같은 적극적이고도 신속한 북진 군사행동에 당황한 원 조정은 고려에서 이미 얻은 이익을 보호해 보려고 고려왕실과의 외교적 교섭에 바삐 나섰다.

　그들의 외교적 교섭은 종전의 대원제국의 위력을 뒷받침으로 상대방에 대해 상투적인 제압적 수단을 계속 사용하고 대군을 동원 해 진공 하겠다고 위협하면서 고려가 자기들을 반대하는 이유를 밝혀줄 것을 요구했다. 하지만 기울어져 가는 제국의 진면모를 감출 수 없었기에 그들의 위협은 간접적이고 우회적 방법으로 진행됐다.

즉, 원 조정은 1356년 7월과 10월을 전후로 두 차례나 중서성 단사관 살적한을 고려에 파견해 '대군을 동원해 칠 수도 있지만' '양국의 친선관계를 고려하고' '특히 그대 공민왕의 허물을 용서하니 지금부터는 삼가라'고 경고를 전했다. 이에 고려정부는 같은 10월에 정당문학 이인복을 원에 파견해 공민왕의 서한을 전했는데 여기에서 먼저 국내의 긴한 사정으로 사전에 원에 통고치 못했으나 지난 일을 너그럽게 허용허주니 고맙다는 의례적인 예를 갖춘 다음 고려의 새로운 대원 외교정책을 진술했다.

즉, 고려의 주권을 해치는 정동행성 등 내정간섭 기구들을 없앤 조치는 정당하며 지난 시기에 조 휘 등 반역자들의 책동으로 원래 고려의 영토였던 쌍성과 삼살지방이 일시 떨어져 나갔었는데 이를 고려가 되찾은 것은 응당한 권리임을 명백히 밝혔다. 동시에 고려정부는 원 조정의 권세를 믿고 국내에서 권력을 남용해 오던 기철형제 일당을 처단한 것도 마땅하며 고려에 남아있는 원의 잔여세력이 더는 행패를 부리지 못하도록 단속할 것과 원에 도망한 고려반역자들을 넘겨보내 줄 것을 제기했다.

이와 더불어 고려정부는 꺼꾸러져 가는 대원제국의 허장성세와 고려에 대한 최후의 모험적 재침입을 방지하기에도 주의를 돌렸다. 이를테면 방어군을 편성해 서북국경지대에 주둔시키고 둔전을 설치해 장기전에 대처했다.

7) 원의 고려 재침입과 고려의 반원투쟁(14세기 60년대)

14세기 60년대 들어서 양국간의 정치관계는 진일보 악화돼 마침내 고려에 대한 원의 재침입을 초래했다.

하지만 원의 침입은 고려의 완강한 반격으로 결국 실패로 돌아갔다.

14세기 50년대 원나라 통치에 치명적 타격을 준 원말 홍건군은 1354년부터 1358년 사이에 급속한 발전을 가져왔다. 관선생, 파두반, 사류이 등이 영도한 북방 중로군은 1358년 12월에 원의 제2의 수도인 상도 개평부를 점령한 후 요동방향으로 진격해 1359년 정월에 요양을 점령했다.

11월에 이르러 그 중 3000여명의 병력이 압록강을 건너 약탈을 감행했으며 12월 초에는 4만여명의 홍건군 주력이 또 월강해 의주를 점령하고 정주, 인주를 감정한 후 철주로 달려들었다. 이어 적들은 청천강을 건너 서경에까지 침입해 왔다. 이와 같이 위급한 시각에 1360년 1월 중순부터 시작해 2만의 고려군민들은 홍적의 침공에 대해 대규모의 반격적은 벌였다.

1월 19일 고려군민들은 적 수천 명을 소멸하고 서경을 되찾았다. 2월에 접어들어 안 우 등이 지휘하는 고려군은 함종으로 도망간 적군을 추격해 2만 명을 섬멸시키는 결정적 대승리를 거뒀다. 고려에 침입한 홍건군과 고려군민들과의 격전은 3월까지 지속됐다. 홍건군은 압록강을 되넘어 북으로 멀리 쫓겨갔다. 그 후 도망치던 홍건군은 다시 원의 상도를 공격했다.

1360년 9월 홍건군은 원군과의 싸움에서 패배당해 만리장성을 넘어 하북지방으로 후퇴하려다가 길이 막혀 전이방향을 다시 고려에 돌렸다. 이듬해 10월 중순 20여만의 홍진군은 압록강 중류를 건너 삭주, 니성(창성) 일대에 침입하고 11월 24일에는 개경을 함락했다.

개경에서 홍적은 학살과 약탈을 감행하면서 고려백성들이 오랫동안 소중히 보존해온 귀중한 문화재들을 주저함 없이 마구 부스고 소각해 버렸다. 홍건군의 재침입과 만행에 격분한 적의 점령지구의 고려백성들은 드높은 기세로 반항투쟁을 벌였다. 이와 더불어 1362년 1월 중순 총병관 정세운이 지휘하는 고려군 20만명은 개경성 수복전을 전개했다. 성내에 포위된 적들은 갖은 발악을 다해 저항해 나섰으나 고려군의 드센 공격 앞에서 전멸의 참패를 면할 수 없었다. 이 후 그들 잔여병들은 아예 대항할 생각을 그만두고 압록강 이북으로 도망치고 말았다. 홍건군의 침입에 이어 원도 고려에 대해 또다시 침략전쟁을 발동했다.

1362년 초 심양일대에서 20만의 병력을 가진 큰 할거세력으로 〈요양행성〉의 승상으로 자처하던 납합출은 쌍성지방에서 도망쳐간 고려의 반역자들을 규합해 고려동북 방면에 침입했다. 그들은 북청, 홍원 일대를 거쳐 계속 남진했다. 이에 고려정부군은 함흥평야에서 그들과 대결전은 벌이고 그의 주력을 격멸시킨 후 수많은 무기를 노획했다. 이 승리는 고려가 동북지방에 자기 주권을 재확립하고 영토를 수복하는 투쟁을 계속 추진시킴에 있어서 획기적인 계기가 됐다. 참패를 당한 납합출은 고려에 빌붙게 됐다. 납합출의 고려 침공이 대참패로 끝나자 원나라 통치집단은 침략수법을 바꿔 1363년 5월에 원나라에 가 있던 충선왕의 서자 덕흥군을 〈고려왕〉으로 추대하고 최 유를 좌정승으로 하는 가짜 〈고려정부〉를 세워 병력을 주어 고려에 침입하게 했다.

1364년 1월 최 유는 1만의 병력을 이끌고 압록강을 넘어 선주(선천)에 침입했다.

한편 이와 같은 기회를 타 여진인들 가운데서 큰 세력을 가지고 있는 고려의 반역자 삼선삼개가 이끄는 침략군도 홍원 북청일대에 침입했으며 동녕로만호 박백야대의 침략군은 연주(운산군) 일대에 침입해 왔다. 이리하여 고려는 북방전역에서 여러 갈래의 적군과 맞서 싸우지 않으면 안됐다. 우선 서북지방에서 최영이 지휘하는 고려군은 수주(정주) 달천에서 최 유의 주력을 섬멸하고 압록강까지 추격했다.

이어 고려군은 동북지역으로 전이하여 당지 방어군과 연합해 1364년 2월에 동북지역에 침입한 적들을 몰아내는 공세를 발동해 강점됐던 지역을 모두 수복했다. 고려군민들은 어려운 역경속에서 적들과 과감히 싸워 종국적인 승리를 획득함으로써 나라의 안전과 주권을 수호했다.

무력침공이 실패로 돌아가자 1364년 10월 원은 하는 수 없이 최 유를 붙잡아 고려에 압송해 주는 것으로 양국간의 관계를 개선할 것을 제의했다.

고려정부는 원의 세력을 강토전역에서 승리적으로 몰아낸 후 계속해 제주도에서 원의 침략세력을 몰아내는 투쟁에 착수했다. 제주도는 군사전략적으로, 경제면으로 매우 중요한 의의를 갖고있는 요충지이다. 때문에 원나라는 1269년에 벌써 제주도를 답사했고 1273년 삼별초 항전이 진행되자 곧 이곳을 강점하고 다루화츠를 배치한 후 수많은 군대를 주둔시켰다. 이 후 제주도는 일본침공을 위한 원나라의 군시기지로, 군마를 길러내는 훌륭한 목장이 됐다.

1294년 충렬왕 때는 고려정부의 거듭되는 강력한 요구에 의해 원 조정은 마지못해 제주도를 고려에 반환했다. 그러나 군대와 목부는 그대로 남겨두었을 뿐만 아니라 목장을 관리하는 답사관도 파견했다.

14세기 50년대에 들어와 원 침략세력을 몰아내기 위한 고려군민의 투쟁기세가 높아짐에 따라 그들은 이에 대항해 1356년 10월 반란을 일으켜 도순문사와 목사를 살해했다.

무장반란은 그 후 1362년 8월에 또 있었는테 원 조정은 이 기회를 이용해 몽골인 관료들을 탐라만호로 임명해 제주도를 다시 저들에게 예속시키려고 시도했다. 이와 같은 사태는 고려정부로 하여금 제주도를 고려의 통제에 완전히 귀속시키지 않고서는 앞으로 더욱 심각한 피해가 초래되리라는 것을 절실히 느끼게 했다. 이리하여 1374년 7월 고려정부는 제주도 원정을 결정하고 본격적인 준비에 착수했다.

8월, 고려정부는 최영을 도통사로 하고 2만5600명의 군사와 314척의 전함을 동원해 제주도에 진격함으로써 100여년 동안 이곳에 박혀있던 몽골세력을 완전히 소멸해 버렸다. 이는 1350년대에 시작된 반원항전의 연장이었고 또한 마지막 시기를 장식한 투쟁이었다. 이 싸움에서의 빛나는 승리는 고려로 하여금 남해의 군사거점을 확고히 틀어쥐고 왜족들의 침입을 물리치는 싸움을 더욱 힘차게 했다.

이에 앞서 1369년부터 1371년에 이르는 사이에 고려정부는 전후로 3차례에 걸쳐 요동원정에 나섰다. 이는 1356년 이후 그려군민들의 반원투쟁의 대외적 연장이었다.

8) 고려와 원의 경제교류와 주민왕래

날로 증대해가는 통치집단의 물질수요를 만족시키고 그 위력을 대외에 확대하기 위해 원나라 조정은 국내 각 지역간의 경제적 연계를 강화하는 한편 대외무역을 발전시키는데 각별히 중시를 돌렸다.

1279년에 원은 시박사를 회복했으며 다음해 원세조는 특별히 중서성에 '전례에 따라 여러 무역상들에게 짐의 뜻을 선포할 수 있는 바 진정으로 내조하는 자에겐 짐은 총례를 줄 것이다. 호시어 왕래함은 각기 자기 요구대로 할 것이다 '라고 지시했다.

원나라 정부는 외국상인들에 대해 저세, 초래, 보호, 장례 등 우대조치를 취했다. 원나라 시기 대외무역에서는 해상무역이 특별히 발전했는데 왕대연의 〈도이지략〉의 기재에 의하면 그 시기 원나라와 해상무역을 진행한 나라와 지역은 무려 100개에 달했다. 원나라 시기 고려와의 경제교류는 여전히 공가무역과 민간무역 등 두 개의 도경을 통해 진행됐다.

< 공가무역의 발전 >

공가무역은 곧 관가무역으로서 주로는 왕실무역이었다.

13세기 후반기에 들어서 원과 고려 두 나라 사이에 국교가 정상화 된 후 양국 간에는 공가무역이 활발히 전개됐다.

공가무역에는 주로 간접무역과 직접무역 두 개 형식이 있었다. 간접무역은 양국 사신들이 왕래할 때 이른바 조공과 회사의 형식으로 대량의 증정물을 상호 교환하는 전통적인 형식이 위주였다.

1218년부터 1368년 사이에 원나라는 건국전을 포함해 고려에 모두 277차례 사신을 보냈다. 이와 더불어 1232년부터 1369년 사이에 고려에서도 원나라 건국전을 포함해 모두 479차례의 사신을 파견했다. 이상의 차수에는 고려국왕의 친조도 포함돼 있다.

고려국왕이 친조하게 될 때에는 일반 사신과 달리 수백명의 수행인원을 거느리고 대량의 공물 즉, 예물을 갖고 갔다. 예을들면 1284년에 충렬왕이 친조할 때 그 수행자가 1200명에 달했으며 은 630여근, 모시 2440필, 지폐 1800여정, 1294년에는 친조할 때에도 그 규모가 컸는데 충렬왕의 수행인원만 243명이었고 또 이들을 시중하기 위한 일군들이 590명이나 됐고 990여필의 말을 몰고갔다. 실로 이는 대규모의 관방무역이었다.

이 시기 양국간의 공가무역은 그전 시기에 비해 아래와 같은 특징을 보여주고 있다.

1) 원나라에서 고려에 이른바 조공의 품종과 수량을 지정한 경우가 많았다.

2) 원나라의 관리가 친히 고려에 가서 걷어가거나 독촉 감독했다.

이를테면 1273년 원에서는 사신을 파견해 고려금광에 내려가 친히 채금을 조직했으며 1277년에는 직접 진주를 캐 왔다. 이런 사실은 당시의 이른바 공가무역은 불평등하고 강압적이고 약탈적 성격을 띤 무역이었음을 말해준다.

두 나라 정부 사이의 직접무역은 양국사절과 관리들간에 직접 현물과 현금으로 진행된 무역을 말한다.

〈고려사〉의 기재에 의하면 1271년 원나라 사절과 관리들은 고려에 가서 둔전군을 위해 비단 1만2350필로 소를 사들였으며 1274년에는 비단 3만3154필로 군량을 샀다.

1280년에도 비단 2만필로 군량을 샀고 1300년에도 역시 비단을 갖고 가서 고려 대장경을 사왔다. 고려의 종이는 당시 여라 나라들로부터 높은 절찬을 받았는데 1309년부터 1338년 사이에 원나라는 전후로 3차례나 사절단을 고려에 보내 불교경전을 인쇄하는데 수요되는 〈불경지〉을 구입했다. 고려에서도 무역관들을 원나라에 보내 무역을 진행했다.

1295년에 고려정부는 항로로 익도부에 인원을 파견해 마포 1400필을 팔아 원의 지폐를 받았다. 이 시기 고려 국왕은 또 성이 주가라는 사람을 해로로 항주에 보내 당지의 관청과 쌍방무역에 관해 상의하게 했는데 상대방의 지지를 얻었다고 한다.

1341년에는 고려박사 유연이 150정 돈으로 경적 1만8000권을 사가지고 돌아갔으며 1342년에 고려정부는 사신에게 면포 2만필과 금과 은전을 주어 원나라의 유연지구에서 무역하게 했다.

< 민간무역의 흥성 >

양국 사이의 민간무역은 정부간의 무역보다 더욱 활발하게 전개됐다.

그 시기 원과 고려 양국간의 민간무역에도 크게 두가지 유형이 있었는데 하나는 정치경제상에서 특권을 향수하고 있는 귀족층과 관료층들의 사인무역이고 다른 하나는 순수한 일반인들의 민간무역이었다.

귀족층과 관료층은 정치상에서의 특권과 경제적 재력을 민간무역을 이용해 폭리를 얻은 관도들이었다. 그들은 무역에 종사하는 전문인원을 두고 큰 규모로 대외무역을 진행했다. 원세조 때의 행성재상 주청, 장선 등은 모두 해상무역에 의해 일어난 자들로서 이들은 일찍부터 큰 규모의 대외무역을 경영했다.

원나라 말기에 중앙의 통제력이 크게 약화됨에 따라 곳곳에서 지방호강 세력들의 할거국면이 출현됐는데 이들 할거세력들은 자기들의 권세와 경제력을 기초로 역시 대외무역을 크게 벌였다. 원의 동남연해 지역의 할거세력 장사성, 방국진, 왕성, 정문빈 등은 모두 고려와의 무역에서의 대호들이었다.

장사성은 강절행성승상으로서 1358년에 전문무역상을 시켜 침향, 산수정, 산화, 채단, 나무병풍, 옥대, 철장 등을 가지고 고려와 무역하게 했다.

〈고려사〉의 기재에 의하면 1360년, 1361년과 1364년에 고려인들도 많은 교역물을 가지고 장사성의 무역처에 와 무역을 진행했다.

방국진은 명주의 사도였는데 1364년에 역시 전문인원을 조직해 침향, 궁실, 옥해통지 등을 갖고 고려에 가 무역을 진행했다.

1976년 한반도 신안 바닷가에 침몰된 배 한 척을 건졌는데 거기에서 7168점의 유물이 발견됐다.

그 가운데 6457점은 자기로서 3개의 고려자기를 제하고는 모두 중국자기였다. 고고학자들의 감정에 따르면 이 자기들은 원나라 중기로부터 말기의 것들이며 해운한 시기는 원말 방국진이 절동에서 할거하고 있던 시기이고 경유지는 원의 경원(명주)에서 출발해 고려에 왔다가 일본 혹은 후이릿빈(필리핀)을 목적지로 했다고 한다.

이는 당시 무역의 규모가 대단히 컸음을 달해주며 또 이런 무역은 전문화됐음을 보여준다. 원나라와 고려 사이에 보통 백성들에 의한 민간무역도 적극 추진됐는데 더욱이 근 100년간의 통교시기에 비교적 활발히 진행됐다.

이런 민간상인들을 박상이라 불렀는데 원에서는 많이는 남방사람들이었다. 하여 고려에서는 전통적인 습관에 의해 그들을 계속 〈송상〉이라 불렀다.

이들은 대부분 해로로 고려와 해상무역을 진행했다.

북방상인들은 많이는 육로를 이용했지만 해상무역에도 종사했다.

1341년에 원나라 대도의 상인이 고려에 가서 해적선 30여척을 만났는데 진한 청황이를 입고 북을 두드리면서 바다를 막고 사람들을 죽이고 물품을 약탈했다고 말했다. 고려에서도 많은 민간상인들이 원에 다녔다.

물론 그들도 육해 양로를 다 이용했다.

고려 때 광범하게 유행된 한어교과서 〈박통사언해〉 가운데는 두 고려상인이 원의 수도 대도에서 만나 한사람은 육로로 오고 다른 한사람은 배를 타고 왔는데 해적이 많더라고 상담한 내용이 실려있다.

이밖에 1261년에 몽골의 건의에 의해 압록강변에 〈호시〉를 열었는데 이는 민간무역의 발전에 큰 도움을 주었다.

〈 양국 백성들의 빈번한 왕래 〉

13세기 후반기로부터 14세기 중엽에 이르는 시기 더욱이 두 나라 궁실 사이에 혼인관계가 맺어진 후부터 양국 궁실을 비롯해 상층 귀족관리들 사이에 빈번한 왕래가 있었음을 이미 언급한 사실이지만 이 시기 양국 하층주민들의 상대방으로의 이주도 빈번하게 진행됐다.

13세기 후반기에 이르러 국내외 통치자로부터 2중 3중의 가혹한 착취와 압박을 받게 된 고려 백성들 가운데서는 파산된 유랑민들이 대량으로 나타났다.

이는 이 시기 고려 보통백성들이 대량으로 원나라에 이주하게 된 주된 원인이 된다.

이와 더불어 13세기 60년대 두 나라간의 국교건립은 대규모의 이주에 유리한 객관 조건을 마련해 주었다.

고려이주민들의 일부는 만리장성을 넘어 멀리 원나라 수도에까지 들어갔다. 〈고려사절요〉의 기재에 의하면 1354년 11월에 원나라 관군이 고우성(오늘의 강소성에 있음) 공격전을 펼칠 때 연경에 있는 고려사람 2만3000명으로 그 선봉을 삼았다고 한다. 하지만 이주민의 대부분은 주로 요양, 심양 일대에 집중돼 있었다.

이리하여 14세기 중엽에 이르러 이 지역에는 수십만 고려인들이 정착하고 있었다.

그 당시 이 지역에는 수십만 고려인들이 정착하고 있었다. 그 당시 고려이주민들의 성분을 보면 그 대부분이 유랑인들이었다.

14세기 후반기에 들어서면서 사회위기가 심화됨에 따라 원나라에서는 농민봉기가 전국을 휩쓸고 각 지방에 봉건할거 세력들이 혼전하는 국면이 출현됐는데 이는 고려 이주민들의 생계에 막심한 고난을 가져다 주었다.

이리하여 고려 이주민들이 다시 귀국하는 현상이 속속 출현했다.

이 시기 고려정부가 취한 반복적인 〈추쇄〉 등의 조치는 고려 백성의 귀환을 한결 더 추진시켰다.

물론 이런 가운데서도 적지 않은 고려사람들은 여전히 이주지에 남아 있었다. 이 시기 원나라 각종 백성들의 고려에로의 이주도 함께 추진됐다.

원나라 이주민들의 성분은 복잡했는데 그 가운데서 우선 피난민이 적지 않았다.

1361년 2월 공민왕은 '근년에는 병란과 흉작으로 백성의 살길이 막연하며 또 요심지방의 유랑민이 와서 귀환한 자가 많다'그 했다.

1386년 12월에는 명나라는 사람을 고려에 파견해 1359년 기해년에 고려에 피난온 심양의 군대와 백성 4만호를 찾으려고 했다. 원의 이주민 가운데는 원말 일부 봉건할거 세력들이 고려에 이끌고 와 투항한 자들도 들어 있었다.

예들 들면 1378년 12월에 요심지구의 할거세력 고가노가 4만명을 이끌고 강계로 가서 고려에 투항했다.

여진족들 가운데서도 적지 않은 사람들이 그려 경내로 이주해 왔다.

1371년 2월에는 여진의 천호 이두란첩목아가 백호 보개를 파견해 민호, 백호를 데리고 귀화했다. 그 연후에도 여진인들의 귀화가 계속 있었다. 이외에 이주민 가운데는 죄수들도 있었다.

〈고려사〉에 의해 통계한데 의하면 1275년부터 1340년까지의 66년 사이에 원나라에서는 전후로 11차례 각종 범죄인들을 고려에 추방했는데 이 가운데 그 인원수를 딱히 알 수 있는 것은 7차로서 모두 300여명에 달했다.

이주민 가운데는 또 원군에 참가해 고려에 침입했다가 남게 된 사람들도 있었다. 고려와 원나라와 이주민들은 경제, 문화교류와 친선을 증진시키는데 적극적인 역할을 했다.

32. 몽골과 일본의 관계

1) 몽골 세조 사신의 일본출사

헌종 이후 몽골통치집단은 대외확장의 목표를 서북으로부터 동남으로 전이시켰다. 세조 때에 이르러 동으로 고려를 치고 남쪽으로는 남송을 정벌하고 서남지구를 공점했다.

명전, 조와, 점성, 안남제국들을 정복함으로써 사방 각국이 모두 잇따라 줄지어 한반도에 들어오게 됐는데 유독 일본만이 개통되지 않은 형편이었다.

1264년 고려인 조이는 세조에게 '일본과 교류할 수 있을 겁니다'라고 진언했는데 이로부터 세조는 일본을 제패할 뜻을 갖게 됐다. 조이는 경상남도 함안 사람으로 진사에 합격한 수재로 몇 개나라 언어를 알고 있었다.

일본사정에도 능했던 조이는 몽골군이 고려에서 후퇴할 때 그들을 따라 몽골에 가 세조에게 알려진 인물이다.

〈원사〉에는 세조는 고려에서 온 사자가 해중의 일을 말했는데 일본은 아침에 떠나 해질무렵에 도달할 수 있으니 배에 쌀을 싣고 바다에서 고기를 잡아먹을 수 있으니 이가 어찌 안될 일인가고 말했다. 이런 사실은 몽골이 일본을 제패하려고 뜻을 세운 것은 물론 세조를 중심으로 한 몽골 통치집단들의 대외확장 야욕의 결과이지만 그 가운데는 고려의 추동 영향이 없는 것이 아니었음을 보여준다.

1266년 11월 25일 세조는 병부시랑 흑적, 예부시랑 은홍에게 조서를 주어 고려에 보내 원종에게 일본과의 국교를 위해 사신을 파견해 몽골을 일본에 안내해 줄 것을 요구했다.

세조의 조서에는 지금 그대 나라의 조이라는 사람이 이곳에 와서 말한데 의하면 일본과 그대의 나라는 이웃으로 전장 문물도 매우 근사한 점이 있으며 한당이래 역시 중국과도 통사했으니 지금 흑적 등을 보내 일본과 통화하려 한다.

그대께서 정형을 잘 아는 사람을 선택해 일본에 안내해 봉쇄를 관통해 동방을 각성케 하여 몽골을 향모하게 하라.

이 일의 책임을 그대에게 맡김이 알맞으니 풍파험난을 마다하지 말 것이며 통사가 이루어지지 않고서는 화해치 말 것이다고 씌어져 있었다. 이에 고려 원종은 바로 추밀원 부사 송군비, 예부시랑 김찬 등을 흑적과 함께 일본에 파견했다.

이 때 흑적 등은 세조가 일본에 보내는 국서를 갖고 떠났다. 여기에는 다음과 같은 내용이 적혀 있었다. 즉, 대몽골제국의 황제가 일본 국왕께 삼가 글을 올리오니 짐은 오로지 자고로 소국의 군주로 경토가 상접하고 실무적인 것을 순상하고 신임을 지키고 이웃과 의좋게 지냈다.

　더구나 우리 조종은 하늘의 명을 받아 전 중국을 제패하니 멀리 외국에서도 그의 은덕에 탄복하는 자 그 수를 헤아릴 수 없다.

　고려는 짐의 동쪽에 있는 번국이며 일본은 고려와 매우 가까이 있으며 개국이래 역시 중국와 왕래했다. 그러나 짐에게 한차례의 출사도 없어 아직 왕국에 대해 알지 못하고 있다. 하여 특히 사신게게 이 글을 가지고 왕국에 가 짐의 뜻을 알리오니 앞으로 왕래를 하며 좋은 관계를 맺어 서로 친목하기를 바라는 바이다.

　성인은 온 천하를 자기집으로 삼음이니 서로 통호치 않고 어찌 한집안으로서의 도리라고 할 수 있겠는가? 병사를 움직이게 되면 좋은 일을 잃게 될 것인데 군주가 그를 바란다면 말할 필요가 없다.

　상술한 세조의 두통의 국서는 일본에 대한 몽골제국의 제패의 뜻을 공공연히 토로했는 바 우선 외교적 수단으로 안되면 뒤이어 군사적 수단으로 그 목적을 달성하고야 말겠다는 성명이었다.

　고려의 송군비, 김찬 등은 몽골사신 흑적, 은홍 등을 배동하고 남하해 합포를 경유해 거제도에 이르렀다.

　이곳은 맑은 날씨면 일본의 쓰시마를 육안으로 볼 수 있는 가까운 곳이어서 쓰시마에 건너가려면 그다지 큰 걱정이 되지 않았다. 그러나 그들은 거제현 송변포에 이르러 풍랑을 만나 중도에서 돌아서게 됐다. 이리하여 그들은 사명을 완수치 못하고 다음해 1267년 정월에 강화도로 돌아왔다.

　여기에는 고려의 재상으로 있던 이장용의 책략적 영향도 일정하게 작용했다.

　세조의 조서를 봉독한 고려의 군신들은 일시에 낯색이 변해버렸다.

　그것은 일본은 세조의 조유를 받아들일 가능성이 없는 것으로 또 이렇게 되면 세조는 틀림없이 군사행동을 취하게 될 것이다. 이럴 경우 고려의 부담이 무거워지게 된다고 생각했기 때문이다. 이 때 이재상은 무슨 일이 있어도 조유사들의 일본도착이 성사되지 못하도록 방해했다.

　그는 누구와도 상의하지 않고 출발전에 비밀리에 흑적에게 한통의 편지를 주었는데 그 내용은 일본으로의 조유는 유해무익한 것으로 일본을 상대할 필요가 없으며 도해는 풍난이 심해 몹시 위험하다는 뜻이었다. 이 편지는 흑적 일행이 일본에 건너가지 않고 돌아옴에 영향을 주었다.

　고려왕은 이 일을 안 다음 이재상을 정배 보냈다.

　이런 사실은 원 세조의 일본 제패 야심을 고려측은 처음부터 반대했음을 보여주고 있다.

　고려 원종은 흑적일행을 변호하는 내용의 편지를 송군비에게 맡겨 그에게 흑적을 배동해 몽골에 가 세조에게 올리게 했다. 이어 동년 4월 몽골 세조는 원종에게 일본에 사신을 보낼 것을 재차 강요했다. 8월에 몽골 세조는 제2차 일본출사를 결정했다.

그는 흑적과 은홍 등을 고려 강화도에 보내 원종에게 조서를 전달했다.

이 조서에서 세조는 원종은 '전후로 언약한대로 실행하지 않은 일이 많은 바 마땅히 자아반성해야 한다' '오늘 일본의 일을 모두 그대에게 위탁하니 마땅히 짐의 뜻을 체득하고 일본에 통유하되 반드시 성공해야 한다'고 호되게 질책함과 동시에 그를 일본통유 앞장에 내몰았다. 이리하여 제2차 일본출사가 이루어졌다.

몽골 세조의 명을 받들어 고려는 기거사인(왕을 시위하는 벼슬) 반부를 사신으로 임명해 전번에 일본에 전하지 못한 세조의 조서와 고려왕이 일본에 보내는 국서를 갖고 9월 23일 일본으로 떠나게 했다.

고려 원종은 국서에서 몽골 세조는 천하를 한집안으로 삼고 있으니 모두가 그의 은덕을 경모하고 있다면서 중국과의 통교를 설교했으며 만약 이에 응답하면 반드시 후대가 있을 것이라고 강조했다. 이와 같이 고려 왕실은 일본을 설득시켜 몽골과 통호될 것을 희망했는데 이는 이래야만 전쟁을 피하고 또 전쟁으로 인한 고려의 부담도 면할 수 있었기 때문이다. 반부는 쓰시마를 거쳐 1268년 정월에 일본 규슈의 다자이후에 이르렀다. 다자이후는 몽골 세조의 조서와 고려 원종의 국서를 지체없이 일본 막부에 전했다.

당시 일본의 무사정권 즉, 가마구라 막부의 집정자 호우죠 또기무네는 몽골 세조의 국서는 비록 말로는 두나라간의 통호를 부르짖지만 그 어구는 오만해 위협적인 것으로 심히 불만을 자아내게 한다고 인정했다.

막부에서는 무려 5개월간의 의논을 걸친 후 이 국서를 경도황실에 올려 보냈다.

일본 가메야마 천황은 비록 통하고 화친하자는 의향을 갖고 있었으나 막부 호우죠 또기무네의 강력한 반대로 통교협상은 파탄되고 말았다.

그 시기 막부에서는 심지어 사신을 잡아 목을 베려는 의논까지 있었다. 반부일행은 다아자이후에서 5개월간 체류하다가 아무런 효과도 보지 못하고 7월에 끝내 돌아와 고려국왕에게 일본 왕도에서는 문을 닫고 자기들을 못 들어가게 했으며 접대가 몹시 박했고 여러모로 권유해도 끝내 듣지 않고 핍박해 돌려보내니 하는 수 없이 돌아왔다고 보고했다. 고려 원종은 반부를 즉시 몽골에 보내 출사의 전 과정을 세조에게 보고하게 했다.

한편 몽골 세조는 고려 반부의 제2차 출사기간인 1268년 3월 고려에 사신을 보내 증병, 정량하며 배를 만들 것을 요구했다. 그리고 재상 이장용을 입조하도록 했다.

세조는 입조한 이장용에게 고려에서 군대 5만명을 증발해 1만은 국내에 두고 4만은 출전시키도록 하며 배 1000척을 만들되 적재량 3000~4000석으로 넓은 바다를 건널 수 있도록 하라고 지시했다. 이재상은 6월에 고려에 돌아와 출전준비에 착수했다.

뒤이어 8월에 몽골은 사신을 파견해 고려의 동정을 살폈으며 10월에 또 사신을 보내 12월까지 체류하면서 준비정형을 감시하게 했다. 당시 세조는 병력을 남송 혹은 일본에 쓸 것이라고 말했다. 그러나 사실상 이때까지만 해도 몽골에 있어서 남송과의 결전이 선차적 과업이었으므로 일본에 병력을 동원함은 아직 가능하지 못했다.

제3차 일본출사를 위해 몽골 세조는 11월에 또다시 흑적과 은홍을 고려 강화도에 보냈다.

세조는 제2차 출사에 고려사신만을 보냈는데 신임하기 어려워 이번에는 몽골사자를 동행시켰다.

12월 4일 고려 지문하성사(즉, 관방부장) 신사전, 시랑(관방 부부장), 진자후, 반부 등은 흑적, 은홍 등과 함께 강화도를 떠나 일본으로 향했다. 그들은 1269년 3월 7일에 쓰시마에 도착했다.

이 때 고려의 내정은 몹시 복잡했다. 실권자 김준은 암살되고 그의 일당은 탄압 당했다. 이런 사태에서 고려사신들은 조급히 귀국했다. 그들은 쓰시마에서 또우지로우, 야지로우란 두 사람을 사로잡고 돌아섰다.

4월에 이들 일행이 몽골에 도착하니 세조는 책망하는 것이 아니라 오히려 대단히 기뻐하면서 고려사신 시사전에게 너의 국왕이 공손히 짐의 명령을 받아 너희들을 일본에 보냈는바 너희들은 험난을 두려워 하지 않고 예측할 수 없는 곳에 들어갔다가 살아서 다시 오게 되니 그 충절 칭찬할 만 하다고 찬양하면서 납치해온 두 일본사람을 후하게 접대해 만수산 등 명승지를 유람시킨 후 7월에 우루대 우정 등 6명을 사신으로 파견해 그들을 고려에 호송하게 하고 또 고려에게 사신을 내어 함께 일본에 호송케 했다.

몽골 세조가 이처럼 두 일본인에 특별한 환대를 베푼 데는 그로서의 별다른 의도가 있었다.

즉, 그들 두 사람을 호송하는 기회에 일본의 굴복을 실현하려는 것이었다.

이 때 고려에서는 임연의 궁중정변이 일어나 정서가 더욱 혼란해졌다. 하지만 고려는 여전히 김유성, 고유를 몽골사신과 함께 일본에 출사시켰다. 이것이 몽골의 제4차 일본출사이다. 사신일행은 동골 증서성의 첩장과 고려의 국서를 갖고갔다. 그들은 여전히 쓰시마에 머무르면서 일본 조정의 답복을 기다렸다. 하지만 교토에서 내려온 답복은 여전히 통호를 거절한다는 결정이었다. 이처럼 몽골은 일본에 4차례 사신을 보냈지만 성공하지 못했다.

2) 조양필의 출사

이리하여 선후 4차례의 출사에서 실패를 본 몽골 통치집단은 일본에 대한 원정을 가일층 다그쳤다.

즉, 고려에 대해 증병, 정량, 선박제조를 강요하고 1270년 11월에는 〈둔전경략사〉를 봉주(황해도 봉산)에 설치하고 2000명의 둔전군을 새로 두었다.

이에 앞서 고려에는 동녕부 때 고려 서북지역에 들어왔던 몽골군 잔여병과 원종의 요청으로 개경에 상주하고 있는 몽골군 도합 약 4000명이 있었다. 몽골 세조는 둔전경략사가 합계 6000명의 몽골병력을 통솔하게 했다. 둔전경략사의 설치는 완전히 일본에 대한 원정을 준비하기 위한데 그 목적이 있었다. 이로서 고려는 몽골의 군사기지로 전락됐다.

동년 12월에 세조는 섬서노선무사, 조양필(여진인)을 일본국신사로 임명했다.

조양필은 본래 둔전경략사의 장관으로 예정되고 있었으나 자기는 절역(국외를 가르킴)에서 죽어도 유감이 없다는 결심으로 출사를 요구하기에 그를 신사로 임명했다. 이리하여 몽골의 제5차 일본출사가 이루어졌다. 몽골과 고려정부는 이번 출사를 몹시 심각히 대했다. 하여 고려는 조양필의 정식출사에 앞서 1271년 8월 쯤에 선견대를 일본에 파견했다.

이에 관한 자료가 전해지지 않아 상세한 내막을 알 수 없으나 고려의 출사목적은 일본이 계속 몽골의 초유를 거절할 경우 몽골의 군사원정을 면키 어려우니 초유를 받도록 설득해 보자는 것이라고 본다.

그러나 고려 선견대의 설득은 효과를 보지 못했다.

이와 반면에 9월 13일 일본 막부에서는 수비를 강화해 몽골의 내습을 방비할 것에 대한 명령을 내리고 방어체제를 건립했다.

조양필은 고려사자의 결과를 알지 못한 채 8월 11일에 고려 개경을 떠나 9월 6일 김주(경상남도 김해)에서 배에 올라 9월 19일에 일본 규슈 하까다만의 이마즈에 도착했다. 당시 몽골 사절단 일행은 다자이후의 수호소에 머물면서 일본측에 '이번에는 교토에 올라가 국왕과 장군을 만나 직접 국서를 전해드리겠다'고 강경하게 주장했다.

이 상경문제를 둘러싸고 몽골사신은 상경을 저지하는 다자이후의 관원들과 10차례에 걸친 거듭되는 논쟁을 하면서 국서를 다자이후에 넘겨주지 않았다. 그리고 국서의 수사본만을 주면서 11월까지 회답해 줄 것을 요구했다.

국서의 내용은 종전의 것과 같이 앞머리에는 수교를 강조하고 마지막에는 무력위협의 경고로 끝냈다.

하지만 일본측은 여전히 몽골의 요구를 받아들이지 않았다. 조양필은 이듬해 정월에 개경으로 돌아왔다.

이 때 그는 일본과 청의 동의를 걸쳐 야시로우 등 26명의 일본사람을 데려왔다. 물론 이들은 일본의 사신들이 아니었다.

그러나 조양필은 이들을 원 조정에 보내는 것으로 통화사명을 달성하지 못한 점을 조금이라도 보상하려 했다.

그는 일본에 대한 초유를 위해 목숨까지도 바칠 결심을 내리고 출사한 형편에서 아무런 성과도 이루지 못하고 원 세조를 만날 면목이 없었다. 그리하여 자기는 고려에 남아있고 서장관 장택에게 야시로우 등 일본사람들을 데리고 중도에 가서 세조에게 일본에 대한 출사 정황을 보고하도록 했다.

이 때 고려에서는 사신을 보내 일본사자의 입조를 축하하는 하표를 바쳤다.

장택 일행은 2월에 원에 돌아가 세조에게 일본에 출사한 정황을 보고하고 야시로우의 배알을 받아줄 것을 청했다.

그러나 세조는 야시로우의 사자 신분에 의심을 품고 그에 대한 처리를 여러 대신들에게 물었다.

대신들은 '일본은 우리나라의 출병을 무서워 이들을 보내와 우리나라의 강약을 살피고 있다. 그들을 너그럽게 대하며 인자성을 보임은 바람직하나 배알은 허락하지 말아야 한다'고 의견을 모았다. 이어 세조는 즉시로 야시로우 등을 돌려보내도록 명령했다.

장택은 야시로우 등과 함께 원을 떠나 4월 3일에 고려 개경에 이른 후 7일에 이곳을 떠나 5월에 다자이후에 도착했다. 이 때 고려에서도 사자를 동행시켜 다시 일본에 원과의 통호를 설득시키려 했다.

이 전후시기에 고려에 머물고 있던 조양필은 다시 일본에 건너가 약 1년간 대재부에 체류하면서 통호를 실현하기에 애썼으나 좋은 결과를 얻지 못했다. 하여 1273년 5월에 원의 대도를 돌아왔다.

조양필은 일본의 견문, 군신의 작호, 주군의 명칭, 풍속, 물산 등의 정황을 정리해 세조에게 보고했다.

원 세조는 일본에 대한 원정을 위해 그의 의견을 물었는데 그는 '신하는 일본에 해남짓이 있었는데 그 백성들의 풍속을 보면 잔인하고 사람 죽이기를 즐기며 부자간에 상하의 예가 있는지 모르며 그곳에는 산수가 많고 경작에 이로움은 없습니다. 그곳의 사람들을 얻어도 쓸수가 없고 그곳 땅을 얻는다 해도 더 부유해질 수가 없으며 더구나 수군이 바다를 건널 때 해풍의 시기를 예측할 수 없으니 이는 유용한 민력으로 무궁한 거학을 메꾸려는 것과 같습니다. 신은 공격하지 않음이 좋다고 생각합니다'고 대답했다.

물론 원 세조는 그의 의견을 받아들이지 않았다. 결과 원과 일본과의 관계는 무력관계로 전환됐다. 상술한 사실들은 조양필의 제5차 일본출사는 전시기 네차례의 출사에 비해 배경과 그의 여러면에서 특색을 보이고 있다.

첫째, 이번의 출사는 이전에 4차례나 실패 본 출사 후에 진행된 것이며 몽골의 국내정세가 기본상 안정돼 1271년 11월에 국호를 대원으로 선포한 전후시기에 진행됐다.

둘째, 규모가 컸다.

100여명의 규모로 출사한 것은 이번이 처음이었다.

셋째, 출사전의 결심과 통교를 성사시키기 위한 노력이 컸으며 고려의 협조가 주동적이었다. 조양필은 목숨을 내걸고 출사임무를 대했으며 연속 2차례나 출사했다. 출사성공을 위해 고려에서는 정식출사 전후에 두차례나 단독 혹은 원과 배합해 출사했다.

넷째, 이번 출사는 일본에 대한 원의 무력원정 준비와 결합돼 추진됐다.

이러기에 전과는 달리 원 세조의 국서에 계기된 일본에 대한 무력위협은 단순한 문자와 구두상에서의 빈 위협이 아니라 거기에는 충분한 무력적 준비가 뒷받침 돼 있었다.

다섯째, 때문에 이번 출사의 실패는 일본에 대한 원의 원정과 직접 연결됐다.

3) 원 조정의 두차례 일본출병

< 제1차 일본출병 – '문영의 역' >

일본에 대한 원 세조의 원정 결심은 조양필의 제5차 일본출사 때 내려졌는데 1273년 5월에 조양필이 귀국해 초유의 무효가 보고됨에 따라 완전히 굳어졌다.

이 해 하반년 원 세조의 주최하에 대도에서 원과 고려의 양국 장군들이 참석한 일본원정을 위한 중요한 회의가 열렸다. 이 회의에는 원의 장령 흔도, 홍다구 등이 참가했으며 세조의 특별소환에 의해 고려의 주장 김방겸도 동석했다.

이 회의에서 세조는 일본원정을 마지막으로 정식 결정했다. 회의에서 고려 주장 김방겸은 매우 중시됐다.

그의 좌석은 재상의 다음 자리에 정해졌고 귀국시에 원 세조는 그에게 금안, 채복 등 진품을 선물로 하사함과 더불어 개부의동삼사(재상이 갖는 작위)라는 높은 작위를 받았다. 이는 일본원정에서 고려의 협력이 매우 중요함을 보여준다.

즉, 고려가 짊어져야 할 군사적 물질적 부담의 무게의 반영이었다. 김방겸이 귀국하기에 앞서 12월에 고려에는 원 조정에서 일본원정을 결정했다는 소식이 이미 전해졌다.

이리하여 곧 다가올 견딜 수 없는 과중한 전쟁부담으로 전 고려는 불안에 휩싸이게 됐다.

1274년 정월 원 세조는 고려에 선박제조 임무를 하달했다.

즉, 봉주경략사 흔도, 고려군민 총독 홍다구에게 7월 일본원정 직전까지 1만5000명의 병사들을 실을 수 있도록 천료주(적재량 천석배인 주력선 겸 운송선), 발도로경질주(쾌속선), 급수소주(음료수를 싣는 배) 등 각기 300척 도합 900척을 만들 것을 명령했다.

세조의 이 명령에서 보면 일본원정 시간은 7월로 결정됐다. 하지만 실제 원정시간은 뒤로 미뤄졌다. 이 때 원나라와 고려에는 두가지 큰 일이 있게 됐다.

하나는 이 해 5월 11일에 원 세조의 딸 홀도노계리미실 공주가 고려 원종의 아들 심에게 시집가게 됐다. 그 때 심은 대도에 인질로 있었다. 다른 하나는 이 경사가 있은 후 37일만인 6월 18일에 고려 원종이 별세했다.

이리하여 심은 8월 25일에 충렬왕으로 즉위하게 됐고 원종의 장례는 9월 12일로 정해졌다.

이와 같은 사정으로 원정날자는 10월초로 미루게 됐다. 이 기간 원 조정은 원정 준비를 바삐 다그쳤다.

조선 총감독에는 홍다구가 임명됐는데 그는 냉혹 무정한 인물로 고려의 그 어떤 고통에도 안색한번 변하지 않고 원나라 명령의 집행을 엄격히 감독했다고 한다.

원정에 필요한 자재, 제작소, 인부, 도구, 마실 물 등 일체를 고려에서 부담했다.

그 당시 고려에서는 식량난이 혹심한 정황하에서 자체로 식량공급을 보장하기 매우 어려웠다. 하여 고려는 원 조정에 원조를 요구하기까지 했다.

홍다구의 엄격한 감독하에 정월부터 밤과 낮을 잊은 채 선박 건조작업이 진행됐다.

고려에서는 김방겸을 비롯해 그 아래에 선박감독관을 임명하고 각도에 부부사를 파견해 조선소를 설치하고 인부 3만5000여명을 징발했다.

조선소는 변산(전라북도 부안)과 천관산(전라남도 장흥) 등 두 곳에 두었다.

6월에 조선임무가 완성 돼 김주(김해)로 배들이 옮겨졌다.

조선임무가 완수되자 원은 또 고려에 병사 8000명, 뱃사공과 보통선원 1만5000명을 모으라고 강요했다. 이는 그야말로 만족시킬 수 없는 엄청난 숫자였다. 이리하여 교섭결과 병사 6000, 뱃사공과 보통선원 6700명으로 감소됐다. 원에서는 2만의 병사를 동원시켰다.

그 가운데 5000명은 고려 삼별초 토벌에 출전했다가 계속 둔전군으로 고려에 주둔하고 있는 병력이고 나머지 1만5000명은 새로 증발된 것이다.

이외에 또 많은 수의 뱃사공과 보통선원들이 동원됐다.

3월 중순부터 일본원정 병력은 고려 남부를 향해 이동하기 시작해 5월에는 합포주변에 집결했다.

1274년 10월 3일 원과 고려의 연합군은 일본원정을 위해 합포를 출발했다. 당시 원정군의 지휘계통은 아래와 같다.

정동도원수(총사령관)에 흔도, 정동우좌부원수(부사령관)에 홍다구와 유복형, 고려 김방겸은 도독사, 김신과 김문비 등은 부사로 고려군을 지휘했다. 총군사력은 크고 작은 전함 900척, 병력 3만2300여명이었다.

원정군은 10월 5일에 쓰시마 서쪽 해상에 이르고 6일에는 그 일부가 사쓰호(쓰시마의 문호)에 등륙해 공격을 개시했다. 이리하여 원의 일본침공이 시작됐는데 일본역사상 이를 〈문영의 역〉이라 불렀다.

당시 일본의 국정을 보면 1019년에 이른바 〈도이입구〉 사건이 있은 후 일본에는 장기간 외환이란 없었기에 국방 방비시설이 잘 갖추어지기 못하고 있었다. 전국 병권은 대체로 가마꾸라 막부에 통일됐지만 그것이 완전치 못했다.

그러나 다른 면에서 이 시기 일본에서는 전국범위에서 무사도 정신이 최고로 발양되고 있었다. 그리고 몇 차례 원의 사절을 접대하는 과정에서 조만간에 있게 될 원의 침략에 대처하기 위해 적극적인 방어조치를 취하고 있었다.

　원과 고려 연합군은 일본 수로대 소스개구니의 저항을 받으면서 쓰시마를 점령한 후 그곳에 일주일 머물면서 일본 본토 등륙전을 위한 준비를 다그쳤다.

　10월 14일 원은 두척의 배에 400여명의 병력을 싣고 이기를 진격했다.

　이 때 일본수호대 다이라가게다가는 100여명의 기병으로 저항하다가 당해내기 힘이 들어 성내로 퇴각해 계속 싸웠으나 15일에 성이 함락되게 되니 모두 장렬히 자살했다.

　원정군 침략의 급보는 쓰시마로부터 다자이후 수호소를 거쳐 막부 소재지 가마꾸라에 급속히 전해짐과 더불어 일본에서는 쇼니쯔네스게를 총사령관으로, 오도모요리야스를 부사령관으로, 쯔네스게의 아우 가게스게를 전선 지휘관으로 하는 방어군사 체제가 건립됐다.

　10월 19일 원의 주력함선은 규슈 하까다만을 향해 진격해 20일에 등륙을 개시했다.

　양국은 하까다로부터 하꼬자끼에 이르는 전선에서 치열한 전투를 벌였다. 이 전투에서 교전 쌍방은 수많은 살상자를 냈다. 병력을 다시 조직하기 위해 일본군은 다자이후로부터 미주끼로 퇴각했다.

　이어 원나라 원정군은 일거에 다자이후를 점령하고 맹공격을 들이댔으나 상대방의 완강한 저항으로 끝내 성공하지 못했을 뿐만 아니라 오히려 큰 손실을 입게 됐으며 심지어 좌부원수 유복형마저 활촉에 맞아 부상을 입게 됐다.

　이리하여 원과 고려 원정군 총사령관 흔도 도원수는 장수들을 모아놓고 전국에 관해 의논했는데 고려측 장수 김방겸은 결전을 주장했다.

　그는 '병법에는 천리의 현군은 그의 창검을 부딪치지 말아야 한다고 했다. 아군은 이미 적군 땅에 들어왔으니 사람이 싸움을 하게 되니 맹명이 배를 불사르고 회음(즉, 한신)이 물을 뒤집어 쓰는 일도 있었으니 바라건대 계속 싸웁시다'고 말했다. 하지만 이와 반대로 도원수 흔도는 '병법에는 소적이 견강하면 대적이 포로가 된다 했으니 지친 병사로 용맹한 적을 대항함은 완벽한 계략이 아니로다. 군사를 돌리는 편이 좋다'고 말하면서 퇴각을 주장했다.

　이어 흔도의 결정에 따라 원과 고려의 연합군은 배에 올라 후퇴하기 시작했다.

　그런데 초저녁 쯤에 이르러 북규슈로부터 비바람이 일기 시작했는데 야밤중에 와서는 태풍이 불어왔다. 이리하여 많은 배들인 침몰돼 원과 고려의 원정군은 크게 싸우지도 못하고 근 절반의 병력을 잃었다.

　11월 27일에 원정군 실패의 비보가 고려에 전해왔는데 원과 고려의 연합군은 1만3000여명의 병력을 잃었다.

　나머지 잔여병들은 합포로 되돌아 온 후 12월 28일에 개경에 들어섰다.

　후퇴시에 도원수 흔도는 일본으로부터 동남동녀 200명을 이른바 〈전리품〉

으로 포로해 국왕과 공주에게 바쳤다.

 1275년 정월 흔도, 홍다구, 유복형, 김방겸 등은 개경을 떠나 원에 들어갔다. 이와 같이 원의 제1차 일본원정은 실패로 결속됐다. 일본에 대한 제1차 침공이 참패로 끝난 후 원 세조는 원정의 목적을 이루지 못한 원인을 전적으로 우연한 태풍에 귀결시키고 두 번째 원정을 다그쳤다.

 제2차 원정에 앞서 원 세조는 또다시 일본에 선유사를 파견해 일본의 동태를 살펴보도록 결정했다.

 2월 9일에 예부시랑 두세충을 정사로, 병부랑중 하문저를 부사로, 서찬을 통역으로 이외에 계의관, 서장관 등 5명으로 구성된 사신을 일본에 보냈다. 일행은 3월 10일 고려에 도착해 재준비를 마친 후 일본으로 향했다. 그들은 4월 15일에 나가또, 무로쭈에 이른 후 일본관리들의 안내하에 다자이후를 걸쳐 가마꾸라에 이르렀다. 이와 동시에 원은 원정을 위한 군사적 준비를 적극 추진시켰다.

 출사전인 2월 29일에 고려의 해주, 염주, 백주 등 3주에 만자군(송나라 투항병으로 재편성) 1400여명을 보내 둔전시켰고 9월에는 이곳에 관원을 보내 도일항로를 재탐사하게 했다. 그리고 고려에 배를 다시 제조할 것을 명령했다.

 10월에 고려는 김광원을 경상도 지휘사로 임명해 선박 건조 작업을 맡아보도록 했다.

 11월에는 또 고려에 무기제조 임무를 내렸다.

 당시 일본의 정형을 보면 여전히 원과의 통호를 거절했는데 그 태도는 전에 비해 더욱 견고했다.

 9월 7일 일본 막부 정권은 다뚜노꾸치에서 두세충을 비롯한 원의 선유사들의 목을 전부 잘라버림으로써 원 조정과의 이른바 통호를 단호히 거절하고 항쟁의 굳센 의지를 과시했다. 원과의 통호를 거절함과 더불어 원의 재차 침입을 물리치기 위해 일본은 일련의 벙어조치를 적극 강화했다.

 우선 막부에서는 규슈지역 해안방위를 강화해 〈원구를 방비〉할 것을 명령하고 하까다 일대를 중심으로 3월부터 〈석축지 공정〉을 시작해 8월에 완공했다.

 더욱이 이 시기 일본 막부는 원의 재침입을 대기하고 있었을 뿐만 아니라 고려에 대한 정벌도 준비하고 있었다.

 12월에 막부는 다음해 3월에 고려에 출병할 것을 선포하고 무사들을 동원함과 동시에 연해지역에서 배를 제조하고 선원들을 선발했다. 일본에 대한 원의 제2차 원정준비로 이 시기 원의 일본원정의 연합국인 고려는 보다 과중한 부담을 걸머지게 됨으로써 온 사회가 비참한 궁지에 빠지게 됐다. 때문에 고려 조정은 원에 재원정을 하지 말 것을 강력히 요구했다.

 1275년 1월 김방겸이 원에 입조할 때 고려 조정은 그에게 원에 고려측의 요구를 반복적으로 천명하도록 했다.

 1276년에 들어서 일본에 대한 원의 재원정 계획은 돌연히 변경됐다.

정월 10일에 원 조정은 고려에 무기, 배, 제조를 중지하도록 명령했다. 이는 결코 고려의 참상에 대한 원 세조의 동정심으로부터 출발해 베푼 은혜가 아니었다.

이 때 원 조정은 남송과의 최후의 결전에 온 힘을 기울이고 있었기에 일본원정에 병력을 돌릴 수 없었던 것이다.

1275년에 원 조정은 건강을 점령하고 임안(항주) 공격에 전력을 돌려야 할 중요한 시기에 처해 있었다.

원 세조는 2년전에 남송의 양양을 점령했는데 6년이란 시간이 걸렸는데 이번에 그의 서울을 공점함에는 더 큰 어려움이 있기 마련이기에 일본원정을 잠시 뒤로 미루지 않으면 안됐던 것이다.

그러나 고려에 중지령을 하달한 후 얼마 안지나 남송 수도 임안은 예측밖에 별로 싸움을 걸치지 않고 순리롭게 함락되고 남송 공제도 사로잡았다. 이로써 남송은 마침내 원에 의해 멸망되고 말았다.

정세의 이와 같은 급속한 변화는 원 조정으로 하여금 일본원정에 대해 다시 검토하게 했다.

원 세조는 장수들을 모아놓고 이를 의논했는데 남송의 항장들은 이구동성으로 '곧 정복을 해야 한다'고 주장했다. 그러나 거란인 야율희량(몽골초기 공신 야율초채의 현손)은 상반되는 의견을 내놓았다.

그는 항복한 송의 군졸을 동정에 동원시켜야 하는데 송과 요, 금의 싸움이 300년 걸려 방금 방패와 창을 세워놓고 휴식하는 바 몇 년 기회를 기다렸다가 군사를 일으키는 것도 늦은 것이 아니오리다'고 건의했는데 원 세조는 야율희량의 주장을 받아들였다.

이리하여 원 조정의 일본원정은 여전히 뒤로 미루게 됐다.

< 제2차 일본출병 – '홍안의 역' >

1279년부터 중국 국내가 통일, 평정되고 형세가 점차 안정됨에 따라 원 세조는 일본원정을 다시 고려하게 됐다.

1279년 2월 원 세조는 양주, 호남, 감주, 천주 등 4개 성을 동정 기지로 하고 600척의 전함을 만들 것을 명령했다.

그리고 송나라 항장 범문호와 동정방략을 의논했는데 법문호는 정식 출병 전에 다시 한차례 출사해 초유하여 봄이 좋다고 하면서 이번 출사는 종전의 송일 친선관계를 이용해 고려를 경유하지 말고 일본에 직행할 것을 건의했다.

세조는 그의 의견을 접수하고 주복, 남충 등을 일본에 출사시켰다. 하지만 이들도 6월 하순 쓰시마를 거쳐 하까다에 이른 후 역시 일본 막부에 의해 목이 잘여 살해됐다.

6월에 원은 고려에 동정준비를 명령했다.

제1차 동정때와 마찬가지로 900여척의 전함을 만들 것을 요구하고 사신을 파견해 고려의 병기들을 점검시켰다.

바로 이러한 시기에 두세충 출사 때 동행했던 고려인 선원 4명이 8월에 가까스로 고려에 돌아와 두세충 사자 일행이 이미 피살됐음을 전했다.

고려 충렬왕은 사람을 보내 이 일을 원 조정에 알렸다.

이 소식을 듣고 원 세조는 일본동정의 결심을 더욱 크게 다졌다. 9월 이후부터 고려 전 영역에서 전쟁준비가 시작돼 제작소를 증설하고 역부와 물자를 증발했고 병력을 조사했다.

1280년에 원 조정에서는 제2차 원정의 방법과 시간을 심각히 의논했다.

제1차 원정시의 장령 흔도, 홍다구 등은 속히 출병할 것을 주장했는데 이들은 두세충 일행의 피살을 주요 이유로 삼았다.

그러나 송나라 항장들은 아직 이르다고 보면서 초유사 주복 일행이 돌아오는 것을 기다려 보자고 주장했다. 원 세조는 이때까지만 해도 후자들의 의견에 찬성했다. 그러나 원 세조는 주복일행이 다땅히 돌아와야 되겠는데 4월이 지나도 소식이 없으니 계속 두고 볼 수가 없었다. 때문에 원 세조는 6월에 동정방법을 재차 연구하고 7월에는 새로운 동정군단을 편성했다.

이 군단은 이미 조직된 만자군을 중심으로 송나라 관군들 가운데서 계속 군대에 종사할 것을 원하는 자들, 송나라 장령 장세걸의 부하들, 송군에 참가했던 죄를 뉘우치는 몽골인과 도루고병들로 편성됐다.

그 지휘는 범문호가 담당했다. 물론 원정의 주력은 원 관군의 병력을 더 보충해 확충한 부대였다. 이는 홍다구가 지휘했다. 8월 말 원 세조는 최고작전회의를 소집했다. 고려 충렬왕도 입조해 열석했다.

이 회의에서 원정의 근본방침들이 최후로 결정됐다.

1)흔도, 홍다구는 원과 고려 투항병, 북방 한인병 4만을 인솔해 합포로부터 출발하고 2)만자군을 중심으로 편성된 신병단 10만명은 범문호가 인솔해 강남에서 출발하며 3)양군은 이기에서 회합하여 일본등륙 총공격전을 발동한다. 4)흔도, 홍다구, 범문호 등 3명을 〈정수일본행중서성〉, 간략히 〈정일본행성〉 혹은 〈정동행성〉의 장관 중서우승으로 임명했다.

충렬왕도 이 회의에 참가해 고려측의 적극적인 참전성의를 보여주었는 바 여기에는 충렬왕을 비롯한 고려 왕실의 내심적인 의도가 있었다.

즉, 고려 왕실은 원의 재차 일본원정과 그에 따르는 고려의 참전이 이미 피할 수 없는 기성사실로 된 이상 주동적인 참전태세를 보임으로써 원정군 가운데서 고려국왕과 군대의 지위를 높이며 동시에 홍다구의 간책도 방지하려 했다.

회의에서 충렬왕은 원 세조에게 7개 조항을 제출했다.

1)탐라에 주둔하고 있는 고려군을 동정부대에 참가시킬 것 2)고려군(홍다구가 인솔하는 투항병)과 한군을 줄이고 몽골군을 증가할 것 3)홍다구에게 중책을 맡기지 말며 몽골인 도리티무아와 저에게 정동성 임무를 관장하게 할 것 4)고려군관에게 원의 군관과 같은 패면을 줄 것 5)중국의 해안지대의

사람들로 뱃사공과 선원을 모을 것 6)안찰사를 파견해 고려백성들의 고통을 위안할 것 7)자기가 합포에 가 군마를 열송하는 것 등이었다.

이 가운데서 홍다구와 그가 인솔하는 부대에 대한 제약, 고려국왕에 대한 원정 지휘권의 부여, 고려군에게 원군과 같은 지위를 보증하는 것 등의 조항은 주권문제와 원정군의 군사조직 원칙과 직접 관계되기에 원 세조는 즉석에서 그의 여부를 표명할 수 없었다. 충렬왕은 9월말에 개경에 돌아왔는데 이 때 고려에서는 어려운 역경속에서도 맡은 바의 원정준비가 마무리를 짓고있는 단계에 들어서고 있었다.

11월에 충렬왕은 원에 사신을 보내 배 900척, 뱃사공과 선원 1만5000명, 원정군 1만, 군량 11만석, 그리고 병기 등 기타 준비가 이미 끝난 것을 보고하게 하고 종전에 원 세조에게 직접 제출한 충렬왕의 건의들을 재삼 강조해 1)자기가 정동행성의 장관의 일원으로 정동군의 지휘를 맡고 싶다는 뜻 2)공로를 세운 고려 장병들에게 은상을 수여할 것 3)김방겸 등을 비롯한 고려 장군과 장교들에게 원군과 같은 관위와 칭호를 수여해 줄 것 등을 제기하게 됐다. 12월에 원 세조는 충렬왕의 요청을 모두 받아들였다.

이리하여 충렬왕에게 개부의동삼사 중서좌승, 행중서성사의 관위를 수여하고 김방겸에게는 중봉대부, 관영고려군도원수, 그의 장교들에게는 부도통, 만호, 천호, 백호 등의 칭호를 주었다.

이상의 사실들은 제2차 일본원정 준비과정에서 고려왕실은 주권을 확보하기 위해 여러면에서 주동적으로 노력했음을 보여준다.

1281년 정월 원 세조는 아자한, 범문호, 흔도, 홍다구 등 장령들을 대도에 모여놓고 출정명령을 내렸다.

그 때 고려의 김방겸은 하정사로 대도에 머물고 있었는데 고려군의 작전계획에 대한 세조의 지시를 받고 귀국했다. 2월 20일 일본 원정군은 대도를 떠났다. 3월 16일 김방겸, 박구, 김주정 등은 고려군을 인솔해 개경을 떠나 합포로 향했다. 3월 18일에 흔도, 홍다구의 원군이 개경에 도착했다. 3월 19일에 원 세조가 충렬왕을 〈부마국왕〉으로 임명한 문서와 그의 〈중서좌승행중서성사〉 관인이 개경에 전달됐다.

이리하여 충렬왕은 명분을 갖고 일본동정 지휘에 참여할 수 있게 됐다. 이어 충렬왕은 20일에 흔도, 홍다구 등을 불러 원정의 구체적 사항을 협의했다.

그 후 충렬왕은 원정군을 열송하기 위해 4월 1일에 개경을 떠나 15일에 합포에 도착했다.

4월 18일 합포에서 성대한 동로군 열병식이 거행됐는데 충렬왕은 정동행성의 중서좌승의 신분으로 즉, 일본 원정군의 사령관으로 4만의 동로군 대군과 900척의 대함대의 열병을 받았다.

5월 3일에 동로군은 합포를 떠났는데 충렬왕은 친히 전함의 출항을 바래주었다.

동로군은 거제도에 이르러 약 보름동안 체류했다. 원래 작전 계획에 따르면

6월 15일에 중국대륙으로부터 건너오는 강남원정군과 여기에서 만나도록 돼 있었다. 5월 26일 동로군의 일부는 세가이아라다이메이호에 상륙해 일본 수비군을 물리쳤다. 그들의 함대는 이기로 향해 항행했는데 도중에 큰바람을 만나 장병 113명, 뱃사공 36명이 행방불명 됐다.

이 보고는 5월 하순에 고려 합포를 거쳐 원에 전해졌다. 이어 동로군은 강남군과 약속한 원의 작전 계획을 준수하지 않고 단독으로 행동했다. 6월 6일에 하까다만 상륙을 준비했다. 하지만 일본측의 해안방비는 대단히 강했다.

해안선에는 견고한 돌담이 쌓여졌고 규슈제국의 무사들 뿐만 아니라 관동지구의 무사들까지도 이곳에 집결해 수비하고 있었다. 이리하여 동로군은 본토상륙을 잠시 정지하고 시가시마와 노고시마 두 섬에 먼저 상륙한 다음 정황을 보면서 본토 등륙을 시작하도록 했다.

6월 6일부터 13일까지 동로군과 일본군간에는 격전이 벌어졌다. 쌍방은 모두 많은 살상자를 냈다. 때마침 여름 더위가 빨리 찾아와 동로군 내부에는 질병이 발생해 어려움이 막심했다.

이리하여 동로군은 단독으로 일본을 공격하기 미우 어렵게 됐다. 그리고 6월 15일 강남군과 합류할 시일이 긴박하므로 이기도로 방향을 돌렸다. 그러나 강남군은 15일이 지나도록 나타나지 않았다. 동로군은 갈수록 곤경에 빠지게 됐다.

배들의 파손율이 증가되고 군량이 곧 떨어질 형편이었으며 질병도 더욱 심해졌다. 이런 정황에서 흔도와 홍다구는 후퇴의 여론을 일으켰다.

이에 김방겸은 세조의 뜻을 반드시 받들어 아직 한달 군량은 있으니 강남군이 오는 것을 기다려 협력해 공격하면 반드시 적을 소멸할 수 있다고 주장했다.

10만 대군과 3500척의 전함으로 구성된 강남군 대병단이 약속한 시일에 이기도에 도착하지 못한데는 그 구체적 사정이 있었다.

그것은 강남군 총사령관 아자한이 출발직전 경원(오늘의 영파)에서 병에 걸려 출전할 수 없는 형편이었다. 이리하여 아탑해로 총사령관을 바꾸게 되니 출발이 지체됐고 또 이기도보다 히로또 쪽이 작전에 유리하다는 정보를 입수하다 보니 작전 방향을 급히 돌리게 된 것이다.

강남군은 이 소식을 동로군에 알리기 위해 50척의 배에 선발대를 태워 이기도에 보냈다. 그러나 이들은 항로를 오껴 쓰시마에 갔다가 다시 이기도로 향하게 되다보니 예정계획이 바꾸어진 것을 동로군에 전해주지 못했다.

강남군은 6월 18일에야 경원을 떠나 히로또를 목표로 직행했다. 7월 초순에 강남, 동로 양군은 히로또 근해에서 합류한 후 이곳에 머물러 있으면서 병사들을 휴식시키는 한편 일본군의 동정을 살폈다. 7월 하순 양군은 진공전을 벌여 27일에 다가시마를 점령한 후 하까다만을 향해 진군했다.

하지만 제1차 원정때와 마찬가지로 7월 30일 탐에 거센 해풍이 일어나고 다음날인 윤 7월 1일에는 더 큰 태풍이 불었다. 이리하여 원정군의 대부분의 배들은 침몰되고 많은 장병들이 바다에 **빠졌다**. 여기에서 강남군의 손실은 더욱 심했다.

그것은 강남군의 배들은 그 대부분이 낡은 배들이어서 파손율이 더 컸기 때문이다.

양군의 격전은 윤 7월 7일까지 지속됐는데 나중에 원과 고려 원정군은 패배당해 2, 3만명이 포로가 돼 하까다로 끌려갔다.

이와 같이 원의 제2차 일본원정도 역시 원의 실패로 끝났다. 원군의 주장 범문호는 나머지 3만명의 장병을 거느리고 후퇴의 길에 올랐다. 고려 김방겸은 합포로 돌아왔다.

8월 16일에 충렬왕은 안동(경상남도 안동) 행궁에서 이 보고를 받고 즉시 사신을 원 조정에 보내 소식을 전했다.

윤 8월 2일에 김방겸은 안동행궁에 이르러 충렬왕에게 상세한 보고를 올렸다.

기재에 의하면 원정군 참패의 비보를 받은 충렬왕은 간담이 떨어져 개경으로 돌아가지 못하고 월말까지 그곳에서 휴양했다 한다.

원군의 흔도, 범문호, 홍다구 등도 합포를 걸쳐 원으로 돌아왔다.

원의 제2차 일본원정이 실패하게 된 이유는 주로 아래와 같은 몇가지 원이이 있다.

1)통일적인 지휘가 결핍돼 협공작전이 잘 되지 못했다.

2)장병들의 소질이 낮았다. 특히는 몽, 한, 신부군(강남군), 고려군 사이에 모순이 심했으며 게다가 이들 병력은 많이는 투항병과 임시강제병으로서 군사훈련이 결핍됐다.

3)많은 전함의 질이 좋지 못했다. 강남군의 대다수 배들은 오래 쓰던 상선들을 임시로 급히 증용한 것들이었다.

4)예상치 못한 거센 태풍도 무시할 수 없는 실패의 원인이었다.

그동안 원은 두 차례의 패배를 달가워하지 않고 계속 제3차 일본동정을 시도하고 있었다.

그리하여 원 세조는 전후로 두 번이나 천문학자 장강을 불러 동해의 기상과 해류정황을 문의했으며 원정 지휘기구를 계속 보류해 두었고 9월에는 탐라의 수비병을 증강하고 10월에는 김주에 만호부를 설치하도록 명령하고 합포, 고성 그리고 그 외의 한반도 남부 해안에 원군을 주둔시킬 것을 결정하고 11월에는 원나라 경내의 경원, 상해, 감포에 수비군을 배치하도록 했다.

1285년 정월에는 김주에 몽골군 500명이 주둔하고 2월에는 몽, 한군 1400명이 탐라에 더 파견됐다.

4월에는 원병 400명이 고려에 증원돼 340명은 합포 수위에, 60명은 개경보위에 참여했다. 한편 또 계속해 초유사를 일본에 파견했다. 그러나 원 세조의 제3차 일본원정은 실현될 수 없었다.

전후 국내에서는 사회적 모순들이 격화돼 강남의 200여곳에서 봉기가 일어났고 원 조정의 통치집단 내부에서의 권력쟁탈을 위한 모순과 투쟁도 보다 더 첨예화 됐다.

한편 원의 재침입을 방비하기 위해 전후 일본은 계속 방위체제를 강화했다. 이를테면 시고구, 규슈의 어가인들의 상락과 원행을 금지했고 각 부서들에 경비를 강화할 것을 명령했다.

그리고 〈홍안의 역〉때 포로된 송나라 사람들을 통해 원의 동태를 수시로 이해했다.

이밖에 또다시 〈이국정벌〉을 시도했는데 그 대상을 물론 고려였다. 이를 위해 규슈의 무사들에게 동원령을 내리고 야마또, 야마시로의 무사들도 규슈에 집결시켰다. 그러나 고려원정은 실현되지 못했다.

4) 원과 일본의 경제교류

< 무역왕래 >

송나라 때에 중-일 양국 간에는 공식적인 외교관계가 이루어지지 않았으며 오직 상인들과 승려들에 의한 왕래가 있었을 뿐이었다.

원나라 때에 와서도 이런 상태는 계속 지속됐다. 하지만 이 시기 정황은 전 시기와는 달리 두 나라 사이에 장기간의 긴장 상태가 지속되고 심지어 그 관계가 전쟁상태로 전환됨에도 불구하고 양국 간의 경제무역 왕래는 계속 평화적으로 추진됐다.

일부 학자들은 이 시기 정황에 대해 그 왕래는 매우 왕성했는데 특히 원 말기에는 여러 시대를 망라해 최고조에 달했다고 말해도 과언이 아닐 정도로 빈번했다고 평가하고 있다.

원나라는 언제나 국외와의 해상무역에 중시를 돌려왔다.

그들은 비록 유목 민족으로 일어섰지만 해상통상의 큰 이익을 잘 알고 있었다. 그러기에 1293년에는 송나라의 유제를 계승해 그 당시 정황에 결합시켜 〈시박법규 22조〉를 제정했다.

원과 고려간의 무역왕래와는 원과 일본간의 경제왕래는 민간 상인들 더욱 이는 일본상인들에 의한 빈번한 직접무역이 성했드.

사료에 의하면 원과 일본 양국 상선이 상호 왕래한 회수는 40여 차례에 달한다.

원의 제1차 일본원정이 끝나고 제2차 원정의 준비가 빠르게 진행되던 1277년에도 일본상인들은 금을 가지고 원에 건너와 동전을 바꾸었는데 원나라 관서에서 이를 허락했다.

다음해 11월에 원은 양주에 회동선유사를 세우고 아자한을 선위사로 임명해 일본상선과 교류했다. 이와 같이 이 시기 원과 일본은 전쟁준비로 삼엄한 비상시기에 처해 있었으나 양국 간의 무역은 중단되지 않았을 뿐만 아니라 보다 더 추진됐다.

원과 일본간의 무역왕래는 13세기 말기에 접어들면서 더욱 빈번해졌으며 무역규모도 더 커졌다.

1279년 일본상선 4척에 고사(상앗대질을 잘하는 사람) 2000여명이 경원항구에 이르니 할나알은 행성에게 그들은 별문제 없다고 말해 교역을 하게 한 후 돌려보냈다. 이와 같이 이 때 원에 도항해온 일본인들의 무역은 규모가 매우 방대했다.

〈원사, 철목아탑식전〉에도 원순제 지정초년에 원에 건너오던 일본상인 100여명이 태풍을 만나 고려에 표류했다는 기재가 있다.

원과 일본간의 민간무역이 활발히 전개됨에 따라 양국 간에는 또 호시(互市)무역이 이루어졌다. 사료기재에 의하면 1292년 6월에 일본사람들이 호시에 왔는데 태풍으로 배 3척은 파손되고 오직 한 척만 경원에 이르렀다.

10월에도 일본상선은 사명(절강녕 파부)에 와서 호시를 찾았다. 1317년에는 대녕사람 왕극경이 사명에 가서 왜인 호시를 감시했다.

무역과정에서 양국 상인들간에는 수시로 무력충돌이 발생했다.

이 때 일본상인들은 해상에서의 해적들의 피해에 대비해 전신무장을 하고 무역 길에 오르곤 했다. 그들 상선에는 언제나 갑옷과 병기가 마련돼 있었다. 1308년 4월에 일본상인들은 원의 호시감독과 충돌이 생겨 경원에 불을 지르고 약탈을 감행하기까지 했다. 원 조정은 일본상인들이 육지에 들어와 무역하는 것을 시종 지지하고 우대해 주었다.

일본관의 민간부역에서 원은 단순히 무역 이득만을 추구한 것이 아니라 주로는 일본상인들을 일본관의 통호의 매개로 삼으려 했다.

이와 반대로 일본 가마꾸라 막부는 원의 무역상에 대해 시종 경계하는 태도였다. 하지만 일본상인들이 바다건너 원과 무역하는 것은 막지 않았다.

여기에 원과 일본간에 비록 통화가 이루어지지 않고 심지어 장기간의 전쟁 상태가 지속되면서도 경제무역 관계가 중단되지 않고 유지 발전해온 원인이었다. 그리고 이러기에 원과 일본의 경제무역은 주로 일본상인들의 원나라에로의 왕래무역 형식에 의해 전개됐다.

당시 원나라 상인들은 일본 막부가 문을 열어주지 않고 안전감이 없기에 경솔히 일본으로 건너가려 하지 않았다.

물론 전혀 가지 않은 것은 아니었다. 〈원태력〉의 1350년 4월 14일 기재에는 그 해 3월 원에 갔던 일본승려 유잔 또껜, 무무 이써이 등 18명이 원의 상선을 타고 하까다로 돌아왔다고 쓰여져 있는데 이는 양국 간의 싸움이 끝난 후에도 원의 상선은 일본과 왕래했음을 보여준다. 당시 원과 일본의 무역항구로 가장 번성한 곳은 경원이었다. 위에서 본바 바로 이곳에 〈왜인 호시〉도 있었다. 원대 무역상들에게서 받아들이는 영업세는 송나라 때의 추분법을 계승했는데 다만 그 추분령에서 다소 변동이 있었을 뿐이다.

< 원과 일본 무역의 유형 >

위에서 언급하다시피 원과 일본간에 국교가 이루어지지 않은 정황하에서 원나라 시기 양국 간에는 정부간의 공적무역이 없었으며 주로 민간무역이 전개됐다.

때문에 그 무역형식은 복잡하고 다양했다.

우선 순수한 민간무역이었다. 이는 이미 위예서 본바 주도적인 유형이었다. 여기에는 일본연해에 집거하고 있는 중소무역상인들이 주요한 역량이 됐다.

다음은 반관반민 즉, 관민결합의 무역이었다. 일본측에서 이는 막부의 직접 보호와 간섭 하에 진행됐는데 많이는 종교적 자선사업 성질을 가진 단체에서 진행했다. 위에서 말했지만 당시 일본해도는 안전도가 낮았다. 하여 막부는 안전조치를 취해 상선들의 항해를 보호하는 조치를 채취해 해상안전 왕래를 보증해 주는 한편 세금을 받아들여 종교 혹은 자선사업을 지원해 주었다. 당시 일본종교 조직 가운데서 가장 일찍 무역에 나선 것은 세쑤에 자리잡고 있는 주길신사의 상선이었다.

1325년에 이 신사에는 절을 짓기 위한 경비를 마련하기 위해 신사의 배를 원에 보내 장사를 하게 했는데 막부에서는 이 해 7월 21일부터 8월 5일에 이르기까지 나까무라 마고시로요를 하까다 방면에 파견해 이 상선의 항해경비를 책임지도록 했다.

이런 일본상선 가운데서 가장 유면한 것으로는 천룡사 상선을 들 수 있다.

1330년대 후반기에 아시가가다가우지는 교토 사자에 천룡사를 지을 경비를 마련하기 위해 천룡사 상선을 원에 파견해 두역을 하게 함과 더불어 세가지를 규정했다.

1)이 상선의 강사는 사원에서 추천하고 막부에서 임명하며 2)상선의 척수와 도항시기는 막부에서 결정하며 3)막부는 경비를 책임지고 해적의 피해를 방비해 주면 귀국 후에 상선은 그 손익을 불문하고 일부의 전화를 사원에 바칠 의무를 지녀야 한다는 등이다.

1342년부터 천룡사 상선은 원과의 무역을 시작했다. 그 때 강사로는 시혼이 임명됐는데 그는 매차 귀국 후 손익을 불문하고 500관을 사원에 바치도록 담보했다.

〈태평기〉에는 청룡사 상선이 '그 매매가 백배의 이득을 얻었다'고 기재돼 있다. 이 상선은 승려들과 연대성이 있고 게다가 막부로부터 직접적인 보호를 받게 됨으로써 그 안전이 보증을 받게 됐다. 때문에 그 당시 일본 승려들은 원과 왕래할 때 많이는 이 배를 이용했다. 이 후 천룡사 상선은 매년 원과 무역을 했는지는 잘 알 수 없으나 명나라 때에 와서도 중국과 왕래하는 일본상선 가운데는 천룡사 상선이라고 부르는 상선이 있었다.

1367년 4월에 일본 의사 다지마뇨 도모도우센이 의료원을 세울 경비를 해결하기 위해 상선을 원에 보낼 예산을 막부와 조정에 제출한 바도 있다.

이상과 같이 반관반민의 무역형식은 실제적으로는 국교가 없는 특정된 역사시기에서의 전통적인 관방무역이었다.

33. 고려와 일본의 관계

1) 왜구의 침입과 고려의 반왜구 투쟁(13~ 14세기 60년대)

12세기에 들어서서도 고려와 일본과의 사이에는 국교가 이루어지지 못했는데 원의 일본동정에 고려가 협력한 일, 더욱이는 160년의 오랜 기간에 양국의 심각한 현안으로 된 왜구문제 등은 양국의 관계를 더욱 악화시키고 갈수록 긴박한 추세로 끌고 나갔다.

일본의 한 교수는 다음과 같이 이야기 한 바 있다.

'중세 동아시아 역사에서뿐만 아니라 세계사적 관점에서도 대단히 주목되는 현상으로 왜구문제가 있다'고 했다.

이는 절대 과언이 아니다. 왜구는 일본 봉건사회 발전이 일정한 역사시기에 상업자본의 발전과정에서 봉건령주의 보호와 조종하에 전문 대외약탈에 종사하는 일본의 해적무리들이다.

이들은 13~14세기 전반기에 떼를 지어 약탈을 감행했다.

일찍이 1223년 5월에 왜구는 김주에 나타났다. 그 후 계속해 경상도 연해지역의 마을에 침입해 소란과 약탈을 감행했다.

1227년 4월에 왜구는 또 김주에 침입했는데 그 때 고려군민들은 해적선 2척을 노획하고 30여명을 살상했다.

이 때 고려정부는 지방군에 명령해 왜구를 모조리 타격하도록 하게 함과 더불어 즉시 박인을 사신으로 규슈 다자이후에 파견해 강력한 항의를 제출하고 신속히 해적들의 약탈행위를 단속할 것을 요구했다.

이에 일본측에서는 미안함을 표시하고 친선관계를 맺고 통상할 것을 표시했다.

〈고려사절요〉에는 1228년 11월에 박인이 돌아올 때 화친을 바라는 일본 막부의 편지를 갖고 왔다고 쓰여져 있고 〈고려사〉에도 1227년 5월에 일본은 사죄의 편지를 고려에 보내온 것으로 기재돼 있다.

또 사료에 의하면 고려 조정은 박인의 공로가 크기에 대량의 은과 비단을 그에게 주었다. 이 후 한 시기 왜구의 소란은 크게 단속됐으나 완전히 근절되지 않았다. 때문에 1259년 7월에 고려조정은 또다시 한경윤을 일본에 파견해 해적행위를 제지시켜 줄 것을 요구했다.

그러나 몇 년 지나 1263년 2월에 일본의 해적선 1척이 또 김주 관내의 웅신현 물도에 침입해 세공선 1척에 달려들어 쌀과 비단을 약탈했다. 이에 고려는 4월에 사신 홍저를 일본에 보내 〈국서〉를 전달했다. 국서에는 이미 두 나라가 규정한데 의하면 일본은 고려를 향해 1년에 한차례 출항하되 그 배는 2척으로 제한되었기에 이외의 배들이 한반도 연해지방에 오는 것을 엄금시키고 원 약속대로 해적들을 사출해 엄벌할 것 등의 내용이 제기됐다.

14세기 전반기에 들어서면서 고려에 대한 왜구 무리들의 침입은 급격히 증대됐다. 그 시기 일본에서는 상품화폐 관계가 발전되고 고리대 자본이 성행함에 따라 하층 무사들인 〈고께닌〉의 경제적 처지는 날로 악화되고 그 중 많은 자들이 몰락돼 갔다.

더욱이 북부 규슈지방은 원나라 침입을 방비하는 요충지로서 그 지대의 하층무사들의 경제난은 더욱 심각했다. 한편 상업자본이 증가됨에 따라 서남해안 지역에서는 상업도시들이 일어서고 지방 영주들의 수입에서 상업세가 점차 큰 비중을 차지하게 됐다. 이리하여 보다 많은 이득을 얻기 위해 영주들은 상인들과 결탁해 대외진출에 나서게 됐다.

일본사회 경제의 이와 같은 변화는 이 시기 왜구침입이 확대되게 된 주요한 요인이다.

14세기에 들어서서 왜구의 침입이 창궐해 짐은 또한 그 시기 일본사회 내부의 정치관계 변화와 직접 관계된다. 이 시기 일본은 남북조시대 (1334~1391)에 처해 있었으며 정권은 남, 북 두 개 왕조로 분립됐는데 하나는 무사두목 아시가가다가우지가 세운 교토의 북조 정권이고 다른 하나는 남부 요시노의 고아이고 천황의 조정이다. 두 개 정권 사이에는 50여년간 싸움이 벌어졌는데 각지의 호족할거 세력들도 이 내전에 휩쓸려 들어가 쟁탈전을 벌였다.

이와 같이 분열 혼전의 시대에 일본 연해지구 주민들의 해외활동도 자유롭게 돼 해적행위가 급속히 늘어났다.

1323년 6월에 왜구들은 군산도에 침입해 고려의 조운선을 약탈하고 계속해 추자도에 침입해 주민들을 납치해 가는 등의 만행을 저질렀다.

7월에 고려군은 전라도에서 왜구 무리들에게 막대한 타격을 줌으로써 왜구들로 하여금 100여명의 살상자를 내고 도망치게 했다. 당시 고려는 일본 해적과 난민들을 구별해 대했다.

1324년 7월 일본의 상선이 태풍으로 전라도 여광군 해안에 피난해 왔을 때 고려에서는 220여명의 선원들에게 선박과 기구 등을 갖추어 줘 무사히 귀국하도록 도와 주었다.

14세기 50년대에 이르러 왜구들의 침입은 보다 더해지고 본격화 됐다.

1350년 2월에 왜구 무리들은 경상도 남해안 거제, 고성, 죽림 일대에 침입했다가 합포천호 최선이 지휘하는 고려군에 의해 300여명이 섬멸 당하고 물러갔다.

4월에는 왜구선 100여척이 순천에 침입해 남원, 구례, 영광, 장흥 등 전라도 연해 고을의 조운선을 약탈해 갔다. 이어 5월 말에는 왜구선 66척이 또 순천에 기어들었고 6월에는 합포, 장흥, 동래, 진도 등지에 침입했다. 이 시기 왜구들의 침입범위는 점차 서해안으로 확대됐다.

1351년 8월에는 130여척의 왜구선이 개경에서 멀지 않은 자연도, 삼목도 등에 침입해 살인방화를 감행했다.

1352년 3월에 이르러 왜구의 약탈은 강화도 근처의 파음도, 교동도 등에까지 확대됐고 6월에는 동해안 강릉도에까지 침입해 왔다. 그 후 일본 왜구 무리들은 고려에 더욱 막심한 재난을 조성했다.

1354년 4월에 왜구들은 전라도 조운선 40여척을 약탈해 갔고 다음해 4월에는 무려 200여척의 조운선을 납치했다. 왜구의 약탈로 고려왕실의 생명선이 삼남지방의 조세를 개경으로 운반하는 뱃길이 막혀버렸다.

1360년 윤 5월에 왜구는 또 강화도에 침입해 300여명에 달하는 주민을 살해하고 쌀 4만여섬을 약탈해 갔고 1363년 4월에는 심지어 교동도에 처 들어와 개경을 위협했다.

1364년 3월에는 200여척의 왜구선이 거제도 부근의 갈도에 침입했다.

이리하여 14세기 60년대에 이르러 한반도 중부 이남의 연해고을들이 거의 모두가 왜구의 침입지역으로 되고 수도 개경이 위협을 받게되는 비상사태가 조성됐다. 하여 고려 왕실은 개경에 계엄령까지 선포하게 됐다.

위의 서술에서 볼 수 있는 바 14세기 50년대 후 고려에 대한 왜구들의 침입과 약탈은 과거에 비해 다른 점들이 확연히 나타나고 있다.

1)침입의 규모가 과거보다 훨씬 커졌으며 2)그 회수가 급격히 증가돼 많을 때는 한해에 10여차례 정도로 늘어났고 3)그 범위가 남부연해 지역에 확대됐고 4)연해지역에서 내지에까지 침투했으며 5)침입시마다 빚어진 피해가 전에 비해 훨씬 커졌다. 왜구의 침입은 고려 조정 더욱이 백성들을 심각한 재난 속에 빠지게 했다.

백성들은 더 말할 것도 없이 고려조정에 한해서도 1356년 후 왜구의 만행으로 말미암아 해상 조운선이 파괴되고 육로 조운도 지체되게 돼 고려조정은 관리들에게 봉급마저 제대로 내주니 못하는 지경에 처하게 됐다. 왜구의 만행은 고려군민들의 더 없는 분노를 자아냈다.

1350년 후부터 시작해 격분한 백성들은 왜구들과의 싸움에 자발적으로 떨쳐나섰다. 1360년 여름 왜구들이 강화도에 침입해 무자비하게 살인약탈을 감행했는데 이 때 당지 평민 심몽룡은 일당백의 정신으로 적 13명을 죽이고 장렬히 희생됐다.

각 지방에서는 호를 단위로 사람을 선발해 임시 조직한 지방방위대로서의 연호군들이 반 왜구 투쟁의 앞장에 나섰다.

원의 침략에 대한 반항투쟁이 기본상 결속된 후 1364년 5월부터 고려조정은 본격적인 반 왜구 투쟁으로 전이했다.

경상도 도순무사 김속면은 관군을 인솔해 진해현에 침입한 왜구 무리들에게 총공격을 퍼부었다. 그들은 왜구들의 해상퇴로를 차단해 버리고 포위공격전을 펼쳐 3000여명의 왜구를 섬멸해 버렸다. 이 싸움은 고려군민들의 100여년간의 반 왜구 투쟁에서 규모가 제일 큰 전투였고 전과가 가장 많은 대전이었다. 이 전투의 대승리로 일본 막부와 조정은 커다란 충격을 받게 됐다.

이리하여 이 전투를 계기로 고려와 일본과의 외교관계에는 큰 변화가 일어나게 됐다.

전후로 고려조정은 무력 우세를 뒷받침으로 일본을 향해 외교적 압력을 가해 왜구침입을 제지시키려 했다.

1366년 말 고려조정은 〈청금왜적사〉를 일본어 파견했다.

이듬해 초에 고려사신은 일본 교토에 도착하 아시까가 막부에 〈국서〉를 전달했다.

이 국서는 1350년이래 왜구의 죄행을 강력히 규탄하고 더는 이런 일이 없도록 조치를 취할 것을 독촉했다.

고려측의 강경한 태도에 놀란 일본 막부는 부득불 고려에 사신을 보내 답례를 표시하지 않을 수 없었다. 이리하여 원ㄴ라의 핍박에 의해 고려가 일본에 출병한 후 근 100년 간 중단됐던 고려와 일본 두 나라 사이의 통교는 고려의 주동적 노력으로 인해 다시 회복되기 시작했다.

1368년 1월에 일본 교코의 막부 정권은 사신을 고려에 보내 회답신을 전달했는데 그 내용은 일본은 고려에 침입한 왜적들은 모두가 규슈와 시꼬구 등 지역에 둥지를 튼 왜적들이므로 교토의 막부는 어쩔 수 없다고 해석했다.

사실 이 시기 북조 즉, 교토 막부 정권은 남부왕조와 치열한 싸움을 벌이기에 온 힘을 기울였기에 멀리 규슈와 쓰시마에 둥지를 튼 강대한 왜구를 징벌할 능력과 겨를이 없었다.

그리고 교토의 북조는 아직 그 세력을 일본열도의 서부연해지대까지 뻗치지 못했다.

때문에 이 후 고려조정은 대일 외교에서 중요한 위치를 점하고 있으며 왜구의 소굴인 쓰시마도의 도주와 직접 연계를 맺어 왜구침입을 제지시키는 것으로 그 외교방침을 돌렸다.

한편 왜구를 회유하는데도 큰 힘을 기울였다. 이리하여 고려로 귀화해 넘어오는 왜구들이 점차 많아지게 됐는데 고려조정은 이들을 거제도 등의 지역에 안치해 주었다.

고려군민들의 기세 드높은 반왜구 투쟁의 기초 위에서 왜구에 대해 유연한 회유정책을 실시했기에 1356년 후 몇 년간 왜구의 기세는 다소 꺾이었다.

그리고 이 시기 중국대륙에서 원과 명 왕조의 교체로 출현된 혼란한 국제정세를 틈타서 왜구의 약탈방향은 중국 연해지구로 전이도기 시작했다. 이 역시 고려 연해일대에서 왜구소란이 잠시 적어지게 된 원인의 하나이다.

2) 고려와 일본의 경제교류

고려와 일본 양국 사이에는 비록 국교가 이루어지지 않았지만 양국 간의 인적 왕래는 빈번했으며 이를 통한 경제무역 교류도 활발히 진행됐다.

11세기 고려에 간 일본상인들의 수는 〈고려사〉 기록에 보이는 것만도 9회에 약 300명이나 된다.

1076년 일본승려 25명이 영주에 와서 문종의 축수를 위해 불상을 세우도록 했다. 1080년 11월에는 일본 상객 후시와라노 등이 소라고둥 30매, 해조 300속을 가지고 와 흥왕사에 바치고 왕을 위해 축수했다 한다. 이와 같은 사실은 이 시기 고려조정과 일본 상객들과의 연계가 매우 밀접했음을 보여준다.

13~14세기에 이르러 양국간에는 장기간 풀려지지 않는 심각한 현안으로 활발했던 경제무역 왕래는 제한을 받게 됐다. 그러나 민간통상을 위주로 한 상호 무역왕래는 계속 추진됐다.

이 시기 주요한 무역형식으로는 아래의 몇 가지를 들 수 있다.

< 관방무역 >

이 시기 관방무역은 양국 간의 정부급 무역은 아니었다.

특히 당시 일본은 가마꾸라 정권이 쇠퇴해 멸망하고 남북조의 동란 시기에 처해 있었으므로 전국의 무역을 통솔할 힘이 없었다. 그리하여 일본의 관방무역은 주로 지방관부의 무역이었다.

당시 이런 관방무역은 많이는 상호간의 〈견사〉〈보빙(답방)〉〈헌토물〉〈헌방물〉 등의 형식으로 진행됐다.

13~ 14세기에 이와 같은 형식으로 진행된 경제교류는 사서의 기재에 적지 않게 남아있다. 이런 교류는 특히 14세기 중, 후기에 더 빈번했다.

일찍이 13세기에 일본 다자이후와 쓰시마 등지와의 교섭에 의해 일본측에서는 한해 1차 2척의 〈진봉선〉을 고려에 파견해 왔다. 이와 더불어 고려에서는 김주에 객관을 설치해 이들을 접대했다.

1368년 쓰시마 만호가 사신을 보내 방물을 헌상하고 1390년에는 규슈절도사가 사람을 보내 방물을 헌상했다.

< 사원무역 >

이 시기 고려와 일본과의 무역에서도 사원의 승려들이 적극 활약했다.

1367년 일본국 승려 본또우, 보리우 등이 김일(일본에 갔던 고려사신)과 함께 고려를 방문했다.

1376년에는 일본승려 료우주우가 방문했는데 채단, 평풍, 장검, 용두를 화려하게 조각한 기물들을 고려에 헌상했다. 1319년에는 일본국 주교승려가 승려 도우혼 등 40여명을 파견해 토산물을 헌상하며 신하로 자칭하고 삼가 모실 것을 표시했다.

당시 고려와 일본간의 무역에서 승려들이 큰 역할을 한 것은 그 이유가 있다.

우선 당시 양국은 모두 공동으로 불교를 숭배했기 때문에 양국 승려들은 상대방 나라로부터 사회적으로나 정권차원에서를 막론하고 존경과 중시를 받고 있었다.

이 밖에 그들은 벼슬아치들이 아니었으므로 국교가 없는 정황 하에서 상호

왕래가 편리한 신분이었다.

다음으로 양국의 사원무역에서 많은 경우에는 일본측에서 고려로 왕래하는 편이 잦았다.

이것은 당시 고려의 불교문화가 일본에 큰 영향력과 흡인력을 가지고 있었기 때문이며 이 역시 양국 간의 사원무역이 발전하게 된 무시할 수 없는 원인의 하나였다.

< '표풍인' 들의 무역 >

이른바 표풍인은 바다에서 태풍을 만나 방향을 잃고 표류하는 사람들을 말한다.

태풍이 불어오는 계절에는 이런 사람들이 생기기 마련이다. 국교가 건립되지 않고 있는 정황 하에서도 사람들이 일단 상대방의 해안에 이르게 되면 상대방은 모두 특수한 보호조치와 우대를 해줘 안전하게 돌려보내 주었다.

1264년 7월 30여명의 일본 표풍인들이 김주에 이르게 되니 고려정부는 그들에게 양식을 주어 호송하도록 명령했다.

이런 표풍인들은 물론 그 대부분이 거짓 없는 수난자로서의 표풍인들이었지만 일부는 이른바 표풍인이라는 허울을 쓰고 사인무역을 하는 사람들이었다.

< '왜상' 들의 무역 >

이른바 왜상들이란 왜구이기도 하고 교역에 종사하는 상인이기도 한, 한몸에 두가지 신분을 가진 사람을 가리킨다. 하지만 이들은 본질상에서 왜적들이다.

이들은 특수한 경우 교역에 참가했지만 주로 강탈적인 교역을 진행했다.

3) 고려와 일본의 문화교류

이 시기 고려와 일본의 문화교류도 원과 일본 교류와 마찬가지로 주로는 불교승려들의 왕래를 매개로 이루어졌다.

국교가 없는 정황이었지만 불법을 찾는 자들에게는 바다도 산도 국경도 없었다.

일찍 고려의 대각국사로 불리우는 명승 의천은 송나라에 와서 1000권의 경전을 갖고 돌아온 후 제종의 경소를 집대성한 속장을 간행하려고 주변의 불교국에 서한을 보냈다. 물론 일본에도 보냈다. 그는 여러나라로부터 무려 4000권에 달하는 경소를 모았는데 그를 남김없이 전부 간행했다.

이 경장목록은 지금도 일본에 남아있다.

그리고 위에서 본바와 같이 1076년 일본의 승려 25명이 영주에 와서 고려 문조의 장수를 위해 불상을 세웠다는 사실로 보아 고려와 일본 사이에 승려들의 왕래는 빈번했고 완전히 합법성을 갖고 있었음을 알 수 있다. 그러나 그 후 두 나라 사이에 적대적 대립관계가 이루어짐에 따라 상호간의 접촉은 크게 제한을 받았다. 고려 말엽에 와서 두 나라의 긴장관계가 점차 해소됨에 따라 일본의 사신 격인 일본 선승들이 또다시 문화교류에 나서기 시작했다.

1389년에 일본의 사승 묘우하는 규슈탐제(절도사) 이마가와료순의 사신과 함께 왜구들에게 잡혀갔던 고려사람들을 돌려보내기 위해 고려에 왔다. 이때 그들은 고려의 8만대장경을 구해갔다.

그 후 일본 선승들은 고려와 더욱 빈번하게 왕래하면서 앞을 다투어 가며 대장경을 얻어가려 했다. 물론 발굴된 자료의 제한으로 비록 이 시기 정황은 상세하게는 알 수 없지만 8만대장경을 둘러싼 고려의 불교연구 성과가 일본에 큰 영향을 주었을 것이며 또 이를 통해 두 나라 사이에는 다른 면에서도 문화교류가 추진됐을 것으로 짐작된다.

4)고려말기와 이조초기 왜구와의 투쟁

고려말기와 이조초기 일본과의 관계는 여전히 왜구문제를 둘러싸고 벌어졌다.

위에서 말했지만 왜구란 한반도 연해지구와 중국 연해지구에 대한 일본 해적집단의 광활한 범위내에서의 무력약탈을 가리켜 하는 말이다.

14세기 70년대에 들어서면서부터 왜구의 노략질은 극도에 달했다.

때문에 1375년 2월 고려 조정은 또다시 나흥유를 통신사로 임명해 일본 경도 조정에 파견했다. 나흥유는 경도에 이른 후 정이대장군 아시가가요시미쯔의 무사정권을 향해 왜구를 제지시켜 줄 것을 요청했는데 이에 무사정권은 교토조정과 의논한 후 승려 낭유를 보빙사로 임명해 덴류지 중인 도꾸소슈사가 작성한 문서를 고려조정에 보내왔는데 이 문서에서 일본측은 교토 무사정권이 규슈를 평정한 후 해적들을 처리하겠다고 답변했다.

이 해 6월 전라도 원수 김선치는 고려에 투항해 온 왜구의 두목 후지와 나쯔네미쯔를 살해하려다가 실패했는데 이후부터 왜구의 만행은 더욱 횡포해져 재물과 백성을 약탈할 뿐만 아니라 가는 곳마다 불을 지르고 남녀노소를 불문하고 살해하는 등 갖은 만행을 다 부렸다.

때문에 전라도와 충청도 해안일대의 주민들은 거의 전부 내지 아니면 바다 섬으로 피신하게 돼 이 두 지방은 사람의 발길이 없는 황폐한 공지로 변해버렸다.

이리하여 1377년 6월 고려 조정은 안길상을 세 번째 사신으로 임명해 일본의 교토조정에 가 왜구의 출입금지를 강력히 요구했다.

안길상은 일본에서 병으로 죽었는데 8월 일본 교토조정은 스님 신홍을 고려에 보내 답서를 전했다.,

이 답서에서 교토조정은 역시 서해지구의 왜구는 반란자들이기 때문에 통제하기 어렵다고 말했다. 이어 9월 고려 조정은 정몽주를 네 번째 사신으로 일본에 파견했다.

정몽주는 일본에 건너간 후 규슈 하까다에 머물면서 규슈탐제(절도사) 이마가와료순과 왜구 금지에 관해 교섭함과 동시에 왜구에 의해 일본으로 잡혀간 고려사람들을 돌려 줄 것을 요구했다.

몇 차례의 협상을 거친 후 이마가와료순은 정몽주가 돌아갈 때 수백 명의 고려인 포로들을 송환시켰을 뿐만 아니라 그의 산하의 관원에 영을 내려 왜구의 해적행위를 금지시키도록 했다.

정몽주의 외교활동은 상상외의 큰 성과를 보게 됐다. 때문에 고려 조정은 이를 계기로 왜구금지에 관한 일본과의 교섭방침을 개혁했다.

즉, 일본 중앙정부와의 직접적인 교섭으로부터 변경지대의 실력자와의 교섭을 통해 왜구의 만행을 제지시키는 외교변화를 가져왔다.

1378년 고려조정은 이자용을 규슈에 파견허 이마가와료순을 향해 또다시 왜구를 금지시켜 줄 것을 부탁함과 동시에 금, 은기, 인삼, 방석, 범, 호랑이 가죽 등 귀중한 물품들을 증송함으로써 그의 환심을 샀으며 친교를 보다 두텁게 했다. 이리하여 이자용이 귀국할 때 이마가와료순은 재차 200여명의 고려인 포로들을 돌려주었다.

같은 시기에 고려조정은 또 한국주를 일본어 보내 규슈 절도사 이마가오료순의 유력한 후원자인 일본 중부지방 6개국 수호 오오우찌요기히로에게 파견해 후한 예물을 드리면서 왜구제지를 요구했다.

이마가와료순과 마찬가지로 오오우찌요시히로도 고려의 요구에 적극 호응해 나섰다. 한국주가 돌아갈 때 오오우찌요시히로는 186명의 병사를 고려에 보내 왜구방어에 협력하도록 했다.

고려사신들의 여러 차례의 왕래에 의해 이마가와료순과 오오우찌요시히로 등 규슈 집권자들은 물질상 큰 이득을 보게 됐다.

그러기에 이들은 계속 고려조정과 친선관계를 맺고 하까다 등 무역시장에 끌려온 고려인 포로들은 돌려보내 주었다. 하지만 규슈 집권자들의 협조는 왜구의 침입을 근절시킬 수 없었으며 왜구의 만형으로 인한 고려의 피해는 갈수록 심해졌다.

수많은 농민들이 왜구에 의해 잡혀가거나 내륙지구로 피신해 가게 돼 경상도 전라도 충청도 등 3개도의 광대한 옥토가 황폐해지고 각지의 양식창고와 소작료 양식을 운반하는 배들이 왜구들에게 약탈당해 국고가 텅비게 됨으로써 고려조정은 심각한 재정난에 봉착하게 됐다.

때문에 위기에서 벗어나기 위해 고려조정은 일본측과 외교교섭을 진행하는 한편 무력으로 왜구의 침입을 타격하지 않으면 안됐다.

왜구정벌에서 최영, 나세, 이성계, 정지 등 걸출한 장수들은 빛나는 성과를 올렸다.

1378년 6월 최영장군은 홍상에서 왜구를 크게 격파시킴으로써 왜구 정벌의 첫 번째 승리의 첩보를 올렸다. 이어 나세장군이 진포구에서 왜구에게 섬멸적인 타격을 가했다.

  1380년 8월 왜구는 전함 500여척으로 금강어구인 진포구에 상륙한 후 살인, 약탈을 감행했는데 이 때 나세장군은 부대를 이끌고 최무선 장군이 제조한 화포로 왜구를 호되게 물리쳤다.
  이 전투에서 살아 도망친 왜구는 겨우 300여명 밖에 안됐으며 해적들이 타고 온 500여척의 선박도 전부 불살라 버리거나 격침시켰다.
  진포구 전투의 승리에 이어 9월에 이성계는 황산에서 자기들보다 인원이 10배 이상 더되는 왜구를 과감히 기습해 기적적인 대승리를 이룩했다.
  이 전투에서 이성계는 1600필의 말을 노획하고 수많은 왜구를 물리쳐 살아 돌아간 자는 70여명 밖에 되지 않았다.
  전해지는 바에 의하면 황산의 강물은 죽은 왜구의 피로 물들어 6, 7일간 먹을 수 없었다고 한다.
  황산 전역의 치명적인 타격으로 이 후 왜구의 기세는 크게 약화됐다. 뒤이어 1383년에 정지 장군도 나주, 목포 등 남해지구에서 왜구를 타격 했다.
  왜구의 침입을 여러 차례 격파시킨 후 고려조정은 조준의 건의에 따라 왜구의 근거지인 대마도를 소탕하기로 결정했다.
  1389년 박위장군은 전함 100척으로 대마도를 정벌해 왜구의 선박 300척과 해안지대의 방어시설을 불살라 버렸으며 포로로 잡혀간 고려 백성 100여명을 구출했다.
  왜구에 대한 고려측의 무력정벌과 일본내부에서의 남북조 내란의 결속 및 통일된 무사정권의 건립과 함께 고려말기 왜구의 만행은 점차 사라지기 시작했다.

무역왕래와 더불어 원나라 시기 원과 고려 양국 간의 문화교류도 활발히 전개됐다. 철학방면에서 이 시기 정주리학이 고려에 전파됐다. 안향은 고려에서 주자학을 전파한 선구자이다.

1289년에 그는 원나라 대도에서 새로 출판된 〈4서집주〉를 가지고 귀국해 태학에서 주자학을 강의했다. 그는 주자의 신봉자로서 만년에 늘 회암 선생의 화상을 걸어놓고 경모의 뜻을 표시했으며 호를 회헝이라 했다.

그 후 고려에서 정주리학이 신속히 흥성했는데 백이정, 이제현, 이곡, 정몽주, 우탁, 이색, 권부 등 많은 저명한 이학대사들이 나타났다.

원과 고려는 모두 불교를 숭상했다. 고려는 조선불교사에서의 전성기에 해당되는데 초판고본 대장경과 의천 승려의 속대장경이 간행된대 이어 1236년으로부터 1251년에 이르는 16년간 세계적으로 중요한 불교자료인 8만대장경을 처음으로 편찬했다.

원에서는 여러 차례 사신을 고려에 파견해 장경을 사왔다.

1300년에 원나라에서는 향료 15조, 필단, 30필, 명주 300필에 돈 864정을 갖고 가서 장경을 사왔다. 1306년과 1305년에는 역시 사람들을 파견해 장경을 사왔다.

그리고 또 고려에 불경을 찍을 종이와 글 쓰는 승려를 여러 차례 요구했다. 1309년, 1333년, 1340년 원에서는 연이어 고려에 사신을 보내 불경지를 요구했다.

1305년 고려는 한차례에 100명의 글 쓰는 승려를 보내주었고 1311년 원나라에서는 사신에게 돈 5800여정을 주어 고려에 보내 글 쓴 승려들을 장려했다.

이런 사실들은 이 시기 고려의 불경연구 성과들은 원의 중시를 일으켰으며 큰 영향을 주었음을 보여준다. 과학기술 방면에서의 교류에서도 큰 성과를 보았다.

대략 1364년 10월부터 이듬해 초에 이르는 기간이 중국의 면화재배 기술이 고려에 전파됐다.

사서의 기재에 의하면 고려로부터 원나라에 사신으로 갔던 문익점이 귀국할 때 목화씨를 얻어 가지고 와 자기 외삼촌인 정천익에게 맡겨 심게 했다.

정천익은 처음에는 재배하는 방법을 잘 몰라서 거의 다 말려 버리고 겨우 한 그루만 살려 3년만에 가서 마침내 성공해 큰 수확을 얻었다. 이어 그는 목화씨를 뽑는 물레와 실을 켜는 물레를 처음으로 만들어 냈다.

그 후 고려에서 면화재배는 매우 급속하게 전파됐는데 15세기 초엽에 이르러 한반도 남부지역에까지 널리 보급됐다. 이와 더불어 면직기술도 신속하게 발전했다.

면포는 삼남지구 특히는 전라도의 특산물의 하나로 이조시기에 와서는 국외에 수출했다.

중국의 4대 발명 가운에 하나인 화약기술은 11세기에 이르러 군사에 이용돼 원나라에서 화약과 화기제조 기술이 진일보 발전했다.

당시 고려는 왜구의 침입을 물리치는데 화공법을 썼다.

1373년 고려의 이름난 군사과학자 최무선이 중국 강남에서 상인 이원을 통해 화약을 제조하는 방법을 배웠다.

1377년 10월에 고려에서는 화통도감을 설치하고 염초를 구워내기 시작했는데 이때로부터 고려에서도 국가가 정식으로 화약을 제조했다.

최무선은 화통도감의 제조관으로 임명돼 화약제조와 화통제조를 담당했다 (이 때 고려에서는 이미 있던 포기, 총통 등의 무기를 개작했을 뿐만 아니라 새로운 무기를 적지 않게 제조했다).

〈고려사〉와 〈이조실록〉 등에 기재된 것을 종합해 보면 1373년부터 1395년까지의 20년사이에 화전, 화통, 화포, 대장군, 청령전, 피령전, 질려포, 철탄자, 천산오룡전, 유화, 주화, 촉천화 등 도합 17종에 달하는 화약무기를 제조했다.

이 중에서도 화포는 사격거리가 먼 큰 위력을 가진 무기였다. 화통은 화포들 가운데서 제일 작은 무기로서 전함에 정치해 적을 사격하기에 매우 편리했다.

이런 화약무기는 고려가 왜구의 침입을 물리치는데 큰 역할을 했다. 이 시기 양국 사이에 조선기술의 교류도 빈번했다. 당시 고려의 조선기술은 상당한 정도로 발달했는데 고려에서 만들어낸 배들은 그 규모가 크고 속도가 빠르고 전투력이 강했다. 때문에 1268년 5월에 원 세조는 고려사신 이장용을 접견하면서 그를 통해 고려에서 일본원정 준비를 위해 쌀 4000석을 싣고 도해할 수 있는 배를 만들 것을 요구했다.

그리고 원 세조는 또 고려사람들에게 들은 말이라고 하면서 송에서 떠난 고려 배가 순풍을 만나면 능히 3일에 고려에 이를 수 있고 고려에서 배가 아침에 떠나 저녁이면 이를 수 있다고 말했다.

물론 여기에는 다소 과장이 섞여 있겠지만 고려 선박의 규모가 크고 속도가 빠른 것만은 사실이었다.

원나라에서는 고려의 조선기술 도입을 상당히 중시했다. 일찍이 1232년 3월에 고려는 몽골의 청원에 따라 배 30척과 수부 3000명을 보내 주었다.

특히 1274년 일본원정 때 원나라에서는 고려의 조선기술을 많이 이용했다. 이외에 이 시기 인쇄, 의학, 건축 등 기술교류도 잘 추진됐으며 문학, 희곡, 회화, 서법 등의 분야에서도 교류가 활발히 진행됐다.

이 시기 원과 일본 양국 간의 문화교류는 비록 정치군사 대립의 영향을 받고 있었지만 중단되지 않고 빈번하게 진행된 양국사이의 민간무역을 통해 계속 추진됐다.

당시 일본에는 선종(禪宗)이 성행됐다(선종은 중국 불교의 하나의 유파로 전문 선정(禪定) 위주를 주장한다. 시초에는 북방 신수와 남방 회능 두종으로 나뉘어졌다. 후에 후자가 흥성했는데 회능의 제자가 남악회양, 청원행사 등 두 개파로 되고 또 남악계가 다시 위앙, 임제 등 두파로 청원계가 다시 조동, 운문, 법안 등 3개 파로 나뉘어졌다. 늠송이래 이들 가운데서 오직 임제와 조동 두파만이 성행됐다. 이리하여 일본에도 이 두파의 선종만이 전파됐다). 이리하여 두 나라의 선승들은 민간무역선을 타고 상호 빈번하게 왕래했다. 이는 이 시기 양국문화 교류의 주요한 계기가 됐다.

원나라에서는 이름난 선승들이 일본에 건너가 선종을 전파시키고 양국 간의 문화교류를 추진시켰다.

사서기록에 나타난 이름난 선승들만도 임제선승들인 일산일녕, 서간사담, 석량인공, 청졸정등, 명극초준, 축선범선, 나우위융 등이고 조동선승으로는 동명회일, 동능영여 등을 들 수 있다.

이들 가운데서 많은 사람은 일본에서 원적 했는데 문화교류에 좋은 역할들을 했다. 더욱이 일녕의 역할이 매우 컸다. 그는 원나라 성종의 명을 받고 일본에 선유사로 명주에서 일본상선을 타고 1299년 4월에 규슈 하까다에 상륙했다.

처음에는 일본사람들로부터 원 조정의 간첩으로 의심을 받아 이주의 수선사에 거처했는데 후에 막부가 조사한 결과 원나라의 고승으로 그 덕품이 널리 알려졌다.

이 때 한 일본 승려는 막부에 '일산스님은 중국에서 제일 성망 높은 학자이며 또 그 덕이 비상한 분으로 비록 성종 황제의 명령으로 우리나라에 왔다 하더라도 결코 밀정질을 할 그런 사람은 아닙니다. 스님은 중국에 있으며 중국의 보배고 일본에 있으면 일본의 보배입니다. 그를 가두어 두는 것은 보옥을 진흙탕속에 파묻어 두는 것과 같으니 이처럼 애석한 일이 어디에 있습니까?'라고 진언했다.

시련을 거쳐 일산은 드디어 겐초우지의 승려가 됐다. 이 때 그는 취임 인사에서 '지금의 세상에서 나라와 나라 사이에 싸우는 것처럼 더 어리석은 일은 없다. 내가 머나먼 곳에서 이처럼 온 것은 자기의 몸과 마음을 온 세상에 받치기 위해서이다'라고 자기의 뜻을 말했다.

그는 전후로 엔까꾸지, 정지사 등에서 선종을 선전했다. 일본의 승려들과 무사들은 일녕을 경모하면서부터 열심히 선종을 배웠다. 후에 그에 관한 소식은 교토 조정에 전해졌는데 고우다 조우꼬우는 일녕을 불러 접견하고 그를 경도의 난젠지에 모셨다.

1317년 가을 그는 이곳에서 병을 얻어 9월 24일 제자들이 모인 가운데서 유서와 유언을 남기고 사망했다.

이 때 그의 나이는 71세였다.

일본 조정에서는 그의 공로를 높이 평가해 그를 일산일녕국사라고 명령하고 그의 화상위에 '중국에서는 억만 사람들 속에서 뛰어난 사람이었으며 일본에 와서는 한나라의 스승이었다'라고 썼다.

이는 일산스님이 일본에서 선종 전파를 중심으로 중국과 일본 양국간의 문화교류에서 큰 공헌을 했음을 말해준다. 일산승려는 문학, 서법, 미술방면에도 능 했는 바 후세에 일부 사람들이 일본 5산(五山문)학의 시조로 추대할 정도로 일본문학에 큰 영향을 주었다(5산문학이란 중국 남송에서 연종 때 인도의 5정사 10탑의 옛말에 따라 강남의 선사들에 등급을 정했다. 이리하여 이른바 선원 5산이 있게 됐다. 이것이 일본에 전파돼 일본5산이 생겼다. 이곳의 문학을 일본 5산문학이라 불렀다).

이 때 청졸정등, 명극초준, 축선범선 등도 양국간의 문화교류에 공헌했다. 초준과 범선의 작품은 일본상류사회의 정신생활에 큰 영향력을 행사했다. 이들은 작시에 능했는데 범선은 어록이 있는 외에 천왕집, 내내선자집, 상시집, 동도집 등 많은 시문집을 내놓음으로써 5산 문학에 큰 영향을 주었다.

이 시기 일본의 승려들도 대량으로 원에 들어갔다. 그들은 중국 내륙 깊이 들어가 중국문화와 광범히 접촉하고 많이는 경전, 불상, 시문, 그림들을 갖고 귀국했으며 심지어는 생활풍습마저 배워갔다. 이런 교류가운데서 일본의 5산문학이 산생되고 발전했다. 이는 일본 5산승려들에 의해 창작되는 중국문학을 말하는데 이들 승려의 다수는 원나라에 장기간 체류하다가 귀국한 승려들로서 생활습관마저 중국화한 사람들이었다.

36. 후금의 궐기

　16세기 후기에 이르러 동북아시아의 종주국으로서의 명나라가 쇠약해져 주변 종속 민족과 국가들에 대한 통제가 약화돼 가는 틈을 타서 동북쪽의 여진족이 또다시 궐기해 명나라의 기반에서 벗어나기 시작했다. 이리하여 명나라를 종주국으로 하는 동북아시아의 세력균형과 정치질서는 파괴되고 여진족 정권이 명나라의 지위를 대체하는 국제질서의 변혁기에 들어섰다.

　명나라 중심의 동북아시아 국제질서가 무너져가고 여진족 제국이 이를 대체해나가는 아시아의 대동란기에 본래 외교상 명나라의 종속국이었던 조선도 필연적으로 이 두 세력간의 투쟁의 풍랑속에 휩쓸려 들어가게 됐으며 나중에는 약소국으로서 부득이 청나라의 변속국으로 전락됐다.

　명나라 시기 여진족은 건주, 해서, 동해 등 세 부분으로 나뉘어 동북지구의 광활한 지대에 살고 있었다. 그 분포지구를 보면 건주 여진은 대체로 혼하, 소자하 상류(오늘의 요녕성 신빈현 경내) 일대에 살고 있었으며 해서 여진은 요녕성 개원 이북 송화강 상류 및 휘발하 일대에 거주하고 있었으며 동해부는 송화강 중류 이남지구로부터 흑룡강 유역과 연해주에 이르는 넓은 지대에 살고 있었다.

　명나라가 건립 된 후 명나라 조정은 여진인들이 거주지에 여러 개의 행정기구 즉, 위를 설치하고 여진족 수령들을 위의 행정장관인 지휘사로 임명해 그곳을 관리하게 했다. 여진 세 개의 부 중 경제력과 정치세력이 가장 왕성한 부는 건주부였다. 명나라 시기 명의 조정은 제일 먼저 건주부에 건주위를 설치하고 건주부 수령 아하출을 지휘사로 임명함과 동시에 그에게 한족의 성씨인 이(李)를 주어 건주부를 다스리게 했다.

　그 후 기원 1412년에 또다시 건주좌위를 더 설치하고 여진인 수령 멍거테무얼에게 지휘사직을 맡게 했는데 그가 바로 청나라 황실의 선조였다.

　15세기부터 16세기 상반기에 여진족은 노예제 단계에 처해 있었는데 지배계급은 인근지대의 수많은 한족과 조선인들을 노략질 해 노예로 부렸다.

　한편 여진족들은 한족, 조선족들과 매우 밀접한 경제적 왕래가 있었는데 이는 여진 사회의 물질문화와 정신문화를 크게 촉진시켰다. 수령 누르하치의 집정기 즉, 16세기 말기부터 17세기 초기에 여진사회는 노예제 시대로부터 봉건제시대로 이행됐다.

　봉건경제의 발전으로 여진사회는 더 많은 농토가 수요됐다. 때문에 여진족 지배자들은 이자성이 영도하는 대규모의 농민봉기의 열화속에서 명의 집권 통치가 허물어져 가고 동북지구에 대한 명의 통치가 마비돼 가는 틈을 타 신속히 동, 서북의 광대한 지역을 정복하기 시작했다. 이리하여 동북아시아

지구에는 금제국과 명제국 및 조선간의 무력충돌이 일어났다. 여진인들의 대외확장은 건주 여진수령 누르하치와 그의 아들 황태극에 의해 진행됐다.

청나라의 태조인 누르하치는 건주좌위 지휘사인 멍거테무얼의 후손인데 1583년 명나라 조정은 그을 건주위의 지휘사로 임명하고 1591년에는 도독으로 승급시키고 용호장군에 책봉했다.

명나라 조정의 지방관직을 담임하면서 누르하치는 한편 허투알라(오늘의 요녕성 신빈)를 근거지로 자신의 세력을 확대하기 시작했다. 이리하여 건주 5부를 전부 통합했으며 그 후 장백산 3부와 송화강 상류 양안의 호룬 4부를 전부 통합했으며 그 후 장백산 3부와 송화강 상류 양안의 호룬 4부를 차례로 정복했다.

호룬 4부를 정복한 후 누르하치는 금나라 정권을 건립하고 한(汗)으로 자칭한 후 수도를 허투알라로 정하고 〈흥경〉이라 불렀다.

후세의 사람들은 12세기에 건립된 금나라와 구별하기 위해 누르하치의 금 정권을 〈후금〉이라 불렀다. 국가를 건립한 후 누르하치와 그의 아들 황태극은 계속 대외로 진군해 동으로는 흑룡강 유역과 우쑤리스강 유역 및 연해주 지구의 동해 여진인들을 전부 통합했으며 북으로는 흑룡강 중류 이북으로부터 외흥안령에 이르는 지구를 통일했다. 이와 동시에 서쪽으로 바이칼호에 이르는 광대한 지역에 살고 있는 몽골의 여러 부족들을 정복했다.

이리하여 17세기 초기에 이르러 동북지구는 거의 전부 후금 정권의 관할하에 들어가게 됐다.

1626년 태조 누르하치가 죽자 그의 아들 황태극이 한의 직위를 계승했는데 1636년에 이르러 황태극은 황제로 자칭하고 국호를 〈청〉으로 고쳤다. 그리고 이전의 자기들의 족명인 여진 명칭을 버리고 〈만주인〉으로 자칭함으로서 명나라에 굴복됐던 수치스러운 역사를 덮어 감추고 또 이로써 여진 병사들의 투지를 한층 더 북돋아 주어 그들로 하여금 명나라에 대한 출전에 적극 나서게 했다.

1) 조-명 연합군과 후금과의 싸르후전투 및 그 후과

명나라에 대한 청조정의 도전은 건국 초에 벌써 시작됐다.

1618년에 누르하치는 일찍 명나라 군대에 의해 살해된 조부의 원한을 비롯한 이른바 7가지 원한을 천하에 공개해 명나라에 대한 청나라 병사들의 적개심을 불러일으킨 후 2만 여명의 보병과 기병을 거느리고 전략요지인 무순성과 청하성을 불의에 들이쳐 함락했다. 이 전투에서 총병관 장승윤이 거느린 수만 명의 명나라 군사는 전멸 당했으며 유격관 이영방은 수치스럽게도 머리를 마구 깎고 금나라 군사에 투항했다.

무순 전투는 명나라 멸망의 서막을 열어 놓았다.

이 시기 명나라 정권은 위충현을 수반으로 하는 환관패들에 의해 좌지우지 되었기에 부패하기 그지없었다. 때문에 청나라 진격에 직면해 아연실색한 명나라 조정은 그 어떤 명철한 방침도 내놓지 못하고 황급히 작전에 나설 따름이었다.

작전 직전에 군수품이 극도로 결핍돼 변방의 군사는 근근히 이름뿐이고 아무런 역할도 하지 못할 지경이었다. 때문에 명나라 조정은 급급히 복건, 절강, 사천, 감숙 등지의 군대를 요동방면으로 이동시켰는데 집결된 수는 겨우 8만8000여명밖에 되지 않았다. 이리하여 위기에 봉착한 명나라 조정은 하는 수 없이 조선을 향해 지원병을 요청했다.

명나라 조정의 출병 요구에 대해 조선 조정에서는 논의가 많았다. 하지만 이것이 종주국의 요구인 이상 그리고 명-청간의 싸움이 갓 시작되고 또 조선이 아직 청나라 측으로부터 큰 위압을 받지 않고 있는 정황 하에서 마침내 출병하기로 결정했다.

1619년 조선 장수 강홍립과 김경서는 각기 도원사 부도원사로 임명돼 1만3000명의 병사를 거느리고 명-조 양군의 협동작전에 출전했다.

명나라 조정은 양고를 요동경략으로 임명해 심양에서 전반적인 전투를 지휘하게 한 후 군대를 4갈래로 나눠 청나라의 통치중심인 허투알라를 포위공격하는 이른바 〈분병합격〉의 전술을 채택했다. 즉, 산해관 총병인 도송은 병사 3만을 이끌고 무순관으로부터 허투알라를 향해 진격하며 요동총병 이여백은 2만5000명의 병사로 청하보로부터 허투알라를 향해 진격하며 개원총병 마림은 예허 여진군과 회합해 북쪽으로부터 허투알라를 진격하며 요양총병 유정은 2만의 병사로 동남쪽 관전으로부터 허투알라 성 남쪽을 들이치게 했다.

조선 지원병은 유정이 지휘하는 동남방향의 부대에 편입돼 명나라 군대와 함께 싸우게 됐다.

걸출한 군사가인 누르하치는 전쟁 직전에 명나라 측의 작전 방침과 군사행동을 자세히 탐지한 후 '네가 몇 갈래 길로 오든 달든 나는 한 갈래 길로 간다'는 이른바 병력을 집중해 하나 하나씩 격파하는 전술을 채택함과 동시에 명나라 군대의 도착을 기다리지 않고 주동적으로 주력부대를 집중해 진격해 오는 적을 격파했다.

1619년 2월 말 명나라 군대의 총진격이 시작된 후 누르하치는 명 측의 주력이 도송부대인 줄을 알고 8기병 중 6개기의 6만 병력을 집중해 허투알라 서쪽 사르후에 매복시켜 진군해 오는 도송의 3만명의 군대에 대해 불의의 기습을 안겨 적군을 전부 섬멸했다. 통수인 도송도 죽음을 당했다.

명나라 군대의 주력을 물리친 후 누르하치는 신속히 부대를 북쪽으로 돌려 마림이 인솔하는 부대를 격파시키고 남으로는 또 북상중인 유정의 부대를 미혹시켜 매복선 심하지구 안으로 끌어들인 후 양쪽으로 습격해 패배시켰다. 사령관인 유정도 매복 전쟁에서 죽고 말았다. 심하전에서 조선지원군도 명나라 군대와 함께 격파돼 일부는 죽고 나머지는 후금에 투항했다.

통수인 강홍립과 김경서도 후금에 투항해 허투알라로 왔는데 누르하치는 이들을 친히 접견하고 이들을 미래의 금조 관계 처리에 이용하려 했다.

주력부대를 포괄한 3로군이 여지없이 패배 당하자 명의 4로군 총지휘인 양호는 급급히 영을 내려 남아있는 군대를 후방으로 후퇴시켰다. 이로서 동북아시아 대륙 역사상 유명한 사르후 전투는 명나라 군대의 참패로 끝났다.

사르후 대전은 명, 금 양국의 존망을 결정하고 나아가서는 전반 동북아시아의 정치국세의 전환을 초래하는 결정적인 전투였다. 이 전투에서의 패배로 명은 멸망의 길로 나아가게 됐으며 이와 반대로 후금은 이 전투에서 명의 주력을 소멸하게 됨으로써 명나라 요동지구의 방어선을 무너뜨리고 전략상에서 방어태세로부터 주동적인 진공에 들어서게 됐으며 짧은 시일 내에 종국적인 승리를 획득할 수 있게 됐다.

전쟁상황의 전환으로 말미암아 전후 동북아시아 정치무대에는 후금에 의한 새로운 정치적 중심이 형성돼 청나라를 중심으로 하는 국제관계로 교체되기 시작했다. 이와 같은 동북아 국제적 세력관계의 전환기에 조선도 동북아시아 여러 국가와 마찬가지로 부득이 과거의 종주국으로부터 이탈돼 새로운 정치적 중심 즉, 후금측에 기울어지지 않으면 안되었다.

사르후 전투후 승리자로서의 누르하치는 조선측의 출병에도 불구하고 주동적으로 포로로 후금에 끌려와 있는 조선의 종사관 정응정을 조선에 보내 양국 간의 친선관계를 도모하려 했으며 여러 번 많은 조선인 포로들을 조선에 돌려보내 주었다. 당시 조선은 여전히 명나라 다음가는 동북아시아 지구의 통일된 문명고국이었다.

물론 그 시기 조선은 후금과 가히 겨룰 수 있는 강국은 아니었다. 하지만 무력 면에서는 후금을 능가할 수 있는 잠재력을 갖고 있었다. 더욱이 명나라 건국이래 이와 같이 정신문화와 물질문화가 정비된 조선은 명과 줄곧 두터운 친선관계를 맺고 있었다. 때문에 후금으로 볼 때 동북아시아 지구에서의 명, 금간의 패권쟁탈전에 조선은 가장 중요한 정치적 존재였다.

걸출한 군사가이며 정치가인 누르하치는 이와 같은 동북아국제정치 세력관계를 너무도 잘 알고 있었다. 그러기에 명나라와의 투쟁초기에 누르하치는 될 수 있는 한 조선과 충돌을 피하고 친선관계를 맺음으로서 그를 자기 쪽에 끌어들여 자체의 역량을 강화하고 명을 고립시키려고 시도했다.

한편 사르후 전투를 통해 조선도 역시 인접 국가인 후금이 이미 동북아시아 대륙에서 초강국으로 성장되고 명의 존재를 위협하고 있음을 더욱 잘 알게 됐다. 때문에 자신의 안전을 도모하기 위해 사르후 전투 후 조선 조정은 명나라 한 개 나라와만이 친선을 유지하는 일원외교를 버리고 명, 후금 두 나라와 공동으로 국교를 맺는 이른바 다원외교 방침을 채택했다.

후금에 대한 답서의 내용과 문구를 놓고 조선 조정에서는 의논이 많았는데 나중에 평안감사 박 화의 뜻과 명의로 답서가 작성됐다. 이 답서에서 조선은 '양국은 국경이 서로 인접되고 함께 황제의 신하가 돼 200년간 천국(명나라)를 섬겼는데 서로 꺼리고 원한이 맺혀 병란이 일어나 백성이 도탄속에 헤매고 있으니 이는 인접 국가의 불행일 뿐만 아니라 후금에 대해서도 좋은 일이 못됩니다. 우리나라와 천조(명나라)와의 관계는 마치 부자관계 마냥 밀접하오니 자식으로 어찌 부친의 명령에 복종하지 않으리까? 이웃 간의 정도 역시 없을리 만무하로리 …… 금후 양국이 각기 강역을 지키며 서로 옛정을 잊지 않고 화목하게 보냄이 실로 양국의 복이렵니다. …'고 서술했다.

여기에 씌어진 이른바 '자식으로 어찌 부친의 명령에 복종하지 않으리까'라는 구절은 곧 조선이 명나라를 도와 출병한 사실을 변명하는 것이다. 이후 두 나라 사이에는 줄곧 사신이 왕래했으며 9년간 평화적 관계가 유지됐다. 이와 동시에 명에 대해서도 조선은 이전과 마찬가지로 계속 사신을 파견해 친선관계를 유지했다.

더욱이 이정구를 진주사로 명나라 조정에 파견해 후금과의 관계에 있어서의 저들의 입장과 태도를 변명했다. 사르후 전투 후 조선과의 관계를 자기들에게 유리하게끔 적절히 조정하면서 누르하치는 승승장구로 요동지구로 진군해 개원과 철령을 점령했으며 1621년에 이르러서는 심양과 요양을 함락하고 수도를 그곳으로 옮겼다.

1625년 누르하치는 요동의 수륙교통중심지인 심양을 점령하고 수도를 또다시 그곳으로 옮긴 후 〈성경〉이라 불렀다. 이윽고 명나라를 철저히 짓밟기 위해 누르하치는 요서지방을 향해 대규모의 진격을 벌였다. 하지만 영원성(지금의 금현) 싸움에서 누르하치는 중상을 입고 그 다음해인 1626년에 사망해 그의 아들 황태극이 그 직위를 계승했다.

2) 조선에 대한 후금의 두 차례의 침입과 조선외교방침의 전환

누르하치가 죽은 후 명나라를 종국적으로 멸망시키는 역사적 사명은 그의 아들인 태종 황태극이 걸머지게 됐다. 하지만 명나라에 대한 최후의 진격을 앞두고 황태극은 그의 부친의 외교방침과는 달리 우선 조선에 대해 강경한 정책을 실시해 두 차례의 무력침공을 감행했다.

바로 이 시기 조선 조정의 대금 외교방침에도 커다란 변화가 생겼다. 선조(1567~1608년) 때부터 시작해 조선 지배층 내부에는 정권쟁탈을 위한 동인과 서인간의 당파싸움이 연달아 발생했으며 갈수록 복잡해지고 격화됐다.

끝없이 지속되는 파벌싸움 과정에서 서인들은 패배해 야당으로 전락됐는데 1623년에 이들은 마침내 인조반정의 기치를 들고 정변을 일으킨 후 국왕 광해군을 폐하여 제주도에 정배보냄과 동시에 인조를 왕위에 추대시키고 국가정권을 전면적으로 장악했다. 실권을 잡은 서인당은 후금과 명의 두 나라에 대한 양면 화친의 2원적 외교방침을 버리고 명을 섬기고 후금을 배척하는 1원적 외교방침을 강력히 실시했다. 이와 더불어 사르후 전투 후 요동은 비록 후금에 의해 점령됐으나 명 조정은 서인정권의 동의를 거쳐 조선 서북지방에 대장 모문룡이 인솔하는 수만 명의 명나라 군대를 계속 주둔시켜 후금 군대를 습격하고 과거 요동의 땅을 수복하게 함으로써 동으로부터 후금을 견제했다.

모문룡은 본래 명의 요동 총병관 이성량의 부하였는데 1621년 요동이 후금에 의해 점령된 후 명의 광년순무 왕화정에 의해 연병유격에 임명돼 조선 서북지구에 주둔하게 됐다. 모문룡은 조선 평안북도 철산군의 가도에 근거지를 설치하고 수많은 요동 유민들과 후금을 반대하는 군민들을 받아들여 자기의 세력을 확대하는 한편 수시로 후금의 후방을 교란시키고 습격했다.

1626년 7월 그는 압록강 하류 후금의 진강성을 불의에 습격해 승리를 거뒀으며 심지어는 요동내지로 깊숙이 들어가 안산, 사르후 등 후금의 요충지까지 진격했다. 그리고 또 북경의 명조정과 줄곧 연계를 취하면서 많은 부하들을 요동 심지어는 멀리 함경북도 북부지대에 파견해 후금의 군사, 경제, 사회 실정 등을 정탐해 조정에 알렸다. 이렇듯 후금에게는 모문룡 세력이 하나의 큰 우환거리였다.

모문룡 세력에 의한 피해로 인해 후금은 조선을 더욱 증오했다. 때문에 조선에 대한 침입이 시작된 후 후금측은 여러번 모문룡 문제를 들고나와 조선 조정을 규탄했으며 심지어는 조선 국왕에게 보내는 국서에서도 조선이 모문룡을 감싸두고 양식과 마초를 공급해주며 그로 하여금 도주한 유민들을 끌어들여 후금을 기습하게 한다고 질책하면서 이를 전쟁도발의 중요한 원인으로 삼기까지 했다.

이와 같이 서인 정권이 건립된 후 조선 정세가 급격히 변화되고 조선과 후금 관계가 갈수록 악화돼 가는 과정에서 후금 태종 황태극은 명제국과 조선 간의 연계를 철저히 끊어버리고 명을 명말시키는 전략적 전환기에 배후의 우려를 제거하고 안전하고도 공고한 후방을 확보하기 위해 명에 대한 최후의 진공에 앞서 우선 조선에 대한 두 차례의 무력침공을 돌연히 들이댔다.

조선에 대한 후금의 무력침공의 목적은 전쟁초기 조선 조정에 발송하는 후금의 국서에서도 명확히 반영되고 있다. 이를테면 1627년 1월 두 차례의 국서에 후금은 '귀국(조선)이 진심으로 화해하려 한다면 명을 섬길 필요 없이 그와 관계를 끊어야 하며 후금이 조선의 형이 되고 조선이 동생이 돼 화목하게 지내야 하며 만약 이로써 명이 노여워한다면 후금이 인접국으로 조선과 가까이 있으니 두려울 것이 없습니다. 후금은 당신들(조선) 나라의 성책과 늪도 요구하지 않으며 백성들도 살해하지 않는다'고 밝혔다.

이밖에 후금은 또 무력으로 조선을 압제해 갈수록 부족 되는 물질적 수요를 만족시키려 했다. 17세기에 들어서면서부터 후금은 비록 농업경제를 위주로 하는 봉건사회로 이행되기 시작했으나 그 사회경제 역량은 여전히 미약했다. 게다가 거듭되는 전쟁으로 많은 물자가 수요됐다. 하지만 사르후 전투 후 명과의 교역이 끊어져 경제면에서 후금은 보다 큰 곤경에 봉착하게 됐다. 이리하여 후금은 조선을 굴복시켜 그곳으로부터 많은 물자를 얻으려고 시도했다.

후금이 조선에 대한 무력침입을 한창 서두르고 있을 무렵 조정국내에서는 이적이 서인당 정권을 반대해 정변을 일으키고 수도 서울까지 점령했다. 하지만 얼마 지나지 않아 이 정변은 관군에 의해 진압돼 이적은 후금으로 도망쳤는데 그와 그이 일당은 후금으로 망명한 후 후금 지배층을 향해 서인당들의 이른바 인조반정의 정변으로 인한 광해군 폐위와 인조 즉위의 부당성을 알리고 조선에 대한 무력침공을 촉구했다. 이리하여 후금 태조는 광해군을 위해 조선을 징벌한다는 구실로 1627년 1월 마침내 조선에 대한 무력침공을 도발했다.

1월 13일 총사령으로 임명된 황태극 종형 아민은 사르후 전투때에 후금에 투항한 강홍립과 이적 정변에 가담해 피살된 한명련의 아들 한 윤의 길 안내로 3만의 대군을 인솔해 압록강을 건너 조선 강토를 향해 파죽지세로 진격했다.

14일 후금의 주력부대는 신속히 의주와 용천을 함락하고 다른 부대는 가주를 진격해 모문룡으로 하여금 신비도로 도망치게 했다. 뒤이어 후금 주력은 급속히 남으로 진군해 능한산성을 함락하고 조선의 수비군 대장 정주목사 김 찬과 곽산군수 박유건을 사로잡았다. 이어 21일 후금측은 압도적으로 우세한 병력으로 조선 조정이 여러 해 동안 힘을 들여 수축한 전략적 요충지 안주성을 포위 공격해 함락했다.

안주성 싸움에서 성내의 수많은 백성과 병사가 죽었으며 지휘관이었던 남이흥과 김 준은 마지막까지 완강히 싸운 끝에 화약에 불을 달고 장렬히 희생됐다. 안주성 함락의 소식을 듣자 질겁한 평양수비 장수 윤선과 황주수비 장수 정호서는 싸우지도 않고 평양성을 버리고 남쪽으로 도망쳤다.

이리하여 24일, 25일 후금군은 아무런 저항도 받지 않고 평양과 황주성을 점령했다.

한편 무능한 조선국왕 인조와 조정의 대신들은 전쟁이 시작돼 5일 만인 1월 17일에 후금 침입의 소식을 받고서야 비로소 탕어를 서둘기 시작했다. 이를테면 인조는 병조판사 장 만을 도체찰사로 임명해 전선의 총 방어 지휘를 맡게 하고 어려 대신들을 각지에 파견해 군대를 징발하게 했다.

하지만 평산에 이르러 진을 치고 있던 전선 총지휘인 장만도 평양과 황주가 함락되자 군대를 뒤로 돌려 개성으로 후퇴했다. 이와 동시에 조선 조정도 둘로 나뉘어 인조왕을 비롯한 일부대신들은 강화도로 피신하고 왕의 세자와 나머지 일부 대신들은 남방의 전주로 피난 갔다.

그리고 후금군이 입성을 대비해 서울 성내의 여러 창고에 보존한 저장품과 양식들을 불살라 버리거나 강물에 처넣었으며 주민들도 사처로 흩어져 갔다. 한편 조선 지배층들의 비겁한 행위와는 달리 평양, 강서, 용강, 곽산, 정주, 의주 등지의 애국적 백성들은 자체적으로 조직된 의병투쟁에 용감히 나섰다.

이 시기 조선 각지의 의병부대 가운데 역량이 가장 강하고 후금군에 가장 강력한 타격을 가한 의병부대는 정봉수가 인솔한 의병부대와 김 우, 이 집이 지휘하는 의병부대였다.

정봉수는 일찍 임진왜란 시기에 무관으로 일본침략군과 싸워 공을 세운 현감인데 후금군이 의주를 함락하고서 남쪽 용골산성을 포위공격하자 그는 또다시 용골산성에서 의병부대를 조직해 후금군과 맞붙어 용감히 싸웠다.

1627년 2월 정봉수는 의병장으로 추대된 후 의주, 용산, 철산 지대의 백성들과 후금군의 공격에 의해 흩어져 있는 관군 4000명을 집결시켜 의병부대를 편성했다. 이 때에 용골산성 밖의 후금군은 이미 저들에게 투항한 이곳 첨사 장사준을 앞잡이로 내세워 정봉수를 향해 투항을 권유했다. 하지만 정봉수는 도리어 장사준과 그의 일당 10여명을 처단하고 의병들의 사기를 북돋아 준 후 후금측의 기병부대를 섬멸하고 많은 군수품을 노획했다. 이렇게 되자 3월 17일 후금측은 의주, 창청, 곽산 등지의 주둔부대를 이동시켜 용골산성 아래에 집결시킨 후 오전 8시쯤부터 시작해 오후 4시까지 무려 5차례나 되는 포위공격을 들이댔다.

하지만 성안의 의병과 백성들은 진격해오는 후금군을 향해 화살과 포탄, 돌벼락 등을 안겨 후금의 수백 여명의 기병 선봉대를 전부 섬멸했다.

이 싸움에서 조선측의 살상자는 겨우 10여명밖에 되지 않았다.

용골산성 방어잔의 승리로 정봉수는 조정에 의해 용천부사 겸 조리방어장으로 습급됐다.

무력공격이 실패하자 후금측은 4월 13일에 또다시 조선관원인 최 유를 내세워 용골산성 의병부대를 향해 투항을 권고했다. 하지만 정봉수를 수반으로 하는 용골산성 의병부대는 이를 단연히 거부하고 최유 일행을 내쫓았다. 이어 후금군 장수 유해는 부대를 풀어 용골산성을 향해 또 한차례의 대규모의 진격을 진행했으나 역시 패배되고 말았다.

거듭되는 포위공격이 실패로 돌아가자 후금군은 하는 수 없이 용골산성을 내버려 두고 의주방면으로 후퇴했다. 용골산성의 부대가 후금군의 진격을 격퇴하고 있을 때 김 우와 이 립이 지휘하는 소위포 의병들도 후금과 맹렬히 싸웠다.

김 우, 이 립도 정봉수와 마찬가지로 일찍 임진왜란 시기 공을 세운 애국적 장수들이다.

1627년 1월 용천이 후금군에 의해 함락되자 김 우는 피난민들을 소위포에 집결시켜 3700여명의 의병부대를 조직한 후 성책을 쌓아 방어시설을 갖췄다. 소위포는 방어에 매우 유리한 천연적인 요새였다. 2월 10일 소위포 의병부대는 덕천산의 후금군을 좌우 양쪽으로 들이쳐 큰 전과를 올렸다. 이윽고 21일 후금측은 선천, 광산 등지의 5000여명의 기병부대를 집결시켜 공격태세를 취했는데 이에 대처해 소위포 의병지휘부는 정예부대 2000여명을 동원해 적을 일제히 공격했다.

소위포 의병들은 좌우측의 정면진격, 매복전과 습격전, 그리고 바다로부터의 선박진공을 동시에 공격함으로써 후금군을 물리쳤다.

이 싸움에서 소위포 의병은 후금 장수 30명을 비롯한 많은 적병을 소멸하고 말 50필을 노획했다.

2월 22일, 3월 13일 후금측은 진영을 수습해 소위포를 향해 다시금 진격을 감행했으나 역시 성공하지 못했다. 3월 19일 소위포 의병부대와 이립이 인솔하는 용골산성의 부대는 합류해 후금군과 치열한 싸움을 진행했는데 이 전투에서도 후금측은 참패당했다.

여러 차례의 전투에서 소위포 의병은 수백 명의 후금군을 죽이고 1000여명을 사로잡았으며 또 후금군에 강제로 끌려간 7000여명의 백성들을 구원했다.

용골산성 의병부대와 소위포 의병부대를 비롯한 조선의병들은 후금군의 후방을 교란하면서 자기들에 비해 몇 배 우세인 후금군과 과감히 싸웠다. 하지만 조선 각지의 의병부대는 인원이 적고 통일된 영도자가 없으며 게다가 양식과 무기가 제때에 공급되지 못하고 정규군과 연계 없이 고립적으로 싸우기에 후금군의 전략적 진공을 파탄시킬 수 없었으며 조선 측 실패의 전쟁국면을 만회할 수 없었다.

후금의 대규모적이고도 돌연 적인 무력침공으로 방어선이 여지없이 붕괴되고 전반 국세가 위기에 처하게 되자 조선 조정은 투항의 길에 나설 수밖에 없었다. 후금측은 침입초기 즉, 후금대군이 1627년 1월 13일 압록강을 건너 14일에 의주를 정복함과 동시에 즉시 조선을 향해 〈화해〉를 제기했다. 후금군으로부터 화해 제안을 받은 조선 관원 평안감사는 후금측이 침입을 시작함과 동시에 이처럼 강화를 제기함은 실로 '까닭 없는 일이며 그 우롱과 공갈은 심히 분통할 일이다'고 조정을 향해 보고했는데 사실 이것은 후금측의 침입목적은 결코 영토야심인 것이 아니라 무력으로 조선을 제압해 조선으로 하여금 자기들에게 예속되게 하려는데 있음을 더욱 똑똑히 보여주고 있다.

이어 후금군은 승승장구 남으로 진군하면서 만약 평양에 이르러 국서를 올리리 못하면 수도 개성으로 곧바로 진군해 국서를 올리겠다고 위협했다. 후금측의 이른바 화해 국서는 조선을 향해 투항을 강요하는 것인데 이 국서는 조선관원 이 선이 먼저 베껴서 조정에 올렸다.

국서를 받자 조선 국왕 인조는 즉시 고위급 대신회의를 소집했는데 인조를 비롯한 대다수 대신은 나라가 위기에 직면하고 게다가 자기들이 200여년간 받들어 섬긴 명나라도 이미 후금과 화해하고 있으니 응당 후금의 요구에 응해야 한다고 인정했다. 이리하여 조선 조정은 박 립을 강화사절로 임명해 그로 하여금 후금 국서에 대한 답서를 가지고 후금 군영에 가게 했다.

박 립은 1월 27일에 중화에 이르러 답서를 후금 장수 아민에게 전달했다. 이 국서에서 조선측은 '귀국(후금)은 아무런 이유도 없이 병란을 일으켜 우리의 국토에 침입해 들어왔다. 머나먼 옛적부터 양국 사이에는 그 어떤 원한과 알력이 업사오며 약한 것을 업신여기고 모욕함은 불의의 행위이고 무고한 백성을 해침은 하늘의 뜻을 거역함이올세. 설령 죄가 있다해도 사전에 사신을 파견해 문의한 후 토벌함이 타당함이오니 속히 철병한 후 강화교섭을 진행함이 좋을 것이다'고 제기했다.

조선측 국서에 대처해 후금 장수 아민은 재차 조선측에 국서를 보내 진일
보로 협박 공갈했다. 이 국서에서 후금측은 일찍 자기나라에 대해 저지른 조
선측의 이른바 7가지 〈죄〉를 열거해 전쟁의 책임을 조선에 씌웠다.

첫 번째 죄증은 일찍 후금이 저들의 〈속국〉인 왈카를 탈취할 때 조선이 까
닭 없이 국경을 넘어 후금과 대항한 것이다.

두 번째는 우라벨러부잔태부락이 조선을 여러번 침범할 때 조선측은 후금
과 자기들간에 혼인친척 관계가 있기에 후금이 나서서 양국 간의 알력을 풀
어주기를 바라므로 후금은 우라벨러부잔태부락을 권고해 침공을 제지시켰다.
하지만 이에 대해 조선 측은 한마디 인사의 말도 없다는 것이다.

세 번째는 양국 간에 그 어떤 원한이 없음에도 불구하고 조선은 명나라를
도와 출병했고 명 측이 패배 당해 명 측에 가담한 조선 측 장수와 병사들이
후금에 포로 된 후 후금은 예정을 잊지 않고 그들을 살해하지 않았을 뿐만
아니라 먹여 살렸으며 심지어 귀국하는 것까지 허락했다. 그러나 조선은 병
사하나 보내 감사의 뜻을 표하지도 않았다는 것이다.

네 번째는 요동의 주인은 후금의 백성인데 조선은 명장 모문룡을 섬에 감
싸두고 그에게 요동백성을 침범하고 또 기편해 끌어들이게 내버려두었으며
심지어 모문룡을 잡아 후금에 압송함으로써 양국 간의 친선을 다시 회복하
자고 권했지만 조선은 이에 응하지 않았다는 것이다.

다섯 번째는 후금이 모문룡을 토벌할 때 조선이 후금과의 옛정을 돌이켜
생각하기를 기대하면서 조선 측을 향해 화살 하나 쏘지 않았건만 이에 대해
조선은 감사하다는 말 한마디도 없었다는 것이다.

여섯 번째는 모문룡은 명나라의 장수임에도 불구하고 조선은 그에게 식량
을 공급해 주고 또 땅을 떼 주어 농사를 지어먹게 해주었다는 것이다.

일곱 번째는 금의 태조 황제는 조선과 줄곧 화목하게 지냈고 아무런 알력
도 없었지만 그가 서거할 때 조선 측은 사신 한사람도 보내지 않고 애도를
표시하지도 않았다는 것이다.

끝으로 국서는 조선의 이와 유사한 배은망덕의 행위는 이루다 헤아릴 수
없으며 후금은 대군을 풀어 조선이 저지른 죄를 묻는 바이다.

하지만 조선은 그래도 자기들이 옳다고 여기며 후금을 적대시하는 바 만약
화해할 것을 희망한다면 5일내에 속히 사신을 보내야 하며 그렇지 않으면
후금군은 즉시 앞으로 진군할 것이라고 공갈했다.

이어 후금군은 황주로부터 남으로 진군해 평산에 머물면서 또다시 국서를
보내 조선 측의 평양과 황주를 잃은 장수들을 체포하고 새로 부임된 권리들
로 하여금 군대를 정돈해 후금에 대항하게 하는데 이것은 화해에 성의가 없
는 것임을 말해준다고 질책했다.

이에 당황한 조선 조정은 강 인을 사신으로 파견해 국서를 가지고 후금 진
영으로 가게 했다.

2월 8일 강 인은 후금 장수와 회견하고 국서를 바쳤다. 이 국서에서 조선은

명에 대한 친선과 그에 대한 사대주의를 강조함과 아울러 후금과 화해를 달성하고 대대손손 화목하게 지낼 것을 바랐다. 그리고 후금에 예물을 올릴 것을 다짐하고 후금군에게 남으로 더 진격하지 않을 것을 희망했다.

이처럼 양국 간의 국서 교환이 있은 후 후금은 부사령 유해를 강화 사신으로 임명해 조선 조정에 보냈다. 유해는 후금에 투항한 조선 장수 강홍립과 박란영의 안내 하에 강화도에 이르러 조선 국왕 인조를 배알한 후 조선조정의 대신과 화의에 관해 구체적으로 교섭했다.

정식적인 평화교섭 시에도 후금 측은 이전과 마찬가지로 화해의 전제조건으로 조선이 명나라와 관계를 끊고 명의 연호를 사용하지 않을 것을 강요했다.

후금 조정은 국서로서 조선을 질책하며 '그대들의 서신에는 여전히 천계연호(명나라 연호)가 씌어져 있기에 한왕(황태극)에게 전달할 수 없다. 오늘 우리가 조선을 향해 억지로 출병하게 됨은 바로 당신들이 명과 한마음이 되었기 때문이다. 귀국은 천계연호로 우리를 협박하지만 우리는 천계(명) 속국이 아니다. 만약 그대 나라가 국호가 없다면 우리의 국호인 〈천총〉을 쓰라'고 협박했다.

이 국서에서 후금 측은 명의 연호인 천계가 쓰여진 조선 국서를 황제인 황태극에게 올릴 수 없다고 말했는데 사실 얼마 전에 황태극은 조선 국서에 적혀있는 천계연호를 본 후 '우리는 천조(명)의 속국이 아닌데 무엇 때문에 천계라는 이 두 글자를 사용하는가'라고 부르짖으며 노발대발 한 적이 있다. 때문에 후금 측은 조선이 명나라와 관계를 끊지 않고 계속 명의 연호를 사용한다면 강화를 이룩할 수 없다고 위협했다. 하지만 연호 문제로 강화가 파탄되지는 않았다.

200여년간 섬겨오던 명나라와 갑자기 모든 관계를 끊음은 매우 힘든 일이니 후금으로부터 널리 양해해 달라는 등 조선 측의 몇 차례의 간절한 요구에 따라 후금 측의 강경한 태도는 완화되기 시작해 양국 간의 분쟁은 결국 조선은 명나라를 적대시하지 않는 상태에서 후금과 친선관계를 맺고 조선의 국서에는 어느 나라의 연호도 사용하지 않는 것으로서 결말을 짓게 됐다. 그리고 20여일 간의 반복적인 교섭을 거쳐 후금을 형으로 조선을 동생으로 삼는 이른바 형제나라의 동맹관계가 체결돼 후금군은 조선으로부터 철병하게 되고 또 앞으로 서로 침범하지 않고 화목하게 지낼 것을 약속했다.

강화내용에 관한 교섭을 끝마친 후 평화동맹 의식의 형식과 절차를 놓고 양국 간에는 또 분쟁이 생겼다.

후금 측은 화해를 맹세하는 의식에 반드시 조선 국왕이 친히 맹세해야 한다고 강요하면서 만약 이렇게 되지 않으면 조선 측이 화의에 성의가 없다는 것으로 간주하겠다고 말했다. 하지만 양국 간의 협상을 거쳐 나중에는 조선 국왕이 평화동맹 의식에 참석해 향불을 피우기로 결정했다.

끝으로 후금의 물자요구에 따라 후금 측 사절과 교섭한 후 조선 측은 후금을 향해 목면 1만5000필, 백령포 250필, 명주천 200필, 범가죽 60장, 노루가죽 40장, 왜도(일본칼), 마구가 달린 말 한필 등 도합 은전 20만냥 가치의 고액의 예물을 바쳤다.

3월 3일 조선 국왕 인조를 비롯한 조선 측 대신들과 유해를 비롯한 후금 측 사절은 강화부 성 밖에서 화해를 맹세하는 의식을 치르고 앞으로 서로 침범하지 않고 화목하게 지낼 것을 각기 맹세했다. 이리하여 약 50일간의 후금의 무력침공과 양국 간의 전쟁상태는 마침내 결속됐다.

한편 바로 이 시기 동지성절사로 명의 수도 연경에 가 있던 조선 조정의 대신 김상헌은 자기나라가 후금군에게 짓밟히고 있다는 소식을 듣고 명의 병부성에 글을 올려 '고려는 천조(명)를 향해 약소국으로서의 맡은 바 직책을 다했다. 하지만 고려가 명을 도와 심하전투에서 출병한 것으로 인해 후금과 고려 사이에는 원한이 맺혀졌으며 게다가 모문룡이 고려 북부에 진을 치고 후금과 대항하고 있기에 약소국인 고려를 삼켜버리려는 후금의 야망은 한시도 사라지지 않고 있습니다. 지금 후금은 정예부대를 동원해 동방을 침공하고 있으니 이 어찌 약소국인 고려 하나만 삼켜먹고 끝날 것이오리까. 만약 약소국이 하루도 지탱해 나갈 수 없으면 모문룡도 의지할 곳이 없으며 이렇게 되면 후금은 전력을 다해 서쪽을 침범하게 되므로 영토안전에 대한 명나라의 우려는 오늘뿐이 아닐 것입니다. 때문에 후금이 지금 한창 동방을 향해 무력을 기울이고 있는 기회를 타서 명나라께서 신속히 대군을 풀어 동서 양쪽으로 후금을 진격해 그의 소굴을 소탕한다면 일거에 요동을 수복하고 또 약소국도 구할 수 있사오니 이는 병가에 한해 놓칠 수 없는 좋은 기회입니다.'고 군사원조를 간절히 희망했다.

하지만 국내정치가 부패하며 국력이 극도로 쇠퇴해지고 게다가 사르후 전투 이래 후금의 계속되는 진격으로 위기에 봉착한 명나라는 조선을 향해 군사원조를 해줄 능력과 겨를이 없었다.

3월 3일에 체결된 평화협정으로 후금과 조선간의 전쟁은 끝났다. 하지만 모문룡의 항전부대를 소멸하고 모문룡을 사로잡는다는 것을 구실로 후금 측은 조선으로부터 속히 철병하지 않았다.

후금 측이 조선 영토에서 완전히 철병하기 까지는 평화협정 후 무려 6개월을 경과했다. 후금은 철병 시에 그리고 의주 부근에 계속 머물고 있던 후금의 일부 부대는 살인, 약탈 등의 갖은 만행을 저질렀다.

조선에 대한 후금의 제1차 침입을 거쳐 양국 간에는 이른바 형제간의 연맹이 결성됐다. 하지만 이것은 후금의 무력위압에 의해 이루어진 형식적인 협정에 불과하며 양국 간의 관계는 갈수록 악화됐다.

동북아시아 문명고국으로서의 조선은 그들이 지금까지 야만민족으로 여겨오던 후금의 침입으로 국토가 유린당하고 또 군사적 위압에 눌려 굴욕적인 화친을 맺고 해마다 수많은 재물을 후금에 바치게 된데 대해 매우 분개했다.

그리고 조선은 후금의 강력한 반대에도 아랑곳하지 않고 계속 명나라를 숭배하고 받들었다.

명나라의 모문룡 부대도 후금의 제1차 침입 시에 그 세력이 꺾어지지 않았을 뿐만 아니라 계속 후금의 배후를 교란하고 있었다. 이와 같이 후금의 제1차 침입의 목적은 달성되지 못했으며 조선은 여전히 후금 배후의 하나의 커다란 우환거리로 그 자태를 보여주고 있었다. 때문에 명나라의 통치중심인 관내로 진출하기에 앞서 후금은 무력으로 조선을 완전히 굴복시킴으로써 조선과 명나라간의 연계를 철저히 끊어버리고 안전한 후방을 확보한 후 전력을 다해 명을 종국적으로 정복하려 시도했다.

한편 후금의 제2차 침입의 다른 하나의 의도는 제1차 침입 시와 마찬가지로 더 많은 물자를 획득하려는데 있었다.

1632년 후금은 동북과 내몽골의 대분분 지역을 정복함으로써 명제국 수도 북경에 대한 공략을 곧 실현에 옮길 단계에 이르렀다. 이리하여 후금은 조선에 대해 더욱 강압적인 자태를 취하기 시작했으며 두 나라 사이의 모순은 더욱 첨예화되기 시작했다. 이해부터 후금은 조선을 향해 형제적 연맹의 예절을 버리고 조선과 명나라간의 관계와 마찬가지로 자기들 나라를 향해 군신관계(황제와 신하관계)의 예절을 취할 것을 강요했다.

그리고 전에 비해 훨씬 더 많은 세금(해마다 바치는 공물) 즉, 금 100냥, 은 1000냥, 여러 가지 방직품 1만2000필을 요구했다. 이에 조선 조정은 세금을 경감하기 위해 몇 번이나 사신을 후금에 보냈으나 성사되지 못했다. 이어 후금은 조선에 도망간 동북지구의 주민을 돌려보내지 않고 또 후금의 배반자인 침조부사령 유해를 동강진에 안치해 주었다는 등의 사건을 들고나와 조선 측이 형제연맹을 배반하고 있다고 질책했다.

1635년 후금은 찰하르 지방을 평정하고 원나라 조정으로부터 대대로 이어온 보물 옥도장을 얻은 후 자기들을 중국대륙의 당당한 지배자로 자칭하고 조선에 국서를 보내 후금의 통치자 한에게 황제의 준호를 올릴 것이니 이에 따라 조선도 후금의 신하가 되라고 강요했다.

하지만 조선 국왕 인조는 이 국서를 받지 않고 후금의 사신을 감시하도록 지시함과 동시에 조선8도에 영을 내려 후금에 대항할 병사를 모집하고 서북변경의 평안감사에 조서를 내려 후금과 관계를 끊고 방어를 강화할 것을 지시했다. 하지만 이 조서는 평안감사에게 도달하지 못하고 도중에서 도망치던 후금의 사신에게 빼앗겼다. 이리하여 후금은 조선이 자기들을 적대시하고 있음을 명확히 알게 됐다.

1636년 4월 후금은 국호를 청으로 고치고 한은 황제가 됐다.

이 때에 후금의 수도 심양에 체류하고 있던 조선 사절 나덕헌과 이 곽은 후금 황제의 즉위식에 참석해 신하로서의 예절을 취할 것을 강요당했으나 두 사신은 이를 거절했다. 이에 격노한 청나라 태종은 조선에 국서를 보내 전과 달리 자기를 대청황제라 부르고 조선을 이국(너의 나라)이라 함과 아울러 왕자를 보내 사과하지 않으면 대군을 풀어 정벌하겠다고 위협했다. 이 국서는 조선을 향해 사대종속 관계의 건립을 강요하는 것이었다. 하지만 조선은 응하지 않았다. 이리하여 1636년 12월 청나라 태종은 마침내 조선에 대한 두 번째의 대규모의 전쟁을 도발했다.

사전에 청의 태종은 수만의 병력을 요하 하류지역에 배치해 명나라가 해로로 조선을 지원함을 막게 한 후 친히 만주족, 몽골족, 한족 등으로 구성된 10만의 대군을 인솔해 조선에 출병했다.

12월 9일 청의 대군은 압록강을 건너 조선에 침입한 후 그 어떤 큰 저항도 받지 않고 곧장 남을 향해 진군해 출병한지 불과 7일만에 수도 서울을 함락했다.

후금 측의 진군이 이처럼 순조롭게 된 것은 조선의 서북지대가 거의 무방어 상태에 처해 있었기 때문이다. 그 당시 서울 성내에는 상당한 군사역량이 집중돼 있었다. 하지만 부패 무능한 이조 통치자들은 후금군과 맞서 싸우지 않고 당황 실색하여 황급히 남한산성으로 도주했다.

이에 앞서 견고한 방어선이라고 믿어왔던 안주성이 후금군에 의해 돌파됐다는 급보가 12월 13일에 서울에 날아들어 오자 조선 국왕 인조는 세자와 부인을 비롯한 친척들을 강화도로 피난시킨 후 일부 대신들을 거느리고 14일 밤 남대문으로 빠져나와 강화도로 도주하려 했으나 청의 기병부대가 이미 서울 입구인 홍제원에 이르렀고 다른 한 갈래의 청군도 양천강을 차단하고 강화도로 가는 길을 가로막고 있었기에 부득이 다시 동대문으로 빠져나와 남한산성으로 도주했다.

부패 무능한 이조 집권자들은 전쟁 직전에 벌써 남한산성과 강화도를 저들이 피신할 곳으로 정하고 수많은 인력과 물력을 들여 두 곳을 수축해 놓았다. 이와 반대로 최전선인 서북지대의 방어에 대해서는 거의 무관심이었다.

서울을 함락한 후 청군은 부대를 세 갈래로 나눠 한 갈래는 강화도를 치게 하고 다른 한 부대는 조선 각도로부터 증발돼 오는 지원병을 맞아 싸우게 하고 주력부대로 남한산성을 진격하게 했다. 그 시기 남한산성에는 도합 1만 8000여명의 조선 수비부대가 집결돼 있고 2만3000여 석의 군량이 저장돼 있어 60여일 간은 능히 지탱해 나갈 수 있었다.

남한산성에 이른 인조는 성내의 수비부대에 영을 내려 성을 고수하게 하고 8도에 조서를 내려 각도의 갑사와 도원수들로 하여금 근왕병을 모집하게 하는 한편 명나라를 향해 조선을 도와 속히 출병해 줄 것을 간절히 요구했다.

12월 16일 청군 주력은 남한산성을 향해 대규모의 포위 공격을 개시했다.

다음해 정월 1일 청의 태조도 친히 산성 아래에 이르러 병력을 집중시켰다.

연속되는 청군의 포위공격 그리고 추위와 점차 줄어드는 식량 결핍으로 성내는 형언하기 어려운 비참한 상태에 빠지게 됐다.

이와 같은 곤경속에서 조선 조정은 오로지 지원병의 도달과 명나라의 출병에 기대를 걸 수밖에 없었다. 하지만 각 도의 지원병은 남한산성으로 진군하던 도중 청군에 의해 격퇴 당해 산산히 흩어지고 말았다.

그리고 명나라의 군사적 지원도 실현되지 못했다. 바로 이 시기 이자성이 영도하는 기세 드높은 농민봉기가 명나라의 대부분 지구를 휩쓸고 있어 명은 멸망의 전야에 처해 있었다. 때문에 명의 조정은 조선에 대해 관심을 돌릴 여유가 없었으며 마지못해 산동지방으로부터 소수의 수군을 조선에 보내려고 했으나 그마저 거센 풍랑으로 이룩되지 못했다.

이리하여 남한산성의 2만 여명의 군민은 극도로 고립된 상태에서 10여만의 청군과 대항하지 않으면 안됐다. 전쟁의 국세가 갈수록 조선 측에 불리하게 됨에 따라 조선 지배층 내부에서는 주화론자들이 점점 더 늘어나고 청 측의 외교적 압력도 더욱 심해졌다.

이리하여 1637년 정월 2일 조선 조정은 화의의 뜻으로 청의 군영에 국서를 보냈는데 청은 답서에서 조선이 화해를 배반해 명을 도와 청을 적대시하고 먼저 8도에 조서를 내려 청과 싸울 준비를 하기에 출병했다고 강압적인 태도를 취했다. 이어 20일 후에 조선 조정의 다른 하나의 피난지인 강화도가 청군에 의해 함락되자 조선 국왕 인조는 하는 수 없이 문무대신들을 이끌고 산성을 떠나 한강동안의 삼전포에 이르러 청 황제에게 투항하고 1월 30일에는 마침내 굴욕적인 강화조약을 체결했다.

조약의 내용은 1)청나라와 조선은 군주와 신하 관계를 맺으며 2)명나라의 연호를 버리고 명나라와 국교를 끊으며 명으로부터 받은 고명책인(책봉인서)를 청에 바치며 3)조선 왕의 장자와 다른 아들 한 명과 여러 대신들의 아들, 아들이 없으면 동생을 청에 인질로 보내며 4)청의 정삭(달력)을 받고 5)청의 만수(왕의 생일), 천추(왕자의 생일), 동지, 원단 및 희사와 상사시에는 청을 향해 공납의 예물을 바치며 사신을 보내 표문(종주국에 올리는 종속국의 글)을 올리되 이 모든 것들의 예절은 이전에 명을 향해 실시했던 것과 마찬가지로 하며 6)청의 황제가 명나라를 정벌할 때 조선은 청을 향해 수일 내로 보병과 기병 및 전함과 수병을 보내며 기일은 어기지 말아야 한다. 7)청의 군사를 돌려 가도를 정벌할 때 조선은 조총과 활로 무장된 병사와 전함 50척을 조달하며 청군이 돌아갈 때 예물을 보내 위로해야 하며 8)청군에 잡힌 조선인 포로가 압록강을 건넌 후 조선으로 도망쳐 가면 잡아서 청에 돌려야 하며 물건과 금전으로 포로를 교환할 수 있게 하며 9)양국의 내외 대신들이 서로 통혼하며 친선을 굳게 해야 하며 10)조선은 성축을 구축하지 말아야 한다고 규정했다.

끝으로 조약은 조선이 이미 멸망에 직면했으나 청의 황제가 조선의 생존과 국가의 존재를 보존해 주었기에 후일에 조선은 마땅히 이 은혜를 잊지 말고 대대손손 신의를 배반하지 말아야 만이 나라가 영원히 존재할 수 있다고 훈계하면서 지금껏 조선이 간사하고 반복이 많았으므로 매년 황금 100냥, 백은 1000냥, 물소뿔 200부, 크고 좋은 종이 1000권, 작은 종이 1500권, 범가죽 100장, 수달피 400장, 노루가죽 100장, 청기피 300장, 차 1000포, 후추 10근, 소목 200근, 좋은 허리칼 26자루, 순도 20자루, 용문휘장 4장, 잡색화석 40장, 백녕포 200필, 각색 비단 2000필, 각색 세목면 1만필, 각색 세마포 400필, 마포 1400필, 입쌀 1만포를 청에 바치라고 규정했다.

이처럼 많고 귀중한 공납품은 조선으로서 사실 부담하기 어려웠다. 이후 속국으로서의 조선은 19세기 말까지 청나라를 향해 매년 공물을 바쳤는데 그 액수는 점차 경감됐다. 이 조약의 체결로 청은 조선을 철저히 굴복시켰으며 조선은 외교상 청나라의 종속국으로 전락됐다.

강화가 달성된 후 청태종은 조선 국왕 인조의 아들인 조현세자와 부인, 봉림대군과 부인 그리고 대신들을 인질로 하여 심양으로 철병했다.

도중 조선 서북 가도의 동강진을 진격해 17년간 그곳에 둥지를 틀고 청의 요동지구를 교란하고 조선 서북지구에 많은 피해를 끼쳤던 명나라 장수 모문룡 세력을 숙청했다.

강화조약과 청의 지시에 따라 조선 측도 평안병사 유 림과 의주부의 임경업을 시켜 병사와 전함을 거느리고 청나라 군대를 도와 옛 벗이었던 모문룡과 싸웠다.

3) 이십 사세에 대금황제가 되려던 소년장군 이징옥

이징옥은 열여덟 살의 어린 소년으로 강계부사(江界府使)를 거쳐 영남절도사(지금의 도지사와 비슷)를 지냈는데 도처에서 명관 노릇을 하여 이름이 알려졌다.

그리고 함경도 절제사 판중추후원사를 역임하면서 6진 개척의 선봉 장군으로 김종서를 도와 공을 세운 무인이다. 그리하여 세종대왕에게 제일 총명한 신하요 공신으로 알려진 김종서의 추천으로 그를 대신하여 함북절도사가 되었다.

이 함경북도는 그 때 여진족 등 오랑캐의 침범이 많은 까닭에 조선 중 제일 중요한 변경이었다. 그럼으로 국가에서 여간 노련한 명장이 아니면 보내지 않았다. 그러나 이징옥은 원래 명장이고 또 신망이 많은 까닭에 비록 이십 미만의 소년이라도 세종대왕이 특별히 신임하여 절도사로 삼았다.

그리고 세종대왕은 이징옥에게 친히 '국가에 큰 일이 있지 아니하면 부르지 아니하겠다'고 까지 말했다고 한다.

그는 임지에 가는 날부터 국경방비에 전력을 다해 이곳저곳을 돌아다니며 용맹한 군사를 뽑아 불과 수년만에 3000여명의 날랜 군사를 얻게 된다.

그는 그 군사를 오색으로 대를 지어 회령의 군사는 말과 의복을 다 희게 하고, 종성의 군사는 말과 의복을 다 푸르게 하며 그 외 다른 곳은 혹 검게도 하고 붉게도 누르게도 했다. 그리하여 일년에 몇 번씩 국경을 순회 하니 그 욕심 많고 사나운 오랑캐들이 감히 침범치 못하고 도망하매 조선이 편하여 졌고 어린아이까지도 이징옥 장군의 이름만 들으면 울다가도 울음을 그쳤다고 한다.

그의 인물이 어떠했는지 짐작이 가는 부분이다.

이징옥은 김종서의 후임으로 북쪽 변방을 지키는데 충실했으며, 병약했던 문종이나 대를 이은 단종에게도 충성을 다한 충신이었다. 그러나 수양대군이 단종 원년(1453) 10월 정변을 일으켜 김종서를 죽이고 정권을 잡게 되었다. 그러나 서울과 멀리 떨어진 곳에 있었던 이징옥은 그런 정변도 몰랐다.

정권을 잡은 수양대군은 그가 김종서의 사람이라 하여 아무런 과오가 없음에도 파직했다. 이 절차도 은밀하게 진행되어 박호문을 임명하여 보냈으며 박호문으로부터 비로소 중앙의 정변과 자신의 파직을 알게 되었다.

이에 격분한 이징옥은 그 자리에서 후임으로 온 박호문을 죽였으며 수양대군의 반역을 공격하여 군사를 일으켜 서울로 쳐들어가자고 했다.

그는 병력을 이끌고 북으로 달려 종성에서 〈대금황제(大金皇帝)〉라 자칭하고 여진족들에게 후원을 청했다. 일이 잘 이루어지지 못하면 두만강을 건너 일찍부터 자기의 위신이 있는 야인의 땅을 무대로 그의 꿈을 펼치려 했던 것이다.

후임 절도사를 죽인 이징옥은 당일에 군사를 일으켜서 먼저 서울을 습격하고 나라 일을 바로 잡으려 작정했다. 그러다가 그는 구구히 조그마한 서울을 치는 것보다는 두만강을 건너가 오랑캐들의 나라를 무찔러 정복하고 대금황제가 되는 것이 낫다고 판단했다.

이징옥은 그 이튿날에 두만강을 넘으니 한 사람 소년 장군의 휘하에 움직이는 조선 군대의 기세가 하늘을 찔렀다. 그러나 뜻밖에 그 부하에 있는 회령판관이며 절제사 정 종과 호군 이행검 등의 술책으로 그만 비참한 최후를 맞이한다. 이러한 사실을 알지 못하고 밤이 깊도록 계책을 생각 하다가 곤히 잠이 든 이징옥은 무지하게 달려드는 자객들에 의해 그의 오른 팔을 잃어버린다.

비록 오른팔이 없고 몸뿐인 이징옥은 즉석에서 일어나 왼손으로 자객들을 쳐 죽인 후 그 칼을 빼앗아 회령 판관의 부하 수백 명을 베어 죽이고 자기도 끝내 이십 사세로 생에 마침표를 찍었다. 그가 만일에 그러한 변을 당하지 않았던들 그는 희망하던 대금황제가 돼 역사상 주목받는 인물이 됐을 것이다.

지금도 두만강을 경계로 하는 중국의 일부 촌의 가정에서는 소년 이징옥 장군의 초상화를 모셔놓을 정도로 역사적인 인물임에 틀림없다.

37. 제정러시아의 동북아 침략사

1) 16~18세기 동쪽 침략

제정러시아의 역사는 1533년에 모스크바공국의 왕위에 오른 이완 4세부터 정식으로 시작됐다.

원래 봉건농노제국가였던 제정러시아는 볼가강 중하류와 우랄산맥 서쪽의 광대한 지구를 휩쓴 뒤 이곳을 발판 삼아 동쪽으로 계속 침략하고 팽창하면서 대문을 열어놓게 됐다. 그리고 남쪽으로부터 카자크, 크림, 흑해북안 등을 탈취함으로써 중앙아시아를 정복하는 길을 개척하기 위한 진일보의 조건을 마련해 놓았다.

1465년 이완 3세는 우랄과 아시아주에 대한 팽창을 확대했다.

그는 1499년 11~12월 5000명의 군사를 파견해 우랄을 넘어 시베리아로 쳐들어가게 했다.

러시아군은 무력으로 40여개의 도시와 보루를 점령하면서 1500년에 유그라인과 브가르인들을 정복했다. 광활한 시베리아를 강점한 제정러시아는 1632년에 야꾸쯔크성을 수축한 후 대외팽창의 야심이 더욱 커져 계속 동쪽으로 진격했다.

17세기말~ 18세기초 그들은 중앙아시아를 정복하여 흑해, 지중해, 인도양 등에 세력을 뻗칠 뿐만 아니라 동쪽으로 중국과 일본을 침략해 일본해를 통제하고 태평양에 세력을 뻗치려 했다. 따라서 뾰뜨르 1세는 원동과 시베리아 및 태평양 연안에 대한 강점과 팽창에 신경을 곤두 세웠다.

꼬즈렙스끼는 1713년에 깜챠카반도 남단에 쳐들어 갔으며 나아가 쿠릴열도에 쳐들어 갔다. 쿠릴열도는 중국 고혈도 동쪽, 일본 홋카이도 북쪽에 위치해 있었다. 남쿠릴열도의 에도로후도, 구나시리도, 시고단도, 하뾰마이군도 등의 섬에는 6세기 중엽부터 어업을 위주로 하는 아이누족들이 살고 있었다.

그들은 일본 홋카이도의 상아이누족과 한 혈통이었다. 그 후 꼬즈렙스끼는 비도들을 거느리고 제일 북쪽에 위치해 있는 두개의 섬에 올라 대규모적인 약탈을 감행하고 이 섬을 러시아에 귀속시킬 것을 선포했다.

뾰뜨르 1세는 루찐과 유레이노브를 파견해 북부의 섬들에 침입해 정찰하게 했다. 1730년 안나여왕은 베링그로부터 일본과 통상하는 데 있어서 쿠릴열도가 러시아에 유리하다는 보고서를 받았다. 그는 베링그에게 특별탐험대를 조직하게 했다. 베링그는 덴마크인으로 러시아군에서 복역했다. 그가 조직한 제3탐험대는 마 뾰스빤버그의 인솔 밑에 쿠릴열도와 일본연해에 들어가 정탐활동을 감행했다.

뾰스빤버그는 1738~1742년 사이에 전후로 세 차례나 깜챠카로부터 쿠릴열도에 이른 후 계속 남하하여 일본에 이르렀다. 그 중에서도 1739년 6월 제2 비밀 탐정대는 일본정부의 강력한 명령에 의해 쫓겨났다. 이것은 러시아의 배가 처음으로 일본해에 나타난 것으로 기록된다.

1766년 이완 체르네이는 까자크비도들을 거느리고 캄챠카에서 출발해 1768년까지 3년간 남하해 쿠릴열도를 돌아다니면서 현지의 주민들에게 모피세 등을 강제로 징수했다. 뿐만 아니라 그들은 갖은 만행을 저지르면서 백성들을 강제로 끌고 가 이 섬의 숱한 주민들은 할 수 없이 고향을 등지고 살길을 찾아 일본열도로 도망가지 않으면 안되었다.

19세기 초에 제정러시아는 계속 남쪽으로 팽창하면서 쿠릴열도, 고혈도 등에 대한 쟁탈전을 벌였다. 1885년에 제정러시아는 일본과 통상 및 변계획정 문제에 관한 '시모다조약'을 체결했다.

조약에 따라 에도로후도와 그 이남의 열도는 일본에 귀속시키고 우릅브도와 그 이북의 열도는 러시아에 귀속시켰다. 일본과 러시아는 담판 가운데 중국의 고혈도를 공동으로 관리한다고 비법적인 결정을 내렸다.

1875년 일본과 러시아는 또 중국의 영토에 대해 다시 조약을 체결했다.

조약에 따르면 제정러시아는 우릅브도와 그 이북의 열도를 일본이 차지한 고혈도 남부와 바꾸었다. 이리하여 쿠릴열도는 일본에 귀속되고 고혈도는 제정러시아에 귀속됐다.

그 후 원동패권을 쟁탈하는 1904년~1905년의 일-러 전쟁에서 실패한 제정러시아는 일본의 핍박에 의해 고혈도 남부를 내놓았고 일본이 다시 강점하게 됐다.

2) 17세기 중국 동북에 대한 침략

제정러시아는 16세기 후반기부터 우랄산맥을 넘어 동침하면서 시베리아를 병탄하기 시작했다. 제정러시아는 시베리아에 쳐들어 간 후 식량과 금, 진귀한 모피 등을 약탈하기 위해 끊임없이 비도들을 파견해 외홍안령 남쪽, 흑룡강유역과 바이칼호 동쪽의 중국 영토를 침입하기 시작했다.

일찍 17세기 20년대에 제정러시아 침략자들은 바이칼호 동쪽 중국의 할하몽골족 소속인 부리야트부의 유목지구를 여러번 침범했다. 그들은 갖은 행패를 다 부리면서 대량의 모피와 금은보화들을 약탈해 갔다.

제정러시아에 대한 대외 침략과 팽창 야심은 갈수록 창궐해졌다. 그리하여 17세기 전반기에는 외홍안령 북쪽의 레나강 유역과 바이칼호를 지나 중국 변경에까지 팽창했다.

1632년 카자크 비도들은 레나강반에 야꾸쯔크성을 수축하고 중국을 침입하는 거점으로 삼았다. 역사상 러시아는 일찍부터 흑룡강지구를 몹시 탐냈다. 뿐만 아니라 시베리아의 통치자, 살인백정, 투기상, 망명객들도 흑룡강지구를 탐내고 있었다. 그들의 침략활동은 모두 제정러시아 정부의 대폭적인 지지를 받았다.

그것은 중국의 흑룡강지구를 손아귀에 넣으면 러시아의 세력범위를 확대할 수 있으며 더 많은 물자를 약탈할 수 있기 때문이었다.

제정러시아가 흑룡강지구에 대해 침략을 감행한 또 다른 중요한 원인은 흑룡강지구로부터 대량의 식량을 공급받을 수 있다고 믿었기 때문이었다. 이때 제정러시아에 정복된 시베리아의 여러 민족 주민들은 어업과 목축업을 위주로 했기 때문에 식량난에 허덕였다. 하지만 우랄산 서쪽과 또볼스크 등지에서 식량을 운반하자면 거리가 멀어 아예 시베리아에서 식량을 약탈하는 편이 낫다고 여겼다.

17세기 30년대에 들어서자 제정러시아 침략군은 야쿠츠크에서 세 갈래로 나뉘어 바이칼호 지구에 침입했다.

한 갈래는 예니세이스크로부터 앙가라강을 경유해 바이칼호 서남쪽 앙가라 강반에 이르는 것이었는데 21년이란 기나긴 시간을 들여 1652년에야 그곳에 이르꾸쯔크성을 수축하게 됐다.

다른 한 갈래는 크라스노야르스크로부터 동쪽으로 나아가 1647년에 니쮸네우진스크성을 수축하고 우다강유역의 부리야트 몽골인을 탄압했다.

한 갈래는 야꾸쯔크에서 출발해 레나강을 지나 바이칼호 동북부에 침입했다. 이 노선에서 러시아 침략자들은 1641년에 빠르호린스크, 1647년에 웨르흐네앙가르스크, 1648년에 웨르끄진 등의 성을 수축했다. 이곳에서 제정러시아 침략자들은 30년이란 긴 시간을 들여 무력으로 부리야트 몽골인들의 반항을 탄압하고 바이칼호 지구를 강점했다.

제정러시아 침략자들은 바이칼호 지구를 점령한 후 중국 흑룡강유역을 침략하는 것을 중요한 목표로 삼았다. 1643년 7월 제정러시아의 야꾸쯔크 주둔 통령 골로원은 문서관 뽀야꼬브를 파견해 중국 흑룡강 지구에 침입하게 했다.

뽀야꼬브는 130여명의 침략군을 거느리고 야꾸쯔크를 떠나 중국 흑룡강지구에 침략의 마수를 뻗쳤는데 그 해 11월에 징치리강 일대에 쳐들어갔다. 그들은 현지 따고르인들의 재물을 약탈하고 사람을 붙잡아 가고 식량을 닥치는 대로 모조리 빼앗아 갔다.

더욱 하늘에 사무치는 악행은 이 살인귀들이 무력으로 사람을 죽이고 사람고기를 먹은 것이다. 그들은 이 한해 겨울동안에만 청년 남녀 50여명을 살해했다. 그러므로 현지 주민들은 그들을 '사람을 잡아먹는 간악한 악마'라고 불렀다.

1649년 봄, 제정러시아는 하바로브에게 한무리의 까자크 비도들은 내어 주면서 뽀야꼬브를 대체할 것을 명령했다. 하바로브는 까자크 비도들을 거느리고 야꾸츠크에서 출발해 외흥안령을 넘어 중국 경내에 침입했다.

1651년에 흑룡강 중류의 북안 아크사를 강점한 후 보루를 수축하고 침략군을 주둔시켰다. 까자크 비도들은 강동을 쏘다니면서 약탈, 방화, 살인 등을 일삼았다.

그 해 6월 이 강도들은 배를 타고 강을 따라 내려와 갖은 행패와 소란을 부리면서 강안의 주민들에게 세금을 바치라고 강요했다.

전신무장한 비도들은 따고르인들이 거주하고 있는 따촌을 강점하고 하루밤 사이에 600여명을 살해한 후 300여명의 부녀자들을 강제로 끌고 갔다.

그밖에도 300여마리의 가축과 많은 식량을 빼앗아 갔다. 그 해 10월에 까자크 비도들은 벌리지구에 쳐들어 와 갖은 행패를 다 부리면서 따고르인과 허저인 등 소수민족 주민들을 살해했다. 이에 분노한 주민들은 치솟는 적개심을 참지 못해 1652년 4월 영고탑에서 청나라 군대에 합류해 제정러시아 비도들을 호되게 족쳐 80여명을 살상했다.

하바로브는 부상당한 채 잔여 비도들을 수습해 가지고 흑룡강 상류로 뿔뿔이 도망쳤다.

1654년 그들은 또다시 송화강 중류에까지 쳐들어갔다. 이 때 청나라 정부에서는 북경으로부터 경차도위 밍안따리를 파견해 중국 영토에서 침략자를 몰아내는 '송화강 전투'를 벌였다. 전투를 앞두고 청나라 정부는 조선 이조정부에 원병을 요구했다. 이조정부는 150여명의 군대를 파견했다.

전투는 4월 27일부터 5월 4일까지 송화강 중류의 왈하에서 벌어졌다. 조-청 연합부대는 현지 주민들의 지지아래 침략자들을 호되게 타격했다. 침략자들은 조청연합부대의 맹공격으로 심한 손실을 입고 흑룡강 상류로 황급히 도망쳤다.

그러나 제정러시아 정부는 이 심각한 패배를 인정하지 않고 하바로브를 찬양하고 후한 상금까지 주었다. 그 후 제정러시아 정부는 하바로브의 부하 쓰제빤노브에게 명령해 하바로브를 대체하게 해 또다시 침략과 약탈을 일삼았다.

1658년 7월 청나라 군대는 조선 이조정부가 파견한 260여명의 군대와 연합해 따고르인 등 소수민족들의 협조아래 침략자들에게 치명적인 타격을 줬다. 그러나 제정러시아의 침략야심은 죽지 않고 계속해서 침입해 주민들의 귀중한 물건들을 약탈하고 여성들을 강간했다. 이와 같이 제정러시아의 중국 흑룡강유역에 대한 장기간의 끊임없는 침입과 소란은 현지 여러 민족의 비할 바 없는 격분과 분노를 자아냈다.

그들은 청 정부에게 제정러시아 정부와 교섭할 것을 여러번 제안했다. 그리고 야크싸에 틀어박혀 있는 제정러시아 침략자들에게 항의를 하면서 중국인들에 대한 폭력을 중단하고 물러날 것을 강력히 요구했다.

제정러시아 참략자들이 이 합리적인 요구를 거절하자 청 정부에서는 침략자들에게 마땅한 징벌을 줄 것을 결정지었다. 강희 황제는 친히 송화강 일대를 시찰하고 3000명의 군대를 파견해 흑룡강에 주둔시켰다.

그리고 1683년에 군사을 움직여 침입해 들어온 비도들을 격파했다. 이 때 중국측은 야크싸를 제외한 흑룡강 중 하류오 각 지류에 건립한 제정러시아의 침략거점을 거의 짓 부셔 버렸다. 그러나 제정러시아는 완고하게 증원병을 파견했으며 1684년에 야크싸에 새로운 두목 덜부신을 파견해 중국을 침략하는 전초기지로 삼았다. 그러므로 청 정부는 아크싸에 처박혀 있는 러시아 비도들을 더는 용납할 수 없었다.

1685년 1월부터 6월까지, 1686년 3월, 청나라 군대는 두차례나 야크싸의 러시아 비도들에게 심각한 피해를 주었다.

청 정부는 주권을 수호하고 변강을 보위하기 위해 1686년 10월에 침입해온 비도들에게 맹렬한 반격을 들이대 치명상을 입혔다.

침략자들은 800여명 가운데 겨우 100여명이 목숨을 건졌다. 덜부신 자신도 부상을 입고 나중에 숨지고 말았다. 제정러시아 침략자들은 치명적인 타격과 막대한 손실을 본 후에야 할 수 없이 청나라에게 야크싸에 대한 포위를 해제해 줄 것을 애걸했으며 제정러시아의 침입으로 조성된 청-러시아 변계문제를 담판으로 해결할 데 대한 청 정부의 건의를 접수했다.

3] 1885~1905년 원동에 대한 침략정책
제정러시아는 수세기 동안 동서남북으로 대문을 열고 대외침략과 팽창정책을 실시하면서 세계패권을 쟁탈했다.

- 19세기말 세계패권을 쟁탈하기 위한 전략적 중점이 원동으로 이동

19세기 중기부터 원동의 정세는 급격히 변화됐다.

제국주의 침입으로 말미암아 청나라와 조선은 반독립국가로 전락됐다. 이와 때를 같이하여 제정러시아는 원동에 대한 침략활동을 더욱 창궐하게 진행했다.

이것은 제정러시아의 군사적 봉건적 제국주의의 특징이었다. 19세기 후반기 제정러시아에서는 공업자본과 은행자본이 비교적 신속히 집중돼 독립조직-신지케이트가 출현해 제국주의 단계에 들어서게 됐다.

그러나 역사적으로 형성된 군사적 봉건적 군국주의 세력이 의연히 강대하고 심각한 봉건적 관계로 말미암아 독점자본주의의 발전이 가속화 됐다.

제정러시아는 이러한 특점을 갖고 있기 때문에 자본과 상품만으로 구라파와 아메리카 열강들과 세계적 범위에서의 식민지 패권을 다툰다는 것은 매우 어려웠고 불가능한 일이었다.

이리하여 제정러시아 당국의 정책결정자들은 역대로 내려오면서 군국주의로써 대외로 영토를 팽창하는데 자기의 운명을 기탁해 왔다.

제정러시아가 원동에로 손길을 뻗치자 당시 원동에서 식민지 패권을 틀어쥐고 있던 영국은 놀라지 않을 수 없었다. 그리하여 제정러시아와 영국 식민제국 사이의 모순이 원동지구에서 신속하게 악화됐다.

특히 1885년 영국과 러시아는 조약을 체결, 아프가니스탄에서 위기를 겨우 피한 후 조선이라는 좁은 길에서 맞서게 됐다. 즉, 러시아에서 두차례나 '조-러 밀약사건'을 조작하고 조선을 통제하려 할 때 1885년 4월 15일 영국은 먼

저 손을 써 조선 남해의 전략요새인 거문도를 강점하고 해군기지를 건립하려고 했다.

영국은 이로써 제정러시아가 조선에서 부동항을 점령하면서 조선에 군사교관을 파견하려는 시도를 파탄시키려 했다.

이 사건은 한 때 조선 연해에서 전쟁풍운이 일어날 위기에 처했다. 이리하여 원동에 침략세력을 뻗쳐 태평양까지 진출하려는 야심을 품은 제정러시아와 동아시아에서 이미 식민지 패권을 틀어쥔 영국과의 모순은 매우 첨예하게 대립됐다.

이 모순은 원동에서 열강들 사이의 대립가운데 가장 중요한 모순이 됐다. 원동에서 영국과 러시아 사이에 주요한 모순이 형성된 것은 세계패권을 쟁탈하기 위한 제정러시아의 전략중심이 원동에 전이된 것과 밀접히 연계되고 있었다.

제정러시아가 시베리아 철도를 부설하는 것은 결코 단순한 경제와 군사 면에서 얻어야 할 당면의 수요에서가 아니라 원동과 태평양 지구에서 영국을 누르고 원동패권을 탈취하며 나아가 세계패권을 쥐려는 총체적인 전략을 고려한 것이었다.

4) 일-중 갑오전쟁과 원동정책

제정러시아의 세계패권을 쟁탈하기 위한 전략 중점이 원동에로 전이되면서부터 원동의 국제관계는 더욱 복잡하고 첨예해 졌다. 따라서 원동패권을 쟁탈하기 위한 제정러시아의 정책도 변화됐다.

19세기 80년대 원동에서 열강들 사이의 주요한 모순은 조선을 둘러싸고 영국과 러시아의 대립으로 표현됐다.

제정러시아는 1885년에 침략의 마수를 조선에 뻗치기 시작했다. 제정러시아는 1884년에 '조-러 수호조약'을 맺고 정치적 외교수단과 영향력으로 조선에서 부동항을 쟁탈하며 군권을 틀어쥐려고 꿈꾸었다.

그러나 조선에 대한 전통적 관계를 가지고 있던 청나라와 원동에서 식민지 패권을 수립하고 있던 영국은 제정러시아의 남하에 대해 추호도 용납하지 않았으므로 제정러시아의 조선정책은 즉시 영국과 청나라의 거센 반항을 불러 일으켰다.

영국은 그 해에 미리 손을 써 거문도를 점령했으므로 조선은 바야흐로 원동의 '발칸'으로 변해가고 있었다.

그러므로 제정러시아는 일본을 끌어들여 조선에서 영국과 청나라의 세력을 대항하게 하려고 획책했다.

이 때 원동에서 열강들 사이의 모순과 각축은 더욱 심해졌다. 영국은 자기의 우세한 지위를 유지하려고 애를 썼다.

그것은 이 지구가 영국의 전세계 식민지 전략 가운데서 이미 중요한 지위를 차지하고 있기 때문이었다. 하여 영국은 제정러시아의 동진 남하를 제지시키기 위해 힘을 쏟았다.

게다가 1891년 제정러시아의 시베리아 철도 부설은 영국을 더욱 불안하게 했다. 때문에 영국은 더욱더 청나라 정부를 끌어당겨 일본과 청나라가 참가한 제정러시아를 반대하는 원동에서의 '3국 동맹'을 맺으려고 꿈꾸었다.

영국정부는 일본을 끌어들이기 위해 1890년에 외국인이 일본에서 향유하는 치외법권을 취소할 것을 선포했고 1894년에는 일본이 구라파 열강들과 '평등'한 나라라는 것을 승인했다.

갑오중일 전쟁전야에서 영국은 일본이 앞으로 전쟁기간 태평양에서 영국의 무역에 대해 손해를 끼치지 않는다면 중립을 지키겠다고 발표했다. 이와 같이 영-러 쌍방은 제3국을 자기쪽으로 끌어당기기에 여념이 없었다.

갑오중일 전쟁이후 원동 태평양 지구에서의 열강들의 역량 대비에는 큰 변화가 일어났다. 그 주요한 표현은 러-일간의 새로운 모순이 영-러 모순을 능가했을 뿐만 아니라 주요 모순으로 상승한 것이다.

일본은 자본주의가 신속하게 발전함에 따라 조선에 대한 경제적 침투와 군사적 침략을 더욱 강화하여 조선에서 청나라와 제정러시아의 세력을 배척하고 독점적 지위를 수립하려고 꿈꾸었다.

일본은 조선에 대한 경제침략에서 초기에는 면직제품으로써 영국과 경쟁했다. 하지만 90년대에 이르러 조선항구에 출입하는 일본의 상선수는 총 상선 가운데서 약 80%를 차지했다.

일본은 경제침략에서 얻은 우세를 토대로 하여 '조선영토를 보위'하고 '조선의 현 상태를 유지'한다는 깃발을 내걸고 조선에서 다른 열강들의 경제세력을 배척했고 조선시장을 통제했으며 조선의 봉건 통치자들을 조종하여 조선을 일본이 독점하는 식민지로, 일본이 중국 동부(만주)에 세력을 뻗치는 발판으로 삼으려 했다.

그러므로 일본군국주의자들은 그 미치광이의 야심과 대륙정책을 실현하기 위하여 제정러시아에 이용되지 않았을 뿐만 아니라 제정러시아의 동쪽 진출에 대해 더는 보고만 있을 수 없었다.

바로 이러한 때에 제정러시아가 시베리아 철도를 부설하는 것은 태평양 지구에서의 일본의 이익에 대한 최대의 위협이라고 일본당국은 인정해 왔다.

일본 추밀원 의장인 야마가따 아리또모는 동양의 정세에서 가장 절박한 것은 조선에 대한 제정러시아의 관계에서 찾아볼 수 있다는 내용의 의견서를 일본정부에 제기하면서 제정러시아를 주요한 적으로 보았다.

1890년 3월 야마가따 아리또모는 "시베리아 철도가 개통되는 날이 제정러시아가 조선을 침략하는 날이다"라고 했는데 이 말은 근거가 없는 것이 아니었다.

야마가따는 이 국면에 대처하며 기타 열강들과 싸워 조선을 쟁탈하기 위해 반드시 군비를 충실히 하는 것을 최대의 기본임무로 삼아야 한다고 했다. 야마가따는 또 군비를 확충하는 근거로 일본이 주권을 보위하는 것만으로는 나라의 독립을 유지하기에 부족하니 반드시 이익을 보위해야 한다는 팽창주의 이론을 내놓았다.

그는 또 일본의 이익 초점은 바로 조선에 있다고 주장하며 이를 위한 급선무는 군비를 확충하는 것이라며 일본은 제정러시아가 시베리아 철도를 완공하기 전에 하루라도 앞당겨 전쟁을 일으켜야 한다고 일본정부를 부추겼다. 일본군국주의자들은 제정러시아가 예상한 것보다 더 일찍이 제정러시아에 대한 대결을 준비하고 있었다.

야마가따는 1894년 6월 29일의 담화에서 일본은 제정러시아가 시베리아 철도 부설을 완공하는 것을 뻔히 보고만 있어서는 안 된다고 부르짖었다.

1901년 3월 25일 제정러시아 주재 일본공사 구리노는 람스도브에게 각서를 보내 '중-러 협정'의 어떤 조목들은 중국의 주권과 영토안정을 침범했으며 기타 열강들의 일부 조약의 권리마저 침범했다고 지적했다.

이와 동시에 국내에서는 제정러시아를 반대하는 선전을 했다.

'흑룡회'는 글을 발표해 제정러시아에 대한 전쟁을 발동할 것을 선동했다.

심지어 조선주재 일본 변리공사 오오이시 쇼고도는 우랄이동의 시베리아를 점령해 여러 나라가 공동으로 관리하는 식민지로 만들 것을 일본정부에 건의했다. 일본정계의 많은 사람들도 대화전쟁은 일본이 태평양 구역을 침략하고 통치하는 첫걸음에 불과한 바 일본이 원동을 삼키려면 제정러시아와의 전쟁은 불가피하다고 예측했다.

그리고 일본이 마음놓고 침략정책을 실시하자면 영-러 모순을 이용해야 한다고 했다. 다른 한편 제정러시아는 중-일 전쟁이 폭발하자 1894년 8월 21일에 제2차 특별회의를 소집했다.

회의에는 정부의 최고급 실권자이며 정책결정자들인 기르스, 반노브스끼, 치하체브, 위떼, 시스낀, 까쁘니스뜨 등이 참석했다. 회의에서 주요하게 의논된 것은 중-일 전쟁이 폭발한 정황에 비추어 제정러시아가 응당 어떤 정책을 펴야 하는가 하는 것이었다.

원동에서 열강들 사이의 쟁탈과 각축에서 이미 러시아와 일본 사이의 모순은 양국의 대규모적인 군사충돌을 가져왔다.

5) 일-러 전쟁의 발발

3국 간섭 후 원동에서 제정러시아의 근본정책은 '황러시아제국'을 건립하려는 것이었다. 이때로부터 원동에서 제정러시아의 최대의 이해관계는 차츰 중국 동북(만주)에 집중됐으며 따라서 열강들의 원동 패권을 쟁탈하는 초점도 조선으로부터 만주로 이동했다.

1898년 4월 25일 '로젠-니시협정' 후부터 제정러시아는 조선에서 잠시 퇴각하기 시작했으며 조선을 일본에 넘겨주는 방향으로 나아가면서 조-러 은행을 폐쇄하고 조선에 주둔한 군대와 교관을 철수 시켰다.

그러나 제정러시아는 만주문제에 대해서는 추호도 후퇴하지 않았으며 양보가 없이 전력을 다해 마수를 뻗쳤다.

제정러시아가 중국 만주에 대해 팽창을 시작한 것은 오래전부터였으며 19세기 중기 이후에 더욱더 노골적이었다. 제정러시아가 만주를 점령하려는 것은 장차 중국을 점령하고 태평양에로 세력을 뻗치려는데 있었다.

1904년 2월 8일에 러-일 전쟁이 일어났다. 제정러시아는 이번 전쟁에서 일본을 일시에 패배시키고 조선을 삼키며 만주를 점령해 두 번째 부하나라로 만들려 했다.

나아가 중국을 누르고 황러시아제국을 건립하려 했다. 세계패권을 실현하려는 그들의 야심은 컸으나 전쟁은 그들의 주관적인 욕망과는 달리 제정러시아의 치명적인 패배로 끝나 원동에서 제정러시아의 단꿈은 철저히 파탄됐다.

6) 일-러 전쟁 후 원동정책

러-일 전쟁에서 참패를 당한 제정러시아는 국내에서 심각한 위기에 봉착했고 국력이 몹시 약해졌다.

제정러시아 정부는 일련의 조치를 취해 흑룡강 이북과 우쑤리스강 이동 지구에서 식민지 경영을 강화함으로써 일-러 전쟁에서의 손실을 미봉하려 했다. 재정러시아는 다음과 같은 조치를 취하고 주로 원동의 군사력을 재정비했다.

우선 하바로프스크와 울라디보스토크의 군사력을 강화했는데 하바로프스크에 규모가 큰 군사무기 공장을 세우고 동북 북부를 통제하는 주요한 군사기지로 삼았으며 울라디보스토크가 비록 여순항보다는 못하지만 거기에 군항 건설을 다그치면서 원동에서의 해상통제권을 회복하기 위해 막대한 자본을 투자하고 8만여명의 군대를 주둔시켰다.

그리고 중-러 변계에 10만명의 군대를 주둔시켜 북만주를 경영하고 몽골변계를 엿보았다. 이와 같이 군사력을 강화하는 한편 1908년에 정식으로 아무르철도(흑룡강연안철도)를 부설하기 시작했다.

이 철도가 부설되면 시베리아 철도선이 하바로프스크와 연결돼 블라디보스토크에 도달할 수 있었다.

그밖에도 제정러시아는 흑룡강 북쪽과 우쑤리스강 동쪽으로 대량의 이민정책을 실시했는데 1897년에 아무르성(흑룡강이북)과 빈해성(우쑤리스강이동)의 이주민이 각각 10만과 11만에서 1911년에 이르러 각각 50만과 120만 이상으로 급격히 늘어났다. 또 중국으로부터 대량의 노동자를 모집해 시베리아 지구를 개발했다.

1910년의 통계에 의하면 아무르성 채금 노동자 가운데 중국인 노동자가 80%, 러시아 노동자가 12%, 조선인 노동자가 8%를 각각 차지했다.

제정러시아 당국은 흑룡강 북쪽, 우쑤리스강 동쪽 지구의 정치 경제 군사력 등을 크게 강화하고 일-러 전쟁 후 원동에서의 제정러시아의 전략적 지위를 개선했다.

1906년 제정러시아 외교대신 이즈프스끼는 일본을 끌어들이기 위해 조선주재 제정러시아 총영사 위임장에 영수인을 '일본천황폐하'라고 써놓았다.

그는 조선에 대한 일본의 병탄과 통치를 노골적으로 승인하는 태도를 보임으로써 일본의 환심을 얻어 일본과 타협하고 연합하려고 시도했다. 그는 1906년말에 일본 외무상 혼노에게 러-일 연합을 위해 우리는 약간의 양보를 할 수 있다고 더욱 노골적으로 표시했다. 이 때 일본측에서도 제정러시아과 관계를 개선하는 것은 일본이 조선과 중국의 침략을 강화하는데 아주 유리하다고 인정했다.

이와 같이 제정러시아는 일본과 결탁하고 암암리에 교역을 진행해 1907년 7월에 제1차 '일-러 협약'과 '일-러 비밀협약'을 체결했다.

이 협약은 공개적인 것과 비밀적인 두 개 부분으로 나뉘어져 있었다. 이 협약의 비밀조례에서 일-러 양국은 만주에서의 이익을 위해 자기 세력범위 내에서의 상대방의 특권을 서로 존중해 주어야 한다고 노골적으로 규정해 놓았다.

이 협정의 보충조례에서는 북만주와 남만주의 경계선을 규정했다. 이 협약에서 제정러시아는 일본이 조선을 강점하는 것을 승인하고 일본은 외몽골에서의 러시아의 특수이익을 승인했다.

제정러시아와 일본은 여러차례의 공개적 및 비공개적인 교섭을 통해 정식으로 결탁했다. 이는 비밀리에 동북과 조선으로써 중국의 몽골을 교환하는 일-러간의 더러운 교역이었다. 일본과 연합해 공동으로 원동을 주재하려는 것이 바로 이 시기 제정러시아 원동정책의 주요 내용이었다.

1910년 7월 제정러시아와 일본은 제2차 일-러 협약과 일-러 비밀협약을 체결하고 1907년의 밀약에서 확정한 세력범위의 경계선을 재 엄명했다.

협약에서 쌍방은 상대방으로 특수이익 범위를 서로 존중하며 필요한 때에는 반드시 이 이익을 보호하는 조치를 취해야 하며 특수이익이 위협을 받을 때에 방위의 방법을 취한다고 규정했다.

실제로 이 협약은 제정러시아와 일본이 결탁해 공동으로 중국 동북3성을 분할하는 군사행동이었다. 이 군사동맹은 일본군국주의에 대해서도 자못 중요한 의의가 있었다.

일본은 동북 남부에서 식민지 통치를 더욱 공고히 했을 뿐만 아니라 또한 제정러시아의 지지를 얻어 협약이 체결 된지 얼마 안 돼 조선을 정식으로 합병했다.

그러므로 레닌은 "제2차 일-러협약과 일-러 비밀협약을 일본은 조선을 병탄하고 제정러시아는 몽골을 병탄하는 조약이다"라고 단도직입적으로 지적했다.

제정러시아가 몽골을 강점하는 것은 완전히 기정방침이 됐다. 제정러시아는 일-러 전쟁의 패배로 잠시 중단됐던 동북 북부 병탄 문제를 1910년 제2차 일-러 협약 후부터 들고나와 대대적으로 고취했다.

1910년 12월 2일 제정러시아 내각은 특별회의를 소집하고 동북 북부 문제를 토론했다. 회의에서 육군대신 수하믈린노브, 외교대신 싸차노브, 제정대신 까꼬브체브 등은 동북 북북를 병탄하는 문제를 둘러싸고 서로 옥신각신했다.

기 외몽골 독립 책동과 장성 이북에 대한 침략의 강화

고비사막 이북의 외몽골지구는 역사적으로 중국의 유목민족들이 거주하고 활동하던 곳이다.

13세기 몽골귀족들은 이곳으로부터 중국 중원에 쳐들어가 원나라를 건립했다.

청나라 때 이르러 외몽골 지구에 장군, 판사대신과 참찬대신 등을 설치하고 통일적으로 관리했다.

제정러시아는 17세기 상반기로부터 끊임없이 중국에 대한 침략활동을 강화했다.

19세기말～20세기초에 이르러 제정러시아는 몽골 내정을 간섭하기 시작했다. 특히 1907년에 일-러 협약을 체결한 후 다음의 몇 가지 방면에서 몽골에 대한 침략을 강화했다.

첫째, 이른바 탐험대, 고찰단, 원정대 등을 몽골 내지에 깊숙이 침투시켜 정보를 널리 수집했다. 제정러시아 총참모부의 주관아래 꼬즈로브는 1907～1909년 사이에 탐험대를 거느리고 몽골, 감숙, 청해 등지에 잠입해 1600km의 교통노선을 측량했고 대량의 광물자원과 동식물 자원을 정탐했다.

둘째, 몽골상층계층의 라마와 왕공을 농락하거나 매수하는 책략으로 몽골에서의 친러 세력을 구축했다. 그래서 1908년에 금은보화와 시계, 망원경 등을 몽골왕에게 선물로 보냈다.

그밖에 제정러시아 침략자들은 몽골에서 별동대를 조직하고 그들에게 무기를 지원하면서 그들을 몽골에 대한 침략을 확대하는 도구로 삼았다. 다른 한편 그들은 청나라 정부를 위협, 공갈했다.

중국 주재 제정러시아 공사 꾸로스또비쯔는 1910년 11월의 비망록에서 중국이 외몽골을 한 개 성으로 하려는 노력이 성공된다면 러시아의 안전은 곧 위협을 받게 될 것이다라고 중국을 협박했다.

1911년에 중국에서 신해혁명이 폭발해 혼란에 빠져들자 제정러시아는 외몽골 독립이라는 추태극을 꾸며 중국 변강지구에 대한 침략을 강화했다.

제정러시아는 신해혁명이 일어난 기회를 틈타 1911년 12월에 청 정부를 핍박해 '중-러 만주리 계약'을 체결하고 중국 만주리 부근의 1400km의 영토를 빼앗았다.

그리고 중국의 일부분인 외몽골의 독립을 책동해 장성밑까지의 광활한 중국 영토를 차지하려고 시도했다.

제정러시아는 외몽골의 상층 친러파 세력을 매수해 외몽골을 독립시켜 제정러시아에 귀순시키려고 음모했다. 제정러시아의 지지아래 몽골의 친러파

왕공들은 같은 해 12월 6일에 반란을 일으키고 외몽골의 독립을 정식으로 선포했다.

이른바 외몽골 독립은 전적으로 제정러시아가 조작해 낸 추태극이었다.

8) 조-청 양국의 연합작전

제정러시아의 전신은 볼가강 유역에서 일어난 모스크바공국이었다.

몽골제국이 궐기한 후 14세기에 들어서 모스크바공국은 러시아 대륙의 다른 공국들과 마찬가지로 몽골제국의 통치를 받게 됐는데 15세기 말기에 이르러 모스크바공국은 몽골제국의 통치에서 벗어나 인근 지역의 공국들을 정복했으며 16세기 초에 이르러서는 중앙집권의 통일된 강국으로 성장했다.

16세기 중엽 즉, 이완 4세왕공이 짜리(황제) 직위에 올라 국가의 무력을 강화한 토대위에서 제정러시아는 서, 남, 동 3개 방면으로 대규모의 영토확장을 감행했다.

17세기 전반기에 이르러 제정러시아는 시베리아의 대부분 지역을 강점하고 침략의 예봉을 중국 동북부의 흑룡강 유역으로 뻗치기 시작했다.

1643년 7월 제정러시아의 야꾸쯔크 주둔군 통령 골로윈은 문서관 뽀야꼬브를 파견해 흑룡강지구에 침입했는데 이는 흑룡강 유역에 대한 제정러시아의 첫 번째의 무력침입이었으며 이를 계기로 그 후 제정러시아 제국은 흑룡강 일대를 향해 부단한 침공을 감행했다.

1651년 제정러시아는 흑룡강 중류북안의 야크싸를 강점한 후 보루를 수축하고 군대를 주둔시킴으로써 이곳을 흑룡강 유역진출의 군사기지로 삼았다. 이 때에 청나라 영고탑(영안) 두통은 무력으로 제정러시아 침략군과 대항했으나 패배했다.

이로써 제정러시아의 침략행위는 더욱 창궐해져 흑룡강유력 북안의 도처에 보루를 쌓았을 뿐만 아니라 심지어는 송화강 유역까지 진출해 물자를 약탈하고 수백 명의 주민을 학살하는 등 갖은 만행을 다했다.

한편 청나라의 발원지가 이처럼 타국 침략자들에 의해 짓밟히게 되자 청의 조정도 긴급 무력조치를 취하지 않으면 안됐다.

이 시기 청나라는 재력과 무력을 집중해 관내에서 이자성 농민봉기군과 명나라 잔여세력과 한창 치열한 전쟁을 벌이고 있을 때였다. 때문에 멀리 흑룡강 유역을 향해 주력부대를 동원할 수 없었다.

이러한 형편에서 청은 동북지구의 안정을 도모하기 위해 극소수의 8기병을 흑룡강 유역에 이동시켰다. 그리고 침략자들을 격퇴하기 위해 청나라 조정은 조선을 향해 무력지원을 요구했다.

한편 조선 조정도 흑룡강과 송화강 유역에 대한 제정러시아의 침범이 조선 북방에까지 미치게 될 수 있음을 짐작하고 사태의 발전에 깊은 주의를 돌렸다.

1654년 2월 조선 조정의 대신 이상진은 국왕에게 '지금 나선(러시아)의 태세는 실로 걱정거리가 되고 있습니다.

만일 강변을 지켜내지 못한다면 또 어떤 군대로써 방어하겠습니까? 신하의 소견은 문신 중에서 덕망과 재량이 구비된 자를 선발해 그에게 북방 병사의 책임을 맡겨 그 지방의 백성으로 하여금 조정의 염려 덕택을 알도록 해 민심을 수습하고 군정도 바로잡아야 합니다'고 국왕 효정에게 상소했는데 효정은 이에 찬성했다.

1654년 봄 청나라 조정은 북경으로부터 경차도위 밍안다리를 동북에 파견해 제정러시아 침략자들을 몰아내도록 했다.

이에 앞서 청나라 조정은 레부부사 한거원을 조선에 파견해 조선 조정을 향해 조총병 100명을 선발해 영고탑에 보내 청나라 장군의 영솔하에 청나라 군과 함께 러시아 군을 정벌할 것을 요구했다.

이리하여 1654년 봄과 1658년 여름 청나라와 조선의 연합군은 제정러시아 침략군과 송화강과 흑룡강 등에서 두 차례의 전투를 벌였다.

1654년 3월 26일 150명의 조선지원병은 함경북도 병마우후 변급의 인솔하에 두만강을 건너 오늘의 연변지구를 지나 영고탑에 도착한 후 3000명의 청군과 함께 북으로 전진해 27일에 송화강 중류의 활하에 이르러 러시아군과 격전을 벌였다.

이 전투에서 러시아측은 전함 39척, 360여명의 군대를 동원했고 중- 조 측에서는 8기병 300명과 150명의 조선지원군 그리고 활하지구의 300명 지방무장이 동원됐다.

조-중 연합군은 강변의 가장 높은 지대를 차지하고 밀접히 연합해 싸웠기에 전투과정에서 시종 주동성을 발휘할 수 있었다.

더욱이 조선 조총수들은 강가에 버드나무로 방어막을 엮어놓고 거기에 은폐해 사격함으로써 러시안군을 호되게 타격 했다. 몇 차례의 격전을 거친 후 러시아군은 지탱하기 어려워 많은 살상자를 내고 송화강 하류로 황급히 후퇴하기 시작했다.

하지만 조-중 연합군은 전투를 중지하지 않고 도망치는 적을 추격해 계속 싸웠다.

5월 2일 중-조 연합군은 후퇴하는 러시아 전함을 100여리나 추격해 싸웠다. 5월 3일과 4일에는 연이어 190리를 추격했다. 5월 4일 러시아 군 전함은 송화강과 흑룡강의 합수목까지 후퇴해 최후의 발악을 하던 중 때마침 세찬 돌풍이 불어 그들은 돛을 높이 올려 바람의 도움을 받아 흑룡강 상류로 도망쳤다.

이리하여 조-중 연합군은 그곳에 주위 5리의 토성을 수축하고 6월 13일에 영고탑으로 돌아왔다.

하지만 제정러시아 측은 첫 번째 전투의 패배의 교훈을 받아들이지 않고 1655~1657년 기간에 또다시 흑룡강과 우쑤리스강 유역, 심지어는 영고탑 부근까지 깊이 처 들어와 식량과 재물을 약탈하고 살인 방화하는 등의 만행을 저질렀다. 때문에 침략자들을 격퇴시키고 동북변경의 안전을 수호하기 위해 청나라는 두 번째의 반격전 즉, 흑룡강 전투를 진헹하지 않으면 안됐다.

그리고 전투에 앞서 청나라 조정은 또다시 조선을 향해 각별히 칙서를 내려 200명의 조총수와 그의 일체 군량을 보내 줄 것을 요구했다.

제1차 송화강 전투에서 청나라 측은 조선 조총수들의 위력을 잘 알고 있었다.

그러기에 두 번째 전투를 앞두고 청은 보다 많은 조총수를 요구했다.

청나라 황제의 칙서에 의해 조선 조정은 즉시 함경북도 병마우후 신 류를 통수로 하는 제2차 지원병을 보내기로 결정했다. 신 류는 조총수 200명과 초관, 기고수, 화정 등 60여명을 인솔해 1658년 5월초에 두만강을 건너 연변지구를 경유해 6월 초에 영고탑에 이르러 청나라 군과 함께 계속 북상해 6월 10일에 흑룡강과 송화강의 합류지에 도달해 러시아군 함대와 격전을 벌였다.

첫 번째 전투에서와 마찬가지로 이번 전투에서도 조선의 조총수들은 러시아 측 함대를 향해 맹렬한 사격을 퍼부어 그 위력을 충분히 과시함과 동시에 적에게 치명적인 타격을 가했다.

이번 흑룡강 전투에서 러시아 측은 또다시 크게 패해 지휘관 스쩨반노후를 비롯해 270여명의 병사가 죽었다.

이 밖에 조-중 연합군은 러시아 측 전함 10여 척을 불태워 버리고 많은 무기를 노획했다. 이번 전투에서 조선군의 사망자는 불과 8명밖에 되지 않았다.

흑룡강 전투에서 큰 전과를 올린 조선지원군은 같은 달 13일에 송화강으로 돌아와 12월 12일에 회령을 통해 개선했다.

38. 동북아 한민족 경제공동체

　단일민족으로 살아온 경험이 너무도 긴 우리민족이 번영발전하고 다른 민족과 더불어 사는 지혜를 갖추기 위해서는 오래 전부터 다른 민족과 협조하며 살고 있는 귀중한 민족의 자산인 재외동포에 대한 관심과 교류를 확대하면서 유대관계를 강화해야 할 새로운 시기라고 본다.

　세계사람들은 해외진출이 제일 많은 진취적인 '한민족을 떠나 동북아시아 문제를 운운할 수 없다'고 말한다.

　우리민족은 이미 활동과 생활의 바탕을 우리나라에 국한하는 역사를 매듭짓고 세계적인 범위에서 세계 속의 한민족으로 자리잡고 있다. 따라서 우리민족의 시각도 넓어져야 하며 우리민족간의 교류도 응당 세계적 범위에서 진행돼야 한다.

　우리민족은 세계 각 국에서 살고 있지만 자기민족에 대한 호칭도 미국 구라파(한국인, 재미한인), 독일(재독한인), 일본(조선인, 한국인), 중국(조선족), 러시아나 우즈베크, 카자흐스탄의 우리민족은 조선인도 한국인도 아닌 '고려인'이라고 부르고 있어, 하나의 민족이 둘로 갈라진 비극이 동포들에 대한 호칭문제에서까지 나타나고 있다. 즉, 세계 속의 동포들이 자기를 부르는 호칭은 적어도 네 가지 이상으로 우리민족이 통일이 되면 호칭문제도 통일될 것이다.

　자기민족을 아끼고 감싸고 사랑할 줄 모르는 민족이 다른 민족을 어떻게 소중히 여길 수 있으며, 해외동포들도 포용할 줄 모르면서 수십년동안 서로 다른 체제속에서 살고 있는 북한의 동포들과 어울려 살 수 있다는 것은 위대한 착각이다.

　백두산 천지에서 발원하여 동해로 흘러드는 두만강은 그 전체길이가 516km가 되는데 우리나라와 인접하고 있는 두만강(豆滿江)하구 황금삼각지의 정점인 방천(防川)과 중국 옌볜(延邊)조선족자치주 및 구(舊) 소련 동포들의 꿈이 어린 연해(沿海)한인자치주가 앞으로 통일된 우리민족이 동북아시아 시대에 〈동북아한민족(東北亞韓民族) 경제공동체〉를 누릴 수 있는 역사의 현장임을 확신하고 이에 대한 이모저모를 알아본다.

1] 방 천

중국 훈춘에서 방천으로 가는 거리는 70여km 정도이다.

　훈춘 시가지에서 차를 타고 남쪽으로 훈춘강 신명대교를 건너 훈춘벌을 달리다가 반석향 중경촌에서 서쪽으로 꺾어 돌아 달리면 구불구불 산길을 돌아올라 팔렁고개를 넘는다.

차는 좁고 길죽한 대두천 골짜기를 벗어나 나지막한 조양천 뒤 고개를 너머 경신향 소재지 이도포촌에 이른다. 이로부터 차는 두만강 기슭을 따라 동남쪽으로 경신벌을 내달린다.

차창을 내다보면 남쪽에는 유유히 흐르는 두만강이, 강 건너로는 북한의 뭇 산들과 함께 서반포, 동반포, 만포등 큼직한 호수들의 수면이 희미하게 나타나고, 중국영토인 북쪽으로 눈을 돌리면 무연한 경신벌과 4도포, 5도포, 8도포등 호수들과 함께 산줄기에서 뻗어 내린 북-중 국경선이 한눈에 보인다.

북-중 국경선은 마치 삼각형의 두 옆변처럼 점점 좁아져 수류봉에 이르러 맞붙는데 수류봉 기슭이 권하촌이다.

중국과 북한의 국경무역 통상구인 연화동에 이르면 친선다리 두만강대교가 훈춘과 북한 아오지의 신작로와 연결돼 있으며 은덕, 선봉, 나진 등지에로 통할 수 있다. 해방후 훈춘에서 방천으로 들어가는 길이 막혀 물품이 송달될 수 없게되자 중국은 북한의 동의를 얻어 트럭이 연화동에서 두만강대교를 통해 아오지를 경유, 두만강 시에 이르러서는 두만강을 건너 비료, 농약등과 일용품을 방천에 전달하고 방천의 양식 등 농산물을 훈춘으로 운반했다.

연화동으로부터 방천으로 가는 길은 북·중·러 세 나라의 좁다란 연결지대로 이 연결지대를 달리면 3국의 모습이 한눈에 안겨온다. 길 서쪽에는 두만강이 유유히 흐르고 강 건너편에는 북한의 산천경지가 길 동쪽으로는 중-러 국경선이 지척에 보이며 무연한 러시아의 포시예트 초원이 펼쳐진다.

차는 회충원 양관평 사초봉 등을 지나 방천 마을에 들어서면 장고봉, 장기봉 두 자매봉이 병풍처럼 마을의 서쪽과 북쪽을 둘러싸고 있다. 과거 장고봉과 사초봉 두 고지에서는 동북을 강점한 일제가 도발한 '장고봉사건'으로 일-소 쌍방이 치열한 쟁탈전을 벌여 한때 방천은 무정한 전쟁의 불길 속에 휘말려 들어간 쓰라린 역사를 가지고 있는 곳이기도 하다.

장고봉 분수령에는 중국과 러시아의 국경선이 나타나고 산꼭대기에는 러시아 국경감시소의 망루가 우뚝 솟아있다. 장고봉 남쪽기슭 방천 늪에는 붕어떼가 득실거리고 호숫가에는 외지에서 온 낚시꾼들이 늘어앉아 있다.

마을 앞에는 두만강이 굽이쳐 흐르고 강 건너 북한 철길에는 기적소리 울리며 기차가 달리고 있다.

방천 마을에서 신작로를 따라 동남쪽으로 3km쯤 가면 북·중·러 3국 국경선의 교차점인 두만강변 언덕정상에 화강암으로 된 세나라 국경팻말인 토자패(높이 1m44cm, 너비 50cm, 두께 20cm)가 꽂혀있다.

이 팻말의 정면에는 한문으로 〈土字牌〉란 석자가 큼직하게 새겨있고 그 곁에는 〈光緖十二年四月立(광서12년 4월에 세움)〉이라는 한자가, 뒷면에는 러시아문으로 자가 선명하게 보이는데 그 해가 바로 1886년이다.

중국대륙 국경선의 맨 동쪽 끝에 위치해 있으며 두만강입구로부터 20km되는 강 동안에 꼽혀있는 이 국경팻말의 동쪽은 러시아 영토이고, 서쪽은 강을 사이에 두고 북한 땅이며, 남쪽에는 러시아와 북한의 대철교가 가로놓여 있고 북쪽 장고봉 기슭에 자리잡은 곳이 방천 마을이다. 이곳에서 군견을 앞세우고 순찰하고 있는 러시아 병사를 지척에서 볼 수 있는가 하면 신작로를 달리는 러시아 트럭도 자주 만날 수 있다.

높은 산언덕에 올라서면 두만강 하구 끝이 동해바닷물과 마주치는 지점위로 무지개 마냥 두만강을 가로탄 북-러 두만강대철교(길이 362m, 높이 12m)가 첫눈에 확 안겨온다. 이 철교의 서쪽에는 북한의 조그만 국경 역 두만강시가 보이고 동쪽에는 러시아의 국경 역 보드그르나야와 평화로운 인상의 흰색건물들이 보인다.

역루에서 일하고 있는 러시아철도 종업원의 모습이며 뜰악에서 감자를 캐고 있는 러시아의 뚱뚱한 '마담'이 눈앞에 똑똑하다. 보드그르나야역 북쪽에는 하산호의 푸른물과 포시예트 초원이 아득히 펼쳐져 있다.

바로 이 방천 고장에서 대낮에 3국의 산천경계를 한눈으로 바라보고 밤중에는 세 나라의 닭울음과 개 짖는 소리를 들을 수 있는 것이다.

그뿐만 아니라 두만강하구 삼각지 언덕 위에 위치한 중국 최종 국경초소는 중국전통의 건축양식인 원림(園林)을 모방, 건립한 것으로 이곳에 오르면 하구의 거대한 한 폭의 수채화와 같은 장관을 한눈에 조망할 수 있는데 중국은 이 지역을 전망대로 관광자원화하고 있다.

맑게 개인 날 고성능망원경으로 동해를 바라보면 하얀 면사포 마냥 물결치는 파도를 보는 것도 가관이다. 또한 강 하구를 직선으로 가로질러 야산너머 2km에는 두만강시내 행인동태까지 보이며, 상가와 주택들이 도로망과 함께 잘 건설돼 있는데, 현지 주민들에 의하면 '북한은 해방 후부터 식도(食道)인 두만강대철교를 통해 들어오는 구소련 및 동구권의 서방문물 유입관문으로 두만강시를 국제도시로 건설해 왔다'고 말하고 '이곳을 방문한 많은 사람들이 북한의 두만강시 주변에서 하구의 현장을 둘러보고 을 연발했다'고 덧붙였다.

오랜 세월을 두고 개혁개방의 우렁찬 멜로디의 꿈속에서 깨어난 방천이 기지개를 펴고 일어나면서 두만강시를 큰소리로 부른 것은 오래다. 방천으로부터 동해로 나가는 두만강(황금수로)가 열리게 될 경우 방천을 국제자유무역구 조성과 함께 방천-두만강시간 고속도로, 철도건설도 기대된다.

2)방천의 개척사

과거 방천에는 인연이라고는 없었다.

해마다 두만강물이 불으면 흙이 쌓여 장고봉 기슭에 옥토가 이루어져 있었다. 이때 방천 맞은쪽 북한 증산동 홍의리 일대에는 인가들이 드문드문 있었다. 그들은 두만강에서 쪽배를 타고 고기잡이를 하다가도 방천 땅에 오르기도 했다. 강물이 얼어붙으면 방천에 건너와서 땔나무도 하고 갈대를 베어 살 자리에 깔았다.

그리고 꿩이며 멧돼지 사냥도 했다. 후에 북한의 홍의리 증산동 등지에 세대수가 부쩍 늘어났으나 흉년이 자주 들어 기근에 **빠졌다.**

그들은 방천의 옥토를 건너다보면서 자석 마냥 끌리 우기 시작하여 강을 건너와 방천 땅에 발을 붙이고 생활했다. 시초에 이주민들은 아침에 배를 타고 방천에 건너와 농사를 짓고 저녁이면 우리나라로 돌아갔으며 점차적으로 방천 황무지를 일구어 농사를 지어 풍작을 얻어 재미를 붙였다.

이주민들은 날마다 배를 타고 건너다니면서 농사를 짓기에 불편함을 느껴 방천에 농막을 지어놓고 봄에 건너와 농사를 짓고 가을에 탈곡해 가지고 돌아가는 '월농질'을 했다. 이것도 번거로움을 느낀 이주민들은 아예 방천 땅에 오막살이 집을 지어놓고 이주해 와서 정착하였으며 이로부터 장고봉을 에워싸고 조선민족 이주민들이 몇 세대 뿌리를 박고 살았다.

그 후 방천 사람들은 흉년이 들거나 중-소 영토분쟁이 일어날 때에는 두만강하구를 건너 우리나라로 들어와 양식을 구해가기도 했다.

3) 동방의 첫 동네 방천촌

방천촌은 중국 길림성 훈춘시 경신향(敬信鄕)의 편벽한 촌락으로 중국의 2만 1천km 대륙국경선의 맨 동쪽 끝에 있으며 두만강이 동해로 흘러드는 어구에서 1.5km 떨어진 곳에 있다하여 '동방의 첫 동네'라고 불리워지고 있다.

북한과 중국 및 러시아 3국의 국경선과 맞대이는 고장으로 북한의 두만강시와 러시아 연해주 국경마을 보드그르나야 2.5km 거리를 사이 두고 방천이 세 발 솥처럼 맞서 '황금의 3각'을 형성하고 있다.

총면적 20㎢ 해발 고 5m로 지린(吉林)성내에서 제일 낮은 곳으로 조선족들과 한족 및 만족들이 단란하게 모여 생활하고 있다.

과거 지도에서 그 위치를 찾아볼 수 없는 곳이며 오랜 세월을 두고 세상사람들에게 알려지지 않았던 한구석 방천. 방천은 경신향의 권하촌에서 25km 동떨어진 외로운 섬으로 과거 교통이 불편하고 군사금지구역으로 엄밀히 폐쇄된 곳이었다. 그러나 개혁개방의 봄바람이 불어 사람들은 새로운 안광으로 방천에 대한 관심을 가지기 시작했다.

그것은 바로 방천이 절호의 지리적 위치에 자리 잡고 있는 데다 중국과 러시아 북한 세 나라의 산천경계를 한눈으로 바라볼 수 있는 인기를 누리고 있기 때문이다.

4) 길을 빌어 다니던 곳

방천 길은 흘러간 역사가 기구할 뿐만 아니라 '길을 빌어 다니는 곳'이 있는 시끄러운 길이었다. 이른바 길을 빌어 다니는 곳이란 남의 나라 영토를 빌어 길을 내어 다니던 곳을 말하는 것이다.

연화동으로부터 토자패까지의 방천길은 북-중-러 세 나라의 연결지대이다. 이 연결지대는 과거 제방을 잘하지 않은 탓으로 해마다 두만강 물이 범람하면서 휩쓸어가 길이 좁아졌으며 제1기호, 제2기호로 부르는 두 군데 연결지대는 다 휩쓸어 가버려 길마저 단절되었다. 하는 수 없이 중국정부는 그 당시 구 소련정부와 교섭하여 소련 땅을 빌어 길을 내고 부터 방천으로 다닐 수 있었던 것이다.

또한 길을 빌어 다니던 곳에서는 온도계와도 같이 중국과 소련사이의 관계를 가늠할 수 있었다.

광복이후 오랜 세월을 두고 중-소 두 나라 사이는 친선적이었다. 이 시기 길을 빌어 다니던 곳에서 소련국경 순찰병을 만나면 손을 저어 인사를 하고 담배를 나누어 피웠으며 오손도손 모여 앉아 통조림에 술을 마시고서는 '좋소, 다시 만나자'고 인사하면서 갈라지는 것이 예사였다.

그러나 60년대 이후 중-소 관계가 악화되면서 더욱이 흑룡강의 '진보도사건'에서 군사충돌이 있은 다음 한 시기 방천 길의 이 길을 빌어 다니는 곳 또한 예외 없이 긴장감이 감돌았다. 이시기 방천 길의 길을 빌어 다니는 곳은 혼자선 다닐 수 없었고 3~5명이 무리를 지어 변방전사들이 호송했다.

그때 이곳을 지나는 것은 마치 싸움터로 나가는 것 같은 기분이었다. 군견을 앞세운 소련 순찰병을 만나거나 따발총을 안고 수풀 속에 숨어있는 소련 병사를 보게되면 머리카락이 곤두서고 손에 식은땀을 흠뻑 쥐곤 했다.

그 후 중-소 관계가 개선됨에 따라 길을 빌어 다니던 곳도 평화적인 분위기가 감돌고 있었다. 중국정부는 1992년 3월 16일 러시아 정부와 협의 러시아 영토 일부를 중국이 넘겨받는다는 '중-러 국계동단'에 대한 협정을 체결, 길을 빌어 다니던 곳의 중-러 변계의 시끄러운 문제에 종지부를 찍고 방천 개방을 위해 방천~훈춘간 고속도로, 철도건설 등을 계획하고 있다.

5)연변조선족자치주

우리나라와 인접하고 있으면서 동포들이 가장 많이 밀집해 살고있는 연변 조선족동포들은 '동북아한민족(東北亞韓民族) 경제공동체'의 중추세력이 될 전망이다. 그럼에도 불구하고 최근 조선족동포들과 연변진출 한국기업인 및 관광객들과의 갈등이 심화되고 있는 것은 무엇인지 조선족의 역사를 통해 문제점을 정확하게 진단해 본다.

< 조선족의 형성과정 >

조선족의 유래는 구 소련 전지역 동포들과 마찬가지로 정확한 역사에 근거하여 엄격히 말하면 고려 말부터 학문교류 등을 위해 동북과 연해주로 흘러 들어온 학자 및 상인들이 지금으로부터 1070여년전 발해(渤海, 698~926)민족의 후손인 원주민들의 도움을 받아 정착생활을 시작하면서부터 형성됐다. 역사적으로 지금의 조선족과 러시아동포인 고려인들은 동북지방과 연해주에서 이미 정착생활을 시작했던 '발해족'의 후손이라 볼 수 있다.

구 소련 극동 최대 항구도시인 블라디보스토크(연해주-沿海州)는 과거 청(淸)나라가 관리하였다. 그러나 제정(帝政)러시아의 남진정책이 영·불·미

3국의 진출에 따라 어렵게 되자 동방에 눈을 돌려, 1860년 우수리쓰강 이남 청나라 영토였던 해삼위(海參威-연해주)를 침략, 태평양기지 함대와 부동항인 블라디보스토크를 군사항구로 사용하면서 해삼위를 소련 영토에 강제 귀속시켰다.

그 후 일제침략으로 수천 수만의 조선사람들이 망국(亡國)의 한(恨)을 안고 살길을 찾거나 의병활동과 반일운동을 하기 위해 동북과 연해주 사할린으로 대거 망명했다.

동북항일시기 일제는 1931년에 동북침략전쟁인 '9.18사변'을 일으킨 후 식민지정책을 강화하기 위해 조선사람들을 강제로 조선 땅에서 동북과 연해주 사할린 등으로 강제 이주시켰다. 또한 일제는 소위 연변의 '조선사람을 보호한다'는 명목으로 연변에서 직접 조선민족을 통치하기 시작했는데 조선민족들은 일제의 가혹한 착취와 압박에서 벗어나기 위해 중국공산당에 가입하기 시작했으며 본격적인 중국입적운동을 전개했다.

한편 상해임시정부가 조선의 독립을 위해 수차어 걸쳐 여러 명의 밀사를 파견, 서방세계의 도움을 청했으나 실패했다는 소식을 들은 동북과 연해주에서 활동하던 독립군들이 중국공산당과 마찬가지로 소련도 조선민족을 옹호하고 나서자 소련사회주의 혁명에 따른 맑스주의를 받아들이면서 소련 및 중국사람들과 함께 유대를 강화하면서 일제를 반대하는 무장투쟁을 공동으로 벌여나갔다.

이러한 수난의 역사를 바탕으로 점차적으로 형성된 중국의 조선족은 항미(抗美)원조(한국전쟁)에 중국인민지원군으로 참전, 같은 민족끼리 싸워 동북항일 1세대 및 이미 공산당원이 돼버린 그 후손들 수십만명이 허무한 죽음을 당했다.

조선족의 수난은 여기서 그치지 않고 젊은 사람들을 내세워 강력한 중국을 만들기 위한 정책노력인 문화대혁명(1966~1976)이 일부 무리들의 반대정책에 의해 오히려 실패, 조선족의 지식, 기술인 등이 탄압과 박해를 받아 언어와 문화가 철저히 파괴되었다. 따라서 한세대 젊은이들에 대한 교양교육 및 육성사업도 차단돼 그야말로 '10년 동안의 문화대동란'에 따른 회복운동으로 조선족의 수난은 계속되었다.

중국은 10년 동안의 대동란 기간동안 이룩하지 못한 경제개방을 가속화하면서 부정부패를 척결하려 노력하고 있지만 악순환이 계속되고 있다.

우리 민족분단의 고통처럼 이러한 피눈물과 고난의 역사 속에서 살아온 지금의 조선족과 러시아 고려인들은 동북아시아시대에 과연 우리에게 무엇이고 어떠한 존재이며 해외동포들에게 우리는 무슨 존재인가?

중국과의 수교로 인하여 조선족동포들의 한국방문과 함께 연변진출 한국기업들에 의해 연변이 직-간접적으로 알려지고 있으나 한국인과 조선족과의 갈등은 점차로 늘어만 가고 있다.

한국을 방문한 조선족과 연변진출 한국소기업들 대부분이 무조건 돈을 벌기 위해 노래방, 사우나, 식당 등을 불법변태 운영하고 있다. 그리고 한국에서 금융실명제, 토지실명제의 실시에 따라, 백두산 관광지 등을 상대로 부동산투기와 함께 슬롯머신 등 유흥업소만을 경영하려 하고 있어 현지인 들로부터 '한국인들이 오히려 조선족의 과소비 풍조를 조장하고 있다'고 비난받고 있다. 또한 연변진출 한국기업인 및 관광객들의 일부가 정조관념과 성 윤리가 없는 조선족여성들을 상대로 '후처 만들기' 등 윤락행위를 요구하거나 일삼고 있어 조선족동포들의 강한 반발을 사고 있다.

특히 조선족들은 한국으로부터 외국인 불법체류자 1호로 낙인이 찍혀 있는데다 한국방문이 자유스럽지 못하다며 연변을 찾아오는 관광객들을 비롯한 한국인을 '돈 덩어리'로 보고 바가지 씌우기 등을 일삼고 있어 마찰이 끊이질 않고 있다.

더군다나 조선족들은 한-중 수교이후 남과 북의 눈치를 보고 생활하다보니 사상적으로는 북한을, 물질적으로는 남한을 따르는 이중구조의 성격을 가지고 있는 데다 이를 이용해 동북의 자원을 독식하려는 일본인들이 한국기업들의 동북진출을 막기 위해 조선족을 내세워 '투자조건이 좋지 않다' 등의 악선전을 퍼뜨리기도 했다.

중국은 오래 전부터 소수민족 중 교육과 문화수준이 제일 높은 조선족에 대해 소수민족 민족주의 부활의 철저한 반대정책을 실시, 조선족들끼리 서로 감시하고 고발을 유도해 민족적인 자긍심과 단결력을 가지고 살아온 '조선족공동체생활'이 이미 무너져 버렸다. 또한 학생들을 가르치는 선생들조차 돈벌이에 눈을 돌리고 있는 데다 학교를 그만두고 보수가 많은 기업 등에 취직하는 일이 늘어나고 있어 참교육이 이루어지지 않고 있다.

이와 함께 오래 전부터 한어식 우리말 사용과 함께 이미 중국화가 되어버린 조선족들은 자기들 스스로가 조국(祖國)은 중국이요, 고국(故國)은 남북(南北)이라고 주장하면서 재일(在日)동포와 재미(在美)동포에게만 관심을 돌렸던 한국을 곱지 않은 눈으로 바라보고 있다.

조선족들의 한국에 대한 불만중의 또 하나는 해외동포가 살고있는 그 나라의 민족정책을 충분히 이해하지 못하고 일부 한국언론들과 역사학자들이 '발해가 우리민족이요, 동북이 우리땅이요'라고 주장하는 것이다. 그런가 하면 일부 몰지각한 관광객들이 백두산에서 태극기를 날리면서 애국가를 부르고 있어 중국정부의 신경을 자극 결국 소수민족 감시강화와 저속한 경제발전 등의 피해를 보는 것은 조선족이라는 것이다.

입장을 바꿔서 말하자면 '중국사람이 한라산에 가서 중국의 국기를 날리는 경우와 마찬가지이며 지금까지도 같은 민족끼리도 통일을 이룩하지 못한 상태에서 백두산과 동북이 한국의 영토라고 과연 주장할 수 있는가'라고 반박하면서 '국민에게는 세계화와 동북아시아시대라고 외치면서 뒤에서는 그 반대의 행동을 보이고 있는 한국인의 협약한 국수주의와 민족주의'를 질타했다.

또한 조선족들은 세계가 국제화시대에 살고 있는데도 조선민족제일주의를 내걸고 우리식 사회주의를 너무 고집하고 있는 북한에 대해서도 '우물안을 찾는 개구리'로 혹평하고 "동북아한민족경제공동체를 위해서는 남과 북의 극우세력과 극좌세력들이 통일을 위한 모든 노력을 기울일 때"라고 강조했다.

< 자치주 역사 >

중국 공산당은 광복 후 옌볜(延邊)에 인민정권을 세우고 '간도임시정부'를 설립하였다.

1945년 11월에 간도임시정부를 '연변행정독찰전원공서'로 고치고 1948년 3월에는 '연변전구'를 설립했다. 중국정부의 소수민족보호정책에 따라 1952년 9월 3일에 연변전구를 취소하고 '연변조선족자치구'가 정식으로 창설됐다.

1955년 12월에 연변조선족자치구를 '연변조선족자치주'로 고치고 자치주 소재지를 연길시로 정했다.

1958년 10월에 길림시에서 관할하였던 돈화현을 연변에 귀속시켰으며 1965년 5월에 연길현의 도문진과 왕청현의 석현진을 합병, 도문시로 확정했다.

1985년 5월 국무원의 비준을 거쳐 돈화현을 돈화시로 고쳤으며 1988년 7월에는 훈춘, 용정 2개현을 모두 훈춘시와 용정시로 고쳤다. 따라서 연변조선족자치주에는 연길, 도문, 돈화, 용정, 훈춘 등 5개시와 안도, 화룡, 왕청 등 3개현을 관할하고 있다.

연변조선족자치주에는 도시 가두판사처 16개, 도시주민위원회 735개, 향·진 109개(이중 진이 39개), 촌민위원회 735개, 자연촌 2642개가 있고 자치주 소재지는 그대로 연길시이며 자치주인구는 연길시 30만명을 비롯 150만여명이 살고 있다. 그러나 연변조선족자치주는 중국 중앙에서 파견한 '조선족이 아닌 한족'이 모든 기구를 통치하고 있어 완전 자치제(自治制)로는 볼 수 없다.

소수민족으로 구성된 중국에서 살아남기 위한 노력을 해왔던 조선족들은 한- 중 수교이후 북과 남의 눈치를 보고 생활하다 보니 우유부단의 성격을 가지고 있다.

이러한 조선족들의 이중성격은 평양·북경·서울말 등 3가지 언어 영향을 받아 현재 특유의 '연변말'이 생성됐다. 교육과 문화수준이 높고 마음이 넓은 조선족들은 중국에 사는 이상 중국의 법과 습관을 존중하면서 살고 있다.

한반도가 통일되지 못해 해외동포들이 각 나라에서 서로 다른 호칭을 사용하면서 갈라져 살고 있으나 조선족 동포만은 어울려 살고 있다. 한편 조선족 동포가 연변조선족 자치주를 형성하기까지는 피눈물의 투쟁역사가 있었다. 일제의 동북침략에 맞서 대륙 전 지역에서 중국과 공동으로 무장투쟁을 벌였고 중국 대륙건설에 크게 이바지했던 조선족들은 1950년초 모택동의 부인

강청의 소수민족 탄압정책에 휘말려 하얼빈과 안도지역 등에서 조선족들이
사망하는 사건이 발생했다.
　이에 격분한 조선족들은 우리민족이 오래 전부터 압록강 서북쪽에 널리 촌
락을 형성하고 생활해 왔던 지금의 동북3성(흑룡강성, 요녕성, 길림성)을 조
선족 자치주로 선포하는 역사혁명이 일어났다. 이 과정에서 조선족 관리들과
지식인들이 관직에서 추방당하거나 암살을 당했다.
　결국 조선족들은 중국 중앙과 직접 담판에 나서 길림성의 연길-용정-도문-
돈화-훈춘 등 5개 시와 안도·화룡·왕청 등 3개 현(縣)을 관할하는 지금의
연변조선족자치주를 점차적으로 형성했다.
　더군다나 중국 중앙의 주요 직책에는 다른 소수민족에 비해 조선족의 기용
을 철저히 배제시키고 있다. 따라서 민족적인 자긍심과 단결력을 가지고 살
아온 조선족 공동체 생활이 이미 무너져 버렸다.

　-위치와 소수민족 구성
　연변은 중국 지린(吉林)성의 동남부 즉, 북위 41~44도, 동경 127~131도의
백두산지대 사이에 위치해 있다.
　동쪽으로는 러시아의 연해주 하산지구와 이어져 있고, 남쪽으로는 두만강을
사이에 두고 북한의 함경북도 양강도와 마주하고 있으며 서쪽으로는 길림성
의 교화, 화전, 무송 등의 현과 접해있고, 북쪽으로는 흑룡강성의 동녕, 녕안,
해림, 오상 등의 현과 붙어 있다.
　자치주의 국경선 총 길이는 755.2km(중~북 522.5km, 중~러 232.7km)이며,
총면적은 4만2700㎢로 길림성 전체의 4분의 1을 차지한다.　연변의 지세는
서남, 서북, 동북쪽으로부터 동남쪽으로 경사져있는데 서남부와 서북부는 높
고 동남부는 낮다. 계절풍이 뚜렷하고 봄에는 건조하고 바람이 많이 불며 여
름에는 무덥고 비가 많이 오며, 가을에는 서늘하며 비가 적게 오고, 겨울에는
눈이 많이 내리고 찬 날씨가 오래 지속되는 등 4계절이 뚜렷하다.

6) 연해한인자치주

　1937년 8월 21일은 원동지방 등 연해주 일대에 살던 우리동포들이 구 소련
의 계획적이고 집단적인 강제이주작전에 의해 화물차 짐칸 안에서 생활하면
서 철저한 '40일 민족수난'이 시작된 날이다.
　구 소련 해체후 각 가맹공화국이 독립하였지만 우리동포들의 '이산(離散)
의 민족수난'은 계속되고 있어 역사를 통해 이를 알아본다. 일본 홋카이도
(北海道)에서 50km인 소야(宗谷)해협을 사이에 두고 북쪽에 사할린이라는
큰 섬이 하나 있는데 이 땅에 우리민족 4만 여명이 살고 있다.
　이 사할린은 러시아 사람들도 '마로스(춥다는 뜻)'라고 하면서 무서워하는
북쪽바다의 땅이다. 사할린은 비록 아세아 대륙 동쪽 일본열도 최북단에 위
치한 큰 섬이기는 하나 기후관계로 오랫동안 사람이 별로 살지 않은 불모지

상태에 있었다. 그러다가 동쪽대륙에서 발해민족들이 사할린으로 건너가 고기도 잡고 짐승사냥도 하면서 정착했다.

사할린은 과거 중국이 관청까지 설립하여 관할한 영토였으나 1853년 제정(帝政)러시아가 청(淸)나라 정부를 협박 사할린을 강제로 러시아영토에 귀속시켜버렸다.

그 후 일-러 사이 체결된 포츠머스(미국)조약에 의해 북위 50도선을 경계로 북부는 러시아에 그대로 있고 남부는 일본의 식민지가 되었다. 사할린은 석유, 석탄, 철광 등 천연자원이 풍부한 지역이며, 또 동쪽의 오호츠크해가 세계3대 어장(漁場)가운데 하나였던 관계로 사할린이 일본 땅이 되면서부터 6만 여명의 많은 조선사람들이 사할린으로 강제징용 돼 광산, 탄광, 목재판과 일본군의 군용공항 및 군용도로 건설장에서 죽도록 일했다.

해방후인 1958년 2월 '사할린억류귀환조선인회'가 사할린에서 결성되었다.

차츰 30여개의 러시아인 소-중학교에 조선어과목이 설치되었으며 조선인학교도 몇 개 세워졌다.

연해주는 러시아 극동 7개주(州-연해, 하바로프스크, 아무르, 캄자카, 마가단, 사할린, 야쿠르)중 사할린주(州) 다음으로 작은 주다. 그러나 면적은 16만6000㎢로 우리나라 남북한에 버금가는 넓이를 갖고 있다. 최초로 연해주에 우리민족이 집거한 지구는 북한 두만강시 건너편에 있는 오늘의 하산지구(당시 포시예트구역)와 우수리스크 지구, 나흐트카 항구 북쪽의 빠르치산 지구(당시 산좋고 물좋은 곳이라 하여 수청-水淸이라고 불렸다), 블라디보스토크 지구(당시는 해삼위-海參威라고 불렀다)등 이었다.

제정(帝政)러시아 정부는 초기 우리민족 이주민에 대해 반드시 러시아 국적에 가입하고 슬라브 동정교를 믿어야 하며 러시아말을 배워 점차 러시아인에게 동화되어야만 원호인(原戶人)이라하여, 이주민에게 땅을 주었고, 국가기관과 군대에 근무할 수 있도록 배려했으며, 우리민족의 자제들 또한 러시아학교에 들어가 공부할 수 있었다.

그러나 많은 우리민족 이주민들은 돌아가면 돌아갔지 러시아사람은 되지 않겠다고 하자 러시아정부에서는 러시아국적 가입을 거절하는 이 부류의 사람들을 누호인(漏戶人), 다시말하면 호적에서 빠진 사람이라고 취급해, 그들에게는 정치권리는 물론 심지어 땅도 주지 않았다. 그리하여 '누호인'들은 부득불 '원호인' 부농들의 토지를 소작하거나 그들 집에서 고용살이를 하였으며 또 광산이나 철도부설공사장에 가서 노예노동을 했다.

한편 한-일 강제합방을 전후하여 많은 우리나라 의병(義兵)들과 독립투사들이 러시아 연해주지역에 들어오게 되었으며 또 이주민수도 급격히 증가, 1910년 5만5000여명이었던 것이 1926년에는 두배 이상인 12만3000명으로 늘어났는데 동북(만주)의 우리나라 이주민들은 이들을 우수리스강 이남에 살고 있다하여 '아래강동 사람'이라고 부르고 서로간의 왕래를 활발히 했다.

그리고 이시기에 이상설, 이동휘, 정세관, 이강 박영갑등과 같은 독립지사들이 이곳에 와서 학교를 세우고 독립활동을 진행했다. 당시 해삼위에 있는 신한촌과 포시예트 구역의 연추는 러시아 연해주 우리민족 독립운동의 근거지로 되었다.

맨 처음 러시아로 넘어온 의병부대는 간도관리사 이범윤(李範允)의 친위대였는데 이 군대는 러-일 전쟁시기 중국동북에서 러시아 군대와 함께 일제를 반대하여 싸우다가 패하여 연해주 지방으로 넘어왔다.

그 뒤를 따라 러시아 포시예트 지역으로 넘어온 의병은 허영창(허재욱)부대이고 안중근, 우덕순, 최재형 등 의병장들이 이 지역에서 의병을 조직하였으며 두만강을 넘나들면서 일본군과 싸우고 일본의 군사시설을 파괴하였다. 그 중 가장 유명했던 전투는 안중근, 우덕순이 800여명의 의병을 거느리고 당시 어려운 형편에 처한 홍범도 의병대를 원조하기 위해 무산지구에 진출하여 일본군 5000명과 싸운 전투이다.

이시기 안중근은 러시아에 거주한 우리민족들의 부락에 서당과 야학교를 세워 민족교육을 강화하였고 성인들의 문맹을 퇴치하기 위해 등사판과 석판인쇄기를 사용, 교과서들을 만들어 연해주 전지역에 보급했다. 당시 연해주 우리민족 집거 지구는 일인일살(一人一殺)의 의열활동(義烈活動) 중심이 되고 있었다.

1909년 10월 안중근과 우덕순은 일제의 원흉인 이토오 히로부미(伊藤博文)이 러시아 제정대신과 회담하기 위해 중국 하얼빈에 오리라는 통보를 받고 이토오를 죽이려고 연해주를 떠나 하얼빈으로 갔는데 끝내 이등박문을 하얼빈역 광장에서 쏘아 죽였다.

그 뒤 러시아의 애국청년들 중에는 안중근을 본받아 일본의 정치 및 군사계 요인들에 대한 '암살공작'을 일삼는 사람들이 급증하였다. 예를 들면 1912년 일본내각수상 가쭈라가 특별열차를 타고 베트로그라드로 간다는 정보를 받은 이기봉이라는 청년이 모스크바역에서 쏘아 죽이려고 했으나 그때 마침 명치천황이 죽게되어 가쭈라가 중도에서 돌아가 목적을 달성하지 못했다.

또 1916년 해삼위에서 '소년모험단'의 사명을 받고 박춘근, 김형식이라는 청년이 폭탄6개를 가지고 서울에 가서 사이또 총독을 죽이려고 원산까지 갔다가 우리나라 전역에 계엄령이 선포되어 성공 못한 일도 발생했다. 차후 강우규라는 노인이 그 폭탄을 가지고 서울에 가서 사이토 총독을 중상시킨 뒤 일본경찰에게 체포되어 사형 당했다.

한편 동북침략에 이어 블라디보스토크에 일본영사관을 설치한 일제는 여러 차례 소련침공을 시도하면서 연해주 등지에서 특무활동을 활발히 전개했다.

스탈린은 "조선사람은 결국 일본인이 된다"고 오판, 소수민족 원거리 이주정책이라는 극좌노선을 내걸고 중앙아시아로 우리민족을 강제 이주시키는 방법을 생각했다. 중국공산당이 우리민족을 포용, 공동항일투쟁을 벌인 것과는 달리 스탈린은 우리민족을 무시하는 소수민족관을 가지고 우리민족을 중앙아시아로 강제 이주시켜 수만명 이상의 노인과 어린이들이 굶주리거나 얼어죽었으며 우리말과 문화를 철저하게 파괴시켰다.

우리민족 이주민은 1937년전까지만 해도 대부분이 연해주와 아무르주지구에 집거해 왔다. 소련정부는 1937년을 전후하여 우리민족의 지식층들을 '일본간첩', '민족주의 분자', '이색분자'라는 터무니없는 죄명을 씌우고 체포하여 재판도 없이 비밀리에 사형시켰다. 강제이주의 대사건은 소련정부가 일본이 동북지구와 인접한 원동지방을 수시로 침범할 수 있다는 위기의식에서 일본인과 비슷한 우리동포들을 사전에 국경지대에서 멀리 보내야 한다고 오판, 1937년 8월 21일부터 원동지구의 우리민족을 중앙아시아 초원으로 집단 강제 이주시킨 것이다.

1937년 8월 21일 구 소련 부장회의 주석 몰로토브와 중앙총서기 스탈린이 서명한 '1428-326호 비밀문건'에는 다음과 같은 내용의 중앙비밀지시가 있었다.

첫째, 일본간첩의 원동지구에 대한 침투를 제지시키고 소련의 안전을 위하여 원동지구의 조선이주민을 전부 남카자흐스탄, 아랄해, 발하슈호연안지역, 그리고 우즈베크가맹공화국에 이주시킬 것.

둘째, 이주는 늦어도 1938년 1월 1일 전으로 전부 끝낼 것.

세째, 이주하는 조선인들에게 재산, 가정도구, 가구물품을 가지고 가도록 허가해 줄 것.

네째, 이주하는 조선인들에게 그들이 두고 가는 동산과 부동산, 거두지 못한 수확물에 대해서는 일정한 보상을 해줄 것.

다섯째, 카자흐가맹공화국과 우즈베크가맹공화국에 사는 이주민들을 안착시킬 지역을 정해주며 그들이 새고장에서 무사히 지내도록 후원해 줄 것 등이다. 이 지시에 의해 1937년 연해주와 하바로프스크주에 거주하던 조선인은 모두 중앙아시아 지역으로 강제이주를 당했다.

강제이주 임무를 집행한 내무인민위원 예조브가 부장회의 주석 몰로토브에게 보낸 보고서에는 다음과 같이 썼다.

"1937년 10월 25일 원동지구 조선인 이주는 끝났다. 이주한 조선인은 도합 3만6442세대 17만1081명이며 그들은 〈124열〉의 수송열차를 타고 중앙아시아로 갔다.

캄챠드카와 오호츠크에 남아있는 조선인은 그 외 특별 이주자를 포함하여 약 700명 가량 되는데 이들도 금년 11월 1일쯤 전부 열차로 떠나게 될 것이다.

1만6272세대 7만6525명은 우즈베크공화국으로 분산시켜 후송하였다."

이상의 비밀문건들은 최근 구 소련이 해체되면서 공개된 것이다. 이주는 완전히 내무부 사복경찰들의 엄격한 감시 하에 강압적으로 진행되었다. 집단적인 강제이주는 추수가 한창인 9월 중순쯤부터 시작되었는데 소련정부는 거두어들이지 못한 곡식에 대해서 보상을 해준다고 했지만 전혀 지급되지 않았다.

그 당시 당사자들의 회고에 의하면 "가을 어느 날 내무부의 경찰들이 조선 마을에 내려오더니 사람들을 모아놓고 조선사람들은 모두 중앙아시아로 이주하게 된다는 중앙지시를 낭독했다. 그리고는 간단히 먹을 것과 갈아입을 의복들만 준비하여 규정한 날까지 어디로 모이라고 했다.

그리고 만일 중앙의 지시에 불복언론을 살포하는 자에 대해서는 현행 반혁명으로 취급하겠다"고 으름장을 놓았다.

중앙아시아로 이주한다는 소식을 들은 날부터 떠나는 날까지는 불과 3∼4일밖에 남지 않았으며 또 어디로 어째서 가야한다는 것 등의 문제도 이주민들은 물을 수 없었다. 강제이주를 당하다보니 수십년 동안 애써 가꾸어온 논밭은 물론 모든 주택, 가축, 그리고 살림도구들은 모두 그대로 두고 떠났던 것이었다.

우리민족들은 내무경찰의 감시 하에 죄수들처럼 제각기 가정을 이끌고 지정한 화물차 짐칸에 올라탔다.

3만6000여세대 17만여명의 사람들이 124열차 수송화물차에 실려갔다고 하니 한 열차에 적어도 300세대씩 탄 셈이다. 한 열차에 화물차짐칸을 평균30개 달았다고 해도 한 짐칸에 10세대이상 40∼50명의 사람들이 타야했다.

그러므로 상급의 명령에는 비록 재산, 도구, 살림살이 등을 가지고 갈 수 있도록 허락했지만 사실은 가지고 갈 수 없었다. 화물차 짐칸에는 물론 침대가 있을 수 없으며 먹을 것을 준비할 설비도 있을 리 없었다.

그러니 사람들은 짐칸 구석구석에 짐을 쌓아놓고 바닥에는 무엇인가를 깐 뒤 30∼40명의 남녀노소가 짐승처럼 한데 몰려 자야했으며 먹을 것은 이따금 차가 설 때 밖에 나가 가지고 간 냄비에다 끓여야 했다.

강제이주를 당한 사람들의 말에 의하면 이따금 차가 서면 여인들은 이 기회를 이용, 차 짐칸 밖에 나가 밥을 지었으며 남자들은 물을 긷는다, 먹을 것을 사온다 야단법석이었다. 이주민들이 가장 곤란했던 것은 짐칸 안에 변소가 없는 것이었다. 많은 사람들이 짐칸 안에 있으니 거기서 대소변을 볼 수도 없고 차는 몇 시간을 간 다음에야 섰기 때문에 어른들은 그럭저럭 참을 수 있었지만 아이들과 노인들은 큰일이었다.

원동에서 중앙아시아 초원까지는 40여일 걸렸으며 한달 가량 짐차 속에서 살다보니 죽은 사람도 적지 않았다. 원동에서 시베리아를 지나 카자크나 우즈베크를 가자면 지금도 10여 일이 걸린다.

그런데 이주민을 실은 차는 정상운행이 아닌 임시운행이어서 정상열차가 운행이 없을 경우 길을 떠나고 그렇지 않으면 기다려야 했기 때문에 그렇게 긴 시간이 걸렸으며 먹을 것이 떨어질 경우 짐칸 바닥에 깐 나무판자를 뜯어먹기도 했다. 도중에서 죽은 사람은 열차가 서면 그곳 주위에 묻어버리고 떠났는데 사망한 사람이 정확히 얼마나 되는지는 지금도 모르지만 아마 수백 명을 훨씬 초과할 것이라고 한다. 중도에서 떨어지거나 도망치는 사람도 적지 않았는데 이런 사람들은 대부분이 시베릐아 목재판에 들어가 숨어살다가 1950년대 후에야 돌아왔다.

강제이주민이 도착한 곳은 카자크 남쪽 초원과 우즈베크의 동부와 중부 습지였다. 소련정부에서는 이주민들을 한곳에 모아두면 그 무슨 반항활동이나 생길까봐 염려돼 원래 한마을에 살던 고향사람들까지 모두 분산시켰으며, 또 우리민족들에게는 적성민족(適性民族)이라는 비밀딱지를 붙여놓고 정식 주민증을 주지 않았다.

따라서 주민증이 없는 사람은 아주 자유가 없어 마음대로 타지역에 왕래할 수가 없었다. 그리고 군대도 갈 수 없고 국가기관에서 일할 수도 없었다. 돌연히 삶터를 빼앗기고 카자크와 우즈베크 초원으로 이주한 조선농민들은 모든 것을 처음부터 시작하지 않으면 안되었다.

비록 이주는 소련정부에서 조직한 것이며 또 이주 관련비 용도도 국가에서 부담하기로 했지만 이주지의 지방정부에서는 국가로부터 내려온 돈을 떼어먹거나 다른 곳에 써버리고 이주민에게는 아무것도 해주지 않은 곳이 많았다.

그리하여 이주민들은 목적지에 도착하자마자 우선 들집이 없어 부득불 중앙아시아 한파 속에서 며칠씩 노숙하면서 땅굴 등 임시 들 집을 지어야 했으며, 또 무연한 초원과 습지에 들어가 또다시 원동지방에서처럼 갈대를 베고 황무지를 개간해야 했다. 중앙아시아로 이주된 우리민족 농민들은 카자흐스탄에서는 주로 지르다리야강 상류유역저지에 자리잡고 우즈베키스딴에서는 주로 따슈겐트주 치르치크강 유역과 사마르칸트즈 저지에 자리잡게 되었다.

이 저지들은 모두 침수지들이어서 개간하는데 여간 힘들지 않았으며 국가에서는 일부 농기계들을 제공해주었지만 침수지를 개간하는데는 큰 도움들 주지 못하였다. 이주민들은 주로 사람의 힘으로 습지에 들어가 갈대를 베고 논두렁을 만들었으며 또 도랑을 파고 치르치크 강물을 끌어다 논을 일구었다.

시련은 사람을 단련시키는 것인가 보다. 이 엄청난 고난을 겪은 우리민족 이주민들은 낯선 불모지의 개척에 정력을 쏟아 3년 만에 관개수로를 개설하고 벼농사를 짓기 시작하였다.

땅을 개간하고 벼농사를 시작하니 살림도 차차 나아지게 되었으며 또 어떤 우리민족 집단농장에서는 소형수력발전소까지 만들어 집집마다 전등불까지 켜게 되었다. 이리떼와 뱀들이 득실거리던 이 무시무시한 갈숲 습지를 옥토로 만들고 마을에 전등불까지 켜는 것을 토고 현지민족과 러시아사람들은 "이것이야말로 기적이다.

우리는 이 갈숲 습지에 자리잡고 살려고 오는 조선사람들을 보고 동정의 눈물을 흘렸었다. 우리는 그들이 성공하지 못하고 습지에서 죽어버리리라고 생각하지 않았던가? 바로 우리가 그렇게 여기던 그 이주민들이 이런 기적을 창조할 줄은 꿈엔들 생각하지 못했다"고 감탄했다.

그러나 강제이주이후 다시금 발전하던 민족교육과 민족문화사업은 1939년부터 1940년 사이 여지없이 파괴를 당했다.

우리민족은 원래 하나님을 믿고, 강한 교육열을 가진, 이름 있는 천손민족으로 비록 알몸으로 중앙아시아 초원에 쫓겨와 집도 땅도 없는 극히 어려운 처지에 있으면서도 먼저 교회와 학교들을 세웠다. 강제이주 이듬해인 1938년 우즈베키스탄에는 조선인 학교가 96개소 설립됐는데 그 중 소학교 50개 초중 7년제 학교가 32개, 고중 10년제 학교가 14개나 되었으며 학생총수는 12만여 명이 되었다.

그러나 이때 소련 중앙정치국의 '내부지시'에는 "일부 자산계급 민족주의자들은 민족교육을 발전시킨다는 미명 하에 민족학교들을 꾸리고 있으며 각 민족 아동들에게 자산계급 민족주의 사상을 주입하고 있다."며, "이 자산계급 민족주의자들은 소련 각 지역의 공통언어인 러시아어를 배우게 하지 않고 소수민족어를 배우게 함으로써 소수민족 아동들로 하여금 소비예트 생활과 이탈되게 하고 있으며 소비예트 문화와 과학을 알지 못하게 하고 있다."고 밝히고 탄압하였다.

따라서 강제이주 후 민족학교를 세울 것을 주장한 사람과 민족학교를 세우고 있는 사람들은 모두 자산계급 민족주의분자라는 죄명을 쓰고 체포돼 비밀리에 총살당했다. 그리하여 1938-1939년 1년 동안 카자흐스탄 모든 우리민족학교에서는 모든 학과를 러시아어로 학습하기 시작하였는데, 오늘에 이르기까지 반세기가 훨씬 넘는 동안 소련내에서는 우리말을 가르치는 학교가 하나도 없게 되었으며 우리말로 된 신문과 잡지도 모두 폐간되었다.

오직 크즐오르다로 옮긴 '선봉'신문과 조선인극장만이 천신만고를 거치면서 지금까지 유지하고 있는데, 카자흐스탄의 국립조선극장 (카자흐스탄공화국 연예훈장국립음악희극조선극장)은 지금 어렵게 운영되고 있다.

'선봉'도 처음에는 '벼를 위하여'였으나 개칭을 강요당해 '레닌기치'로 사용해오다 1992년 소련이 해체되면서 '고려일보'로 이름을 바꾸고 우리말과 러시아어를 병행 발간하고 있다.

사할린에는 1991년부터 4절지 '새고려신문'이 주간으로 2200부 발간되고 있으며 '사할린우리말방송'은 매주 월~토요일 오후 6시30분부터 30분간 방송이 되는데 국제, 주내, 국내외뉴스를 다루고 있다.

이와 같이 민족교육이 소실되고 민족문화가 쇠퇴하니 우리민족 제3세, 제4세들은 모두 모국어를 완전히 잃어버렸다. 더군다나 이주민들은 50년대부터 거주이주의 자유와 함께 생활기반이 튼튼해져 자녀교육을 위해 소련전지역의 도시로 진출하게 되는데 이것은 우리민족이 러시아문화로 동화되는 것을 더욱 촉진시켰으며 모국어, 민족역사, 전통문화까지 점차 잃어버린 데다 자기이름까지 러시아식으로 고쳐 사용하고 있다.

그리하여 지금 구 소련에 사는 우리 민족들은 일부가 타쉬켄트나 알마틔 같은 몇 도시와 지역에 집중된 이외에 다수는 모래알처럼 각 곳에 흩어져 살고 있다. 그러나 구 소련이 해체되고 각 가맹공화국이 독립하면서 우리민족은 또 새로운 문제에 부딪치고 있다.

우선 과거 소련 땅 내에서는 단일한 민족공동처를 형성하고 있었던 우리 동포사회는 각 공화국이 분리, 독립됨에 따라 공화국간 상호 긴밀한 유대가 어렵게 되었으며 어쩌면 공화국간 단절을 초래할지도 모른다. 예를들어 알마틔에 사는 부모와 타쉬켄트에 사는 자식들이 이제는 서로 다른 국민이 되어 돌연간 이산가족이 된다는 것이다.

여기에다 우리나라가 불원간 통일은 이루지 못한다면 우리 동포들의 사회는 중심을 잃은채 갈기갈기 나누어져 또 하나의 작은 소수민족집단을 형성하게 될 위험이 있다.

15개 가맹공화국이 제각기 독립함에 따라 우리동포들은 독립된 공화국의 주체민족과 새로운 관계를 설정해야 할 시기에 와 있다. 지금까지 우리 동포들은 러시아어만 배우고 러시아습관만 따랐기에 얼굴만 우리민족이지 사실은 러시아인과 별 차이가 없다. 그러므로 각 공화국에서 만약 러시아인을 배척하는 운동이 일어나게 되면 왕왕 그곳의 우리민족들도 함께 재난을 받게 되는 것이다.

다음으로는 강제이주 후 50여년간 러시아어만 태워 언어생활의 곤란을 극복했던 우리 동포들은 이제는 과거의 공통어인 러시아어 이외에 거주지에 따라 각 공화국의 언어를 배워야만 사회, 정치생활에서 평등을 얻을 수 있다.

1989년 통계에 의하면 우리동포들 98%가 러시아어를 구사하고 2%만이 해당 공화국어를 사용한다고 한다. 거기다가 극제공용어인 영어를 배워야하고 자기민족의 말까지 배워야 하는 이중 삼중의 어려움에 부딪치고 있다.

구 소련 우리민족간의 유대를 강화하기 위해 소련전역에 '고려인협회' 같은 우리동포조직이 조직되고 있기는 하지만 각 공화국간의 분리가 심해짐에 따라 우리동포사회도 부득불 분리되지 않을 수 없는 처지에 놓이고 있다. 구 소련 전지역에는 46만 이상의 우리동포들이 살고 있다.

우즈베키스탄에는 유목민동포 19만이 살고 있는데 타쉬켄트에 12만명이, 사마르칸트, 부하르등 그 주위 농촌들에는 7만여명이 집거하고 있다. 러시아에는 11만이 살고 있는데 그중 사할린에 4만명이, 하바로프스크의 1만여명을 포함해 우수리스크, 블라디보스토크시 등 동북지구와 인접한 원동지구에는 북한에서 이사온 사람들까지 모두 2만여명이 살고 있다.

또한 북캅카즈에 2만 여명이, 모스크바에는 4000여명이, 페체르브르그에는 3800여명이 살고 있다. 중국의 신강성과 인접하고 있는 구 소련 전지역 우리동포들의 문화중심이자, 유일한 우리말 신문인 '고려일보'가 발간되고 있는 카자흐스탄에는 유목민동포들이 10만5000이 살고 있는데 수도 알마틔 지구의 1만7000여명을 포함해, 랄리쿠르칸, 량블, 칠켄트, 크즐오르다 등에도 우리동포들이 거주하고 있다.

이밖에 타지크스탄에 1만5000여명이, 우크라나나이에 1만명이, 백러시아, 르트바니야, 리트비야, 투르멘스탄 등의 나라에도 동포들이 살고 있다. 구 소련에 있는 우리민족들은 중국조선족과 마찬가지로 약70%의 인구가 지금도 농사에 종사하고 있다. 최근 구 소련의 우리동포들이 연해주로 다시 돌아와 자치구역을 만들자고 하는 여론이 강하게 일어나고 있으며, 원동지구로 다시 이사해 오는 동포들이 점점 증가되는 추세이다.

이와 함께 최근 한국정부가 연해주 남부 파르티잔스크에 대규모 한인공단을 세우겠다는 의지를 표명한 것은 '동북아한민족 경제공동체'를 세우기 위한 기초작업이라고 본다.

기 동북아 비무장지대 방천을 가다〈두만강 경제특구 황금삼각지〉

동북아시아 시대에 두만강 하구 황금삼각지를 중심으로 한 경제특구가 우리나라, 중국, 러시아, 몽골, 일본, 미국 등 7개국에 의해 대대적으로 건설될 날은 언제인가?

백두산 천지에서 발원하여 방천을 거쳐 동해로 흘러드는 두만강은 그 전체 길이가 516km가 된다.

유엔개발계획(UNDP)가 주관하고 중국이 주도하는 지도상 우리나라 맨 꼭대기 두만강시(선봉)와 러시아 연해주 국경마을인 보드그르나야, 중국의 동대문이라 할 수 있는 방천(防川)을 삼각형으로 잇는 두만강하구 황금삼각지 100㎢ 강 하구 델타지역 경제특구 건설의 대(大) 프로젝트 현장에 북한의 참여를 적극 유도하는 방법은 무엇인가.

두만강하구 경제특구의 기본골격은 북·중·러 3국이 공장용지와 원자재 및 노동력을 제공하고 한·미·일에서는 설비투자(자본)와 기술을 지원하는 것으로 되어 있다.

북한은 오래 전부터 두만강하구 중점개발을 위해 '아시아·태평양경제개발권'과 함께 황해를 주축으로 하는 '황해경제권', '동해동아시아경제권' 등 3개의 차세대경제개발권을 구상하고 모두 외국자본을 유치하려 하고 있다. 북한의 자본유치대상으로는 태국, 필리핀, 대만실업가와 미국, 일본의 교포실업가들을 끌어들여 외국자본의 투자와 합작사업을 적극 추진하고 있다. 또한 북한은 해외 관광객을 유치하기 위해 민항전세기를 이용 평양~도쿄, 평양~홍콩 및 타이베이 항로개설도 준비하고 있다.

이를 위해 북한은 유엔개발계획, 유엔개발은행(UNDB)에 관세를 철폐하고 자유항구 등 세금 없는 프리텍스(Free Tex)지역을 설정, 균형 있고 공동체적인 공동개발을 세계에 공개한다는 프로젝트 소개자료를 공식제출 이미 개방의사를 표시하고 '눈물 젖은 두만강'이란 흘러간 유행가를 '황금의 두만강'이라는 야심작으로 만들고 있다.

연변출신으로 김일성종합대학 경제학과를 졸업하고 모스크바 대학에서 유학생활을 했으며, 김일성(金日成)의 어머니 강반석 외가친척인 북한의 강성산은 과거 정무원시절 군비를 축소하고 경제개방을 주장했으나 실패, 한때 함경북도 두만강개발 실무책임자로 있다가 후에 중앙에 기용돼 북한 경제개방의 선구자로 나서기도 했다. 북한의 개방을 유도하기 위해서는 남→북보다는 한국대기업들이 황금삼각지 개발에 동북아 동포들을 활용, '동북아한민족 경제공동체' 바람을 북→남으로 불게 하는 것이 필요하다.

통일된 우리민족이 '동북아한민족 경제공동체'를 누리기 위해서는 동북아 경제권의 핵이며 세상사람들이 학의 머리로 부르고 있는 우리나라 지도상 맨 꼭대기인 두만강시를 국제교역기지로 탈바꿈시키는 것 또한 중요하다고 본다.

두만강 하구 끝이 동해바닷물과 마주치는 지점위로는 북한과 러시아를 잇는 유일한 대철교(길이 362m, 높이 12m)가 두만강시(선봉)와 러시아 동포들의 꿈이 어린 연해주의 국경마을 보드그르나야를 무지개모양처럼 연결하고 있다. 연변조선족자치주 소재지 옌지(延吉)에서 도문~훈춘~경신~방천~중국측 최종국경초소까지의 거리는 130km가량 된다.

중국은 이 길을 도로확장공사와 함께 철도를 건설했으며 연길과 용정~삼합~회령~청진을 연결하는 고속도로와 동북아국제교역의 관문이 될 청진항만의 개발을 위해 북한과 중국이 공동으로 건설하고 있다.

또한 북한이 나진, 선봉과 청진항의 일부 보세구역을 자유경제무역구로 개방하고 있으며 부산~청진에 이어 부산~나진~남양~도문을 연결하기 위해 중국과 북한, 한국이 공동노력하고 있다.

최근 중·러·북 3국 국경주위에 있는 러시아의 자르노비와 포시예트항의 항만을 확충하고 있으며 조개와 연어 등 어패류가 풍부한 세계적인 수산자원의 보고(寶庫)인 블라디보스토크와 나호트카를 자유무역지구로 선포했다. 그리고 러시아의 자르노비와 포시에트, 북한의 선봉(先峰)과 나진(羅津)항이 확건을 실시하면서 청진항과 블라디보스토크항을 점차적으로 확장될 경우 반달형 즉 태평양을 향해 화살을 당기는 활 모양의 항구 군 형성도 가능하다.

현재로서는 북한과 러시아를 연결하는 대철교 아래로 3000t급 정도의 선박왕래가 가능하지만 두만강하구 황금삼각지 방천항으로 5000t급 이상의 선박이 드나들 수 있기 위해서는 러시아와 북한의 동의를 얻어 항만기능을 발휘할 수 있도록 철교아래의 토사준설작업을 진행했으나 또다시 토사가 쌓여 중단하고 있다.

그러나 방천항을 중국이 단독으로 운영할 경우 이곳의 이해관계가 깊고 자기항구를 이용 못하는 러시아와 북한이 두만강하구개발에 동의하지 않을 것이다. 전문가들은 각기 3나라가 자기이익을 희생하지 않으면 두만강 황금삼각지 개발이 어렵게 되는 데다 북한의 청진, 나진항 개발 또한 무용지물이 될 수 있다고 지적했다.

중국은 방천항을 국제자유무역구로 건설하기 위해 훈춘~방천까지의 군사도로를 단계적으로 확포장하고 있다. 방천항이 개통되면 중·북·러 3국에서 생산되는 석유, 석탄, 목재, 철광등 원자재와 함께 두만강하구 특구에서 생산되는 각종 제품을 한국은 물론 미·일 등에 저렴한 원가와 운임으로 교역할 수 있게 된다.

더군다나 이 황금삼각지를 둘러싸고 있는 중국조선족동포들과 러시아 연해주 한인동포들은 하루빨리 한국대기업들의 적극적인 진출을 기대하고 있는데 북한 등 우리민족의 저임금 노동력을 무진장 활용할 수 있어 이곳에 노동집약산업을 중점적으로 유치할 경우 한민족이 동북아경제권의 중추세력이 될 전망이다.

두만강시는 태평양방위전략기지로 평상시 주민들이 활동에 제한을 받아 원시상태 그대로 많은 천연자원이 보존돼 있어 그야말로 '동북아 비무장지대'이다. 두만강하구 유역에는 한국전쟁 때 연합군의 무차별 백두산 폭격으로 연해주 지방으로 탈출하던 호랑이, 곰, 여우, 사향노루, 독수리 등 야생조수가 대량 분포돼 있으며 산삼, 도라지, 불로초 등 약용식물도 많이 자라고 있다.

두만강하구의 강폭은 300~800m, 수심은 3~6m정도로 심한 하류의 기복현상 때문에 폭우가 내려 홍수가 일어나면 모래 섬 모양이 바뀌기도 하는데, 자정효과가 있는 강 하류는 홍어, 잉어등 물고기들이 대량서식하고 있다. 두만강하류 경제특구지역에는 수백 수천 개 늪지, 소 하천의 형성과 함께 끝없는 자연초지가 펼쳐져 있어 이들 지역 주민들은 양어업과 소, 양 등을 방목하고 있는데 다양한 물고기와 양고기요리를 개발하여 일부는 일본 등에 수출하고 있다.

경제특구건설권역인 두만강시와 함경북도 샛별군(경원군)과 경신, 춘화, 훈춘강변 등에는 주민들이 우물을 파면 마구 석탄이 쏟아져 나올 정도로 1백년 이상 채굴할 수 있는 수십억t의 석탄이 묻혀있고, 사금광산, 고령토, 화강암, 수정대리석등이 매장돼 있으며 중·러·북3국의 접경지역에는 홍송, 가문비나무 등 원시림의 임산자원이 그대로 방치되고 있어 10년이상 생산할 수 있다.

이 지역에서는 쌀생산과 함께 옥수수, 고구마, 감자, 콩 등이 주로 생산되고 있다.

경제특구권역에는 이처럼 공장가동에 필수적인 석탄동력자원과 두만강 훈춘 강물의 공업용수도 현장에서 조달할 수 있는 풍부한 천연자원과 천혜의 입지조건을 갖추고 있다. 따라서 공단조성이나 항만 및 고속도로, 철도건설은 물론 공공장소 또는 휴식할 수 있는 주거공간과 함께 태평양방어 군사교두보를 동북아시아의 경제와 평화공존의 핵으로 만들기 위해서 관광객을 위한 유람선 등 '동북아위성도시'조성도 필수적이다.

앞으로 해외동포들에 대한 관심과 지원도 중요하지만 동포들이 살고 있는 그 나라의 주권을 충분히 인정하면서 다른 민족에게 적대감을 주지말고 '한민족이 발전하니까 우리도 좋다'는 인식을 심어주기 위한 다각도의 노력 또한 절대 필요하다.

서두에서도 밝혔지만 우리민족은 다른 민족과 더불어 사는 지혜를 터득하지 못하였으나 해외동포들은 그래도 다른 민족과 더불어 사는 방법을 알면서 살아왔다. 우리는 다른 민족을 사랑하기에 앞서 귀중한 민족의 자산인 500만 이상의 재외동포에 대한 관심과 교류를 확대하고 유대관계를 강화하면서 자기민족을 소중히 여기고 아낄 줄 아는 '동북아한민족경제공동체'적인 통일민족상을 세워야겠다. 동부아한민족 경제공동체(연변 조선족자치주+연해 한인자치주) 바람을 북에서 남으로 향하게 하자.

단동-신의주, 집안-만포, 임강-중강진, 장백현-혜산, 숭선-무산, 남평-노덕리, 삼합-회령, 개산툰-종성, 도문-남양, 사타자-샛별군, 연화동-아오지, 권하-홍의리, 보드그르나야-두만강시 등의 중-북 국경무역의 활성화 또한 시급하다.

8) 조선족의 이주역사

중국 동북으로 조선족의 이주역사는 유구하다.

고대의 고구려나 발해가 멸망된 이후 그들의 유족들은 한반도로 들어갔거나 혹은 본지에서 장기간 기타 민족들과 공동생활하는 과정에서 타민족으로 동화돼 그 역사가 끊어졌다. 그후의 요, 금, 원, 명, 청 등 중국의 각 시대를 거쳐 고려인이나 조선인의 중국 동북으로의 이주는 그칠줄 몰랐다.

이렇게 여러 시대를 거쳐 이주하여 온 조선인들도 역시 매개 시기의 역사적 변화와 타민족들과의 장기적인 생활을 통해 그 절대부분이 타민족으로 동화됐다.

그런데 그들 중 청나라 초기에 이주하여 온 조선인 후예들의 일부분이 오늘날 조선민족의 족적(族籍)을 회복하고 중국 조선족으로서 떳떳이 살고 있다.

그러므로 중국 연변대학 박창욱 교수는 오늘의 중국 조선족의 역사를 응당 청나라 초기 즉, 1620년경으로부터 시작돼 1931년 9.18사변전까지로 나누고 있다.

< 제1시기- 정묘 병자호란의 와중에 노략당해 온 사람들 >

조선족 이주사 제1시기는 약 1620년대부터 1670년대라고 본다.

이 시기의 이주원인을 살펴보면 첫째 이조봉건 통치자들의 가혹한 '3정'의 수탈, 가혹한 부역 등에 견딜 수 없는 북부 조선의 빈민들이 살길을 찾아 중국 동북으로 분분히 이주해 왔다.

둘째 이조 통치계급 내부의 당쟁과 사화로 인해 청나라(1616년에는 후금으로, 1936년에는 청으로 개칭)로 망명한 자들이다.

셋째 후금의 누르하치군이 조선변경을 빈번히 침습할 때 노략해 온 백성들, 그리고 1619년 명-청 전쟁시에 명나라를 도와 출정한 13000여명의 조선군이 패배당해 후금군에 투항한 장병들이다.

그 후 1627년과 1636년(즉 정묘-병자호란)의 침략전쟁에서 노략당해 온 수만명에 달하는 조선백성들이었다. 그러므로 이 시기 이주민들의 원 거주지는 주로 서부 조선이고 이주형태는 '강제적인 연행'이 절대우세를 차지했고 이주지대는 주로 요동일대였다. 이렇듯 '강제'로 이주당해온 조선인들은 장기적인 봉건제도의 폐쇄속에서 대외와의 연계(주로 조선과의 연계)가 끊어졌고 만주족, 한족과 장기간 생활하는 과정에서 절대다수가 타민족으로 동화돼버렸고 다만 그 일부 후예들이 오늘까지 조선족의 족적을 회복해 중국 조선족으로서 떳떳이 살고 있다.

예컨대 현재 하북성 청룡현 팔가자향 맹가와포의 박씨들, 요녕성 개현 진툰향 박가구, 요녕성 본계현 산성자향 박보촌의 박씨들은 모두 그 선조들이 1620년부터 1630년대 사이에 이주해 왔거나 노략당해 온 조선인 박씨의 후손들이다.

350여년을 경과한 그네들은 상술한 바와 같이 청나라 봉건통치의 민족동화 정책과 대외와의 연계가 끊어진, 타민족의 포위속에서 생활하고 연인하다 보니 자기의 민족언어와 풍습습관을 거의 다 잊어버렸고 게다가 장기간 본민족의 족적을 음만하여 오다가 1958년과 1982년 중국정부의 올바른 민족정책이 시달리자 오매에도 그리던 조선족의 족적을 도로 찾았다.

지금 그들 박씨뜰에게는 아직도 조선족의 전통적인 풍습이 남아 있다.

예컨대 박씨 상호간에는 혼인을 하지 않으며 박씨의 여자들은 만주족이나 한족 여자들처럼 전족(纏足)을 하지 않고 또한 전족한 여자를 며느리로 맞아들여 오지 않으며 일상생활에서도 조석찬(朝夕餐)때 노인과 장자에게는 독상을 받쳐 올리고 장을 담그는데 한족이나 만주족처럼 '물장'을 쑤지 않고 '된장'을 담그며 빨래하여 풀을 먹이고는 다듬이질을 한다.

음식취미에서도 매운 것을 즐겨하거나 개고기를 먹는 등의 습관이 남아있다. 특히 기술해야 할 것은 350여년이 지난 오늘날에도 그들은 조선민족으로서 민족의식과 감정을 간직하고 있다는 사실이다. 노인들의 말에 의하면 그들은 어릴 때부터 조부모나 부모들에게서 '우리는 박씨 후손'이며 '고구려 연개소문의 후손'이라는 가르침을 받아왔다.

1982년의 통계에 의하면 상술한 3개 지방에는 근 2000여명의 박씨가 조선족으로서 기타 형제민족들과 서로 단결하고 우애하면서 활기차게 살고 있다.

< 제2시기 - '월강죄'란 극형을 무릅쓰고 월경 >

조선족 이주의 제2시기는 1670년대부터 1880년대까지의 장시기로서 이 시기의 이주형태의 특징은 '범금잠입(犯禁潛入)'이고 절대다수가 북부조선의 빈민이었으며 이주지점은 두만강, 압록강의 북안변경 지구였다.

상술한 특징은 당시 조선과 청나라의 사회 및 봉건통치 세력들의 봉금이나 쇄국정책과 밀접히 관계된다. 즉 1677년 청나라 강희제는 전국을 통일한 후 자기들 만주족의 발원지인 장백산 일대를 보존하며 동북지구 만주족들의 생

계를 유지하고 나아가서는 장백산에서 산출하는 인삼, 녹용 등 특산물을 청
나라 정부에서 독점하기 위해 장백산 이북 1000여리 즉 압록강 하류인 구연
성(九連城)부근으로부터 서란(舒蘭)현의 법특하(法特哈)문에 이르는 일선을
봉금지구(封禁地區)로 결정하고 그곳에 성경위창(盛京圍場), 길림위창(吉林
圍場)과 남황위창(南荒圍場) 등 수십 곳에 금산위창(禁山圍場)을 설치하고
그 어떤 자들도 함부로 들어가 인삼 등을 채집할 수 없게 했으며 개간, 거주
도 엄금했다.
  조선에서도 국경을 보위하기 위해 압록강 남안어 4군을 설치(때로는 4군을
폐지하고 무인지대로 만드는 것으로 변경을 방술했다.)하고 두만강 남안에도
6진을 설치하고 행성(行城)을 구축하여 변경을 엄격히 방술했다. 이리하여
오늘의 통화(通化)와 연변지구는 200년 동안이나 원시림이 울창하고 인연이
단절된 황량한 지대로 남게 됐다.
  그러나 엄격한 봉금정책에도 불구하고 빈궁에 허덕이던 산동, 하북의 파산
농민들은 요동지구를 경과해 동변도 일대로 부단히 잠입해 왔다. 북부조선의
빈민들도 살길을 찾아 봉금을 위반하고 압록강 이북의 변외지구와 두만강
이북으로 부단히 잠입해 들어왔다. 이조의 '숙동실록' '영조실록'에는 북부
조선의 빈민들이 범월하여 양강(兩江) 이북으로 들어온 사실이 수다히 기록
돼 있으며 이조정부는 이로인해 양강 이북은 '범월토비의 소굴'로 돼 중국
과 조선 양국간의 관계를 악화한다고 크게 우려했다.
  그래서 이조는 범월행위를 특별히 엄격하게 다스렸는데 무릇 범월하는 자
는 '월강죄'로 극형에 처했다.
  그럼에도 불구하고 기이선상에서 허덕이던 빈민들은 강건너 비옥한 토지를
두고 앉아서 굶어 죽을 수는 없었으므로 차라리 범월하는 것이 살길을 개척
하는 것으로 여기고 부단히 범금잠입해 왔다. 범월잠입은 처음엔 이른 새벽
에 남몰래 강을 건너와서 산간벽지에서 화전(火田)이나 땅을 개간해 곡식을
심거나 김을 메고는 밤에 도로 돌아가는 '조경막귀'(朝耕幕歸)의 방법을 취
했다.
  그 다음에는 이른봄에 쟁기를 메고 건너와서 깊숙한 산골에 막사를 쳐놓고
화전을 일구고 가을에 수확물을 거두어 가지고 돌아가는 '춘경추귀'(春耕秋
歸)의 방법을 취하면서 점차 정착해 나갔다.
  1840년과 1860년의 1,2차 아편전쟁은 비단 증국 관내 형세뿐만 아니라 동북
의 형세도 크게 개변시켰다.
  그것은 첫째, 북으로는 제정 러시아가 침략해 100만 평방km의 북방 영토를
할양해 갔고 또 부단히 동북내지로 침범해 들어왔다. 남으로는 영국에 의해
영구(營口)가 개방된 이후 구미 자본주의 세력들이 부단히 침략해 들어오자
동북의 변강경비를 강화하자는 여론이 일었다.
  둘째, 동북에 주둔하고 있던 팔가군이 대량으로 관내에 파견돼 태평천국 혁
명을 진압하는 싸움에서 전사했기에 동북의 만주기인(旗人) 인구가 감소됐

고 그들이 경작하던 기지(旗地)가 황폐하게 됐으며 이에 따라 기인들의 생활도 곤궁에 빠지게 됐다.

셋째, 청나라 정부는 외국에 줄 배상금으로 해마다 재물과 양식을 공급하다 보니 동북의 재정도 고갈됐다.

넷째, 해마다 관내의 파산 농민들이 물밀 듯이 흘러나왔기에 사회가 불안정했다.

상술한 형세는 청나라 정부로 하여금 동북의 변방을 수호하고 사회질서를 온정시키며 재정 수입을 증가하기 위해서는 종래로 실시하던 봉금정책을 바꾸지 않을 수 없었다.

그래서 청나라 정부는 기왕 봉금정책으로부터 개척사업의 승인, 나아가서는 이민실변(移民實邊)정책을 실시하게 됐다. 이 시기에 북부 조선의 빈민들도 이조 정부의 쇄국정책을 박차고 가족 모두가 월강해 양강 북안으로 이주해 왔다.

특히 1861년, 1863년, 1866년, 1869년, 1870년의 수재, 한재, 충재 등 자연재해로 인해 농민들은 기아의 도탄속에 빠지게 됐다. 예컨대 1869년(기사년) 함경도 6진은 수재와 흉년으로 인해 전답은 거의 전폐됐고 농민들은 초근 목피로 겨우 목숨을 이어가는 비참한 경지에 처했고 아사(餓死)한 시체는 길가에 널려져 있었다고 한다. 강건너 월편의 비옥한 땅을 찾아서 기민들은 '월강죄'를 무릅쓰고 무리를 지어 이주해 왔는데 심지어 경비하는 토졸까지도 가족과 함께 건너왔다.

압록강반의 정황을 놓고 보더라도 1872년 함경도 삼수, 인저로부터 후창(厚昌)군의 막치까지 400여리 압록강 대안의 동북땅에는 18개 촌락이 있었는데 조선 주민이 193가구, 1613명이 정착해 있었고 후창군의 대안인 청금동(清金洞)으로부터 삼도구(三道溝)까지의 150리 간에는 277가구, 1466명의 조선 주민들이 이미 정착해 농사를 짓고 있었다고 한다.

이 사실은 당시 후창군 관원인 최종범(崔宗範)이 압록강 북안 노령 이남지구를 시찰하고 쓴 '강북일기'(江北日記)에 기재돼 있는데 물론 그의 시찰은 암암리에 진행된 극히 초보적인 답사였고 특히 노령이북 내지(환인, 훈강, 훈경, 통화 등)에 많은 조선민간들이 살고 있었다는 것도 밝혔다. 압록강 상류 대안에 이렇게 많은 조선간민들이 거주하고 있는 실정에 근거해 당시 성경장군(盛京將軍)은 조선 이주민의 처리에 대해 조정에 문의한 즉 '외국인과 달리 대할 것'이며 종래의 실례를 보아 그들은 종당에 '청나라에 귀화될 것이니 내버려 두라'는 것이었다.

이리하여 압록강 북안에서 조선 주민들의 거주는 묵인됐다. 두만강 북안인 연변에도 1866년 경원부 아산진의 75명 주민들이 가족 모두 월강해 왔으며 1867년 3월 훈춘 대안인 로시아 변경에는 이미 1000여명 조선 농민들이 정착해 있었다고 한다. 1870년 10월 경흥부 아오지진의 한 부락 15가구 농민들은 하루밤 사이에 가족 모두가 월강해 왔다고 한다.

훈춘협령이라는 중국관부가 눈앞에 있는 곳에서 이러한 즉 관부를 멀리한 두만강 상류나 중류의 무산, 회령 일대로부터 월강해 온 이주민들의 수는 더욱 많았던 것이다. 이주민들은 비단 강역에만 이주했을 뿐만아니라 멀리 왕청, 영안까지 들어가 정착했다.

1871년 영고탑부도통(寧古塔付都統)은 조선 정부의 요구에 따라 영고탑 부근에 흘러 들어온 조선인 454명을 조선으로 소환시켰다고 한다. 조상의 무덤을 버리고 정든 조국의 땅을 등지고 월경죄도 □다하면서 범월해 온 당시 조선이민의 처지는 그야말로 비참했다.

'동3성정략'(東三省政略)의 기재에 의하면 이주민들은 기아에 허덕이면서 목숨을 유지하기 위해 자기의 자녀를 한인(漢人)에게 양자로 주는가 하면 심지어 쌀 한말과 일남일녀를 바꿔 끼니를 채웠다고도 한다.

1881년에 청나라 정부는 조선인과 한족들이 연병의 봉금지에서 이미 정착하고 개황을 한 기성사실을 어찌할 수 없었으며 또 수시로 변경을 침범해 들어오는 러시아 세력을 방지하고 고갈된 재정수입을 증가하기 위해 연변의 남황금산위장(南荒禁山圍場)을 개방했고 1883년에는 봉천과 조선, 길림과 조선간의 지방무역협정을 체결해 200여년 지속해 실시하던 봉금정책을 폐지하고 '이민실변' 정책을 실시했다. 청나라 정부는 훈춘에 '초간국'을 설치해 조선 이주민의 거주를 승인했을 뿐만 아니라 관내와 요동에 사람을 파견해 이주민들을 모아 변강개발에 힘썼다.

그러나 교통이 불편한데다 길림이나 흑룡강지구를 개발할 비옥한 땅이 얼마든지 있어 한족유민들이 연변으로 이주하는 경우는 그리 많지 않았다.

이와는 반대로 강을 사이에 두고 있는 조선 북부의 빈민들은 살길을 찾아 줄지어 이주해 왔다. 이 시기 한족 유민들과 조선 이주민들은 비록 살길을 찾아 연변으로 이주해 오Tdmsk 이들이야말로 청나라의 봉금정책을 타파시키고 양강 이북을 개척한 주력군이었다.

그들은 200여년 동안 청나라의 봉금정책과 이조의 쇄국정책을 반대해 '범금잠입'을 견지해 왔고 1860년대에는 드디어 집단적인 범월행동을 진행함으로써 봉건정부로 하여금 봉금정책을 폐지시키게 했다. 비록 청나라 정부에서는 외세의 침략을 방비하며 재정수입을 증가하려고 '이민실변' 정책을 실시했으나 그것은 어디까지나 광범한 한족유민과 조선족 이주민들이 이미 대거 봉금지에 들어와 정착, 개간하고 있는 기성사실을 승인하지 않을 수없는 전제하에서 실시한 정책이었다.

이렇게 설치된 조선 이주민 인구는 금후 조선족의 집거구가 연변에 형성될 수 있는 조건을 만들어 놓았고 또 집거구의 형성은 조선족의 민족공동체 형성 및 민족문화의 계승, 발전을 위해 거대하고도 적극적인 의의를 부여했다.

< 제3시기- 제한된 이민 >
- 황무지 개척

조선족 이주의 제3시기는 1885년부터 1910년 시기인데 이 시기는 제한된 이민시기라고 말할 수 있다. 상술한 바와 같이 청나라 정부는 비록 한족의 이주는 장려했으나 조선족 주민들은 조선에서처럼 제한했다.

또한 거주민에 대해서도 '머리태를 뙇고 호복을 입을 것'을 강요했다. 만약 '치발역복'을 하지 않고 귀화하지 않으면 경작한 토지를 몰수해 관전(官田)으로 만들었다.

그리고 '비귀화인'에 대해서는 오직 기인(旗人)들의 '문하인'(門下人)이나 소작농으로 밖에 있을 수 없게 했다.

그러나 개척시기인 연변에는 인구가 희소하고 개척할 땅들이 도처에 있었으며 게다가 개척 3년간은 조세나 조자(粗子)를 납부하지 않았고 3년 이후의 조자도 3할이었기에 조선의 정황보다는 어느모로 보나 훨씬 나았다.

그러므로 북부조선의 빈민들은 부단히 연변으로 이주해 왔다. 그들 중의 일부분은 토지를 취득하기 위해 '치발역복'하고 청나라에 귀화할 것을 표시했으나 대부분 이주민들은 '조상을 배반하는 죄가 무서워' 만주족 기인이나 한족 지주들의 고용인 또는 소작인이 될지라도 치발역복해 청나라에 귀화하려고는 하지 않았다. 조선족 이주민의 증가에 따라 압록강, 두만강 이북에는 조선족의 농촌들이 형성됐는데 동변도 일대에는 1899년 28개촌(면이라 불렀다)이 형성됐다.

평안도 관찰사는 이 촌들을 조선의 강계, 초산, 자성, 후창 등 4개 군에 귀속시켜 관리하게 했다. 1897년 이조정부는 서상모를 서변관리사로 임명해 통화현내의 12개, 환인현내의 4개 면과 홍경현 내의 2개면을 관리하게 했는데 당시 이곳의 조선족 인구는 8722호, 3만7000여명이었고 1903년 장백현, 임강현, 집안현, 통화현, 관전현, 환인현, 안동현 등지에는 37개의 조선족 촌이 건립됐고 가구수는 1만6377호, 인구는 5만5593명, 1911년에는 1만3590호, 5만8950명으로 증가됐다.

'이민정책'을 실시하면서 청나라 정부에서는 광할한 땅을 측량해 개인에게 수속비를 징수하고 양도했는데 지방관리들, 상인과 돈있는 부자들은 관청이나 토지정리위원과 연계하거나 뇌물을 먹이고는 헐값으로 토지를 사들였다.

부패한 지방관리들은 관할지를 개인들에게 양도할 때 측량도 하지않고 토지문서에다 그 따의 사방 위치만 대략 적어 주었으니 이런 '엉터리'를 통해 어떤 자들은 몇천평의 땅을 공짜로 취득했다. 이렇게 큰 지주나 토지매매를 통해 벼락부자로 된 자들은 점산호(占山戶)라고 했다. 그들은 이런 수단으로 많은 빈민들이 피땀으로 개척한 땅을 약탈했다. 당시 자신의 피땀으로 토지를 개간하는 농민들은 '포산호'라고 했는데 그들은 돈 없고 권세 없기에 그렇게 많은 땅도 취득하기 곤란했다.

그래도 일찍부터 이주해 와서 개척하고 또 치발역복을 한 조선족 농민들이나 돈 있고 관부와 관계 있는 사람들은 토지를 취득하고 '청표'라는 토지문서를 수여받아 한족이나 기인(旗人)들과 같은 대우를 받았으나 돈 없고 권세 없는데다 치발역복을 거절한 농민들은 자기의 피땀으로 개간한 땅마저 몰수당했다. 관아에서는 몰수한 땅을 다시 한족이나 만주족 기인들에게 당시 500문(한평당)을 받고 양도해 줬다. 그러므로 토지를 몰수당한 농민은 하는 수 없이 '점산호'들의 소작인으로 잔락됐다.

이 시기로부터 1920년대 전반년까지 연변에는 또 '전민제'(佃民制)라고 하는 특수한 토지소유 형태가 존재했다. 전민제란 치발역복을 하지 않고 청나라에 귀화하지 않아 토지 소유권이 없는 조선족 농민들이 토지를 구입하기 위해 귀화한 조선족을 통해 그들의 명의로 관청에 토지 구입을 신청해 취득했는데 이런 경우 대리인으로 나선 입적한 사람이 '명의지주'의 '전민'으로 등록된 것이다.

이렇게 비귀화인들이 토지를 취득할 때 전민들은 명의지주에게 수속비와 수고료로써 취득면적의 10분의 1의 토지나 그에 해당되는 금액을 주어야 했다.

그러므로 전민제는 법적으로 놓고보면 토지소유권은 명예지주에게 있었다. 이런 관계로 연변에서는 토지문제를 둘러싸고 복잡하고도 갈등을 일으키는 문제들이 발생하곤 했다.

- 조국독립과 중국해방이란 두가지 임무를 감당

이시기 각종 역사조건으로 조선족의 집거구의 증심이 점차 연변에 형성되게 됐다. 1890년대까지도 압록강 유역 동변의 조선족들은 연변보다 일찍 이주해 들어왔고 또 인구수도 많았으나 1910년대에 와서 연변일대의 조선족 인구가 10만9500명으로 급격히 증가됐으나 동변도 일대의 인구는 1911년에 가서야 겨우 5만8950명으로 증가됐다. 연변과 동변도 지구의 인구증가폭이 이처럼 격차가 심하게 된 원인은 첫째, 동변도 일대는 압록강 중상류여서 토지가 척박하고 산지가 많아 이주민들은 산비탈을 개간해 밭곡식이나 지을 형편이었다.

둘째, 이곳에는 일찍부터 요동에서 흘러들어온 한족들이 이미 좋은 지방을 차지했기에 뒤늦게야 이주한 조선족 농민들이 발붙일 곳이 적었다. 게다가 토지가 척박하다 보니 이곳의 조선족 기민들도 기회와 조건만 있으면 토지가 비옥한 내지로 이사해 갔다.

셋째, 청나라 정부는 비록 조선족들의 거주는 묵인했으나 종래로 토지소유권은 허락하지 않았다.

그러므로 이곳에 이주해 온 조선족들은 개별적으로 귀화한자 이외에는 처음부터 한족이나 만주지주들의 고용살이나 소작인으로 있었다. 비록 어떤 조선족 이주민들은 자기가 손수 황무지를 개간하였으나 1905년 일본 침략자들이 남만주에 침입해 중국과 일본의 모순이 점차 격화됨에 따라 봉천장군은 조선족 이주민들이 경작한 땅을 '구전'이라 하여 기한내에 관아에서 몰수하고 한족 또는 만주족 지주들에게 전매했다.

그러므로 동변도 일대에는 조선족 이주민이 점차 적게 되고 게다가 압록강 철교가 가설되고 안동~봉천 철도와 조선의 신의주~경성철도가 인접되니 서부조선의 이주민들은 철도를 통해 요녕으로 이주하게 됐다. 이와는 반대로 연변은 일찍부터 인구가 희소하고 토지가 비옥했고 교통이 불편해 요동일대로부터 흘러들어오는 한족 유민이 적었으며 두만강을 사이에 두고 있는 함경도 조선족 농민들의 이주가 쉬웠다.

둘째, 청나라 정부는 봉금을 폐지하고 이민실변 정책을 실시할 때부터 조선족의 거주권과 개척권, 토지소유권을 허용했다. 비록 '치발역복'을 강조했으나 '전민제'라는 방법을 통해 토지를 취득할 수 있었다.

1909년 '간도협약' 제3조와 제5조에도 조선족의 거주권, 재산 및 토지소유권 등 기성사실을 승인했다. 1900년 동북에서 의화단 투쟁이 발생되자 제정 러시아는 침략군을 파견해 7개 노선으로 동북을 침범했는데 러시아군은 7월30일 훈춘을 점령한데 이어 국자가에 쳐들어왔고 9월에는 돈화, 길림까지 점령했다.

이런 혼란한 시기에 권세있는 한족과 만주족들은 전쟁을 피해 길림방면으로 피난했다. 그리하여 1900년 일-러 전쟁이 끝날때까지 조선과 중국 동북은 제정 러시아의 손아귀에 있었다. 이조 조선의 친러파들은 러시아 세력을 등에 업고 연변 조선족을 보호한다는 명의로 1903년 이범윤을 '간도관리사'로 파견해 용정 부근에 '사포대'까지 건립했다.

이런 정세속에서 북부 조선의 농민들의 연변 이주는 더욱 증가됐다. 일-러 전쟁에서 승리한 일본 침략군은 제정 러시아의 손에서 조선과 중국 동북의 남만주를 관리했을 뿐만아니라 1907년 8월에는 '간도소속 미해결'과 '조선인 보호'를 구실로 군과 경찰을 파견해 연변에다 '통감부 파출소'를 설치했다. 일제는 연변을 통제함으로써 조선에 대한 저들의 식민통치를 보장하며 나아가서는 연변으로 하여금 장차 '만주-몽골'을 침략하는 '뒷문'으로 삼으려는 것이었다.

1909년 9월에 일제는 청나라 정부를 협박해 '간도협약'을 체결하고 연변의 용정, 두도구, 국자가, 배초구, 훈춘 등 5개 지구를 상부지로 개방하고 일본인으로 하여금 연변에서 자유로 공상업을 경영할 수 있게 했으며 길림부터 회령간의 철도부설권, 그리고 관할 영토 조선인에 대한 영사재판권 등을 취득함으로써 연변으로 하여금 일제가 금후 '만주-몽골' 침략을 하는 동남기지로 만들었다. 조선과 만주에 대한 일제 침략은 조선족들의 정치생활에 커다란 변화를 가져오게 했다.

그것은 첫째로 일제와 조선족간의 민족모순이 전례없이 격화됐다. 특히 이 시기 조선에서 일제의 식민통치로 인해 활동이 곤란한 반일 인사들 그리고 '망국노'가 되려고 하지 않은 조선족들이 물밀듯이 중국 동북으로 이주해 오기 시작했다.

동변도의 조선족 집거구를 반일민족독립운동의 기지로 삼으려고 이곳에 와서 '서전서숙'과 창동, 광성, 정동 등 강습소를 건립하고 조선족 이주민들에게 반일민족독립사상을 선전해 반일 인재를 양성하기에 힘썼다.

그리하여 이 시기 조선족 이주민들에게는 반일민족의식이 고조됐으며 지난날 청나라 정부의 민족동화 정책과 봉건 착취를 반대하면서 항일투쟁에 나섰다. 1909년 연변의 일부 반일 인사들은 일제의 통제로부터 이탈해 중국인에 의거해 반일운동을 전개하고 반일교육을 보급하기 위해 '간민교육회'를 건립했다.

그리고 조선족들의 귀화입적을 권유하고 광성강습소에 단기사법과를 설치해 교원양성에 힘씀으로써 연변의 반일계몽운동을 발전시키기에 힘썼다. 그들은 또 '간도협약'의 체결을 반대해 '연의회'(捐義會)를 조직해 길림당국에 '나라가 백성을 득하면 흥하고 상실하면 망하는데 조선족 이주민도 중화의 백성이거늘 어찌하여 일제에게 그의 형사재판권을 넘길 수 있겠는가!'라고 하는 항의서를 제출해 광범한 기타 형제민족들과 함께 반일활동을 전개했다.

이로부터 1945년의 광복까지 중국 조선족의 반제반봉건 투쟁에서는 두가지 사명이 안겨졌는데 하나는 조선민족으로서 조선의 민족독립을 쟁취하기 위한 것이고 다른 하나는 중국에 거주하는 소수민족으로서 제국주의 침략으로부터 자기의 향토를 수호하는 것이었다. '한몸에 조선 독립과 중국 해방이란 두가지 임무를 걸머진' 이 사명은 조선족이 처한 특수한 역사조건하에서 역사가 부여한 '특수한 사명'이기도 했다.

< 제4시기 – 자유이민 >

조선족 이주의 제4시기는 크게 구분해 1910년 이후부터 1931년 9.18사변(만주사변)까지의 '자유이민'이다.

이 시기는 다시 1910년부터 1920년까지와 1920년부터 1931년까지로 구분된다.

- 수전경작의 확대

1910년부터 1920년까지는 일제 침략으로 하여 조선의 '망국'과 더불어 조선에서 일제의 악랄한 헌병통치와 '토지조사'의 명의하에서 토지를 약탈당하고 경작권을 박탈당한 빈민들이 대거 이주해 왔다.

통계에 의하면 1911년전 동북의 조선족 인구가 약 16만8450명이었으며 1922년에는 51만5865명으로 증가됐는데 그 중의 62.7%는 연변에 거주했다. 당시 연변의 조선족 인구는 연변 총인구의 82.2%를 차지했다.

1920년부터 1931년간에는 주로 일제의 토지약탈과 '산미증식계획'으로 파산됐거나 빈궁에 허덕이던 농민들을 위주로 이주해 왔다. 1931년의 통계에 의하면 전 동북의 조선족 인구는 63만982명으로 증가됐다. 그 중 연변에는 38만2405명이 거주하고 있었다. 이 시기 조선족들은 전 동북의 방방곡곡에 정착했는데 특히 북만주의 송강, 합강과 치치하얼 지구의 조선족인구가 현저히 증가됐고 또 서만주 지구에도 분포됐다.

또한 이 시기에는 비단 북부 조선인이 이주했을 뿐만아니라 남부 조선 특히는 삼남도 지방 농민들의 이주가 날로 증가됐다. 이주 노선상에서도 안봉(安奉)선과 조선의 경의선, 천도(天圖)선과 북선철도가 접선돼 지난날 교통이 불편해 두만강, 압록강의 상류로부터 도강하던 것이 이때에는 남부조선 농민들도 철도를 통해 직접 심양에 들어와서는 그곳에서 다시 이주민들도 철도를 통해 연변을 거쳐 다시 영안과 길림 지구로 재이주했다.

조선 도시의 주민과 실업노동자들도 이주해 와서 동북의 각 중소도시에 정착했다. 공상업과 노동자들의 이주가 증가되고 경제가 발전하고 상품교환이 빈번하게 되니 비록 크지는 않으나 조선족을 위주로 하는 소도시도 형성됐다.

예컨대 연변에서는 용정, 남양평, 회경가, 이도구와 백초구와 같은 농업, 수공업품 교류집산지가 건립됐고 국자가, 두도구, 대립자, 동불사, 명월구, 팔도구, 훈춘과 남만의 관전, 신민, 임강, 집안과 같은 도시에는 이미 중국인 도시가 형성된 기초위에 그 한 모퉁이에 조선족 거리가 형성됐다. 당시 남만주의 봉천성 거주 조선족들의 직업 정황을 놓고보면 농업 1만3619가구, 상업 399가구, 어업 8가구, 정미업 55가구, 숙박업 46가구, 음식요리업 75가구, 이발업 8가구, 은행사원과 관공리 76가구, 교원 79가구, 의사 18가구, 일용인 856가구, 기타 425가구 등 합계 1만5662가구, 8만5019명이었다.

특히 연변의 용정은 간도 뿐만아니라 전 동북과 시베리아를 포함한 해외 조선족들의 문화중심지로 됐는데 당시 용정에는 중학만 해도 6개소(여자중학 2개소)가 있었으며 '간도일보' '간도신보' '민성보' 등과 조선의 각 신문사 지점들이 설치됐고 조선의 많은 문학가들도 용정을 거점으로 문학, 예술 활동을 전개했다.

그러므로 북만주, 시베리아와 심지어는 조선 국내의 허다한 청년학생들과 지식인들이 취학과 탐구를 위해 용정에 모여들었다. 조선족 이주민 특히 함경남도, 평안남도 이남의 이주민들의 증가는 동북의 수전경작을 크게 발전시켰다. 원래 동북에서의 수전경작은 고대 발해국이 멸망된 이후 그 종적을 감추었으나 근대에 와서 조선족 이주민에 의해 또다시 벼농사가 재생됐다.

1845년 혼강유역인 관전 하루하, 1861년 안동현 삼도랑두에서도 벼농사를 시작했다가 중단됐으나 1875년 통화지구의 하전자의 벼농사로부터 남만주 지구의 수전은 점차 확대됐고 연변에서는 1880년 회령부의 두만강 대안에서 부터 벼농사가 시작돼 점차 각지에 파급됐다.

특히 제1차 세계대전 기간과 그 후 세계시장에서의 입쌀 수요량이 증가되고 쌀값이 등귀됨에 따라 동북 각지의 중국 지주들은 이런 좋은 경기하에서 조선족 농민을 모집해 황무지를 개척하거나 한족의 전답을 개간해 수전경작을 했다.

이 시기 일본제국주의 자들도 본국의 식량부족을 조선미나 만주미로 채우

려고 1918년부터 1922년에 '동양척식회사' 지점과 '동아권업회사'를 설립하고
동북의 토지를 약탈해 농장을 꾸려 조선족 농민을 고용하거나 소작을 줘 수
전을 개척하게 했다.
　그리고 조선의 일부 부자나 자본가들도 만주 각지의 황무지를 맡아 농민들
을 모집해 농사를 지었다. 그러므로 이 시기 등북의 농사는 급속히 확대됐다.
당시 조선족 농민들은 벼농사를 할 수 있는 곳을 찾아서 이주했다.
　그러므로 조선족이 이주하는 곳에는 어디나 전답이 개척되고 벼파도가 넘
실거렸다. 어떤 의미로 말하면 동북 조선족의 이주사는 근대 동북의 수전발
전사라고도 말할 수 있을만큼 동북의 농업경제 발전에 거대한 기여를 했다.

　- 일제 핍박으로 '망국노' 신세
　이시기 동북에 대한 일제 침략이 가시화됨에 따라 조선족의 법적 문제를
둘러싸고 중국과 일본과의 모순이 더욱 복잡하고 첨예하게 대립됐다.
　중국과 일본의 모순은 대체로 다음 두 시기로 나눌 수 있다. 하나는 1910년
이후부터 1925년 '미쯔야 협정'까지로 볼 수 있다. 이 시기 일제는 특히 1915
년 5월 중국 북양정부의 원세개를 농락, 위협해 '21개 조약'을 체결한 후 남
만주와 동부 몽골지방의 일본인에 대한 '치외법권' 문제는 비단 이곳 일본인
뿐만아니라 일-한합병이후 '일본신민'으로 된 전 동북 조선인 거주민에게도
적용된다고 주장하면서 1909년에 체결한 '간도협약'마저도 부정하려 했다.
　재만주 조선인에 대한 일본의 치외법권을 강요한 주모자는 다름아닌 당시
의 조선총독 데라우찌 마사다께 대장이었다. 그의 견해에 의하면 재만조선인
을 일제가 통제하지 못하면 만주의 조선족 집거구는 일본 통치를 벗어나 반
일민족독립운동의 기지로 돼 조선에 대한 식민지 통치를 위협한다는 억지
주장을 폈다.
　특히 간도(연변)에는 조선족의 다수가 거주하고 있는데 1909년 '간도협약'
에는 간도조선인에게는 거주권과 토지소유권이 있고 중국인과 평등으로 중
국의 법률이 적용된다고 규정돼 있었다. 그러므로 간도의 조선인을 통치하기
위해서는 '간도협약'을 무효로 하더라도 '21개 조약'을 적용해 간도 조선인
에 대한 '치외법권'을 취득해 그들을 통제해야 한다는 것이다. 이에 대해 중
국 정부는 '21개 조약'은 남만주, 동부 몽골지구에 적용되는 것이고 간도의
조선인에게는 여전히 '간도협약'이 유효하다고 주장하면서 일제의 음흉한
간계를 반박했다.
　중국 당국이 이와 같이 주장하는 까닭은 연변 인구의 절대 다수를 차지하
며 게다가 토지소유권마저 향유하고 있는 연변 조선족에 대한 통치권을 일
본에 넘겨 준다는 것은 연변의 영토주권을 일제에 넘겨주는 것과 마찬가지
로 되기 때문이었다. 이와 같이 중국과 일본 양국간에는 간도 조선인의 법적
지위문제를 둘러싸고 첨예한 외교갈등이 전개됐다.
　중국정부는 9월10일 외무부를 통해 일본 고하다 대리 공사에게 '만주-몽골

조약'은 '간도협약'의 효력에 대해 하등의 관계가 없다는 항의를 제출하고 일제의 무리한 해석을 반박하면서 간도협약의 유효성을 주장했다. 동시에 중국정부는 일제에 대항해 새로 수정된 '5년이사 거주자'는 중국에 입적 할 수 있다는 국적법을 공포하고 조선족으로 하여금 일본의 통치기반에서 이탈해 중국 국적에 입적할 것을 강조했다.

이리하여 1910년 후반기부터 각지의 조선족들은 합법적인 거주권과 토지를 취득하기 위해 분분히 중국 국적에 입적했다.

두 번째 시기인 1925년부터 1931년 9.18사변전까지의 중국과 일본의 모순은 동북의 각 민족들의 반일정서의 격앙에 따라 더욱 첨예해 졌다. 이로 인해 하등의 권리가 없었던 조선족은 '고래싸움에 새우가 녹아난다'는 격으로 그 처지가 매우 곤란했다. 1925년 6월 일제는 조선족 반일단체들이 중국 국적에 입적하고 만주를 활동무대로 항일투쟁을 계속 전개하며 수시로 조선을 습격, 일본의 식민통치를 위협한다는 것을 진압하기 위해 조선총독부 경부국장 미쯔야를 봉천(심양)정부에 파견해 봉천군경을 통해 조선인 반일단체를 색출하고 반일인사를 체포해 일본 당국에 인도하는 '미쯔야 협정'을 체결했다.

친일파인 장작림 군벌은 일제 침략자의 요구를 승인했는데 그들도 다른 한편 동북지방에서 조선인 반일운동이 흥성하게 되면 일제는 이를 구실로 출병하거나 저들의 세력범위를 확장하려는 정황에서 오직 조선인을 구출해야만이 '조선족을 색출하거나 보호할 필요도 없거니와 중-일 지방경찰간의 교섭과 분규문제로 없을 것'이라고 인정했다.

그러므로 봉천당국은 '미쯔야 협정'이후 '일제의 동북침략의 선구'이며 '외교분규의 화근'인 조선족들을 될 수록 자발적으로 조선으로 철거시키기 위해 조선인에게 '토지를 개간하는 것을 엄금'하며 '조선인의 토지경영을 금지'했다.

오직 조선족들에게는 피고용권만 있으며 고용합동도 1년을 기한으로 하되 만기가 되면 다시 새로 계약을 맺되 반드시 관부의 허가를 취득 할 것 등 수다한 '훈령' '밀령' 등을 각 현에 발송했다. 특히 1927년 6월 일제는 압록강 상류 집안, 장백, 임강 일대에 토벌기지를 설치하고 그곳의 조선족을 통제하기 위해 임강현성에 일본영사 분관을 설치하려다가 봉천성 각계 인사들의 강력한 반대를 받고 실패했다. 이를 '임강살령사건' '모아산사건'이라고도 했는데 이후 봉천당국은 조선인에 대한 '탄압-박해' 정책을 더욱 강화했다.

남만주 각지의 조선족 유지 인사들과 반일단체에서는 조선인 문제의 수습을 위해 '대책위원회' 등을 세우고 대책을 강구했다. 가장 절실한 문제는 일제의 음모를 폭로하며 조선족으로 하여금 일제의 통치기반을 이탈해 중국 국적에 입적하며 아울러 중국에서 조선족이 '자치를 실시'하자는 것이었다. 그리하여 대표를 봉찬당국과 북경정부에 파견해 청원서를 제출했다.

그러나 중국 정부에서는 비록 조선족의 입적은 허용하나 자치는 불허했다. 사실 일제나 중국 군벌정부의 통치하에 조선족의 자치권을 취득한다는 것은

'호랑이에게 호랑이의 가죽을 달라'는 격이어서 그것은 불가능할 뿐만 아니라 설령 자치권을 취득했다 해도 그것은 형식뿐 광범한 조선족 이주민들의 평등과 민주권리란 있을 수 없었다.

총체적으로 당시 일제는 만주를 침략하기 위해, 중국 정부는 영토주권의 수호를 위해 각기 부동한 입장에서 조선족을 대했다. 양국 관리들은 자기들에게 유리할 때는 조선족을 '보호'한다는 구실하에 조선족을 이용하려 하고 저들에게 불리할 때는 조선족에 대한 탄압-박해 정책들을 서슴없이 감행했던 것이다.

양국의 간섭하에 권리없는 '망국노'신세인 조선족들은 2중, 3중의 압박과 착취를 받으면서 도처로 유랑하며 떠돌아 다녔다. 비록 중국 조선족의 80% 이상이 농업에 종사하였으나 조선족 농촌에도 계급분화가 생겼다.

개별적이나마 이주할 때 상당한 자금을 지참해 토지를 구매하거나 다면적의 토지를 분할해 소작을 주거나 일꾼을 두고 농사짓는 지주나 부농도 있었으며 경작시키는 경영지주들도 있었다.

또 일찍부터 이주해 온 조선족들 중에는 많은 토지를 점유한 자들도 있었다. 그리고 이 시기 자본주의 경제가 조선족 농촌에 침투됨에 따라 농촌의 계급분화를 가속화시켰다. 생활이 여유롭지 못한 자작농이나 소작농들은 나날이 높아가는 생활비용과 부채상환을 위해 고리대금을 꾸거나 심지어 자경지를 염가로 경매하거나 부채상환으로 차압당하는 등의 현상이 부단히 발생돼 돈있는 자들은 토지확장에 날뛰고 가난한 사람들은 파산의 길을 걷는 비참한 사실이 부단히 발생했다.

문헌자료에 의하면 '새로 이주해 온 농민들은 경작지를 구매할 자력은 전혀 없고 휴대한 지참금도 한집에 평균 20원내지 30원 좌우여서 친척이나 또는 지주들에 의거해 소작살이를 할 수 밖에 없었다.'(1926년 3월 간도와 훈춘 접경지방에 오는 조선족 이주자 조사). 허다한 자료들이 설명해 주는 바와 같이 소작농들은 예외없이 생계를 유지하기 위해 식량과 영농자금을 지주나 고리대금업자에게서 대부받아 겨우 생계를 유지해 나갔다. 그들은 가을에 빚을 상환하게 되면 남은 것이란 거의 없거나 심지어는 빚마저 채 상환할 수 없게 돼 겨울을 나기 어려울 지경에 빠졌다.

소작농은 물론 자작농들의 생활도 안정되지 못해 해마다 다른 곳으로 이주해 갔다. 비교적 경제기초가 튼튼한 연변 정황이 이러한 즉 경제가 어려운 남만주나 북만주의 조선족 농민들의 생활실정은 더욱 비참했다.

- 조선족 반일운동의 발전

이 시기 조선족 반일 운동도 크게 발전했다. 반일운동의 변화와 성질에 따라 이 시기의 반일운동을 1910년대와 1920년의 두 시기로 나눌 수 있었다.

1910년대 초기부터 양양된 반일계몽교육 운동은 급속히 발전했다. 1916년 12월 통계에 의하면 연변 4개현과 밀산, 동녕 등지에는 학교 161개소, 학생

4094명, 남만주의 9개현(압록강 북안과 흥경, 통화 , 유하 등)에도 학교 76개
소, 학생 2177명이 있었다. 그 중 연변지구의 명동(화룡), 창동(국자가), 광성
(국자가), 정동(개산툰)학교와 왕청현 라자구 무관학교, 훈춘현 대황구의 북
일학교, 그리고 남만주의 신흥(통화 합니하), 양성(통화), 대사탄(유하)과 동
창(환인) 등 학교들은 많은 반일인재를 배양해 냈다.

 1919년 3.1운동을 계기로 연변과 동변도에서는 허다한 반일무장단체들이 건
립돼 대일작전을 계획했는데 그 중 홍범도를 중심으로 하는 연변의 각 무장
단체들은 1919년 가을부터 이듬해 봄까지 연속해 압록강 대안과 두만강 대안
조선의 일본군경초소들을 습격했고 1920년 6월7일에는 봉오동에서 추격해 오
는 일본 정규군 야스까와 부대에 섬멸적 타격을 안겼다.

 같은 해 10월 홍범도의 연합부대와 김좌진의 북로군 정서군은 청산리 전역
에서 일본군 19사단 37여단의 주력과 격전해 큰 타격을 가해 일제의 '경신년
토벌'을 좌절시켰다. 분에 넘친 일제 침략군은 온갖 야수성을 부려 연변 4개
현과 동녕현 등 5개현에서 근 1만여명의 무고한 조선족과 한족 주민들을 학
살, 체포했고 민가 1320가구를 불태웠다.

 연변 사람들은 이 사건을 '간도참안'이라고 부르며 기억속에 영원히 명기
하고 있다. 1920년 이후 구민족주의자들이 영도하는 반일민족운동의 중심은
점차 남만주와 북만주로 전이해 1925년 남만주에서는 참의부, 정의부로, 북만
주에서는 신민부 등 3개 반일단체가 결성됐다.

 그 후 상술한 3부는 1928년의 유일당조직촉성운동을 통해 남만주에서는 국
민부와 조선혁명당에 의해, 북만주에서는 한족연합회를 경과해 한국독립당이
출범했다. 그러나 구민족주의자들이 영도하는 반일민족운동은 새시대에 떨어
진 지도방침 즉 민중에게 과분한 군자금이나 세금의 징수, 그리고 단순한 군
사행동과 지방주의, 가부장주의의 유습으로 인한 파벌 투쟁으로 군중이 이탈
하게 돼 점차 쇠퇴와 분열의 길을 걸었다.

 그와는 반대로 1920년대 초기부터 전파된 맑스주의 지도하에서의 민족혁명
운동은 동만주를 중심으로 점차 북만주와 남만주에 파급돼 1926년에는 조선
공산당 만주총국 및 그 산하에 동만주, 북만주와 남만주 구역국이 조직되고
각지에는 혁명군중 단체들이 우후죽순처럼 조직됐다. 지난날의 구민족주의지
도자들의 낡은 사상과 지도방침에 환멸을 느낀 젊은이들은 러시아 10월 사
회주의 혁명의 영향하에 '노농혁명'의 길을 선택했고 일본 제국주의, 중국
봉건주의의 압박과 착취로 인해 빈궁에 허덕이던 조선족들도 일제를 타도하
기 위해 사회혁명의 길로 나섰다.

 이리하여 연변사람들은 조선공산당 동만도의 지도하에 1927년 10월, 1928년
9월, 1929년 12월과 1930년 3월에 연속 거세찬 반일시위 운동을 실천했다. 이
와 함께 조선공산주의자들과 지식인들은 '일국일당'의 원칙하에 중국 공산
당에 가입한 후 '중국 혁명을 위하여'라는 깃발을 들고 중국혁명의 승리는
곧 조선혁명의 승리라고 인식하고 무력투쟁에 나섰다.

1920년부터 동북의 조선족들은 중국 공산당의 지도하에 '붉은 5월의 투쟁' '5.30폭동' '길돈 8.1봉기' 그리고 남만주와 북만주에서의 '감조감식' 등의 투쟁을 세차게 전개했다. 연변과 남만주 조선족들은 동북 약수동에서 처음으로 소비예트 정부를 건립했으며 연화유격대, 라자구유격대, 길동유격대, 유하유격대 등 8개 대대의 홍색유격대를 건립하고 일제와 싸워 커다란 역사적 의의를 부여했다.

첫째, 중국 조선족역사를 새 역사 단계로 전입시켰다. 즉 조선족 단독으로 투쟁하던 협애한 울타리에서 탈피해 수억이나 되는 광범한 중국의 각 민족 형제들과 밀접히 연계해 싸웠다는 것이다.

둘째, 투쟁을 통해 수많은 조선족 간부와 임원들이 단련되고 배양됐다. 따라서 이번 투쟁의 경험과 교훈은 미래의 보귀한 거울이 됐다.

셋째, 중국 공산당의 동북지방 조직 역량을 크게 증강시켰다. 중국 공산당이 이끄는 항일유격대와 항일유격근거지가 우선 던저 조선족 집거지구에 건립돼 일제 침략자와 싸웠을 뿐만 아니라 동토의 항일무장 투쟁을 힘있게 펼칠 수 있는 원동력이 됐다.

9) 중국 훈춘 경신 이민사

중국 길림성 훈춘시 경신은 우리 겨레의 전설이 얼기설기 얽혀져 있고 피눈물로 얼룩진 발자취가 역력하고 비장한 항일투쟁사를 수놓은 고장이다. 경신(敬信)은 연변조선족자치주의 훈춘시에서 동남쪽으로 45km, 두만강 하류 지역에 자리잡은 고장이다.

중국 북한 러시아 등 3국의 산천경계를 한눈에 볼 수 있는데다 닭울음소리와 개짖는 소리를 들을 수 있는 독특한 지리적 위치에 처해있다.

< 개간민의 피눈물 >

강희 16년(1677)에 청나라 조정에서는 백두산 및 그 주위 지역을 '황조(皇朝)의 발상성지'라 일컬으면서 '성경이동, 이롱이남, 두만강이북'을 봉금구역으로 정했다. 물론 경신도 그안에 들었다. 이렇게 한 것은 만주족의 상무정신과 기사본습(本習)을 보존하고 국력을 강화하며 이 지역의 인삼, 진주 같은 특산품을 조정에서 독점하려는데 있었다.

봉금초기 유랑민이 봉금지역에 들어서기만 하면 극형에 처했고 조선인들이 두만강을 건너서면 '월강죄'에 걸려 단두대에 올랐다. 그러나 차츰 세월이 흘러감에 따라 조선과 중국관내에서 삼엄한 봉쇄선을 뚫고 봉금구역으로 유랑민들이 죽음을 무릅쓰고 찾아들기 시작했다. 살길을 찾아 헤매는 그들을 중국과 조선에서는 모두 유랑민이라고 불렀다.

'통문관지(通文館志)'의 기재에 의하면 '1740년(갑신) 3월 경원, 경흥, 종성 사람들이 굶주림에 시달리다 못해 가만히 두만강을 건너 월경했다. 처음에는 아산, 그 다음에는 아오지에서 넘어왔다.'고 했다. 조선의 아산과 아오지는 바로 경신의 대안에 위치하고 있다. 경신땅에 들어선 조선족 유랑민은 나무를 찍어 귀틀집을 짓고 농사를 지었으나 청나라 정부는 집을 허물어 버리고 땅을 빼앗은 후 축출했다.

도광 25년(1845년) 이후부터 두만강을 건너오는 유랑민이 부쩍 늘었다. 그들을 내쫓으면 그들이 개간한 땅이 황폐해졌다. 이리하여 토호들이 유랑민을 품팔이군으로 쓰면서부터 봉금이 느슨해지고 이주민도 더욱 많아졌다.

'통문관지' 제4권에는 청나라 동치 8년(1869년) 3월 경신에 1000여호의 조선 이재민이 있었다고 썼다. 이 해가 조선 북관지역에 큰 재해가 든 기사년이다. 파종후에 비 한방울 내리지 않는 왕가뭄이 들어 시냇물은 말라 바닥이 드러나고 밭이랑은 갈라 터졌으며 초목은 말라붙어 불이 일 지경이었다. 게다가 큰 우박까지 내려 대기황이 들었다. 낟알은 한톨도 거두지 못한 조선 북관 이재민들은 이래도 죽고 저래도 죽을 바에는 '월강죄'를 범하더라도 요행을 바라고 두만강을 건넜다.

조선 경흥부의 아오지에서는 하룻 밤 사이에 19세대가 두만강을 넘어 경신에 들어왔다. 경신의 벌등 마을도 이 때에 생겼다. 1870년 김씨성의 두집이 처음으로 두만강을 건너와 오리나무를 찍어 귀틀집을 짓고 묵밭을 일궈 정착했다. 그 후 몇 년 사이에 70여 세대로 늘어났다.

마을이 벌판의 등성이에 있다하여 이름을 벌등이라 불렀다. 1983년 사망한 향년 95세의 김진국 노인은 선친이 벌등에 이주한 후에 이곳에서 태어났다. 헤딩즈(黑頂子)는 경신진 금당마을 뒤등성이에 자리잡은 촌이다. 마을 북쪽이 헤딩즈산인데 산꼭대기가 청바위로 덮여졌기에 마을 이름을 헤딩즈라 불렀다. 지금은 자그마한 마을이지만 발해 시기에는 염주(鹽州주)의 소재지였고 청조말기와 민국 초년에는 진원보(鎭遠堡)의 소재지로서 훈춘 버금으로 가는 이름난 고장이다.

청나라 정부에서는 변방을 지키고 개척하기 위해 1887년에 헤딩즈 둔간대(屯墾隊)를 설치했다. 1860년 '중러북경조약'에 의해 헤딩즈산 양지쪽 물이 두만강으로 흘러드는 곳을 중국땅으로 하고 산 음달쪽 물이 바다로 흘러가는 곳을 러시아 땅으로 했다. 헤딩즈산 말기가 국경선으로 그어져 헤딩즈산 일대가 중국의 변강으로 됐다. 하지만 봉금 때문에 변경지대는 텅비어 있었다.

제정 러시아는 제맘대로 헤딩즈에 초소를 세우고 주택을 짓고 전화선을 가설하고 길을 닦아 침략의 마수를 뻗쳤다. 또 양관평과 구사평 일대를 강점하고 행패를 부리며 헤딩즈 일대를 '중-러 공동으로'한다고 억지 주장했다. 애국관원 오대징이 훈춘 동부변계 문제를 해결하라는 청나라 정부의 어명을 받고 훈춘에 파견됐다. 그는 훈춘부독통 이커탕아와 함께 헤딩즈 일대의 한 치 땅이라도 도로 찾기 위해 제정 러시아와 날카롭게 맞서 싸웠다. 그들과 담판하고 조약을 체결해 국경선을 명확히 하고 1886년 6월 말 전으로 헤딩즈 일대의 러시아 사람들이 물러갈 것을 러시아 담판대표 빠라노브에게 강력

요구하고 서명하게 했다.

 이리하여 십여년간 헤딩즈를 강점하고 있던 제정 러시아 침략자를 축출하고 헤딩즈 일대를 도로 찾았다. 오대징은 이커탕아와 함께 헤딩즈 일대의 변방을 공고히 하기 위해 여러면으로 대책을 강구했다. 청나라 관원을 윤번으로 변경에 파견해 국경을 감시하게 했다. 보병과 기병을 헤딩즈에 주둔시켜 변경을 지키게 함과 아울러 헤딩즈를 거쳐 조선 경흥으로 드나드는 러시아 인들을 검사하게 했다.

 또 이금용을 파견해 헤딩즈 둔간국(屯墾局)을 설립하고 헤딩즈 주둔군 418명을 둔간대로 개편했다. 이 둔간대는 변경을 지키면서 황무지를 개간했다.

 청나라 정부에서는 변강의 실력을 강화하고 제정 러시아의 침략을 방어하기 위해 봉금을 폐지하고 이민실변(移民室邊)의 정책을 실시하기로 결정하고 오대징에게 초민시간(招民試墾)하라고 재삼 어명을 내렸다.

 오대징은 훈춘 초간총국을 세우고 두만강 이북의 길이 700리, 면적 50리에 달하는 구역을 떼내어 조선족 이주민의 황무지 개간 구역으로 확정했다. 이전에 치발역복의 규정을 폐지하고 황무지를 개간하면 토지집조를 내주고 보조금까지 주는 우대정책을 실시했다.

 이리하여 경신에는 조선족 이주민이 대량적으로 들어왔고 더욱이 헤딩즈에는 고급학당, 초간분국, 순경국, 관염국, 법원, 분방(粉坊), 유방(油坊) 등이 있는 전원보의 소재지로 됐다.

 1890년부터 조선족 이주민은 유랑민으로부터 개간민이 됐다. 개간민은 조선족의 별칭으로 됐다.

 광서 17년(1891)의 인구조사에 의하면 진원보의 조선족(신개간민)은 944세대였다. 그들이 개간한 땅은 25만4000여 헥타르나 됐다.

 조선족 이주민들은 200년간 봉금된 황막한 고장에서 첫 괭이 날을 박아서부터 자기의 피땀으로 경신벌을 개척했다.

 하지만 그들의 생활은 갈수록 쪼들리고 살아갈 길이 막연했고 심지어 사경에서 헤매지 않으면 안됐다. 그들은 대부분 조선에서 쪽박을 차고 적수공권으로 이주했다. 그들은 친척이나 벗을 통해 중국사람이 차지한 황무지를 맡아 개간했다. 먹을 것이 없는 데다 부리는 소도 없이 농사일을 했다.

 중국 이주민은 청나라 관리에게 황무지를 얻어 개간하거나 관리들과 결탁해 조선족이 개간한 땅을 빼앗아 차지했다. 그러나 조선족은 첫해, 두해 각종 세금 등을 물고 나면 겨우 입에 풀칠이나 할 정도였다. 세 번째 해에 옥토로 변한 땅에서 소출이 괜찮아지면 그 다음해부터는 지주에게 4~5할의 소작료를 바쳐야 했다. 금당촌에는 산동에서 이주해온 허관련이라는 자가 있었는데 돈푼이나 가지고 있어 초간국의 관리들을 끼고 황무지를 개간한다는 이름을 내걸고 조선족들이 개간한 많은 땅을 차지했다. 그는 일조에 대지주로 됐다.

 허씨는 1901년 조선에서 이주해온 신정희, 오자성, 전경환, 유주사 등 4가구를 소작인으로 받았다. 그는 식량과 소와 황무지를 주어 개간하게 했다. 개간한 뒤 소와 땅은 돌려주고 소작료는 2할을 바치기로 했다. 그러나 그 다음해부터는 5할을 바쳐야 했다. 허관련 지주는 이런 방법으로 조선족 이주민을 소작인으로 받아 100 헥타르의 개간한 땅을 차지했다.

1910년 한일합병 후 금당촌에는 이주민이 더욱 많아졌고 기미만세 후에 부쩍 늘어나 1920년에는 100세대를 훨씬 초과했다. 횡재의 기회를 만났다고 여긴 지주들은 5할의 소작료를 받는 외에 소작료를 탈하여 벼로 바치거나 쌀로 바치게 했으며 벽을 바르지 않으면 땔나무를 해다주는 잡일까지 부과시켰다.

조선족 개간민들은 '부데기(육군)' '순경국' '관염국' 등 이 세 '온역'의 시달림까지 받다보니 고난의 심연속에 더 깊이 빠져 들어갔다. '부데기'는 만주군벌 육군을 가리키는데 그들의 퇀장(團長) 맹부덕(孟富德)의 관할지역에 경신이 들어있었기에 퇀장의 이름으로 그 병사들을 일컫는 별명이었다.

일설은 부연군복 차림을 했다고 해 그렇게 불렀다 한다. 헤딩즈에는 그의 중대 200여명이 초가 20가구를 병영으로 삼고 주둔해 있었다. 이들은 변방보위를 뒷전으로 하고 백성들의 재물을 약탈하는데 이골이 텄다. 제멋대로 남새를 뽑아가고 땔나무를 가져가고 백주에 민가에 뛰어들어 욕심나는 물건이면 들고갔다. 조금이라도 거역하면 붙잡아다 물매를 안겼다. 이런 불행을 미연에 방지하기 위해 '부데기'가 나오면 기장밥에 닭을 잡아 먹였다. 이리하여 마지막에는 씨암탉마저 거덜이 났다.

그다음 '온역'은 순경국의 경찰들이었다. 선통 원년(1909)부터 민국 13년(1924) 기간에 헤딩즈에는 훈춘경찰서 제1분서가 있었다. 적을 때는 14명 많을 때는 21명의 경찰이 있었다. 경찰들은 두리모자에 검은 경찰복에 긴 칼을 차고 다녔다. 경찰들은 사회치안을 유지한다는 미명을 걸고 있었으나 실제로는 지주의 이익을 돌봐주느라 조선족 개간민을 못살게 구는 악한들이었다. 그 누가 소작료를 제때에 물지 못하면 개무리처럼 몰려와 그 사람을 붙잡아다 개굴같은 유치장에 가두고 하루밤에 감방세 당씨 1원씩을 물게했다.

다른 하나의 '온역'은 관염국이었다. 당시 소금을 팔고 사는데도 소금세를 내게했다. 출처를 밝히지 않은 소금이 있기만 하면 5원 내지 10원의 벌금을 내야 했다. 한 세대에서 1년간의 장소금을 마련하려면 조선에 가서 10원어치만 사오면 넉넉했다. 당지에서 관염국의 소금을 사자면 20~30원 주어야 했다. 관염국의 관리들은 소금을 고가로 팔아먹기 위해 소금표를 내주고 조선에 가서 소금을 사지 못하도록 했으며 집집의 소금을 샅샅이 들추면서 사람을 못살게 굴었다.

이밖에도 관부에서는 조선족 개간민들에게 문패세, 인두세, 고용세, 수리세 등 수십종에 달하는 세금을 안겼고 심지어 소를 길러도 사양세를 물어야 했다. 소뿔에 찍은 도장이 희미해지면 확인하기 어렵다는 구실을 대고 세금을 다시 물게 했다. 관부에 대한 개간민들의 원한은 쌓이고 쌓여 일촉즉발 정도에 이르렀다.

당시 경신 회룡봉에도 순경국 분주소가 있었는데 순경 6명이 있었다.

1929년 3월의 어느날 이었다. 마을의 젊은이들이 김한경의 집에 모여 순경들의 행패와 가렴잡세에 대한 원한을 토설하며 격분해했다. 바로 이 때 순경 3명이 개잡은 포수처럼 총을 메고 우쭐렁거리며 내집 드나들 듯 들어왔다.

김규전이 눈에 발각되자 불문곡직하고 그의 멱살을 틀어쥐고 귀뺨을 쳤다. 그는 용정 대성중학교를 졸업한 혁명적 청년이었다.

그는 왜 사람을 치는가고 대들었다.

이 때 누군가 "이놈들을 때려라!"고 외쳤다. 온돌에 앉아있던 10여명 청년들의 분노는 활화산처럼 터졌다. 그들은 "때려라!"고 이구동성으로 외치면서 순경들의 총과 장검을 빼앗고 마음껏 그들을 두들겨 팼다. 순경들은 겨우 줄행낭을 쳤으나 합세한 다른 여섯명의 순경들도 마을 청년들에 의해 모두 분주소에서 축출당했다. 마을사람들이 통쾌해 했으나 보복을 두려워했다. 김규전은 청년들을 모아놓고 분주소 순경들의 죄행을 훈춘현 관부에 고소하는 청원대를 조직하기 위해 농민들을 동원하도록 했다.

이튿날 회룡봉, 밀등의 200여명 농민들이 호호탕탕 대오를 지어 훈춘을 향해 떠났다. 그들이 대팔령 기슭에 이르렀을 때였다. 그들 맞은편에 현의 관리 한사람을 배동해 한 무리의 순경들이 나타났다. 순경들은 농민들을 혼내주기 위해 회룡으로 오는 길이었다.

하지만 농민들의 기세에 눌려 김규전을 대토로 한 담판대표와 대화하지 않으면 안됐다. 담판대표들은 이 6명의 순경들의 죄행을 낱낱이 밝혀 규탄하고 그들을 화룡봉 분주소에서 축출할 것을 강력히 요구했다. 풀이 죽은 관리는 일이 더 어렵게 벌어질 것 같아 그들의 요구를 들어주겠다고 했다. 대표들은 말만으로는 믿을 수 없으니 서류를 작성하고 도장까지 찍어야 한다고 주장해 어렵게 관철시켰다. 순경들은 되돌아가고 농민들은 관부를 반대하는 싸움에서 승리의 기쁨을 안고 회룡봉 마을로 돌아왔다.

< 방천(防川)의 유래 >

훈춘시에서 동남쪽으로 52km가면 방천에 이르게 된다. 지금은 경신의 연화동에서 배를 타면 두만강 물길을 따라서 강동북안에 자리잡은 방천에 이를 수 있다.

이 마을은 중국 대륙 국경선의 맨 동쪽 끝에 자리잡고 있는 첫동네이고 또한 조선족 이주민들이 두만강을 건너와 경신땅에 세운 첫 조선족 마을이다. 바다에 흘러드는 두만강 입구와는 15km 떨어져 있다.

우리민족은 대대손손 이 마을에서 살아왔으며 오늘도 수십여 세대, 100여명 이상의 조선족들이 단란히 모여 살고 있다. 방천의 총 면적은 14평방킬로메터이고 해발은 5m밖에 안된다. 마을 북쪽에는 장고봉이 우뚝 솟아있고 산말기에는 중국과 러시아 국경선이 그어져 있으며 등쪽에는 국경 팻말인 토자패(土字牌)가 꽂혀져 있다. 남쪽에는 두만강이 유유히 흘러가고 두만강 위에는 북한과 러시아를 통하는 두만강 대철교가 무지개처럼 가로 걸려 있다. 서쪽에는 새초봉 기슭으로 훈춘으로 통하는 신작로가 북으로 뻗어 있다.

조선의 두만강리, 러시아의 보드그르나야와 약 2.5km를 사이에 두고 세발솥처럼 '황금 삼각'을 이루고 있다. 방천의 옛 지명은 헤무지(黑穆吉)이다. 만주어로 들보리란 뜻이다.

17세기 80년대에 조선족 이주민들의 발길이 이 고장에 닿기 시작했다. 그 때부터 헤무지라 부르던 이 고장을 방천이라 이름지어 불렀다. 그것은 강변에 버들숲이 무성하다 하여 버들방천에서 버들 두자를 빼 버리고 '방천'이라 한 것이다.

봉금 구역에 든 방천도 인연이 보기 드문 황막한 곳이었다. 어쩌다 꾸야라 사람들이 고기잡이와 바다 수달피를 사냥하느라 올 뿐이었다. 하지만 방천 대안에 있는 조선의 구룡평(두만강리)과 서수라 일대에는 농사짓는 사람이 많아지고 마을이 여기저기 일어났다.

방천은 땅이 기름지고 물산이 풍부했지만 척박한 고장이라 훈춘협령의 카룬(초소) 병사들마저 얼씬거리지 못했다. 대안의 구룡평, 서수라도 조선 경흥부의 감시를 덜 받는 편벽한 곳이었다. 이곳의 농민들이 여름이 되면 두만강이나 방천 늪을 건너와 고기잡이를 했다. 겨울이 되면 방천에 와서 꿩과 멧돼지 사냥을 했고 갈대를 베어 자리를 엮었고 쑥을 베어다 지붕을 이었다.

숙종실록 21권에는 1689년 10월 함경북도 암행어사 이만원(李万元)이 이 지역 사람들이 월경하는 정황을 조정에 보고한 글이 있다.

"6진 사람들은 서수라로부터 시작해 60여리 강변을 따라 고기를 잡고 있었다." "1690년 경오 9월 함경도민 10여명이 훈춘에 가만히 들어가 청나라 사람들을 포살하고 그 사람들이 캔 인삼을 빼앗았다."

서수라와 구룡평 일대의 인구가 일부 농민들은 목숨을 내걸고 아침에 가만히 강을 건너와 밀농사를 짓고 저녁이면 강을 건너 돌아갔다. 이와같이 '조경모귀(朝耕暮歸)'의 농사질이 여간 번거롭지 않다는 것을 느끼게 된 농민들은 아예 방천땅에 농막을 짓고 봄갈이부터 시작해 가을에 탈곡을 마친 뒤 강물이 얼 때까지 내처 거기서 살았다. 그러다 겨울이 되면 지은 곡식을 가지고 돌아갔는데 '조경모귀'는 '춘래추회(春來秋回)'로 발전했다.

19세기 40년대 봉금정책이 완화되자 조선족 이주민들은 남녀노소 불문하고 강을 건너 방천땅에 이사해 왔다. 그들은 집을 짓고 농사했다. 방천의 오랜 거주민 박리근 노인은 조부때부터 방천에 이주해 와 살았다. 그 때는 장고봉 기슭에 10여세대의 주민이 있었다. 그의 조부는 장고봉 너머 카산 호숫가에 집을 짓고 있었다.

1861년 제정 러시아 한 무리의 기마병이 와서 장고봉 저쪽으로 가라고 내쫓으면서 가지 않으면 집에다 불을 지르겠다고 위협했다. 별 수 없이 장고봉을 넘어왔는데 그 때 방천의 조선마을에는 10여세대의 사람들이 살고 있었다.

그 후 조선족 이주민이 날이 갈수록 더 많아졌다. 1882년 이금용(李金鏞)이 이 일대를 시찰하고 쓴 '훈독우존'에는 두만강 어구에 조선족 이주민이 50여 세대 거주하고 있다고 썼다. 청나라 말기 경신을 진원보라고 불렀다. 권하로부터 방천 구간을 처음 경신사(敬信社)라 부르다가 후에 회봉사(會峰社)라 불렀다.

그 때 경신사에는 조선족이 91세대에 485명이 있었고 200여 헥타르의 경지가 있었다. 민국 초년에 한족 이주민 4세대가 방천에 이사해 왔다. 토자패 기슭에 어희수(于希水), 유(由)씨 등 3가구가 있었다. 두 집에서는 술 과자 침직품 일용품을 파는 가게방을 경영하고 있었다. 방천은 물론 눕으메(臥峰山) 사람들까지 이 가게방에 물건을 사러 오는 사람들이 많아 '국제상점'이나 다름 없었다.

눕으메 산기슭의 러시아 땅에도 100여세대의 조선족 이주민들이 살고 있었다.

곡광화(曲光貨)는 두만강 나루터에서 뱃사공으로 있었다. 방천과 구룡평(두만강시) 사이를 오갔는데 방천과 러시아의 조선 사람들이 이 배를 타고 웅기(선봉)와 나진 등지로 드나들었다. 방천사람들이 피땀흘려 일군 땅도 경신의 기타 지방과 마찬가지로 관부와 지주들에게 빼앗겼다.

이전에 방천의 두만강변에는 기름진 긴 사래밭이 있었다. 지금은 강물에 뜯기워 없어졌지만 개간민들이 이 땅을 일궈 놓자 는독을 들인 관청의 관리들은 집조가 없다는 트집을 잡고 학전으로 삼는다는 미명을 걸어 빼앗은 후 왕매춘(王梅春)이란 자를 보내 관리하게 했다. 땅을 빼앗긴 방천사람들은 울며 겨자먹기로 왕씨한테서 그 땅을 소작맡아 농사짓지 않으면 안됐다. 5, 6할을 소작료로 바치고 나면 기한에 허덕이면서 살아가지 않을 수 없었다.

일제가 중국 동북을 침략하는 9.18사변후 일본인들은 방천사람들을 도탄속에 몰아넣고 사선에서 헤매게 만들었다. 아주 전형적인 사실은 장고봉 사건에서 방천사람들이 받은 봉변과 재난에서 찾아볼 수 있다. 경신진 방천 북쪽에 해발 152m 되는 장고봉이 솟아 있다. 1938년 7월 하순부터 8월초 사이에 장고봉을 두고 일본군과 소련군간에 군사충돌이 발생했는데 이 사건이 바로 '장고봉 사건'이다.

일제는 7.7사변을 일으켜 전 중국을 강점하려 시도했다. 또한 경신을 소련 침략의 전진기지로 삼고 원동지구에 마수를 뻗치려고 장고봉 사건을 조작했다.

이것은 일제가 소련 침략의 의도를 띤 전쟁도발이었다.

1938년 7월, 일본정부는 소련정부에 장고봉 부근의 카산호 일대를 일본에 떼어 줄 것을 강요했다. 그 이유는 방천의 조선 사람들이 해마다 3월과 9월에 장고봉에 올라가 제사를 지낸 것이 49년이나 되고 장고봉과 카산호 일대는 '만주땅'이니 만주국에 돌려줘야 한다고 주장했다. 소련정부는 그 요구를 단연히 거절했다.

  1938년 7월15일 오후 일본 헌병 3명이 조선농민 옷차림을 하고 망원경과 사진기를 휴대하고 방천에 왔다. 그들은 마을에서 김해남과 고운팔 등 조선족 두 소년을 길잡이로 앞세우고 장고봉 동남쪽으로 100m쯤 들어가 장고봉과 카산호 일대의 지형을 정탐했다. 헌병 오장 마쯔시마(松島)는 김해남 소년을 보초 세우고 장고봉 북쪽 비탈에 있는 소련군의 토치카와 기타 군사시설을 그렸다. 이도 등 두 헌병은 고운팔 소년을 앞세우고 다른 등성이에 올라가 카산호 일대의 지형을 그렸다. 그러다가 그만 소련 군견의 눈에 띄었다.

  장고봉 봉우리의 소련 초병은 수풀속으로 100m쯤 접근해 와서 마쯔시마를 격살했다. 다른 일본 헌병들은 도망쳐 버렸다. 이것이 장고봉 사건의 도화선이 됐다. 일제는 이 일을 트집장바 회령의 일본 주둔군 부대를 시켜 사초봉에 올라가 토치카를 수축하게 했다.

  7월30일 라남 19사단 사단장 오다가 메가꾸라(尾高龜藏)는 보병 4개중대, 산포병 2개대대, 야전중포포병 1개 대대를 거느리고 두만강을 건너 방천에 집결했다. 일본군은 또 방천의 18세부터 45세의 청장년들을 모두 동원 토치카를 수축하고 군수물자를 수송하고 물을 긷는 등의 일을 시키며 전쟁에 동원시켰다.

  7월31일 밤12시 쯤 일본군은 함경북도 홍의리에서 장고봉에 있는 소련군의 토치카에 대고 대포를 쏘았다. 첫 번째 포탄은 장고봉 북쪽 산꼭대기에, 두 번째포탄은 가운데 산꼭대기에, 세 번째 포탄은 서쪽 산비탈에 떨어졌다. 안개 자욱한 국경선에 울린 야밤의 포성은 장고봉 전투의 신호가 됐다.

  이때 장고봉 산기슭의 숲속에 매복해 있던 일본군 선견부대는 소련군의 철조망을 뚫고 정면으로 장고봉을 공격하고 다른 한 부대는 남쪽으로 소련군 뒤쪽 진지를 치고 다른 한 개 부대는 죄측으로 진공했다. 소련의 장고봉 토치카는 3주일 동안에 전부 철근 콘크리틀 수축한 것인데 무척 견고했다. 소련 홍군 변방군 10여명은 토치카 안에서 일본군의 습격을 완강하게 막아냈다. 그러나 중과부적이어서 8월1일 오전5시40분에 장고봉을 일본군이 점령했다.

  그후 일본군은 카산호 일대로 쳐들어갔다. 소련 변방부대는 진지를 사수하면서 용감하게 반격했다. 그 때 장고봉을 사수하다 장렬히 희생된 소련 홍군 전사들은 크라스키노(연추)에 안장됐다.

  소련군은 8월2일부터 10대의 비행기를 출동시켜 장고봉과 사초봉을 폭격하고 홍의, 경흥 일대를 폭격해 일본군의 군수물자 수송선을 끊었다.

  또 두만강에 들어선 일본군함을 침몰시키고 소련 태평양 함대가 해상통로를 봉쇄했다. 소련 원동군 사령관 부류흐르는 보병 제32사와 기계화 제2려를 거느리고 포시에트에서 직접 작전을 지휘했다. 이러자 전투는 매우 치열해졌다.

  8월4일 소련 국방위원회는 그 어떤 대가를 치르더라도 장고봉을 수복하라고 명령했다. 보병 제32사는 탱크부대를 앞세우고 사초봉을 향해 진공하고 보병 제40사는 한 개의 탱크를 출동시켜 남쪽끝에서 52호 고지를 공격했다.

8월6일 소련군은 일본군 진지와 200m 위치한 지점까지 쳐들어갔다. 오후 4시쯤에는 비행기로 맹렬히 폭격을 가했다. 이날 소련군은 끝내 장고봉 산마루를 점령했다. 그날 밤 일본군은 모든 병력을 투입해 야간 기습으로 다시 장고봉을 점령했다. 첫 교섭은 장고봉 남쪽의 52호 고지에서 열렸고 양쪽 군대의 현재 위치에서 경계를 정하자고 했다.

두 번째 교섭은 장고봉 동쪽 기슭의 희 벽집 즉 고중환씨 집에서 하기로 했다가 방천소학교로 지점을 다시 정했다. 양쪽 군대는 마라톤 회의 결과 국경선을 전쟁전 원위치대로 하기로 결정했다.

세 번째 교섭은 장고봉 동남쪽 능선에서 시체를 교환했다.

이렇게 돼 장고봉 사건은 종말됐다. 방천사람들은 장고봉 사건의 산증인이다. 그들은 일본군의 참패를 목격했다.

일본 정보 부문의 소련과 과장으로 있었던 하야시 사뿌로(林三郎)가 쓴 '관동군과 소련 원동군'이란 책에는 장고봉 전투에서 일본군의 사상자는 1440명인데 그 가운데 전사자가 526명이라고 밝혔다. 장고봉을 강점하고 지키던 일본군 75연대의 사망자가 제일 많았는데 사상자 708명 가운데 전사자가 241명이라고 해 치열한 싸움을 나타냈다.

일본군의 참혹한 패전으로 싸움은 끝났다. 방천에서 시체를 교환할 때 일본군 위급 이상 군관의 시체만해도 100여구나 됐고 병사들의 시체는 부지기수였다고 마을 사람들은 전한다. 그 자리에 있던 일본군 오다가 사단장은 산더미처럼 쌓인 일본군 관병의 시체를 보고 대성통곡했다고 한다.

이것은 일본군이 마땅히 받아야 할 징벌이었다.

경신의 조선족 이주민들은 일본군들이 도발한 장고봉 사건에서 큰 재난을 겪었다. 더구나 방천사람들이 입은 재앙이 더 심했다. 마을의 청장년들이 일본군의 총칼아래 강제로 끌려나가 싸움터에서 군수물자와 부상병들의 시체를 나르다가 목숨을 잃었다. 양관평 나루터어서 배를 타고 함경북도로 피난한 사람들은 피해를 적게 입었지만 마을에 남았던 사람들 가운데서 폭격에 죽은 사람이 적지 않았다.

어느 한 집에서 남편은 싸움터에 끌려나갔고 아내는 일본군의 취사원으로 일했다. 집에는 철부지 아이들이 남아 있었다. 방천사람들 대부분은 정전 후 돌아와보니 집은 무너지고 그 바람에 아이들은 숨지고 말았다.

그 때 방천에는 40여세대 조선족들이 경작지 100헥타르를 짓고 있었다. 전쟁바람에 집은 거의 다 무너지고 100여마리의 소는 폭탄에 맞아 죽었다. 산의 낙엽송은 불에 타버렸다. 사람주검, 소주검이 썩으면서 그 악취로 숨이 막힐 듯 했다.

방천은 수일간의 싸움으로 폐허가 되고 말았다. 방천뿐만아니라 방천과 권하 사이에 있던 회충원, 양관평, 사초봉 등 3개의 마을도 큰 피해를 입었다.

정전 후 일본군은 이 연결지대를 군사금지구역으로 확정하고 이 4개 마을의 160세대의 조선족 이주민들을 강제적으로 축출했다. 그들은 또다시 빈털터리로 살길을 찾아 이주했다. 그들은 개간해 대대로 다루어 오던 370 헥타르의 옥토를 버리고 정든 고장을 떠나 사처로 흩어졌다.

이 때로부터 이 구역에는 일본군 수비대만이 드나들고 백성들은 얼씬거리지 못했다. 광복 후에야 그들은 다시 제 고향으로 돌아와 다시 집을 짓고 복된 살림을 꾸리기 시작했다.

지금 방천은 개혁의 봄바람을 타고 개방의 물보라를 날리며 달리고 있다. 여기가 바로 중국에서 동해와 일본해로 나가는 유일한 '황금수로'다. 방천은 동북아 황금삼각의 '밝은 진주'로 온누리에 찬연한 빛발을 뿌리고 있다.

< 항일의 봉화 >

옥천동은 경신진에서 1.5km 떨어진 마을인데 마을 뒤에는 사철 푸른 소나무가 우거진 산이 있고 앞에는 두만강이 유유히 흐르고 있어 절경을 이룬 아름다운 고장이다. 청나라때 이 마을을 18도집(十八道集)이라고 불렀다. 민국 초기에 마을 북쪽 산기슭에서 구슬같은 샘물이 줄줄 흘러나오는 것을 보고 마을을 옥천동(玉泉洞)이라 이름을 고쳤다.

1917년 일제는 경신일대에 조선족 이주민이 부쩍 늘어나자 '조선사람들의 인신권리를 보호해 준다'는 미명을 내걸고 일본 훈춘사령관의 분관셈인 옥천동에 경찰분주소를 세웠다. 헌병과 경찰 8명을 둔 이 분주소를 사람들은 '옥천동 사령관'이라고 불렀다. 그들은 주위에 30여명의 '무장자위단'을 조직하고 '조선인 거류민회'도 세웠다. 자위단과 거류민회는 조선족의 항일정보를 수집하고 항일독립투쟁을 미친 듯이 탄압했으며 항일군민에 대한 피비린 학살을 감행했다. 많은 세월이 흘렀지만 아직도 '영사관'의 일부 흔적들을 찾아볼 수 있다.

1930년 10월 경신에는 항일세력인 '중공금구위원회'가 창립되고 벌등, 회룡봉, 권하, 5도포, 금당 등에 당지부가 세워졌다. 금당촌 지부는 지부서기 서병렬과 지부위원 김충원, 김호원 등의 지도밑에 반일회, 농민회, 부녀회, 공청단, 삐오네르 등 혁명단체들이 우후죽순처럼 세워졌으며 금당촌에는 항일투쟁의 불길이 활화산처럼 타올랐다.

1932년 봄 '옥천동 영사관'의 왜놈들은 경신벌에 타오르는 항일투쟁의 불길을 꺼버리려고 헌병, 경찰, 무장자위단 100여명으로 조직된 토벌대를 출동시켜 이리떼처럼 마을마다 쏘다니면서 항일투사들을 체포하고 학살했다. 금당에 이른 토벌대는 전체 촌민들을 전승팔이라 부르는 지주집 뜰에 집합시켜 놓고 집문을 마주해 석줄로 세웠다.

그러자 반역자 김규병 등이 집안에서 창구멍으로 밖을 내다보며 공산당원과 항일군중단체의 책임자들을 지목했다. 그러면 헌병과 경찰들이 그들을 붙잡아냈다. 토벌대는 박인국, 김원봉, 김병찬, 김병국, 유병혁 등 5명의 항일투사들의 손발을 묶은 후 그들 주위에 장작을 산더미처럼 쌓아 놓았다. 토벌대는 날창을 꽂은 총을 들고 그들을 포위했다.

　그런 다음 '영사관' 책임자가 '공산당과 내통하고 대일본제국을 반대하면 이렇게 죽는다.'라고 고래고래 소리질렀다. 토벌대는 장작더미에 휘발유를 뿌리고 불을 질렀다. 항일투사들은 참혹한 죽음을 당했다. 이 비참한 정경을 지켜보던 사람들은 격분하면서 눈물을 흘리며 치를 떨었다.

　여기서 성이 풀리지 않은 토벌대는 밀등과 도롬메로 나갔지만 피신한 항일투사들을 찾지 못하게 되자 무고한 청년 1명과 어린이 5명을 학살했다.

　또 경신대에서 검거 체포의 선풍을 일으킨 토벌대는 한꺼번에 12명을 체포해 '영사관'의 유치장에 감금했다. 영사관의 사무실과 취조실 곁에 감방이 있었다. 사무실 밑에는 지하탄약실이 있었다. 놈들이 12명을 체포하기는 했어도 그들의 자세한 활동 내막을 모르고 있었다. 이리하여 안홍춘, 김병일 등을 주모자로 여기고 족쇄를 채워 감금하고 나머지는 허리띠만 빼앗고 감금했다. 감금된 사람들 가운데 훈춘현위 군사부장 박지영이 있었다. 나머지는 대부분 군중들이었다. 박지영은 그들과 마음을 나누면서 자유와 해방을 얻자면 투쟁해야 한다는 도리를 설명했다. 토벌대들은 다음날부터 한사람씩 불러내다 경신향 당조직 성원의 이름을 대라고 고문했다. 그들은 반주검이 돼 감방으로 돌아오곤 했다.

　박지영을 끌고간 토벌대는 그의 웃옷을 벗겨 달아메고 가죽띠로 치고 고춧물을 코에 부어 넣으며 고문했지만 '학생들에게 글을 가르쳤을 뿐 다른 것은 모른다.'고 잘라 말했다. 토벌대들이 박지영에거 악형을 가했지만 그는 당의 비밀을 끝까지 숨겼다. 감방안의 사람들은 그에게 믿음이 가 그 주위로 한결같이 뭉쳤다. 감방에 갇힌지 열흘만에 토벌대는 정기선을 석방하면서 '네놈들이 그냥 말하지 않으며 몽땅 총살하겠다.' 그 으름장을 놓았다. 또 '며칠 후에 조선경찰서에 넘긴다.'고 귀띔해주는 사람도 있었다. 박지영은 놈들의 음모를 간파하고 동지들과 하루속히 탈출해야 겠다고 맘먹었다. 박지영은 먼저 김양업을 찾아 의향을 말하자 찬성해 그들 둘은 다름 감방안 사람들과 연계해 탈옥하기로 결의했다.

　하지만 손에 쇠붙이 한조각 없이 맨주먹으로 콩크리트 바닥이나 벽돌벽을 뚫고 쇠창살을 없앤다는 것은 막연한 일이었다. 의논 끝에 놈들의 경계가 약한 틈을 타 감방문을 무너뜨리고 나가기로 하고 탈옥할 행동계획을 빈틈없이 짰다. 그들이 감방에 들어온지 열엿새 되는 날 아침, 감방 밖을 보니 여섯 놈은 밥먹으러 가고 '영사관'에는 두명밖에 남지 않았다. 허순사는 아침밥을 떠서 구멍으로 감방안에 들여보내고 고순사는 무슨 일을 하는지 들락날락하고 있었다.

　감방안에서는 고순사가 밖에 나간 틈을 타 미리 짠 계획대로 한 사람이 밥그릇을 콩크리트 바닥에 내동댕이 쳤다. 쨍그랑 하는 소리에 놀란 허순사는 엉겁결에 일을 멈추고 감방 출입문을 비스듬히 열고 무슨 일인가 외치며 야단쳤다. 순간 힘장하로 이름난 박지영은 손에 들었던 밥그릇을 허순사의 관자노리를 겨냥해 내리쳤다. 허순사는 버둥거리다가 그 자리에 거꾸러졌다.

박지영은 비호같이 날렵하게 감방문을 박차고 나오면서 '손을 써라'고 고함쳤다. 그가 취조실의 난로를 걸어차 안은 뿌연 먼지로 뒤덮였다. 박지영은 벽에 걸린 장검을 벗겨 허순사의 가슴팍을 찔렀다. 놈은 찍소리 못하고 엎어졌다.

이 때 박창헌은 감방문을 차고 나와 취조실 문 밖으로 나왔다. 그는 뜨락에서 서성거리고 있던 고순사와 육박전을 벌였다. 고순사는 밑에 깔리우는 틈을 타 권총을 빼 박창헌을 쏴 숨지게 하고는 탈옥자들이 한꺼번에 밖으로 몰려나오자 엉겁결에 식당쪽으로 도망쳐 버렸다.

박지영은 탈옥자들을 거느리고 사무실문을 부수고 들어가 장총 11자루를 꺼내 여덟사람에게 나눠주고 뒷산으로 달음질 쳤다. 족쇄를 부수지 못한 두 사람은 탈옥하지 못했다.

강재명은 뛰다가 철조망에 걸려 넘어지는 바람에 다리를 상해 도망가지 못하고 놈들에게 다시 체포됐다. 박지영은 일곱사람을 거느리고 뒷산 정상에 올라 헤딩즈쪽으로 달음질 쳤다. 아침을 먹다 봉변당한 일본 경찰들은 간이 콩알만해 어쩔줄을 몰라 망설이다가 뒤늦게야 탈옥자들을 추격해 나섰다.

이 때 박지영 일행은 10여리나 멀리 가고 있었다. 그들은 아침해를 안고 연통라즈 항일유격지를 찾아갔다. 경신 벌등마을의 서산에 올라서면 평퍼짐한 곳에 바위 세 개가 동서로 가로놓여 있다. 동쪽의 바위 서남쪽에는 한사람이 겨우 드나들만한 구멍이 있는데 그 안으로 들어가면 큼직한 굴이 있다. 빗물에 모래흙이 흘러들어 점점 좁아졌다. 이것이 바로 화룡봉 '혁명석굴'이다.

1930년 초가을, 중공 훈춘현위 선전부장 김규봉은 벌등마을에 와 고탁준, 유운경, 김규선 등 세사람을 교육시켜 입당시키고 경신에 처음으로 벌등당 지부를 세웠다. 그 해 10월에 경신의 금구위원회를 설립했는데 그 소재지를 이 마을에 두었다. 이곳은 경신 항일투쟁의 중심지가 됐다.

'옥천동 영사관'의 경찰들이 자신들의 코밑에서 타오르는 항일투쟁의 불길을 꺼버리려 날뛰자 김규봉은 혁명동지들을 보호하기 위해 벌등 뒷산 골짜기에 대여섯 사람이 들어가 피신할 수 있는 굴을 파고 잔디를 덮어 아무도 모르는 피신처를 만들어 놓게 했다. 그런데 후에 이 천연적인 석굴을 발견하게 되자 즉시 이 석굴로 옮겨왔다. 낮이면 김규봉은 이 석굴에 등잔불을 켜놓고 현위에서 온 동지들과 사업을 연구하고 각 촌 당사업 일군들에게 일을 배치했다. 밤이면 복사해 두었던 삐라를 살포하고 마을로 다니면서 항일투쟁을 조직하고 지도했다.

경신에 혁명의 불씨는 이렇게 뿌려졌다.

1932년 2월 초순의 어느날 옥천동의 토벌대는 항일 혁명 역량을 일망타진할 계획으로 벌등에 이리떼처럼 들이 닥쳤다. 세갈래로 벌등 마을에 들어온 토벌대는 참빗질하듯 집집을 수색했지만 수확이 없었다. 그것은 토벌대가 마을에 들어오기전에 정보를 입수한 마을의 30여명의 공산당원과 항일세력들이 석굴에 감쪽같이 피신했기 때문이다. 화가 치민 토벌대는 무고한 청년과 아이들을 살해하고 떠났다.

1932년 6월, 당시 금구구위 서기 이봉수는 항일유격대를 조직하기 위해 일제 군과 경찰의 무기를 탈취하는 투쟁을 벌이기로 했다. 그는 석굴에서 안길(안상길), 유운경, 김두칠 등의 동지들과 함께 해관을 치고 무기를 탈취할 계책을 짰다.

손재간이 있는 김두칠이 나무로 권총 한자루와 장총 네자루를 만들어 칠까지 먹였더니 얼핏 보면 진짜 총이나 다름없었다. 당시 회룡봉 나루터의 해관은 중요한 길목이었다.

훈춘에서 웅기(선봉)항으로 나가려면 훈춘에서 던저 회룡봉에 오고 여기에서 두만강을 거쳐 웅기 바다로 나가야 했다. 그러기 위해서는 해관에 있는 일본 경찰들의 무기를 탈취해야만 했다. 안길이 이 무장 탈취 작업을 맡았다.

지척을 분간할 수 없는 야밤 자정 때였다. 그는 가짜 권총을 차고 장총을 멘 네명의 대원을 거느리고 해관을 기습하러 떠났다. 안길은 권총을 빼들고 경찰들이 자는 방안에 뛰어들었다. 그는 '꼼짝마!'하고 벽력같이 소리쳤다. 깊은 잠에 곯아 떨어졌던 해관장들은 질겁해 벌벌 떨면서 그저 목숨만 살려달라고 애걸복걸했다.

안길이 '총을 내놓으면 죽이지 않는다.'고 하니 놈들은 칠성자 한자루와 탄알을 몽땅 방바닥에 던졌다. 안길과 그의 대원들은 무기를 빼앗고 석굴로 돌아왔다. 그들은 이 석굴을 기지로 삼고 이 일대의 지주와 경찰들의 무기를 무려 25자루나 탈취해 '영남항일유격대'를 창설하는데 크게 기여했다. 이 석굴은 항일유격대와 주민들이 서로 연계하는 연락지점이고 항일군중들이 근거지에 군수물자를 송달하는 비밀창고이기도 했다.

1933년 5월 안길은 이 석굴에 와 은폐해 있으면서 지하혁명활동을 하다가 장질부사에 걸려 앓아 눕게 됐다. 그가 여러날 정신을 못차리게 되자 김수암은 자기 집 고방에 그를 은신시켜 놓고 병시중을 들어줬다. 이웃에 있는 김귀섭은 약을 짓고 닭죽을 해다 주었다. 안전을 보장하기 위해 그들은 낮에는 석굴에, 밤에는 고방에 옮겨가고 옮겨오며 건강이 회복될 때까지 알뜰히 보살폈다.

안길은 20여일만에 건강이 회복돼 다시 혁명동지들을 찾아갈 수 있었다. 당시 훈춘의 왜놈들은 연퉁라즈 근거지를 철통같이 봉쇄하는 바람에 근거지의 생활은 이를데 없이 어려웠다. 이리하여 이 석굴에다 새로운 수송선을 개척했다. 항일혁명군들은 조선에서 소금, 신, 천 등을 사서 두만강을 건너온 다음 이 석굴에 보관해 뒀다가 전달하곤 했다. 회룡봉 '혁명석굴'은 1930년 가을부터 1933년 5월까지 사이에 항일투쟁의 요람지였다. 이 항일유적지에는 조선족 이주민들이 이 땅을 피로써 지켜온 빛나는 역사의 발자취가 역력히 찍혀있다.

17세기 80년대부터 1945년 광복전까지 경선의 조선족들은 비장한 이민의 역사를 엮어왔다. 봉금때는 월강죄에 걸려 목숨을 잃었고 봉금이 해소되자 청나라 관부와 토호지주들에게 피땀을 빼앗겼다. 한일합병, 9.18사변, 7.7사변 후에는 일제의 철제밑에서 2중 3중의 착취와 압박에 시달렸다.

당시 '소련-만주' 국경선에 있었던 경신은 일제의 군사요충지였으므로 특수구역으로 정해져 이도 부대장이 거느리는 77부대 1000여명이 헤딩즈에 주둔하고 있었는데 그들이 조선족에게 들이댄 노역과 박해는 여간 심하지 않았다. 이 국경수비대는 '보국대' '근로봉사대' '야경대' 등에 조선족을 내몰아 가시철망을 치고 토치카를 수축하고 국방도로를 닦고 보초를 서게 했다.

1941년 태평양전쟁이 발발한 다음 232명의 청년을 징병에 끌어가 군사훈련을 시켰다. 조금만 거역해도 벌겋게 단 쇠꼬챙이로 지지고 송곳으로 찌르고 모진 매를 안겨 숨지게 했다.

1938년 경신에 헌병대 분주소와 경찰중대를 설치하고 억압통치를 강화하느라 조선족들을 집중막사나 다름없는 집단부락에 가둬넣다. 7.7사변 후 일제는 동북을 일제의 '식량공급기지'로 정했다. 왜놈들은 '출하'제를 실시해 경신의 조선족은 벼를 몽땅 '공출'해야 했다. 그 누가 병자에게 입쌀죽을 끓여먹였다면 옥고를 겪어야 했다. 수확의 4할을 '공출'하고 지주의 소작료를 물고 나면 쭉정이벼가 얼마 남는다. 그것마저 곰팡이 낀 콩깻묵으로 바꿔 연명해야 했다. 봄이면 마름을 뜯고 나물과 풀뿌리를 캐 먹으면서 봄갈이를 하고 보릿고개를 넘어야 했다.

게다가 왜놈들의 세균전 준비 때문에 전염병이 자주 만연돼 병에 걸리면 집에 새끼줄을 치고 통행을 금지시켰으므로 많은 사람들이 생목숨을 잃었다. 1945년 8월15일 일제가 패망하고 광복의 종소리가 울렸다. 경신땅의 지리한 밤은 지나갔다. 1949년 10월1일 중화인민공화국이 성립되자 조선족 이주민들은 민족대가정의 한 성원으로서 나라의 어엿한 주인이 됐다.

지금 경신땅에도 개혁의 봄바람이 훈훈히 불어오고 있다. 경신은 그가 자리잡고 있는 독특한 지리적 위치로 동북아시아 황금삼각지대로 부상되고 있다. 경신의 금당촌은 발해 염주와 고려 말 이성계의 고조 이안사가 오동고려촌을 꾸렸던 유적지이다. 경신의 화룡봉에는 이성계와 퉁두란이 활쏘기를 비기던 전설이 깔려있고 경신의 연화동에는 아름다운 연꽃선녀 전설이 깃들어 있다.

더구나 100년여 사이 경신에는 조선족들이 피땀으로 이 땅을 개척하고 지켜온 역사의 발자취가 역력하고 관부와 지주의 억압에 반항하고 항일의 봉화를 지펴 일제 군경과 싸운 비장한 투쟁사가 엮어져 있다. 유서깊은 경신은 21세기 북방의 '홍콩'으로 동방의 '로테르담'으로 탈바꿈 될 것이며 많은 전설을 엮어내고 있다.

10) 조선족 인구실태

2000년 중국 인구통계 자료에 따르면 조선족의 도시거주 인구는 88만 2308

명으로 전체 인구의 45.8%를 차지하고 진의 인구는 104만 1534명으로 전체 인구의 54.2%를 차지해 아직도 농촌인구가 절반을 웃돌고 있다. 이같은 사실 은 중국 국무원 인구조사 판공실과 국가통계국 인구 및 사회과학기술통계사 가 공동으로 펴낸 '중국 2000년 인구조사자료'(상, 중, 하 책)에 따라 조선족 인구의 모습이 밝혀졌다.

1996년부터 연변조선족자치주의 인구가 마이너스 성장을 거듭하면서 조선 족 학계는 1990년 제4차 인구통계 이후 조선족 인구의 추이에 대해 신경을 썼다.

그러나 연변조선족자치주 이외 지역에 거주하는 대다수 조선족 인구에 대 한 공식통계가 진행되지 않았기 때문에 연구자들은 연변조선족자치주 조선 족 인구의 추이를 중국 조선족 인구에 적용시키는 방법으로 연구를 진행해 왔다. 때문에 이번에 발표된 인구통계 자료는 조선족 인구 연구를 위한 귀중 한 자료다.

우선 무엇보다 가장 궁금했던 2000년 조선족 총인구는 10년전보다 481명이 증가된 192만 3842명으로 집계됐다. 1990년대 중반부터 조선족 인구가 마이 너스 성장을 해왔기 때문에 이같은 사실은 당연 기쁜 소식일 수 밖에 없다.

그러나 연령별 인구집계를 살펴보면 궁금증은 좀처럼 풀리지 않는다. 예들 들어 10년전에 통계됐던 10대의 인구가 10년이 지나 20세대로 다시 통계됐을 때 병이나 사고로 죽는 사람들이 생길 수 있어 10년전보다 줄어드는 것은 상 징적으로 이해가 되나 만약 그 숫자가 많이 늘어난다고 하면 인간을 복제하 지 않은 이상 이해할 수 없을 것이다.

그런데 2000년 통계에서는 10세(308), 13세(1100), 15세(1355), 16세(901), 18 세(596), 30세(2306), 32세(2522), 38세(10861), 40세(990), 44세(1064), 46세 (853), 51세(2705), 54세(236) 군체에서 도합 2만 5794명이 증가된 것으로 나 타났다.

만약 이것이 통계상의 오차라고 한다면 사실상 조선족 인구는 189만 8048 명으로 이해하여야 한다.

2000년 인구통계 자료에 따르면 조선족 인구가 계속 집거지역에서 잡거지 역으로 이동하고 있는 추세이다. 그것은 농촌인구의 도시진출이 계속되고 있 기 때문인 것으로 풀이된다.

10년전에 비해 길림성, 흑룡강성, 내몽골의 조선족 인구가 각각 3만 7879명, 6만 5633명과 314명이 감소된 반면 기타 성과 시의 조선족 인구는 모두 증가 됐다.

증가폭이 가장 큰 지역이 산동성인데 10년전에 비해 2만4433명이 증가됐다.

조선족 농업인구가 가장 많은 길림성과 흑룡강성 그리고 내몽골은 조선족 인구가 줄었지만 요녕성의 인구가 증가된 것은 대련과 심양 등 한국기업이 많이 진출한 도시의 조선족 인구가 폭증된 결과로 볼 수 있다.

다음은 2000년 현재 각 성의 조선족 인구수를 나타낸 것이다.

길림(1,145,688)/ 흑룡강(388,458)/ 료녕(241,052)/ 북경(20,369)/ 천진 (11,041)/ 하북(11,783)/ 산서(1,813)/ 내몽골(21,859)/ 상해(5,120)/ 강소 (5,048)/ 절강(1,767)/ 안휘(2,660)/ 복건(1,785)/ 강서(1,703)/ 산동(27,795)/ 하남(4,321)/ 호북(2,949)/ 호남(2,693)/ 광동(10,463)/ 광서(2,008)/ 해남 (786)/ 중경(1,044)/ 사천(3,137)/ 귀주(1,192)/ 운남(1,693)/ 서장(51)/ 섬서 (1,620)/ 감숙(1,565)/ 청해(453)/ 녕하(472)/ 신강(1,463).

2000년 인구통계에 나타난 도시와 농촌(진, 향과 촌) 거주 조선족 인구는 다음과 같다.

```
0 ~ 19세: 도시(218,993) / 진( 75,973) / 향과 촌(173,344)
26~ 59세: 도시(567,823) / 진(196,397) / 향과 촌(470,064)
60세이상 : 도시( 95,492) / 진( 37,803) / 향과 촌( 87,952)

합   계        882,308        310,174              731,360
```

조선족의 도시 거주인구는 88만 2308명으로 전체인구의 45.8%를 차지하고 향과 진 인구는 104만 1534명으로서 전체인구의 54.2%를 차지해 아직도 농촌인구가 절반을 웃돌고 있다.

그러나 20세에서 59세까지 노동에 참가할 수 있는 연령층의 46%가 도시에 집중돼 있는 반면 60세 이상 연령층의 74.8%는 농촌에 거주하고 있는 것으로 나타나 조선족 농촌도 점차 노인들이 지키는 농촌으로 변하고 있음을 말해준다.

2000년 인구통계 자료에서 가장 고무적인 부분은 조선족의 교육수준과 문화수준 부분이다. 조선족 문맹인구는 전체인구의 2.7%인 5만 1293명으로서 중국 전체의 문맹률 7.7%보다 훨씬 낮은 것으로 집계됐다.

그대신 전문대학 이상 문화수준 도달자의 비교에서 조선족은 8.5%인 15만 8937명으로 중국 전체의 3.8%보다 높게 나타나고 있다.

민 족	인구수	문맹자	문맹퇴치반	소학교	중학교	중등전문학교
중국전체	1,156,700,293	89,629,436	20,767,295	441,613,351	521,460,452	39,209,614
조 선 족	1,858,942	51,293	8,541	379,127	1,169,440	91,704

민 족	전문대와대학교	연구생
중국전체	43,136,212	883,933
조선족	155,696	3,241

가장 걱정되는 부분은 조선족의 낮은 출생률이다.

1991년부터 2000년까지 출생된 조선족 영아수는 도합 13만 6585명인데 10년 전(1981~ 1990)의 32만 9207명에 비해 60%가 줄어든 실정이다.

조선족 출생아의 급격한 감소현상에 관한 연구는 90년대 중반부터 상당한 분량의 논문들이 발표돼 감소원인의 분석과 그것을 극복하기 위한 대안들이 제시돼 왔다.

연변조선족자치주의 인구 감소 현황은 다음과 같다.

년 대	조선족인구	출생률(%)	사망률(%)	감소인구	자연증가율(%)
1996	859,167	5.06	6.13	789	-1.07
1997	855,602	4.52	5.61	3,565	-1.09
1998	850,555	4.42	5.74	5,047	-1.32
1999	847,148			3,407	-1.42
2000	842,135	4.91	6.39	5,013	-1.62

연변조선족 인구의 기하급수적 감소현상을 극복하기 위한 노력으로 자치주 정부는 2000년과 2002년에 '연변조선족 인구 마이너스 성장문제 대책회의'를 2차례 개최했다. 일부 인구학자들은 조선족 인구현상을 '인구 현대화'로 높이 평가했으나 대부분은 그러한 분석을 뒤엎고 '인구의 기형적인 감소'라는 결론에 인식을 같이했다. 따라서 조선족 인구 감소문제 해결을 위한 노력은 새 국면을 맞이하게 됐다.

결국 조선족 인구의 감소문제는 국가차원의 특별정책을 제정하는 것도 중요하지만 조선족 공동체가 직면한 사회 경제 교육 가치관 등 문제들을 종합적으로 풀어나가야 해결될 수 있는 문제이다.

11) 조선족의 발전방향과 그 대안

지난 세기 1990년대 국내의 조선족 학계에서는 조선족 발전과 조선족 문화에 대한 연구가 활발하게 진행됐다. 이러한 상황은 지난 세기말부터 표출되기 시작한 조선족 사회의 급격한 변화에 대처하면서 민족문화의 21세기적 재창출과 발전방향을 모색하려는 조선족 지식층들의 피나는 노력으로 간주된다.

그러나 '21세기로 매진하는 중국 조선족 발전방략연구', '21세기에 들어선 중국 조선족'과 같은 대형 저서들이 출판됐음에도 불구하고 21세기 조선족 발전방향에 대한 대안적 모색은 아직도 숙제로 남아있는 실정이다.

개혁개방아래 하루가 다르게 변화, 발전하고 있는 중국의 거대한 사회 경제 문화 환경속에서 조선족 공동체가 경험해온 변화는 너무나 충격적인 것이었다. 그러한 충격은 지난 90년대 중반부터 '발전론'과 '위기론'의 논쟁을 불러오기도 했다. 발전론자들은 그동안 조선족 공동체가 총체적으로 발전하고 있다고 주장했고 위기론자들은 그와 반대로 위기상황으로 치닫고 있다고 진단했다. 누구나 할 것 없이 피부로 느낄 수 있는 조선족 사회의 변화상황을 재단하면서 흑백논리의 잣대로 들이댄 것이었다.

그러나 그러한 변화의 심각성을 자각하면서 발전론과 위기론을 떠나 우리민족 모두의 힘을 모아 크나큰 기회와 엄청난 도전을 함께 하는 21세기에 있어서 조선족의 밝은 미래와 진로를 찾아야 할 것이다.

민족이란 지역적 기원 문화 언어 등의 공통성을 배경으로 자연발생한 집단을 가리킨다. 민족을 형성하는 5대 요소 가운데 가장 기본적인 것이 언어라고 할 수 있다. 민족언어는 그 민족 구성원들간의 의사소통을 가능하게 하는 가장 중요한 수단일 뿐만 아니라 그러한 의사소통을 통해 유사한 사유체계가 형성되게 하고 나아가서 민족정체성을 구축하게 되는 중요한 요소로 작용한다.

그런데 지난 20세기 마지막 20년간 우리 농민들의 대규모 도시진출에 따라 우리들의 민족교육은 점차 위축되게 됐다. 농촌에 위치해 있던 우리 학교들은 학생들이 부모를 따라 도시로 들어감으로써 문을 닫게 됐고 도시에 들어온 우리 청소년들은 민족교육장의 부제로 80%이상이 우리말을 상실하게 됐다. 한족문화권인 도시에 흩어져서 우리민족이 우선 민족언어를 상실하게 되고 다음은 음식 등 민족풍습 습관을 상실하게 되며 마지막으로 가치관 등 민족정체성을 상실하게 된다.

1994년부터 해마다 개최해온 조선족 발전을 위한 학술 심포지엄은 바로 도시청년들의 민족언어 상실을 극복하려는 노력으로부터 출발하게 됐다.

제1, 2회 심포지엄은 21세기를 지향하는 거시적이고 장기적인 민족교육사적 시각에 입각한 과감한 발상의 전환으로 북경조선어학교형 교육을 평가하게 됐고 각 도시마다 북경조선어 학교 분교를 설립해야 한다는데 의견을 모으게 됐다.

그것이 실천에 옮겨지면서 전후로 석가장, 심양, 목단강, 하얼빈, 단동, 장춘 위해, 내몽골, 길림, 해구 등 지방에 분교들이 등장했다. 이런 학교들이 지향하는 민족교육은 우선 민족정체성의 확립을 통해 조선족 사회의 미래를 이끌어 나갈 젊은 세대들로 하여금 개인의 창의력과 개성을 충분히 개발하면서 중국의 개혁개방 실천에 능동적으로 참여하면서 여러 민족 사회구성원들과 협력하는 가치관을 갖도록 이끌어 주는 것이 목표이다.

지난 90년대 중기부터 조선족사회 전반에 급부상되고 있는 인구의 마이너스 성장은 출생인구의 급격한 감소로 대표되고 있기 때문에 문제의 심각성은 충격적이다. 출산 인구의 급격한 감소는 아래와 같은 두가지 요인이 작용하고 있다. 우선 중국에서는 한족에게는 '1가정 1자녀'의 산아제한정책을 실시하고 있다.

그러나 조선족에 대해 '1가정 2자녀'의 배려를 베풀고 있다. 그런데도 불구하고 대부분 조선족 가정은 1가정 1자녀에 그치고 만다. 조사자료에 의하면 두 번째 아기를 출산했을 때 그에 따르는 양육비와 교육비용을 부담할 수 없다는 것이 가장 보편적인 원인이다.

그 대책으로 연변에서는 2자녀 가정에 보조금을 지급해야 한다는 주장도 나왔지만 경제적 현실 때문에 무산되고 말았다.

10년간의 조선족 출산인구가 4분의 1로 줄어들었다는 충격적인 상황에는 2자녀 가족의 보편화가 현실적으로 어렵다는 이유보다도 더 직접적인 요인이 있다. 그것은 조선족 사회의 결혼적령기 여성의 '유실'로 인한 농촌 신혼가정의 부재이다. 결혼적령기 여성의 3분의 1은 한국으로 시집갔고 또다른 3분의 1은 도시 유흥업소에 몰려가 있으며 또다른 3분의 1도 도시에 거주하고 있기 때문이다.

그렇다면 조선족 인구의 마이너스 성장문제를 풀어나갈 수 있는 대안은 민족교육으로 마련할 수 밖에 없다. 민족정체성과 가치관의 확립을 위한 정신적 교육이 주축이 되고 민족언어 교육과 기술교육이 잘 조화되는 두 개의 바퀴가 될 수 있는 민족교육은 가장 바람직한 대안으로 될 수 있을 것이다.

21세기의 지식경제 사회는 인류가 20세기에 이룩한 산업사회의 성과를 같은 방식으로 되풀이 할 수 없다. 지식경제의 첨병은 지식을 생산하는 기업이기 때문에 연구개발 중심의 벤처산업 육성과 경제의 글로벌화에 대비할 수 있는 능력을 갖춘 인재양성이 민족경제 발전의 대안이다.

우리의 벤처산업은 우리 민족경제를 이끌어갈 21세기의 견인차이다. 21세기 지식경제시대 인류사회 핵심적 성격인 사회발전의 원동력이 에너지, 철강, 자본 등 물질적 자원으로부터 지식 교육 연구개발 등 문화적 자원으로 바뀌고 있기 때문에 21세기는 문화의 세기라고 정의되고 있다.

중국 조선족 문화의 정체성을 재조명하고 가장 민족적인 것이 가장 세계적이라는 이치에 따라 조선족 문화를 개발해 중국문화의 보편성과 세계문화의 보편성을 확보하는데 힘을 모아야 한다.

문화의 세기를 맞이한 오늘의 시점에서 우리들에게 요구되는 것은 무엇보다 우선 민족문화에 대한 확신과 긍지이다. 오늘날 문화는 단순히 인간의 삶을 풍요롭게 할 뿐만 아니라 문화산업 형태로 엄청난 고부가 가치를 창출하는 21세기의 핵심적 산업으로 등장하고 있다. 때문에 우리는 조선족 문화 발전의 실천적 차원에서 문화산업에 힘을 기울여야 한다.

문화예술의 근간이 되는 창의성은 문화산업의 가장 중요한 활력소로서 새로운 방법을 찾는 사회에 다양한 변화와 차이의 풍요로움을 가져다 주며 기업의 경쟁력을 확실하게 한다. 때문에 창의성은 문화산업의 가장 중요한 요인으로 된다.

세계화 시대의 도전에 맞서는 우리 민족 젊은이들은 지혜와 창의력을 총동원하여 미래에 대한 슬기로운 대안을 제시할 수 있어야 한다. 조선족 공동체가 겪고있는 모든 변화는 그 뿌리가 농촌문제에서 기인된다고 할 수 있다.

우선 개혁개방을 맞아 대량의 농민들이 선대가 개척한 땅을 떠나 도시로 진출한다. 그 결과 우리민족 집거지역이 위축되거나 소실되고 있다. 처녀들이 농촌을 떠나 도시로 진출하거나 한국으로 시집가면서 농촌 총각들은 결혼에서 외면당한다. 그 결과 우리민족 인구가 마이너스 성장의 깊은 늪으로 빠져 들어가고 있고 농촌에서 태어나는 아이들이 없기 때문에 농촌 민족학교들이 문을 닫게 된다.

그 결과 민족교육은 위축되고 우리민족 '문화영토'는 점차 축소 내지 소실되고 있다. 소위 '인구위기' '민족교육 위기' '민족문화 위기' 등은 그 근원을 농촌에 두고 있다. 2000년 중국인구조사 통계에 따르면 조선족 노동력의 47.2%가 아직도 농업에 종사하고 있는 것으로 나타났다.

시장경제체제와 글로벌 경제에 능동적으로 대처할 수 있는 농촌경제가 형성되지 않는 한 조선족의 발전은 있을 수 없다고 본다.

1) 두만강과 주변의 역사

< 두만강은 태고연한 밀림의 바다>

백두산의 남동쪽 무두봉 동북쪽 기슭에서 흐르기 시작해 소홍단수(77km km), 서두수(173km), 연면수(80km), 성천수(76km), 오룡천(64km) 등 크고 작은 280여개의 지류들을 합류해 가지고 중국, 러시아의 국경을 따라 함경북도 선봉군 우암리 북쪽에서 동해로 흘러드는 우리나라 5대 장강 중의 하나이다.

역사가 오랜 두만강은 수천년을 지나오는 과정에 여러번 변했다. 백두산 화산이 터지면서 옛날의 송화강으로 흘러들던 서두수와 연면수들이 두만강으로 흘러들게 만들어 오늘의 모양을 이루어 놓았다. 두만강의 하류에서는 물길의 변동도 더욱 심했다. 이곳은 아득한 옛날에 '조산만' 이라는 바다였다.

그 후 장구한 지질시대를 지나오는 과정에서 두만강에 의해 운반된 퇴적물이 쌓이고 쌓여 바다는 메워져 현재와 같은 큰 삼각주를 형성해 놓았다. 주위에 보이는 200m 아래의 낮은 구릉들도 옛날에는 섬이었던 것이 연안모래부리들에 의해 연결된 육계도로 이루어진 것이다. 두만강의 길이는 약 547.8km나 되며 유역면적은 3만2620㎢(그중 우리나라 유역 1만565㎢)로서 우리나라 강들 중에서 길이로 보나 유역면적으로 보나 압록강 다음가는 큰 강이다. 두만강의 너비는 상류에서 약 10~20m, 중류에서는 100~200m, 하구에서는 8000m, 수심은 3~5m로서 망망한 바다를 방불케 한다.

두만강의 굽음률은 2.61로 매우 구불구불하다. 두만강 기슭은 풍부한 산림자원과 유용동식물, 다종다양한 지하자원과 기름진 유역의 벌들, 무진장한 수력자원들로 하여 자랑스럽다. 두만강 기슭은 유역면적의 94%가 산림지대로 덮여있는데 그의 대부분은 백두용암지대와 백무고원이 차지한다. 고원에는 울창한 산림이 뒤덮여 있고 그 곳에는 범, 노루, 백두산 누렁이, 곰, 사슴 등 동물들도 많다.

그리고 강유역에는 철광석과 질좋은 갈탄산지들, 고령토와 코발트, 금, 은, 동 등 다종다양한 지하자원이 묻혀있다. 물살이 빠른 두만강에는 열목어, 산천어, 송어, 황어 등 산업적 의의가 있는 40여종의 물고기들이 살고 있다.

두만강 유역에는 비옥한 충적지들인 농포벌, 온성벌, 은덕벌, 두만강 하류벌들이 있어 벼, 강냉이, 사탕무우, 감자재배 등의 적지로 이용되고 있다.

< 두만강의 발원지 >

두만강의 발원지는 원지늪이다. 원지는 백두산 동쪽 60리 되는 곳에 위치한 적봉산 서북측에 위치해 있다. 해발 1270m의 호면은 원형에 가까우며 직경이 180m, 면적은 4.1ha이다.

원지는 또 천녀욕궁지, 부러호리(만족어의 뜻)로 불리운다. 원지는 장백산의 명주로서 사람들은 천지의 자매호로 부른다. 호수주위는 산림이 울창하고 풀숲에는 작은 꽃들이 소담히 피어있다. 원지는 만족의 발상지로 일컫는바 전설에 의하던 만족의 선조는 천녀욕궁지에서 태어났다고 한다. 조선족들이 '옥녀늪'이라고 부르는 늪이 바로 이 원지다.

원지는 작은 화산구에 물이 고여 이루어진 것으로서 호수물이 깨끗하고 수초가 무성하면 물고기가 자라고 있다. 원지의 수원은 소천지와 부동한바 주위에는 흘러드는 물이 보이지 않는다. 호수 중간 심연이 겨울에도 얼지 않고 여름에는 부평초도 없는바 이곳에서 샘물이 솟아 나온다.

원지 동쪽 약 100m 위치에서 물이 흘러나오는데 이것이 바로 두만강의 발원지이다. 원지에서 동남쪽으로 얼마 안가 북- 중 변경 21호 경계비가 있는데 여기에서 원지로부터 흘러나오는 물과 북한에서 흘러나오는 물이 합수목을 이뤄 동으로 흘러간다. 사람들은 흔히 700리 두만강이라고 부르지만 두만강의 총길이는 505.4km이다.

용정시 구역안의 길이는 136km이며 백금, 부유, 삼합, 개산툰 등의 향과 진을 경유한다.

연변에는 하늘아래 첫동네라고 지칭하는 마을이 둘 있다. 한 마을은 안도현 내두산 마을이고 다른 한 마을은 화룡시 숭성진 대동촌이다. 대동촌은 두만강의 첫마을이다. 하늘아래 첫 동네다. 대동에서 아득히 내려다 보이는 올기강하곡을 넘어 군함산뒤로 펼쳐진 벌을 천벌이라 부른다. 하늘 천(天)자를 쓰고 있으니 뜻인 즉 하늘아래 첫 벌이라는 말이다.

두만강 유역에는 북한의 무산, 유선, 회령, 종성, 온성, 경원, 경흥, 부녕 등 군과 시가 있고 중국에는 남평, 숭선, 삼합, 개산, 도문, 훈춘 등의 향과 진이 마주하고 있다. 두만강 양안에서 이성계, 누르하치, 안중근, 황병길, 서일, 안무 등의 영웅들이 태어나 자라거나 활동했다. 두만강변에는 도문, 삼합, 권하, 남평 등 국가 1급의 해관(세관)이 있어 매년 수만명이 왕래하고 있다.

용정시 관광국에서는 회령, 청진, 평양으로 하루나 1주일 일정의 유람을 조직해 주고 있다.

한편 백의겨레의 성산 유서깊은 백두산 천지에서 발원해 땅밑으로 흐르다가 암층과 지층을 뚫고 솟아 개천으로부터 대하를 이뤄 동해바다로 유유히 흐르는 두만강은 연변에 사는 조선족의 과거와 오늘의 가장 충실한 견증자다. 하여 두만강은 눈물의 강, 역사의 강, 투쟁의 강, 승리의 강, 행복의 강, 친선의 강 등으로 불리우고 있다.

우리나라에서 조선족의 역사를 명나라 말기와 청나라 초기부터 시작됐다고 본다면 연변조선족의 이민사와 연변개척사는 20세기초 두만강 연안으로부터 시작됐다고 볼 수 있을 것이다. 물론 먼 옛날 발해국의 동경부와 누르하치의 한왕산 등 많은 유적이 있지만 조선족이 본격적으로 이주해 '간도' 이름의 유래 지점인 사이섬과 선구나루터, '눈물젖은 두만강'의 산실이 두만강 연안으로서 두만강은 눈물의 강, 역사의 강임에 틀림없다.

또한 20세기 10년대로부터 간악한 일제 침략자와 싸운 지루한 37년동안의 투쟁중에 수많은 열사와 독립군 항일영웅들의 빛나는 공적이 아로새겨진 투쟁의 강, 승리의 강이다. 두만강은 민족의 얼과 뿌리가 박혀있고 민족역사의 빛나는 발자취가 새겨져 있으며 우리나라와 중국 러시아 3국과 전통적인 인적 물적 교류를 견증하는 역사의 친선의 강이다. 우리가 자신의 역사를 돌이켜 보는 것은 과거를 돌이켜 봄으로써 자신을 알고 오늘을 굳건히 충실하게 살아가기 위한 데 있다.

알찬 오늘이 없으면 우리의 역사는 한탄 섞인 과거가 되고 내일 또한 불미한 시점에 서게 될 것이다. 우리는 쓰라린 과거사를 마음의 거울로 간직해 뼈저린 교훈을 잊지 말고 쓰라린 아픔을 굳건한 발판으로 힘차게 도약해야 할 것이다.

21세기를 맞은 천리 두만강은 자연의 옛 도습을 회복하며 동북아경제공동체를 바라는 우리나라 중국 러시아 3국 국민들의 염원을 싣고 아름다운 새 역사의 창조를 노래하고 춤추며 유유히 흐르고 있다.

< 3국의 사람들이 어울려 살 두만강 전설 >

예로부터 칠백리 물길 두만강 굽이마다에는 여러 가지 전설이 깃들어 있고 줄기줄기 두만강에로 흘러드는 강을 두고 재미있는 이야기가 전해지고 있다. 멀고먼 옛날, 백두산 천지물이 흐르지 않을 때에 있은 이야기라고 한다.

맑디맑은 천지물속에는 몇백살 나이를 먹은 용왕이 살았다. 용왕에게는 아들 오형제가 있었는데 용맹하기에는 모두 어슷비슷했다. 용왕은 이제 늙었는지라 왕위를 아들에게 물려줘야 하겠는데 오형제중에 어느 아들에게 물려줘야 할지 용단을 내리지 못하고 있었다. 맏아들에게 물려주자니 그 아래 아들들이 말을 들을 것 같지않고 막내한데 물려주자니 형들이 가만있지 않을 거고 둘째 혹은 셋째, 넷째에게 물려주자니 맏이와 막내가 불복할 건 뻔한 일이라 최후 결단을 내리지 못하고 있던 용왕은 한가지 방법을 생각해 냈다.

용왕은 우선 큰 아들을 앞에 불러들였다.

"얘야, 내가 이토록 나이를 먹으면서 세상을 다스려 오며 너희들을 키워왔다. 아직 너의 재간을 못봐서 한번 보고 싶구나. 오늘 그 재간을 맘껏 피워보아라"

맏아들은 부왕의 심사를 알길이 없었다. 재간을 보고싶다니 왜 갑자기 이런 요구를 할까?

"네, 분부대로 재간을 피워보겠나이다. 그런데 어떤 재간을 보시겠나이까?" 맏아들이 물었다.

"난 다른 재간을 보고싶지 않구나. 이 천지에 해마다 물이 넘쳐나 온 땅에 재난을 불러오니 너는 재간을 피워 물이 흐르게 물길을 틔워라"
"네, 부왕의 분부대로 행하겠나이다"
맏이는 자신있게 대답하고 용왕앞에서 물러나왔다. 그는 밤낮을 가리지 않고 천지로부터 시작해 북쪽으로 줄기줄기 뻗어간 산발을 따라 가다가 산이 막히면 쪼개고 벌판이 낮으면 가르며 지나고 물길마다 합수하여 있는 재간을 다 부려 큰 강물을 만들었다. 그는 강물속에 들어가 마음껏 놀다가 개선 장군인양 득의양양해 돌아왔다.
용왕은 맏아들 몰래 북쪽으로 틔워놓은 물길을 돌아보았다. 그는 가타부타 아무런 말도 하지 않고 둘째아들을 불러들였다.
"둘째야, 나는 조금 전 너의 형이 물길을 틔우는 재간을 보았다. 너도 형처럼 지혜와 재간을 다해 물길을 틔워보려무나"
용왕은 이렇게 분부를 내렸다.
"부왕께서 저희들이 물길 틔우는 재간을 봐선 뭘 하오리까?"
둘째아들은 의아해 하며 물었다.
"글세 너희들 중 지혜가 출중하고 재간이 좋은 애를 보고 싶어서 그러는 거야"
지혜와 재간을 보겠다고, 십중팔구 우리 형제들 중 누구에게 왕위를 물려주려고 시험해 보시는 거야... 어쨌든 형보다 더 낮게 물길을 틔워야지."
사실 용왕의 오형제는 저마다 용맹과 지혜가 다 출중한지라 누구나 용왕의 자리를 엿보면서 겉으로는 아무런 내색을 비치지 않고 속으로는 저마다 은근히 다투는 것이었다. 하여 이들 오형제는 아버지에게 서로 더 잘 보이려고 하는 중이었다.
용궁에서 물러나온 용왕의 둘째아들은 물길을 틔우는 일에 바로 달라붙었다. 그는 서쪽으로 나가면서 뻗어간 산맥을 따라 가다가 강과 내를 만나면 합수하고 산천경개가 아름다우면 쪼개지 않고 옆으로 감돌아 바다로 흘러들게 했다.
둘째아들은 일을 재빨리 끝낸 뒤 형보다 시간을 앞당겨 용궁으로 돌아왔다.
용왕은 서쪽으로 틔워놓은 물길을 따라 가본 후 돌아왔다.
이번에도 용왕은 아무런 말도 하지 않았다.
"셋째를 불러들이라"
용왕이 명령을 내렸지만 웬일인지 셋째아들은 나타나지 않았다.
"셋째는 어디를 갔기에 아직 돌아오지 않는고?"
"용왕마마께 아뢰옵니다. 셋째왕자님은 동쪽으로 놀러 나갔는데 돌아오지 않았나이다"라고 한 신하가 대답했다.
"셋째가 동쪽으로 놀러 나갔다니 당장 가서 찾아 올지어다!"
용왕은 명령을 내렸다. 영을 받은 신하가 천지의 동쪽산발을 따라 찾아보았지만 용왕의 셋째아들을 찾을 길이 없었다.
빈손으로 돌아온 신하는 용왕께 여쭈었다.

"용왕마마께 아뢰옵니다. 셋째왕자가 동쪽에 가지 않았으니 필시 남쪽으로 놀러 나가시지 않았는지 알 수 없나이다"

"그럼 즉시 남쪽으로 가서 찾아보아라"하고 용왕은 재차 명령을 내렸다.

신하는 천지의 남쪽으로 가보았지만 역시 셋째를 찾을 길 없었다.

이 놈 셋째가 무슨 엉뚱한 짓을 하고 있는 것이 분명하구나 만이와 둘째가 틔워놓은 물길로 흐르는 물은 많지 않은데 늘어나는 물이 이다지도 빠른 걸 보니 필시 셋째가 어디서 물길을 틔워 놓아 천지물이 가만히 흘러가는게로 구나.

"게 있느냐, 셋째가 동쪽으로 물길을 틔워놓지 않았는가 가서 자세히 찾아 보아라"

용왕은 신하에게 또다시 영을 내렸다. 신하가 동쪽으로 떠나려 할 무렵 셋째 아들이 용궁으로 돌아왔다. 그는 용왕이 부른다니 급히 용왕앞에 대령하 여 물었다.

"부왕님께서는 무슨 연고로 부르셨습니까?"

"음, 너 어디에 가만히 있다 이제야 왔느냐? 너를 부른 것은 다름아니라 어 찌하여 천지물이 이다지도 빨리 줄어드느냐?"하고 용왕은 단도직입적으로 물었다.

"부왕께 아뢰옵니다. 두 형님들이 재간을 피워 물길을 틔운 것처럼 저도 동 쪽으로 물길을 틔우고 돌아오는 길입니다"

용왕의 셋째 아들은 공손히 대답했다.

"누가 너에게 동쪽으로 물길을 틔우라더냐?"

"네, 그것은 다름아니오라 위로 계시는 두 형님들이 힘껏 장기를 부려 북쪽 과 서쪽에 물길을 그 다음은 응당 이 셋째가 재간을 피울 차례인 줄로 알고 있사옵니다"

원래 셋째아들은 두 형이 서로 왕위에 다퉈 오르려고 부왕 앞에서 있는 재 간을 다 피웠다는 것을 진작 알고 두 형보다 더 솜씨 있게 재간을 피워 부왕 이 영을 내리기 전에 남몰래 동쪽으로 물길을 틔워 동해바다로 흘러들게 한 것이었다.

"그런데 너는 어째서 동쪽으로 한동안 도망가다가 물길을 틔웠느냐?"

용왕이 물었다.

"부왕님, 제가 얼마간 도망간 것은 다름아니라 큰 형님은 물길을 천지의 물 줄기부터 시작해 틔워 몇십미터에 달하는 폭포까지 만들어 놓은 뒤 큰 강에 이르게 했고 둘째형은 천지 곁에서 물길을 틔워 여러갈래 강물을 합수하여 바다로 이르게 하였사와요. 저는 오직 천지에서 한동안 도망가 물길을 틔우 지 않았다가 일정한 곳에 이른 다음 시작해 물길을 틔웠나이다. 얼마나 보기 좋습니까?"

"음, 듣고 보니 멀리 떨어져 물길을 틔우니 그럴상 싶다. 이제 넷째와 다섯 째가 남쪽 혹은 그 어디에다 물길을 틔우겠는지 모르겠으니 더는 물길을 틔우지 말아라. 여러곳에 숱한 물길을 틔워놓으면 천지물이 다 흘러 마를 경우 우리는 여기서 더 살아갈 수 없단다. 알겠느냐? 누가 명령에 따르지 않으면 엄한 벌을 내릴 것이다”

용왕이 영을 내리자 다섯 아들은 누구나 더는 물길을 틔울 엄두를 내지 못했다.

그 때로부터 천지물은 넘쳐나지 않았다. 하여 천지에는 세갈래 물길밖에 없다.

첫 물길은 지금의 송화강이고 두 번째 물길은 지금의 압록강이다. 세 번째 물길은 이런 연유로 하여 일찍 ‘도망강’이라 불렀다.

그런데 오늘 어이하여 두만강이하 부르게 됐는지 여기에는 이런 유래가 전해오고 있다.

먼 옛날에 백두산 기슭을 따라 내려오다가 작은 강을 사이두고 강씨성을 가진 두사람이 살았다. 어느 하루 물남에 사는 강씨는 한평생 잘살아보려고 높은 산위에 있는 신선소를 찾아갔다.

“영험하신 신령님, 한가지 청탁을 올리나이다. 소인은 한 농군으로서 좋은 종자를 구하지 못하였나이다. 신령님께서 몇알의 종자라도 주었으면 고맙겠나이다”

물남 강씨는 신선소를 향해 무릎을 꿇고 빌었다. 한참 후 과연 물위에는 짙은 안개가 끼더니 물남 강씨 소원대로 몇알의 종자가 물위에 둥둥 떠올랐다. 그야말로 신령님께서 도와주는 것이었다.

물남 강씨는 여러 가지 곡식의 종자를 얻어가지고 집으로 돌아왔다. 물남 강씨가 신선소에 찾아가 종자를 얻었다는 소문을 들은 물북에 사는 강씨도 신선소를 찾아갔다.

“신령님께서 부디 굽어보옵소서. 소인에게 활과 살을 주었으면 고맙겠나이다”

물북 강씨도 신선소를 향해 무릎을 꿇고 앉아 빌고 빌었다.

그러자 물위에는 보얗게 안개가 피어나더니 난데없이 활과 살이 물위에 떠 있는 나무에 놓여 있었다. 너무도 기쁜 물북 강씨는 활과 살을 얻어가지고 부지런히 걸어 집으로 돌아왔다. 물북 강씨는 물남 강씨와 달리 농사를 짓지 않고 매일 산속으로 다니며 사냥만 했다. 물북 강씨는 물남 강씨보다 나이가 어리다 보니 한마을에서 살 때 친형제는 아니지만 물남 강씨를 형님이라 불렀다.

“형님께선 땅만 파면 살다가는 어느때 부자가 되겠어요. 나처럼 사냥이나 하든지...”

물북 강씨가 이렇게 권고했다.

“나야 그래도 농사로 살아온 사람이니 농사일로 부자가 돼야지”

물남 강씨는 웃으며 대답했다.

몇 년이 지난 뒤 흔한 산짐승을 사냥한 물북 강씨는 물남 강씨보다 재빨리 부자가 됐다.

득의양양해진 물북 강씨는 물남 강씨를 찾아갔다.

살펴보니 물남 강씨네의 생활은 그리 펴보이지 않았다.

"두고봐도 형님은 밤낮 땅과 씨름하여서는 어느 세월에 부자가 되겠는지 모르겠어요. 잘 살자면 생각을 바꾸고 나처럼 사냥을 하는게 어떻습니까?"

물북 강씨가 또 권하는 말이었다.

"아니, 그것은 아우의 생각이라네. 나도 타산이 다로 있는거네. 더는 권고를 말게나"

물남 강씨는 머리를 저었다.

사실 지나간 몇해 사이에 물남 강씨는 이 종자 저 종자 여러 가지 종자를 엇바꿔 심어보았지만 우박이 내리고 장마가 지는 통에 농사가 되지 않았다.

신령님께서 좋지 않은 종자를 준 것은 아닐까?

이렇게 의문을 가진 물남 강씨는 두 번째로 신선소를 찾아갔다.

연 며칠동안 신선소를 찾아봤지만 웬 일인지 새로운 종자를 찾을길이 없었다.

에라, 집에 돌아가 남아있는 두가지 종자를 마저 심어 봐야지.

물남 강씨가 험한 준령을 넘고 무시무시한 수림속을 지나오는데 갑자기 멀지 않은 곳에서 곰이 울부짖는 소리와 사람살려 달라는 비명소리가 들려왔다.

물남 강씨는 몸을 피할까 생각하다가 마음을 고쳐먹고 달려가 보았다.

다름아닌 물북 강씨가 딱 곰과 맞붙어 판가리 싸움을 하는데 물북 강씨가 딱곰에게 깔려 죽는 소리를 치고 있었다.

물남 강씨는 커다란 바윗돌을 넓적 들어 딱곰을 내리쳤다.

갑자기 돌에 등을 얻어맞은 딱곰은 깔고 앉았던 물북 강씨를 내버리고 물남 강씨에게 달려들었다.

이 때 손을 쓸 사이 없었던 물북 강씨는 활에 화살을 먹여 곰을 겨누고 화살을 날렸다.

치명상을 입은 딱곰은 산이 떠나갈 듯 울부짖으며 도망을 쳤다.

"아우, 자칫하면 목숨을 잃을뻔 했구만. 참 천명일세!"

물남 강씨는 딱곰에게 물리우고 뜯기워 피투성이가 된 물북 강씨에게 달려가 그를 도와 피 흐르는 상처를 싸매주었다.

"오늘 노형 덕분에 겨우 살아났구만요"

물북 강씨는 감개무량해 말했다.

포수노릇이란 해먹기가 수월한 일이 아니었다.

남 부럽게 부자가 된다고 하지만 수시로 사나운 짐승들의 습격을 받아 생명이 위험하기 마련이었다.

물북 강씨는 몇해간 여러번 위험한 고비에 처했다.

오늘도 물남 강씨가 나타나지 않았더라면 그는 진작 딱곰의 반찬이 됐을 것이다.

"아우, 이젠 이런 일을 그만두고 편안히 농사를 하면서 살아가면 좋지 않나? 자네가 물북에서 농사질하고 나는 물남에서 농사질하자구"

물남 강씨는 물북 강씨의 상처를 싸매준 뒤 업고서 집으로 돌아오면서 권고했다.

"형님의 권고를 이 아우가 생각해 보지요" 물북 강씨의 대답이었다.

새해가 지난 뒤 얼마간 농사를 지으며 살아가던 물북 강씨가 물남으로 찾아갔다. 한참 황금계절인 가을이라 물남 강씨네 마당에는 콩 낟가리가 높직했다. 그동안 물남 강씨는 신선소에서 가져온 마지막 콩종자를 심었는데 풍년이 들었던 것이다.

몹시 부러웠던 물북 강씨는 집으로 돌아오려는데 물남 강씨가 불렀다.

"아우, 내 집에 찾아왔으니 집안에 들어가 앉아야지. 그저 돌아가면 되나?"

물남 강씨가 반갑게 청했다.

"형님께선 끝내 농사를 지어 부자가 됐구만요. 이 아우는 형님에게 탄복이 갑니다. 형님이 지은 것은 모두 콩이구만요"

"옳네, 이 강 양안에 콩을 심으니 재해가 없네. 이제는 아우도 그 일을 걷어치우고 콩농사를 하게나"라고 물남 강씨가 말했다.

"형님, 고마워요. 그럼 함께 콩농사를 지으며 살자요"라고 물북 강씨가 대답했다.

그 뒤 두 강씨는 후대에까지 콩종자를 물려주면서 콩농사를 잘하라고 알려주었다. 강 양안에 사는 본이 같지 않은 두 강씨네가 짓는 콩농사가 아주 잘됐다는 이 강물을 도망강이라 하지않고 두만에다 성씨 강자를 붙여 두만강이라 불렀는데 그 후 성 강씨를 하류란 강자로 고쳐 두만강(豆滿江, 콩이 넘쳐나는 강)이라 친히 부르게 됐다고 한다.

이는 서로 다른 강씨가 형제처럼 사이좋게 어울려 산 것처럼 우리나라-중- 러 3국의 사람들이 두만강을 기둥 삼아 주춧돌을 놓고 어울려 살아야 동북아경제공동체가 형성된다는 교훈을 주고 있다.

< 삼합국경교 >

삼합국경교는 삼합촌에서 남쪽으로 1.5km 상거한 두만강에 가로놓여 중국과 북한을 이어 놓았다. 이 다리는 1941년 7월에 준공됐다. 다리는 철근콘크리트 교각으로 만들어졌으며 길이는 300m, 중국과 북한이 각각 150m씩 차지하고 있으며 너비는 6m이며 적재량은 10톤이다. 다리옆에는 국가 1급의 해관과 통상구가 있다.

< 취락정 >

삼합해관 뒤 산위에 취락정이라고 현판을 단 자그마한 정자가 있다. 이 정자는 해내외의 동포들이 북한 땅 회령을 볼 수 있도록 삼합진 인민정부에서

90년대초에 지은 것이다. 이곳에서 회령시와 두만강을 내려다 본다. 망원경으로는 회령시내와 거리에 다니는 사람들까지 똑똑히 볼 수 있다.

< 선구 옛산성 >

선구 옛산성은 개산툰진 선구촌 미도툰의 서북쪽 산위에 있다. 산의 높이는 해발 201m이고 산동쪽에는 개산툰~ 도문 로로가 있으며 산서쪽에는 작은 냇물이 있다. 산성은 발해시기에 건립됐는데 요나라와 금나라 시대에 사용됐다. 성벽은 흙으로 쌓아 만들었는데 내성과 외성으로 돼 있다.

내성의 길이는 대략 500m이고 성벽의 제일 높은 곳은 9m이며 제일 넓은 곳은 4m이다. 남쪽과 북쪽에 성문이 각각 하나씩 있는데 성문은 원형을 이루었으며 지금은 부서져 완전하지 못하다. 외성은 내성의 서북쪽에서 50m 떨어져 있는데 길이는 200m이고 제일 높은 곳은 8.9m이며 제일 넓은 곳은 4m인데 지금까지 비교적 완전하다.

성내에 있는 유물들로는 세줄로 된 20여개의 주춧돌과 꽃무늬가 있는 검은색, 붉은색, 누른색의 기와조각과 도자기 조각이 있으며 그리고 돌절구 등도 남아있다. 성남쪽에는 망루의 유적이 있다. 선구 옛산성은 연변조선족자치주 중점 문물보호단위이다.

< 한왕산산성 >

한왕산산성은 조동산성이라고도 하는데 용정시 남부에 있는 부유에서 동남쪽으로 4㎞ 상거한 도문강 북쪽 기슭의 한왕산에 있다.

산성은 명나라의 옛 성으로서 산의 지세에 따라 돌로 쌓여있는데 산성은 대략 5각형을 이루었다. 성벽의 동서길이는 250m이고 남북길이는 500m이며 남과 북에 각각 2m 너비의 성문이 하나씩 있으며 성내에는 우물 하나, 크고 작은 늪 4개, 변의 길이가 20m인 정방형 모양의 토성 하나가 있다. 성문 부근에서 발견된 유물로는 돌구유, 구리바가지, 활촉, 기와조각 등이 있다. 성남쪽의 한왕산과 두만강 북쪽기슭에는 명나라 말기의 여진인의 묘지가 있는데 출토된 문물들로는 구리장식품, 흰사기 사발과 사기병들이 있다.

1981년에 연변조선족자치주 중점 문물보호단위가 됐다.

< 대소의 사과 >

용정시 대소 과수농장은 1964년에 들어섰다

1943년 부유 대소촌 농민이 조선에서 사과묘목을 들여와 접했다고 한다. 1957년에 1590평, 1964년 과수농장을 건립할 때에는 9000평에 16만주의 사과나무가 있었다. 지금 1500ha의 면적으로 발전했다.

대소의 사과는 동북지방에서 사과가 없던 역사를 매듭지었으며 그 품종도 국광을 위주로 홍옥, 홍광, 항원수 등 7종으로 늘어났다.

< 개산툰 국경교 >

　개산툰국경교는 개산툰 마을 동남쪽에 있는 두만강에 놓여져 있으며 중국과 북한을 이어 놓았다. 이 다리는 1932년 9월에 준공됐다.
　다리의 길이는 326m인데 중국과 북한에서 각각 163m씩 차지하고 다리중심을 국경선으로 했다. 다리의 너비는 6.9m, 철길너비는 3.3m이고 보행도로 너비는 3.6m이며 적재량은 45톤이다. 북한쪽의 적재량은 55톤이다. 교각은 모두 13개의 철근콘크리트로 만들어져 있다.

< 개산툰 화학섬유 펄프공장 >

　용정시 개산툰진 두만강변에 자리잡고 있는 개산툰 화학섬유 펄프공장은 중국에서 유일한 비스코스 섬유나무 펄프생산기지이다.
　1938년에 준공된 이 공장은 해방 후 몇차례의 개조와 재건확장을 거쳐 현대화 기업이 됐다. 지금 팔프종이, 리그닌제품, 활성탄 등 4가지 제품계열에 22가지 제품과 50여가지 규격의 제품을 생산하는 연간 생산량이 12만톤인 종합성 국유대형기업소이다. 그 중 한국치승공사와 합작해 건설한 동북에서 제일 큰 위생종이기계(연간 생산량 3500톤)는 날로 효과성이 높아지고 있다.

< 강덕 황제의 '어곡전' >

　연변 용정시 개산툰진 광종촌 하천평에 위만주국 괴뢰 황제 강덕의 '어곡전'이 있다. 이 어곡전은 1917년 2월 18일에 조선 충북 청주군에서 테어난 최학출이 다루었다.
　최학출은 1935년에 이곳에 이사와서 지주의 땅을 일궜다. 1941년 봄에 소출을 높이려고 간이창문을 짜서 백지를 붙이고 콩기름을 발라 햇빛이 잘 들어가도록 투명도를 높인 다음 벼모판을 만들었다. 하여 남들보다 한절기 앞서 벼모를 한데 소출도 많이 났거니와 입쌀은 백옥같이 희고 기름기가 돌아 천하진미로 평가됐다.
　1942년 연길현과 간도성에서는 최학출 농민의 온상육모법을 광범하게 보급했다.
　최학출은 만구제국 정부의 초청을 받았고 강덕 황제의 어곡전을 다룰 사명까지 지니게 됐다. 그는 1943년 봄에 농업고찰단의 일원으로 일본에 가서 온상육모기술을 배우고 돌아와 그해부터 어곡전을 다루게 됐다. 그가 맡은 어곡전 면적은 천평이었는데 주위는 페인트칠을 한 널빤지로 울타리를 해 집짐승들과 사람들이 드나들지 못하게 했다.
　봄에 논갈이를 할 때만 소의 힘을 빌고 그 외의 일들은 모두 사람의 힘으로 했다. 논에 일하러 들어갈 때면 우선 손발을 깨끗이 씻고 버선을 신어야 했으며 거름은 삶은 콩 등 만을 사용했다. 벼가을과 탈곡할 때면 해당 관원들의 감시하에 했고 정미한 입쌀을 처녀들이 유리판위에 올려놓고 한알씩

골랐다. 색깔과 빛이 다르거나 쌀알의 귀가 떨어져도 안됐다고 한다.

< 선구나루터 >

 1885년 용정시 개산툰진 광소촌에 광제욕분소를 설치하면서 광제욕은 점차 자그마한 시가지로 변했다. 1893년 화룡욕통상국이 취소되고 화룡욕월간국이 광제욕 자리에 옮겨오면서 월간국 중심으로 발전해 조선과 왕래하는 사람이 많아지면서 나루터가 생겼다. 배가 드나드는 곳이라고 해서 선구(船口)나루터라고 불렀고 나루터 이름을 따라 광제욕 대신에 선구촌이라 부르게 됐다.

< '간도' 이름의 유래 >

 '간도'란 지금의 용정시 개산툰진 선구촌 앞에 있는 두만강 북안에 형성된 모래땅을 가리킨다. 문헌의 기재에 의하면 이곳에는 두만강물의 모래가 쌓이고 쌓여 평평한 모래터가 형성됐는데 길이는 약 5~ 6리이고 넓이는 2~ 3리 가량으로 대략 2천무나 된다.
 19세기 중엽에 조선사람들이 강을 건너와서 이 땅을 개간했다. 광서 7년(1881년) 조선에서 이주한 사람들이 이곳의 북쪽에 용수구를 파고 두만강물을 끌어들여 농사를 지었다. 그 후 큰물이 지면서 용수구가 자그마한 강으로 변하자 모래땅은 두 강 사이에 끼운 작은 섬이 됐다.
 그후부터 사람들은 간도(間島) 혹은 간도(墾島)라 부르고 중국인들은 협강(夾江) 혹은 가강(假江)이라 불렀다.
 1903년 조선관원 이범윤은 월간국 서류를 작성할 때 협강을 간도로 칭하고 이 땅은 조선인이 개간했으므로 조선영토라고 주장했다. 청나라 정부는 이를 반박했다. 이것은 작은 섬을 간도라 불리우게 된 동기였다.
 그 후 1904년 5월 조- 중 두나라 변계관리인원은 지금의 용정시 지신진 화룡욕에서 '조중변계선후규약'을 토의한 후 간도는 중국의 영토에 속한다고 명확하게 규정했다.
 그러나 일본제국주의 침략자들은 자기들의 침략의 야심을 달성하기 위해 간도문제를 조직했다. 그들은 두만강 이북의 땅을 '북간도', 압록강 이북의 땅을 '서간도'라 했다. 1908년 일본제국주위자들은 비법적으로 이른바 '도사장제'를 건립하고 간도를 조선과 연결시켜 너 개 구로 나누었다. 즉, 북도사, 회령간도, 무산간도, 종성간도 등이라고 했다.
 1909년 9월 4일에 일제는 부패한 청나라 정부를 협박해 북경에서 '두만강조중계무조약' 즉 '간도협약'과 '동3성교섭5안조약'을 체결했다. 이 조약에 의해 일본은 소위 간도는 중국 영토이고 두관강이 조- 중 두나라의 변계선임을 승인했으나 오히려 용정촌, 국자가 등지에 일본의 근무지를 개설했으며 간도 조선인들에 대한 영사재판권과 길회(길림~ 회령) 철도부설권을 획득하고 1909년 11월 1일에는 '조선통감부 간도파출소'를 만들고 이튿날에는 용정에 '용정일본총영사관'을 공공연히 세우고 근무지에 분관을 두고 의연히 연변지구를 '간도성'이라 했다.

< 발해 동경 - 팔련성 >

기원 755년, 발해 제3대왕 대흠무는 중경현덕부에서 상경용천부로 수도를 옮긴 후 얼마 안돼 또 수산업을 발전시켜 나라의 경제력을 한층 높일 목적으로 남쪽 바다가로 그 세력을 확장하게 됐다. 그리하여 784년경에 대흠무는 다시 바다와 이웃하고 있는 훈춘벌에 천도하여 성을 쌓고 수도를 정하고 그 이름을 동경현덕부라 했다. 이곳이 바로 훈춘시 국영 양종농장 부근에 있는 팔련성터이다.

팔련성은 일명 반랍성이라고도 하는데 훈춘강과 두만강의 삼각충적평원 서북부에 위치해 있다. 이곳은 일본해와 가까이 하고 있어 발해 상경에서 일본으로 통하는 일본교통로는 반드시 여기를 거쳐야만 했다. 팔련성은 역시 우리나라 사방설의 건축사상의 지도아래 건설된 봉폐식 성 요새이다.

성을 내성, 외성과 북성으로 이루어졌는데 성벽은 모두 흙을 다져 쌓았다. 외성은 방형에 가까운데 둘레길이는 2894m이고 성벽 바깥둘레에는 해자를 팠다. 북성은 외성의 제일 북쪽에 치우쳐 있는데 동서로 긴 장방형 모양으로 돼 있다. 내성은 외성의 중앙에 위치해 있는데 남북 일렬로 가지런히 배열된 3개의 작은 성으로 구성됐다.

이 성을 북쪽으로부터 차례로 북성, 중성, 남성이라고 한다. 그 중 북성은 궁성이다. 궁성안에는 높이가 2m이고 면적이 1300㎡ 되는 흙을 다져 쌓은 대가 있는데 궁전건축은 이 위에 시설했다. 건물은 이미 무너져 형체가 없으나 두리에 기초돌과 더불어 많은 녹유기와, 기와박새 등 건축재료가 남아있다.

팔련성은 10년이란 기간에 발해의 도읍으로 존재해 있었으며 이 지구의 경제, 정치, 문화 등 여러 영역이 크게 발전됐다. 793년에 대흠무가 여기에서 죽은 후 그의 배다른 동생이 성왕으로 올라앉게 됐다. 성왕은 집정해 그 이듬해인 794년에 동경 팔련성을 버리고 다시 수도를 상경용천부로 옮겼다.

926년 1월 요나라가 발해를 멸망시킨 후 팔련성은 점차 폐지되고 말았다.

1961년 길림성 인민정부에서 이 성을 길림성 중점 문물보호지구로 정했다.

< 봉오동전투 유적지 >

일제는 연변의 조선족 반일무장 역량을 눈에 든 가시로 보고 있었다.

1920년 6월 4일 오전 5시 반일연합부대 박승길 등 30여명은 두만강을 건너 조선의 강양동으로 가서 후쿠가와 헌병 군조가 인솔하는 한 거점을 들이친 다음 신속히 강을 건너 마패촌으로 돌아왔다. 그 정황을 보고받은 남양 일본군수비대 대장 아라요시 중위는 보복토벌을 하기위해 6월 6일 오전 10시에 한 개 소대를 거느리고 두만강을 건너와 지금의 삼툰자인 마패촌을 돌연 습격했다.

허탕을 친 왜놈들은 300여명의 병력을 동원했다. 6월 7일 홍범도의 지휘하에 반일부대는 봉오동의 유리한 고지에 매복했다가 놈들이 매복권안에 들어오자 맹렬한 총벼락을 안겼다. 일본군은 그 자리에서 150명이 죽고 수십명이 부상당하고 살아남은 놈은 모두 강을 건너 도망쳤다. 반일부대는 360여자루의 보총, 3정의 기관총을 노획했다. 반일부대는 7명이 전사하고 7명이 부상을 입었으며 촌민 4명이 사망했다.

봉오동전투는 반일부대가 일본군대와 싸운 첫 번째 큰 전투이고 첫 승리였다. 지금 봉오동 저수지에 유적기념비가 있다.

< 반일친중의 '양정학당' >

양정학당(養正學堂)은 청나라 말기 조선의 걸출한 교육가 이동춘이 지금의 용정시 개산툰진 광소촌(광제욕)에 창립한 조선족의 신식학교이다. 1908년 양정학당은 조선족 사립 신식학교들 중에서 제일 처음으로 관립학당이 됐으며 신해혁명 후에는 화룡현립 제2학교로 개칭됐다.

이동춘은 함경북도 회령군에서 출생해 한학을 배웠고 후에는 청나라에서 경영하는 경찰학당을 졸업했다. 중국어에 특별히 능했던 그는 1900년대초에 청나라 공사 허대신의 통역을 담당했다. 그는 비교적 일찍 중국에 이주한 귀화 입적인으로서 중국에 이주한 조선인들이 일제의 식민통치에서 벗어나자면 무엇보다 중국에 의거, 중국에 귀화 입적하고 중국어를 배우면 중국의 문화와 법률을 배워야 한다고 주장했다.

이같은 주장을 실천하기 위해 그는 청소년들에 대한 교육사업에 주력했다. 1907년 3월, 이동춘은 광제욕에 있는 광제욕분방국 경력 장조기를 설득해 영원보 13개 사의 총향약인 현덕승의 협조하에 기부금을 모집해 광소촌 상천평에 양정학당을 설립했다. 양정학당은 서전서숙의 뒤를 이어 두 번째로 연변에 설립된 조선 사립학교였다. 서전서숙이 조선 민족독립을 위한 반일인재를 양성했다면 양정학당은 공개적으로 '반일친중'의 기치를 들고 민족의 정기를 계승, 양성해야 한다는 취지에서 설립된 학교이며 그러한 의미에서 학교이름도 양정이라고 불렀다.

양정학당은 설립초기에 초가 3칸을 교실로 사용했으나 조선인들이 동원돼 14칸으로 된 중국식 4합원의 초가집을 세운 후로 그 규모가 커지게 됐다.

1907년 연변에는 신식학교가 국자가의 관립소학당, 용정의 서전서숙, 광제욕의 양정학당 등 학교가 3개소 밖에 없었고 그 외는 모두 구식서당이었다.

양정학당은 1908년 3월 16일에 관립학당으로 승급돼 학생수는 60명에서 100명으로 증가됐고 1912년에는 현립제2학교로 개칭됐다. 관립으로 변한 후 양정학당에는 전후로 수명의 한족 교원들이 부임했는데 1920년 관립제2소학교 시기에는 동북항일연군 제4군 군장인 이연록과 그의 여동생도 이 학교에서 교편을 잡다가 '9.18 사변' 후 중국 공산당의 지시에 따라 항일무장투쟁에 투신했다.

옛 광제욕의 주요 구성부분인 광개지구란 청나라 광서 년간에 세워진 4개의 광(光)가 가진 사(社)와 3개의 개(開)자가 있는 사가 후에 합병되면서 불려지게 된 지명인데 그 중심지가 바로 지금의 용정시 개산툰진 광소촌인 광제욕으로 영원보의 소재지였다.

1897년(광서 23년)에 화룡욕무간국이 화룡욕(지금의 용정시 지신진 소재지인 달라즈)에서 이곳으로 옮겨온 뒤 광제욕은 줄곧 이 일대에서 정치 경제의 중심지가 됐다. 뿐만 아니라 두만강반에서 제일 일찍 개간된 곳이며 반일민족계몽교육으로도 그 역사가 오래된 곳이다.

1908년 10월 28일 반일지사들인 강백규, 강의헌, 유한풍 등은 민족의 위기를 만구하고 민족을 진흥시키려는 큰 뜻을 품고 화룡현 삼개사 자동툰 후재동(지금의 자동촌 제6촌민소조)에 이주해 농가 한 채를 사서 학생 20여명을 모집해 정동중학의 전신인 정동서숙을 창립했다. 초대숙장에 강백규, 숙감에 강의헌, 학감에 유한품이며 교원에 최봉철이 부임했다.

1912년 여름 유지인사 김성래, 김윤승, 박희천, 최병국 등은 학생들의 통학편의를 위해 마을의 중심부근에 교실건물을 새로 지을 것과 원 서숙집을 팔고 학교 건립 기금을 모을 것을 서숙책임자들과 상의해 결정을 내렸다. 김윤승이 솔선해 1만원을 희사하고 김성래와 최병국도 각각 2000원씩 기부하자 마을 주민들도 적극적으로 기부금을 내놨다. 이렇게 모인 기부금에 원 서숙집을 판 5000원까지 합해 자동툰 종성촌에 교실 6칸, 교무실 3칸으로 된 새 건물을 세웠다.

1913년 3월 정동서숙은 발전해 신학 5년제인 '정동학교'로 개칭됐으며 제2대 숙장 김영신의 뒤를 이어 김윤승이 제3대 교장으로, 박희천이 교감으로 부임됐다.

당시 교직원은 5명이었고 학생은 80명으로 증가됐으며 교주는 김성래와 최병국이었다.

같은 해 10월 28일, 학교측은 창립 5주년을 기념식을 가졌다. 그리고 학교를 기독교와 분리해 학교에서의 종교의식을 철폐하고 신학교육에 치중하기로 했다.

1914년 8월 10일, 학교 지도층과 후원회에서는 여학부를 증설키로 하고 고려인 여교원을 초빙했으며 25명의 여학생을 모집했다.

1917년 8월, 사회교육의 수요에 따라 중학부를 설치했는데 교장은 김윤승이고, 교감에 백유정, 학감에 진석오가 부임됐으며 7명의 교원을 초빙했다.

정동학교가 중등인재 양성의 요람으로 그 명성이 자자하게 되자 인근 각지는 물론 조선과 러시아 연해주에서도 학생들이 모여 들었다. 학생수가 부단히 증가됨에 따라 1918년 봄, 연변 각지의 사람들의 성원하에 교실 3칸, 교무실 1칸으로 된 새 건물을 세웠다. 학과목으로는 조선어, 대수, 기하, 역사, 지리, 물리, 영어, 화학, 생물, 체육, 음악 등을 가르쳤다.

정동학교는 반일인재양성에 힘썼다. 정동학교의 초대숙감이었던 강백규는 간민교육회 시기부터 반일운동의 앞장에 섰으며 1919년 '3.13 독립운동' 시기에는 주요 간부였고 그 후 독립기성회 간도국민회의 주요 간부였으며 간도청년회 부회장을 담당했던 저명한 반일투사였다.

1914년에 중학부의 교감을 담당했던 백유정은 일찍 1913년 김약연과 함께 간도국민회의 부회장을 담당하면서 연변의 반일운동을 주도했으며 학감 진석오 역시 간도국민회의 의사부의 주요간부 중의 한사람이었다. 이들은 학생들에게 신문화를 가르치는 한편 학생들의 반일의식 양성에 모든 심혈을 기울였다.

1919년 3월 13일, 반일시위의 선두에 선 충렬대와 그 후 조직된 맹호단에는 정동학교 학생들이 많이 참석했다. 이같이 반일교육과 반일투쟁으로 소문난 정동학교는 용정 일본총영사관과 일본경찰들의 눈에 든 가시였다.

1920년 일제의 '경신년토벌' 시에 일본군 수비대는 1919년 10월 21일 밤, 학교에 들어와 닥치는대로 교직원과 학생들을 체포하고 학살하는 만행을 저질렀다.

이리하여 정동학교도 기타 사립학교와 마찬가지로 일시 문을 닫지 않으면 안되었다.

1922년 3월 1일 정동의 얼을 계승하기 위해 정동학교 창립자의 한사람인 강희헌을 비롯해 김관세, 김진용, 윤영식 등은 다시 학교를 복구하고 지도부를 재구성했다. 제4임 교장에 강희헌, 학감에 윤영식, 교주에 김관세 등이 추대됐으며 복교시의 학생수는 60명이었다. 그 후는 반일지사들에 의해 계속 민족교육의 맥을 이어 나가면서 수많은 인재를 배출했던 정동학교는 1932년 6월 또다시 일제에 의해 소각됐다. 해방이 되자 이곳 조선족들은 후대양성을 위해 또다시 자금을 모아 학교를 지었다.

< 제일 큰 자연호 서번포 >

서번포는 함경북도 선봉군 부포리와 굴포리 사이에 있는 우리나라 자연호들 가운데 제일 큰 바다자리 호수이다. 면적은 16.12㎢이며 둘레는 41.2㎞이다. 생김새는 남북이 길고 동서로는 좁다. 호수의 물면은 바닷물면과 같으며 평균 깊이는 1.2m이다. 남부는 바다와 연결돼 있어 만조와 센 파도가 일 때에는 바닷물이 흘러들어 온다. 그러므로 소금기가 20~10%정도 포함돼 있다.

호수는 본래 동해의 만의 일부분이던 것이 오랜 세월이 지나면서 바닷물에 의해 모래와 자갈들이 바닷가에 밀려와 제방과 같은 모래부리가 발달해 오늘과 같은 호수를 만들어 놓았다.

호수의 밑바닥은 감탕과 모래가 깔려 있는게 가운데는 감탕이고 주변으로 가면서 모래로 돼 있다. 호수의 물은 늘 흐려서 누렇다. 호수가에는 만풀류들이 우거져 있어 물고기들이 알 낳기에 좋은 장소다. 그러므로 호수에는 민물고기들인 붕어, 잉어, 초어 등과 호수를 오르내리며 사는 숭어, 황어, 빙어, 새우 등이 많이 모여들며 굴, 조개류도 많다. 1년에 새우만도 수백톤씩이나 잡고 있다.

호수는 큰 규모의 부포오리목장과 양어장으로 널리 이용되고 있다. 이곳은 예로부터 살기좋은 고장으로 구석기시대 우리 조상들이 동방문화인 굴포문화를 싹틔운 유적지이기도 하다.

< 가운데보다 기슭이 더 깊은 장연호 >

함경북도 어랑천 하구에 동서로 놓여있는 장연호는 우리나라에서 다섯 번째로 큰 자연호이다. 호수의 면적은 7.73㎢, 둘레는 약 27.8km이다.

장연호는 형성원인이 복잡하다. 호수는 과거 현무암 대지를 흐르는 장연천과 어랑천 어구일대가 제4기에 40m정도 내려앉아 깊은 만을 형성했던 것이 어랑천과 바닷물의 쌓임작용에 의해 만어구가 막혀 이루어진 호수이다. 호수는 가운데보다 기슭이 더 깊은 것이 특징이다. 호수의 최대 물깊이는 39m정도이다. 호수는 해발 20~ 30m 현무암 대지로 둘러싸여 있다.

호수의 가운데는 하나의 섬인 간양도가 있는데 이 일대에서는 식물의 종수가 다종다양하여 아름다운 풍치를 이룬다. 호수에는 붕어, 잉어, 뱀장어, 피조개, 마합조개, 새우 등 민물고기가 많아 좋은 양어장으로 또 관개용물원천으로 의의가 크다.

< 두만강 북- 중 국경무역 통상구 >

백두산의 천지에 뿌리를 박고 희망의 동해로 굽이쳐 흐르는 두만강은 화룡시 용정시 훈춘시를 경유, 총 유역면적은 3만3168㎢이고 중국쪽 유역면적은 2만2861㎢이다.

두만강 유역은 한온대 대륙성 반습윤계절풍기후구역이다. 서북풍이 기승을 부리는 겨울은 춥고 길어 박달나무도 얼어튄다는 말이 있다. 두만강 유역의 맨 처음 주인은 북옥저인이라고 한다.

서한초에 연나라의 망명자 위만이 고조선을 통치할 때 옥저는 고조선에 예속됐다. 그 후 한무제 원봉 2년인 기원전 109년에 한나라는 고조선을 징벌하고 옥저성에 현토군을 두었다.

기원전 37년 주몽이 졸본(지금의 요녕성 환인현 부근)땅에 고구려를 일떠세웠다. 동명왕 10년(기원전 28년)에 고구려의 부위염은 북옥저를 쳐서 고구려에 귀속시키고 두만강 하류, 오늘의 훈춘 부근에다 책성을 세웠다.

고구려는 1세기 중엽부터 그 주변 여러 종족들을 정복하고 또 옥저(지금의 조선 함경도 해안과 연변의 훈춘지방), 양맥(지금의 태자하 상류)과 한고구려현(지금의 료녕성 신빈) 등을 정복했다. 이리하여 고구려 영토는 백두산을 주축으로 동으로는 책성 및 동해가에까지, 서로는 길림성의 합달령으로부터 태자하 상류, 서남으로는 애하 상류, 남으로는 살수(지금의 조선 청천강), 북으로는 송화강 상류에까지 이르렀다.

고구려 6대왕 태조대왕 궁은 태조대왕 46년(기원 98년) 3월 여러 신하들을 거느리고 책성을 순행했다. 당시의 강대했던 고구려의 위엄은 임금의 순행장면에서 나타난다고 역사는 전하고 있다.

국내성(고구려의 수도- 오늘의 길림성 집안시)을 출발한 그날 순행대오는 무려 수백명이었다. 오색비단 용포를 입고 흰 나직으로 만든 왕관을 쓰고 가죽띠에 반짝이는 금단추를 단 태조대왕은 자단과 침향목으로 만든 붉은 가마에 앉았다. 여러 대가(귀족)들이 말을 타고 양켠에서 호위했는데 하나같이 푸른 나직관과 붉은 나직관에 새긴 두 개를 꽂고 여러 가지 금, 은 단추를 달고 허리에는 흰 가죽띠를 두르고 누런 가죽신을 신었다. 거마앞에서는 악공들이 열을 지어 탄쟁, 국쟁, 오현금, 생황, 저, 퉁소, 장고, 첨고, 패 등을 불고 치면서 고구려 악곡을 연주했고 대오의 맨 앞에서는 네사람씩 여덟조로 나눠 궁정무인들이 춤을 추었다. 거마뒤로 칼 창, 활 등으로 무장하고 흰 띠를 두른 나졸들이 열을 지어 따랐는데 참으로 위풍이 당당했다.

책성에 이른 다음날 태조대왕은 잔치를 베풀어 책성의 관리들에게 공로에 따라 물품을 하사하고 손수 술을 부어 권했다. 어주를 받아든 여러관리들은 저마다 감격으로 눈시울이 붉어졌다. 북옥저와 부여인의 말은 고구려 말과 책성의 관리들은 술잔을 기울이며 고구려 신하들과 무람없이 속심을 펴보였다.

태조대왕은 챙성을 순행하는 기간 선량한 사람, 효성이 지극한 사람을 책성에 천거하게 하고 홀아비, 과부, 고아, 의지가지 없는 노인들에게 입을 것과 먹을 것을 주게 했고 죄수들을 대사하고 한해동안 조세를 면제시켰다. 책성 뒷산 바위에 책성의 공적을 새겨놓고 그해 10월 국내성으로 돌아갔다. 그 후 태조대왕 50년에 왕은 사신을 보내 많은 식량과 천으로 책성의 백성들을 안위시켰다고 한다.

한편 북한과 중국 두나라 국경은 일곱 개의 해관으로 상호 왕래가 국법으로 돼 있다. 두만강 상류로부터 화룡시 숭선진의 고성리해관(북한 양강도 대홍단군 삼장리), 화룡시 덕화진 남평세관(북한 함경북도 무산군 칠성리), 용정시 삼합해관(북한 함경북도 회령군 회령읍), 용정시 개산툰진 개산툰해관(북한 함경북도 온성군 삼봉해관), 도문시 도문해관(북한 남양시), 훈춘시 삼가자향 사타자해관(북한 종성군, 지금의 은덕군), 훈춘시 경신진 권하해관(북한 온성군) 등이다.

역사의 기재에 따르면 두만강에 해관이 선 것은 1902년 12월 훈춘총관이 선 때로부터라고 한다. 거의 그와 동시에 연길분관이 용정에 세워졌으며 1923년 북한의 회령과 잇닿은(천보산~개산툰) 경편 철도가 개통된 후에야 연길분관이 총관으로 훈춘과 어깨를 나란히 했다. 당시 용정은 조선 중국 일본 등 3국의 무역 왕래에서 중요한 상부지로 부상했기 때문이다.

조양천역을 시발점으로 용정, 동성용, 팔도하를 지나 개산툰에서 두만강을

넘어 회령을 지나 청진항까지 가는 기차길이 1934년에 완공되면서 이 수륙노
정은 일본으로 가는 제일 빠른 지름길이기도 했다. 하지만 지금은 개산툰 국
경다리로 기차가 통하는 걸 볼 수가 없다. 당시 화물을 가득싣고 두만강을
넘던 철도교는 레일과 침목을 철거, 북한으로 통하는 기차는 유독 도문에서
만 볼 수 있다.
　철로는 무역을 상대로 하고 육로는 무역과 민간인 출입에 겸용된다. 매년
두만강 연안의 해관을 통해 오가는 사람과 통관 화물수량은 엄청난 바 1993
년 개산툰 해관을 통한 출입 인원은 연인원 2만2965명, 수출입 화물량은 2만
7608톤 정도라고 한다. 1950년대까지도 중국의 쌀이 아니면 두만강 연안의
북한사람들이 굶고 북한의 소금과 옷감이 아니면 중국사람들은 염분 결핍으
로 틸난 벌거숭이가 된다는 말이 생겼다면 오늘은 중국의 경공업품과 양식
이 아니면 북한사람들은 헐벗고 굶고 북한의 해산물이 아니면 중국 연변지
역에서는 물고기 맛을 모를 것이라는 말이 돈다.

　　　< 경신벌 >
　두만강 하구에 위치한 훈춘의 경신진은 원래 만족의 선인 우쿠룬부의 옛
땅의 하나였고 이곳은 금나라 시기엔 식염산지였다고 한다.
　청나라 강희 53년(1714년) 훈춘에 협령이 설립되면서 이곳에 마을이 서기
시작했고 청나라 광서 7년(1881년) 4월 흑정자에 초간국이 서면서 강건너 조
선사람들이 분분히 이주해 왔다. 1932년 만주국에서 향촌제를 실시하면서 경
신향으로 됐고 1934년 보갑제가 실시되면서는 경신보, 1936년에 다시 가촌제
로 되면서 경신촌으로 이름이 바뀌었다.
　경신진 소재지 마을 이름은 이도포, 1881년에 세워진 부락으로 봉무동, 연
화동, 남화동 등 세 개의 자연부락이 합쳐져 이루어 졌다고 한다.
　1938년부터 향의 기관이 앉아서 지금은 진정부와 정부기관의 소재지인 이
도포의 인구는 1450명, 그 중 한족이 142명이고 조선족이 1304명, 만족 4명이
산다고 한다. 자그마한 벽촌을 연상시키는 작은 마을이면서도 큰길 양 옆에
는 상점이며 식당이며 여관이며 지어 노래방 간판들이 촘촘히 들어섰다.
　경치가 좋고 진내에 있는 아홉 개의 늪에서 맛있는 물고기가 나고 또 연합
국의 개발지역으로 지정된 후로 중앙에서부터 지방, 세계 방방곡곡에서 손님
들이 밀려와 흥성거리는 곳이라서 음식업과 봉사업체의 수입이 톡톡하다는
것이다. 더구나 한 때 밀수 풍이 불 때에는 벽촌답지 않게 고운 아가씨들이
바글대기도 했다는 것이다.
　훈춘 경신벌은 요즘 사람들이 생긴 후로 불러온 이름이고 원래 이름은 권
하벌이란다. 용맹한 총각의 화살에 맞아 용을 쓰고 죽어간 흑룡의 자취가 아
흔아홉 굽이 강줄기를 만들었다기도 하고 미꾸라지 정이 동해 용왕의 자리
를 넘보고 동해바다로 파헤치고 가다가 아흔아홉 굽이 만에 기진맥진해서
오줌을 싸갈기고 쓰러졌다기도 하는 전설의 권하, 만약 그 때 백굽이만 됐더

래도 이곳에 서울이 섰을 것이라는 설도 있다.

옛날 발해시기에 일본과의 왕래가 훈춘을 통해서 됐다니 현재 러시아 땅이 발해의 국토내에 있었을 것이요, 그런만큼 권하에 깃든 전설은 가까운 근대의 이야기였음을 알겠다. 주인이 바뀌고 바다로 가는 길이 막힌 그 답답함이 엿보이는 전설이라 하겠다.

경신의 두만강 건너가 바로 경흥, 이성계가 자랐던 고장이다. 조선 역사에서는 유서깊은 곳이라 하겠다.

그리고 경신땅의 능골은 명당자리, 이성계가 어머니를 모셔 임금이 됐다는 설도 있다. 임금이 날만치 풍토가 좋은 고장인 경신은 강과 호수가 있어서 어업자원이 풍부하고 벌이 있어서 논농사가 잘되고 초원과 임지가 있어서 목축업에도 적격인 어미지향, 북국의 강남이다.

수리봉에 오르면 북한 중국 러시아 3국이 눈아래 굽어 보인다. 두만강 권하 인도교를 건너면 북한의 선봉군, 육로로 오가산을 넘으면 러시아의 크라스키노, 두만강 물길따라 배를 띄우면 일본해에 이른다. 두만강을 가로지르는 권하 국경다리는 1936년 11월에 일본 제국주의자들이 놓은 것인데 다리의 너비는 6m, 총길이는 500m, 북- 중 두나라가 각각 25Cm씩을 경계로 하고 있는데 중국측은 빨간색, 북한측은 흰색으로 칠을 했다.

다리가 받는 재중량은 60톤인데 1945년 소련군이 북한으로 진군하면서 60톤 무게의 탱크가 줄지어 다리를 건너는 바람에 다리가 20㎝씩 가라앉았다고 한다. 콩크리트 다리건너는 원정리, 원정리 앞산을 넘어서면 유명한 아오지 탄광이라고 하며 북한의 나진과 선봉은 바로 이 다리로 통한다.

경신은 동북아시아 금삼각주의 이름난 고장으로 되기에 손색이 없다. 그이 3국 접경지대는 연합국에서 지정한 국제경제기술개발구가 됐다.

연합국국제기술개발서에서는 경신벌에 500만 인구를 가진 국제자유무역구를 건설할 계획이며 그것과 더불어 6457명의 인구를 가진 경신진은 다음 세기초에 50만 인구를 가진 도시로 변한다고 한다. 전설과 같이 서울이 서는 셈이다.

그것도 한 개 나라의 도읍이 아니라 국제적인 문화와 경제 및 정치의 집합점이 되는 것이다. 호수를 등지고 두만강을 눈앞에 두고 앉은 옥천동은 일제시기 생겨난 이름이라고 한다.

경신의 지리적 위치가 특히 중요했던 바 일제는 훈춘에서 일본 훈춘영사분관을 세울 특권을 가지게 되자 1917년 옥천동에 일본 훈춘영사분관의 경찰분서를 앉혔다. 마을 북산비탈에서 맑은 샘이 사시장철 흐르는데 그 샘이 수질이 특별히 좋은 약수, 옥처럼 맑은 샘이라는 뜻에서 이 마을을 옥천동이라고 했단다.

중국 훈춘시 경신진 인민정부는 최근 북- 중- 러 3국의 국경 지대인 방천풍경구 건설을 마치고 외국 손님들을 맞이하기에 박차를 가하고 있다. 진달래 관광휴가촌, 대두천촌의 야원휴가촌, 방천풍경구의 들장미 휴가촌 등에 대대적인 투자를 한 것이다.

이외에도 방천국제공원, 회룡봉민속촌, 오가산풍경구, 삼도포관광점 건설 등에 대한 개발도 힘써 경신지역을 하나의 국제관광망으로 형성하고 있다.

2) 두만강 황금삼각주의 안중근

안중근 의사가 하얼빈 거사 직전 연해주 등 두만강 훈춘 일대에서 2년여동안의 활발한 활동을 펼친 것을 아는 이는 그리 많지 않다.

당시 단지동맹의 유물이 발견된 것도 아니고 구체적인 자료 소장자가 있는 것도 아니었기 때문이다. 그러나 당시 안의사가 중국 옌볜 용정에서 훈춘을 거쳐 연해주 클라스키노(연추)에 도착, 의병을 어떻게 조직하고 훈련시켜 여러갈래로 첫 국내 진공을 시작했으나 회령전투에서 패전한 후 12일동안 끼니를 거른채 뽀시예트 초원으로 귀환한 구체적인 내용은 안의사 순국 후 현지인들의 입을 통해 전파되기 시작했다.

안의사는 재기 노력과 함께 의병장 황병길 집에서 단지동맹을 맺음으로써 개인자격이 아닌 대중성을 확보하는가 하면 그 유물을 황씨 부인에게 보관케했으나 일제 특무들에게 쫓겨 중-러 국경 지역인 연통라즈로 피난했으나 결국 유물은 빼앗기고 말았다. 안의사가 하얼빈 거사를 한 후 여순에서 순국하자 안중근이 머물렀던 연해주와 훈춘일대 지역과 각종 학교에서는 안의사가 발기한 단지동맹 취지문을 낭독하거나 학생들에게 가르쳐 이곳저곳에 의병이 창궐하는 계기를 만들었으며 항일무력투쟁에 용광로 역할을 했다.

더군다나 일부 학교는 〈안중근〉이라는 교과서까지 만들어 가르쳤으며 훈춘시내에서는 4차례에 걸쳐 〈극 안중근〉공연이 열리기도했다.

그러나 광복 후 중국의 문화대혁명을 거치면서 이러한 자료들은 사라지고 말았으며 1992년 한-중 국교수립이 되기전까지 잊혀지고 있었다. 다행히 훈춘에서 태어나고 자란 최석승(崔錫昇- 68- 훈춘시 상임위원회 부주임 역임, 前백산대학 교장)씨에 의해 민족 영웅 안의사 행적이 햇빛을 보게됐다. 최씨가 50년대 초부터 발로 우리민족의 발원지 두만강과 금삼각 일대 안의사 흔적을 찾아 다니면서 주민들의 생생한 증언을 정리한 것은 그나마 다행스러운 일이라 생각한다. 주민들의 생생한 증언은 어찌보면 유물이나 유적보다 더 가치가 있을 수 있기 때문이다.

안의사의 하얼빈 거사(1909. 10. 26)와 여순 순국(1910. 3. 26)에 대한 연구는 국내외 학계에서 많은 연구와 보도가 있었으나 이를 결심하기 전까지 2년여동안의 자세한 활동은 구체적인 내용이 공개되지 않았다.

다음은 최씨가 이미 정리한 내용이다.

1. 안중근의 의병 조직과 훈련 국내진공 과정 및 패전 후 재기노력

2. 단지동맹의 유물

- 취지서
- 태극깃발

1907년 한반도의 하늘에는 먹장구름이 덮이고 대한민국의 운명은 갈수록 험악해졌다. 삼천리 금수강산은 일제에 짓밟히고 2000만 동포는 기아와 도탄 속에 빠져들고 있었다.

같은 해 봄, 안중근 의사의 마음속에는 나라의 주권을 도로 찾으려면 해외로 망명해야 겠다는 생각이 꿈틀거리면서 파릇파릇 움돋았다. 같은 해 6월 네덜란드의 「만국평화회의」에서 이른바 「헤이그 밀사사건」으로 이준(李儁) 열사가 자결했다는 끔직한 소식을 접했다.

안의사는 국제회의를 통하여 나라의 주권을 도로 찾아 보려던 일루의 희망도 파멸됐다.

같은해 7월 「정미조약」이 체결되고 고종황제도 임금의 자리에서 물러났으며 나라의 기둥인 군대마저 해산됐다. 안의사는 이같은 놀라운 소식들이 꼬리에 꼬리를 물고 들려오자 대한민국이 최후 멸망의 날이 다가오고 있음을 직감했다.

온 나라의 이곳저곳에서 벌떼처럼 일어나는 자발적인 의병운동도 일제의 피비린 탄압을 당하고 마는 것을 지켜보면서 더는 참을 수 없었다.

안의사는 결연히 해외에 망명하여 항일독립투쟁을 벌이기로 작심했다. 1907년 초가을, 안중근 의사는 황해도 청계동의 고향마을에서 부모 처자식과 이별하고 망명의 길에 올랐다. 안의사는 두 동생의 배웅을 받아 서울에 올라가 기차를 타고 부산으로 향했다. 그는 부산에서 배편으로 원산에 이르고 원산에서 며칠 체류한 다음 러시아 블라디보스토크로 통하는 선박 「준창호」를 타고 청진부두에 내렸다.

이로부터 안의사는 도보로 함경북도 회령에 이르고 두만강을 건너 중국에 들어섰다. 그는 그당시 「북간도」의 중심지로 알려진 룽징(龍井)에 도착했다. 안의사는 이 고장에서 3개월 동안 체류하면서 의병운동을 일으키려 했다.

그러나 이 고장에도 일제 침략의 마수가 미친듯이 뻗쳐오고 있음을 본 안의사는 원래의 생각을 바꾸고 발길을 러시아 연해주 연추로 돌렸다.

1907년 12월 안중근 의사는 항일독립투쟁의 큰 뜻을 품고 시베리아 찬바람도 아랑곳하지 않고 고령, 대팔령의 고산준령을 넘고 허허 훈출벌을 지나 연추에 첫 발걸음을 내디뎠다. 연추(煙秋)는 연추하(岩秋河 · yanchuhe)라는 강 이름으로 명명된 것이다. 이 하천은 중국과 러시아 국경선 제11기호에서 발원하여 남쪽 포시에트 바다로 흘러드는 조그마한 강이다.

연추는 여진족 언어로 「그물의 위쪽 코를 꿰어 오므렸다 폈다 하는 줄을 끌어올리는 물질」이란 뜻이다. 조선사람들이 이 고장에 이주해 오면서 그음 그대로 연추라 불렀고 러시아 사람들은 「앤치」(言其)라 하다가 그 후 러시아어로 노오키옙스크라 표기했다.

1928년 후 이 고장의 조선족을 중앙아시아로 강제 이주하면서 연추일대는 무인지경으로 돼버렸다. 1941년 이 고장까지 철도가 부설되면서 철도역을 클라스키노라 불렀다.

연추는 러시아 연해주의 맨 동남쪽 러시아 중국 조선 등 3개국의 국경지대에 자리잡고 있다. 연추의 서북쪽에는 길다란 장령자(長令子)가 동서로 가로 놓여 있고 그 국경선 너머는 중국의 훈춘시이고 서남쪽은 훈춘시 경신진과 연결되고 두만강을 사이로 조선의 함경북도 경흥과 마주한 곳이다.

연추는 벌판을 따라 포시에트 초원에 자리잡고 있으며 그 남쪽 또한 포시에트만이다. 이 바다 길이는 동서 12마일, 남북 3.4마일이며 사면이 나지막한 산으로 둘러싸여 얼핏보면 큰 호수 같지만 동남쪽이 틔어 맑고 길다란 바다물로 일본해와 접해 있다.

연추 서남쪽에는 포시에트항이 있었다. 그 당시 이 항구로부터 블라디보스토크로 배가 통했는데 그 거리는 110km로 11시간이면 갈 수 있었다. 당시 해상뿐만 아니라 육로의 교통요충지였다. 이 고장으로부터 조선의 경흥, 중국의 훈춘으로 통하는 신작로가 있어 변경무역이 상당한 활기를 띄었다.

이밖에 연추는 군사요충지로 러시아군 1000여명이 주둔하고 있었다. 오늘의 클라스키노는 신작로가 사통팔달할 뿐만아니라 철도 교통도 매우 발달했다.

1941년 시베리아 철도선은 파라노브스키로부터 이 고장까지 뻗쳐왔고 1950년 한국전쟁 당시 이 고장으로부터 카산(보드그르나야)까지 부설돼 조선의 두만강리에 연결된 북−러를 연결하는 유일한 철도선이다. 지금 한국과 러시아가 합작해 아시아와 유럽을 횡단하는 국제철도선이 바로 이 고장을 통하게 된다.

이밖에 몇해전 중국의 도문~훈춘 철도선이 이 고장을 경유하여 러시아의 철도선과 연결돼 있다. 그리고 현재 포시에트항의 연 출입량이 100만톤을 넘는다.

클라스키노는 러시아 빈해성 카산구의 중심지로 이 구역은 중국의 훈춘시, 북한의 나진~선봉과 더불어 동북아시아 황금삼각지대로 탈바꿈하고 있다.

안중근 의사는 1907년 겨울부터 1909년 10월가지 2년여동안 연추를 거점으로 하고 두만강 하류지대를 활동무대로 삼고 성스러운 대한독립 항일투쟁을 벌였다. 안의사는 이 고장에서 해외의 첫 의병대인 「연추의병대」를 창설, 두만강을 건너 국내에 진출하여 항일독립투쟁의 총소리를 울렸고 초전 승리의 기쁨도 느꼈고 참패의 쓰라림과 엄혹한 시련을 이겨내면서 불굴의 항일투사로 거듭났다.

그리고 이 고장에서 「대동공보」신문사 연추지국의 탐방(探訪)원으로 활동하면서 12명의 동지들과 함께 비밀리에 「단지동맹」을 맺고 의병활동을 재기하기 위한 의지를 굳히고 총칼을 연마했다.

그리고 이토오 히로부미(伊藤博文)을 격살하는 거사도 이 고장에서 계획했다. 그때로부터 근 한세기의 역사가 흘렀지만 유서깊은 연추땅에는 민족영웅 안중근의사가 남겨놓은 그 발자취가 역력할 뿐만 아니라 눈부신 빛발을 내품고 있다.

- 의병대의 근거지

안중근 의사는 연추에 발을 붙이고 여기에서 의병대를 창설, 의병대의 근거지로 삼으려 했다. 연추는 우리 선조들인 고대조선족「예맥」(濊貊)이 오래동안 자리잡은 땅이었고「북옥저」(北沃沮)의 중심지였다. 그후 고구려의 영토이기도 했고 발해국 시기에는 동경용원부에 귀속돼 일본으로 통하는 배가 여기서 출항했다.

청나라때 이 고장에는 여진족의 후예인 쿠야라 토착민들이 살고 있었다. 그들은 수달피나 고기잡이와 사냥을 주업으로 삼아 농사를 별로 하지 않다보니 이 고장은 황막한 초원이나 다름없었다.

이시기 연추 그리고 블라디보스토크 황도(荒島)에 이르기까지의 광활한 해안지대는 중국의 훈춘 관할하에 있었다. 1860년 중\러「북경조약」에 의해 러시아가 우수리스강 40만km의 중국 영토를 강점하는 바람에 연추도 러시아에 넘겨주게 됐다. 1858년 한일가(韓一歌)라는 조선 이주민이 맨처음 황막한 연추땅에 첫 괭이를 꽂았다. 그 후 러시아 연해주로 이주하는 사람이 늘어나「강동」(江東)으로 가는 사람이 늘어났다.

연추만 보더라도 그 6년 후 즉, 1864년에는 60세대 308명, 26년 후인 1884년에는 1164세대 5447명으로 부쩍 늘어나 조그마한 연추진이 세워지고 그 주위에 크고 작은 10개 마을이 들어섰다.

조선 이주미들은 피와 땀으로 황막한 포시에트 초원을 기름진 옥답으로 만들었다. 그뿐만 아니라 조선 이주민들은 연추를 경유하여 하바로프스크 이남 연해주의 오지에 흩어져 살면서 숱한 한인촌들을 세웠다.

안중근 의사가 연추를 의병대의 근거지로 삼은데는 다음 몇가지 이유가 있다.

첫째, 연추는 연해주에서 조선 이주민들이 제일 많이 집거한 고장이고 또한 항일독립활동의 중심지였다. 1908년의 통계에 의하면 러시아의 조선 이주민은 4만5397명 그 중 러시아 국적에 입적한 자는 1만6190명, 입적하지 않은 자는 2만9207명 이었는데 하바로프스크 이남의 연해주 각지에 산재해 살고 있었다. 그 중 연추에 제일 많이 집거하고 있었는데 1884년에 벌써 1164세대, 5447명 이었다.

블라디보스토크에는 1874년 처음으로 조선 이주민 5세대, 25명이 개척하고 마을을「개척리」라 했는데 그 다음해에는 이곳을「신한촌」이라 했다. 연추보다 퍽 후에 생긴 셈이다. 1910년 블라디보스토크의 인구통계에 의하면 총인구 9만162명, 그중 러시아인 5만451명, 중국인 2만9800명, 일본인 2245명, 조선인은 2317명밖에 안됐다. 그러나 그 후 블라디보스토크~원산의 뱃길이 열리고「해조신문」「대동공보」가 블라디보스토크에서 운영되면서 조선 이주민들이 늘어나고 많은 애국지사들이 운집했다. 그리하여 블라디보스토크가 점차 연해주에서의 항일독립운동 중심지로 됐다.

둘째, 연추는 의병대가 두만강을 건너 국내 진출함에 있어 극히 유리한 고장이었다. 연추의 서남쪽에는 헤딩즈 산으로부터 수류봉, 장고봉까지의 산줄기 분수령이 이어져 중국과 러시아 국경선을 구분지었다.

이 국경선과 두만강 사이의 비좁은 연결지대가 훈춘의 경신진이다. 국경선인 이 산줄기는 여러군데가 개척지였다. 그 당시 러시아와 중국 두나라의 국경선은 그어져 있었고 중국과 조선도 두만강을 국경선으로 하고 있었지만 변경의 주민들은 아무런 증명도 없이 마음대로 왕래할 수 있었다. 그리고 경신진의 두만강 강변에는 백석, 벌등, 옥천동, 대두천, 조양, 권하, 양관평, 방천 등 8개의 두만강 나루터가 있어 마음대로 두만강을 건너 조선의 경흥 및 조선 각지로 다닐 수 있었다.

그러므로 연추의병대는 두만강을 도강하여 국내진출에 편리하며 국내에 진출한 다음 강건너편은 대부분 산악지대여서 의병투쟁을 벌이는데 연추지역이 이상적인 고장으로 여겼다.

세째, 연추는 「북간도」 즉, 연변의 의병투쟁과 서로 연계하고 서로 협력하면서 긴밀히 연합작전을 펼치기에 유리한 고장이었다. 연추에서 서북쪽 장령자의 국경선을 넘으면 훈춘시 이지만 북간도와 인접하고 있다.

북간도는 해외에서 조선사람이 제일 많이 집거하고 또한 항일독립투쟁도 기세 드높은 고장이었다. 연추에서의 의병대가 북간도의 의병대와 서로 지지하고 연계한다면 그 힘은 무척 강대할 뿐만 아니라 일본 군대를 더 호되게 타격하고 항일독립투쟁을 더 힘차게 밀고 나갈 수 있었다.

네째, 연추는 일제 침략세력이 미치지 못하여 의병대를 조직, 항일무력투쟁을 벌이기에 더 유리한 고장이었다. 일\러 전쟁에서 승리한 일제는 조선 그리고 남만주와 「북간도」 등지에서 러시아 세력을 몰아내고 저들의 세력권에 넣었다.

일제는 북간도 용정에 통감부 간도파출소를 설치하고 40여개의 경찰서를 설치해 항일독립투쟁을 미친듯이 탄압하기 시작했다. 그러나 러시아 연해주는 북간도와는 판이하게 달랐다.

당시 블라디보스토크에 일본 영사관이 있기는 했지만 러시아 당국은 일본과의 외교적 마찰을 피하려고 의병투쟁을 벌이는 것을 그리 달갑게 받아들이지 않았지만 직접 나서서 막지는 않았고 내버려 두었으니 조선사람들의 자유천지나 다름 없었고 부분적으로 러시아 사람들의 동정과 지지도 받았다.

이런 연유로 안중근 의사는 연추를 의병대의 근거지로 삼았고 이 고장에서 총을 들고 대한독립 항일투쟁의 큰 깃발을 높이 치켜 들었다.

- 해외에서 **조직된 첫 의병대**

안중근 의사는 오로지 의병대를 조직하여 무력항쟁으로서만 일제를 몰아내고 나라의 주권을 도로 찾을 수 있다고 믿었다.

이는 안의사의 불타는 일념이었다. 교육을 진흥시켜 나라를 구하려 진력(盡力)하던 안의사에게는 연추에서의 생활이 일대 전환기를 맞았다. 이로부터 더 없이 간고한 항일무력투쟁의 길에 선 안의사는 새출발을 하게된다. 시베리아의 삼동(三冬)추위는 혹독했고 혈혈단신으로 방랑하는 생활의 불편과 그 고통이나 고생은 이루 헤아릴 수 없었다.

그러나 안의사는 항일구국의 큰 뜻을 품고 시베리아 찬바람을 무릅쓰고 방랑생활의 어려움도 아랑곳하지 않고 하루빨리 의병대를 조직하려고 분초를 다퉜다.

안의사는 무엇보다 먼저 뜻이 같고 항쟁의 길에서 손잡고 싸울 동지자를 찾는 것이 급선무였다.

그는 이집 저집 찾아다니면서 여러사람들과 면목도 익히고 가난한 집살림을 하는 동포들에게 문안도 하며 벗을 사귀는 한편 뜻이 맞는 동지를 만나면 나라의 운세와 구국의 방법을 놓고 밤새도록 토론하기도 했다. 안의사는 애국의 기량이 있고 의병투쟁에 선뜻이 나서 싸우려는 동지 세사람을 찾았다. 그들은 엄인섭, 김기룡, 황병길 등으로 1908년 초 안의사는 이들과 모처에서 비밀모임을 가졌다.

이 모임에서 안의사는 연추에서 의병대를 조직할 것을 정식으로 발기했다.

안의사는 왜놈들을 고국땅에서 몰아내고 나라의 주권을 회복하려면 의병대를 조직하여 무력투쟁을 펼쳐야 한다고 역설했다. 모임의 분위기는 열렬했다. 엄인섭 김기룡 황병길 등 세 애국지사들도 안의사 뜻에 한결같이 호응했다.

네사람은 연추의병대를 창설하는데 한마음이 됐다. 그들 넷은 모두 열정으로 끓는 의기가 강한 청년들이었다. 당시 발기인 안중근 30세, 김기룡 28세, 엄인섭은 안의사보다 서너살 위였고 황병길은 23세로 이들중 제일 나이가 어렸다. 이들 모두 군사를 거느리고 싸원본 적도 없어 군대를 이끌 의병대의 지휘자가 있어야 했다. 그들은 여러번 의논끝에 이범윤을 추대하는데 의견의 일치를 보았다.

이범윤(李範允)은 러시아 연해주 조선 이주민들 가운데 믿음과 덕망이 높고 민족심도 강한 사람이었다.

그는 원래 친러파의 관리였다.

1902년 이범윤은 간도사찰사로 임명돼 「북간도」의 조선족 이주민의 호구조사를 실시했고 그 다음해에는 간도관리사로 임명됐다. 그는 〈산포대〉를 편성한 후 조선족들에게 후원금을 받아 유지비로 충당하면서 조선족들의 생명과 재산을 보호했다. 그는 또한 조선족이 납세하는 것을 거절하고 나서 청나라 정부와 충돌이 생겼다. 청나라 정부에서는 조선정부에 그를 소환 할 것을 요구했다.

바로 이 때 일·러 전쟁이 일어났다.

이범윤은 산포대를 거느리고 러시아 군에 가담하여 두만강변의 함경북도 6진 일대에서 일본군과 여러차례 용감히 전투를 벌여 혁혁한 전공을 인정받아 러시아군으로부터 훈장을 받기도 했다. 그러나 일·러 전쟁에서 러시아군이 패전했고 왜놈들의 침략세력이 조선, 그리고 남만주와 북간도까지 뻗치자 이범윤은 러시아 연추로 망명하여 항일구국투쟁을 벌였다.

어느날 안의사는 이범윤을 찾았다. 안의사는 뜨거운 인사를 올린다음 나라가 기울어져 망해가고 있는 안타까움과 일제의 하늘에 사무치는 침략죄행에 대한 치솟는 격분을 나눴다. 또 국내 각지에서 벌떼처럼 일어난 의병운동이 일본군대의 피비린 탄압을 당한 비참한 처지를 토로했다. 그리고 나서 자기가 연추로 찾아 온 것은 의병대를 조직하여 국내에 진출하여 왜놈들을 몰아내고 나라의 주권을 도로 찾기 위함이라고 강한 어조로 말했다. 그런 다음 군대에 대해 잘 아는 이범윤에게 의병대의 총대장을 맡아달라고 부탁하면서 몸바쳐 싸울 것을 다짐한다.

이범윤은 안의사의 진언을 귀담아 들은 다음 안의사의 피끓는 혈기, 불타는 애국지심에 감탄하면서 '젊은이 장하네. 그래야 하지'라고 극찬했다고 한다.

하지만 이범윤은 군자금 한푼, 총한자루 없이 어떻게 의병대를 세울 것인가를 놓고 고민하면서 쉽게 결단을 내리지 못하고 있었다.

안중근 의사는 엄인섭, 김기룡, 황병길 등과 더불어 의병대 조직사업에 박차를 가했다. 그들은 하바로프스크 이남의 연해주 각지의 한인촌을 찾아 다니면서 의병대원을 모집하거나 모금활동을 벌였다.

그들은 이르는 곳마다 집회를 열고 왜놈들의 침략죄행을 규탄하면서 나라의 주권을 회복하려면 의병대를 조직하여 총을 들고 싸워야 한다고 열변을 토했다.

젊은이들은 곧바로 의병대에 참가하겠다고 나섰고 노인들은 구차한 살림에도 군자금에 보태쓰라고 헌금했다.

1908년 봄, 그들 넷이 동분서주하면서 노력한 보람으로 연해주 각지의 한인촌에서 600여명의 피끓는 젊은이들이 의병에 참가하려고 연추에 모여들었다. 안의사는 군사교관을 초빙, 강도높은 군사훈련을 시켰다. 의병들은 목총을 메고 훈련했고 실탄사격연습은 몇자루 안되는 총기에 몇십명이 달라붙어 실시했다.

이범윤은 연추의병대의 들끓는 광경을 보고 더는 앉아만 있을 수 없었다.

그는 안중근 의사를 찾아가서 미력이나마 의병대를 위해 노력하겠다고 자진해 나섰다. 전제덕, 김두성 등 의병장들도 의병대에 자원해 참가했다. 그리하여 연추의병대는 이범윤을 총대장으로 추개하고 전제덕과 김두성을 두개 대대의 대장으로, 안중근은 참모중장으로, 엄인섭, 황병길, 우덕순 등은 각각 대대의 좌의정과 우의정으로 임명받았다. 그리고 부대원도 다시 편성했다.

드디어 연추의병대는 해외에서의 첫 군대조직으로 연추땅에서 고고(呱呱)성을 울렸다.

연추의병대의 대한독립항일투쟁의 횃불은 러시아 연해주 포시에트 초원에서 활활 타올랐다.

- 총을 확보하라

　나라가 약하면 강한 나라한테 얻어맞고 먹히우며 총대를 빼앗기면 나라가 망하는 법이다. 약육강식의 세상은 한심했다. 당시 세계만방이 이런 형편이었고 우리나라도 망국의 운명에 직면하고 있었다.

　온 국민이 총을 들고 일어나 싸워야만 왜놈같은 강적을 삼천리 금수강산에서 몰아내고 자유의 동산을 이룩할 수 있었다. 오로지 총을 잡아야만 잃어버린 나라의 주권을 회복하고 나라의 독립을 성취시킬 수 있었다. 많은 총을 확보해야만 기아와 도탄속에 헤매는 2000만 동포를 구해내고 민족의 해방을 성취할 수 있으며 행복한 낙원을 꾸릴 수 있었다.

　안의사는 총을 들고 일어나 일제와 싸우는 항쟁의 길이야말로 천만번 지당하고 태산같이 높은 최고의 진리이며 생활의 신조라 여기고 자금확보에 주력했다.

　연추의병대는 고고(呱呱)성을 울렸지만 600여명의 의병은 목총을 메고 있는 형편이었다. 안의사는 무척이나 애를 태웠다. 의병대를 하루빨리 총기로 무장시키는 일이 급선무였기 때문이다. 안의사는 이 문제 해결을 위해 최재형을 찾아 의논했다. 최재형은 1874년 1월20일 함경북도 경흥 태생이었다. 그는 소시적 부모님을 따라 러시아 연해주 연추로 이사해 왔다.

　그는 러시아 국적을 취득했고 이름도 러시아식으로 〈표도르 최〉라 고쳐 불렀으며 러시아어에도 능통했다. 최재형은 18세에 러시아 군대에 가입했고 러·일 전쟁시 소위로 승진하여 경무장의 통역을 담당하면서 경무관으로 근무하고 있었다.

　그는 일·러 전쟁이 끝난 후 제대하여 사업을 시작했다. 그당시 연추에는 러시아군 1000여명이 주둔하고 있었다.

　그리고 블라디보스토크에 2000명, 몽골 등 국경 인접지역에도 각각 1000명의 러시아 군대가 주둔하고 있었다.

　최재형은 러시아 주둔군과 익숙한 관계를 가지고 있었다. 러시아 주둔군의 주식인 소고기와 각종 야채 및 콩기름 등을 공급하는 군 납품업체를 경영했기 때문이다. 그는 연추에서 제일 가까운 훈춘을 통해 러시아 군에 납품할 물품을 대량으로 사들였다.

　몇해동안 러시아 군에 납품을 담당했던 최재형은 연해주의 조선사람들 가운데 으뜸가는 거부가 됐다.

　그 뿐만 아니라 최재형은 연추에서 도헌(都憲)이란 지방관직을 맡아 보았는데 사람들은 그를 〈최도헌〉이라 자주 불렀으며 두차례나 수도 페제르브르그에 가 러시아 황제와 환담을 나누기도 했다. 최재형은 의리있고 애국심이 강한 사람이었으며 명망 높은 인물이었다. 그는 자기 돈으로 학교를 세워 후손들의 계몽교육과 민족인재의 양성에 힘썼으며 항일독립투쟁을 위해서라면 자기의 호주머니를 털면서까지 적극적으로 협력했다. 그리고 망명길에서 경제난으로 어려움에 처한 애국지사들에게 늘 도움을 주었다.

안중근 의사는 의병대의 총기 구입과 군량 공급 문제를 해결하기 위해 최재형과 더불어 연추의병대 창설 추진단체를 만들기로 하고 그 이름을 〈창의회〉(彰義會)라 정했다.

창의회 회장은 최재형, 부회장은 군자금 10000루블을 헌납한 이휘종(李諱鍾), 평의원으로는 지명인사들인 이범윤, 이상설, 장지민, 장재곤, 엄인섭 등이었다.

안중근 또한 평의원 일원으로 활약했다. 창의회는 연추에 본부를 설치하고 블라디보스토크에 지부를 두었다. 안의사는 최재형을 도와 창의회에서 우선적으로 600명 의병의 총기를 구입하는 것을 급선두로 삼고 온 심혈을 기울였다. 창의회 구성원들의 공동 노력으로 군자금 30만루블이 조달됐다.

최재형은 먼저 러시아 당국과 여러면으로 교섭해 무기를 지원받으려 했으나 결국 성사되지 못했다. 러시아 당국은 무기를 의병대에 지원했다가 블라디보스토크에 주재하고 있는 일본영사관이 알게되면 외교 마찰이 생길까봐 지원하지 못했다. 연추의병대는 창의회에서 모금한 군자금으로 총기를 구입하는 수 밖에 없었다. 당시 러시아에는 무기상점이 있어 총과 탄약을 내놓고 판매했다.

돈만 있으면 무기는 마음대로 살 수 있었다. 그리하여 북간도나 국내 독립군들의 무기 구입은 연해주에서 구입해 반출했다. 연추의병대는 군자금 30만루블과 최재형의 뭉칫돈까지 합해 총기를 구입했으나 수량이 부족해 의병대 전원에게 지급되지 못했다. 그리하여 당시 연해주 조선 이주민들 가운데 호신용으로 집에 두고 있는 총기들을 헌납 받았다. 이렇게 하여 연추의병대는 전부 총기를 휴대하게 됐다. 연추의병대의 총기는 비록 간편하지 못하고 일본군의 무기보다 뒤떨어졌지만 국내 홍범도 의병 부대의 〈화승총〉보다는 성능이 좋았다.

최재형은 연추의병대의 든든한 후원자가 돼 물심양면으로 의병대에 관심을 돌렸다. 그는 연추의병대의 중요한 창설자의 한사람이며 연추의병대를 위해 중대한 기여를 한 유공자였다.

또한 최재형은 항일독립투쟁 시기에 중대한 기여를 한 활동가였으므로 국내외에 명성이 자자했다.

그는 1919년 상해 임시정부 수립시에 초대 재무총장으로 선임됐으나 거절하고 부임하지는 않았지만 그처럼 명성이 높았다. 결국 최재형 등의 도움으로 연추의병대는 600여명 모두 총기를 휴대하고 항일독립투쟁의 힘찬 발걸음을 내디뎠다.

- 출정

연추에서 해외의 첫 의병대가 총을 들고 일어섰다는 소식은 신속하게 국내외 각지에 급속히 전파돼 파문을 일으켰다.

그렇잖아도 왜놈들은 북간도와 연해주에서 의병운동이 일어날까봐 전전긍

궁하며 눈총을 돌리고 있던 시기에 블라디보스토크 주재 일본영사관이나 함경북도 국경지대의 경흥, 웅기, 나진, 그리고 경원, 온성, 회령의 일제 수비대와 헌병\경찰 등은 이 소식을 접하고 불안과 공포에 휩싸여 안절부절 못했다.

일제는 연추의병대를 요람속에서 소멸시키기 위해 음모 파괴활동을 진행했다.

한편 일제는 러시아정부를 방문 한국 의병들에게 무기와 탄약을 공급하지 못하게 하고 의병들의 무력활동을 제지시키려 항의했다. 또 연해주 각지에 밀정을 파견, 정탐하면서 연추의병대 와해 공작을 벌였다. 왜놈들은 연추의병대의 의병장들이 한인교포들에게 모금한 군자금을 개인적으로 유용했다는 유언비어를 퍼뜨렸다.

이러한 모함은 연추의병대에도 전해져 장병들 사이에 퍼졌다. 장병들은 그 내막도 모르고 의병장들에게 의심과 불만의 눈초리를 보내 군심(軍心)을 뒤흔들었다. 심지어 의병대를 떠나는 일마저 나타났다.

안중근 의사를 비롯한 여러 의병장들은 즉각 나서서 혼란에 빠진 장병들을 진정시켰다.

안의사는 다음과 같이 강조했다.

"의병 여러분! 의병장들이 군자금을 나눠먹었다는 소문은 왜놈들이 우리 의병대를 와해시키려 날조한 유언비어입니다. 우리 의병장들은 군자금을 총기와 탄약을 구입하는데 다 썼습니다. 나라의 주권을 위하여 목숨바쳐 싸우는 의병장들이 어찌 군자금을 횡령할 수 있겠습니까. 왜놈들의 음모 책동에 넘어가서는 안됩니다. 일제와의 싸움은 이미 시작됐으며 국내 진공도 제대로 해보지 못하고 왜놈들의 선전선동에 우리가 사분오열된다면 우리를 믿고 지켜보는 부모 형제들을 어떻게 대할 것입니까. 우리 장병들이 한마음 한뜻이 돼 삼천리 금수강산에서 왜놈들을 몰아내고 나라의 주권을 도로찾기 위해 싸워 이겨야만 합니다."

안의사의 격정에 넘친 연설은 의병들의 마음을 안정시켰고 의병대를 떠났던 장병들도 다시 돌아오게 만들었다.

연추의병대는 일제놈들의 파괴 모략 활동을 극복하고 한마음 한뜻으로 뭉쳐 국내 진출의 전투 준비에 몰두했다. 연추의병대는 두달남짓 밤낮으로 강력한 군사훈련을 실시했다. 의병들은 저마다 구입한 총기를 가지고 사용법과 사격술을 익히는 훈련에 몰두했다. 군사교관은 러시아군에 참가했고 군사교육을 받은 사람들이 초빙돼 의병들을 가르쳤다.

한편 의병들은 항일독립을 위해 몸바쳐 투쟁할 애국심을 키우는 사상교육 학습에도 열중했다. 이와 같이 연추의병대는 왜놈들과 대적해 승리하기 위해 강한 정신으로 총칼을 갈면서 국내진출의 전투준비에 온 힘을 쏟았다.

1908년 7월5일 드디어 두만강을 건너 국내에 진출하는 출정의 날이 다가왔다.

이번 국내진출은 두만강 하류로부터 도강하여 항일무력투쟁을 벌여 경흥과 경원 등지의 일본군 수비대와 헌병, 경찰서를 파괴하고 무산·갑산 일대에 진격하여 홍범도 김좌진 의병부대와 만나 항일무력투쟁을 기세 드높이 전국적으로 밀고나가 왜놈들을 몰아쳐 나라의 주권을 회복하려는 계획이었다.

연추의병대의 이번 국내진출은 의병총장인 이범윤이 총지휘하고 그 아래 대대를 두개로 나눠 작전을 지휘했다. 그리고 각 대대 아래에 여러개의 소분대를 편성해 소부대가 유격전 형식으로 작전을 펼치기로 했다.

7월5일 전제덕 대대가 선발부대로 출전하기로 됐는데 이 부대에는 참모중장인 안중근이 의병장으로 4개 소부대를 거느리기로 하고 엄인섭이 좌영장을 맡아 4개 소부대를 인솔하기로 했다.

출발직전 선발부대 300여명의 의병전사들이 좌우로 정열 대오를 갖춰 출발 명령을 기다렸다.

최재형의 힘찬 출정 연설이 다음과 같이 있었다.

"의병장사 여러분! 본인은 몸에 생기 병으로 여러 장사들과 함께 출전하지 못하게 돼 유감스럽게 생각합니다. 동포여러분들께서 전심전력으로 후원해 줘 이제야 연추의병대는 총기를 들고 국내로 진출하게 됐습니다. 이에 깊은 감사를 드립니다. 의병장사 여러분은 멸사봉공의 정신으로 왜놈들과 싸워 승전하시기를 바랍니다. 개선하고 돌아올 때 고국땅의 흙을 한 줌 가져다 주었으면 감사하겠습니다."

그의 연설을 짧고 격정에 넘쳐 의병들의 가슴을 부글부글 끓게 했다.

국내로 출정하는 의병장사들은 저마다 의기가 산을 찔렀으며 사기는 충전했다.

이날 밤, 안중근 의사가 거느리는 연추의병대의 선발대는 연추에서 떠나 칠흙같은 어둠을 뚫고 포시에트 초원을 지나 동남쪽 장고봉을 향해 국내로 출정의 발걸음을 재촉했다.

- 방천 나루터

1908년 7월6일 야밤, 참모중장 안중근 의사는 연추의병대 선발대를 거느리고 방천나루터에서 나룻배를 타고 두만강을 건너 국내진출의 첫 걸음을 내디뎠다.

방천나루터는 토자패(중·러 국경표시) 남쪽기슭 방천 6호 동네의 긴 사래밭 동쪽머리 바로 러시아 눕으메(臥峯)와 인접된 고장에 있었다.

강건너편은 함경북도 구룡평(지금의 두만강리)이다. 중국 러시아 북한 등 3국의 국경선이 바로 여기에서 회합되고 있다. 방천나루터는 두만강 천리의 수많은 나루터 가운데 맨 하류에 있으며 수심도 깊고 물살은 세지 않으며 두만강은 유유히 눕으메를 감돌아 동해 바다로 흘러들고 있다.

지난 한세기 동안 이 고장에 풍년이 들면하면 두만강물이 자주 범람하여 긴 사래밭은 다 뜯기워가고 방천나루터의 옛자리도 찾아볼 수 없게 됐다.

지금은 바로 옛나루터의 아래켠에 러시아의 두만강 대철교가 무지개마냥 가로놓여 있을 뿐이다. 방천나루터는 청나라 말기에 세워졌다. 봉금정책이 폐지되면서 방천과 눕으메에 조선족 이주민들이 부쩍 늘어나 조그마한 새 마을이 들어섰고 이 고장을 경유하여 〈강동〉으로 드나드는 사람도 많아졌다.

겨울철이면 얼음위로 자연스럽게 두만강을 건너 다녔지만 봄부터 가을철에는 배를 타지 않으면 두만강을 건너 다닐 수 없었다.

곡광화(曲光華)라는 한족 사람이 이런 사정을 알고 방천에 이사해 와서 두만강변에 나루터를 세우고 조그마한 목선을 마련했다. 그는 뱃사공이 돼 나룻배에 사람을 싣고 노를 저으면서 건너 다녔으나 겨울이면 사냥이나 고기잡이로 생계를 유지했다.

이제까지의 사학가들은 안중근 의사가 거느리는 연추의병대가 국내로 진출할 때 어디에서 두만강을 도강했는가 하는 지점을 똑바로 알지 못하고 '장고봉 부근을 가로질러 갔다' 거나 '증산으로 침투했다' 고 하는가 하면 어떤 사람은 '안중근의 지휘하에 경흥 남방으로 도강했다' 고 말하고 있다.

얼핏보면 장고봉, 증산, 경흥 남방 등 3곳인 것으로 알고 있지만 사실은 방천 한곳이다. 장고봉은 방천의 뒷산이고 증산동은 방천과 두만강을 사이두고 있는 강거너편 마을이며 이 고장 또한 「경흥 남방」이기 때문이다.

7월 초순은 강우기여서 두만강 수심이 6~7m나 돼 배를 타지 않고는 두만강을 건너갈 수 없다는 것은 더 말할 나위가 없다. 연추의병대가 두만강 도강 지점을 방천나루터로 선정한데는 다음 두가지 원인이 있었다.

첫째, 방천은 청나라 군대의 병영과 거리가 제일 먼 고장이어서 청나라 병사와의 마찰을 피하는데 안성마춤이었다. 당시 경신진 헤딩즈에 청나라 군대의 한개 병영이 주둔하고 있었으나 그들은 방천같은 편벽한 곳에 가기를 꺼려했기 때문이다.

둘째, 방천, 눕으메, 구룡평 등 이 3마을에는 모두 조선사람이 거주하고 일본 수비대와 헌병 및 경찰이 많은 경흥군 소재지와 멀리 남쪽에 떨어져 있어 왜놈들의 눈에 잘 띄지 않은 고장이었다.

연추의병대는 그날 밤 야간 강행군으로 포시에트 초원을 가로질러 새벽녘 장고봉에 이르렀으나 그날 밤 도강할 수 없었다.

의병대는 방천마을에 들어가지 않고 장고봉과 그 자매봉인 장기봉 나무 수풀속에 매복, 하루밤을 꼬박 새면서 주위를 살폈다.

의병대는 장고봉에서 하루동안 3국의 3마을 동정을 살피면서 도강작전 준비를 했다. 산기슭에는 방천늪, 그 늪가에 오붓한 방천마을, 마을 앞에는 두만강이 흐르고 강건너편은 함경북도 경흥군의 증산동, 동쪽은 구룡평, 서쪽은 홍의, 동남쪽은 러시아 눕으메 등 세나라가 한눈에 안겨 들었다. 무엇보다 꿈에도 그리던 고국산천을 바라보는 의병들의 가슴속에는 뜨거운 난류가 용솟음쳤다.

하루동안 3마을에는 아무런 정적도 없이 모든 것이 평온했다. 안의사와 전재덕은 6일 야밤에 두만강을 도강하기로 결정했다. 저녁무렵 안의사는 전재덕 의병장과 더불어 뱃사공 곡광화를 찾아 나룻배 값을 흥정했다.

배값을 한푼 한푼씩 치르기로 약속하고 노를 젓는 사람도 한사람 증원해 도강에 만반의 준비를 했다. 6일 밤, 초생달이 으슴푸레 떠올랐다. 방천마을의 집집마다 마당 한가운데 피워놓은 모기불도 하나하나 꺼지고 마을은 고요히 잠들었다.

의병대는 장고봉에서 내려와 오솔길로 방천나루터에 집합했다. 여름밤의 모기성화가 심했다. 수건으로 머리를 질끈 동여맸지만 앵앵대는 모기는 손으로 한번 휘드르면 한줌씩 쥐어졌다.

밤은 죽은 듯 조용했다. 그저 노젓는 소리가 찰랑찰랑 들릴 뿐이었다. 조그마한 목선이어서 한번에 15명 정도밖에 건널 수 없었다. 첫배로 건너간 의병들의 경계로 나머지 의병들은 질서정연하게 두만강을 순식간에 건너갔다. 의병들은 두만강을 건너는 즉시 강 기슭을 따라 함경북도 증산동 서산에 집합했다. 의병대가 전부 도강했을 때에는 자정이 넘었다.

안중근 의사가 거느리는 연추의병대의 선발대는 방천나루터에서 두만강을 무사히 도강해 국내에 진출함으로써 항일무력투쟁의 새로운 막을 열었다.

- 첫 전투의 승리

안중근 의사가 거느리는 연추의병대의 선발대는 국내에 진출한다음 며칠동안 함경북도 증산동 서산 밀림속에 집결해 있었다.

그들은 한편으로 후속 부대의 도강진출을 기다리면서 일부는 경흥일대의 적진을 정찰했다. 몇몇 경흥 태생의 의병들을 파견해 이 고장의 적진을 손금안에 넣고 작전 방안을 숙의했다. 총체적으로 보면 일본군의 병력은 인원에서 의병대보다 비할바 없이 많았고 장비면에서도 절대 우세였다.

의병대는 인원이나 장비면에서 일본군보다 약할 뿐만아니라 군사훈련 부족, 전투경험 등도 없었다. 안의사는 전재덕 엄인섭 의병장들과 더불어 약한 의병대 병력으로 일본군의 강적과 싸워 이길 수 있는 방법을 모색했다. 그것은 바로 산악지대에서 유격전을 벌리는 것이었다.

수세의 병력으로 일본군 수비대와 헌병대 및 경찰서에 대해 불의의 기습작전을 펼치는 것이었다. 그리고 일본군의 군사시설, 교통, 전화선 등을 파괴시켜 적진을 교란시키는 것이 첫번째 임무였다.

두만강을 도강한 다음날인 7월7일 김두성 의병장이 거느리는 후속부대 300명도 국내에 진출하여 경흥 북쪽 경원방면으로 가는 산간지대에 집결해 작전을 준비하고 있었다.

7월 10일 드디어 연추의병대가 왜놈들을 향해 진격하는 첫 전투의 총소리가 울렸다. 이날 안중근이 인솔하는 소부대는 경흥에서 멀지않은 고의동에서 매복전을 벌였다. 이날 일본군 수비대 4명이 고의동을 순찰하고 있었다. 의병대는 유리한 지형에 매복하고 있다가 왜놈들이 매복전 안에 들어왔을 때 일제히 사격 전면시켰다.

 이 소식을 듣고 경흥 주둔군 일본군 1개 소대가 추격해왔다. 의병대는 우세한 병력으로 적을 향해 불꽃을 품었다. 적들은 20여명의 살상자를 내고 뿔뿔이 도망쳤다. 경흥경찰서에서 7월14일 오후 1시50분 서울 경무국에 발송한 전문은 다음과 같다.

 '이달 10일 경흥군 고의동에서 일본군 4명이 폭도에 의해 참살됐다. 폭도 100명이 산중에 있다. 경흥~회령간의 전화선이 절단됐다. 정보에 의하면 그들중 얼마간의 카자흐스탄 사람들이 섞여있고 러시아식 무기와 탄환을 휴대하고 있다.'고 언급돼 있다.

 이날 신아산에서도 한차례의 전투가 벌어졌다. 신아산은 경흥으로부터 4km되는 곳에 있다. 의병장 김두성이 인솔하는 연추의병대의 후속부대는 국내에 진출한 다음 경흥 북쪽으로부터 경원으로 가는 구간에서 일본군과 유격전을 벌였다.

 이날 일본군 수비대 경흥 주둔군 1개 분대 10명이 신아산에 주둔하고 있었다. 김두성 대대의 한 소부대가 야밤중에 왜놈들을 불의에 습격하여 몽땅 소멸시켰다. 경흥과 경흥 주재 두 일본경찰서에서 서울 경무국에 한 보고는 다음과 같다.

 '경흥군 신아산(경흥에서 북쪽으로 4리되는 경원으로 가는 길가에 위치) 분견대 하사이하 10명은 7월10일 오전4시 폭도 200명의 습격을 받았다.'고 했고 또 '오늘 아침 날밝기전 폭도 200명이 경흥으로부터 7리되는 지점에서 공격해 와 1명이 전사하고 5명이 행방불명 됐다. 따라서 경흥 역시 위급한 형세에 있다. 이 적은 대로령땅(러시아 연해주)에 잠복하고 7일에 강을 건너온 것이다.'라고 했다.

 그리고 또 '폭도 300명이 경원에서 3리 떨어진 지룡동에 나타나 읍내로 습격해 오려는 기미가 있다. 위급한 상황이 닥쳤으므로 이곳의 우편취급소 직원들은 훈계에 따라 피란 준비중이다.' '…11일 오후 7시 폭도 150명이 경원에서 1리 떨어진 곳에 나타났다는 보고를 받았다.'고 통보했다.

 이와 동시에 안중근 의사의 소부대가 서수라에서 전투를 벌였다. 서수라는 경흥군의 맨 남쪽 두만강물이 바다로 흘러드는 입구에서 멀지않는 곳에 있다. 안의사의 소부대는 낮에 세밀히 정찰했다가 야밤중에 일본 수산회사를 기습하여 일본인 20여명을 살상했다.

 연추의병대는 경흥에서의 첫 전투에서 일본군 50여명을 살상했다. 그리고 헌병대와 경찰서를 파괴하고 군사시설을 제거했으며 전화선을 절단하는 등 왜놈들에게 심각한 타격을 줬다. 연추의병대의 소부대 활동은 어찌나 신출귀몰했던지 의병대가 도강해서 열흘이 지나도 왜놈들은 의병대의 행적을 모르고 있었다고 한다. 당황한 일본군대는 러시아 당국에 연추의병대를 신속히 무장해제 시키고 의병대 총참모장을 즉각 체포해 일본측에 소환시키라고 강력히 항의했다. 그러나 연추의병대는 국내에 진출해 일본군과 싸우고 있었으므로 러시아 정부도 손을 쓰지 못해 일본의 항의는 메아리에 그쳤다.
  안의사가 거느리는 연추의병대는 경흥에서의 첫 전투를 승리로 이끈 다음
곧바로 회령, 무산, 갑산 등지에서 승승장구하며 거침없이 국내로 진격했다.

- 회령전투의 참패와 그 원인
  1908년 8월 초, 연추의병대는 회령부근에 집결했다.
  의병장들은 병력을 총집중해 회령의 일본 수비대와 정면 공격전 준비를 서
두르고 있었다.
  1908년 5월, 일본은 우리나라에서의 의병투쟁이 북간도와 연해주로 옮기고
있다는 것을 감안해 북부 두만강 연안에 일본군 수비대의 병력을 강화했다.
그 부대를 보면 북부수비관구 사령관 오카사키 ㄴ마미츠(岡崎生三), 동북부
수비관구에 보병제25여단 여단장 마루이 세이아(丸井政曲)를 임명했다. 보병
제49연대 제1,2대대와 제4,11중대를 동부에 배치하고 그 주력부대는 경성(鏡
城)에 주둔시켰고 청진, 부령, 수성, 성진, 독진 등지에 각각 보병 1~2개 소
대, 명천, 길주 등지에 보병 1~2분대를 배치했다.
  우리나라 북부지역에는 제49연대의 제2대대와 공병 제13대대 제1중대를 배
치했는데 그 주력부대는 회령(會寧)에 주둔시키고 경흥 훈융 온성 종성 등
지에 각각 보병 1개소대를, 북창평과 경원 등지에 각각 보병1개분대씩을 배
치했다. 그리고 북방의 국경방비를 강화하기 위해 700만원의 거금을 투입해
나남과 회령 두곳에 3년에 걸쳐 군사시설을 구축해 1908년에 마무리 지었다.
이로보아 회령군은 함경북도 6개의 진지 가운데 일본군의 가장 중요한 군사
요새지였다.
  회령은 또한 임진왜란때 일본군 가토 교마사가 북진을 시도하다 골탕을 먹
고 패해 이른바 〈7의사 대첩비〉를 세웠으며 러·일전쟁시에는 일본군이 러
시아군과 이범윤의 〈산포부대〉에게 떼죽음을 당해 일본군이 특별히 경계하
고 있는 고장이었다. 회령은 동쪽으로 청진, 남쪽은 종성과 남양, 서쪽으로
무산방면, 북쪽은 두만강 강을 건너 용정으로 가는 교통요충지인데다 지세도
험악한 지역이다.
  일본군은 연추의병대가 경흥과 경원일대에서 무산방면으로 이동한다는 정
보를 접하고 재빨리 수비대 5000여명을 회령에 집결시켰다.
  8월 중순의 어느날, 연추의병대의 전제덕, 김두성, 엄인섭 등의 의병장들은
회령에서도 경흥에서처럼 일본군을 쉽게 물리칠 수 있다는 판단하에서 회령
지역에 대한 면밀한 정찰도 없이 무턱대고 3면을 포위 정면공격전을 감행했
다. 그날 의병대는 함성을 지르며 일본수비대가 차지하고 있는 고지를 향해
돌격했다. 의병들의 의기는 충천하고 용감했다. 그러나 일본군은 유리한 고
지에서 우세한 병력으로 연추의병대의 공격에 대해 맹렬히 반격했다.
  안의사가 거느리는 몇개 소부대 의병들도 용감히 돌격해 적군 여러명을 살
상했다. 그러나 의병대는 일본군의 우세한 화력을 당하지 못해 끝내 적의 고

지를 돌파할 수 없었다. 게다가 궂은 비가 억수로 퍼부었다. 치열한 싸움이 계속되자 의병대는 탄알이 떨어진데다 식량까지 바닥나 기진맥진했다.

일본군 수비대가 이를 눈치채고 반격을 개시하자 의병대는 숱한 희생을 내고 밀리게 됐다. 의병장들은 흩어진 의병대를 간신히 수습해 용산으로 퇴각한 다음 무산과 갑산 방면의 홍범도 부대를 찾아가려 했다. 한가지 안타까운 것은 작전 개시전에 홍범도와의 협력을 이끌어내지 못하고 독불장군식의 전투를 벌인 것이다.

그마만큼 우리민족 항일무력투쟁의 초기 단계는 〈나홀로〉전투에 급급한 나머지 서로의 협력은 이뤄질 수 없었으며 일본군과의 정보전에서도 뒤떨어져 결국 참패의 길을 반복한 것이다.

연해주와 만주(동북)의 이곳저곳에서 벌인 항일무력투쟁은 벌떼처럼 일어났으나 이를 결집시킬 힘과 역량있는 지도자가 없어 우리 힘으로 앞당길 수도 있었던 광복의 기회를 여러번 놓친 것이 우리에게 뼈아픈 교훈을 주고 있다.

많은 의병들이 비참한 최후를 맞자 연추의병대는 2개 대대를 한개로 합병한다음 홍범도 부대를 찾아가려 했다. 그러나 전제덕과 김두성이 서로 대장이 되겠다고 하는 바람에 끝내 합의를 보지 못하고 그만 시간을 지체했다.

이 때 일본군이 추격해 왔다. 통일적인 지휘능력마저 상실한 연추의병대는 또 한번의 섬멸적인 타격을 받아 얼마 남지 않은 의병들은 산산이 흩어졌다. 결국 연추의병대는 전멸되다시피 해 비참한 지경에 이르렀다.

연추의병대가 회령전투에서 이처럼 참패당한 것은 무었때문인가 ?

연추의병대는 600명, 일본군은 5000여명이었다. 일본군은 연추의병대보다 수적으로 절대 많은데다 화력도 뛰어났으며 유리한 고지를 차지하고 있었다. 연추의병대 의병장들이 이런 강적과 정면 공격전을 벌인 것은 마치 닭알로 바윗돌을 치는 격으로서 참패를 피하기 어려웠다.

그 참패의 원인은 다음과 같다.

첫째, 전략상 적군과 아군 쌍방의 세력을 객관적으로 평가하지 못했다. 경흥전투에서 초전의 승리에 도취돼 자체의 세력을 대단한 것으로 보고 적을 과소평가했다. 경흥에서처럼 일본군을 쉽게 물리칠 수 있다고 여겼지만 회령의 강적 앞에 중과부적이었으니 전략상 오판이었다.

둘째, 연추의병대는 회령의 지형과 지세 그리고 일본군의 병력 배치 등에 대해 면밀한 정찰없이 맹목적인 공격을 감행했다. 적군을 모르고 준비없는 싸움은 패전을 모면하기 어려웠던 것이다.

세째, 연추의병대는 통일적인 강력한 지휘가 약한 것이 치명적인 약점이었다. 의병총장인 이범윤이 전투에 임해 의병들을 지휘하지 않고 소부대 활동으로 분산시켜 통일적 지휘가 부족한데다 의병장들 사이의 협력과 보고도 일치하지 못했다.

게다가 지휘자들의 군사작전 경험 부족과 의병들의 군사자질도 턱없이 부족한 것도 패인의 한 원인이 됐다.

전제덕과 엄인섭 등 의병장들은 안의사가 한때 일본인 포로들에게 관대함을 베풀자 이에대한 불만을 토로하면서 안의사를 따돌리까지 할 정도였다. 연추의병대는 회령전투에서 참패를 당하고 한차례 좌절을 당했다.

그러나 안중근 의사가 해외에서 일으켜 세운 첫 의병대로서 국내에 진출해 일제에 막대한 타격을 주었고 항일무력투쟁의 역량을 대내외에 과시했으며 대한독립항일투쟁사에 빛나는 한페이지를 차지했다.

- 엎드린 그 땅에서 다시 일어섰다

전투란 승전의 기쁨처럼 달기도 하지만 그 승리를 위해서는 희생의 대가도 치러야 했다. 그 희생은 아픔이 동반하기 마련이고 패전의 고통 또한 그지없이 쓰라리지만 피의 교훈에서 새로운 승리의 계단을 쌓기도 하는 법이다.

회령전투의 패전은 너무도 참혹했다. 수많은 의병과 의병장들이 싸움에서 희생됐다. 얼마 살아남지 않은 의병들은 산산히 흩어져 어떤 사람은 대오를 잃고 살길을 찾으려 어디론가 사라졌고 어떤 사람은 왜놈들에게 체포되기도 했다.

안의사는 겨우 3명의 의병들을 거느리고 간신히 포위권을 뚫고 깊은 살림 속에 이르렀다. 반년동안 연추의병대를 창설하기 위해 밤낮으로 분주히 뛰면서 온 심혈을 기울인 안중근은 애써 쌓은 공든탑이 하루사이 이처럼 비참하게 우루루 무너지자 허탈감에 빠졌다.

두만강 도강 작전의 승리를 얻은 다음 홍범도 부대와 연합하여 기세 드높은 항일무력투쟁을 전국에 뻗치려 한 것도 하루아침 사이에 물거품으로 되었으니 말이다. 안중근은 패전 장군의 꼴로 무슨 면목으로 연해주 동포들을 만나며 고국의 동포들에게는 무엇이라 변명할지 난감하기만 해 생각할 수록 기가 막혔고 가슴이 터질 것만 같았다.

안의사는 앞으로 어떻게 했으면 좋은가에 대해 3명의 의병들과 토론했다.

3사람의 생각은 재각각이었다. 한사람은 먼데로 가서 살길을 찾아보자고 했고, 또한사람은 일본군에 항복하자고 했으며 또다른 사람은 아무래도 뜻을 못이룰 바에는 자결하자고까지 주장했다.

안의사도 앞길이 막연해 어쩔바를 몰랐다. 안의사는 벌떡 일어나면서 권총을 빼들고 아무래도 죽을바에는 왜놈을 한놈이라도 죽여 원을 풀고 죽자고 했다.

이 때 한 의병은 안의사의 팔을 당기면서 "그라서는 안됩니다. 안 의병장 같은 분이 그렇게 죽는다면 구국의 큰 뜻은 영영 이루지 못하고 해외에서 첫 연추의병대를 창설한 것 또한 보람이 없어 집니다. 다시 연추에 돌아가 의병대를 재조직하여 의병투쟁을 벌이는 것이 지당하다고 봅니다"라고 간절히 애원했다.

안의사는 그 의병의 말이 일리가 있다고 생각했다. 그리고 자신이 다음과 같이 의병들에게 한말이 귓전에 울렸다.

"지금까지 우리들의 병력은 수백명에 불과했습니다. 그러므로 수적으로 열세인 우리가 1차 의거로 강력한 왜놈들을 무찌를 수 없다는 것은 자명한 일입니다. 따라서 우리는 1차 때 안되면 2차, 3차, 5차, 10차 등등 백전불굴의 정신으로 일본군과 싸우면서 금년에 안되면 명년 아니 10년, 100년 고군분투하고 우리대에 못하면 아들대와 손자때까지 계속싸워야 우리민족 항일구국의 뜻이 기필코 성사될 것입니다."

안의사는 내가 이 땅에서 패하여 엎드려 있으니 기필코 이 땅에서 다시 일어나야 한다는 각오를 몇안되는 의병들 앞에서 새롭게 다짐하고 다음과 같이 되새겼다.

"한번 패했다고 일어서지 못하면 무슨 사나이 대장부라 할 수 있겠는가! 한번 넘어지면 한번 일어서고, 두번 넘어지면 두번 일어서고, 3번, 4번, 5번, 10번, 스무번을 어디서든지 넘어진다 해도 그 자리에서 다시 벌떡 일어나 몸에 묻은 흙과 피를 씻고 앞에서 거꾸러져도 그 뒤를 이어 계속해서 앞으로 나아가야 한다."

안의사는 그때의 심정을 다음과 같은 시로 읊었다.

'사나이 큰 뜻 품고 해외로 나왔건만/ 뜻대로 안돼 몸두기 어려워라/ 바라보니 동로들이여 죽기를 맹세하고/ 세상에 의리없는 귀신 되지 말자'

안의사는 3명의 의병과 함께 러시아 연해주로 향해 머나먼 동쪽으로 무거운 발길을 옮겼다.

고난의 행군이 시작됐다. 안의사 일행은 일본군의 눈을 피하기 위해 낮이면 산속에 숨어있고 밤이되면 산등성이를 타고 걸었다.

때는 장마철이라 궂은비가 자주 내렸다. 옷은 젖어있어 추위에 떨었다. 남은 식량이라고는 한알도 없어 풀뿌리를 캐어 허기를 채웠다. 길은 험악하고 지칠대로 지친데다 현기증으로 눈앞이 아른거렸다.

안의사는 자서전에서 그 당시의 정경을 이렇게 회고했다.

"그날 밤은 장마비가 그치지 않아서 지척을 가리기 어려웠다. 사람이 사는 집은 전혀 없었다. 이처럼 헤매기를 대여섯새 동안에 한번도 밥을 먹지 못했으며 신발도 없었다. 추위와 굶주림에 지쳐 풀뿌리를 캐 먹고 담요를 찢어 발등을 동여메고 서로 위로하고 보호하면서 걷는데 멀리 닭이 울고 개 짖는 소리가 들렸다."

안의사는 산기슭의 불빛을 따라 내려가다가 갑자기 적군을 만났다. 적군과의 사이는 몇발자국밖에 안됐다. 적군은 총을 3발 쏘았지만 어두운 밤중이라 안의사 일행을 놓쳤다.

그러던 어느날 또 산골짜기에 외딴집이 있는 것을 발견했다. 안의사 일행은 주인을 찾아내려 갔다. 다행히 적군은 없었다. 구걸을 하니 주인은 조밥 한그릇을 내놓으며 다음과 같이 말했다.

"보아하니 의병같은데 이곳을 빨리 떠나시요. 아래 동네 주민 5명이 의병들

에게 먹을 것을 주었다는 이유로 총살당했다오. 이곳도 가끔 수색하러 나오
니 속히 떠나시요."
　안의사 일행은 조밥 한그릇을 얻어 급히 산속에 들어가 나눠 먹었다. 닷새
만에 처음 조밥을 먹고 나니 힘이 났다.
　안의사의 자서전에는 또 이런 회상이 있다. 그 며칠 후 "외진 산속에 초가
집이 있어 문을 두드려 주인을 불렀더니 한 노인이 나와 서로 인사를 나눈
다음 배고픔을 하소연했다. 주인은 말이 떨어지자 머슴을 시켜 나물과 과일
등의 성찬을 내놓았다. 염치 볼 겨를도 없이 배불리 먹은 다음 정신을 차려
생각해 보니 거의 열이틀 동안에 단 두끼만 먹고 목숨을 부지해온 셈이다."
　안중근 의사는 3명의 의병을 거느리고 열이틀동안 천신만고를 다해 연추에
돌아왔다. 안의사의 옷은 온통 찢기워 펄럭이는 것이 겨우 몸을 가리우리 만
치 남루했고 담요로 감싼 신발은 다 해져 앞발가락과 발뒤꿈치가 나와 헝겊
으로 묶었다.
　헐벗고 굶주려 얼굴은 초췌하고 눈가는 깊숙이 들어갔으며 몸은 여위어 뼈
만 앙상했다. 온몸은 땀과 흙투성이로 번벅이 돼 마치 숯덩이처럼 보여 사람
인지 귀신인지 분간 할 수 없을 지경이었다.
　최재형을 비롯한 연추의 동포들은 안중근 일행을 따뜻이 맞아 주었다. 안의
사는 "회령전투에서 수많은 의병과 의병장들이 전사했습니다. 얼굴을 들고
여러분들을 볼 면목이 없습니다. 참으로 원통합니다."라고 목메어 말하고 대
성통곡했다.
　최재형은 안의사에게 "싸움에서 일전일패는 병가상사라고 했잖나. 한번 실
수 했다고 너무 상심하지 말게. 용기를 내 엎드린 그 자리(회령)에서 다시
일어나 싸워야 하네. 왜놈들이 우리민족을 모조리 다 죽이지는 못할걸세. 우
리가 살아있는 한 조국을 도로 찾을 날이 기어코 돌아올 걸세. 이제 싸움은
지금부터 시작일세."라고 위로해 주면서 용기를 북돋우어 줬다.
　그 얼마 후 김기룡, 황병길 등도 구사일생으로 돌아왔고 우덕순도 일본군대
에 체포돼 감금됐다 석방돼 블라디보스토크로 돌아왔다.
　안중근의사는 회령전투의 참패, 연추의병대의 좌절, 고난의 행군 등의 시련
속에서 굴할 줄 모르는 견강한 항일독립투사로 연마돼 살아남은 동지들과
함께 벅찬 새 항쟁의 길에 나섰다.

3) 동북아 심장의 고동소리는 북한에 달렸다

　　　< 두만강지역 개발계획 >
　- 개관
길을 만드는 일은 역사를 만드는 일이며 길의 역사는 곧 인간의 역사이다.
　두만강 개발지역사업(TRADP, Tuman River Area Development
Programme)은 유엔개발계획(UNDP)의 주관아래 동북아 지역의 남북한과

중국 러시아 몽골 5개국이 두만강 유역의 인프라 산업을 추진하여 이 지역을 21세기 동북아의 경제발전의 요충지로 만들자는 다국간 지역개발 협력사업을 말한다.

이 계획은 1990년 7월 중국 장춘에서 열린 동북아시아 경제발전 국제회의에서 두만강 하구와 블라디보스토크, 청진을 잇는 황금의 삼각주를 개발하자는 중국측의 개발구상에서 본격 논의되기 시작해 그동안 5개국 정부 차원의 협의체를 구성하고 실무조정회의를 열어 이 계획을 실현하기 위한 노력이 계속되고 있다.

1999년 3월 몽골에서 열린 제4차 두만강 유역 개발사업 5개국 위원회 실무조정회의에서는 세계은행(IBRD) 산하 국제투자분쟁조정기구(MIGA)와 유엔산업개발기구(UNIDO) 주도아래 두만강 유역 4개 지역에 대해 임금 도로 전기 용수 세제 제도 등의 외국인 투자환경 조사를 실시하기도 했다.

이와 함께 실무조정회의는 이 조사가 마무리되면 4개 지역에 각각 외국인 투자 안내소를 설치하고 이들 안내소들을 전산망으로 연결해 공동으로 외국인투자유치에 나서기로 했다.

외국인이 어느 한 투자안내소만 찾으면 전산망을 통해 다른 3개 지역에 관한 모든 정보를 입수해 두만강 일대의 종합적인 투자계획을 수립할 수 있도록 한다는 것이다.

- 추진현황

유엔개발계획의 두만강 유역 개발계획은 북한과 중국 러시아 3국이 인접한 두만강 하구 유역에 총 300억달러를 투입해 사회간접자본을 정비해 이 지역 일대를 동북아시아의 산업지역으로 조성한다는 것을 주요 목적으로 하고 있다.

두만강 지역 개발계획의 지역적 범위는 두만강 하구의 중국 훈춘과 북한의 나진, 러시아의 포시예트를 잇는 소삼각 자유경제무역지대(TREZ)와 두만강을 중심으로 연길~청진~블라디보스토크를 잇는 대삼각지역(TREDA)이다.

이에 관한 각국의 개발전략으로서 중국은 소삼각의 훈춘을 중심으로 하고 대삼각의 연길을 보조적으로 활용하는 방안을 설정해 두고 있으며 북한은 소삼각의 나진과 선봉을 중심으로 대삼각의 청진을 보조적으로 활용하는 방안을 설정해 두고 있다.

또한 러시아는 대삼각의 블라디보스토크와 나훗트카를 중심으로 하고 소삼각의 포시예트 지역을 보조적으로 활용하는 방안을 설정해 두고 있다.

- 두만강 지역의 관광사업 개발 및 전망

외국인 투자유치 활성화를 목적으로 일차적으로 1999년 8월 28일~9월 2일 기간 중 중국 훈춘시에서 '1999 두만강 지역 훈춘 국제관광교역회의'가 개최됐다.

이 교역회는 중국 연변 조선족 자치주, 훈춘시 및 길림성 관광국이 주최하고 길림성 정부 및 유엔개발계획 두만강 사무국의 협찬으로 성사됐는데 이번 교역회는 북한의 참여 여부에 관계없이 북한 중국 러시아의 접경지역인 두만강 유역개발방향 및 이와 연계해 북한의 나진과 선봉지대 개발의도 등을 가늠해 볼 수 있다는 점에서 큰 의미를 가지고 있다.

훈춘국제관광교역회는 두만강 개발사업에 가장 적극적인 관심을 보이고 있는 중국측의 중심역할을 맡은 훈춘시가 두만강 개발사업 활성화를 위한 역점사업으로 관광자원 개발에 중점을 두겠다는 목적으로 개최한 대규모 관광교역이다.

그러나 실제 교역회에서는 관광사업 뿐만아니라 훈춘시에 대한 투자유치활동이 전개됐다. 실제 교역회 주최측 관계자도 이 행사는 훈춘시에 대한 외국인 투자유치 확대가 주목적이며 이를 위해 외국투자가들의 관심을 유도하기 위해 대규모 관광교역회를 계획했다는 것이다.

소개된 관광상품 중 북한과 연계된 관광루트가 관심을 끌었는데 여행관련 부스 중 유엔개발계획 부스와 홍콩 엠페러그룹 및 북한관광을 취급하는 여행사 부스 방문객들이 많았다는 점이다.

이는 북한의 관광시장 개방에 대한 외국의 관심이 지대함을 시사하는 것으로 북한을 연계한 두만강 지역이 관광상품으로서 매력이 있음을 나타내는 것이다.

홍콩 엠페러그룹은 총1억8000만달러를 투자하기로 하고(현재는 4000만달러 실행) 나진과 선봉지대에 카지노를 겸한 5성급 호텔을 건설중이다. 1999년 7월 26일부로 일부 공정이 완공돼 카지노는 영업을 개시했으며 최종공사는 2002년에 완공할 예정이라고 한다. 현재 중국인을 위주로 영업을 하고 있으며 엠페러그룹의 부스에서는 카지노 고객유치를 위한 상품도 선보였다.

북한과 연결된 관광상품으로는 훈춘~권하~선봉~나진, 연길~회령~청진~평양~심양, 연길~회령~평양~묘향산~개성~판문점~평양~신의주~단동, 연길~회령~평양~묘향산~원산~판문점~평양~회령~연길 등 4가지로 10일 이내에 둘러볼 수 있는 지역들이다.

유엔개발계획과 훈춘시 정부가 주관한 환동해 국제관광심포지움에는 유엔개발계획 두만강 사무국, 국제관광기구(WTO, World Tourism Organization), 한국, 중국, 러시아, 몽골 대표단이 참여했다.

이 심포지움에서는 훈춘, 나진과 선봉, 몽골, 러시아 관광현황과 발전 잠재력을 분석한 후 이 지역내 교통 및 관광인프라 확충 및 서비스 요원의 자질 향상으로 관광업을 발전시켜야 한다는 의견이 제시됐다. 특히 두만강 지역의 관광산업 발전을 위해서는 주변국간의 자유로운 왕래가 가장 중요한 관건이기 때문에 이 문제에 대해 향후 계속적인 의견교환이 필요하다는 입장이었다.

이와 관련 연변자치주에서는 중국 북한 러시아 3국간 통관 관련 협정을 체결하도록 유엔에 협조를 요청하자는 건의를 하면서 국제관광 관련 기구에서도 이 문제에 대해 더욱 많은 관심을 기울일 것을 촉구했다. 심포지움의 후반부에는 두만강유역이 관광자원으로서 가능성이 매우 크다는 점을 지적했고 중국 북한 러시아 등 관계 국가들과 국제기구가 공동으로 개발할 필요가 있다는 점 등이 지적됐다.

- 두만강 유역의 관광상품 개발 가능성

외국인 투자유치 부진으로 침체상태에 빠져 있는 두만강지역 개발사업이 활성화 될 수 있을지는 확실하지 않지만 두만강 개발에 가장 적극적인 중국이 이 지역 개발을 촉진하기 위한 역점사업으로 관광산업을 선택했다는 점에서 이 교역회의 의미가 있다.

그러나 참가국들의 상충된 이해관계가 두만강개발계획의 부진의 가장 큰 원인이라는 점을 감안하면 관광산업 활성화 역시 당사국들이 적극적인 협조 없이는 진척되기 어려울 것이다.

실제 이번 국제관광교역회에서는 두만강개발 참여국 중 북한을 제외한 나머지 참여국가들이 모두 참가해 관광사업에 대한 관심을 나타냈으나 관심의 대상이었던 북한이 참여하지 못했다. 즉, 백두산, 두만강유역, 나진과 선봉 등 주요한 관광개발 가능지역이 북한의 동의가 있어야만 개발연계가 가능하기 때문에 북한의 참여가 필수적이다.

비록 북한측이 이번 교역회에 참석하지 않았지만 북한 최고의 예술단인 '피바다 가극단'을 훈춘에 파견해 관심을 보이고 있는 점으로 미루어 보아 앞으로 두만강지역의 관광개발 가능성은 충분한 것으로 예상된다.

훈춘시측이 구상하고 있는 새로운 관광길은 훈춘~원전~나진과 선봉지구, 훈춘~방천지구, 훈춘~옌지~백두산지구, 훈춘~경박호지구, 그리고 훈춘~블라디보스트크지구 등 훈춘을 기점으로 중국 북한 러시아 관광지역을 잇는 국제관광 길인 것으로 알려지고 있다.

특히 방천지역이 관광지로 유망할 것으로 판단되는데 유엔세계공원 조성을 위한 조인식이 1999년 4월에 열린 바 있어 이 지대에 대한 국제사회이 관심이 계속되고 있음을 알 수 있다.

- 북한의 적극적인 관광산업 진흥노력의 필요

북한은 정권수립 이후 폐쇄적 사회주의 체제를 유지해 왔기 때문에 관광산업이 발전할 수 있는 토대가 마련되지 못했다.

그러나 1980년대 중반 이후 현재까지 북한은 국가관광산업을 진흥시키기 위한 지속적인 노력을 기울이고 있는데 이는 악화일로를 걷고 있는 북한경제 상황과 관계가 있다.

즉, 북한은 초기 투자비용이 적고 이익횟수가 빠른 관광산업을 활용함으로써 경제난 타개의 돌파구를 찾으려는 것으로 보인다. 북한의 관광지구 개발 계획을 살펴보면 4대 관광지구, 금강산 관광지구, 구월산지구를 집중적으로 개발할 계획으로 알려져 있다.

이 중 금강산지구는 이미 1998년부터 관광이 개시돼 관광객 송출이 이뤄지고 있으며 금강산관광사업으로 관광인프라에 대한 투자가 활성화되면 북한은 관광산업의 유리한 점을 깨닫고 기타 관광지구로의 개발을 시도할 것이다.

두만강지구의 관광자원 개발이 진행된다면 4대 관광지구에서 회령, 온성을 포함한 두만강지역과 나진과 선봉지대까지 개발하고 나아가 칠보산 지구를 연결하는 관광루트까지 열리게 될 것이다. 한국 중국 일본 등 주변국의 관광객 유치뿐만 아니라 유럽 등 서구의 관광객 유치가 가능할 것으로 보인다. 다만 관광기반시설과 관련해 재정난으로 인해 북한자체의 두만강관광지구 및 나진과 선봉지대에 대한 투자는 기대하기 어려울 것이다.

한국기업 및 제3국 기업의 투자가 선행돼야 두만강 지역의 관광산업 활성화가 가능하다는 점을 미루어 보면 관광인프라를 위한 외자유치에 북한당국의 전향적인 태도변화가 필수적이라 할 수 있다.

지난 5월 중국 연변 해란강국제여행사는 최근 북한 국제여행사와 손잡고 용정~청진~평양 관광코스를 새로 개통했다. 1992년 6월부터 연변에서 용정~회령 1일 관광을 개통한 용정해란강국제여행사는 95년과 98년에 용정~청진 2일 관광과 용정~칠보산 3일 관광을 개통해 약 2만여명에 달하는 해내외 관광객을 접대했다.

이번에 용정해란강국제여행사에서 새로 개통한 용정~청진~평양 관광코스는 용정에서 차를 타고 청진에 도착해 소형전세기를 타고 평양으로 간 후 묘향산, 개성 등의 관광명소를 들어갈 수 있다.

이는 기차를 타고 단동과 신의주를 거쳐 평양에 가는 관광코스보다 인민폐 1000원 정도의 비용을 절약하고 시간도 3~4일 줄일 수 있어 관광객들로부터 각광을 받고 있다. 용정~청진~평양 관광은 매주 3차례로 월요일과 수요일에는 각각 2박2일 관광단을, 금요일에는 3박4일 관광단을 모집한다.

- 두만강지역의 물류인프라 현황

두만강을 경계로 서로 인접하고 있는 북한의 나진항과 러시아의 포시예트항 간에 중국 동북3성으로 가는 수출입화물을 유치하기 위한 경쟁이 점차 가시화되고 있는 실정이다.

더욱이 최근에 러시아가 중국의 훈춘과 연해주의 포시예트와 클라스키노항을 연결하는 철도와 도로를 개통함으로써 나진항의 기능이 크게 위축될 위기에 처해있다.

북한의 나진과 선봉지대는 관광지구 외에 물류 중계기지로서 유리한 입지적 조건을 가지고 있지만 북한당국의 소극적 대응으로 러시아의 포시예트와 자르비노항 등에 주도권을 넘겨주고 있는 상황이다.

이러한 상황에서 북 중 러 3국의 접경지역의 도로사정과 수송인프라 현황을 살펴보면 다음과 같다.

- 훈춘~권하~원정리~나진과 선봉 도로

훈춘에서 권하까지는 포장이 돼 있어 도로사정이 좋다.

도로폭은 2차선으로 화물차가 왕복하기에 원활해 북-중간 변경무역 활성화에 상당한 도움이 되고 있다. 권하세관을 통과하는 물동량은 10톤 트럭 기준으로 일일 평균 200대 가량 왕래하고 있는데 주로 중국에서 북한으로 들어가는 원목, 우드칩 수송차량 등이다. 북한에서 중국으로의 수송물량은 거의 없으며 연길 등으로 들어가는 해산물, 광산물 등이 간혹 수입되고 있다.

한편 원정교 건너편에는 북한 원정리 세관 건물의 외관이 완성돼 운영되고 있으며 권하통상구에서 훈춘까지는 도로확장, 포장공사가 진행되고 있어 중국정부가 출해구로서의 나진과 선봉항의 중요성을 인식하고 있는 것으로 보인다. 그러나 아직까지 본격적인 투자가 이루어지지는 않고 있음을 확인할 수 있는 것은 원정리에서 나진과 선봉까지 1995년도에 도로폭을 확장하면서 서서히 포장을 하고 있어 원활한 물류수송이 기대된다.

- 연길~도문~남양~나진과 선봉 도로

연길과 도문 구간은 비교적 포장상태가 양호하다.

도로폭은 2차선이며 훈춘과 권하 구간보다는 물류이동이 용이할 것이라고 한다.

그러나 남양과 나진 및 선봉 구간은 도로사정이 좋지 않아 이 루트를 이용할 경우 도로수송보다는 철로수송이 훨씬 용이할 것으로 보인다.

현재 중국과 철도가 연결된 구간은 도문~남양 1개 노선밖에 없으나 중국과 북한을 연결하는 철도건설에 대한 필요성이 계속 제기되고 있어 물류가 늘어날 경우 연결될 가능성이 있다고 한다.

- 청진~나진~두만강유역~하싼~자르비노 도로

북한과 러시아간 철도는 청진~나진~두만강 유역과 두만강철교(친선교)를 통해 러시아의 자르비노와 연결돼 있다.

러시아와 북한은 핫싼~두만강 구간뿐만 아니라 나진~청진까지 러시아 광궤철로가 가설돼 있어 환적이 불필요하며 화물수송에 상당히 유리하다.

- 훈춘~장령자~클라스키노(포시예트) 도로

훈춘에서 클라스키노까지는 도로포장이 완료돼 1시간 이내로 도달할 수 있다.

양국 국경 모두 세관이 설치돼 있었으나 아직 물류이동이 원활하지 한다고 한다. 이 구간을 운행하는 차량은 하루 3회 왕복버스 운행이 전부이며 대부분 보따리 장수가 이용하고 있다.

특히 러시아 국경내에는 최근 도로포장을 완료한 것으로 보여 중국과 러시아간 물류 연결에 대한 양국의 관심이 여전한 것을 알 수 있다.

중-러간 연계상황은 관심을 자기고 지켜 보아야 할 사항인데 이는 두만강 지역을 물류중심지로 하여 나진과 선봉지대의 가능성을 판가름하는 변수가 될 수 있기 때문이다.

현재로서는 중국과의 도로 연결 상태는 러시아가 북한보다는 우세한 것으로 판단된다. 더구나 최근 러시아가 중국 훈춘과 클라스키노, 포시예트를 연결하는 철도를 개통함으로써 나진항의 기능이 위축될 가능성이 커지고 있음을 알 수 있다.

그리고 나진과 선봉지대에 있는 나진항, 선봉항, 청진항 등의 화물처리능력은 나진항이 연간 300만톤, 선봉항이 연간 200~300만톤, 그리고 청진항이 800만톤으로 추정되고 있는데 반해 러시아의 포시예트항은 연간 화물처리능력이 150만 톤으로 알려지고 있다.

나진항과 포시예트항을 단순 비교하면 나진항의 처리가능 물량이 더 큰 것으로 나타나고 있으나 크레인이 나진항에는 5개, 포시예트항이 10개인 것으로 알려져 항만시설의 현대화는 포시예트항이 앞서고 있는 것으로 알려지고 있다.

포시예트항은 최근 교역증가에 따라 크레인을 추가 설치하고 컨테이너 하역장도 확장하고 있다.

< 두만강유역 물류유치 경쟁 >

1995년 10월부터 부산~나진항 간에 총 100항차의 화물운송선을 투입해 연평균 컨테이너 화물 27%, 벌크화물 31%씩 늘려왔으며 이 기간중 화물적재율도 평균 85%에 달하는 등 상당한 운송실적을 기록했던 중국의 해운회사는 나진과 선봉지대를 경유하여 중국으로 가는 둘류량이 1997년도에 7만톤이었던 것이 1998년도에는 28.6%나 늘어난 9만톤에 달했다.

그런데 이 해운회사가 이 구간의 정기선 취항을 포기하고 부산~포시예트~훈춘을 연결하는 새로운 육해복합 운송 노선을 개설하려고 한다.

또한 이 해운회사는 연해주의 포시예트항을 25년간 임차해 속초~포시예트~훈춘간을 여객과 화물을 동시에 운송할 수 있는 대형 페리호를 정기적으로 취항시킬 예정이다.

이외에도 중국의 조선족자치주인 연변~러시아 포시예트항~일본의 아키다항간에 정기 컨테이너 선박을 조만간 투입할 예정이라는 것이다. 이와 같이 양호한 영업실적에도 불구하고 중국의 해운회사가 북한항에서 러시아항으로 최항노선을 변경하고자 하는 가장 큰 이유는 포시예트항을 이용할 경우 운송비용과 시간을 크게 단축시킬 수 있기 때문이라는 것이다.

즉, 속초~포시에트 항로를 이용하면 서해안을 통할 때보다 중국 동북3성의 내륙지역까지 화물을 운송하는데 하루 이상의 시간을 절약할 수 있고 20% 이상의 운송비를 절감할 수 있다. 또한 나진~훈춘간의 내륙운송이 열악한 도로사정으로 인해 시간이 많이들고 운송도중 화물이 손상될 경우도 배제하지 못하기 때문이라는 것이다.

이외에도 중국과 러시아 당국이 포시에트~훈춘 노선을 이용하는데 편리하도록 각종 편의시설과 제도를 마련해 주고 있다는 점이 나진항 이용을 기피케 하는 또다른 원인이 되고 있다.

중국은 훈춘을 경제특구로 지정해 외국인들에게 출입국 수속을 간편하게 해주고 보세통관이나 각종 세금감면 혜택을 부여하고 있다.

러시아도 최근 클라스키노항과 포시에트항에서 훈춘에 이르는 30㎞ 거리를 철도와 도로로 연결하고 화물과 여객이 통과하는데 불편함이 없도록 세관 등 관련 행정기관들을 현지에 배치하는 등 적극적인 물류유치에 나서고 있다는 것이다.

< 두만강지역 수송인프라 개발전망 >

동북아시아의 수송인프라 이용은 이해 당사자국의 입장에 따라 상이한 입장을 보이고 있어 물류수송 인프라 투자확대를 위해서는 상당한 시간이 소요될 전망이다. 특히 두만강유역개발계획에 가장 소극적인 러시아의 입장에서는 두만강 유역의 인프라개발은 자국 극동항의 이용률을 떨어뜨릴 것이기 때문에 참여도가 저조하다.

현재 나진항, 선봉항 및 청진항을 이용하는 것은 주로 중국의 동북3성으로 가는 대한국 대일본 수출입 화물이다. 따라서 두만강 지역의 인프라에 투자는 중국 한국 일본 등이 주도적 역할을 담당할 것으로 예상된다.

다만 북한이 나진과 선봉 지대의 개발에 어떠한 태도를 보일 것이냐가 관건인데 그 간의 투자유치 실적으로 보면 투자유치에는 실패한 것으로 판단되나 물류수송 중계기지 및 관광지구로서의 가치는 여전히 유효한 것으로 보인다. 즉, 물류센터로서의 나진과 선봉지대 개발계획에 대한 북한의 적극적인 참여가 필요하다.

전체적으로 평가해보면 입지적으로는 나진과 선봉이 러시아의 포시에트 보다는 경쟁력이 있으나 도로포장상태, 설비의 현대화, 정부의 개발노력 등에서는 러시아가 앞서 있는 것으로 보인다.

최근 러시아사 중국 훈춘과 클라스키노, 포시에트를 연결하는 철도를 개통했고 연변~포시에트와 일본 아키다항을 연결하는 컨테이너 정기항로가 8월부터 개설돼 나진항의 물류중계항으로서의 기능이 크게 위축될 가능성이 커지고 있다.

압록강 하류인 대련항을 통해 중국 동북3성으로 가는 물류와 백두산 관광객이 앞으로는 시간과 비용이 적게 드는 두만강을 축으로 한 포시에트항과

나진항으로 이동하게 될 것으로 예상되며 본격적으로 속초~포시예트~훈춘 간에 대형 페리호가 정기적으로 운항하게 되면 러시아와 중국의 봇짐 무역 상들이 속초항으로 몰릴 가능성이 높다.

이와 함께 중국이 훈춘을 경제특구로 지정해 각종 물품의 보세운송과 보관이 가능하도록 훈춘에 대규모 물류기지를 건설할 것이다. 따라서 조만간 동북3성 내륙지역으로 가는 물류에 대한 변화가 크게 일 것이 분명하다.

북한도 주변국들의 이러한 발빠른 움직임에 대처하기 위해서는 중계기지로서의 나진과 선봉항 및 청진항의 기능을 강화하기 위한 노력이 필요하다. 즉, 항만의 현대와, 주변도로와 철도 건설 및 정비가 시급한 과제라고 할 수 있다.

특히 자체적 투자여력이 없음을 감안하면 이러한 인프라에 대한 투자부문에서 남북간의 공동노력이 필요하다.

그렇게 하여 보다 신속하고 저렴한 비용으로 운송서비스를 제공하지 않으면 동해를 경유해 동북3성으로 운송되는 일본, 한국, 미국 등의 수출입 화물을 모두 포시예트 등 러시아항에 빼앗길 수 밖에 없기 때문이다.

< 두만강 유역의 국제협력개발 >

두만강 유역의 국제합작개발은 두만강을 사이에 두고 북한 중국 러시아 등 3국과 한국과 몽골이 참여 개발하는 국제적인 합작개발 프로젝트를 말하며 유엔개발계획의 광범위한 관심과 지지를 받고 있다.

이 프로젝트의 목적은 유엔개발계획 및 각국의 사전연구 구상에 따라 북·중·러 3국의 상호인접지역에 있는 국제기구가 공동으로 다국간 '자유무역지대'를 설립해 동북아의 새로운 경제번영지대를 형성하는 것이라 할 수 있다.

< 두만강 지역 개발의 현주소 >

- 러시아 연해주의 개발사업

러시아는 1990년부터 경제특별구를 설치하고 외자와 도입하여 빠른 경제성장을 이룩하려고 시도했다.

러시아에서는 지금까지 11개의 경제특별구를 승인했는데 그 중 극동지역의 나호트까 자유경제구, 사할린 자유경제구와 울라디보스토크, 연해지방 및 하바로프스크 지역을 포함하는 대울라디보스토크 자유경제권이 망라돼 있다.

나호트까 자유경제구는 1990년 10월에 러시아 공화국 최고회의의 비준을 받았다. 나호트까 지역이 자유경제구로 확정된 것은 부동항인 나호트까항과 포시예트항을 보유하고 있는 부근의 풍부한 자원을 이용하여 주변지역의 개발을 추진시킬 수 있기 때문이다. 이는 상기한 두 부동항을 시베리아 횡단철도와 연결시켜 동북아지역과 유럽간의 화물 수송능력을 확장시키는데 기여할 것이다.

사할린 자유경제구의 각종 우대 및 특혜조치, 그리고 운영법들은 나호트까 자유경제구와 주위 전반지역에 해당되므로 그 규모에서의 차이가 있을 뿐이다.

또 사할린 경제구의 계획은 상세하고 구체적으로 수립됐으며 토지의 경우 70년까지 장기임대가 허용되며 과실송금도 보장받고 있다.

대울라디보스토크 자유경제권 계획은 러시아 정부에서 공식적으로 승인한 사업이 아니라 연해주 지역의 국제협력개발사업의 일환으로 UNIDO가 주관해 작성한 개발계획이다.

이 계획은 극동지역의 최대항구인 울라디보스토크 뿐만 아니라 나호트까, 빨치산스크, 포시예트촌, 하싼스크 등의 항구도 포함된다. 이 계획은 20년에 걸쳐 3단계로 나눠 추진될 계획이다.

제1단계(1991~1995)에는 자유경제구를 지정해 자유개발과 수출가공개발을 우선하며 제2단계(1996~2000)에는 사회간접자본에 대한 투자와 중간기술상품의 수입대체산업을 육성하고 제3단계(2001~2010)에는 수출지향산업과 첨단산업, 그리고 통신 운수 등 서비스산업을 육성한다.

이에 수요되는 비용은 약 400만달러인데 주요하게 세계은행, 유럽개발은행, 한국, 미국 등의 자본에 의해 의뢰하려는 계획이다.

대울라디보스토크 개발계획이 제시되기 전까지 러시아는 두만강개발계획에 대해 소극적인 태도를 취했으나 중국에서 두만강 계획에 대해 구체적인 조치를 보이며 사업을 추진시킴에 따라 적극적인 태세를 보이고 있다.

1994년 7월 러시아 정부는 중국 훈춘으로 통하는 국제철도를 부설할데 대해 비준하고 1995년에는 중국과 인접한 하싼구를 자유무역구로 선포했으며 10년 기한으로 울라디보스토크로부터 중국 훈춘 통상구에 이르는 철도가 도문~훈춘 철도와 이어졌고 그 이듬해 2월에는 중-러 양국 정부가 '훈춘-마하린노 철도접궤'에 관한 정식문건을 교환했다.

- 북한의 나진 선봉의 개발

북한은 1991년 12월 28일 정무원 결정 제74호를 발표하여 두만강 삼각지역에 있는 나진시와 선봉지구를 자유경제무역지대로, 청진항을 자유무역항으로 한다고 선포했다.

이것은 동북아시아를 비롯한 세계의 많은 나라들과 경제기술 교류와 협력을 확대하려는 북한 정부의 대외경제 정책의 반영이다. 지정학적 위치로 볼 때 나진-선봉 지구는 동북아시아 나라들 사이의 육해연대 수송능력을 보장할 수 있는 대륙교두보로 인정받고 있다.

나진-선봉 자유경제무역지대의 초기면적은 621㎢, 그 중 195㎢의 면적은 건설부지이고 146㎢의 면적은 수역, 19㎢의 면적은 산업구역이다. 1993년 9월에는 또 나진-선봉자유무역경제지대를 746㎢로 확대했으며 봉폐식 관리를 실행하고 있다.

북한은 이 지역을 미래지향적인 중계무역지대로 수송업, 가공업, 관광업 등을 갖춘 전일적이고 현대화한 신형의 국제무역 및 상업도시로 건설항 계획을 세우고 있다.

이를 위해 북한은 전후로 '자유경제무역지대법' '외국인투자법' '외국기업법' '합영법' '외국투자기업 및 외국인 세금법' '외화관리법' '토지임대법' 등 58개 법률과 법규를 제정함으로써 나진-선봉지역 개발의 법적기틀을 마련했다.

현재 나진-선봉지역에 창설된 합영, 합작 및 외국인 단독투자형식의 외국투자기업수는 11개 정도다. 그 중 56%는 중국에서 들어간 기업체들이며 기타는 타이, 일본, 오스트리아, 홍콩, 대만 등 9개 나라와 지구들이다.

나진-선봉에 진출한 외국기업 중 중국 연변의 현통그룹, 홍콩 엄퍼러그룹 등 소수기업을 제외하고는 대부분이 소형기업이고 투자업종도 서비스업종에 치우치고 있다.

지금까지의 총투자계 액수는 6.5억 달러이며 실제투자액은 1.2억 달러이다.

북한정부는 또 나진-선봉 지역의 도로, 호텔 등 사회간접자본 건설에 부분적 자금과 인력을 투입했다.

그러나 지금까지 나진-선봉 지역의 개발을 보면 기초시설에 대한 투자는 극히 제한된 범위내에서만 이루어졌고 제조업에 대한 투자는 거의 전무한 상황이다.

- 중국 연변의 두만강지역 개발

지금까지의 두만강 지역 주변 각국의 경제개발 상황을 보면 중국측 두만강지역의 개발개방 사업이 시종 앞서 있어 그 진전도 비교적 빠르다.

중국측 두만강 지역이란 바로 연변조선족자치주를 말한다. 중국 두만강 지역의 경제개발은 줄곧 정부의 중시를 받아왔다. 개혁개방이래 등소평, 강택민, 이붕, 주용기 등 당과 국가의 지도자들이 친히 이곳에 와서 시찰하고 사업을 지도했다.

강택민 주석은 1991년과 1996년 두차례에 걸쳐 연변을 시찰하고 또 '훈춘을 개발하고 두만강을 개발하여 동북아시아 여러나라들의 우호협력 관계를 발전시키자'고 지시했다.

국가 '제9차 5개년 계획'과 '2001년 원경계획 요강'에도 '두만강지역 개발을 잘 해야 한다'고 명확히 제시돼 있다. 더욱이 최근 국가발전계획위원회에서 '중국 두만강지역 개발계획'을 정식으로 비준함으로써 연변의 두만강지역 개발사업을 새로운 단계로 진입시켰다.

근 10년간의 노력을 거쳐 연변의 두만강지역 개발사업은 괄목할 만한 성과들을 거뒀다.

첫째, 남의 항구를 빌어 바다로 나가는 사업이 획기적인 진척을 가져왔다.

연변조선족자치주 정부는 러시아, 북한과 유관 항구를 사용할 데 관한 협의를 달성했고 한국와 일본과는 육해연대 수송선을 개척할데 관한 협의를 달성했다.

1995년 10월 훈춘으로부터 북한의 나진을 거쳐 한국의 부산에 이르는 컨테이너 정기항선이 개척됐으며 2000년 5월에는 또 훈춘~자르비노~속초간의 카페리호 항선이 새롭게 개통됐다. 3갈래 육해연대 수송선의 개척은 연변의 대외개방, 가공수출업, 관광산업에 대해 모두 적극적인 역할을 하고 있다.

둘째, 지난 10년간의 연변에서는 전후로 40여억원의 자금을 투입하여 사회간접자본 건설을 다그쳤으며 대내, 대외 교통망을 초보적으로 형성했다.

대내로는 훈춘~도문 구간의 철도가 이미 1996년 6월에 국철과 이어졌고 훈춘~도문 구간의 국가 2급도로가 건설돼 사용되고 있으며 도문~연길 구간의 고속도로도 이미 개통했다.

대외로는 훈춘~카메쏘와야 중러 국제철도도 1999년 12월 18일에 정식개통됐고 훈춘~장영자 국가 2급도로가 이미 러시아 국도와 이어졌으며 훈춘~권하 국가 2급도로도 준공돼 나진~선봉 자유경제무역지대의 도로와 연결시켰다.

연길공항은 세워진 후 두차례의 증축과 개조를 진행했는데 현재의 운수능력은 연인원 120만명에 달했고 이미 10갈래의 국내항선을 개통했다.

특히 여기에서 지적하고 싶은 것은 연변 사람들의 관심사인 연길~서울 직항이 전세기 형식으로 2002년 8월 11일부터 운행되기 시작했다. 이는 연길공항이 국제공항으로 발돋음하는 첫걸음이 될 것이다.

이로써 연변은 두만강지역 국제협력개발에 적극 참여하기 위한 육해공 교통수송망을 초보적으로 형성했다.

셋째, 통상구를 개방했고 개발구를 건립했다.

지금까지 도문, 훈춘, 사타자, 개산툰, 삼합 등 7개 통상구(세관)을 개방했으며 1992년 이 후 전후로 국가개발구 1개와 성급개방구 4개를 건립했다. 1992년 국무원의 비준을 거쳐 훈춘 국가급 국경경제 합작구를 건설하기 시작했는데 초기건설 면적은 2.28㎢로서 필요한 기초시설 건설은 이미 완성됐으며 생산과 생활 조건을 기본상 갖추었다.

누계 130개 항목이 시공됐고 총건축 면적은 70만㎡, 투입된 자금은 누계 5.6억원에 달한다. 이미 가동했거나 건설중에 있는 공업항목은 30개, 공업총투자의 88%는 외국인 투자로서 합의이용 외자는 1.08억 달러, 실제 이용 외자는 8,392만 달러이다.

이미 방직, 건축재료 등 가공공업 단지가 초보적으로 건립됐으며 외향성 경제발전의 구면이 초보적으로 형성됐다. 2000년 4월 27일 중국 국무원에서는 훈춘을 망라한 전국 15개 지역에 수출가공구 시점설립을 비준했다.

수출가공구는 국무원에서 비준하고 세관에서 봉폐식 관리를 실행하는 특수구역이다.

그 기능은 단일한 바 제품을 대외에 수출하는 가공무역에 국한되며 가공구

내에 수출가공 기업 및 상관되는 저장창고, 운수기업 등을 설치하게 된다.

훈춘 수출가공구는 장기적으로 분산 경영해 오던 가공무역이 취하던 개방식 관리 모식을 개변하고 봉폐식 관리 모식을 실시하며 현행수속을 간소화하고 가공수출 기업에 더욱 빠른 통관 관리를 제공하는 더욱 느슨한 경영환경을 마련해 주게 된다.

훈춘수출가공구는 훈춘국경경제합작구에 설치했는데 계획개발 면적은 2.44 ㎢이고 시작단계에는 먼저 0.6㎢ 면적을 개발했다. 자유무역구의 전신으로서의 수출가공구는 훈춘의 대외개방의 승급을 의미하여 국제시장과의 접궤를 실현하는데 유리하다.

넷째, 지난 10년간의 연변의 초상인자사업은 커다란 발전을 가져왔다.

지금까지 연변에 등록된 3자기업은 600여개소가 되고 유치한 외자는 4.5억 달러에 달해 길림성의 앞자리에 서 있다.

그 중 한국기업이 348개소로서 3자기업 총수의 59%를 차지하며 유치된 한국자본은 근 3억 달러로서 전체 외자의 62%를 차지한다.

연변의 3자기업은 이미 상품수출과 외항수출의 주요한 주인으로 자리잡았으며 또 쌍방울, 갑을, 동일 등과 같은 노동집약형 기업소들은 연변의 유휴노동력을 위해 보다 많은 취업기회를 마련해 주었다.

오늘날 3자기업은 연변경제에 새로운 활력소를 불어넣고 있으며 연변 경제 부흥의 새로운 성장점으로 부상하고 있다. 이와 더불어 연변기업들의 대북한 진출도 본격적으로 시작됐다.

현지조사에 의하며 나진-선봉 지역에 진출한 연변기업들이 50여개에 달한다고 한다.

그러나 대부분의 기업들이 유관 부문에 등록하지 않고 있어 정확히 파악하기 어렵다.

나진-선봉시 책임비서 김현주가 밝힌데 따르면 나진-선봉 지역에 투자한 외국 기업인 중 연변기업이 80%를 차지한다고 한다.

당면 가장 큰 투자자로는 연변 현통그룹이 나진 항구를 임대하여 〈연변~나진~부산〉 해상운수 통로를 개통한 것이다.

그러나 나진-선봉 지역에 진출한 연변기업들은 소수기업을 제외하고는 다수가 소형기업이고 투자업종도 서비스 업종에 치우쳤으며 장기 타산이 적고 단기행위가 심한 것으로 나타났다.

이상에 주변 3국의 두만강지역 개발현황에 대해 각기 고찰했다.

한마디로 말하면 두만강지역 개발 사업은 1995년을 기점으로 종전의 개발 방식을 탈피하여 보다 실현 가능한 대안의 모색에 중점을 두고 전개해 왔다. 즉 UNDP가 처음 추구했던 주변 3국의 토지출자와 공동관리를 전제로 한 긴밀한 협력방식을 철회하고 그 대신 중국(훈춘), 북한(나진-선봉), 러시아(울리디보스토크, 나호트까) 등 접경 3국이 독자적으로 개발해 온 경제특구들간의 물질, 인적 흐름과 정부교류의 원활화를 도모함으로써 연계성을 높이는데 사업의 초점이 모아지고 있다.

종전에 논의돼 온 개발방식이 '긴밀한 협력방식'이라고 하면 1995년 이후 추진돼 온 개발방식을 '점진적 조화 방식' 혹은 '느슨한 협력방식'으로 규정지을 수 있다.

< 동북아시아의 심장부 두만강 >

두만강 지역을 자유무역지대로 만들어 경제개발을 촉진하고 이런 경제적 결합을 통해 동북아 각 나라간의 정치적 장벽을 극복하는데 도움이 되고자 두만강지역개발계획(TRADP)을 세워 추진한지 어느덧 10년이 넘어갔다.

그동안 도문~클라스키노 구간 철도연결, 연길~도문 구간 고속도로 건설, 훈춘과 권하 세관간 도로의 개선, 라진~부산~니카타 간 및 아키타~포시예트 간 컨테이너선 항로 및 속초~나르비노 간 여객선 항로 개설 등 많은 진전이 있는 것은 사실이다.

그러나 같은 기간에 구주공동체(EC)를 형성해 오던 서구라파 나라들이 1995년부터 동구라파 및 북구라파 나라들을 가입시켜 15개국의 구주연합(EU)으로 크게 발전했으며, 화폐통합까지 이룩해 그야말로 국경없는 사회를 만들어 가고 있는 것과 비교하여 보면 두만강 지역은 아직 지역경제통합과 개발의 초기단계에 머물러 있다 할 것이다.

왜 이렇게 양 지역의 발전속도에 격차가 생겼을까?

물론 거기에는 문화 역사 전통의 공통점과 차이점의 많고 적음, 상호이해의 깊이와 접촉기간 등 여러 가지 이유를 들 수 있겠지만 그 근복적인 차이점은 개발국가의 이익추구보다도 공동이익 추구에 역점을 둔 관점의 전환과 냉전체제를 극복한 유럽 각국의 정치적 결단에 있다고 본다.

지도에서 보는 것처럼 두만강 지역은 중국 동북지역의 최동남단, 극동러시아의 최남단, 한반도의 최동북단의 변경지역이다.

관점을 바꿔 이 지역들을 결합해 자유경제무역지대를 만들면 일본과 몽몰 등 지역까지 포함한 동북아지역의 중심으로 된다. 이 지역의 지정학의 이점을 잘 살리면 동북아 전체 경제발전에 새 활력을 공급하는 심장부분이 될 수 있을 것이다.

그동안 수많은 국제교섭과 학술회의 등을 통해 이 지역에 아직 부족한 사회간접자본과 기술인력, 투자자금의 결핍 등 수많은 난제들이 제기되고 있지만 내가 보기에는 가장 큰 장애는 관련 각국의 조그마한 이해관계의 상충과 폐쇄한 사고방식에 기인한 것으로 본다.

여기에서 창조적 사고방식으로 대전환을 일으킨다면 좀더 대국적으로 개방된 마음으로 생각하면 관련된 모든 국가에 다같이 유익한 해결방법을 찾아낼 수 있으리라 믿는다.

이제 러시아는 푸틴 정권이 들어선 이후 재정위기를 극복했고 최근 몇해동안 경상수지면에서 신흥시장 국가 중 가장 많은 흑자를 내 이제는 국제경제에 적극 참여하려 하고 있다.

지난 20여년간 세계 최고의 고도성장을 이룩한 중국은 2001년 말 세계무역기구(WTO)의 정식 회원국이 됨으로써 세계경제와 보조를 맞추게 됐다.

특히 세계에서 마지막 냉전지대로 주목받던 한반도에도 해동의 훈풍이 불기 시작해 경의선과 경원선, 동해선 등을 복원키로 합의했고 일본과 북한간에도 국교정상화를 위한 교섭을 재개하고 있다.

2002년 9월에 부산에서 개최된 아시아경기에서도 남북한 운동선수들이 함께 참가, 이를 계기로 동북아지역에도 새 역사의 서광이 비치기 시작했다.

이러한 역사의 대전환기를 맞이하여 동북아 지역경제 개발의 장애요소를 극복하기 위한 구체적 방안을 연변 과기대 동북아경제공동체연구원장인 권영순 교수는 당장 실현하기 쉬운 것부터 차례로 실천하자고 주장하고 있다.

- 현존시설과 제도부터 최대한 효율적으로 운용하자

이 지역을 동북아의 중심지역으로 만들자면 먼저 교통, 통신의 원활한 소통이 이루어져야 한다.

그렇게 하기 위해서는 새로운 시설의 건설과 기존 시설의 확충건설도 중요하지만 먼저 마음의 문을 활짝 열어 현존시설과 제도를 최대한 효율적으로 사용할 수 있도록 하자.

예를 들면 첫째, 연길에는 국제공항이 있는데 왜 아직 연길과 타국 공항을 직결하는 정기항로를 개설하지 않는지 정당한 이유를 알 수 없다.

연길과 강원도의 양양 공항을 연결하는 직항로를 개설하면 연변과 한국간 최단거리로 왕래할 수 있고, 아울러 연길~니가타와 양양~아르티옴 직항로를 개설해 공항 주변에 면세구역을 설치하면 동북아 지역 물자 교류 촉진에도 이바지하게 될 것이다.

그리고 속초~자르비노 간 여객선 항로도 현재는 대부분을 한국 관광객이 차지하고 있는데 모처럼 개설된 이 항로를 중국인도 쉽게 이용할 수 있도록 관심을 돌리면 러시아에게도 손해가 되지 않고 이익이 될텐데 왜 노력하지 않는지 이해하기 힘들다.

중국정부가 좀 더 적극적으로 러시아와의 교섭을 추진해 한국에 있는 불법체류자 귀국시에도 이 항로를 이용해 귀국하게 한다면 한국에서 애써 번 돈을 멀리 돌아오는데 낭비하지 않고 좀더 많은 자본과 기자재를 가져올 수 있어서 이 지역경제 발전에도 도움이 될 것이다.

기왕 이 지역을 통과하는 사람들에게 국제관례에 따라 최소 72시간의 체류를 허용한다면 연해주지역에서의 관광객의 유인과 외화획득에도 큰 도움이 될 터인데 그런 좋은 기회를 놓치고 있으니 안타깝다.

게다가 중국과 러시아 비무장 지대를 적극 활용 양국이 함께 세관을 운영한다면 통과 절차가 간단해 시간도 줄어들어 이용자가 늘어날 것이다.

그러나 훈춘~자르비노간을 통과하는데는 수년이 지난 지금까지도 그 절차가 까다로운데다 기다리는 시간이 많아 대부분의 이용객들인 보따리 상인들의 불편함은 여전하다.

즉, 훈춘 장영자 세관을 통과한 후 중- 러 국경지대에서 대기 검사를 받은 후 비무장 지대에 들어가 또 한번의 확인을 받은 후 자르비노항 세관을 거쳐 배에 오르고 나면 몸은 녹초가 된다.

짐을 들고 통과 버스에 오르고 내리는 것만 해도 4차례이며 걸리는 시간도 2시간 이상이 소요되고 있어 기존의 이용객들 또한 줄어들고 있는 실정이다.

- 서로 자유롭게 왕래해 다 함께 번영할 수 있는 길을 모색하자

어떤이는 이 지역개발은 중국에 덕이 될 뿐 러시아에는 외국 노동자의 흘러들어옴이 많은 것을 두려워 하고 있다고 한다.

만약 핫싼 지역의 남반부와 훈춘시의 남부 일정지역을 특별행정구역을 설치해 그 지역에 들어오는 각기 다른 자국의 인구를 비슷한 수준으로 하도록 하고 두만강지역개발계획 회원에 영주권을 주어, 이 지역에서의 출입과 기업활동을 자유롭게 할 수 있게 한다면 기술인력문제 뿐만 아니라 투자자금 부족문제도 해결할 수 있으리라 생각한다.

만약 일본사람이나 미국 또는 유럽사람이 여기에 이주한다고 해서 그들 국가가 영유권을 주장할 수 있겠는가? 그리고 상기 특정지역을 유엔개발계획 (UNDP) 관리하에 치안을 확보하고 투자를 유인한다면 이 지역경제는 비약적으로 발전할 것이다.

위의 두 개 항의 일들을 효율적으로 추진할 수 있도록 러시아는 훈춘에, 한- 중 양국은 자르비노에 영사관을 설치하게 한다면 이 지역내의 투자 이주 등 영사업무를 더욱 원만히 수행할 수 있게 될 것이다.

그리고 특정행정구역 설치나 인력, 상품, 자금의 이동 자유화를 위한 교섭은 복잡다난한 다자간 협정보다는 합의 쉬운 양자간 협정부터 추진토록 하자.

- 차라리 길을 틔워 공동번영을 기하자

러시아에서는 광궤철도를 건설함으로써 외세의 침입을 막으로 했으나 그것으로 히틀러의 침입을 막지 못했으며 독일은 무력으로 폴란드를 침략했을 때는 패전하고 오히려 자국 영토를 빼앗기는 결과가 됐지만 공동번영을 추구하는 유럽연합이 성립된 지금은 폴란드를 비롯한 동구라파 나라들이 자진해서 유럽연합 회원국이 되고 싶어도 아직 제반 조건을 갖추지 못해 유럽연합에 들지 못하고 있는 형편이다.

이런 것을 거울삼아 러시아는 훈춘에서 카미쏘바 까지 설치된 표준궤도 철도를 자르비노 까지 연장할 수 있게 하고 또 남으로 핫싼 까지도 표준궤도 철도를 깔 수 있게 하는 반면 러시아의 광궤철로를 도문역까지 연결토록 한다면 이 지역에의 외국상품 수입이 용이해질 뿐만 아니라 이 지역상품의 해

외수출에도 도움이 될 것이다.
열린 마음으로 상호이익이 되는 길을 택하자.

- 두만강 내륙수로를 새로이 개발하자

중국은 몇해전에 방천항을 개발하려다가 계속 흘러드는 토사의 준설비용 때문에 그 계획을 포기했다고 한다.

그러나 방천 남쪽에 5km 내외의 운하를 건설하고 길이 10km 정도의 서반포호를 깊게 준설하여 두만강 4~5 곳에 갑문 등을 건설해 수위를 조절한다면 도문에서 서반포항에 이르는 좋은 수로를 개발할 수 있다고 생각한다.

이의 실현을 위해서는 먼저 북-중간에 협약이 있어야 하고 이를 건설하기 위한 자금도입도 문제이기는 하지만 북한이 공동 이익을 추구하려는 마음만 먹으면 이 사업으로 북에는 많은 일터가 생기게 되고 나진항이 더욱 번창하게 될 것이며 결과적으로 나진~도문간에 철도를 하나 더 놓는 것보다 좋은 결과를 가져올 것이다. 그리고 건설자금은 세계은행 등에서 빌릴 수도 있을 것이다.

중국이 대여금을 얻어서 건설공사를 하고 그 빚을 갚을 때까지는 유엔개발 계획에서 이 수로를 관리하며 그 이용료로 빚을 갚게 하고 그것이 끝나면 북한이 국제협약에 따라 관리하게 하면 될 것이다.

의식의 전환을 어떻게 하느냐에 따라 새 길을 열 수 있다고 본다.

- 남북철도연결로 동북아 경제협력을 추진하자

한반도의 남북간에는 경의선과 동해선 등의 연결을 추진하고 있는 바 이것은 앞으로 개성공업단지와 금강산관광특구 개발에 직접적인 영향을 줄 뿐만 아니라 이를 통해 동북아 경제공동체형성이 촉진 될 것이며 나아가 구라파, 아시아 대륙의 육교를 통해 유럽연합과도 연결돼 결국은 세계화에 이바지 하게 될 것이다.

그러므로 이 사업에는 남북한 당사자 뿐만 아니라 중, 러, 일 및 유럽의 나라들도 남북철로가 하루빨리 연결되도록 협조, 지원을 아끼지 않는다면 그들 모두에게 유익할 것이다.

그리고 한국정부가 나진~원정교 간 도로의 확장 포장공사를 도와주고 나진~연길 간 운수사업권을 얻는다면 북에는 새로운 일터를 마련해 주고 나진이 관광, 무역, 물류의 중심지 뿐만 아니라 나아가 동북아의 홍콩이나 로테르담이 될 수 있을 것이다.

- 북 일 수교로 일본이 경제침체에서 벗어나게 하자

북한과 일본의 수교시에는 북한이 청구권 자금 이외에 일본의 경제협력 자금도 이용할 수 있게 될 것이다. 그 때에는 이런 자금을 당장 쓸 재화구입에 사용하기 보다는 장차 일본의 투자유인을 위해 나진, 선봉 등 항만시설 현대화, 나진~남양간 철도 현대화 및 보선화, 발전소, 배전시설 등에 역점을 두고 사용해야 할 것이다.

그리고 일본이 더욱 적극적으로 경주해서 원산을 거쳐 청진~나진에 이르는 철로를 따라 환동해 고속전철을 건설하고 나아가 도문~서란~송원~아얼산을 거쳐 만주리 및 코이발산에 이르는 철도선설 및 현대화에 참여한다면 일본은 동북아공동체 형성과 이 지역 경제개발 참여를 통해 1990년대 이후의 장기침체에서 벗어날 수도 있을 것이다.

일본은 공연히 독도의 영유권을 주장해 한국인의 반일 감점을 부추기지 말고 독일처럼 참다운 공동번영의 길을 모색해 동북아공동체 형성에 성의를 보인다면 모든 인접국들이 안심하고 이에 자진참가를 원하게 될 것이다. 그렇게 되면 일본에서 해저터널 철로를 통해 대륙으로 왕래할 수 있게 될 것이다.

- 특별행정구역에 국제협력 자유공항을 건설하자

상기 제반 목표를 쉽게 달성하고 앞으로 이 지역을 더욱 크게 발전시키기 위해 특별행정구역을 설치해 자유무역항화하고 어느나라의 어떤 항공선도 자유로 취항 할 수 있는 유엔국제협력자유공항을 건설할 것을 제의하고자 한다.

새 공항을 건설하자면 막대한 자금이 필요하겠지만 전기한 조건의 자유공항을 건설한다면 세계은행의 융자도 쉽게 받을 수 있으리라 생각한다.

왜냐하면 이곳이 자르비노, 훈춘, 나진 등 3개 지점의 중간에 위치하여 3국민이 사용하기 편리하고 남북으로 호수와 만이 있어서 인근 주민에 소음공해를 줄 우려가 없고 지형이 평탄하기 때문에 건설비용이 비교적 적게들고 핫싼선에서 포시예트 남항구로 철로를 끌어오면 이 지역이 육해공로를 연결하는 종합적 교통중심지역이 될 수 있고 나아가 북미대륙과 구라파, 아시아대륙의 여러 공항을 연결하는 세계적 중심공항으로 발전시킬 수 있기 때문이다.

상기한 여러 제안은 어쩌면 허황한 꿈처럼 보일지 모르지만 너무 눈앞의 개별적 이해에 집착하지 말고 멀리 내다본다면 모든 인접국이 다함께 유익할 것이며 상호의존적인 21세기의 세계화 추세에도 일치된다 하겠다. 다시 말해 상기의 제안을 실천하기만 하면 두만강경제개발지역(TREDA)이 21세기 초 태평양시대의 발전모델로 될 수도 있을 것을 확신하며 각국 정부의 협력을 기대한다.

- 두만강경제공동체 성공은 북한의 의지가 중요하다

두만강지구는 미래의 국제물류중심과 공업화 잠재력이 거대한 지구다. 안으로 동북과 연해주로 연결되고 밖으로는 태평양으로 통하는 3국 1해와 잇닿아 있다.

세계경제의 동북아시아 핵심구에 있고 북미핵심구 및 서구핵심구와 대체로 동일 위도에 있으며 경제대국인 일본과 바다를 사이두고 있으므로 유리한 자리를 차지하고 있다. 또한 두만강 하류는 자원의 잠재력이 무한해 동북아 경제의 요충지로 적합하다.

두만강 지구 국제합작 개발은 마땅히 유럽공동체, 북미자유무역구와는 다른 창조형 모식을 선택해야 할 것이다.

즉, 두만강 유역의 개발 모식은 자유무역개발, 통일시장형성, 국경을 넘어선 자유경제구로 건립돼야 할 것이다.

따라서 동북아구역 경제합작과 두만강 성장삼각을 건립하기 위해서는 북한 정권의 통큰 결단이 있어야 할 것이다.

왜냐하면 두만강지구에는 컨테이너 부두, 관광부두건설, 여객화물항선, 정기 항선 개통 등이 필요한데 북한 지역이 중요한 역할을 하기 때문이다.

최근 중국 훈춘시 경신진이 북-중-러 3국의 국경 지대인 방천 풍경구 건설 에 박차를 가하고 있는 것은 북한의 늦장 대처를 일깨우기에 충분하다.

경신진은 진달래 관광휴가촌, 대두천촌의 야원휴가촌, 방천풍경구의 들장미 휴가촌 등에 대대적인 투자를 하고 있다.

이외에도 방천국제공원, 회룡봉민속촌, 오가산풍경구, 삼도포관광점 건설 등 에 대한 개발도 힘써 경신지역을 하나의 국제관광망으로 묶고 있어 세계인 들의 발길이 끊이지 않고 있다.

두만강 경제공동체와 한반도 관계역사

2003년　8월 25일　초판인쇄
2003년　8월 28일　초판발행

지은이 : 남 창 룡
펴낸이 : 이 혜 숙

펴낸곳 : 도서출판 신세림
(100-015) 서울특별시 중구 충무로5가 19-9 부성B/D 702호
등록일 : 1991. 12. 24
등록번호 : 제2-1298호
전화 : 02-2264-1972
팩스 : 02-2264-1973
E-mail : shinselim@chollian.net

정가 13,000원

ISBN 89-85331-97-3, 03810

※ '두만강 경제공동체와 한반도 관계역사' 는
　　관훈클럽 신영연구기금의 언론인 저술지원을 받아 출판되었다.